陸　王

池井戸　潤

集英社文庫

陸王

目次

CONTENTS

【足袋】

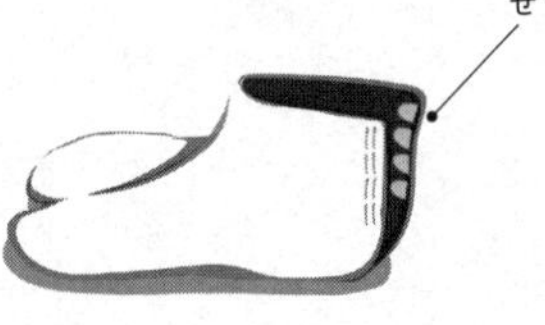

【地下足袋】

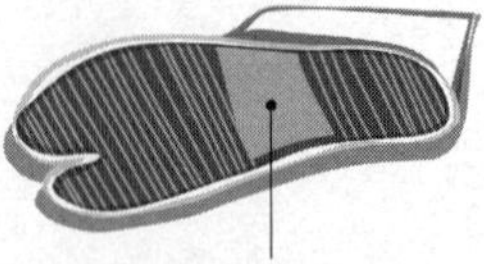

CONTENTS

【ランニングシューズ】

主な登場人物

宮沢紘一　こはぜ屋社長
富島玄三　同　常務取締役
安田利充　同　係長
正岡あけみ　同　縫製課リーダー
宮沢大地　紘一の長男
家《いえ》長《なが》亨《とおる》　埼玉中央銀行行田支店長
坂本太郎　同　融資担当
大橋浩　同　融資担当
城戸明宏　ダイワ食品陸上競技部監督
茂木裕人　同　陸上競技部員
平瀬孝夫　同　陸上競技部員
立原隼斗　同　陸上競技部員

毛塚直之　アジア工業陸上競技部員
小原賢治　アトランティス日本支社営業部長
村野尊彦《たかひこ》　同　シューフィッター
有村融《とおる》　スポーツショップ経営者
飯山晴之　シルクール社長
御《み》園《その》丈治　フェリックス社長
橘健介　タチバナラッセル社長

陸王

プロローグ

まだ六月だというのに、真夏の蒸し暑さを彷彿《ほうふつ》とさせるぎらついた陽射《ひざ》しが、国道を走る一台のトラックを照りつけている。宮沢紘一《みやざわこういち》はその助手席にいて、さっきから恨めしそうに空を見上げたりして落ち着かなかった。

「大丈夫っすよ、社長。ありますって」

そんな宮沢を横目で見ながら、ハンドルを握っている安田利充《やすだとしみつ》は呑気《のんき》な口調だ。今年四十になる安田は、気安い性格で面倒見もいいから、若手工員たちのまとめ役である。

「わかんないぜ。最近は荒っぽいのもいるからさあ」

宮沢はいった。「根こそぎ持ってっちまって、行ってみたら伽藍堂《がらんどう》なんてことになってるかも知れない」

「だけど、向こうの社長は売ってくれるって言ったんですよね」

「言ったには言った。だけど、三日前の話だ。本当に来るかもわからない」

どこまでも疑心暗鬼になっている宮沢に、「誰も持っていきやしませんよ、あんなもん」、安田は笑った。「持ってったところで金にはなりませんし。他の人間にはなんの価値もないシロモンですからね」

「まあ、それはそうなんだけどさ」

それでも不安そうな宮沢は、そろそろ着く頃かとフロントガラス越しの光景に目をこらした。

朝九時過ぎに埼玉県行田《ぎょうだ》市内を出たトラックは、渋滞に巻き込まれたりしながら、いま宇都宮《うつのみや》市内を走行していた。まばらな民家と田んぼが交互に現れるような田舎道で、向こうに工業団地が見える。

国道から県道に入った。ようやく、こぢんまりとした商店街がフロントガラス越しに現れたのは、それから二十分も走らせた頃である。

「ああ、あったあった。あれですよ、社長」

運転しながら安田はいい、前方を指さした。古風というより寂れたという表現の方が似つかわしい商店街に、菱形《ひしがた》をふたつ重ねたロゴマークの看板が見えてきた。トラックのスピードを落とし、歴史を感じさせる二階建ての母屋《おもや》を過ぎたところで脇の路地を左へ入る。

奥に袋小路《ふくろこうじ》の広場があった。それを囲むように表の通り側から鉤形《かぎがた》の建屋が延びている。築百年は過ぎているはずだ。まるで明治時代の小学校を思わせる建造物だが、いまその窓は日差しに暗く沈み、内部は暗然として窺《うかが》うことができない。

「はい、着きました」

建物の搬入口にトラックをバックでつけて停《と》めると、安田はエンジンを切った。

宮沢は助手席から降り立ち、建物の内側をガラス窓越しに覗《のぞ》き込んでみる。

つい三日ほど前まで、ここには十人ほどの従業員がいて、足袋《たび》を縫っていたはずだ。

だがいま、工場には人影も明かりもない。

「どうですか」

一足遅れてきた安田も中を覗き込み、「あるじゃないですか」、とニッと笑い、親指を立ててみせた。

窓から差し込む太陽光線に、音もなく埃《ほこり》が舞っているのが見える。床は板張りで、窓に顔を近づけると油の匂いがかすかに鼻孔をついた。目が慣れると、薄暗い工場内に並んだ黒光りしたボディの輪郭が浮かび上がってくる。ドイツ式八方つま縫いミシンだ。

「あるな」

ぼそりと宮沢もいう。

百年以上前のドイツで、もともと靴を縫うために開発されたミシンだ。やがて日本に渡って改良を重ねられ、当時国内に数多《あまた》あった足袋製造業者で足袋を縫うためのミシンとして生まれ変わり、いまなお使われている生きた化石。ドイツの製造元はとっくに倒産しているため、部品が壊れると国内に現存する同型ミシンの部品を転用するしか手がない。

「あるにはあるが、来るかな」

腕時計は十時四十五分を指していた。約束の時間は午前十一時だ。

壁の高いところに、菱屋《ひしや》足袋という、おそらく昭和初期のものだろう、さびの浮いた琺瑯《ほうろう》看板が留めてある。

菱屋といえば、業界では知らぬもののない老舗《しにせ》足袋業者だが、五日ほど前に一回目の不渡りを出したと業界仲間から連絡があった。足袋業者は少ないから、近県ともなれば社長同士も顔見知りだ。すぐさま社長の菊池《きくち》の携帯に連絡を入れたがつながらず、ようやく捕まえてミシンを売ってくれという交渉をしたのは、三日前の午後十時過ぎのことである。

廃業と違い、不渡り倒産ともなると、債権者が押し寄せてあるものないもの工場から運び出してしまうこともある。それで心配していたのだが、どうやら宮沢の杞憂《きゆう》だったようだ。

とはいえ、約束の時間に菊池が現れないことには話にならないので、落ち着かないいま待っていると、五分ほどして旧型のクラウンが入ってくるのが見えた。

運転しているのは、菊池本人である。

「いやあ、参っちっちったわあ」

降りてくるなり、菊池は、薄くなった後頭部のあたりを掻《か》いた。

「エライことでしたね」

　宮沢がいうと、

「問屋が飛んじまって、入ってくるはずの金が入らなかったもん」

　目を丸くして、それがいかに予想外の事態だったかを表現してみせる。

「そいつは災難。でもまだ一回なんでしょ」

　不渡りは二回で銀行取引停止処分。菊池の会社はまだそこには至っていない。しかし、菊池は首を横にふった。

「もうだめさ。ウチも先細りでさ、どのみち、どこかで畳もうと思ってたんだよな」

　搬入口になっている両扉の鍵を開けながら菊池はいい、よっこらしょ、と黒いペンキを塗った鉄扉を両側に開いた。

　静かな敷地内にゴロゴロゴロッという音が響き、暗い洞窟のようにぽっかりと入り口が出現する。

「迷惑をかけた相手には、一日遅れで手当てができたんで払ってきたよ。銀行には借金が少し残ってるが、この工場を処分すればなんとかなるだろ。オレは引退だ」

　菊池は今年六十五歳。創業百二十年を超える菱屋の四代目であった。初代は、商工会議所の会頭をつとめたこともある重鎮だったが、この五十年での衰退ぶりは著しく、ついに廃業に至ったことになる。

「もったいない」

そういった宮沢に、「時代だよ、時代」、と菊池はいった。「おたくはいいなあ。商売繁盛でさ」

「なもんですか」

菊池がブレーカーをあげて明かりをつけると、宮沢よりも先に安田がミシンに近づいていった。

「全部で十台あるから」

菊池がいった。「ここに五台。倉庫にも五台ある。故障して部品確保用にとってあった奴《やつ》だけど、それも持ってくだろ」

「有難い。助かります。――ヤス、頼むわ」

宮沢は背後の安田にいうと、自分はトラックの荷台に乗って、そこに丸めてあった古い毛布の紐《ひも》を解《ほど》いた。荷台一杯に広げる。その間に安田が菊池の手を借りながら一台を運びだし、荷台に載せた。十台のミシンを載せるのに小一時間もかかっただろうか。

「これからどうされるんですか」

謝礼の二十万円を渡しながら宮沢がいうと、「どうすっかなあ」、といって菊池は遠くを見つめた。

話の様子だと家屋敷は取られずに済んだようだが、悠々自適の老後ともいくまい。

「こはぜ屋で雇ってくれよ」

「ご冗談」

宮沢は笑っていい、「今度落ち着いたら一杯やりましょう」、と再びトラックの助手席に滑り込んだ。安田がクラクションを一発鳴らして表通りに出る。

「どうだった、あれ」

さっき来た商店街を再び戻りながら、宮沢が荷台を親指で指すと、「上物っすね」、という返事があった。

それを聞いてようやく朝からの不安から解放され、ほっと小さなため息を洩《も》らす。

「よし」

宮沢は小さくいい、拳を握りしめた。これで、当面のミシン部品は確保できた。

「飯食って帰ろうや」

行田に戻り、会社近くにある馴染《なじ》みの大衆食堂に入り、遅めの昼食を取った。

忙しさのピークを過ぎ、客の退《ひ》いた食堂から出てきたのは午後二時前だ。ますます強くなった日の光に手をかざしながら車に乗り込もうとした宮沢は、店の脇にある水路にピンク色の花を見つけてふと足を止めた。

「そろそろ蓮《はす》の季節だな」

そんなことを思い、助手席に体を滑り込ませる。ふたりを乗せたトラックは、そこから十分ほどのところにある、こはぜ屋に向かって再び走り出した。

第一章　百年ののれん

1

行田市の中心地からやや南、水城《すいじょう》公園とさきたま古墳公園にはさまれた場所に、こはぜ屋は昔ながらの本社屋を構えていた。

正社員とパートを合わせ、二十七名の小所帯だ。

創業は第一次世界大戦前夜の一九一三年。爾来《じらい》百年、綿々と足袋製造を生業《なりわい》として続いてきた老舗である。といっても、和装に代わり洋装が主流になって久しい世の中で、足袋の需要はとっくに底を這《は》い、祭り衣装なども手がけてはいるがこちらもジリ貧。長く収益の柱だった地下《じか》足袋も、安全靴に取って代わられ、売上げは減少傾向が止まらない。

かつて、行田は足袋の町だった。社長の宮沢にとって、さっきの菊池の境遇は、決して他人事《ひとごと》ではなかった。

日本人にとって足袋が日常の履き物であった頃、ここには多くの足袋製造業者が軒を連ね、年間八千四百万足、日本で生産される足袋の八割ほどを生産していたこともある。しかし、時代の変遷、服飾の変化に伴って需要は減少し、体力と工夫のなくなったものから一軒、また一軒と淘汰された結果、平成のいま、生き残った業者は数えるほどだ。

先祖から受け継いだ五百坪の敷地に構えた木造L字形の建物は、正面が事務所と倉庫、向かって左がミシンの並ぶ作業場になっている。

従業員の平均年齢は五十七歳だ。熟練工といえばまさに熟練中の熟練で、最高齢は七十五歳。ミシンも古いが社員も古い。

宮沢のトラックが戻ったのを知って、事務所のドアから、ゲンさんこと、富島玄三《とみしまげんぞう》が飛び出してきた。経理担当の富島は、今年六十二歳。勤続四十余年のベテランで、宮沢の父親である先代社長の頃から勤める番頭である。

「いい状態ですね。さすが菱屋さんだ」

荷台のロープをほどき、毛布を取って見た富島はいい、よかったですな、といったものの少々浮かない顔をした。

「何かあったか」

長年の付き合いだから、富島の顔を見れば、心の中はすぐにわかる。

「実は、返品が来ちまいまして」

その視線を追って振り返った宮沢は、倉庫の入り口付近に積み上げられた段ボール箱を上げた。

「検針洩れです」

思わず舌打ちし、ちょうど倉庫の中から姿を現した人影にむかって、「大地《だいち》!」、と声を上げた。

一瞬だけふてくされた顔を見せた大地が、渋々、といった態度でやってくる。今年二十三歳になる、宮沢の長男だ。地元の大学を卒業したものの就職に失敗して、家業であるこはぜ屋で働きはじめたのはこの四月からだ。検針——つまり、製品に針などが混入していないかのチェックは大地の仕事であった。

「なにやってんだ、お前」

近くまで来た大地を宮沢は叱りつけた。

「向こうの連絡ミスで、予定より前に取りにきちまったんだよ。仕方ねえだろ」

大地の言い訳に、

「待ってもらえよ」

容赦なく、宮沢はいった。「お前な、滅多なことじゃ針なんか入らないと思って甘く考えてるだろ。だけどな、何かの拍子に入ることはあるんだよ。検針洩れなんか指摘されたらウチの面目は丸つぶれだ。もっと自分の仕事に責任持て」

返事の代わりに聞こえてきたのは、これ見よがしのため息だ。仕方なく家業を手伝っているんだとでもいいたいんだろう。

「まあ、社長。大徳《だいとく》さんも、再検針が済んだらすぐに出荷していいっていってくれてますから、今回のところは」

富島はいい、大地に向かって、「大ちゃんは、早いとこ検針、済ましちまいな。クルマ手配するから」、と気を遣う。

「ゲンさんさ、あんまり甘やかさないように頼むよ」

腹の虫の治まらない宮沢はいった。「あんな態度じゃ、どこに行ったたって勤まりゃしねえ。厳しくビシッといってやったほうがいいんだ」

「就活《しゅうかつ》っていうんですか。失敗してがっくり来てたの見ちまってますからねえ」

子供の頃からかわいがってくれていた富島だけに、大地には少し甘い。「ほんというと、他にいかないでこのこはぜ屋を継いでくれるといいんですが。あ、すんません」

ちらりと宮沢を見て小さく舌を出した富島は、宮沢が何かいう前に、「あと、頼むぞ」、と安田に言い置き、さっさと事務所に逃げていった。

息子には継がせない――。

それはかねがね、宮沢が公言していることであった。大地がここで働いているのは、希望の会社に就職するまでのいわば腰掛けだ。

世の中にはいろんな仕事があるが、すべての仕事が右肩上がりの成長を遂げられるわけではない。

成長著しい業種もあれば、逆に衰退していくものもある。

どう控えめに見ても、——実に残念なことだが——足袋製造業は、その後者に含まれていると宮沢は思うのである。

自分の代ぐらいは、なんとか食える。

だが、大地の世代までなんとかなるとは、到底、思えなかった。いまですら売上げ減に悩み、ミシンの部品ひとつ事欠く有様なのに、子供に継がせられるわけがない。

「社長、ちょっとよろしいですか」

社長室へ戻ると、いつも開けっ放しのドアから富島が顔を出した。

ソファに移動し、テーブルを挟んで向かい合った富島は、手にした書類を一通、宮沢のほうへ滑らせて寄越《よこ》す。資金繰り表である。

「そろそろか」

老眼鏡をかけて書類を覗き込んだ宮沢に、

「二千万円ぐらいですかね」

と富島はいった。「今月末か、遅くとも来月中には借りとかないと足りなくなりそうですわ」

わかってはいることだが、いわれた途端、宮沢は胃のあたりが重くなる感覚を覚えた。

「先週、銀行に行ったついでに、坂本《さかもと》さんには内々に打診しておいたんですが」

坂本太郎《たろう》は、こはぜ屋が取り引きしている埼玉中央銀行の担当者だ。

「明日にでも行ってくるよ」

気の進まない仕事だが仕方が無い。銀行交渉は、経営者としての宮沢の務めであった。

2

「来月末までに二千万円、ですか」

坂本は、宮沢の出した書類にじっと見入った。

宮沢が嫌いな瞬間である。いま坂本が何を考えているのか、思惑がどこにあるのか、まったく読めない。レントゲン写真を前に、医者の所見を待っているような、落ち着かない気分になる。

「先行きの業績は、どうですか」

やがて顔を上げた坂本はきいた。

「横ばい、かなあ」と宮沢。

坂本は、やおら資料を脇に置くと、

「二週間ほど時間をいただけますか」、といった。

その場で断られるかも知れない――。銀行に借金に来るたび、いつも不安に苛《さいな》まれている宮沢はとりあえず胸をなで下ろした。が、

「でも社長、これから、どうされるおつもりですか」

いつになく真剣な顔の坂本の問いに、一旦上げかけた腰を下ろす。

「どうする、とは？」

銀行の融資カウンターである。五十日《ごとおび》でもない開店直後ということもあって、店内に客はまばらだ。

「このままで、こはぜ屋さんの事業、伸びていきますかね」

出てきたのは返答に窮する問いだった。

「百貨店の新規営業とか、細々ながらも販路を拡大していければいいかな、と……」

「努力されていることは、よくわかっているんです。ですが、世の中の趨勢《すうせい》として、やっぱり足袋や地下足袋の将来性というのは、どうなんでしょう。足袋そのものは無くならないと思いますが、動物でいえば絶滅危惧種みたいなとこ、あるじゃないですか」

三十そこそこと若いが、坂本はいいたいことをいう。とはいえ、いままでの付き合いで、性根の真《ま》っ直《す》ぐなことはわかっているから、腹は立たない。

「地道な営業努力はもちろん必要なんですが、もっと違う発想で会社の将来をお考えになってもいいんじゃないですか」

「違う発想というと、どんな」

坂本の意図が見えず、宮沢はきいた。

「新規事業とか、どうですか。足袋や地下足袋製造を続けたとして、十年後、あるいは十五年後もいまと同じような業績を上げられるでしょうか」

唸《うな》ったきり、宮沢は押し黙った。たしかに、その頃までこはぜ屋が元気に存続している図は想像できない。

「正直、いまの営業品目だけでは厳しいと思うんですよ。何か考えてもらえませんか」

思いがけない話である。

何かといわれても、何も思い浮かばない。せいぜい、足袋の種類を増やしたりすることぐらいだが、そんなものは新規事業といえまい。

「考えろといわれてもなあ」

腕組みした宮沢に、「このままだと、そのうち融資できなくなるかもしれません」、という手厳しいひと言が続く。

「いまは薄利とはいえ黒字ですけど、売上げ、減少傾向じゃないですか。コストを抑えてやりくりするにも限界があると思うんです」

新規事業どころか、伝統という名のもとに、「これでいい」、と納得してきた。習い事や伝統行事で使われる足袋を作るのが家業であり、それに代わる新たな事業を興そうなど、発想そのものがなかったのだ。

バブル時代、余計なことに手を出して潰れていった同業他社も多々あって、「地道に、足袋を作っていた方が安全だ」という思いにとらわれていたこともある。

「簡単なアドバイスですけど――」

困っている宮沢を見かね、坂本は続ける。「新規事業といっても、まったくの新分野じゃないほうがいいですよ。やっぱり土地勘というか、商売の勘が働く仕事じゃないとリスクが高くなるので。できれば、いまある技術を生かしたいですね。ところで、こはぜ屋さんの強みってなんだとお考えですか」

また、即答できない問いを投げて寄越す。

「なんだろうな。そんなこと、考えたこともない」

坂本は苦笑し、「考えといて下さいよ」、といった。

「何かあるはずです。なければ、百年も会社、続きません」

「そりゃそうだ」

いったものの、やっぱりわからない。

「しかし、強みもわからないのに新規事業なんて、難しいよなあ」

腰が引けている宮沢に、「身近なほうがいいといっても、最初から可能性を狭めて考えないほうがいいですよ」、と坂本はアドバイスをくれた。

「どうせできないとか、ウチでは無理とか、そんなふうに卑屈に考えないで、こんなことができたらいいなあ、とか、こういう仕事がしたいなあ、とまずは自由に考えてみることだと思います」

「自由にねえ」

雲を摑《つか》むような話だと思った宮沢だが、「とにかく、考えてみましょうよ」、という坂本の言葉に背を押され、その場を辞去してきた。

3

「どうでした、銀行は」

事務所に戻り、思案顔で上着をハンガーにかけていると、すぐに富島がきいてきた。

「とりあえず稟議《りんぎ》してくれるらしい。二週間くれって。あとな、新規事業、考えたほうがいいとさ」

唐突な話に聞こえたに違いない。目を丸くした富島は難しい顔になって、

「銀行さんってのは、いろいろいってきますなあ」

といった。その様子に、まともに新規事業について考えようというところはまるでない。富島は、頑固一徹、保守的な男である。

「ウチは足袋屋ですよ、社長」

案の定、富島はいった。「強みっていやあ、しぶといことぐらいですわ」

「違いない」

宮沢は、思わず笑ってしまった。

「百年もやってんだから、何かあるはずだといわれても、オレにはわからなかった」

「わかりませんな」

富島も頷《うなず》き、「それをネタに金でも貸そうとか、そういう腹かもしれませんよ」、という。

日頃銀行と付き合う中で、思うところはあるはずだ。

「坂本さんと、何かあったか」

「いや、あの人はなんていうか、珍しく真っ当な人なんですが、そこはやっぱり会社人間じゃないですか。支店長から何かいわれたのかもしれない」

行田支店長の家長亨《いえながとおる》は、銀行の看板を鼻先にぶら下げたようないけすかない男であった。なんというか、中小零細をバカにしているようなところがある。地方銀行なんだから、付き合いの大半は小さな会社ばかりのはずだ。そんな会社相手の商売で食っているというのに、ひたすら上から目線で始末が悪い。

「日本に日本の文化がある限り、足袋はなくなりませんて。新しい事業だなんて突拍子もないことを考える前に、まだまだやることはたくさんあるんじゃないですかねえ」

「それもそうだな」

坂本がいうのももっともだと思うが、会社には会社のやり方がある。こはぜ屋は、足袋一筋百年。自然に枯れていくのならよし、余計なものに手を出して三代守ってきた身代《しんだい》を潰したんではご先祖様に顔向けできない。

「明日、東京、いってくるわ」

「おっ、営業ですか」

すかさず、富島がいい、「お願いします」、と頭を下げる。

なにしろ少人数で繰り回している会社だから、営業は宮沢の重要な仕事のひとつだ。

これで、百貨店から専門店、ときに泊まりがけの出張も交じるから、多忙である。

「大量注文、取ってきてください」

「まかせとけ」

威勢よくいったものの、そう簡単でないことぐらい、お互い百も承知なのであった。

4

重たい梅雨空から落ちてきた雨が、クルマのフロントガラスを濡《ぬ》らしはじめた。雨の少ない梅雨だったが、かといって早く明けるでもないらしい。

朝九時を少し回った時間だった。東北自動車道は、都内に近づくにつれて混み始め、ついに外環自動車道に接続するあたりでノロノロ運転の渋滞になった。ハザードを点灯させて後続に知らせた宮沢は、ホルダーに挿しっ放しになっていたペットボトルのお茶を口に運ぶ。

気分が冴《さ》えないのは、実は雨のせいばかりではない。

昨夜、宮沢は、ちょっとしたことで息子の大地とやりあった。

さいたま市内にある中堅電機メーカーの面接を受けるから会社を休みたいといった大地を、「聞いてないぞ、そんな話。こっちの人繰りもあるんだから、そういうことは前もっていえ」、と宮沢は叱りつけたのだ。

しかも、聞けば営業職への応募だというではないか。二十歳を過ぎた息子の就職活動に親が口を挟むべきではないと思うが、工学部での勉強とは無縁の仕事につこうとしている息子に、就職できればどこでもいいのか、と苦言のひとつも呈したくなる。

いまどき足袋作ってる会社で働くよりは百倍マシだろ——。

言い返してきた大地に、ついかっとなって口論になった。

「ったく、しょうがねえなあ」

ため息交じりにつぶやいたとき、ふと思い出したのは、いまから三十年も昔のことだった。

地元の大学を卒業すると同時に、宮沢は東京の大手デパート、大徳百貨店に就職した。いきなり家業に入るより、余所《よそ》で修業してこいという父親の口利きで、当時すでに取り引きのあった大徳に入れてもらい、売り場担当として経験を積んだのである。

様々な顧客を抱える百貨店の仕事は、子供の頃から見てきた足袋製造業とはまるで違う会社観を、宮沢に運んできた。

「あのとき、オレは何を考えて仕事してたんだろう」

とにかく、カルチャーショックを受けたことだけは覚えている。何しろ、こはぜ屋には一般消費者に直接モノを売るという仕事そのものがなかったのだから。

その修業時代に、いまにつながる何かを身に付けておけばよかったと思ってみても、後の祭りである。むろん、若造の自分が粋がってみたところで何もできはしなかったかもしれない。だけど、宮沢は思うのだ。いままでのオレの人生に、チャレンジがあったかと。

　こたえはノーである。昨日、富島に同意したものの、

「百年前のミシンでいまだに食っている会社がどこにある」

　徐行を続ける車内で、宮沢は自嘲した。いずれにせよ、大地には自分と違う人生を送ってもらいたい。そのためにはこはぜ屋ではダメなのだ。


「先日は、ご迷惑をおかけして申し訳ありませんでした」

　事務所で頭を下げると、購買担当の矢口《やぐち》は、「まあ、気をつけてよね」、とさして文句をいうでもなく、こちらの謝罪を受け入れてくれた。例の検針洩れの件である。品質管理に厳しい大徳百貨店の基準では、検針洩れは重大な過誤に他ならない。事と次第によっては取り引きの見直しにつながるところだが、相手が旧知の矢口で助かった。

　矢口は、かつて宮沢が働いていた頃に親しくしていた同僚のひとりで、いまは文化服飾部門の仕入れを仕切っている責任者である。

「だけど珍しいよね。宮沢君のところで、検針洩れなんてさ」

　息子の落ち度ともいえず、「新入社員に手伝わせていまして」、と適当にごまかした宮沢は、「いや、本当にすみませんでした」、と膝に両手をつき、椅子に座ったままもう一度、深々と頭を下げた。

「まあまあ。いいよもう」

矢口は、白いワイシャツを腕まくりした手をひらひらと振り、「それよりも、ちょっと面倒なことが持ち上がっていてね」、と表情を曇らせる。

身構えた宮沢に、

「実は、七階の売り場改装で、〝和装〟の面積が三割減になるかもしれないんだよ」

嫌な話を切り出した。

大徳百貨店は、こはぜ屋の主要取引先のひとつだ。ここでの売り場縮小は、もちろん売上げ減につながる。特に本店の売り場は全国一の規模だけに、その縮小は業績を左右する一大事だ。

「わかってはいると思うけど、和装品の業界は青息吐息だ。現状維持が精一杯、減ることはあっても増えることはない状態でね。経営の見直しで売り場面積あたりの売上げを上げようなんて話になると、分が悪いんだよ」

購入者の平均年齢が高いのも、和装品の特徴である。しかも、圧倒的に女性が多い。大徳百貨店ですら売り場見直しの対象になるのだから、他の百貨店は推して知るべし。結婚式や成人式などの行事も、いまやレンタルが主流だ。先日の菱屋のような老舗が倒産する背景には、それ相応に厳しい現状がある。

「年末商戦前には態勢を整えたいんで、遅くとも十月半ばぐらいまでには改装を完了させたい。その後の仕入れについては、また相談させてくれないか。こんなことというのは、オレもつらいんだけどさ」

矢口との面談を終え、宮沢は、ため息交じりに駐車場に戻るしかなかった。

クルマを出し、次に向かった先は銀座《ぎんざ》だ。百貨店と専門店を回り、さらに渋谷《しぶや》、新《しん》宿《じゅく》の得意先に顔を出してみるが、さしたる成果が得られたとは言いがたい。

最後になった池袋《いけぶくろ》の百貨店でも空振りのまま売り場担当者と別れた後、どっと疲れて下りのエレベーターへ向かう。ズボンのポケットからスマホを出してメールをチェックすると、高校三年生になる娘の茜《あかね》からメールが入っていた。「忘れないでね」、という書き出しを一瞥《いちべつ》して、用件を思い出した。

スニーカーを買ってきてくれと頼まれていたのだ。といっても宮沢が選ぶわけでなく、ブランドと色、サイズは指定されている。メールにはご丁寧に写真まで付いていた。

業者用の出口から外に出て、もう一度入り直すと、スポーツ用品売り場に隣接している運動靴のコーナーに向かう。

サイズを問い合わせた店員が靴を探しにいっている間、宮沢は手持ちぶさたになって売り場の様子を眺めていた。

しんとしている和装品の売り場とは打って変わり、シューズ売り場は華やかで客も多い。壁一面にディスプレイされた靴の種類は果たして何種類あるのだろうか。そのどれもが一万円前後、高いものになると数万円もする高級品だ。

同じ履き物でも、業界が違えばこうまで違うものか。改めてそんなことを思いながら眺めていた宮沢は、ランニングシューズの棚に展示されていた、とある一足に目を留めた。

「なんだこれ」

奇妙な形をしたシューズだった。一般的にシューズといえば先は丸いと決まっているものだが、そのシューズには五本の指がついているのである。踵《かかと》部分のクッションが高くなっているシューズが多い中、やけにべったりした靴の形は、ヒマラヤの雪男の足形をそのまま再現したもののようだ。

「ランニングシューズをお探しですか」

興味深く見ていると、若い店員さんが声をかけてきた。

「おもしろいシューズですね」

「ビブラム社の『ファイブフィンガーズ』というシューズなんです」

店員は慣れた口調でいった。「見ての通り五本指がそのまま靴になっていまして、これだといままでのシューズよりも地面を摑んで走る感覚が出やすいんです。見かけはちょっと変わっていますけど、人気商品ですよ」

「人気商品ですか、これが」

宮沢はシューズを手に取り、しげしげと眺めてみる。思ったより軽いが、見ようによっては地下足袋に似ていなくもない。

「いままでのシューズにはない裸足《はだし》感覚で走れますから、一度走って病みつきになる方もいらっしゃいます。お試しになりますか」

地下足袋が重宝されるのも実は同じ理由だ。裸足感覚で地面を摑めるからである。履かなくても感触はわかる。地下足袋は、足袋と並ぶこはぜ屋の主力商品だ。

「いや、結構。ありがとう」

会釈をして離れたとき、スニーカーの箱を持ってさきほどの店員が戻ってきた。

5

「あんまり成績よくないねえ。勉強以外に何か頑張ったことはありますか」

面接官の質問に、大地は「サークルでサッカー、やってました。サークルとはいえ、リーグでは強豪チームといわれていまして」。

「サッカーか」

五十前後の白髪交じりの男だった。隣にもうひとり若い社員がいて、ボードを抱えたままじっと大地のことを見ている。何度経験しても慣れない居心地の悪さを、大地は感じた。

「で、その強いチームのレギュラーだったのかい」

「いえ、キーパーの控えでした」

質問役の男が急速に興味を失っていくのがわかる。控えでも試合に出たことはあるんだから、レギュラーだったといえばいいようなものだが、そういう機転を利かせるのはどうも苦手なのだ。素直というか不器用というか。つくづく損な性格だと自分でも思う。

負け癖がついてしまった大地にとって、面接はいまや苦痛以外の何ものでもない。たしかに、大学時代の成績はぱっとしなかったけれど、かといって平均以下というわけでもない。いってみれば普通の学生だと思うのだが、面接で有りがちな意地悪な質問を跳ね返すほどの「何か」が、どうも自分には足りない気がした。経験なのか、性格なのか。いずれにしても、一朝一夕に身につけることのできない「何か」だ。

「君は工学部卒なのに、なんで営業志望なのかな」

「技術がわかって営業ができたら、強みになると思いまして」

大地は、考えてきた理由を口にした。きかれるに違いない質問だったからだ。うまい答えだと思ったが、男はまったく無反応だった。ボードに何かが書き付けられる。ただ、それだけ。

「で、いまは――」

送った履歴書を、面接官は覗き込む。「これはなに、足袋の会社？」

「はい、そうです」

「なんでまた」

「家業なんです」

そうこたえると、「継がなくていいの」、という質問。これも想定内だ。

「斜陽産業ですし、将来はないと思いまして」

「でも君、そこで働いてるじゃない」

「いい就職先が見つかるまでのつなぎです。遊んでいるわけには行きませんから」

「まあ、足袋屋さんは厳しいだろうからなあ」

少しバカにしたような口調で男はいい、その後、どうでもいいような質問を二、三繰り出した後、「ご縁があったら、人事から電話がいきますから」、という事務的なひと言で面接は終わった。

盛り上がりにかける内容だったとしかいいようがない。なにより面接官の自分に対する興味をまるで感じることができなかった。筆記試験もそれほどできたという感覚もない。

落ちたな。

その会社を後にし、ようやく雨が止《や》んだ空を見上げた大地は、胸に広がる失望をやり過ごすのに苦労した。

いままで受けた会社は全部で五十社を下らない。

「オレって、そんなに価値のない人間なのかな」

面接に臨む前の意気込みもすっかり涸《か》れ果て、重い足を引き摺《ず》りながら、大地は駅への道のりを戻り始めた。

6

東京での得意先回りを終え、近くのインターから高速道路に乗ったときには、午後七時を回っていた。各店のバイヤーとは長年の付き合いだから、いろいろな商談をするにはした。が、やはり大徳百貨店の売り場縮小の話はショックだった。

長年積み上げてきた売上げが、こうしてひとつ、またひとつと剝げ落ちていく。

文化や伝統といったところで、世の中の変化や趨勢は、そんなこととは無関係に消費者のニーズを塗り替えていくものだ。それが時代の流れなら、抗《あらが》おうとすること自体、どだい無理なのかもしれない。

混み合った首都高から東北道に入った頃からクルマが流れ始めた。

雨は止んでいた。その雨はいま、宮沢の心の中で降っている。

そういえば、大地の面接はどうだったろう。

運転する宮沢の胸に、様々な思考の断片が代わる代わる浮かんでは消えていった。取りとめもなく、無秩序で、意味すら明確ではない思念の欠片《かけら》たち。そんな中、ふと浮かんできたのは、先ほど見た五本指のシューズだった。

地面を摑むように、裸足感覚で走る——。

「そういや昔は、足袋で走ってたな」

いまは廃《すた》れてしまったけれども、宮沢の子供の頃、運動会の駆けっこといえば足袋が珍しくなかった。そう考えれば、走りと足袋は無縁ではなかったといえるだろう。

さらにいえば、そもそもあの「ファイブフィンガーズ」も、ある意味、足袋じゃないかと、宮沢は思うのである。下にゴム底がついているから、形は違えど、いってみれば地下足袋のランニングシューズ版だ。

「時代をうまく摑めば、足袋ももっとウケたかもしれないな」

車中、宮沢はひとりごちた。宮沢自身、足袋の特性を、「走り」と結びつける発想は無かったし、伝統や思い込みにとらわれ過ぎていた部分もあったと思う。

「走り」を追究して五本指のシューズに行き着くとは、一本取られた。本当だったら、宮沢が思いつくべきアイデアではなかったか。

なのに宮沢自身、走るのなら一般的なランニングシューズと決めてかかっていた。そうした既成概念を覆した商品を市場に投入するには相当の勇気と決断がいったはずだが、それこそが新規事業というに相応《ふさわ》しい。

このとき宮沢に浮かんだのは、アイデアと着眼点次第で自分にもまだ参入の余地があるのではないか、ということだった。

ランニングシューズ売り場の活況を見るにつけ、市場は順調に成長しているように思える。

地下足袋のようなシューズが人気なら、逆に地下足袋をランニング用に改良したってウケるかもしれない。地下足袋だったら誰にも負けない自信があった。

「ウチにもできないか、そういう商品……」

突拍子もない考えだろうか。たしかに突拍子もないかもしれないが、検討してみる価値はある。新たな顧客を開拓できるかもしれない。

さっき見たシューズ売り場に、こはぜ屋の地下足袋が並んでいる様子を想像してみた。口元が緩んでいく。

伝統を守るのと、伝統にとらわれるのとは違う。

その殻を破るとすれば、いまがそのときではないか。

自宅に戻ったのは午後九時前になった。

「子供たちは」

家の中が妙に静かなのが気になって、妻の美枝子《みえこ》にきいた。

「茜は塾だから、もうじき帰ってくると思う。大地はそのまま友達と飲みに行くって」

「そのままって、面接からそのままか」

呆《あき》れてきいた宮沢に、美枝子は眉根を寄せた。

「うまく行かなかったみたい」

ダイニングテーブルについた宮沢は、美枝子が出してくれた缶ビールのプルタブを開け、コップに注いだ。

「仕方が無いよな、こればっかりは。オレが面接受けるわけじゃないし」

するとと、

「少し相談に乗ってやって欲しいんだけど」

美枝子は意外なことをいった。

「オレは構わないけど、大地のほうがオレに相談したいとは思わないだろう」

「そんなことないよ」

美枝子は首を横に振る。「複雑なんだと思う。あなたのことを見返したいと思って無理に背伸びしてるところもあると思うんだ」

「オレを見返すってどういうことだよ。足袋の会社なんかって、いつもバカにしてるじゃないか」

「あの子ね、本当はこはぜ屋のこと好きなんじゃないかな」

宮沢は驚き、飲みかけたビールから顔を上げた。

「なんだって」

「好きなんだよ、きっと。本当は跡を継ぎたいと考えてたような気がする。ところが、当然、継いでくれといわれると思っていたのに、あなたは継ぐなっていったでしょう。それで、慌てて仕事を探し始めたんだけど、どこかしっくりこないっていうか……」

そんな話は初耳である。

「継いでくれなんていえるわけないだろうが」

宮沢は呆れていった。「足袋の会社だぞ。これから何年続けられるか考えてみろ。あいつのためにならないよ」

「でも、足袋はなくならないって、いつもいってるじゃない」

「まあ、そうだけどさ」

そういう意味では、宮沢自身にも矛盾がある。

どっちにしてもいまのままじゃあ、ダメだ。何か考えていかないと。

帰り路《みち》に浮かんだランニングシューズのアイデアが、必然性を伴って宮沢の胸に迫ったのはこのときだった。

第二章　タラウマラ族の教え

1

「そらまあ、可能性はなくはないでしょうな。たしかに、ウチにもマラソン足袋ってのがありましたし」

翌朝、宮沢のアイデアを一通り聞くと、社長室で茶を啜《すす》りながら富島はいった。「足袋でオリンピックに出た人もいたぐらいですわ。金栗四三《かなくりしそう》が、たしかそれで走ってたはずですよ」

「詳しいな、ゲンさん」

富島の意外な博識ぶりに、宮沢は驚いた。

実は、宮沢も昨夜調べて知ったのだが、金栗四三が足袋を履いてマラソンを走ったのは一九一二年のストックホルム・オリンピックであった。

このとき金栗は、長旅の疲れもあってレース途中に日射病になり棄権、結局ゴールできないまま終わっている。金栗の記録は、失神して農家に介抱されていたことが大会本部に知らされず、「失踪、行方不明」、であった。

その後の一九六七年三月、半世紀以上が経《た》った記念式典で形式的なゴールを果たし、オリンピックのマラソン史上最も遅い「五十四年八ヶ月と六日、五時間三十二分二十秒三」が記録された。記念式典での、「ゴールするまでに孫が五人できました」、は金栗の名スピーチだ。

「金栗の話は、先代がよく口にされていたんで知ってたんですわ」

「オヤジが、そんな話を……」

意外である。ちなみに、こはぜ屋にもマラソン足袋はあったが、父の代で〝廃番〟になっていた。ベースは地下足袋で、前紐にしてあったと記憶している。足先は二本ツメで色は白。運動靴と地下足袋の中間みたいなものである。

「昔、ウチが作ってた奴がどこかにあると思うんだが、探しといてくれないか。どんなものかもう一度、見てみたい」

富島が見せたのはあまり気乗りしない表情だった。

「マラソン足袋は収益の柱にはならないんじゃないですか。もし、可能性があったんなら、とっくにそうなってますよ。時代の流れといいますか、結局のところ運動靴に負けたんです」

今更、マラソン足袋を復活させても意味はない、と富島は考えているようだった。だが、時代の流れという意味では、その潮目もまた変わってきたのではないか。足袋からシューズへ、そしてシューズから足袋へ。あの「ファイブフィンガーズ」がいい例だ。

「まあそうかもしれないが、ちょっと検討してみたいんだよな」

そういうと、富島は細い目をしてタバコの煙の向こうから宮沢を見た。

「マラソン足袋を作るんですか」

「どういうものになるかはわからない。ただ、こういうのが売れるんなら、走るための地下足袋が売れてもおかしくないだろ」

インターネットで探してプリントした「ファイブフィンガーズ」の写真をとんとんと指先で叩《たた》いた宮沢に、「最近の若い者の考えはよくわかんねえや」、という返事がある。

「ゲンさんに考えてくれといってるわけじゃないから、まあ見ててくれよ。オレもそのへんのことはわきまえてるから、カネは極力使わない。それならいいだろ」

経理を見ている富島にしてみれば、余計な出費が一番困る。宮沢だって、無駄金を投じる気はさらさらない。実際、カネが足りなくなって借りに行くのは宮沢本人なのだから、当たり前だ。

「足袋だけじゃ、いけませんか」

それでも、富島はいい顔をしなかった。

「いけないとはいわないが、そればかりじゃおもしろくない。第一、退屈だ」

そういうと、「その退屈も百年やってりゃ芸になる」、と富島はこたえた。狷介《けんかい》な男である。

「ウチだって百年前に足袋作りを始めたときには見よう見まねだったんだ。将来のことを考えたら、古いものを守るために古いことばっかりやってちゃダメだ」

宮沢がいったとき、ふらりと事務所に入ってくる客の姿があった。

埼玉中央銀行の坂本だ。

「おはようございます。どうも」

宮沢を見ると、軽く会釈を寄越す。融資に必要な資料でも取りにきたのだろう。

「さてと、私は目の前の借金のために働きますか」

どっこいしょ、と富島は打ち合わせをしていた社長室の椅子から立っていく。「同じカナクリでも、こっちは金繰りだ」

つまらぬ冗談をいいながらデスクの上にあったファイルを抱えると、富島は、坂本の待つ部屋へと消えていった。

「どうだい、貸してくれるのか」

富島との打ち合わせが終わったのか、開け放した社長室の入り口から坂本がひょいと顔を出した。融資を申し込んだのは二日前。そんなに早く融資の結論が出るわけはないからほんの冗談だが、

「もう少し時間をいただけませんか」

と坂本はさすが銀行員だけあって、真に受けた顔だ。

「わかってるよ。茶でも、飲んでけよ」

お邪魔します、といって社長室に入って来た坂本は、テーブルの上に置いてあった写真を一目見て、「あ、『ファイブフィンガーズ』ですね」、といった。

「知ってるのか」

意外な反応に驚いて、宮沢はきいた。

「最近流行《はや》りの奴ですよ。これ、買われるんですか、社長」

坂本の向かいにかけた宮沢は、富島にしたのと同じ話をその場で繰り返した。

「坂本さんの話もあったことだし、いっぺん、新規事業として考えてみようと思ってさ」

そういうと、「いいですね、それ」、と坂本は俄《にわか》に興奮を帯びた口調でいった。「どんなランニング足袋ができるか、楽しみです」

「だけど、そう大げさなことはできないよ」

自分でいうのもなんだが、零細企業の挑戦だ。カネもなければ、ヒトもいない。

「地道に、まずはランニングシューズを研究するところから始めようと思う。道のりは遠いが、やってみる価値はあるだろう」

足袋とシューズは似て非なるものだ。こはぜ屋の技術でシューズ作りにも通用しそうなのは、縫製技術ぐらいではないか。それだって、万が一大量生産にでもなれば、百年前のミシンを使っている場合じゃなくなる。といっても、いまの段階でそれを心配しても始まらない。

すると、

「競合製品の研究はもちろんですが、走るということについての理解も必要なんじゃないですか」

坂本はもっともな指摘をした。「さっきの『ファイブフィンガーズ』も、奇抜さを狙って作られたわけではなくて、走りの理論に裏打ちされた確信があったからあの形になったわけですよね。ただ、他のシューズを見て研究しただけではああはならなかったはずです。ランニングシューズは走るためにあるわけですから、まず走りを知る必要があると思うんです」

まったくだ。同時に、思いつきに舞い上がり、冷静にやるべきことを詰めていない自分の短絡ぶりは反省するしかない。

だが、走ることを研究するといっても、どこから手を付ければいいのか、宮沢にはわからなかった。

その手の本を何冊か読んでみるか――そんなことを考えたとき、

「知り合いにランニングのインストラクターがいるんですが、紹介しましょうか」

坂本が手を差しのべてくれた。

「もちろんですよ。事情を話して都合をきいてみます」

「頼めるかな」

2

宮沢が、スポーツ関連のシューズやウェアを扱う横浜《よこはま》市内のショップに有村融《ありむらとおる》を訪ねたのは、七月に入って最初の週末のことであった。

ようやく梅雨が明け、からりと晴れ上がった朝である。

横浜スタジアムに近い関内《かんない》駅前まで来ていた坂本と待ち合わせ、近くの商店街にある有村の店に向かう。土曜日だというのに、休日返上で付き合ってくれた坂本に宮沢は恐縮したが、

「こういうお手伝いも楽しいんですよ」

と坂本は嫌な顔ひとつせず、タクシーで十分もかからないその店に案内してくれた。

雑居ビルの一階にある、小綺麗《こぎれい》なショップだ。商品が並ぶ店内の奥に小さなスペースがあって、テーブルと椅子が置かれている。壁の液晶モニタでは、どこか外国のマラソン大会のビデオが流れていた。

「お待ちしてました――」

有村との出会いは、簡単な自己紹介から始まった。

高校時代まではテニス部で、インターハイの実績を買われて運動選手枠で有名私立大

学に入学。ところが、そこで肘を痛めて引退を余儀なくされ、もともと好きなランニングに興味をもって大学院に進み、最先端のランニング理論に触れることになる。

大学院を修了したあとの五年間は、スポーツウェアやシューズで有名な大手企業勤務。その後一念発起して退職し、ショップを構えると同時に以前からやりたかったインストラクターの仕事を始めたのだという。

人なつこい雰囲気の有村は、「坂本さんからききましたが、『ファイブフィンガーズ』に注目されたというのは、おもしろいですね」、と早速話を本題へ振った。

坂本と有村の出会いは、坂本が有村主催のランニング教室に参加したことがきっかけだったらしい。

「かつてマラソン足袋というのがあったんですが、それを復活させることはできないかと考えまして」

実のところ宮沢は、有村が怒り出すのではないかと不安だった。地下足袋の発想でランニング業界に参入するなど、真面目《まじめ》に走りを研究している人からすれば、ふざけた話にしか聞こえないのではないかと思ったからだ。

ところが、有村は怒るどころか、むしろ熱心に耳を傾けてくれた。

「私のアイデア、専門家から見てうまくいく望みはあるでしょうか」

恐る恐るきいた宮沢に、

「もちろん、ありますよ」

有村は真顔でこたえる。「足袋そのものは、ランニングに向いていると思うんです。たしかに、昔は学校の運動会でも履いてたようですね。いまは安全上の理由からほとんどなくなりましたけど」

「安全上の理由とは？」意外な話に、宮沢はきいた。

「去年、とある横浜の有名中学で、健康にいいから体育の時間や運動会で足袋を使おうという話がもちあがったんですが、保護者に反対されましてね。グラウンドにはいろんなものが落ちているのに危ないだろうと。それで取りやめになったんですよ」

そんな理由で足袋が採用されないというのを、宮沢は初めてきいた。

「ところがですね、じゃあ、市販のランニングシューズなら安全かというと、そうとも言い切れないんです。ランニングやマラソンを趣味にしている人が増えている一方で、足の故障も増加しているのを、ご存じですか」

意外な話に、すぐさま宮沢は興味を引かれた。有村は、店内にディスプレイされていた一足を持って戻ってくる。一万円ほどの値札のついたジョギングシューズだ。

「このシューズはいま一番の売れ筋なんですが、この踵《かかと》の部分、見てください。クッションが入って分厚くなっているでしょう。いま、多くの靴にこういうクッションが採用されているんですが、私はこの構造そのものに問題があると思ってまして。間違った走法に導いてしまう可能性がある」

走法に正しいとか間違っているとかがあるなんて、宮沢は考えてもみなかった。

「このシューズを履いて走ると、踵から着地してつま先で蹴る——そういう走り方になります。ヒール着地といいます。重心のかけ方などにもよりますが、そういう走り方だと、特に初心者の場合、たとえば一般にランナー膝と呼ばれる腸脛靭帯炎《ちょうけいじんたいえん》といった故障を起こしやすい。周囲でランニングをしているという人に話をきくと、故障者が多いことに驚かれると思いますよ。故障までいかなくても、ちょっと膝や足首が痛いという人はいっぱいいます。いろんな理由はあると思いますが、走り方そのものに問題がある人が少なくないはずです」

「ヒール着地に、シューズの形状が関係しているということですか」

「いかにもそうしろといわんばかりのシューズなんです。履いてみると踵が上がっているから、自然にそうなり易《やす》い」

有村は続けた。「こうした故障が多く報告される一方で、近年、走法についての解析が進んできて、有名選手たちがどんなふうに走っているかが研究されてきました。するとおもしろいことがわかったんです。たとえばケニアの選手は足の中央付近で着地している。オリンピックに出た日本の一流アスリートたちもそうです。ミッドフット着地、あるいはもっと足の先で着地するフォアフット着地の選手もいます。つまり、こうした一流選手は故障を招きやすいヒール着地では走っていないんです。ではなぜ、フォアフット、ミッドフット着地という走り方が、より速く走れ、そして故障も少ないのか。それは、その走法が人間本来の走り方だからなんです」

「人間本来の走り方？」

宮沢は思わず繰り返していた。走りの話を聞きにきたはずなのに、有村の話はどんどん広がっていく。

「タラウマラ族という部族の名前を、宮沢さんはお聞きになったことはないですか。メキシコの辺境に住んでいる部族なんですが、彼らを有名にしているのは、とにかく長い距離を走るということなんです。一日に何十キロ、ときに数日かけてウルトラマラソンに匹敵する距離を走ることもあります。ある興行師がタラウマラ族をアメリカのウルトラマラソンに出場させたところ、世界の一流ランナー並みのスピードで完走したというんですが、その彼らが履いているのはワラーチと呼ばれる、サンダルに近いような粗末な履きものなんですよ。しかもそれを素足で履いて長距離を走るんです」

有村は、背後にある書棚から雑誌のスクラップを集めたファイルを取り出すと、ワラーチの写真を見せてくれた。

平べったい靴底に、自転車のゴムタイヤを貼り付けた粗末なものだ。それに紐を通してビーチサンダルのようなものを作り、余った紐を足首にくくりつけるだけのシンプルな構造である。とても長距離を走ることに適しているようには見えなかった。

「本当にこれでマラソンに出場したんですか、彼らは」

「もちろん。そして世界の一流ランナーに比肩する成績を残しています」

俄には信じられない。

「これで走れるのなら地下足袋でも走れますね」

思わずそんな感想が口をついて出るほどだ。

「要するに彼らの走り方がミッドフット、あるいはフォアフット着地だからこそ、このワラーチでも完走できるんですよ」

「そういう走り方は、どうすれば習得できるものなんですか」

宮沢がきくと、「シューズを替えることです」。

意外な答えである。

「いままでスポーツメーカーが出してきたような踵の厚いシューズではなく、もっと平らな靴底《ソール》の靴を履く。そうすると、人間の走りというのは、自然にヒール着地から、ミッドフット着地に変わるんです。地下足袋も底は薄くて平らですから、それでもいいことになります」

「先ほど、人間本来の走り方とおっしゃいました」

宮沢は、気になっていたことをきいた。「それはいったいどういうことなんでしょうか」

有村の淹《い》れてくれたコーヒーを啜りながら、傍らで、坂本が楽しそうにふたりのやりとりを聞いている。

「それは、なぜ人間が――いや、いまの人類が、つまりホモ・サピエンスが生き残ることができたのかという問題と直結します」

有村の話は、止《とど》まるところを知らない泉の如《ごと》くに湧いてきて、ついに悠久の歴史にまで及ぼうとしている。「進化の過程で、いわゆる猿とヒトとが分岐したのはいまから七百万年も前に遡ります。それから、アウストラロピテクスのような猿人が出現し、さらに二百四十万年前になると、原人であるホモ・ハビリスが誕生します。実はこの時代から百万年ぐらい前まで、同時期に何種類もの猿人と原人が共存していたんです」

エチオピクス、ロブストス、ボイセイと呼ばれる三種類のアウストラロピテクス、そしてホモ・ハビリス、ホモ・ルドルフエンシス、ホモ・エレクトス、ホモ・エルガスターという四種類の原人——。

同じ地球上に、これだけの猿人と原人が共存している図を、宮沢は想像してみた。おそらく、新種であるホモ属の原人が、猿人であるアウストラロピテクスと出くわすこともあったに違いない。そのとき、それぞれの種の間でどんな関係が生じたのか。

「ところが、共存していたこれらの猿人は滅び、五十万年前にホモ・エルガスター、三十万年前にはホモ・エレクトスが絶滅してしまいます。そしてまた新しいヒトが誕生し、ついに二十万年前、私たちの直接の祖先であるホモ・サピエンスがこの世に生まれることになるわけです」

「ようやく、いまの世界になったわけですね」

宮沢がいうと、「いえ、違います」、と有村は首を横に振った。

「実は近年の研究によって、我々と共存していたヒトが他にもいたことがわかっているんです。十五万年前から三万年前までのホモ・ネアンデルターレンシス、そして三万八千年前から一万四千年前まで栄えたホモ・フロレシエンシスの二種類のヒトは、私たちと同じ空気を吸ってこの地球上で併存していたんですよ。我々の祖先は、まったく種類の違うヒトを目撃し、場合によっては何らかの交流をもっていたのかも知れません。ところが、いま生き残っているのは、我々ホモ・サピエンスただ一種類のみです。他のヒトはすべて滅び、我々だけがこの地球上にヒトとして生き残っています。果たしてそれはなぜでしょうか？」

「それが走り方と関係あると？」

有村は深くうなずいた。

「その通りです。我々人類の脳の体積は体全体からみれば二パーセントほどでしかないんですが、エネルギーは二十パーセント使うといわれています。そのためには、雑草や樹木を食べるだけでは足りずに、肉を食べる必要がある。つまり、狩りをしなければなりませんが、それには長い距離を走らなければならないんです。ただ走るだけなら、ネアンデルタール人だってできたでしょう。ところが彼らは、同じ走るにしても長時間にわたって長い距離を走ることはできなかったのではないかと考えられているんです。同様に、動物たちも走れはしますが、たとえばトラが走るときには、私たちのように自由な呼吸はできません。前足を出したときに吸って、蹴るときに吐くといった、きわめて単一的で不自由な呼吸しかできない。だから、人間よりも速く走れる動物も、長距離を走るということができないんです。その点、人間は自由な呼吸法で長距離を走れるわけですから、最終的に狙った獲物を追い詰め、食料にありつくことができる。そこに、ホモ・サピエンスである我々の最大の強みがあったのではないかと考えられています。では、その彼らがどんなふうに走っていたか。それがフォアフット、ないしはミッドフット着地だったんです」

「だから人間本来の走り方、だと」

宮沢は感心するというより、むしろ感動すら覚えた。

走るということについて、いままでそんなに深く考えたことはなかった。人間はなぜ走るのか、どういう走り方がふさわしいのか、本来どう生きてきたのか——。

走りの歴史は、人類そのものの歴史につながっていく。

「インストラクターとしての私の仕事は、その人間本来の走り方で、故障することなくジョギングやレースを楽しんでいただくことなんですよ」

そう結んだ有村は、自分が主催しているレースのことなども紹介してくれた。

「最初ここに来るまでは不安だったんですが、こんなにも勇気づけられるとは思いませんでした」

興奮を抑えきれず、最後に宮沢はいった。「ひとつ自分でも走ってみたいんですが、どんなシューズがオススメですか」

すると有村は、

「いままで走ったことはありますか」

ときいた。

「いえ」

宮沢はこたえ、言い訳じみた言葉を続ける。「運動は特にしたことがないんです。忙しくてなかなか」

「でしたら、まずは外へ散歩に出ましょう」

それは、拍子抜けするようなアドバイスだった。「時間を作って外に出れば、自然に歩くようになりますから」

「シューズは――？」

有村は笑っていった。

「どんなのでもいいです。革靴でも、なんでも。いきなり無理をしないで少しずつ始める。それが怪我《けが》をしないで長く続けるコツですよ」

なんだかそれは、会社の経営と一脈通じているような気がした。

3

新規事業のアイデアを胸で温めているうち、半年ほどの月日はあっという間に過ぎていった。

さして儲《もう》かりもしないのにばたばたと忙しかったこともある。だが、こういうものは元来、「やる」と決めたら、ある程度の推進力をもって進めないと、アイデアだけで終わってしまうものなのだろう。

所帯の小さなこはぜ屋で、新規事業を引っ張っていく役目を社員に投げるわけにもいかず、やるとなったら自分がリーダーになるしかない。それはわかっていながら、宮沢自身、うだうだとして踏み切れなかったのは、もうひと押し背中を押してくれるきっかけがなかったからだった。

暦は二月から三月に替わったばかりで、行田の冬はまだ厳しい最中《さなか》だ。

だが、その冬の厳しさは、なにも自然だけに限らなかった。

大徳百貨店の売り場縮小は昨年十月半ばに完了し、やはりというべきか、こはぜ屋の業績に、その影を落としていたからだ。

同百貨店への売上げは一割減。こはぜ屋全体で、大徳百貨店のシェアは三割ほどもあるから、これは痛い。

そしてこの日、宮沢は品川《しながわ》駅に近いマラソン会場にいた。

有村が是非にと誘ってくれた京浜国際《けいひんこくさい》マラソンだ。

日本有数のマラソン大会で、世界の有力ランナーも集う一大イベントである。大会運営委員会のテントに主催者側の一員として加わっている有村を訪ねて挨拶がてら礼をいい、スタート前の熱気にあふれた会場内を見て回る。

参加者数二万人。いままで、この手のイベントに興味を持ったことも参加したこともなかった宮沢だが、その熱気の中にいると、胸の高鳴りを覚えないではいられなかった。シューズやウェアのメーカーがブースを出し、幅広い年齢層の市民ランナーたちがスタート時間前のウォームアップをしたりして、会場はごった返している。

「すごいな、こりゃ。なあ」

隣にいる大地に声をかけると、曖昧な返事を寄越した。昨年、いろんな会社を受けた大地だったが、中途採用は狭き門で、結局、採用通知を受け取れないまま、年を越した。その大地に、京浜国際マラソンに行かないか、と誘ったのは一昨日のことだ。日曜日だから断られるかと思ったが、

「いいけど」

仏頂面で答えて大地はついてきた。サッカーサークルでは万年控えだった大地だが、元来、走ることには興味があるらしい。

いま大地は、レース前の緊張感をまとっているランナーたちを、どこかまぶしげな表情で眺めている。

「シューズは様々だな」

宮沢はいい、「実はな、去年からずっとランニングシューズの業界に進出できないか、考えてるんだ」、と耳打ちした。

「知ってるよ。ゲンさんがいってたから」

意外にも、大地は知っていた。

「ゲンさん、なんつってた」

「別に何も。ただそういう話があるって、それだけ」

やっぱりな、と思う。富島が新規事業に消極的なのはわかっている。

「そうか……」

スタート時間が近づいてきた。最前列に並んでいる招待選手は海外と国内を合わせて約四十名だ。

スターターのピストルが鳴り、二万人ものランナーがスタートしていく様は、まさに壮観そのものだ。

「どうですか、宮沢さん」

選手たちの背中を見送っていると、有村が来て声をかけてくれた。

「すばらしい大会ですね。マラソンに出場したい市民ランナーがこんなに大勢いるとは思いませんでした」

「これでも参加は抽選なんですよ」

有村はいった。「応募総数は約二十万あったんです。倍率は約十倍で、去年よりも高くなっています。いまやランニングは、もっとも身近で楽しめるスポーツなんですよ」

まさしくその通りなのだろう。これほどまでにランニング熱が高まっていたことに、宮沢自身気づかなかったことが不思議なくらいだ。

品川をスタートした選手たちは、都内を南下し、やがて多摩川《たまがわ》を越えると、およそ二十キロ先の横浜市生麦《なまむぎ》付近の折り返し地点で引き返してくる。そのレースの様子は、実況アナウンサーと解説者を乗せた中継車からの映像で会場内のモニタに映し出されていた。

一時間半が過ぎ、先頭集団を形成していたランナーたちから、三人のケニア勢が抜けだそうとしていた。

場内に映し出された画面で、宮沢は足の運びを特に注視している。

たしかにこのランナーたちの走り方は、一般的によく見かけるヒール着地とは異なるような気がする。ミッドフット着地だ。

そのとき、

「……まずいな」

隣で見ていた大地がつぶやいた。

——どうも茂木《もぎ》選手の様子がおかしいですね。

解説者の声が耳に入ってきたのは同時である。

トップを追う第二集団から、そのときひとりのランナーが脱落しようとしていた。

白いユニフォーム姿の若いランナーだ。

「ダイワ食品の選手か」

ゼッケンの上に書かれた社名を宮沢は読んだ。

「茂木裕人《ひろと》だよ。去年まで東西《とうざい》大学で箱根《はこね》の五区走ってた」

思い出した。

「彼はダイワ食品に入ったのか」

「こんな形で負けて欲しくないな」

大地の言葉の意味が、最初宮沢にはわからなかった。そのとき、アナウンサーのひと言が聞こえてくる。

——ああ、毛塚《けづか》とあっという間に二十メートル近く離れてしまいました。

毛塚？

画面に大映しになった選手には、宮沢も見覚えがあった。

「ライバルか」

宮沢は独《ひと》り言のようにつぶやいた。「たしか、五区で戦ってたんだったな」

毛塚直之《なおゆき》は、名門明成《めいせい》大学のエース。箱根の五区は山登りだ。もっとも過酷なレースを強いられるこの区間で、東西大学は茂木裕人、明成大学は毛塚直之というエースを投入、とくに昨年は大会史上に残るデッドヒートを繰り広げたのである。

たしか、そのときも毛塚が勝ち、その勢いをかって明成大学が往路復路を制し、完全総合優勝を成し遂げたはずである。

見ているモニタの中で、どんどん茂木の姿が小さくなっていく。

——膝ですかねえ。

アナウンサーの声に、

——ちょっとこれは無理じゃないですか。

解説者が応えたとき、沿道の悲鳴とともに茂木がアスファルトの道路にうずくまった。茂木を応援していたのか、ちっ、と大地が舌打ちする。

「膝さえ大丈夫なら、絶対に茂木のほうが上なのに」

大地は悔しそうだ。

「随分入れ込んでるじゃないか」

宮沢がきくと、「名門大学かなんだか知らないけどさ、毛塚みたいにチャラチャラした奴は嫌いなんだよ」、という返事がある。

モニタには走れなくなった茂木に、大会関係者が駆け寄る場面が映し出されていた。

「茂木対毛塚で盛り上がるはずだったのになあ」

大地のため息とともに、画面はトップ争いのケニア勢へと切り替わっていった。

4

「なあ、ゲンさん。ちょっと聞いてもらいたいんだが」

翌朝、富島のデスクまでいった宮沢は、近くの椅子を引いて座った。「以前話したマラソン足袋な、あれの開発チームを発足させたいんだが、どう思う」

帳簿から顔を上げた富島は、かけていた老眼鏡を頭の上に載せ、宮沢の顔をじっと見た。

「それは社長のお考えでいいんじゃないですか。私がどうこういう話ではないですから」

本音では、本業から外れることを心配しているはずだが、富島は心の内をのぞかせはしなかった。

「そうか。じゃあ、そうさせてもらうわ」

宮沢はいい、「それでチームのメンバーなんだが」、とその場で何人かの名前を出す。まず、係長の安田、縫製課リーダーの正岡《まさおか》あけみ、それと息子の大地。埼玉中央銀行の坂本にもオブザーバーとして声を掛けてみようというのが、宮沢の構想であった。開発チームのリーダーは宮沢本人が務め、まずは不定期に会合を開いて事業計画を練っていく。

「ヤスや大ちゃんはいいんですが、あけみさんにランニングシューズのこと、わかりますかね」

あけみさんは、今年六十四歳になる女性社員である。平均年齢六十歳の縫製課を束ねる元気一杯のオバチャンで、縫製技術は国宝級だ。製品の仕様を考え、試作品を作るためにあけみさんは絶対に必要な存在であった。

「なんとか話をしてみるよ」

宮沢はいった。「とにかく、オレの頭の中だけで考えていても始まらないから、行動を起こしていこうと思うんだ。ゲンさんもフォローしてくれないか」

「まあ、社長がそこまでおっしゃるんでしたら」

富島はあまり気乗りしないふうではあるものの、「ああ、それと」、といって席を立った。近くの棚から取り出したのは古ぼけた段ボール箱だ。「だいぶ前社長からいわれた、ウチのマラソン足袋。先日、倉庫を片付けたときに出てきたんで」

そういうと、段ボール箱を開け、中に入っているものを出して近くのデスクに並べる。サイズが小さいから、どれも子供用だろう。

「こんなんだったかな」

子供の頃見て以来、ずっと忘れていた。唐突にこみ上げてきた思いに宮沢は陶然とし、しばし足袋に見入ってしまう。

「それなりには売れてた時期もありましたが、世の中の趨勢には勝てず消えるのはあっという間でしたな」

なまじ新しいことに手出ししてもうまくいかないのだと、暗にいいたげな口調である。

宮沢が見ていると他の社員たちも寄ってきた。昔ウチで作っていたマラソン足袋だと聞くと、手に取ったりして珍しがっている。ちょうど、係長の安田もやってきた。

「なあヤス、今度、ウチでマラソンやジョギング用の履き物を開発したいんだが、力、貸してくれないか」

宮沢が声を掛けると、安田は一瞬きょとんとした顔を見せただけで、「ああ、いいっすよ」、と気楽な返事を寄越す。

「そいつは、おもしろそうだ。だけどこの、マラソン足袋っていうんですか？　このデザインはいただけませんね」

ずけずけといいながら、物珍しそうに足袋を裏返してみて、

「おっ、名前があるな」

といった。

見れば、裏に貼り付けたゴムの靴底に、商品名がエンボスされている。

陸王《りくおう》——。

宮沢も知らなかったが、どうやらそれが、かつてこはぜ屋が製造していたマラソン足袋の名前だったらしい。

「これだ、ヤス」

宮沢は、顔を上げていった。「今度開発する足袋の名前、『陸王』にしないか。どうだ」

「いいんじゃないっすか」

周りからも賛同する声が出て、思わぬところから新しい足袋の名前は決まった。

かつてこはぜ屋が製造していたマラソン足袋を、現代に蘇《よみがえ》らせる。新規事業にひとつ、ロマンが加わった。

「開発チーム？　オレが？」

品質管理課のフロアに入って大地に話すと、不機嫌そうな顔になって大地はこたえた。

「なんでだよ」

「だって、お前、走るの、好きだろ。やってみないか」

検品の手を休め、大地は宮沢を振り返った。

「あのさ、足袋だか地下足袋だか知らないけどさ、オヤジは本当にそんなもんがランニングシューズの業界で認められると思ってんの？　オレにはまずそこんところからして信じられないんだよな。いまのシューズって、凄《すご》いぜ。本気でウチに対抗できると思ってるの」

大地の反対は、宮沢にとって予想外だった。もっと気楽に乗ってくると思ったのだ。

「時間の無駄だと思うな、オレは。足袋屋がランニングシューズ作ったって、そんなの売れやしないよ」

「無駄かどうかは、やってみなきゃわからないだろう」

一方的な言い草に、宮沢は腹を立てた。「第一、推測で決めつけるのか、お前は」

大地は怒りの表情を浮かべたが、反論はしてこない。

「もういい。邪魔したな」

宮沢はいうと、憤然として部屋を出た。

5

宮沢が、開発チームを集めて最初の会合を開いたのは、年度替わりになってキリのいい四月のことであった。こはぜ屋の決算は、毎年三月である。

終業後、安田とあけみさんとともに、会社近くにある馴染みの居酒屋「そらまめ」に向かい、初回ということもあって銀行の坂本もそれに加わっての簡単な結成式を開いた。

「すまんな、あけみさん、あんまり馴染みじゃないことに誘っちまって」

「とんでもない。名誉なことだと思ってますよ、あたしは」

あけみさんは生来の明るさで笑い飛ばした。「新しい商品を作るなんて、聞いただけでワクワクしてくるわ。ねえ、ヤスさん」

「だよなあ」

すでに最初のビールで頬が赤い安田も興奮を抑えきれず、にんまりしている。「やっぱ、おもしろいことしたいじゃないですか」

走るための足袋を開発してランニングシューズの業界に参入する——。

開発チームの目標を神妙に聞いていたふたりだが、その前向きの反応に、宮沢は内心ほっとした。

「よかったですね、社長。前向きの意見が出て」

宮沢の心中を忖度《そんたく》して、坂本も笑みを浮かべている。

これに大地も加わってくれたら——。

いま宮沢は、息子が何を考えているのか、まるでわからなくなっていた。いつの間に、こんなぎくしゃくした親子関係になってしまったのだろう。

「あれから自分なりに調べたことをまとめてきましたから、酔っ払う前に」

坂本が、脇においたカバンの中から簡単な資料を出して全員に配りはじめる。「これは本店の調査部を通じて大手シューズメーカーにヒアリングをしてもらったものなんですが、新しいシューズを開発したとき、損益分岐点の販売数は四万から五万足なんだそうです」

「つまり、四万か五万足売って得た儲けぐらいの資金が、開発費に回っているということだな」

宮沢の要約に、「一足、いくらぐらいするんですかね」、と安田。

「一万円前後だと考えていいんじゃないですか」

坂本がいった。「この資料で簡単な試算がしてありますが、仮に一万円だとして粗利三十パーセントで三千円、さらに宣伝費などの事務経費を差し引いて一割が純利益だとします。つまり千円ですね。その五万足分というと、五千万円」

「そんなにかかるのかい」

その金額に、あけみさんが目を丸くした。「おカネ、出るんですか、社長」

「カネのほうはなんとかするから」

答えたものの、通常の運転資金で四苦八苦しているこはぜ屋だ、そんな資金が簡単に調達できるはずはない。いま考えても仕方が無いだけのことである。

「そうですよ、そのために私がここにいるんじゃないですか」

坂本が胸をはってみせ、それでなんとか救われた気分だ。坂本は続ける。「ちなみに、シューズの製造でもっとも金がかかるのは、靴底《ソール》なんだそうです。それと、そのソールとも関係がありそうですが、一応シューズの耐久性は、レース用のシューズで四百キロ、トレーニング用で七百キロといわれているそうです」

口には出さなかったが、内心、宮沢は圧倒された。

座敷足袋はもともと畳の上をすり足で歩くのに向いている。したがって足袋の底には、フエルト地がついているぐらいでさして補強もしていない。地下足袋は底に生ゴムを貼り付けているが、それがどれくらいの走行距離に耐えられるのか、わからなかった。

耐久性は、きっと近い将来、こはぜ屋が越えなければならない壁になる。

「商品開発の進め方なんだが、あれこれ数字をひねくり回す以前に、まず作ってみたい」

坂本の説明が一段落するのを待って、宮沢はいった。「まずは試作品を作って、実際に走ってみる。そうすると、いろんな問題点が見えてくると思う」

「でも、ただ作れといわれても、どう作っていいのやら困っちまいますが」

軽く右手を挙げていったのは、安田だ。「商品開発というからには——ええと、なんていいましたっけ。コンセント——じゃない」

「コンセプト」、と坂本。

「それそれ！」

安田は、タバコを持ったまま指を動かした。「そういうのが、要るんじゃないですか」

「ひええ。難しくなってきたわ」あけみさんが、怖《お》じ気《け》づいたように肩をすくめる。

「難しい話じゃないから」

思わず笑ってしまった宮沢だが、そこで話したのは、有村から聞いた走法についてだ。

「『陸王』のコンセプトは、怪我や故障をしにくいミッドフット着地を実現するシューズだ。売りになるのは裸足感覚と——これは足袋ならではの利点なんだが、従来のシューズと比較して、さらなる軽量化。それに足袋独特のフィット感だ。一応、オレの頭の中にあるイメージを冨久子《ふくこ》さんに頼んでイラストにまとめてもらった」

西井《にしい》冨久子は縫製課の最高齢だが、縫い子さんという以外に、もうひとつの顔があった。

こはぜ屋の様々な足袋のデザイナーとしての顔だ。

足袋は白とは限らない。外履き用の足袋には様々な模様を施したものがあるのだが、そのほとんどは冨久子さんがデザインしたものなのだ。冨久子さんには、先代の頃からかれこれ半世紀もこはぜ屋の足袋をデザインし続けてきた実績がある。

いま、宮沢が見せたのは、濃紺に白い模様を絡ませたデザインだった。

「トンボか」

その白い模様を見て、安田がいった。「勝虫《かちむし》ですね」

勝虫として縁起がいいとされるトンボは、こはぜ屋の足袋にも様々な形で登場するお馴染みだ。それを少し大きめのデザインにして、シューズのワンポイント代わりにしている。足袋と違うのは、紐で縫い上げるようにしてあることだが、その紐も勝色《かちいろ》といわれる藍色の指定だ。靴底《ソール》には、地下足袋で使う生ゴムを貼り付けることにした。

「へえ。良い感じじゃないですか。さすが、冨久子姉さん」

感心したあけみさんに、「よし、作ってみるぞ」、と安田が意気込んでいる。「試作品を作って、まずは履いてみようじゃないか。社長、少々、時間くれますか」

「頼むわ」

かくして、こはぜ屋の新しいビジネスは、ささやかに動き出したのである。

6

記念すべき「陸王」の試作品第一号が製造されたのは、それから二週間後のことであった。

午後四時過ぎ、取引先への営業から戻った宮沢のデスクにそれは、ぽんと置いてあった。

「おっ、できたのか」

感慨と共に眺めていると、すぐにノックがあって、安田の顔が覗いた。

「社長、見ていただきましたか」

どうやら、宮沢が帰社するのを待ち構えていたらしい。試作品の感想を期待している顔だ。

「ああ、いま見てたところだ。ご苦労さん」

社長のサイズに合わせてあります、と安田がうれしいことをいうのでその場で履いてみる。

「ぴったりだ」

素足に吸い付くような感触である。歩いてみると、底の生ゴムが床を摑むのがはっきりとわかる。

「社長の分と銀行の坂本さん、それともう一足、江幡《えばた》君にも履いて走ってもらうことにしました」

「江幡君って？」

宮沢がきくと、「ムクハトの江幡君ですよ」、という返事がある。

椋鳩通運《むくはとつううん》はこはぜ屋出入りの運送業者で、江幡はそこのセールスドライバーだ。浅黒い顔をした長身の男の姿を宮沢は思い出した。

「実は彼、高校時代は長距離の有名選手だったらしいんですよ。東西大学からも声がかかったほどで」

「それは知らなかったな」

推薦入学の口はあったものの、父親を早くに亡くし、女手一つで育ててくれた母親を楽にさせてやりたいという理由で、進学をあきらめ歩合《ぶあい》で稼げる椋鳩通運に就職したのだと、安田は説明した。我ながら単純なところのある宮沢は、その話を聞いただけで江幡のことが好きになった。

「『陸王』の話をしたら、一も二もなく協力させてくださいってことで。すんません、事後報告になっちまいまして」

「いやいや、ありがとな」

こんなふうにして、新しい試みが少しずつ広がっていけばいいと、宮沢は思った。越えなければならない壁は高くても、大勢の人たちの協力を得られれば、きっといつか越えられるはずだ。

「なにお父さん、それ」

宮沢の「陸王」を見て興味深げにきいたのは、娘の茜だった。午後九時過ぎ、夕食を終えて一段落したところである。

幾分腹もこなれたところで、自分も試走してみようと、リビングで「陸王」を履いてみた。

「ウチの新製品」

宮沢はこたえた。「似合うか」

「似合わねー」

娘の評価は容赦ない。「それって足袋なの?」

「足袋は足袋でも、マラソン足袋ってやつだな」

「へえ。そんなの売れるんかいな」

茜は、興味と疑問が半々といった様子である。

「売れるかどうかは、売ってみないとわからない」

冗談をいって外に出ると、四月の夜気が宮沢を包み込んだ。ひんやりとしているが柔らかい、春闌《た》く夜だ。

新規事業を立ち上げるまで時間がかかったが、昨年、インストラクターの有村を訪ねた後、宮沢はウォーキングを日課にするようになっていた。最初の頃はただ歩くだけだったが、最近ではジョギングシューズを買って軽く走ることもある。

しばらく走った後、街灯の下で立ち止まり、ジャージの上下と足袋を見下ろした。見なれないせいか、和洋折衷、珍妙な取り合わせである。

再び走り始めた。

地面の微妙な凹凸をも拾うほど、生ゴムの靴底は繊細だ。いやそもそも同じ生ゴムを使った地下足袋は、植木職人などが足の指で枝の感覚を拾うのに都合よくできている。それより硬めの素材にしたので、繊細なのは当たり前だ。一方で、厚底のジョギングシューズのようなクッション性はあまりない。硬く妥協のない感覚は、心地よさを通り越して痛いほどだ。

一キロほど離れた会社近くまで走り、真っ暗な社屋を横目で見ながら走り抜けた。そのまま水城公園まで約四百メートルの道のりを駆けていく。

有村は、ソールの薄いシューズを履くことでヒール着地から脱却できるといった。宮沢にはいま自分の走法がどうなっているか、わからない。ただ、夜気の中で呼吸の音を聞きながら、足を前に出しているだけだ。

息が切れてきた。

だが、それ以上に宮沢を悩ませ始めたのは、足先の、親指と四つ指の間にある皮膚の痛みだった。

やり過ごせるかと思ったが、痛みは次第に大きくなっていき、三十分も過ぎた頃、ついに耐えきれなくなって、宮沢は走るのを止めた。

一旦、そうなってしまうと歩いても痛い。

「ダメだな、これは」

走るための足袋なら、それが長距離であればあるほど、快適であるべきだ。耐久性以前に、この足袋では何時間も連続して走ること自体、無理だった。

公園の途中で引き返しながら、宮沢は解決策をあれこれと考え始めた。

「地面の摑みはいいんですが、足への衝撃がちょっとダイレクト過ぎる感じはありますね」

案の定、それから数日してやってきた椋鳩通運の江幡の感想も、好感触とはいいかねた。メモを取っていた安田が、考え込んでいる。

「指の股は痛くなかったかい」

宮沢がきくと、「実は、それが真っ先に気になったことでした」、と江幡。

「ただ、それをいっちゃうと、足袋であること自体を否定してしまう気がしたんで……」

出入りのセールスドライバーだから言い方はやんわりだが、元アスリートらしい妥協のなさは本物だ。「それと、踵《かかと》が詰まり過ぎてる気がするんです。足入れ部分のカットを浅目にしてもらえるともっとよくなると思います」

形状を変えるとなると、もう一度デザインからやり直しだ。

安田の表情も曇ったままだ。

「なんか否定的なことをいってしまいましたが、いいところも実はありまして」セールスドライバーの制服を着たまま、江幡はいった。「最初に足を入れたときのフィット感は素晴らしいと思いました。履いてて気持ちよかったなあ」

「うれしいことといってくれるじゃないか」言葉とは裏腹に、安田は仏頂面である。

「いえ、このくらいのことでしたら、いつでも協力させてもらいます。また試作品があれば声かけてください。必要なら昔の陸上競技の仲間がいますんで。喜んでテスター、やらせてもらいますから」

そういうと江幡は、一礼して集荷のため倉庫へと足早に消えていった。

「まあ、最初はこんなもんか」

参ったな、という感想を呑《の》み込んで、宮沢はいった。

「マラソン足袋といったって、作ったのは地下足袋とさして変わりませんもん。課題はいろいろありますよ、そりゃあ」

と安田。「踵の形状の件はちょっと時間下さい。問題は、指の股の部分の擦《こす》れですが――」

腕組みをしたまま考え込んでいる宮沢を見て、安田はきいた。「どうしますか」

「そうだな……」

「内側に当て布をして縫い目が肌に当たらないようにやってみるという手もありますが」

安田は思いつく解決策を口にした。

「ただ、それが根本的な解決策になるかな」

やがて宮沢がいった。「足袋屋だから足袋の形で作ったけれども、あれはそもそも職人が枝や棒を足先で摑むのに便利にできてるわけだ。道路を走るだけなら、足袋みたいに二股にする必要はないのかもな。一般的なシューズ同様、先端は丸めたっていいんじゃないか。そもそも、あまり足袋に馴染みのないいまの人たちにはそのほうがずっと履きやすいかもしれない」

返事はない。

安田自身、足袋の形状にはこだわりがあるのだ。

「まあ、そうかもしれませんね。いや、きっとそうかな」

やがて、そんな返事がある。ふたりで黙り込むことしばし。やがて、

「丸めてみましょうか」

安田がいった。「冨久子さんにデザインを直してもらいます」

「それと、靴底の生ゴムの生地をもう少し厚目にしたほうがいいんだろうな、やっぱり。あまりに薄すぎる気がする」

宮沢は思った。

「江幡君もいってましたしね」

と安田もいったが、これまた考え込んでしまう。

問題は重さだ。靴底《ソール》を厚くすれば重くなる。

「いまのランニングシューズって軽いじゃないですか。軽い奴になると片足百五十五グラムとか、そんなもんですよ。厚底にすればショックを緩和することはできるんですが、同時に重量は犠牲になりますよ」

「軽さは、足袋の利点のひとつなんだけどな」、と宮沢。

「だけど、両立しないんすよねえ」

安田はちょっと遠慮がちに宮沢を見た。「こうなってみると、靴メーカーがソールに巨額の開発費を投じているのも、なるほどなと頷けますね」

とはいえ、数千万円単位の開発費を準備できる余裕など、こはぜ屋にはない。

「ウチはソールで勝負すべきじゃないのかなあ」

安田が意外なことをいった。「だって、ソールの開発では、既存メーカーに絶対に勝てませんもん。むしろ、ゴム底を取っ払っちまって、特殊な布かなんかで足袋底を作るほうがウチらしい気がするんですよね」

「特殊な布か」

そんな布があるのか、あるとしてもどこにあるのか、宮沢には見当もつかない。

「仮にそれがどこかに存在するにしても、いまはない」

嘆息交じりに、宮沢はいった。「現時点で可能な改良に取り組んでみようや」

とりあえず、やれることからやっていくしかない。

7

初夏を思わせる陽気となったその日、午後から雨になった。結構な降りで、社長室から見える敷地内のアスファルトに無数の水しぶきが上がっている。

富島は、難しい顔のまま作業服からタバコを取り出して点火した。何かいいたいことがあるのは、雰囲気からわかる。

「何かあったのかい」

尋ねると、ほんの数秒、逡巡《しゅんじゅん》するかのような沈黙が落ちた。

「大ちゃん、どうですか、その後の就職活動は」

宮沢は顔を上げ、富島を見た。

「苦労しているようだが」

実はこの日も、大地は面接のために休んでいた。受けた会社は数知れず。だが、決まらない。そのせいか本人はだんだんやさぐれてきて、品質管理の仕事もどこか投げやりだ。

「言いにくいんですが、正社員としての給料を払うのなら、きっちりすべきじゃないですかね」

富島はいった。「ずっと仕事ぶりを見てきて、私も時々注意したりしてるんですけど、いま大ちゃん、まったく身が入っていない状態ですよ。他の社員だったら、もしかしたらクビ切ってるかもしれない。これじゃあ示しがつきません」

いままで、どちらかというと大地を贔屓《ひいき》してきた富島がいうのだから、これは何かあったと思うのは当たり前だった。

「橋井《はしい》あたりが、ちょっといってきまして」

橋井美子《よしこ》は、縫製課のベテラン工員だ。「実は社長の耳には入れてなかったんですが、何度か検品ミスがあったようなんです」

「なんでいってくれなかったんだ、ゲンさん」

宮沢は驚いてきいた。

「出荷前にヤスが気づいて、取引先には迷惑をかけませんでしたから。ただ、ヤスの話では、謝るでもなく、縫製課の作業に問題があるんじゃないかって責任転嫁の発言もあったとか。それを傍《そば》できいてた人間がいて、橋井たちの耳に入っちまったんですよ。私たちの責任ならそういってくれって、さっき、私のところに橋井たちがいってきました」

思わず顔をしかめた。

「そうだったのか……。すまなかったな、ゲンさん」

宮沢は頭を下げた。「大地にはオレから話すよ。申し訳ないが、この件は預けてくれるか」

「すんません。差しでがましいことをいいまして」

富島は頭を下げる。

「いや、こんなことはゲンさんにいわれる前に、オレがきっちりすべきだった。すまん」

宮沢はいい、この日一番深いため息を洩らした。

「どうだった、大は」

その夜、帰宅した宮沢はまっさきに美枝子にきいた。午後八時を過ぎており、家族はすでに食事を済ませている。

「ダメだったんじゃない」

美枝子は二階のほうを見上げていった。「何もいわないで二階へ上がっちゃったよ」

宮沢は階段を上がり大地の部屋のドアをノックした。

「おい、どうだった」

ベッドに仰向《あおむ》けになって音楽を聴いている大地にきいたが、返事はない。

大音響で流れているオーディオのボリュームを下げ、勉強机の椅子にかけると宮沢はもう一度きいた。

「どうだったんだ」

「だめだよ」

面倒くさそうな返事がある。

受けたのは、一部上場の大企業ソニックの中途採用だ。大手になるとエントリーシートが通ること自体難しいが、今回はそれを突破して、最初の面接にこぎつけたはずだった。

「なんだって?」

「研究職ならスタッフ採用になるって」

「なんだそれ」

「大学院とかを出てきた連中の補助業務だと。オレいまから勉強して大学院行こうかな」

事実、大地の仲間には大学院へ進んだ者も少なくない。いやむしろ、学部を卒業すると同時に就職を選ぶほうが少ないぐらいだ。そうしたのは、大地自身、さほど勉強が好きではないといった理由もある。だが、いまさらの話であった。その件は聞き流し、

「あのな、大地。ちょっと聞け」

宮沢は横顔を向けたままの大地に、いった。「お前、自分の検品洩れ、責任転嫁したそうだな」

返事はない。「そういう態度では困るし、やるなら真剣にやれよ。もし、そのつもりがないんなら——お前、辞めろ」

大地の横顔はぴくりとも動かなかった。それどころか、瞬《まばた》きもせず天井を見上げたままだ。

「お前にとっては就職が決まるまでの腰掛けかもしれないけどな、みんなにとっては違うんだ。真剣にやるつもりがないんなら、辞めて就職活動に専念したほうがいい。仲間たちの気持ちもよく考えろ」

辛《つら》いのはわかる。しかし、大地の進路は、大地自身が考え、切り拓《ひら》いていくしかない。いま無闇に手をさしのべていいことは何もない。

人生には、自分の力で切り抜けるしかない場面が必ずある、と宮沢は思う。

大地にとって、いや宮沢にとっても、いまがそのときに違いなかった。

8

「いいデザインじゃないですか」

出てきたのは、予想外の称賛だった。

有村のショップである。奥の一角にあるテーブルには、新しいデザインで生まれ変わった「陸王」が載せられていた。足袋のつま先部分を丸め、見た目は、和風テイストのシューズといったところだろうか。富久子さんらしい独特のセンスが発揮され、目を引く美しさだ。これはすでに足袋ではなくシューズだと、宮沢は思う。

そのシューズを様々な角度から眺め、さらにソールの生ゴムを指で押したりしながら、有村は品定めをしている。

「電話で伺った有村さんの足のサイズに合わせてありますから、ちょっと履いてみてください」

宮沢がいうと、「じゃあ、遠慮なく」、有村はその場で靴下を脱ぐと素足で「陸王」を履き、ちょっと走ってきます、といって店の外へ出ていった。

「なんだか、楽しそうですね、有村さん」

その後ろ姿が商店街へ消えていくのを見送りながら、坂本が笑顔を見せた。「あのひと、ほんとに走るのが好きなんですよね」

「あの笑顔が仏頂面になって帰ってこなければいいけどな」

宮沢の心の中では期待と不安が入り交じっている。

実は、変わったのはデザインだけではなかった。

この二ヶ月、様々な人の意見を取り入れて「陸王」の改良に取り組んできた。

変えたのはつま先の形状だけではない。細かな修正をいくつも加え、履き心地と耐久性は格段に進歩したといっていいだろう。試作一号と比べればもはや別物だ。

椋鳩通運の江幡に頼んでランニング仲間たちに試走してもらい、「これなら」と、ようやく及第点をもらえたのが、つい先週のことであった。

そろそろ商品化できないか——。

そのために有村の意見を聞こうと、この六月最初の土曜日、坂本とともに横浜のショップを訪ねたのである。

十分ほどして店に戻ってきた有村は、

「なかなか、いいですよ」

有村は率直な感想を述べた。「ソールは地下足袋っぽいですけど、全体としては地下足袋らしくないというか。足との接点をうまく処理してありますね。縫製もよくできてるし、デザインもいい。これなら、そのまま若い子がファッションとして履いてもおかしくないでしょう」

宮沢はうれしくなり、「ランニングシューズとして売れますか」、とこの日最も知りたかったことをきいた。すると、

「それはちょっとどうかな」

有村は首をかしげ、脱いだ「陸王」を改めて眺める。

「この生ゴムの底は薄過ぎず厚過ぎずで、だいぶ検討を重ねてある印象なんですが、耐久性はどうなんですか」

鋭い指摘だ。

「そこは目下の課題だと思っています。まず、履き心地と走りの感覚を見ていただきたいと思いまして」

正直に宮沢がいうと、

「このソールだと三百キロももたないんじゃないですかね」

有村は単刀直入である。「ただ、履いたときの薄さは、市販のシューズにはない感じで、悪くない。あえてもう少しソールを厚くして耐久性を出した上で、矯正用シューズとして売り出すのは有りかも知れません」

「矯正用……ですか」

秘《ひそ》かに抱いていた期待が、すっと遠のいていく。

「あるいはランニング初心者用でもいい。走り方に問題があって故障したり、あるいは故障の経験があるランナーに向けて、ミッドフット着地が身につくフットギアという売り方はあると思いますよ」

「それって、どれくらいの需要があるもんなんですか」

そう尋ねたのは坂本だ。

「具体的な数字は、ちょっとわかりませんね」

有村はあっけらかんといった。「でも、そういうニッチなところから出発してノウハウを蓄積し、いまや押しも押されもしない大メーカーになっている会社もあるんですよ。たとえば、ニューバランスさんはそうですよね。元は矯正靴の製造メーカーでした。こはぜ屋さんがそれに続けないことはないと思います」

「それは知りませんでした」

宮沢は正直にこたえ、「ただ、これから商品化していく上で、どう進めていったらいいかわからないんですよ」、と経営戦略上の疑問を口にする。

「私は経営の専門家ではないから断定的なことはいえませんが、まず、実績を作ることじゃないですか」

成功に奇策はないとばかり、有村はいった。「誰か、レースに出ているようなある程度名前の知られたランナーに、練習用に使ってもらえるといいんですが。そこでフィードバックをもらいながら改良を進めていけば、口コミでもひろがっていくでしょうし、評価が高ければ雑誌やテレビといったマスコミの紹介で一気に火がつく可能性はあると思うんですよ」

「誰か、この足袋を練習用でもいいから履いてくれそうなランナー、いませんか」、と坂本。

さすがの有村も、唸ったまましばらく考え、

「少なくとも、私が直接声をかけられるランナーではそういう人はいませんね。ただ――」

ひとさし指を立てて続けた。「走法で悩んでいて、しかも故障経験のあるランナーならひとり心当たりがあるかな。とはいえ、面識はないから直接交渉してもらうしかないんだけど」

「誰ですか」

勢い込んできいた宮沢に、有村は思いがけない名前を告げた。

「ダイワ食品の茂木裕人ですよ」

「ダイワ食品の、茂木……」

呟《つぶや》いた宮沢の脳裏に、以前観戦した京浜国際マラソンのワンシーンがまざまざと蘇ってきた。

路上にうずくまる茂木の姿は、生々しい記憶として残っている。

「ダイワ食品の練習場と寮は埼玉にあったと思いますよ。おたくの会社から近いのも、こはぜ屋さんにとっては好都合じゃないですか」

しかし、あの茂木選手に……。

気後れし、宮沢はただ呆然《ぼうぜん》と有村を見つめた。

第三章　後発ランナー

1

宮沢が上尾《あげお》市にあるダイワ食品を訪ねたのは、梅雨の中休みとなった、六月半ばのことであった。最初は多忙を理由に断られていたが、同じ埼玉県内の業者であることなどを根気よくアピールしたところ、「短時間なら」、という条件で、ようやく面談の約束を取り付けたのである。

駐車場にクルマを入れ、「ダイワ食品スポーツ管理センター」の表札の出ている建物に続く階段を駆け上がっていく。

入り口脇に事務所があり、ガラス越しに五つほどのデスクが並べられているのが見えた。

小窓を開け、そこにいる三十代とおぼしき女性に声をかけると、「ああ、監督とお約束ですか」、と建物の奥をちらりと見た。

「いまちょっと来客になっちゃったんですよね」

「二時半にお約束をいただいているこはぜ屋の宮沢と申します。待たせてもらっていいでしょうか」

「すみませんね。まあ、どうぞ」

入り口でスリッパに履き替え、入って右手にある「応接室」の看板のかかった部屋に案内された。

静かな部屋でソファにかけていると、建物のどこかから声高な胴間声《どうまごえ》が聞こえてくる。時折、派手な笑いが挟まり、どうやら隣室で話しているのが監督の城戸《きど》明宏《あきひろ》らしいと知れた。

その話し声は、約束の時間を十分ほど過ぎてようやく途切れ、と思うとドアをノックする音がして宮沢は立ち上がった。

入ってきたのは、五十歳を過ぎた赤ら顔の男だ。ジャージの上下を着て、髪は五分刈り。金縁のメガネをかけた目は細く、脂肪太りした顔の両側にメガネの蔓《つる》が埋没している。

「本日はお時間をいただき、ありがとうございます」

宮沢が差し出した名刺を片手で受け取ると、「ええと、どういうご用件ですか」、と城戸はそっけない。

「弊社は行田で百年、足袋を作ってきた業者なんですが、最近、ランニングシューズを開発しまして」

「シューズ……？」

城戸は、怪訝《けげん》そうに間を挟んだ。

「まだ試作段階なんですが、ランニングインストラクターのアドバイスなどを得まして、怪我をしにくいシューズを作ってみたんです。これがその実物なんですが」

持参してきた「陸王」を、宮沢は紙袋から出して見せた。城戸は手を伸ばして片方を取ったが、何をいうでもなく、反応は薄い。

「足袋本来の持ち味を生かして、地面を摑みやすい構造になっています。一番の特徴は、ミッドフット着地の正しい走法が可能になるということで、怪我をしにくいんです」

城戸は黙ったままだ。

「もしよろしければ、一度試していただけないでしょうか」

椅子の背にもたれ、城戸は長い息を吐く。

「選手は各自、シューズは決まってるんだよな」

「茂木選手はどうですか」

宮沢はようやく、意中の名前を出した。「先日の京浜国際マラソンで足を痛められたとき、私も会場のモニタで見ていました。足を痛めないように、練習用として試していただけないでしょうか」

城戸は、鼻から不機嫌そうな息を吹き出した。

「ダメだ、そんなの」

吐き捨てるような言葉だ。「だいたいお宅、他での実績はあるのかい」

「いえ。実はまだ製品が完成したばかりでして」恐縮して宮沢はこたえる。

「だったら、そのヘンの中学か高校の陸上競技部とか、そういうところから実績を積み上げてくるのがスジだと思うけどね」

「トップの選手に使っていただいてこそ、いいものができると考えております。なんとか、検討していただけませんか」

「難しいね、それは。もういいですか。忙しいんで」

腰を浮かした城戸に、「これ、茂木選手に渡していただけませんか」、と慌てて宮沢はバッグから新たな「陸王」を出した。全部で四足。

「サイズがわからなかったので、何足か用意しました。よろしくお願いします」

城戸は、めんどくさそうな顔で「陸王」を一瞥したが、黙って受け取ると宮沢に退席を促した。時間にして五分程度。かくして宮沢は、なす術《すべ》もなく退散を余儀なくされたのであった。

中座していた監督室に戻ると、そこにはさっき話をしていた男たちがまだ待っていた。

「トラブルですか、監督」

むすっとした顔の城戸を見て、上座にかけたスーツ姿の男が声をかける。大手スポーツ用品メーカー、アトランティス日本支社の営業部長、小原賢治《おばらけんじ》だ。恰幅《かっぷく》のいい小原は、いかにも大手企業の役員という風格を漂わせていた。

そしてその隣にいる痩せた五十そこそこの男は、村野尊彦《むらのたかひこ》。地味なグレーのスラックスにベージュのセーター、首から社員証をぶら下げている村野は、同社のシューフィッターで、ダイワ食品陸上競技部員たちのシューズの面倒をみてくれている男である。

いつもは村野がひとりで来て練習を見ていくのだが、時々それに小原もついてきて、世間話をしていく。今日もそうだった。

「売り込みだよ。足袋業者の」

向かいの椅子にかけ、半分ほど飲みかけてすっかり冷めたコーヒーを一口啜《すす》った城戸に、

「足袋業者？」

そうきき返したのは小原だ。「なんですか、それ」

「ランニング用のシューズを作ったから使ってくれないかといってきた」

そういって、手にしていた紙袋から出してみせる。

「なんだこれ。地下足袋じゃないですか」

口の悪い小原はそんなことをいいながら、隣にいる村野に話しかける。

「おい村野。足袋屋がウチの業界に出てきたなんて話、聞いたことあるか」

小原のほうが年齢は下だが、役職は上だ。大学を卒業してから外資系企業を渡り歩いて出世してきた小原に対して、村野は高校を卒業して小さな靴製造業を振り出しに、靴業界を渡り歩いてきた職人だった。アトランティスという会社の社風なのだろうが、下の者への口調には遠慮がない。

「いいえ」

村野はさも意外そうに首を横に振った。「聞いたことがありませんね」

「相手にするつもりじゃないでしょうね、監督」

冗談半分で疑わしげな顔を向けた小原に、

「まさか」

城戸はいって、つい今し方もらったばかりの名刺をテーブルに置いた。

「こはぜ屋？　――なんだ、ちっぽけな足袋屋じゃないですか」

その名刺に書かれた名前と住所から、さっそくスマホで調べた小原がいう。「村野が知らないということは、実績もないんでしょう。こんな会社が、恐れ多くも天下のダイワ食品陸上競技部によくも売り込みにきたもんだ」

「茂木に履いてくれないかとさ」、と城戸。

「バカも休み休みいいなさいって」

小原は冗談めかして、「そうですよね、監督」、と念を押す。「うちは、かねて御社に様々なサポートをしてきたんですから。シューズやウェアも提供させていただいております。もちろん、試合だけでなく、練習でも我が社の製品を使っていただきたいと思っております」

「わかってるよ、そんなことは」

小原のしつこさに閉口した城戸に、「それで、茂木君はどうなんです」、ときいたのは村野のほうだった。

城戸は、すっと表情を曇らせた。

京浜国際マラソンで、茂木が痛めたのは左足であった。かけつけたとき、長年選手たちの走りも怪我も見てきた城戸の見立ては「肉離れ」。それならたいしたこともなく、時間さえ経過すれば治る。

ところが、精密検査の結果、思いがけない診断が下ったのであった。半腱様筋腱《はんけんようきんけん》の部分損傷。左足付け根にあるスジの損傷で、最初聞いたとき、耳を疑った。

——先生、それって、短距離の選手がよくなる奴じゃないんですか。

そのとき城戸は、診断したチームドクターの斉藤昌治《さいとうまさはる》に質問した。長距離メインの茂木が、そんなところを痛めたりするものなのかと。

——それはまあ、原因は様々だから。一概にはいえませんよ。ただ、いまの走り方だと治ったとしてもいずれまた同じことになるかもしれない。

「走り方、ですか」

単なる怪我ならともかく、走法を変えるとなると簡単な話ではない。

「まだ時間はかかるだろうな」

斉藤とのやり取りを思い出して城戸は言葉を濁すと、「茂木はなんかいってましたか」、と逆に村野に尋ねる。

村野は、この道三十年のベテランだ。いまやランニングシューズの世界ではカリスマとさえいわれて選手に慕われており、監督にはいえない悩みを打ち明ける選手も少なくない。

職人としてプライドも高く、仕事に厳しい村野だが、選手に対しては常に温かく接することで定評があった。シューフィッターにとって、顧客となる選手の足型の数が人気のバロメーターだとすれば、業界でもっとも多くの足型を取っているのが、この村野だ。

「いや、別にいってませんでしたね」

こたえた村野を、城戸はじっと見た。村野がいつも本当のことを話すとは限らないからだ。選手から聞いた悩みを監督にそのまま伝えたのでは、信頼は勝ち得ない。そのへんの微妙なさじ加減を、村野は心得ている。

監督が選手に本音の評価を伝えないこともあれば、選手も監督には本音を隠すこともある。むしろ、そういうことの方が多いかもしれない。

「そもそも、走法を変えて、以前のような成績が残せるものなんですか」

小原の目が、城戸を覗き込む。

アトランティスが選手にシューズを供給しているのは、当然のことながら、それが宣伝になるからだ。優勝争いを繰り広げるような選手なら、テレビをはじめマスコミの露出は多いから大いに宣伝になる。また試作段階でも一流選手の貴重なフィードバックを得られるメリットも大きい。

だが、下位に甘んじているようでは話にならない。足の怪我が治っても、以前のような華々しい活躍ができないのであれば、アトランティスとしてもいままで通りのサポートを継続する意味がない。

「それは、やってみないことにはわからんよ」

そう答えた城戸の目をじっと見据えた小原の脳裏で、損得勘定がうごめいているのが目に見えるようだった。

2

「お疲れ様でした。どうでした」

事務所の玄関で靴を脱いでいると、安田が声をかけてきた。その様子から宮沢の帰りを待っていたらしいのが窺える。

「正直、今日の感触だけいえば望み薄だったな。実績を積んでから来いっていわれちまったよ」

「やっぱり、そういう話になっちまいましたか」

いよいよダイワ食品に「陸王」の売り込みに行くことは、昨日開いた開発チームの打ち合わせで報告してあった。

銀行の坂本も参加してあれこれと話し合う中で、実績がないと指摘されたらそれは認めるしかないという話はしていた。「あとは城戸監督の人柄次第ですね」、とは、そのときの坂本の弁。協力的な好人物ならと期待したが、それはあっけなく萎《しぼ》んだ。

「とてもじゃないが、まともに相手してくれるような感じじゃなかった」

城戸の印象を正直に語った宮沢に、「そうですか……」、と安田は肩を落とす。

「それで、茂木選手用のシューズはどうしました」

「一応、受け取ってくれたけど、あの様子じゃ、履いてもらえる可能性はないな」

「なかなかうまくいきませんね」

ふたりの間に重たい沈黙が落ちたとき、白い軽自動車が敷地内に入ってくるのが見えた。坂本が運転する銀行の業務用車だ。

「あ、坂本さんだ」

安田が運転席を見ていった。「ダイワ食品とのこと、ききにきたんじゃないですか」

きっとそうだろうと思い、宮沢は短く溜息《ためいき》をついた。

最初の売り込みが完敗だったと知ったら、きっとがっかりするだろう。

だが、社長室で城戸監督との一部始終を話すと、坂本は、「まだ始まったばかりじゃないですか」、と逆に励ましてくれた。

「まあね。みんなのおかげで『陸王』も形になりつつある。これも坂本さんのおかげだな。これからも頼むよ」

そういった宮沢だが、坂本が表情を歪《ゆが》めたのを見てふと口を噤《つぐ》んだ。

「社長」

そのとき坂本は背筋を伸ばして、顔を上げた。「実は、ご報告しなければならないことがありまして——。私、転勤が決まりました」

坂本は続ける。「本日、辞令が出まして、県外になりますが、前橋《まえばし》支店に異動することになりました」

唐突な話である。情けない話だが、宮沢はショックを受け、どう言葉を発したらいいのかさえわからなくなった。

両手の拳を膝に置き、坂本もいかにも悔しそうだ。

「こはぜ屋さんの新規事業、最後まで見届けたかったんですが、本当に残念です——すみません、社長」

声を絞り出した坂本に、何かいおうとするのだが、声が出ない。

「そうか……」

やがて出てきたのは、落胆まじりの言葉である。「仕方、ないんだろうな」

自分を納得させようとでもする、ひと言だ。

「銀行員ですんで」

坂本も、自分に言い聞かせるような口調である。「辞令ひとつで、どこにでも行かなければなりません」

しかも、後任への引き継ぎは三日間しかないという。

「本部に行くのかと思ってたよ」

坂本は、仕事のできる担当者だった。埼玉中央銀行の行田支店は歴史があって、しかも同行の支店の中では大きな店のはずだ。前任者はたいしたことのない奴だったが、本部の営業推進部だかに栄転していった。きっと坂本も組織の真ん中へ行くのだろうと宮沢は勝手に思い込んでいた。

「いえいえ。支店でこはぜ屋さんのような会社を担当させていただくのは、銀行員として本当に楽しいことなんですよ」

坂本はそういって笑みを浮かべたが、それはどこか無理をして作ったようなところがあった。自らの希望と違う転勤なのだろう。

「おい、ゲンさん。転勤だって」

社長室から顔を出していうと、富島は一瞬きょとんとした顔をして、慌てて席を立ってくる。手にボールペンを持ったままだ。

「なんだ、ほんとかよ。どこへ行くんだい」

「前橋だって。前橋支店」

坂本の代わりに、宮沢がこたえた。

「そうか、残念だなあ。あんたが担当でいるうちに、目一杯、借りておこうと思ったのに」

先日、こはぜ屋は新たな融資を申し込んでいた。売上げの予想だなんだと資料は出したが、なかなか結論が出ず、どうやら支店長が渋っているのではないかというのが、富島の読みだ。

「実はそれも申し上げようと思ってきました。あの融資、明日、決裁されると思います。口頭ベースでは、支店長を説き伏せましたので。それだけはやっておこうと思いまして」

「そうか、助かるわ。ありがとう」

富島が満足そうにうなずき、「一息つけますね、社長」。いつになってもこはぜ屋の台所は火の車である。

「本当にいろいろ世話になったな」

宮沢の心に湧き上がってきたのは淋《さび》しさだけでなく、不安だった。坂本のような理解者を失うことは、こはぜ屋のような小さな会社にとって手痛い損失になる。

「お世話になりました」

宮沢は、深々と坂本に頭を下げた。「だけど、新規事業、あんたがいる間にもう少しカタチにしたかったなあ」

「そんな簡単に行くんなら、誰だって成功しますよ。そうじゃないから価値があるんじゃないですか」

坂本はそういって、宮沢を励ます。「前橋に行ってもずっとフォローしますから絶対に成功させましょうよ。ダイワ食品の茂木選手にシューズを履いてもらいましょう」

差し出された手を、宮沢は強く握りしめた。


「なんだか気の毒ですなあ」

坂本の車が敷地の外へ見えなくなるまで見送った後、富島がいった。

「気の毒って、なにが」

「前橋支店ですよ。社長もご存じだと思いますが、前橋駅前の商店街なんか、いまや巨大なシャッター通りでしてね。埼玉中央銀行の前橋支店っていうのは業績が悪くて、行内では島流しっていわれているらしいですよ」

「そこに、坂本さんが飛ばされるっていうのか」

驚いた宮沢に、

「支店長とうまくいってなかったようですからねえ」

意外なことを富島はいう。「坂本さんは、取引先の懐に飛び込むタイプですが、あの家長支店長ってのは真逆ですからね。坂本さんの融資スタンスとかも含めて、気に入らなかったんじゃないですか。たまに、支店長に叱られてる場面に出くわしたこともありますし、書類もなかなか承認印を捺《お》してもらえなかったみたいです」

「それじゃあ、いじめじゃないか」宮沢は、憤慨した。

「陰湿な感じがしませんか、あの支店長。でも、前橋だろうと、今の店を離れられたのはよかったかも知れません。きっと、坂本さんにとって行田支店は地獄だったろうと思いますよ。銀行は安定しているっていわれますけど、私には勤まりそうにないですわ」

思わず嘆息しないではいられない。

息子の大地は相変わらず就職で苦労しているが、就活でも難関のひとつだろう銀行に入っても、そこにはそこの苦労がある。世の中というのは、うまくいかないものだ。しかし、その大変さの中、坂本は一所懸命にこはぜ屋を応援してくれた。

「これからが問題ですねえ」

富島は嘆息する。「坂本さんが支店長と折り合いが悪かったのは、我々の代理としてやりあってくれてた部分もあったからだと思うんですよ。次も同じような担当者だとは考えにくい。銀行の良《よ》し悪《あ》しは、担当者によってまるで違いますからね。果たしてどんなのが担当になるのか」

つまり、この担当替えがこはぜ屋にとって逆風になるのではないかと、富島は心配しているのであった。

「いまそれを気にしてみても始まらないよ、ゲンさん。そうなったら、そうなったときのことだ」

3

グラウンド脇に出したベンチにかけてシューズを脱ぎ、タオルで汗に濡れた顔を拭う。午後五時。部員たちの練習はこれからの一時間がピークだが、茂木がそれに参加することはない。虚《うつ》ろな気分でそれを眺めながら入念にマッサージし、寮へと引き揚げていく。

「茂木君」

声をかけられたのは、寮のロッカーに靴を入れてスリッパに履き替えたときだ。振り向くと、寮母のマサエさんが、紙袋を持って立っていた。

「あのさ、これ用具室に転がってたんだけど、茂木君のじゃないの」

そういって差し出された紙袋を、茂木は覗き込んだ。

「えっ、オレんじゃないですけど」

袋の中に、見慣れないシューズが入っているのを見て、茂木はいった。

「あらそうなの？」

マサエさんは怪訝そうに首を傾《かし》げた。「でもこの袋に、茂木君の名前、書いてあるよ、ほら」

たしかに、紙袋の横っ腹にマジックで大きく、「ダイワ食品陸上競技部　茂木裕人様」と書いてある。

「誰かがプレゼントで持ってきたんじゃないの。受け取った人が渡すの忘れてたんだよ、きっと」

「心当たり無いんですけど……」

曖昧にこたえた茂木に、「シューズなんだから、もらっといたら。はい、これ」、そういってマサエさんは紙袋を茂木に受け取らせると、廊下の奥にある食堂へと消えていく。

二階の自室に戻り、荷物を床に放り投げてカーペットの上に横になった。

気分は冴えない。故障を機に取り組んでいる走法改造も道半ばで、これでいいという確信を得られないでいる。かといって無理に走れば足を痛めることになるので、コーチやトレーナーからは、別メニューでの調整を言い渡されていた。

いままで二十三年間の人生を、茂木は文字通り、「走り」続けてきた。

実業団のランナーだった父親の影響で子供の頃から走り始め、小中学校の駆けっこではいつも一番。学級対抗リレーではずっとアンカーを務めた。長距離の選手になったのは高校時代の陸上競技部監督、桂田《かつらだ》の影響が大きい。かつて「箱根」を走ったことのある桂田は、茂木の所属する陸上競技部をゼロから全国レベルにまで育て上げた男だった。茂木裕人の名が全国に轟《とどろ》いたのは、その桂田監督の指導の下、出場したマラソン大会の「高校生の部」で優勝したときである。

それまでの茂木にとって、走ることは趣味のひとつだった。

しかし、この優勝を機に、それは趣味の枠を逸脱して自己実現の手段となり、やがて人生そのものへと変貌していったのである。

高校陸上競技界の有名選手となった茂木の元には、「箱根」の常連である有名校から推薦入学の誘いが舞い込むようになった。迷った末、その誘いを受けて東西大学に進学した茂木は、一年生で箱根駅伝のレギュラーに選抜され、〝山登り〟の五区で区間賞を獲得、一躍マスコミに注目される存在となったのである。

だがそのとき、茂木のほかにもう一人、一年生ランナーとして注目を浴びた男がいた。同じ五区で茂木と抜きつ抜かれつのデッドヒートを演じた、明成大学の毛塚である。

その後の三年間、箱根の五区で茂木対毛塚の死闘が繰り広げられた。二年生のときには毛塚に逆転され、三年生のときには茂木が先行逃げ切り。だが四年生のレースでは激しいデッドヒートの末に毛塚に逆転を許しての二位に沈み、学生最後の箱根を飾ることはできなかった。

毛塚に負け、往路優勝を明成大学に奪われた東西大学は、そのまま復路も敗れ、総合優勝の夢を断たれたのである。

悔しかった。毛塚の胴上げを目の当たりにした茂木は、寝ても覚めても、しばらくの間その光景が網膜に張り付いて離れなかった。

そんな中、唯一の救いは、毛塚も実業団の名門、アジア工業に入社したことである。選手の中には、大学の卒業をもって陸上から離れる者もいるが、毛塚は社会人になっても走ることを選択したのだ。

また、戦える。

今度こそ――。

三月の京浜国際マラソンは、雌伏の時を過ごした茂木にとって、絶対に負けられないレースだったのだ。だが、そのレースにかける意気込みが、猛練習による足への負担となって、最悪の結果になってしまった。

運命とは皮肉なものである。毛塚にリベンジするどころか、いまや選手生命の危機に瀕《ひん》している自分がいる。

長い吐息をつき、ふと視線を脇にやった茂木は、さっき受け取った紙袋に手を伸ばしてみた。

「どんなシューズだ」

ランナーにとって、シューズは常に興味の対象である。たとえばフルマラソンの四十二・一九五キロもの長距離を走破するとき、シューズが成績を左右することは往々にしてある。茂木の経験では、シューズの差が出るのは三十五キロ付近から。そのもっとも苦しい時間帯をランナーの体の一部となり、補ってくれるのがランニングシューズなのだ。陸上競技という、道具を使わない生の肉体で戦うスポーツにとって、シューズは最大にして唯一の武器になる。

手提げの紙袋を逆さまにすると、中身がドサッとカーペットの上に落ちてきた。

「なんだこれ」

思わず、そんな言葉が洩れる。

手に持ち、しげしげと眺めてみた。鮮やかな濃紺のデザインは悪くない。なのに、ひっくり返してソールを見ると、縫い付けられているのは薄い生ゴムだ。ソールの厚みはなく、シューズ全体が軽い。

全部で四足。紙袋には茂木への宛て書きがあったが、シューズのサイズがわからないから大きさの違うものを揃《そろ》えたのだろう。実際、そのうちのひとつは普段茂木が履くシューズのサイズと同じだ。

シューズと一緒に、名刺と、はがき大のカードに手書きされたメッセージも出てきた。

茂木裕人様

はじめまして。行田市で足袋を製造しております、こはぜ屋と申します。

私どもこはぜ屋は百年の歴史を有する足袋製造業者ですが、このたび、ランニングシューズ「陸王」を企画、開発いたしました。

地面を摑む独特の感覚と機能性を兼ね備え、従来のランニングシューズにはない履き心地は、人間本来の走り方であるミッドフット着地を実現することができます。

怪我をしない走法こそ、勝利への最短距離です。もし、よろしければ、試してみていただけないでしょうか。修正すべき点があれば、茂木様が納得するまで手直しさせていただきます。

どうぞ、よろしくお願いいたします。

こはぜ屋　宮沢紘一

メッセージの日付は二週間ほど前だ。

新規業者では茂木ら選手に直接接触することはできないから、おそらく監督の城戸に持ち込まれたものだろう。城戸のことだから、相手にせずそのままほったらかしにしていたのではないか。それを、マサエさんが偶然見つけて、律儀に茂木に届けてくれたといったところか。

事の子細がわかってしまうと、茂木の関心は急速に薄れてしまった。

要は、売り込みか。

シューズを紙袋に戻し、少し考えて名刺とメッセージも一緒にして押し入れの中へ放り込んだ。

怪我をしているとはいえ、茂木のシューズは、アトランティスが面倒を見てくれている。

世界の一流メーカーであるアトランティスのシューズに行田の足袋製造業者が太刀打ちできるはずはない。

「くっだらねえ」

茂木は深い嘆息とともにいうと、寝転がったまま怪我をした足をマッサージしはじめた。

4

「新任ご挨拶」の名刺をもった大橋《おおはし》浩《ひろし》という銀行員を伴って、坂本が引き継ぎの挨拶にやってきたのは、それから三日後のことであった。

「本当に、お世話になりました」

社長室に入るなり深々と頭を下げた坂本の横で、大橋はにこりともせずに座している。無愛想な男だった。

先日承認が下りたという融資の書類も忘れずに持参した坂本は、「これが行田支店での最後の仕事になります」、といいながらその場で書類に記入していく。

頼りにしていた担当者が去り、新たな担当者を迎える。この大橋とどういう関係になるのかはわからないが、彼がまた同じように転勤していくまでの数年の間、なにかと面倒を見てもらうしかない。

「大橋さんは、以前はどちらにいたんだい」

宮沢がきくと、「戸田《とだ》支店です」、という返事があった。

「そこでは会社向けの融資を？」

「はい。五十社ほど担当させていただいてました」

「ウチみたいな足袋の製造業者はこの行田ならではだが、こういう伝統的な業種というのはやりにくいぞ」

冗談めかしていった富島に、「正直、そうですね」、と大橋はぬけぬけといった。坂本とは随分、タイプの違う男だ。坂本は熱く、この大橋は冷めている。担当者としては坂本タイプが宮沢には好みだが、融資担当者の選《え》り好《ごの》みはできない。

宮沢は改めて坂本に向き直り、「いままで、ありがとうございました」、と礼をいった。

「いえ、こちらこそ」

そういった坂本は、新規事業を見守る云々《うんぬん》といったことは口にしなかった。大橋の手前、言いにくいのだろう。大橋にしてみれば、自分に担当が替わった後も前担当者にあれこれと接触されるというのは気持ちのいいものではないはずだ。そういう配慮ができるところも、坂本らしい。

ふたりの乗った業務用車が出て行くのを見送った宮沢に、後ろ盾を一枚失ったような喪失感が押し寄せた。

作ってはみたものの、「陸王」が軌道に乗る目処《めど》はつかない。

不安に苛《さいな》まれた宮沢のところに、インストラクターの有村から、思いがけない案件が舞い込んだのは、それからしばらく後のことであった。

5

「実はこはぜ屋さんにとって良さそうな話があったものですから」

その日、宮沢のスマホにかけてきた有村はいった。「東京の新宿区にある私立学校で、光誠《こうせい》学園ってご存じですか。私立では知られた中高一貫の名門なんですが」

なんとなく聞いたことのある名前だ。宮沢の子供たちはふたりとも公立で、小学受験も中学受験もしなかったので、残念ながら学校名をいわれてもピンとこない。

有村は続ける。

「私、その学校から頼まれて体育でランニングを教えてるんですが、後期から体育のシューズを見直そうという話が出ているんです。宮沢さんの話をしたところ、是非、話が聞きたいとおっしゃいまして」

「うれしいですね」

宮沢は、スマホを握る指に思わず力を入れた。そんな名門校で採用されたとなれば、「陸王」の販売に弾みがつくだろう。同様に、「陸王」を採用する学校も出てくるかもしれない。

「先方に連絡を入れておきますから、会ってみてください。中高合わせて千八百人ほどいますから、もし決まれば大きいでしょう。教育現場から取り込んでいくのは悪くないと思いますよ」

「ありがとうございます」

礼をいった宮沢だが、そのときふと疑問に思った。「あの、もしウチに、ということになった場合、有村さんに間に入ってもらえばよろしいでしょうか」

つまり、有村に中間マージンを落とすという意味だ。ビジネスの紹介案件ではよくある話である。有村だってショップを持っているわけだから、いい儲けになるのではないか。

「いえいえ、私は遠慮しておきます。バックマージンも何も要りませんから」

有村は辞退した。「そんなことをしたらお手盛りという批判が出てしまう。公明正大にやりたいので。それが長く仕事を続けられる秘訣《ひけつ》みたいなもんだと思っています。それより、宮沢さんのところで直接受注を取ってもらったほうがいい。すぐに先方に連絡をしてみてください。本当に、私への配慮は一切不要ですからね」

そういうと有村は、光誠学園の担当教諭の名前と電話番号をいい、電話を切った。


宮沢が光誠学園に井田夏央《いだなつお》を訪ねたのは、その十日後のことである。

本件を担当している井田は、主任教諭という肩書きを持つ、体育ではなく数学のベテラン教師だった。授業の空き時間にということで、約束の時間は十時十五分から。遅刻をしないよう朝八時前に会社を出、十時前には学校の近くに着いて時間を潰した。

「有村先生に相談したら、ちょうどいい業者さんがあると聞きました。足袋感覚のランニングシューズをお作りになっているとか」

有村はうまくこはぜ屋のことを紹介してくれたようだ。

まずは、実物を見てもらうのが一番だと考え、もってきた袋から、「陸王」を出して見せる。

「ほう、変わった足袋というか、シューズというか。でも、和風テイストで美しいものですね」

井田は褒めてくれ、宮沢が話す開発コンセプトに興味を持って耳を傾けてくれた。

「なるほど面白い。いまの話、保護者連絡会でもう一度お話しいただけませんか」

井田はいった。「私から話してもいいけども、やはり宮沢さんから直接話していただいたほうが、皆さん理解しやすいと思うんです。その際に、見積もりもお持ちください。それをもとに検討させていただきます」

宮沢はよろこんで引き受け、手帳をひろげると井田がいった日にちと時間を書き留めて学校を後にした。二週間後の日にちである。

「うまくいった。プレゼンに持ちこめたぞ」

クルマまで戻り、安田に連絡を入れる。

「やりましたね、社長。それで――競合はどこですか」

きかれてはじめて、そういうことを一切、井田からきかなかったことに、宮沢は気づいた。

「すまん、きき忘れた」

「なんですって?」

「いや、ウチの話をまともにきいてくれたもんで、つい有頂天になっちまってな」

「頼みますよ、社長」

電話の向こうで安田が呆れたが、声は明るい。「でも、願ってもないチャンスですね」

ダイワ食品からは何の音沙汰もない。問い合わせようにもつないでもらえず、いまとなっては、どこでもいいから実績が欲しい。百の宣伝文句を並べても、それは一つの実績には到底かなわない。

「絶対に取るぞ」

宮沢はハンドルを握る指に力を込めた。

6

その土曜日、宮沢が自宅を出たのは午前七時過ぎのことであった。梅雨明けの、雲一つ無い快晴の朝である。

光誠学園でのプレゼンテーションの日だった。後部座席には、忘れないよう昨日のうちから「陸王」のサンプルが置いてある。なぜ足袋業者であるこはぜ屋がシューズを手がけるのか、なぜ「陸王」なのか。それを、保護者の代表者と教師たちの前で説明しなければならない。そして、受注をめざす。はじめて訪れた大きなビジネスチャンスだ。

井田からいわれた時間は、午前十時二十分。土曜日ということもあって混雑していつもより時間がかかったものの、九時過ぎには新宿区内に入り、学校近くの駐車場にクルマを入れた。

まだ時間があるので、近くの喫茶店に入って資料を広げプレゼンテーションの内容をおさらいしていると、俄《にわか》に緊張感がこみ上げてくる。

考えてみると、いままで宮沢は、こうしたコンペに参加した経験がほとんどなかった。取引先といえば先代から引き継いだ百貨店や専門店ばかりで、新規の営業をかけるといってもたいていは人づての紹介だ。

「なるようにしかならないさ」

冷めかけたコーヒーを一口啜りながら、そう小さく呟いてみるのだが、この受注の成否にこはぜ屋の将来が左右されるかもしれないという現実は、そう簡単に頭から離れない。

立ち向かうしかない。

ちょうど約束の二十分前になってその喫茶店を出、歩いてすぐの学校の正門をくぐった。受付で来意を告げ、応接室で時間まで待たされること五分ほど。案内されたのはラウンジのような開放的なスペースだ。

そこに椅子と机が並べられ、三十人ほどの保護者と教員が集まっていた。

「ああ、いらっしゃいました。いまお話しした、こはぜ屋さんです」

先日会った井田が、そういって宮沢を紹介した。「早速ですが、こはぜ屋さんの商品について、皆さんにお話しいただけますか」

「本日は、お時間をいただきありがとうございます」

前に立って、宮沢は礼をいった。男女比は半々といったところだろうか。中高生の子供を持つ親たちだから、年齢的に宮沢とほぼ同年代だ。

「まずは、ウチの商品を見ていただきたいと思います。こういうシューズです」

持ってきた袋から出した「陸王」に全員の視線が集まるのがわかる。よく見ようと全員の頭が動き、かすかな囁《ささや》きが聞こえた。

「どうですか？　ちょっと変わったデザインだなと思われた方もいらっしゃるでしょう。お手元に回しますから、どうぞ手に取ってご覧になってください」

宮沢は全員分の資料を配付し、さらに持ってきたサンプル三足を出席者に回しながら、説明を始めた。

準備してきたプレゼンの内容をすべて話し終えるまで二十分ほどかかっただろうか。最初は緊張したが、真剣に耳を傾け、ときに頷いたりする会場の好反応に気分もほぐれ、宮沢の舌もどんどん滑らかになっていった。

一通りの話を終えると、

「ありがとうございます、宮沢さん」

井田が立ち上がって礼をいった。「検討の上、ご連絡させていただきます。わざわざありがとうございました」

「いいえ。どうぞよろしくお願いいたします」

深々と頭を下げ、ラウンジを後にする。

うまくいった。

その手応えに、頬が緩み、思わず笑みがこぼれてくる。

廊下をこちらに向かってくるスーツ姿の男とすれ違ったのは、そのときであった。

宮沢と同じように教員に案内されてきた男は、宮沢を見ると軽く頭を下げる。襟章の特徴的なデザインは、宮沢も知っていた。

アトランティス、か——。

すれ違いざま、男が浮かべたのは不敵な笑みだ。もしや、自分の前にだれがプレゼンをするのか、事前に情報を得ていたのかもしれない。男の態度に大メーカーの自信と驕《おご》りを見抜いた宮沢に、対抗心が湧き上がってきた。「何社が、コンペに参加されるんですか」

歩きながら、宮沢はきいた。教員のこたえは、「二社だと思いますよ」。なら、こはぜ屋とアトランティスだけだ。

アトランティスがどんなシューズをプレゼンするか、たいてい予想はついている。いま宮沢の話を聞いたばかりの人たちが果たしてそれにどんな反応を示すか——。

いまにわかる。

7

学校を出た宮沢は、意気揚々と行田までの道のりを引き返したのであった。

「どうでした、社長」

途中、サービスエリアで食事を済ませ、会社に戻ったのは午後一時過ぎになった。

「バッチリだ」

親指を立てて見せると安田は破顔し、「おっし！」と自分も同様の仕草で応えてみせる。

さらに、プレゼンの様子を聞いた安田は、ますます表情を緩ませた。

「取れたらでかいっすからねえ。同じような注文が、あちこちの学校から舞い込むんじゃないですか。量産の体制を整えないと」

たしかに、一気に千八百足もの注文を捌《さば》くとなると、製造の体制を見直さなければならない。うれしい悲鳴だ。

「まあ、それはともかく、今夜久しぶりにチームで集まりませんか。あけみさんとも、もしプレゼンがうまくいったら、前祝いをしようって話、してたんですよね」

「気が早いなあ」

呆れてみせた宮沢だが、「結果はどうあれ、ここまでがんばったんですし」、と安田は調子のいいことをいう。「それに、江幡君も今日はオフで暇にしてるらしいんですよ」

どうやら、宮沢の知らないところで話は詰められていたらしい。

「どこで飲む」

「『そらまめ』でどうです？」

安田はいった。「夕方五時にはこっちの仕事も片付けられると思うんで」

プレゼンの準備で、何かと仕事が滞りがちになっていたから、その仕事をこなすにもちょうどいい時間だ。

「チームの連中には、オレから連絡しときます」

頼む、と安田に言い置いて社長室に入った宮沢は、たまっていた仕事を集中的に片付け始める。夕方、「社長、そろそろ出ますか」、と安田が迎えに来るまでの数時間は、あっという間に過ぎた。

飲み会には少々早めだが、会社を五時十五分過ぎに出て、店まで徒歩十分ほどの道のりを歩いていった。夏の到来を思わせる、カラリとした夕暮れだ。

赤い提灯《ちょうちん》を出している店先ののれんをくぐると、顔なじみの店主に迎えられて奥の座敷に案内された。

「あ、社長。お疲れ様です——」

先に来ていた椋鳩通運の江幡とあけみさんに迎えられて、まだ座らぬうちに安田が生ビールを四つ、頼んでいる。

「うまく行ったんですってね。おめでとうございます」

あけみさんにいわれ、いやいや、と宮沢は少々慌てた。

「うまく行くというのは、受注できたときにいう言葉だからね。今日はプレゼンしてきただけだから、どうなるかは——」

「だけど好感触だって、社長、おっしゃったじゃないですか」

安田に突っ込まれると、ついつい頬が緩んでしまう。

「ま、確かに、自分としては満点の出来だったと思う」

運ばれた生ビールを前に、宮沢は背筋を伸ばして両の拳を膝に置いた。「それもこれも、みんなの協力があってのことだと思う。どうもありがとう」

「とりあえず乾杯ですか」

うれしそうな江幡のひと言で、ジョッキをぶつけて盛大な乾杯になった。

うまいビールだ。喉に染み渡るアルコールに、爽快感がある。今朝の緊張を考えると、いまこんなにも気分よくビールが飲めること自体、うれしい。

「さて、食べますか」

あけみさんが威勢よくいってメニューを広げたとき、宮沢はテーブルにもう一膳、箸が出ているのに気づいた。

「まだ誰か来るのか」

安田にきくと、「実は、坂本さんに声かけたんです」、という返事があった。

「おい、土曜に呼び出したら悪いだろ。せっかくゆっくりしてるところだろうに」

宮沢の苦言に、「いやあ、さっきあんまりうれしかったんで、つい携帯に電話しちまったんですよ」、と安田は頭を掻き掻きいった。

「でも、坂本さんも本当に喜んでくれまして、ぜひ飲み会に参加したいって。どのみち暇だっていってましたよ」

人のいい坂本のことだ。誘いがあれば、無下《むげ》に断ったりはしないだろう。「さっき、少し遅れるから先にやっててくださいって連絡があったんですが」

安田に悪気はなかったろうが、気の毒なことをしたなと思ったとき、入り口の引き戸が開いて当の本人が入ってきた。「よお、こっちこっち」、と安田が手を挙げる。

「遅くなりました。ご無沙汰しております」

転勤してひと月。坂本は、以前より少し疲れて見えた。銀行の内情はよくわからないが、不慣れな新天地での苦労があるのかもしれない。

「聞きましたよ、社長。光誠学園のプレゼン、うまくいったらしいじゃないですか。おめでとうございます」

新たな乾杯の後、それでも坂本は笑みを浮かべていった。

「苦労しましたからねえ、『陸王』には」

右腕で涙を拭う仕草をしておどけた安田に、「興味を持ってもらえるのは、それだけ、ランニング中の故障が増えてるってことじゃないですかね」、と冷静な判断をしてみせたのは江幡であった。

「かもしれねえな」

安田も神妙な顔をして頷く。「だから、『陸王』の存在意義があるのかなあ」

「しかし、学校へ売り込むというのは素晴らしいアイデアですよ」

改めて感心したようにいったのは、坂本だった。「最初から一流ランナーに履いてもらうのは難しくても、そうやって地道に実績を積み上げていくというのはいい戦略だと思うんですよね」

「オレも同感です」

江幡もいった。「子供たちこそ、一番足を守ってやらなきゃいけないと思うんですよ。それに、子供時代に間違った走り方を覚えてしまったら、大人になってから怪我をするかも知れませんし。学校で教えるには、もってこいだと思うんですよね、『陸王』は」

「ただの金儲けじゃ仕事としてつまらないもんねえ」

そんなことをいったのは、あけみさんだった。「やっぱり、世の中のためになってるって気持ち、欲しいなあ。子供たちが『陸王』履いてグラウンドを跳び回ってる姿、想像しただけでジーンとしちゃうよ、あたし」

「おいおい、まだ取れたと決まったわけじゃないんだぞ、あけみさん」

宮沢が苦笑していうと、「競合はどこなんですか」、と坂本がきいた。

「おそらく、アトランティスだと思う」

その名前を聞いた途端、盛り上がっていた場に、別の気配がすっと一筋入り込んだようになった。

「アトランティス、ですか……」

気圧《けお》されたように、安田がいう。アメリカの有名メーカーであるアトランティスは、ランニングシューズだけでなく、ゴルフ用具や各種のウェアまでも展開するガリバーだ。

「どうなんです、向こうの評判は」安田がきいた。

「それはわからない。プレゼンを聞いたわけでもないしな」

宮沢の脳裏に浮かんだのは、同社の営業マンが、すれ違いざまに浮かべた不敵な笑みだった。

「アトランティスが学校に卸しそうなシューズはたいてい想像できますよ」

江幡がいった。「ソールの厚い従来型でしょう。市価でいうと五、六千円ぐらいなんですが、学校向けになるとそこからさらに値段を下げてくるとは思いますけどね」

「マズイなそりゃ」

安田が少し悔しそうにいった。値引き競争になれば最後に勝つのは体力のある大会社と相場は決まっている。アトランティスとこはぜ屋では、象とアリほども違う。比べること自体、無意味だ。

しかし、

「企業規模は違っても、ことランニングシューズの機能という点でいえば、互角以上の戦いができているんじゃないですか」

そう援護したのは坂本だった。「勝てないコンペじゃないですよ。無理なら、最初から呼ばれたりしません。そんなことしたら、向こうも時間の無駄ですから。商品が魅力的だからこそ、コンペに招かれたんです」

アトランティスのシューズは定番かもしれないが、「陸王」のコンセプトには新しさがある。子供たちの健康や安全を考えたら、「陸王」が有利なのではないかと、宮沢は思う。

「いつ、決定の連絡があるんですか、社長」安田がきいた。

「今日の連絡会で話し合い、最終的に週明けの職員会議で正式決定するそうだ。月曜日の午後には連絡が来ると思う」

「月曜日、か。それまでなんだか落ち着かないなあ」

安田はいい、シャツのポケットからタバコを出して点火した。

「もし、受注すれば、忙しくなりますね」

江幡がいった。「配送は、ぜひ椋鳩通運へお願いします」

「なに気の早いことといってんの、江幡ちゃん」

あけみさんが笑いながら、どんと江幡の背中をたたいた。江幡が派手に前のめりになって場に笑いが弾《はじ》け、アトランティスと聞いて沈んだ空気が遠のいていく。

「だけど、心配なのは運転資金だよな。大丈夫っすか、社長。いつもゲンさんと深刻な顔して相談してるの見ると、心配しちまうんですよね」

「なんだ見てたのか、ヤス」

宮沢は気まずそうに頭に手をやった。「余計なことは心配しなくていいから、お前は品質のことを考えててくれ」

「担当が、坂本ちゃんなら、心配ないんだけどねえ」、とあけみさん。

「力になりたいのはヤマヤマなんですが。行田支店をお払い箱にされた口ですから」

無理矢理笑いを浮かべて顔の前で手を振った坂本は、どこか淋しそうな笑みを浮かべてみせた。

8

待ちに待った光誠学園の井田からの電話は、月曜日の午前十一時過ぎにかかってきた。

「社長、光誠学園さんからです。二番に」

富島から取り次がれたとき、宮沢の胸にこみ上げたのは期待よりも不安だった。

この受注如何《いかん》で、こはぜ屋の将来が左右される——。

そう強く思えば思うほど、失敗したときのことを考えてしまう。長く社長業をやっていると、誰もが常に最悪のことを考えるようになるものだが、宮沢もその例外ではない。

「お電話代わりました、宮沢です。先日はありがとうございました」

真っ先に礼をいった宮沢に、

「いえ、こちらこそ。先日の保護者連絡会でお話をいただいた後、検討をさせていただきました。その結果をお知らせしようと思いまして」

井田は単刀直入に切り出す。「検討いたしましたが、今回は見送りとさせていただきます」

口を挟む間もなく、宮沢の視界から色彩が抜け落ちた。

「見送り……」

自分でも気づかないまま、宮沢はつぶやいていた。

「ご期待に添えなくてすみません。こはぜ屋さんにとっては残念な結果になってしまいましたが、ご了承ください」

「あの――」

話を終えようとする井田に、宮沢はきいた。「もしよろしければ、理由を教えていただけませんか。今後の参考にしたいので、ぜひお願いします。私どものシューズ、どこがいけなかったんでしょうか。みなさんのご意見をお聞かせ願えませんか」

「そうですねえ」

電話の向こうで、逡巡するような間が挟まる。「やはり、一番大きかったのは、実績がないという点ですかね。ランニングの怪我を未然に防ぐ構造というお話は魅力的でしたが、このシューズで本当に怪我が減ったという科学的な実証はこれからですよね。当校が実験台にされるのではないかという意見も出ました」

「実験台……」

そんなことは、毛頭考えたこともない。言いがかりに近いと思ったが、反論しても致し方のないことだ。

「価格はどうでしょうか」

宮沢は、質問の声を絞り出した。自分でも情けなくなるほど弱く、震える声だ。「差し支えなければ、アトランティスさんのシューズがいくらか教えていただけませんか」

「それは、当校内部のことで外にはお出ししていないんですが」

井田はいったものの、宮沢のあまりの消沈ぶりを気の毒に思ったか、「ここだけにしておいてくださいよ」、と競合相手の値段を口にする。

声が出なかった。アトランティスが提示した価格は、実にこはぜ屋の倍以上だったからだ。

値段で負けたのではない、実力で負けたのだ。

「そんなに高くても、大丈夫だったんでしょうか」

「耐久性を考えたら、アトランティスのほうが得だという意見が相次ぎましてね」

井田はいった。「こはぜ屋さんの製品は、底が生ゴムですよね。確かに安いんですが、すぐにすり減ったり、破れたりといったことが起きるのではないかと。値段が半分でも、耐久性も半分なら同じだという考えが大勢を占めまして。こんなことは部外者の私がいうのもなんですが、実はアトランティスの営業の方が売りにしたのが新開発のソールだったんで、余計にそう思われたのかも知れません」

「そのシューズ、ソールは分厚いんじゃないんですか」

悔し紛れにきいた宮沢に、「そうですね」、と井田はこたえた。「でも、連絡会としてはそちらのほうがいいというご意見でして」

納得がいかないが、単なるメッセンジャー役に過ぎない井田に食い下がったところで始まらない。

「ご連絡、ありがとうございました。また、機会がありましたら、ぜひお声がけくださ い。失礼いたします――」

受話器を戻した宮沢は、両肘をデスクにつき、しばし頭を抱えた。

経営者として、何かを考えなければならないのだろうが、いま何をすべきか、まるで思い浮かばない。

いままで目の前に開けていた道が閉ざされた後には、百年もの間足袋を作り続け、ジリ貧の業績にもがき苦しんでいる現実だけが残った。その小さく閉ざされた世界にどっぷりとひたり、救いのない現実と戦う日常に、宮沢はいる。

まさに、一敗地《いっぱいち》に塗《まみ》れる、だ。

ノックがあって、富島が顔を出した。おそらく、結果がどうだったのか気になったのだろう。だが――。

宮沢の顔を見てすべてを悟ったか、黙って入ってくるとソファにかけた。タバコに火を点《つ》け、煙を吸い込むと視線を窓の外に見える駐車場に向けたまま、ゆっくりと吐き出す。

「そう簡単にはいきませんよ」

おもむろに、富島はいった。宮沢は黙っている。簡単にいかないから本業に専念しろといいたいのか、それとも一度や二度の失敗で挫《くじ》けるなと励まそうというのか。「ただ、ダメなものはダメだ。ズルズルいくのが一番よくありません」

宮沢は、細く長い吐息をついた。「かもな」

「可能性を試すのは悪くないと思います。ですが、芽が出ないのなら、そのときには本業の足袋、お願いします」

「いまでもやってるよな、オレ」

思わず、宮沢は言い返した。「新規事業だからって、本業の営業をサボったことあったか」

煙の向こうから、富島の目が宮沢を見ている。

父親の代から勤めている番頭だ。宮沢が子供の頃から、このこはぜ屋でソロバンをはじいてきた男である。それなりの敬意をもって接してきたつもりだが、新規事業に対して見せる冷ややかな態度に、つい感情が迸《ほとばし》ってしまった。

「たしかに、そうですな」

富島の視線が逸《そ》れていった。「失礼しました」

立ち上がって軽く一礼すると、ゆっくりとした足取りで社長室を出て行く。

その後ろ姿がドアの向こうに見えなくなったところで、ちっ、と宮沢は舌を鳴らした。そしてはっきりと、富島のことが邪魔だと思った。経理のことを知り尽くし、銀行との窓口を長年務めてきたから、大切にはしてきた。だが、正直なところ、富島の考え方は、いまの宮沢と相容《あいい》れない。

宮沢はデスクにおいたスマホを手に取り、安田にかけた。

「ヤス、あのな、光誠学園なんだけど、ダメだった。すまん」

電話の向こうで、安田が沈黙した。外出先だろう、電話を通して雑踏にも似た喧噪《けんそう》が送られてくる。

「そうですか……」

たっぷり数秒間黙った後、ようやく安田がこたえた。「また、出直しですね」

「ついてきてくれるか」

宮沢はきいた。土曜の夜、開発チームのメンバーと一緒に将来の夢を膨らませたことが、虚《むな》しく思い起こされる。

「当たり前でしょう」

安田があえて明るい口調でいった。「またやればいいんですよ。取って食われるわけでなし」

「たしかに。すまんな」

「他の連中にはオレから知らせておきますから」

通話の終了ボタンを押した宮沢は、はっと短く息を吐き、ぽんと右手で膝をたたいた。

「負けた」

つぶやきが、勝手にこぼれ出た。両手を頭の後ろで組み、椅子の背にもたれて天井に顔を向ける。そのまま、宮沢はいつまでも瞑目《めいもく》を続けた。

9

「茂木君、ちょっといいかい」

声をかけられて顔を上げると、係長の野坂《のさか》がフロアの入り口あたりで手招きしているのが見えた。向かった先は、小会議室だ。

野坂敦《あつし》は、茂木が勤務する総務部労務課の係長で、茂木たち陸上競技部の管理をまかされている男だった。まかされているといっても、ダイワ食品は大企業だ。野坂本人に陸上競技部の人事権があるわけではないが、現場を直接見ているその意見は、ほとんど反論されることなく承認されるという噂《うわさ》だ。もちろん、入社してまだ二年目の茂木は、「実力者だよ」と先輩から聞いているだけで、野坂がその実力のほどを発揮したところを見たことはない。

「どうだい、その後」

野坂は柔和な表情で尋ねた。「走法改造はうまく行ってるのか」

「だいぶ良くなったとは思うんですが……」

「そう簡単なものじゃないらしいな」

野坂は腕組みをしたまま、茂木の目を覗き込んでいった。おそらく、茂木の話を聞く前に、城戸あたりにも取材しているのだろう。

「しっかりものにするためには、一年か、場合によっては二年近くかかると思います」

走り方を変えれば、それに合わせた体作りも同時に進めなければならない。トレーナーと二人三脚で骨盤を調整したりしつつ、少しずつ体を変え、走法に馴染ませていく。一朝一夕で簡単にできるようなものではない。

「君の目標として、いつ頃復帰するつもりだろうか」

単刀直入な問いだが、茂木は答えられなかった。走法改造は道半ばだ。いつ完成するという明確な時期は判然としない。

「来年のトラックシーズンまでにはと思っていますが、ちょっといまの段階では……」

その答えに、柔和な野坂の表情の中で視線だけが一瞬鋭くなり、茂木の表情を射た。

「来年か――」

その返答を非難しているようでもあり、何かを考えているようでもある。冷徹な判断を下す管理職の顔だった。

ダイワ食品の陸上競技部の位置づけは、宣伝広報活動ではなく、地域貢献だ。常に目立つ活躍を求められる宣伝広報とは違うにせよ、走れない選手をいつまでも陸上競技部に置いておくほどの余裕はない。そのあたりの選別は厳しく、故障して走れなくなれば、同期入社の仲間たちと同じように営業や製造の一線に配置される。それは同時に、陸上競技人生との別離を意味していた。

要するに野坂は、茂木にその可能性があるのか探ろうとしているのだ。

「もし、状況が変わったら教えてくれるか。こちらも、対応していかなきゃならないから。走法改造、一刻も早く、完成させろよ」
野坂は立ち上がり、茂木の肩をぽんとひとつ叩いて出て行く。
一刻も早く、か。
部屋にひとり残された茂木は、両手の拳を握りしめ、座ったまま頭《こうべ》を垂れた。
誰よりもそう願っているのは、このオレだ――。
こうしている間にも、ライバルの毛塚の背は遠く小さくなっていく。
悔しさと焦《じ》れったさに、茂木は、指が白くなるほど拳を握りしめた。

第四章　決別の夏

1

「残念な結果になってしまいましたね。かえって気分を悪くされたんじゃないですか」

宮沢に気を遣い、「すみませんでした」、と有村は頭を下げた。

横浜にある有村のショップに、その日、宮沢はいた。光誠学園から断りの連絡を受けたのが数日前のことだ。

あれからずっと、「陸王」をどう展開していけばいいのか、宮沢は考えあぐねていた。なかなか考えがまとまらず、すがる思いでこの日、有村を訪ねたのであった。有村と相談すれば次につながるヒントが得られるのではないか――そんな期待をしてのことだ。

「聞いた話では、こはぜ屋さんの『陸王』に賛成票を投じた方も少なからずいらっしゃったそうです」

話し合いの経過をすでにヒアリングしていたらしい有村は、宮沢が知らない議論の中味について教えてくれた。「考えようによっては、あのアトランティスを向こうに回して健闘したといえなくもないんじゃないですか」

たしかに、健闘はしたかもしれない。だが一方で、どうしても越えなければならない壁の存在を、痛いほど思い知った。

アトランティスにあって、こはぜ屋にないものがある——実績だ。そして、もうひとつ。この試行錯誤の中で宮沢が痛感した最大の課題は、ソールであった。

「このふたつの壁を越えない限り、『陸王』は成功しないと思うんです。だけど、いま何をすればいいかがわからないんです」

宮沢は、胸の内を正直に吐露した。「有村さんなら、何かお知恵があるかと思いまして」

有村は、ちょっと驚いたようになり、

「こういうと突き放すように聞こえるかもしれませんが、それを考えるのが、宮沢さんの仕事ですよ」

厳しい意見であった。「実績は一日にして成立しない。アトランティスだって、五十年近いシューズメーカーとしての研鑽《けんさん》の上にいまがある。五十年前、アトランティスもちっぽけな会社で、お金も潤沢にあるわけでなく、いまの宮沢さんが抱えているのと同じ悩みと闘っていたと思います。その中から彼らはいまの地位を築いてきたんです」

たしかに、有村のいう通りだ。「おっしゃるように、ソールはシューズのキモです、宮沢さん。一朝一夕にできる解決策はない。軽くて丈夫で、柔軟性に優れた素材。日々、それを探し、研究している連中がいるんですよ。コンペへの入札以前に、その見えない闘いで勝利しなければ、彼らに勝つことはできません。カネがなければ工夫で勝つ。どちらかですよ。ランニングシューズの業界に殴り込みをかけるのなら、正々堂々、アトランティスを破って自分の地位を確立させるしかないと思いますよ」

「アトランティスを破る……」

強力なライバルに闘いを挑まざるを得ない現実を突きつけられたとき、宮沢は思わず尻込みしそうになった。

ドアベルが鳴って、若い学生らしいグループが店内に入ってきた。顔見知りなのか、有村の姿を見ると、親しげに言葉を交わす。

「お忙しいところすみませんでした。ありがとうございました」

逃げるようにしてショップを出た宮沢は、ますます途方に暮れ、駅までの道を戻りはじめた。

「そいつは、いわれちゃいましたね」

その夜、「そらまめ」のカウンターで、安田と呑んでいる。

横浜から戻り、たまった仕事を片付けながらも、有村から投げかけられた言葉はずっと頭の片隅に居座り続けた。ひとりで抱えるには重すぎる。

「正直、オレの考えが甘かった」

ジョッキを睨《にら》み付けながら、宮沢はいった。「しかし、いまのままでアトランティスに勝てるわけがない。資金力が違いすぎるからな」

「現実の壁って奴ですよね」

「まさしくな」

宮沢は懊悩《おうのう》していた。「実績なし、カネなし、ノウハウなし、だ」

「ついでにいうと、ソールもない」

「まあ、そうだ……」

こういう深刻な場面でも軽口をたたけるのは安田のいいところだ。宮沢は渋々うなずいた。

「オレも、ソールは確かに、気にはなってたんですよね」

安田は腕組みして考え込む。「足袋って、基本的にソールは布じゃないですか。そこに生ゴムを付けた瞬間、結局のところ足袋じゃなくてシューズになる。つまりその時点で、アトランティスみたいな大きな会社と競合することになっちまうわけですよ」

「だけど、ソールをつけないわけにはいかないからな」

宮沢はいった。土のグラウンドでの短距離走ならまだしも、アスファルトの上を走る長距離走では、路上の障害物から足を守り、地面からの衝撃を吸収するためにソールは絶対に必要になる。

「生ゴムのほうがいいんならアトランティスだってそうするはずだし、わざわざ開発費をかけて新しいソールなんか作らないでしょうからね」

宮沢は苦い思いで安田を見、

「本当はそこに最初から取り組まなきゃいけなかったのかもしれないな」

と、いままでの日々を反省とともに振り返る。

地下足袋のソールは生ゴムだ。足袋業者なんだから、それでいいのだと安直に決めつけていなかったか。耐久性に問題があるとわかってはいても、値段を下げればいいと簡単に考えていなかったか。

「カネがないって、世の中への言い訳にならないっすからねえ」

胸にグサッとくることを、安田はいった。それもまた、然《しか》り。「なんか来るところまで来たって感じですねえ。そういや、ダイワ食品の茂木さんからは――？」

宮沢は首を横に振った。

「向こうはある意味、プロですからね。町工場がいきなりF1マシンのチームに部品を供給しに行くようなもんです」

そういわれてしまうと、もはやぐうの音も出ない。

酔いとともに、夜はひたすら更けて行った。

2

「お疲れさん」

グラウンドから上がった茂木に声をかけてきたのは、アトランティスの村野だった。

「どう、調子は」

「まあ、なんとか」

笑顔できかれ、茂木は曖昧な言葉を返す。背後では、陸上競技部の部員たちの練習が続いていた。別メニューの茂木だけが乾いた芝の上に腰を下ろし、入念なストレッチを始めている。

傍のベンチにかけた村野は、「新走法はどう」、ときいてきた。

「いえ、まだしっくりこないというか……」

村野相手に神経質になっても仕方がないのだが、いま、一番されたくない質問に、茂木の気分はささくれだったものになる。

「ソール、ちょっと替えてみるか」

ストレッチの動きを止め、ようやく茂木は、村野を見上げた。

「それで変わりますか」

「変わる」

村野は断言した。「なんのために、オレみたいなシューフィッターがいると思ってんだ」

いままで、そこまで細かな調整をしたことはない。しなくても問題はなかったし、実際にレースでは思い通りの実績が上がっていた。走り方というソフトと、シューズというハードが、どの程度関係があるのか、茂木自身、把握しきれていない部分もある。

「ちょっと見せてみな」

履いていたシューズを脱いで渡すと、のんびりした口調とは裏腹に、村野の目は職人のそれになる。靴の状態を調べ、裏返してソールを見ると、指先でなぞりながら、おそらくは摩耗の具合を見ているようだ。その減り方を見ながら、経験のデータベースを検索して、村野なりになんらかの解決策を探そうとしている。

やがて、シューズを返した村野は、少し考え込んだ。

実際には短かったのかもしれないが、随分長く感じられる沈黙を経、

「ちょっと、薄目にするか」

と村野がふたたび口を開く。

「ちょっとって？」

「五ミリぐらい薄くしてみたらいいかもしれない」

どうこたえていいかわからず、茂木は返答を躊躇《ためら》った。

「ソールが薄いほうがいいってことですか」

「全体的に、もっとフラットなソールに近づけてみようや」

そのとき、ふいに茂木の脳裏をよぎったのは、この前見たシューズのことだ。行田の足袋業者が作ったというそのシューズはさっさと押し入れに放り込んでしまったが、手紙の一節だけは妙に記憶に残っていた。

——怪我をしない走法こそ、勝利への最短距離です。

あの足袋業者が、ミッドフット着地を〝人間本来の走り方〟と書いていたのも気になる。それこそが、現在、茂木が取り組んでいる走り方だった。

「ミッドフットやフォアフットの着地って、人間本来の走り方、なんですかね」

気になって、茂木はきいてみた。

「どういう意味で人間本来っていってるのかは知らんが、長く安全に走れるってことでは、確かにそうだろうな」

村野の説明は、わかったようなわからないような曖昧さを残していたが、詳細な解釈はともかく、あの足袋業者の考え方というか製品コンセプトがあながち間違ってはいないことだけはわかった。

「いろいろあるだろうけど、調整しながら、やってこうや」

考え込んでいる茂木に、村野がいった。「焦ることはない。焦って余計こじらせちまったら、それこそ取り返しのつかないことになっちまうから」

「ありがとうございます」

茂木が礼をいったとき、「村野君」、と遠くで呼ぶ声がした。

この日も練習グラウンドを訪れていた小原が顔を出し、「ちょっと」、と手を振って村野を呼んでいる。

アトランティスの営業部長をしている小原のことは、時々会社にもやってくるから知っているが、あまり好きになれない雰囲気の男であった。怪我をするまでは揉《も》み手《で》で茂木の機嫌を取っていたくせに、怪我をした途端、顔を合わせてもろくに挨拶もしなくなった。走れない選手に用はない——あたかもそういいたそうな態度で、茂木をスルーする。

実際、ダイワ食品陸上競技部には、名だたる選手が何人もいて、茂木など相手にしなくてもアトランティスとしては何の問題もないということだろう。

村野が、小原のことをどう考えているかはわからないが、いまわずかに浮かんだ憂鬱な表情に、本音が滲《にじ》み出ているような気がする。

「今度来るときに持ってくるわ」

そういって立ち上がると、「じゃあな」、と軽く手を上げて離れていく。

年齢は三十も離れているが、村野は兄貴分のような雰囲気だ。その後ろ姿を見送った茂木は、心の片隅に生まれたわずかな温《ぬく》もりに救われた気分になった。

「あのな、ウチはボランティアでやってんじゃないんだからな」

村野が近づくと、他に聞こえないほどの小さな声で、小言が出た。

なんのことかわからないでいる村野に、「茂木だよ、茂木」、と小原はいよいよ怖い顔になる。

「あれはもうダメだって、そういったろうが。怪我から復帰できるかもわからないんだから、ダメダメ!」

小原は顔の前で右手を振って見せた。「仮に復帰したところで、前みたいな走りは無理に決まってんだよ。奴はもう金の卵でも何でもないんだ」

「そんなことないですよ」

小原の決めつけに、さすがに村野は反論した。「きちんと治せば走れるようになるはずですがね」

「いつだよ、それ」

高圧的に、小原はきき返す。「そんないつかわからない復帰のために、いったいいくら使うつもりなんだ、あんたは」

「シューズの仕様を変更すれば、彼の走りをサポートすることもできます。復帰を早めることだってできると思うんですが」

「だからそれがいつだっていってんだよ!」

村野より、十歳も若い小原は、怒りに頰を震わせた。「いいか、あんたはシューズをフィッティングしてるだけだから無責任なこといってられるが、オレたちには会社から貼り付けられた目標があるんだ。そんなことは絶対に許さないからな。やりたいんなら自腹切ってやってくれ。あんたたちシューフィッターは、オレがいったとおりの仕事をしていればいいいんだよ」

村野が反論の言葉を探す間もなく、小原はさっさと背を向けてしまった。

遠ざかる背中を見ながら、抑えていた怒りが奔流となって村野の脳内を駆け巡り始めた。


今年、村野は、五十三になる。

関西の高校を出て最初に勤めたのは、神戸《こうべ》市内のシューズメーカーだった。最初に従業員二百人ほどの工場に配属され、熟練工の先達から靴作りの基礎を一からたたき込まれた。分業の行き届いた大会社であれば靴一足をひとりで作ることはほとんどない。だが、中小企業だからこそ、村野はそこで靴作りの工程のすべてを経験し、大会社勤務では決して会得できない経験と技術を得ることができたのである。

そんな村野に転機が訪れたのは二十代半ばのことであった。

勤めていた会社の倒産だ。債権者が押しかけ、工場内のミシンをはじめとする機械のほとんどが差し押さえられたり、持ち去られたりする修羅場を目の当たりにし、それまで村野の中にあった仕事観は音を立てて崩れ落ちた。

人生は一度だけだ。やりたいことをやろう――。

そう決意した村野は、前から好きだったスポーツシューズの分野を目指して、当時はまだ中堅企業に過ぎなかったアトランティスの製造部門の求人に応募し、技術力を認められて見事、採用されたのであった。

アメリカのシューズメーカーであるアトランティスは、神戸市内でほそぼそと操業していた前の会社とは全てが違った。

オートメーション化された工場は、アメリカ本社とアジアに分散している。常に数字の目標を貼り付けられ、株主の監視にさらされている緊張感があり、市場調査に裏打ちされたそのラインナップは多岐に亘《わた》った。ランニングシューズひとつとっても、トレーニング用からレース用まで何種類にも分かれ、製品群には穴がない。

かつて勤めていたメーカーでは、社長や工場長の勘に頼っていた商品開発も在庫管理も、そこでは全て数字による根拠があった。

誤魔化しの利かない分厳しいが、ある意味明快な組織といえなくもない。

その会社での村野の肩書きは「シニアシューズマイスター」である。わかりにくい肩書きだが、一般的な役職でいえば課長並みの待遇といったところだろうか。

村野の仕事は、ダイワ食品のような陸上競技部のある実業団や大学の陸上競技部を回って、アトランティスのシューズを使ってもらうよう選手に働きかけ、サポートすることだ。そのため、所属は営業部で、小原は直属の上司ということになる。

サポート選手のシューズはほとんどの場合無償で供給され、オリンピックを狙うほどのトップアスリートになると、足型をとり、形や甲高、デザインに至るまで個別の仕様で対応し、さらにレースのデータを記録して、最適のソール素材と形状を割り出して提供される。その特別な一足を製造するための費用は相当な金額に上ることがあるが、オリンピックの晴れ舞台で活躍すればアトランティス製シューズの映像は全世界で放映され、莫大《ばくだい》な広告効果をもたらすことになるのだ。

陸上競技選手にとって、アトランティスのサポート選手になることは、ある意味、将来への可能性を認められたに等しい。そうした選手たちを定期的に訪問し、様々な問題を一緒に克服しながら頂点を目指すのが、シューフィッターたる村野の中心的な活動だった。そこで得た開発データや試行錯誤が、新製品開発の場にフィードバックされるのは、自動車会社がレースでのノウハウを市販車に応用するのと同じ構造である。

いままで村野が伴走してきたアスリートの中には、オリンピックに出場した選手も少なくなかった。マラソンなどの国際大会に出場する選手の半分近くが、村野と二人三脚でオリジナルのシューズを履いた経験があるといわれるほど、いまや村野の名は業界に知れ渡っている。

だが、そんな村野も、アトランティスという会社では決して、恵まれた地位にいるわけではなかった。

経営と現場が分離しているアトランティスにおいて、営業部長である小原はアメリカ本社が採用した経営幹部であり、村野は所詮、日本支社採用の現場要員に過ぎない。

いくら小原に腹が立っても、刃向かえば、切り捨てられるのは村野のほうだ。

待遇に不満がある村野だが、それでもいまの仕事を続けていられるのは、シューフィッターという仕事が好きだからとしかいいようがない。

村野の仕事の半分は、選手とのコミュニケーションである。

ひとりの選手が、どんな性格で何に興味を持ち、将来どうありたいと思っているのか。そのために自分はどんな手伝いができるのか——。

村野がいつも持ち歩くノートには、サポートしている選手のありとあらゆる情報が書き留められていた。直接シューズと結びつかない情報であっても、選手のひととなりを理解するには役に立つ。そういう細かな情報収集とコミュニケーションの積み重ねの中で、村野が獲得するのは選手からの信頼だ。選手の細かな希望を取り入れたシューズを提供していくからこそ、そのシューズを履き続けてくれる。

村野は、いつだって選手と一緒に戦ってきた。

選手が落ち目だからといって、あるいは故障したからといって見捨てることはない。一旦サポートを始めたら、「引退します」、と相手がいうその日まで村野はその選手と正面から向き合い、応援し続けてきたのだ。

「なにが、オレのいうとおりにしろだ」

腹立ちまぎれに村野はつぶやく。「グラウンドの中にまで経営学を持ち込むんじゃねえよ」

選手とすれ違うたびに、よっ、と声をかけながら、村野は、さっきまでかけていたベンチに腰を下ろした。

「大丈夫ですか、村野さん」

まだストレッチをしている茂木が、村野の顔を見て声をかけてきた。どうやら不機嫌が顔に出ていたらしい。こいつはいい奴だ。そう思った村野は、「ああ、晩飯に何を食うかって話だよ」、そういって声を立てて笑ってみせた。

3

今後の展開をどうするか、悩み続ける宮沢に、思わぬ話が飛び込んできたのは、暦が七月から八月に替わった直後のことである。

「社長、町村《まちむら》学園というところからお電話ですが」

その日の朝、いつものように出社して営業用の資料を整えていた宮沢のところに、事務員が電話を取り次いできた。町村学園という名前に心当たりはない。

「私、町村学園の栗山《くりやま》といいます。光誠学園の井田先生からご紹介いただきまして――」

先日、光誠学園と町村学園の合同で開かれた研修会で井田と会ったとき、ひょんなことから、こはぜ屋の話が出たのだという。きけば光誠学園と町村学園は、同系列の兄弟校らしい。

「ちょうどウチの学園で、体育の授業で足袋を使おうということになりまして、業者さんを探していたんです」

「わざわざお問い合わせいただき、ありがとうございます」

宮沢は受話器を持ったまま頭を下げた。商売の話というのは、思わぬところからつながることがあるが、このときがまさにそうだ。

「もしよろしければ、一度お伺いして詳しいお話をさせていただければと思いますが」

早速、翌日の午後、千葉県佐倉《さくら》市内にある同校を訪問することになる。

「ありがたい」

受話器を置いた宮沢は、あらためて人の縁に思いを馳《は》せ、それに感謝しないではいられなかった。


翌日、クルマで会社を出た宮沢が佐倉市内の町村学園を訪ねたのは、午後三時過ぎのことであった。

駐車場にクルマを入れ、サンプルと資料の入った段ボール箱を抱えてクラブ活動が行われているグラウンドを横切っていく。

白い半袖シャツを着た栗山は、いかにも教師然とした男であった。

「このたびは、お問い合わせいただきましてありがとうございます」

宮沢は持参した足袋のサンプル品をテーブルの上に並べ、こはぜ屋が製造している足袋の種類や、品質、実績を細かに説明して聞かせる。シューズはともかく、足袋となれば自家薬籠中のものである。

栗山は、時々感心したような表情を浮かべて聞いていたが、話すうち、どうやらこの話もコンペになっているらしいことがわかってきた。

「詳しくお話しいただいて助かりました。やはり、保護者の皆さんにも納得していただかないといけませんので」

栗山の表情にひっかかるものを感じた宮沢は、

「何か、ありますか」

と尋ねた。

「まあ、こんなことは宮沢さんには関係の無い話ですが、親御さんには、校庭を足袋で走り回るのは危ないとおっしゃる方々もありまして。校庭はきちんと整備してあるから、ということで納得していただいてはいるんですが」

遠回しな言い方であったが、足袋を採用するという決定に至るまで、校内で様々な議論があったらしい。

だが——そのとき宮沢はすっと息を呑み込んだ。

予想していなかったアイデアが閃《ひらめ》いたからである。

「でしたらもう一足、見ていただきたいものがあるんですが」

「これ以外に、ですか」

「クルマに積んであるので、よろしければ取ってきます」

「私は構いませんが」

という栗山の返事で、すぐに学校の駐車場まで戻り、クルマの後部座席に置いてあった箱をもってきた。

「実は、こういう製品がありまして」

箱から出して見せたのは、「陸王」のサンプル品である。

「ほう。これはおもしろいな」

興味深げに、栗山は「陸王」をしげしげと眺める。真っ先に目を引くトンボの図柄。シューズの裏側を見た栗山は、そこに生ゴムのソールが貼られているのを見て目を丸くした。

「ちゃんと、靴底があるんですか。この足袋は」

「最近、開発したものでして。グラウンドに何かが落ちていても、一般的な足袋よりはソールがある分、怪我はしにくいと思います。履き心地は足袋と同じで、素足でも履けますし。何十年も前、マラソン足袋というのがあったのをご存じですか。それを現代風にアレンジしたものと思ってください。『陸王』という名前がついています」

「陸の王者ですね」

笑った栗山は、ふいに真剣な顔に戻った。「お手数ですが、この『陸王』での見積もりもいただけませんか。ファックスで結構ですから。それと、可能ならこのサンプルもお預かりしたいんですが、よろしいでしょうか」

町村学園との商談は、まったく予想外の方向に終着したのである。

「どうでした、社長」

宮沢が帰社すると、真っ先に安田が社長室に顔を出した。「うまく行きましたか」

「いや。やっぱりコンペになってた」

安田の表情が曇る。おそらく、足袋の業者に何軒か声をかけているはずだ。品質で劣ることはないと思うが、値段でとなるとわからない。競合他社が注文欲しさに安値を提示するかもしれないからだ。

「厳しいっすね」

「それはそうと、ヤス。『陸王』の原価、見積もってくれないか」

「『陸王』の、ですか？　足袋じゃなくて」きょとんとして、安田がきいた。

「ああ、『陸王』のだ。見積もり、出してくれっていわれてるんだ。大至急頼む」

事情を話すと、安田も予想外の展開に驚きの表情になる。

「まったく、どこでどうなるか、商売ってのはわからないもんですねえ」

そういって引っ込んだ安田は、一時間ほどして大まかな原価を計算して戻ってきた。

その価格に、こはぜ屋の儲けを乗せてみる。足袋よりも少し値は張るが、素材が違うから仕方が無い。他の足袋業者が提示する見積もりの中で、おそらく最高値になるだろう。

だが、足袋と同じぐらいの値段に下げてしまったら、こはぜ屋が赤字になる。

「社長、こりゃあ、ダメもとですね」

まったくである。

栗山から返事があったのはその三日後のことであった。

「先日はありがとうございます」

電話口の栗山の声は、心なしか浮き立って聞こえる。「検討させていただいたところ、御社の『陸王』に決定しました。お願いできますか」

まさか。

ぽかんとした宮沢の頭の中で何かがはじけた。

初めて、「陸王」が、売れた。

「ありがとうございます」

受話器を持ったまま何度も頭を下げた宮沢は、込み上げてきた喜びに満面の笑みを浮かべたのであった。

4

「お疲れ」

「お疲れさま」

口々に言い合いながら、陸上競技部の部員たちがグラウンドから上がってきていた。

いつもなら、練習が終わった充実感と解放感で華やいだ雰囲気になるところだが、この日のグラウンドには、どこかピンとした空気が漂っていた。

次の日曜日、夏の有名大会のひとつである富士五湖《ふじごこ》マラソンが開催され、ダイワ食品からも招待選手として一名、さらに一般枠で二名の選手が出場することになっているからである。トラックシーズンの最中、標高八百メートルから千メートルという高地を走る夏のマラソンだが、秋からのマラソンシーズンに向けた注目選手たちの動向を占う大会でもある。出場選手は明日中に河口湖《かわぐちこ》に移動し、土曜日に最後の調整をすることになっていた。

この日も別調整をしていた茂木が他の部員たちと一緒にグラウンドを出ようとしたとき、「茂木君」、と呼び止められた。

アトランティスの小原である。営業用の笑みを浮かべた小原は、馴《な》れ馴《な》れしい調子で茂木の肩に手を乗せ、「どうだい最近は」、ときいてくる。

「まあなんとか」

どうといわれても、返答に困る。別メニューでの調整は小原も見て知っているはずだ。普段滅多に声をかけて来ない男が何の用かと思ったとき、

「この前、村野が話したシューズの件なんだけどさあ」

そう切り出してきた。「あれ、もうちょっと待って欲しいんだよな」

意味がわからないでいる茂木に、小原は眉を寄せて困った顔をしてみせる。「ほら、君、調整中だし、いま渡したところでレースに使うわけじゃないよね。その走法が完成

してからにして欲しいんだよ」

先日、村野は、走法を改善するためにソールを調整しようと提案してくれた。それは走法を早く完成させるためだったはずである。小原のいっていることは、話が違う。

「でも、村野さんが——」

反論しようとした茂木に、

「村野はちょっと勘違いしてたみたいでね」

小原は遠くにいる村野の方を見ながら言い訳をした。「ウチのスポンサードにはさ、レースに出場予定という前提があるんだよ」

茂木は硬い表情で小原を見た。

「要するに、ぼくはアトランティスのスポンサードから外れたってことですか」

「そんなことはいってないよ」

大げさな身振りで、小原は驚いてみせる。「私がいいたいのはね、とにかく早く治してねって、そういうことだから」

聞こえのいい断り文句だ。

そのとき、村野がこちらのやりとりに気づいたのがわかった。話していた選手にひょいと右手を上げると、足早にグラウンドを突っ切ってくる。

「茂木、何かあったか」

村野は、小原にではなく、茂木に話しかけてきた。

「この前、お前が約束したシューズのことだよ」

茂木がこたえる前に、小原が口を挟んだ。

村野が顔色を変え、ふたりのぎくしゃくとした関係が伝わってくる。もちろん、アトランティス社内で、茂木のシューズに関してどんなやりとりがなされていたかは知る由もない。

だがいま、村野はもの凄い形相で小原を睨み付けていた。

「そういうわけだから、茂木君」

その村野のことなど無視して、再び小原は茂木を振り向いていった。「ウチはいつでも待ってるから。とにかく、早く治してくれよ」

ぽんと、茂木の肩を叩くと、満足そうな笑みを浮かべてその場を去って行く。

「なんていった、ウチの部長」

押し殺した声で、村野がきいた。

「別になんでもないですよ」

茂木は虚ろな目でこたえる。「シューズはレースに出られるようになってからだって、そういう当たり前の話をしてっただけです」

ちっ、と鋭い舌打ちを村野は洩らした。それから茂木に向き直り、

「すまなかった」

頭を下げた。「君のシューズ、今日は間に合わなかったけども、ちゃんと作るから――」

「いいですよ、もう」

村野を遮って、茂木は投げやりな気分になる。「オレ、別に構いませんから」

言葉を無くしている村野に、いま茂木が浮かべたのは、寂しげな笑いだ。

「ビジネスでしょ。オレだって、わかってますから。ほっといてくださいよ」

「なあ、茂木——。おい」

何か言いかけた村野に背を向けると、茂木は小走りにグラウンドを出ていった。

日曜日の富士五湖マラソンには、茂木のライバル、毛塚も出場することになっていて、マスコミの注目するところとなっている。茂木が故障離脱した前回の京浜国際マラソンで日本人三位という好成績を収めた毛塚が、どんな走りを見せるのかは、世間の関心事だ。

いま、スポーツ紙のどこを探しても、茂木の名前は出てこない。

そして、小原の話は、事実上のスポンサードの終了通告だ。自分は確実に世間から忘れられようとしている。

まっすぐに帰寮した茂木は、一気に重くなった体で下駄箱《げたばこ》からスリッパを出した。脱いだアトランティス製のシューズを手にしたとき、最初に同社のシューズを手渡されたときのことを思い出した。

「茂木君。これから、ずっと君のことはサポートさせてもらうからさ」

ダイワ食品に入社したての頃である。揉み手で近づいてきた小原は、「うちのシューズで、ぜひレースで優勝してくれ。そのためには何でもしますから」、そういったはずだ。

なにが何でもしますから、だよ。

怒りがこみ上げてくる。その怒りが小原に向けたものか、自分へのものかはわからない。その奔流に逆らえず、気づいたとき、茂木は手にしたシューズを床に叩き付けていた。

オレはもう、このシューズは履かない。

転がったシューズを拾い上げた茂木は、近くにあったゴミ箱に力任せに放り込んだ。

5

「なんで、あんなことといったんですか！」

日本橋《にほんばし》にある会社に戻った村野は、荷物を自分のデスクに置くこともせず、部長のデスクに突進していった。一足先にクルマで帰社し、ネクタイを緩めリラックスした表情でデスクについていた小原は、眺めていた書類からゆっくりと顔を上げる。

村野のただならぬ怒気に、周囲の社員たちも何事かという目でこちらを見ている。

「何のことだ」

「茂木ですよ、茂木！」

村野は声を荒らげた。「勝手なことをしないでくれませんか」

「勝手なこと？」

小原は手にしていたボールペンをぽんと放り投げ、椅子の背にもたれかかった。「勝手なことをしているのはあんたのほうだろうが。誰が、故障した選手のスポンサードをしろといった。コストをかけるなといったはずだ」

「選手との信頼関係はどうなってもいいというんですか」

いままで、小原とこうも直接やり合ったことはない。だがいま、村野は真っ向から、上司に立ち向かっていた。「我々の仕事はその信頼関係の上に成り立ってる。そのこと、おわかりですか」

「当たり前だろ」

小原はさも当然といった口ぶりだ。「そんなことは、あんたにいわれなくても十分にわかってるんだよ。いいか、私が茂木に対して示したのは、当社の基本姿勢だ。アトランティスは、将来有望な選手にのみスポンサードする。そうじゃない選手には、自腹でウチのシューズを買ってもらわなきゃならない。あんたの勝手な思い込みで仕事をしてもらっては困るんだよ」

「故障はしていても、茂木は将来有望な選手ですよ。現場はオレたちにまかされてるはずでしょう！」

村野は、怒りで声が震えるのがわかった。頭のどこかで抑制していたタガが外れた途端、上司であるはずの男が、エリートを気取った拝金主義者にしか見えなくなる。

小原が向けてきた瞳の奥に、どす黒い怒りが煮えたぎった。

怒りを解き放ち、肩で息をしている村野に向かい、小原は口を開いた。

「コストダウンは会社の方針だ」

不気味なほど静かな口調だ。「現場をまかされているからといって勝手なことをされては困る。従えないのなら、あんたには現場を外れてもらうしかない」

「オレは、三十年間、選手たちに伴走してきたんです」

村野は大きく深呼吸をしていった。「それをあなたはなんだと思ってるんですか」

「スポンサードしている選手たちとあんたが何年付き合い、どんな経験を積んできたかは関係がない」

小原は断言した。「もう一度いう。これは会社の方針だ。黙ってそれに従ってもらいたい」

「そうですか。わかりました」

村野はいった。「でも私は、相手を見ないそんな方針には賛成できないし、正しいとも思えない。会社の方針だっていうんなら、私を外せばいい」

村野がその言葉を発した瞬間、見守っていた周囲がはっと息を呑むのがわかった。

誰もが、日本陸上界における村野の立ち位置を知っている。

一流大学を出て、アメリカの有名大学で経営学修士号を取得している小原のような人間の代わりはいくらでもいる。だが、三十年間、陸上競技の現場を見続け、これほどまでに数多くの選手たちの信頼を勝ち得ている男は、他にいない。この件について私からいうことは何もない」

「そうか。まあ、あんたがそういうのなら、仕方が無いな。

小原はそういうと、もう村野のことなど無視して、それまで見ていた書類に再び目を通し始めた。

村野の中で、それまであまり考えないようにしてきた疑問が途方もなく大きく膨らんだのはそのときだ。

この会社にとって、いったい自分は何なんだ。

やりがいのある仕事を任されていたから言わないようにしてきたが、アトランティスは、村野を冷遇し続けてきた。

いまの自分の立場、存在がどうにも割り切れず、否定も肯定もできない中途半端な気持ちだった。デスクに戻って荷物を置いた村野は、「お先」、とひと声かけて職場を後にする。

追ってくる者は誰もいない。この会社で小原と反目することがどういうことか、誰もが知っているからだ。

会社を出た村野を、ねっとりとした夏の夜気が包み込んだ。

次の日曜日は、富士五湖マラソンだ。

「最後の仕事になるかも知れないな」

村野はひとり飲み屋街へと歩いていき、馴染みの店ののれんをくぐってカウンターにつくと、ひたすら考え続けた。

6

「よかったですね、社長。記念すべき一歩じゃないですか」

いつもは落ち着いている坂本の声に、静かな興奮が滲んでいた。

土曜日の夜、「そらまめ」で開いたささやかな祝賀会の席上である。集まっているのは、宮沢をはじめ、安田とあけみさん、椋鳩通運の江幡。坂本は、「休みなのに無理しなくていいから」、と安田がいったにもかかわらず、やはり、出てきてくれた。

「商売の縁ってのは、おもしろいもんですねえ」

そうしみじみいったのはあけみさんだった。「だって、今回の学校を紹介してくれたの、ウチを落とした光誠学園の先生なんでしょ」

前回開発チームが集まったのは光誠学園のコンペ後のことであった。プレゼンの成功で受注を確信していただけに、まさに一敗地《いっぱいち》に塗《まみ》れた。そのどん底からなんとか這い上がっての受注である。

「コンペでは負けたものの、それなりに認めてくれていたんだと思う」

宮沢は自分なりの分析を口にした。「瓢簞《ひょうたん》から駒の受注だったが、これを機に、学校を中心に営業をかけていきたいと思ってる。ただ……」

ふと、歯切れの悪くなった宮沢に、全員が怪訝な眼差《まなざ》しを向ける。

「どうしたんですか、社長」安田がきいた。

「受注したはいいんだが、仕入れ代金がかかるだろ。それをゲンさんがあんまりいい顔をしないんでな」

「なんだか、やる気なくすなあ、その話」

憮然《ぶぜん》とした安田は鼻に皺《しわ》を寄せ、頭の後ろで両手を組んだ。

「年寄りだからねえ。いろいろ気になるんじゃないの」

あけみさんも面白くなさそうにいった。「あたしは、会社が良くなるんなら、新しいことどんどんやった方がいいって考えだから、常務みたいに頭の固い人に、どう話していいかもわからないよ」

「結果を出していけば、富島さんもわかってくれるんじゃないですか」

坂本はそういって宥《なだ》めてから、宮沢にいった。「こうやって学校の現場から徐々に拡《ひろ》げていくというのはいいアイデアだと改めて思います。足袋に親近感を持った子供たちが成長して大人になったら、またどこかで足袋を買ってくれるかもしれない。将来の潜在的な顧客を摑むことにも繫《つな》がると思うんです」

「たしかに、その通りだ」

宮沢は、飲みかけのジョッキをテーブルにおいた。「だけどオレは、茂木裕人に履いてもらいたい」

「彼が使ってくれたら、それだけでも宣伝になるでしょうね」

隅っこの席で黙って聞いていた江幡もいう。「ただ、以前、雑誌で見たとき、茂木はアトランティスのシューズを履いてたと思いました。そうなると、どうですかねえ。アトランティスには村野さんがいるからな」

「村野さん？」

宮沢がきくと、「有名なシューフィッターですよ」、という返事があった。

「シューフィッターってなんなの」

すかさずきいたあけみさんに、「選手のシューズをフィッティングする専門家ですね」、と江幡はこたえる。「どこのメーカーも有名選手に履いてもらいたいじゃないですか。だから、そういう専門家が選手についていたりするんですよ。でも、村野さんの場合は別格ですけどね」

「そんなにエライんだ」、とあけみさん。

「エライとかそういうんじゃないんですよ」

江幡は笑いながら、「オレも陸上競技部で現役だった頃に村野さんと話したことあるんですけど、本当に職人肌のひとなんですよね。それに、もの凄く選手のこと考えてくれるんですよ。オレなんか陸上選手としては二流だったけど、それでも一度会ったときに話したことや走り方のクセとか、二度目のときにも覚えていてアドバイスくれたりするんですよね。オリンピックに出るような選手も含めて、村野さんがいるからアトランティスと付き合っているという選手は相当数いるはずです」

「そんな人が茂木についてるんじゃ、厳しくないですか、社長」

そういったのは安田だった。「監督も相手にしてくれない状態だとすると、いまはまだ無名だけど将来有望な選手を探したほうがいいかもしれない。なあエバちゃん、誰か知らない？」

そうきかれて、江幡は唸った。

「いやあ、オレなんかもう現場離れてだいぶ経ってますからねえ。同期の連中で箱根走ったのもいましたけど、いまはみんな引退して現場に残ってるのは少ないですよ。選手として相当の実績がないと指導者としても残れませんから」

「陸上競技の世界も厳しいもんだねえ」

安田が落胆まじりにいうと、

「陸上じゃあ、食えませんからねえ。だから、オレもハンドル握ってるわけで」

江幡がいうと、妙に納得させられる。

「まあ、茂木選手へのアプローチが難しいのは承知だが、その前に、こっちも未解決の問題があるからな。それをやっつけるのが先かもしれない」

宮沢はいった。

ソールの件である。

生ゴムのソールは子供たちがグラウンドを走り回るには適している。だが、一流のアスリートに供給するには弱すぎる。

「結局、ソールの開発費が高いことがランニングシューズ業界への参入障壁なんでしょう」

坂本の解釈はいかにも銀行員的だが、間違ってはいない。

「開発費五千万円でしたっけ」

と安田。「ウチにそんなカネないし、第一、カネ握ってるの、ゲンさんだ」

「カネの問題だけじゃないな」

宮沢はいった。「しかるべきノウハウを持った技術者がいて、それなりの研究開発の期間も必要だろう。生産設備だって必要になる。おそらく初期投資となると、五千万円どころか一億円くらいかかるんじゃないか」

「生ゴムをうまく加工できないんですか」

坂本が妥協案を出したが、それもすでに検討済みだ。

「色を変えたりすることはできると思うけど、生ゴムそのものの重さはどうすることもできないだろうな。穴をあけて軽くすることも考えたが、技術がないし、耐久性がますます悪くなるだけだ。それに、実はもうひとつ問題がある」

宮沢の発言に、全員の視線が集まった。「いまのままでは、競合の参入も簡単なんだ。いまの『陸王』は、洒落《しゃれ》たデザインに生ゴムを付けただけの商品だからね。デザインさえ工夫すれば、同業なら参入できることになる」

「たしかに」安田が神妙な顔で認めた。

「他では真似《まね》できないソールが欲しい。特徴的で機能的なソールが」

宮沢の眉間に皺が寄り、苦悩の表情を浮かべた。

「だけど、いったいそんなソールがどこにある？」

7

正午過ぎの気温は二十五・五度、ほぼ無風——。

爽やかな好天に恵まれたこの日曜日、茂木が富士五湖マラソンのスタート地点に到着したのは、午前七時過ぎだった。

乾いた夏の空気が心地よい。

だが、茂木の気持ちは淀《よど》んだままで、いつもなら、スタート時間が近づくにつれて盛り上がってくる気持ちの高ぶりも集中力も感じなかった。選手の緊張は伝わりこそすれ、自らの内面と共鳴することもない。

「おい、行くぞ」

号砲とともに飛び出していったランナーたちを漫然と見送る茂木の肩をたたいたのは、同じくこの日サポートに回った先輩部員の平瀬《ひらせ》孝夫《たかお》だった。

近くの駐車場に停めたバンに乗り込み、ゴール地点となる山中《やまなか》湖畔《こはん》に移動すると、後の時間はひたすら戦況を見つめての「待ち」になる。

十人ほどの先頭集団がレースをリードし始めたのは、二十キロを過ぎた頃だ。海外からの招待選手四人が集団内の先頭を常に固めている。その選手たちの後方で、日本人選手たちの駆け引きが始まっていた。

「ペース、速いな」

バンのナビをテレビに切り替えて見ていた茂木の隣で、平瀬が感想を口にした。画面右上に表示されているラップタイムは、過去の記録を何秒か上回るハイペースだ。先頭集団の中には、ダイワ食品の選手がふたり入っていたが、想定外のペースにかなり消耗しているのは間違いない。

だが、いま茂木の視線は、同じチームのランナーたちではなく、別のランナーに向けられていた。

毛塚だ。その日本人先頭集団の中に、毛塚がいる。

オリンピックの最有力候補といわれる山崎雅弘《やまざきまさひろ》の数メートル後ろを追走する毛塚のフォームは完璧で、寸分の狂いもなかった。ポーカーフェイスの表情は前方を走る選手の背中に向けられたままだ。

——毛塚選手は余裕の表情ですよ。仕掛けるタイミングを狙ってるんじゃないですか。

テレビ解説者の声は興奮気味だ。

昨年まで箱根を盛り上げた人気ランナーが実業団に入り、マラソン二戦目で堂々たる走りっぷりを見せているのだから、当然である。

激しい羨望と嫉妬を、茂木は感じた。

二十五キロを過ぎたところで、先頭を形成する集団から脱落者が出始めた。毛塚は未《いま》だその集団の一角に止《とど》まり、前に出たり、後ろに下がったりの駆け引きを繰り返しながら、トップランナーたちと互角に戦っている。

「おい、そろそろ行くぞ」

平瀬に促されてバンの外に出たのは、先頭集団が三十五キロを過ぎた頃だ。

毛布と飲料水を抱え、歩いて五分ほどのゴール地点に向かうと、すでに沿道は鈴なりの観客であふれかえっていた。

ゴールの後方に立ち、ほぼ直線のコースに目を凝らす。

どれほど待っただろうか。遥《はる》か数百メートル向こうのカーブから、ひとりのランナーが姿を現した。観客から歓声が上がり、無数の小旗が一斉に打ち振られる。

「ワンジャラだ」

隣にいた平瀬が名前を口にした。ケニアの選手で、国際大会では上位入賞の常連だ。

そのワンジャラから数秒遅れて、陽炎《かげろう》のように視界に入ってきた選手がいた。

一層の歓声が沸き、最後の追走に精一杯のエールが送られる。

「信じられねえな」

平瀬がひとりごとのように呟いた。数百メートル彼方《かなた》からでもわかる、リズミカルな独特の走り。

「毛塚……」

もはや、瞬きすら忘れて、茂木は毛塚の走りから目が離せなくなっていた。最後の力を振り絞るその姿がみるみる大きくなってくる。

茂木の立ち位置からではわかりにくいが、トップとの差が縮まっているようにも見えた。

「ちょっと追いつけねえかな」

平瀬がいった。

最後の百メートルを切ったとき、両者の差は十五メートルほどついていた。

ワンジャラのラストスパートに、一瞬毛塚が引き離され、そこでレースの決着はついた。

そのとき——茂木は、何か魔法にでもかけられたかのように、ゴールインした毛塚に向かって歩いていった。

何をしたいのか自分でもわからない。大学時代のライバルに、自分がここで見ていたことをただ伝えたかったのかもしれない。

バスタオルを掛けられた毛塚をテレビカメラが追いかけている。茂木のほうに顔が向いた。茂木がいることに、毛塚も気づいたはずだ。だが、

「おめでとう」

茂木が差し出した右手を、毛塚は無視した。脇を通り過ぎていく。茂木などそこに存在していなかったかのようにスルーすると、もみくちゃにされながら関係者の輪の中に

見えなくなった。

お前なんか、もうオレの相手じゃない。

毛塚の態度は、あたかもそういっているようだった。

行き場を失った右手をそっと下ろした茂木は、最後の直線道路に選手が現れるたびに歓声のあがるコースにぼんやりとした眼差しを投げた。

かつての栄光が嘘《うそ》のように、いまや誰も茂木に気を配るものはいない。

この喧噪と雑踏の中にいて、茂木は気づいた。

自分はもう、過去の選手なのだ。

走れない選手は、選手ではない。

箱根のランナーから、日本を代表するマラソンランナーに成長したライバルの背中を追う立場から、ただ傍観するだけの立場へと茂木の立ち位置は変わった。

「おい、何やってんだよ！」

そのとき背中を突かれ、茂木の意識は現実に引き戻された。

見ればダイワ食品の選手が死力を尽くしてゴールを切るところだ。

「毛布、毛布！」

平瀬の言葉に我に返った茂木は、大きく毛布を広げ、倒れ込む選手の体を受け止めようと駆けた。

8

さっきから、安田がイライラしながら何度も窓越しに駐車場を確認している。

「遅《お》っせえな、まったく」

そう吐き捨てたかと思うと、胸ポケットから携帯を取り出し、検索した番号にかけた。

「すみません、すみませんってな、いくら謝ったって、モノが来なきゃ意味ねえだろ！　いったいいつ来るんだよ！」

どうやら電話の相手は、出入りの繊維問屋の担当者らしい。手違いでこの日朝一番に入るはずの材料が遅れ、苦労して確保した「陸王」のための生産ラインが止まってしまっているのだ。急遽《きゆうきよ》、通常の足袋製造に切り替えているが、製造はのっけから思わぬ躓《つまず》きを見せている。

「係長、来ましたよ」

どうやら安田にいわれて外で待っていたらしい大地が事務所に顔を出し、携帯を切った安田も飛び出していった。

「何やってんだよ、まったく！」

業者を怒鳴りつけている安田の声を聞きながら、宮沢は生産ラインのある作業場へと向かう。

「ああ、社長。どうなってるんですか」

宮沢の姿を見つけて、ミシンについているあけみさんが声をかけてきた。

「すまん、いま着いたらしい。これから準備に入るから」

宮沢はいったものの、製造工程を考えると、あけみさんが担当する作業にまで部材が回るのは早くて午後になりそうな気配だ。

朝から意気込んでいただけに、これではハシゴを外されたも同然である。

「いまみんなで話し合ったんですけど、とにかく、今日計画していた数を流してもらえませんか。残業になるかもしれないけどやらせて下さい」

あけみさんの申し出に、「悪いが頼む」、と恐縮した宮沢が、「みんなもすまん。頼むぞ」、と声をかけると、たちまち、

「まかせといて！」

「絶対やるから！」

口々にそんな言葉が返ってくる。

彼女たちの中では中堅といっていいあけみさんで、この道三十年。最年長の冨久子さんにいたっては半世紀以上という年季の入りようで、性格は揃って男勝り。前工程が遅れて縫うものがなくなれば、「何やってんの！」、と相手が安田だろうとどやしつける筋金入りだ。

台車一杯に仕入れた材料を載せて大地と安田のふたりが入ってきた。

「おい、裁断行くぞ！」

安田のひと言で、村井正一《むらいしよういち》が裁断機に走る。

ダンッという腹に響く音とともに、村井の操作する裁断機が、量産に入った「陸王」の最初の型を抜いたのは間もなくのことであった。

足型用のフエルト材は一度に五枚を重ねて抜くことができる。

村井の背後には裁断された部材が、みるみる山積みになっていった。

「大ちゃん、順番に流してくれ」

村井の指示で、抜いた足型を大地が縫製課に運んでいったのは、思ったよりも早い午前十一時半過ぎだ。

材料の流入とともに足踏みのミシンの独特な音が響きはじめ、作業場は俄《にわか》に活気づいていった。


没頭していた書類から顔を上げた途端、微《かす》かなミシンの音が耳に入ってきた。

午後八時過ぎだ。

「もう、こんな時間か」

こはぜ屋の終業時間は午後五時だから、すでに三時間を超える残業になっている。

社長室を出、作業場に向かった宮沢は、そこに安田を見つけて、「どうだ」、と声をかけた。

返ってきたのは、もう少しです、という返事だ。さすがに皆の表情にも疲労の色が滲んでいる。最年長の冨久子さんもまだ黙々とミシンを踏んでいるが、心なしか動きは重い。

「あと、五十足ほどで今日の生産分、終わりですから」

そういった安田に、「いや、もう後は明日に回さないか」、と宮沢はいった。

「しかし——」

「この続きで小一時間残業するより、今日は休んで明日と明後日に分けて三十分ぐらいずつやってもらったほうがいいから。そのほうが——」

そのとき、

「大丈夫ですよ」

という声があがって、宮沢は言葉を切った。疲れを滲ませた笑顔でそういったのは、誰あらん冨久子さんだ。

「冨久子さん、疲れたろう。ありがとうな。みんなもさ」

宮沢は声をかける。「もう今日は十分やってもらった。明日にしようや、なあ」

その言葉で一旦ミシンが止まる。

「冨久子さん、どうする」

あけみさんがきいた。「やれる?」

「いや、いいから」

宮沢が止めた。「無理してくれるな」

だが、

「私、やれるよ」

冨久子さんがこたえ、縫製課員たちの視線があけみさんに集まった。

小さく頷いたあけみさんは宮沢を振り向くと、ひと言、「やらせてください」、といった。

「大事な新規事業の初日だし。いいよね、みんな」

全員が頷くと同時に、再びミシンが踏まれはじめる。自分も手を動かしながら、「うまくいって欲しいからねえ。そしたらあたしたちの給料上げてよ、社長」、とあけみさんがいう。

「ああ、上げる」

彼女たちの情熱に打たれ、宮沢はこたえた。「上げるよ。すまんな」

隣を見ると、安田が何かいいかけようとしたまま言葉を呑んでいた。おそらく、宮沢と同じく明日にしようといいたかっただろうことはわかる。

「わかった。だけどな、みんな。怪我だけ、気をつけてくれ。頼むぞ」

安田の口から出た言葉に、「はいよ」、「わかってるから」、と口々に返事がある。

「すげえや」

できあがった「陸王」の仕分けと検品を手伝いはじめた宮沢の横で、安田が感嘆の表情を浮かべた。「根性あると思ってたけど、みんなここ一番ってとこでは譲らないなあ」

「勝負所だと思ってくれてるんだ」

宮沢は手を動かしながら、こたえた。「みんなの期待に応えないとな」

「じゃなきゃ、殺されますね、社長」

安田が冗談めかす。

新しい製品を、世に問う。

それはリスクのある、難しいことだ。しかし、もしその製品の成否が作り手の熱量に比例するのなら、こはぜ屋の「陸王」は、きっと他のどんな商品にも負けないはずだ。

それにしても――。

宮沢は内心、鋭い舌打ちをした。

社員たちがこんなに頑張っているときに、大地がいないなんて。夕方から面接を受けにいったのはいいが、さっきそのまま直帰するというメールがあったばかりだ。一度会社に顔を出せと返信したのに、その後はナシの礫《つぶて》である。

「ばかやろう……」

宮沢は、嘆息まじりにひとりごちた。


その大地の帰宅は深夜零時に近かった。

黙ってリビングに入ってくると、もっていた上着をソファの背に投げ、自分も体を沈める。酒くさかった。

「何やってんだ、お前は。こんな酔っ払って帰ってきて」

叱りつけた宮沢に、

「別にいいだろ。たまにはさ」

まっすぐ前を向いたまま投げやりにこたえる。

ひと言いってやろうとしたとき、

「なんでだよ」

そう大地が呟くのが聞こえた。「なんで面接、うまくいかねえのかなあ」

ぼんやりと壁を向いたまま呟く息子の懊悩ぶりに、腹立ちまぎれの感情が、すっと退いていくのがわかる。

「なんていわれたんだ、今日の面接」

思わず問うた宮沢に、しばらく大地はこたえなかった。やがて、じっと前を向いていた視線がそっと下へ落ちると、

「親の会社とはいえ、まだ一年ちょっとしか経ってないのに辞めたいのかって」

そういう意地悪な見方もできるのかもしれない。

「面接官、最初っからやる気なさそうだったし。オレって、そんなに価値ないのかな」

それは宮沢へというより、大地の自問に近い。

「焦るな」

宮沢はいった。「こういうときこそ、どんと構えてろ。そのうち、自分に合う会社を見つけられるさ」

「気休めいってくれてありがとう」

やがてそんな返事を寄越すと、パンと両手で膝を打ち、

「あー、飲み過ぎた」

そうひと言いって立ち上がり、「今日はすみませんでした。戻らなくてさ」、そう言い残して自室へと引き揚げていく。

そんな息子に、どう言葉をかければいいのか、宮沢はわからなかった。

大地がかけていたソファに座り、深い吐息をひとつ洩らす。

大地のことは心配だが、いまの宮沢には社長としてやらなければならないことがあった。「陸王」の量産だ。ここを乗り越えれば何かが見えてくるはずだ。まだ見えない会社の将来を、宮沢は見据えようとしていた。

ところが——。

9

「社長、社長——」

三日後の朝、出社した宮沢が自席で書類を見ていると、ノックもしないで安田が飛び込んできた。「冨久子さんが——冨久子さんが昨日の夜、救急車で病院に運ばれたらしいです」

「なに?」

慌てて立ち上がった勢いで、デスクの上の茶碗《ちゃわん》がひっくり返った。それには構わず、

「どんな具合なんだ」、宮沢はきいた。

「心臓じゃないかと。実は、ちょっと前から悪いといわれていたらしいんです」

「そんな話、聞いてたか、ヤス」

安田は青ざめた顔を横に振った。「隠してたんじゃないですか」

ふたりの騒ぎをデスクで聞いていた富島もやってきた。

「行ってくる」

歩きだそうとした宮沢だったが、「あの病院は十時からです、面会時間」、という富島のひと言に押し止められた。

「無理させちまったからなあ」

ここ数日、残業を許可したことを、宮沢は悔いた。縫製課の仕事はいわばチームプレーだ。帰りたくても、誰かひとりが抜けたら成り立たない。それを知っているから冨久子さんは無理を押して残業に応じたのだ。

なんで気づかなかった。このバカ野郎――。そう自分を叱りつけながら、

「ヤス、今日のライン、どうする」

宮沢はきいた。

最高齢とはいえ、冨久子さんが担当していた縫い付け工程は、とくに神経を使うデザイン部分だ。慎重にやればできないことはないが、相応のスピードを要求されるとなる

と熟練揃いの縫製課でも、対応は簡単ではない。

さすがの安田も、頭を抱えた。

作業場に行くと、冨久子さんを除く縫製課の工員たちはすでに全員がそろって、あけみさんの周りに集まっていた。

「ああ、社長。冨久子さんが――」

宮沢らの姿を見て、あけみさんが真剣そのものの顔を向けてくる。すでに、冨久子さんが入院したことは彼女たちの耳にも入っているらしい。

「いま連絡があった。すまなかった」

宮沢は彼女たちに詫《わ》びた。「残業を頼んじまったオレの責任だ。申し訳ない」

「いいえ、社長の責任じゃないですよ。あたしが無理いったから」

厳しい表情を浮かべ、あけみさんは震える声を出した。いつもほがらかで強気のあけみさんだが、いまその目いっぱいに涙がたまっている。「冨久子さん、本当は休みたかったと思うんです。でも、みんなの手前、いえなかった。あたしが察してあげるべきでした。それがこんなことになっちゃって……。ごめんね、みんな」

仲間たちに深々と頭を下げ続けるあけみさんの背中から嗚咽《おえつ》が聞こえだした。

「あけみさんのせいじゃないよ」

「違う違う」

工員たちから次々とそんな言葉が出たが、あけみさんはなかなか顔を上げようとしない。

「もういいから、ね、いいから」

そんなことをいいながら、縫製課のナンバー2である水原米子《みずはらよねこ》が泣き笑いの表情を浮かべてその体を抱きかかえた。

「あんたはちゃんとやってるよ。そうだよね」

「そうだよ、あけみさん」

その言葉に、周りにいた工員たちもあけみさんを覗き込んで慰めている。

「ごめんね。ありがとね」

ハンカチで目を覆いながらようやく顔を上げたあけみさんは、「社長、すみませんでした」、また頭を下げる。

「誰のせいでもないぞ、あけみさん」

安田が指で鼻をさすりながらいった。「こうなっちまったのは残念だが、いまは冨久子さんのためにも、ここをなんとか乗り切る方法を考えようや。自分が休んだから製造が遅れたなんて知ったら、冨久子さん、病院から抜け出して来ちまうからさ」

「そうだよねえ」

水原が笑いながら頷き、「さあどうする、あけみさん」、ときく。

ひとつしゃくりあげたあけみさんは、「あたしが代わりにやります」。

責任感のある申し出だが、

「それはダメだよ」

水原がいった。「いくらあけみさんでも、いま手一杯じゃない。これ以上抱え込んで、あけみさんまで体壊したら大変だよ」

「そんなこといわないでやらせて、お願い」

あけみさんは胸の前で手を合わせた。「そのくらいやらせてもらわないと、あたしの気がすまないんだよ」

そんなあけみさんを止めに入ったのは、安田だ。

「あけみさんさ、段取りを考えても、それは無理だぜ。効率が悪くなる」

あけみさんは唇を噛《か》んだ。気持ちだけでは超えられない事情を勘案したからに他ならない。作業効率や生産管理といった大局的な視点を持った安田の意見は説得力があった。

「美咲《みさき》ちゃん、どうだ」

指名に驚いた顔をしたのは、当の仲下《なかした》美咲だけではなく、他の工員たちもだ。仲下は、縫製課ではもっとも若い二十八歳で、ベテランの凄腕揃いの課内ではいわゆる〝末席〟だ。「あたし……ですか」

自分を指さして、仲下は戸惑いを隠しきれないでいる。

「おう。冨久子さんに恩返しするときじゃないか」

安田はいった。仲下のミシンは、冨久子さんのものの横にある。高校を卒業して、ミシンどころか右も左もわからなかった仲下に社会人としての心構えから、ミシンの扱い方まで、一から指導してきたのが、冨久子さんだった。仲下は、いわば冨久子さんの愛弟子《まなでし》だ。

「でも、あたし、冨久子さんみたいにうまくできる自信なんてないし――」

「やってみてくれないか」

尻込みしている仲下に、宮沢も頼む。「歩留まりは気にしなくていい。この製品自体が、挑戦なんだ。どうだ、あけみさん」

宮沢がきくと、

「いいと思います」

あけみさんはきっぱりとした口調でいい、仲下は表情を引き締めた。

「でも、あたしのせいでみんなに迷惑をかけてしまうかもしれないし」

「あんたはいままで手抜きをしたことがないだろ」

あけみさんはいった。「あんたの仕事ぶりは全員が知ってる。だから失敗したって、迷惑だとは思わない。失敗しない人間なんかいないよ」

あけみさんの言葉に、全員が頷いた。

「大丈夫だから」

「やってみなよ」

そんな激励が続き、ついに「よろしくお願いします」、と仲下は頭を下げた。

安田とあけみさんが中心になってその日の細かい段取りが決められると、間もなく村井の操作する裁断機が音を立て始めた。

昨日の仕掛かりのある工程からミシンが動き始める中、仲下は、自分のミシンにつき、複雑なステッチを要する樹脂製のリボンを布に置く。

最初の針が糸を通したのは、その直後のことだ。仲下のミシンは、まるでそれ自体が生き物であり、意思と頭脳を持ってでもいるかのように、曲線を縫い上げていく。ゆっくりではあるが、確実な動きだ。

最初のリボンが縫い付けられるのを見届けたあけみさんが、笑みを浮かべて宮沢に頷いてみせた。これなら、なんとかなる。

それに無言で頷いた宮沢は、そっと作業場を後にしたのであった。

10

「おい、茂木が他社のシューズ、履いてたぞ。節操がない話だな」

グラウンドの片隅にいた小原は、選手と打ち合わせしていた村野がひとりになると、傍らにやってきて不機嫌に吐き捨てた。村野もさっき見た。他社といっても、おそらくずっと以前に履いていたに違いない履き古したシューズだ。

茂木とは信頼関係を構築してきたつもりだが、先日の一件でそれはあっけなくリセットされた。こちらの都合を押し付け、一方的な態度を見せれば、選手が離れていくのは当たり前だ。

「お前、いったいどういう管理してんだよ。杜撰《ずさん》じゃないのか」

唇を噛んだ村野を、小原は責めた。

「杜撰な管理をしたつもりはありませんけどね」

「あんたがどういうつもりかは知らない。だが、会社から見ると杜撰にしか見えないんだよ」

自分からでなく、会社から見ると——。

そこに、小原の悪意が滲み出ていた。逆T字形組織であるアトランティスで、直属の上司である小原に評価されないことは会社から評価されないのと、限りなく同義だ。

小原の前任者たちとは、うまくやってきたという思いがある。彼らは管理職に徹し、選手とのやりとりは村野を信頼して任せてくれた。それに村野も応え、相応の結果を出してきたつもりだ。

会社なんだから、上司とそりが合わないこともあるだろう。しかし、現場に疎い小原が村野のやり方に口出しし、挙げ句、管理が杜撰だと決めつけられるのはさすがの村野も腹に据えかねた。シューフィッターとして長年多くのアスリートたちに親しまれてきた実績への冒瀆《ぼうとく》だ。

「申し訳ないですが、私はいま以上の仕事はできませんね」

こみ上げてきた怒りに冷静になれと自分に言い聞かせつつも、口から出たのは決別を予感させる言葉だ。「もし、私のやり方が杜撰だというんなら、この前からいってるように私を外せばいいでしょう。そして部長が納得する誰かを据えたらどうですか」

「そんなことは、いわれなくてもわかってるよ」

そのとき小原が向けてきた目の底には、薄ら寒い怒りが揺れ動いていた。「誰にでも潮時ってものはある。あんたにもな。いつまでも自分のやり方が通用すると思うなよ。いまにわかるだろうけどな」

ちょうど監督の城戸が近づいてくるのが見え、村野は反論の言葉を呑み込んだ。

11

「どうだ、ヤス」

作業場の手前にある準備室に安田の姿を見つけて、宮沢は声をかけた。

「陸王」の量産に入って五日目の夜である。この日の縫製作業は、さきほど午後五時の定時をもって一旦終了している。

「いまのところ、約九百足ですね」

製造管理表を見ながら、安田がこたえる。渋い顔をしているのは、生産計画にズレが生じているからだ。

「美咲ちゃんはどうだ」

「よくやってますよ。彼女なりに全力を尽くしていると思います」

安田は褒めたが、口調とは裏腹に表情は曇りがちだ。「ただ、なんといっても難しい工程ですから」

やり直しも多かったことを言外に滲ませる。「本来でしたら、残業をお願いしたいところなんですけどねえ」

残業をさせないのは、慣れない仕事での疲労だけが理由ではなかった。残業すれば工賃は割り増しになる。これまでの残業分だけでも、コストはすでに計画を上回っていた。かじ取りが難しい。

「それで、どうでしたか、冨久子さんは」

この日の午後、見舞いにいったときの冨久子さんは、想像していたよりも元気に見えた。残業の件を詫びると、「私がやるっていったことですから、いいんですよ」、と冨久子さんらしく気を遣ってくれたほどだ。とはいえ、聞けば心不全とのことで重篤な病気であることには変わりがない。

「息子さんとも話したんだが、やっぱり退院まで一ヶ月ぐらいはかかるそうだ。それに、退院できたとしてもすぐには職場復帰は難しいだろう」

「痛いですね」

不慣れな新製品を製造するために、本業まで圧迫することになってしまう。

みんな、なんとか踏んばってくれ——。宮沢は心の中で強く念じた。

第五章　ソールを巡る旅

1

坂本から宮沢のスマホに連絡があったのは、厳しい残暑も遠のき、ようやく秋らしくなった頃であった。

「やあ、ごぶさた」

坂本と話すのは一ヶ月ぶりである。前橋支店に転勤して以来、会う回数はめっきりと減った。「どうだいそっちの景気は。たまには一杯どうだ」

以前会ったとき、あまり元気がなかったなと思い出し、それとなく話を振り向ける。

「お陰様で、まあ何とか。実は社長に折り入ってお話がありまして」

そろりといった坂本に、

「なんだ、ウチに融資でもしてくれるのか」

軽口で応じた宮沢だったが、その後を継いだ坂本の言葉に、思わず椅子から立ち上がっていた。

「新しいソールを作れるかもしれない会社があるんです。是非、話を聞いていただけないかと思いまして。それとも、ソールの問題はもう解決されましたか」

「まさか」

宮沢は短くこたえ、顔を左右に振った。「話してくれ、どんな会社なんだ」

「電話ではなんですので、詳しくは明日お話しします」

翌日の午後六時に会社で会うことにして、電話を切った。


時間通りに会社を訪ねてきた坂本が出したのは、クリアファイルに入った一通の資料だった。どこかの会社の、表紙の黄ばんだ古いパンフレットである。

「シルクール？」

表紙の社名は聞いたことがない。

「ご存じないのは当然です、この会社は前橋の零細企業ですから」

坂本はこたえた。「本業はインテリアの製造販売なんですが、社長がユニークなひとで、とある特許を持っていまして。ちょっとこれをご覧ください」

そういってカバンから取り出したのは、およそ八センチ角にカットされたキューブ状の素材であった。

手にした宮沢の口から、

「軽い――」

そんな言葉が、口を衝《つ》いて出た。見た目から予想された重さより、手のひらに載せたそれは、遥かに軽い。

「ちょっと押してみてください」

硬い感触が伝わってきた。しかし、まったく弾力がないわけではなく、強く押してみるとほんのわずかに凹《へこ》む感覚がある。もちろん、重さも生ゴムとは比べものにならないほど軽い。

「どうですか」

坂本が真剣な顔できいた。

「いったい、この素材はなんなんだ」

なんの素材なのか、見て触れただけではまったくわからない。天然ゴムの加工品でないことは確かだが、どれだけ見ても元の素材が想像できなかった。見た目はゴムっぽいが、いままで見たことも触れたこともないような、不思議な感触だ。

「繭《まゆ》です」

坂本の言葉に、宮沢は思わず顔を上げた。

「……繭。これが？」

やがて呟くようにいった宮沢に、「私も最初見たときは信じられませんでした」、と坂本。「ご存じかもしれませんが、前橋支店は苦戦を強いられていまして。正直、不良債権の山なんです」

取引先の八割以上が赤字決算を組み、ほとんどの会社がこの十年で三割以上もの減収になっている——坂本は経営環境の惨憺《さんたん》たる状況を話して聞かせた。

「私自身、目先の不良債権処理に追われていてなかなか冷静に周囲を見回す時間が無かったんですが、最近、資料整理をしていて偶然、このサンプルを発見したんです」

銀行の倉庫の片隅にあった段ボール箱の中で見つけたというそれは、ほとんどうち捨てられたも同然だったらしい。いったい何の素材だろうかとしげしげと見ていると、一緒に片付けをしていた係長が教えてくれた。「ああ、そりゃシルクールって会社が、自前の特許技術で作った見本だよ」、と。

興味を示した坂本だが、係長は顔の前で手を振った。「そんなもの、ここにあっても邪魔なだけだから、捨てといてくれ」

かくして、それは捨てられることなく、いま宮沢の前にあるのであった。

「調べてみると、同社の特許というのは繭の特殊加工技術だったんです。天然繊維である繭の特性として、強靭《きょうじん》で軽く、防虫効果がある。もともとが繭ですから、型さえ作れば成形は簡単で、しかも環境に優しい。まさに——」

坂本は意味ありげに、宮沢を見ていった。「ソールの素材にぴったりだと思いませんか」

「おもしろい」

宮沢は気持ちの高ぶりを覚えていた。おそらく、従来のシューズ製造業者の発想では、こんな天然素材へ行き着くことはないだろう。

もしこれで「陸王」のソールを作れば、世の中にある天然ゴム素材の靴よりも遥かに軽く、強いものができあがるかもしれない。

宮沢ははやる気持ちを抑えて、坂本にきいた。

「コストはどうなんだろう」

いくら素晴らしい素材でも、高価すぎたら商品には使えない。

「もともと群馬県は繭の産地ではありますが、この加工をするのに上等な繭は必要なく、くず繭で十分対応できるようです。確認してみないことにはなんとも言えませんが、安く量産できると私は思っています」

坂本の話通りなら、実現可能性は十分である。

「坂本君、このシルクールの社長に会わせてくれないか」

宮沢は身を乗り出した。「ソールの試作品を作ってくれるよう、直談判《じかだんぱん》してみたい」

「それが、いまはできそうにないんです」

坂本はそれまで浮かべていた笑みを消し、嘆息を洩らす。「このシルクールという会社、二年前に不渡りを出して倒産してるんですよ」

2

シルクールの社長、飯山晴之《いいやまはるゆき》は、前橋で生まれ育った男だった。地元の工業高校を卒業した後、横浜にある繊維メーカーに十年ほど勤務したが、父親が経営していたインテリア関係の会社を継ぐために戻ってきた。

当時のシルクールを担当していた行員に坂本が聞いたところでは、もともとが人の下でちまちまと働くようなタイプの男ではなく、どちらかというと山っ気のある商売人気質《かたぎ》だという。

インテリアの会社をやりながら、ひと山当てようとした飯山は、繊維メーカー勤務時代に思いついたアイデアを元に、繭の特殊加工技術を考案。その特許を取るに至ったのだ。

だが、飯山の野望を支えるにはインテリアの製造販売という本業は小さすぎた。技術開発で資金調達余力を使い果たしていた同社は、一旦、資金繰りに窮すると、ひとたまりもなく二度の不渡りを出して倒産したのだという。

「人ごととは思えないな」

宮沢には、飯山という男の挑戦が自らの挑戦と重なって聞こえる。

「しかし、倒産したんなら、この特許の所有権も第三者に移っているということはないのかい」

「調べてみたんですが、どうやらそれはないようなんです」

坂本はこたえた。「死蔵特許ってあるじゃないですか。結局、飯山社長は特許を実用化できなかったんですよ」

銀行の債権回収の現場ではまず担保の預金や不動産といったものから処分されていくが、結局のところこの特許は処分されないまま残されたらしい。要するに、債権者にとって価値がないと判断されたのだ。

「法的整理はしたものの、社長本人はその後、姿をくらましてしまったとか」

破産申請が受け入れられ、法的に借金を棒引きにされたとしても、いままで付き合ってきた相手に迷惑をかけたことには変わりがない。人間関係やしがらみがあるからこそ、その土地に居続けることができなくなる。

「行方を知っている人はいないのかい」宮沢はきいた。

「飯山社長と知り合いだったという取引先の社長にそれとなくきいてみたんですが、どうやら前橋近郊のどこかに身を潜めているようなんです。どこかの会社で住み込みで働いているという噂もあって、社員寮のようなところに奥さんとひっそり住んでいるのではないかという話でした」

「しかし、矛盾してないか」

宮沢は疑問を口にした。「さっき、死蔵特許っていったよな。しかし、こういうサンプルが有るってことは、どこかに製造設備があったってことじゃないのかい」

「その辺りのことが、いまひとつわからなくて」

坂本は、浮かない顔でこたえる。「ただ、研究開発の過程で、飯山社長が地元の大学の教授と共同で試作したという話は耳にしました」

「じゃあ、その教授に話を聞けば、この特許技術のことや、もしかすると飯山さんの消息もわかるかもしれないな」

「実は大学に連絡をとって教授に尋ねてみたんですが、特許の現状についてはわからないとおっしゃるんです。飯山社長の行方も知らないと」

さすがに坂本だ。宮沢がその場で思いつくぐらいのことは、すでに調べ上げていた。

「飯山社長に頼まれて二度ほど実験をしてデータを渡したことはあるそうですが、それ以上の付き合いではないし、巷《ちまた》で噂されているような共同開発者でもないという話でした」

「誰が共同開発者だなんていってんだろう」

「それが、どうやら飯山社長自身じゃないかと」

坂本は推測を口にする。「要するに箔《はく》を付けたかったんだろうという気がするんです」

飯山自身は特に研究者というわけではなく、いってみれば中小企業の一経営者に過ぎない。彼には自分が取得した特許で、世間に認められたいという強い欲求があったはずで、そのためには、大学教授との〝共同開発話〟は恰好《かっこう》の宣伝になる。

「考えられなくはないな」

ある意味涙ぐましい、といえなくもない。同時に、いまの自分と似ていると思えるのは、宮沢自身、新たに開発した「陸王」を世の中に認めてもらうために苦闘しているという点で、飯山となんら変わらないからだ。やっていることは違っても、ふたりとも現状を打破するためにもがいている。

「この特許には、実用化の話はなかったんだろうか」宮沢はきいた。

「飯山社長は、大手のアパレルメーカーや商社がこの特許に目を付けて、いろいろな商談を持ち込んできていると吹聴《ふいちょう》していたらしいです。たしかに、銀行に残された資料には、白水《はくすい》商事からの提案書のコピーもありました。ところが、そのときにはもう本業が傾いてましてて。飯山社長としては、その開発話をあてに融資をしてくれと取引銀行と交渉していたらしいんですが、ウチを含め、それを真に受ける銀行はなかったようです」

「中小零細の末路は悲しいもんだな」

宮沢は、自分の口調に皮肉が混じるのをどうすることもできなかった。飯山が歩んだ道は、自分がこれから歩む道になるかもしれない。「陸王」の将来性をいくら力説したところで、取り引きしている埼玉中央銀行が、それを認め融資をしてくれるとは考えにくい。むしろ、一所懸命に力説する宮沢を冷ややかに眺め、話の最後にはこういうに違いない。

——社長、話はわかりましたけど、担保はありますか。担保があれば融資できるんですけどねえ。

決して路頭に迷うことのない安全な場所にいる者に、今日、そして明日、そして明後日と、一日一日を必死で生きている者の心細さはわからない。

彼らの目には飯山も、そして宮沢も、ただ這いつくばって無駄な努力をしている貧乏経営者にしか見えないだろう。

「さぞや悔しかったろうよ、その飯山って社長は」

しんみりとして宮沢はいった。

苦労して開発し、取得した特許でひと山当てよう――。山っ気があるといわれようと、それは経営者の夢だと思う。いまは資金繰りが苦しくても、きっといつか報われる日が来ると信じるからこそがんばれる。胸底から込み上げてくる不安を必死で抑えこみながら、かすかな希望だけを見つめて孤軍奮闘していたに違いない。

人が必死で生きようとするのを否定できないのと同じように、会社の経営者がなんとか生き残ろうと努力をする姿もまた、決して否定できないと思う。たとえそこにはったりや嘘が混じっていたとしても、人生を賭している人間の姿には、どこか尊さがあるのではないか。

「そして残ったのは、サンプルひとつか」

それは何か、飯山という経営者の遺品のようであった。

「この素材で新ソールを開発するのなら、いくつか、越えなければならない壁があると思うんです」

　坂本が話を元に戻した。「まず、飯山社長を見つけること。そして、とりあえず話をしてみる。その上で、この技術が『陸王』の新ソールに応用できるか検討してもらう――。仮にそれが可能だとしても、次に設備投資が必要になります。それにはきっと相当の金がかかると思いますが」

「飯山さんの居所は突き止められるのかい」

　まずは、そこからである。

「それは私に任せてもらえませんか」

　坂本はいった。「見つけ出せるという保証はありませんが、知り合いの社長さんたちに、連絡先がわかったら教えてくれないかと声を掛けてあります」

「それと、もうひとつ、今日はご報告があって参りました」

　坂本はいうと、背筋を伸ばして座り直した。「実は、私、銀行を退職することにしました」

　素材を見たときに沸き立った気持ちが急速に萎《しぼ》み、心細くなっていった。そのとき、

「なに――？」

　そういったきり、宮沢は思わず絶句した。

「なんでよ、坂本ちゃん」

あけみさんがきいた。「そんなに前橋がつらいのかい。それなら行田に戻っておいでよ」

坂本に詳しい話を聞こうと、開発チームの面々を誘い、「そらまめ」に場所を移した。

「いえ、そういうわけにはいかないんです。銀行ですから」

苦笑しつついった坂本は、「以前から考えていたことなんですよ」、という。

「理由はなんだ」

宮沢はきいた。「せっかく入った銀行を辞めるなんて、ただごとじゃない。理由を聞かせてくれ」

「あえていえば、限界、ですかね」

坂本はつぶやいた。「なんとかお取引先の力になろうと思っても、ウチの組織はあまりに硬直的でして。どうも私は銀行向きではないようです」

自嘲気味に、坂本はいう。

「向こうの支店長とそりが合わないのか」

「いえ、そういうんじゃありません」

坂本は否定した。「私はもっと夢のあるビジネスをやりたいんです。銀行はいつも会社の過去しか評価しません。実績を見て、担保を見る。だけど、将来性を判断して融資することは決してない。そこに、銀行業の窮屈さを感じていたんです」

「銀行さんは手堅いからなあ」、と安田。

「こはぜ屋さんの新規事業をもっと大々的に応援したいのに、私にできたのはせいぜいギリギリの運転資金を出すぐらいじゃないですか。こういう組織で、いくらこの会社は将来有望だからと説得しても信用してもらえません。実績がないという、ただそのひと言だけで片付けられてしまうんですよ。そんなことをしていたら、本当は大成功するかもしれないビジネスまで潰してしまう。それが、ずっと不満だったんです」

「それで？」

宮沢はきいた。「それでどうするんだい。たしかに、志やよし。そして、あんたの夢はもっとでかいかもしれない。だけど、そのちっぽけな運転資金がウチにとっては喉から手がでるぐらい欲しいカネであることも事実なんだ。だから、あんたみたいな銀行員がいて、オレたちの面倒見てくれることに意味があると思ってたんだけどな」

「すみません、社長」

坂本は頭を下げた。「でも、もう決めたことなんで。銀行にも今月いっぱいの退職を申し入れています」

「前橋支店で担当している会社にも、あんたの力を必要としている会社はあるんじゃないのか」

そういうと、坂本は唇を嚙んで押し黙った。

「それに、これから先、行く当てはあるのか」

「東京のベンチャーキャピタルの内定をもらっています」

坂本はすでに次の行き先を決めているようだ。

「ベンチャー……なんだって」、とあけみさん。

「ベンチャーキャピタル。投資会社ですよ」

坂本がこたえた。「これから伸びていく会社の将来性を買って投資をするんです」

「あたしは頭が悪くてわかんないけどさ」

あけみさんは、聞き方もざっくばらんだ。「そんなんでどうやって儲けるんだい。投資ってそんなに儲かるの」

「儲かるかどうかは場合によりけりです」

坂本は説明する。「投資というのは、簡単にいえば会社の株を買うことなんですが、たとえば、こはぜ屋さんに投資をした後に、こはぜ屋さんが急成長して上場したとするじゃないですか。上場するとたいてい株が値上がりしますから、そのタイミングで株を売ると儲かるわけです。もし上場しなくても、儲かっていれば配当をもらうことができるでしょう。それだと貯金しておくよりも有利なんですよ」

「世の中、いろんな会社があるんだねえ」

理解したのかどうかはわからないが、あけみさんは感心したようにいった。

「ちなみに、東京キャピタルという会社です。聞いたことはありませんか」

その質問は、宮沢に向けられたものだった。

「そういえば……」

たしかに、聞いたことがある。だが、金融機関といえば、付き合いのあるのは銀行と、せいぜい証券会社ぐらいで、それ以外となるとよくは知らない。

「だったらさ、その東京キャプテンって会社通じて、うちに投資してくれたらいいんじゃない」

あけみさんがいった。

「投資がいいのか、他の方法がいいのかはわかりませんが、お役に立てるように考えてみます。とはいえ、今月一杯までは銀行に在籍していますから、その間にシルクールについて精一杯情報収集させていただこうと思っています」

「よしわかった」

宮沢はぽんと膝を打った。「坂本さんのことだ。考えに考えた末の結論だろう。ならばもう何もいうまい。新天地でがんばってくれ。そうとなれば、ヤス――」

安田はかしこまってごほんとひとつ咳払《せきばら》いして続けた。

「それでは、ご指名でございますので――」

「なにまどろっこしいことといってんのよ」

あけみさんにどんと背中を押され、安田は危うくビールをこぼしそうになる。代わりにあけみさんが声を張り上げた。「さあ、乾杯するよ！　坂本ちゃんの前途を祝して――乾杯！」

かくして、坂本は新たな道を歩み始め、そしてこはぜ屋と宮沢の前にも、小さな可能性の扉が出現したのであった。

坂本から、シルクールについて新たな情報がもたらされたのは、それから間もなくのことである。

3

「例のシルクールの件ですが、飯山社長と連絡がとれました」

商用から戻り、会社敷地内の駐車場にクルマを入れようとしていた宮沢は、運転席にすわったまま坂本からの電話に耳を澄ませた。「知り合いの社長のところに連絡があったらしいんで、会ってくれるよう頼んでもらったんです。最初は渋っていたそうなんですが、債権者ではなく、特許に興味を持っている相手だといったら、会うことに同意してくれたと」

飯山の現住所はわからなかったが、高崎《たかさき》市内のホテルになら出てこられるという。

「先方に調整してもらいますから、社長が都合のいい日時を、いくつか挙げてください。早いほうがいいと思います。相手の気が変わる前に」

手帳を取り出しその場で候補日を挙げると、坂本はいったん電話を切り、その一時間後に再びスマホに電話をくれた。

「明日の午後三時になりました」

場所は高崎駅前にあるビジネスホテルのラウンジだ。目印になるよう会社のロゴが入った紙袋を提げてきてくれ、という。

「向こうの目印はないのかい」

尋ねた宮沢に、「警戒してるんですよ」、と坂本はいった。「法的整理はしているんですが、借金を踏み倒したマチキンの連中に報復されるんじゃないかと恐れているようなんです」

宮沢が本当に安全な人間かを確かめてから、会うつもりなのだろう。気持ちのいい話ではないが、他に選択肢はない。

「承知した」

宮沢はそういって、電話を切った。


渋滞もなく、高崎駅についたのは約束の時間の三十分ほど前だった。

少し早かったが指定されたホテルのラウンジに向かい、あまり目立たない場所の四人掛けの席にかける。椅子にこはぜ屋の紙袋を置いてコーヒーを頼んだ宮沢は、飯山という男とどう交渉すべきかずっと考えていた。

「早いですね、社長」

坂本がやってきたのは十分前のことだ。

「クルマなんで少し早めに来た」

そうこたえつつ、宮沢はそれとなくラウンジの周囲を見回した。どこかに飯山がいて、宮沢らのことを観察しているのではないか、という気がしたからだ。

ビジネスホテルは意外なほど繁盛していて、こんな平日の午後だというのにかなりの人がいた。とくに宮沢のところから見えるロビーはチェックインが始まる時間とあって、アジアからの旅行者でごった返している。

坂本と話しながら待つうち、約束の時間が五分ほど過ぎた。

本当に来るのだろうか。

俄《にわか》にそんな思いが込み上げたとき、そのロビーの人だかりの中から、ひとりの男が抜け出し、ラウンジに入ってきた。初老の、やせぎすな男だ。鋭い眼差しがまっすぐに宮沢に向けられ、椅子に置いたロゴ入りの袋を見ると、

「こはぜ屋さん？」

男がきいた。

立ち上がった宮沢は自己紹介をして名刺を渡し、次いで坂本を紹介する。銀行の名刺を見たとき男の顔が強《こわ》ばるのがわかったが、債権回収の話をしにきたわけではありませんから、という坂本の説明に、黙って向かいの席にかけた。

シルクールが倒産したのは二年前。以来、飯山がどんな生活を送ってきたかはわからないが、それが決して安穏としたものでなかったことは、その表情が物語っていた。

鋭い眼光は猜疑心《さいぎしん》に満ちて常に何かを探るようだし、顔色も悪い。目つきも定まらず、常に何かに怯《おび》えてでもいるように、微細に揺れ動いていた。

こはぜ屋の業務内容についての宮沢の説明を一通り聞いた飯山は、

「それで、特許の件ってなんだ」

ぶっきらぼうな口調で問うた。

「繭の特殊加工技術の特許、まだ飯山さんがお持ちなんでしょうか」

宮沢がきくと、

「持ってるが、それがどうした」

コーヒーを口元に運んだまま、上目遣いに見てこたえる。

「その特許を、私どもで使わせていただくわけにはいかないでしょうか」

飯山はカップをソーサーに戻し、テーブルに置いたままの宮沢の名刺をしげしげと眺めた。

「お宅は足袋屋だろ。足袋屋が、あんな特許を使ってなにをするんだい」

「新しい製品の素材として使いたいと思っています」

それが果たしてなんなのか、宮沢はいわなかった。いわないほうがいい、というのは坂本のアドバイスに基づいている。何に使うかは、こはぜ屋の企業秘密であり、迂闊《うかつ》に話せば、飯山がそのアイデアを他の業者に提案しないとも限らない。

「素材って具体的にどんな」

「お話ししてもいいんですが、その前に秘密保持契約を締結していただけますか」

横から坂本がいうと、「冗談じゃない」、と飯山は突っぱねた。

「なんでオレがそんなもん締結しなきゃならないんだ。オレは特許所有者だぜ。ききたいことはきかせてもらう。それが気に入らなければ、他を当たってくれ」

「しかし、これはこはぜ屋さんの製造秘密に関することですので、とりあえず契約書をいただけませんか」

「何様だと思ってんだ。断る」

飯山が突っぱね、話し合いはのっけから雲行きが怪しくなってきた。「だいたい、そんな契約を締結してくれっていうのは、オレのことを信用していないってことだろうが。あんたらは信用できない相手とビジネスをしようってのか」

「もちろん、信用できる方としか仕事はしません」

事の成り行きに宮沢が毅然《きぜん》としていい、飯山の目をまっすぐに見据えた。「信用してよろしいんですね」

「当たり前だろ」

胸ポケットからタバコを抜いた飯山が百円ライターで点火すると、煙を吐き出す様を宮沢は眺めた。

「わかりました」

宮沢は、もってきた紙袋から「陸王」を取り出してみせた。「実は弊社でこういうものを作っています。このシューズのソールを、飯山さんの技術で作れませんか」

飯山は「陸王」を手にとってソールを眺め、指先で軽くふれたが、さして興味もなさ

そうな様子で返してくる。そして、

「これでオレの特許を使うのは、無理じゃねえか」

とそういった。

「こういうソールには向かないということですか」

あまりに唐突な結論に、坂本が慌てて尋ねる。

「いや。そういうことじゃない」

「じゃあ、なんです」

「まずきくが、こんなもんがいくら売れるんだい」

飯山は小馬鹿にしたような笑いを吐き出した。「千足か、二千足か？　オレの特許を使うんなら、最低でも年間五千万円は払ってもらうことになる。それじゃあ足が出るだろ。だから無理っていってんだよ」

「五千万円？」

宮沢は、この交渉への期待が急速に萎むのを感じた。「それを年間あたり支払えとおっしゃるんですか」

「そうだよ。何か問題あるか」

とぼけた調子で飯山は笑ってみせた。神経をすり減らした人間の、醜悪な笑いだ。

「しかし、この特許はいまだ実用化されてませんよね」

反論を試みる坂本の声が硬いのは、飯山の申し出があまりに法外だからだろう。「死蔵特許なのに五千万円はないんじゃないですか」

「値段を決めるのは、オレだ」

　飯山のぎらりと光る目を見たとき、宮沢は思った。この男はまだ、倒産でくぐった修羅場の続きにいるのではないかと。

　いまは貧困のどん底でも、この特許使用料で、再起を図ろうとでも考えているのかもしれない。

「出せないんなら諦めな。そのほうがいい」

　飯山は突き放すようにいった。

「いま、この特許使用をいってきている会社は、どこかあるんですか」きいたのは坂本だ。

「そんなことは、あんたには関係ないだろう」

　飯山はむっとしてこたえる。

「特許使用に関しては、飯山さんにコストが発生するものではないと思うんです」

　坂本がいった。「一億とか、五千万円といったまとまった支払いではなく、たとえば、製品ごとに何パーセントかのロイヤリティを支払うというやり方ではどうでしょうか。我々としてもそうしていただければ無理なく支払えますし、売れれば、おっしゃる金額よりもたくさんのロイヤリティが入るというメリットがあります」

　さすが坂本だけあって、うまい話の持って行き方である。

　だが、

「あんたの同業者にも、この特許を使わせていいんならそうさせてもらうよ」

飯山はいい、宮沢を見た。「ところが、お宅らの希望は、この特許をお宅の会社にしか許可しないという条件付きだろう。もし、それがコケたら、オレはロイヤリティという名目の雀《すずめ》の涙しか受け取れないわけだ。それじゃあ困るんだよ。五千万なら五千万。それ以上の金を払えとはいわない。これは、オレが希望する掛け値なしの使用料で、それ以上でも以下でもない」

宮沢には、飯山がただれた男に見えた。いま、この男と話し合ったところで、交渉の溝は埋まりはしない。

「条件については、持ち帰らせていただけませんか」

やむなく宮沢はいい、商談についてはこれで終わりだというように、コーヒーを飲んで椅子の背にもたれる。「次に飯山さんに連絡を取りたいときはどうすればいいですか」

「オレの携帯に電話をくれたらいい」

飯山はいった。「ただし、他人に電話番号を話してもらっては困る。オレもあんたの秘密は守るから、あんたもそれは守ってくれ」

飯山が口にした番号にその場でかけると、着信を確認した飯山がそれを登録する。誰かわからない相手からの電話には出ない。いや、出られないのだろう。

「法的整理をされたと聞きましたが、いまはもう落ち着かれたんですか」

宮沢はきいた。

「さあ、どうかな」

居丈高な態度が影を潜め、疲労が横顔に滲んだ。

「いま、お仕事はどうされてるんです」

飯山が眉間に皺を寄せた。

「別にいいじゃないか、そんなこと」

「特許を使わせていただくのなら、ある程度、飯山さんのことも知っておく必要があると思うんです」

宮沢はいった。「というのも、銀行から金を借りるのに、特許所有者の現状は必ずきかれますから」

「銀行、ね」

飯山は嫌な顔をした。「オレのことは、本当に必要になったら話すさ。いまは必要ないはずだ」

目をそらした飯山は、心のどこかに暗い闇を抱えているに違いなかった。

4

「どう思いました、社長」

ホテルの前で飯山と別れた後、坂本が尋ねた。

「信用できると言い切る自信はないな」

率直な感想である。「ギャンブルの負けを取り戻そうとして大きく賭ける。そんな感じに思えなかったか」

五千万だの一億だの、すべてふっかけだ。

「五千万円あれば、あの人の事業を再興できるとか？」

「まあ、そんなところだろうな」

宮沢はいった。「いまのあの男にしてみれば、特許は自分がもう一度這い上がることのできる唯一の金蔓《かねづる》なんだよ。だから、安売りはしないと突っぱねてみせたんだろう」

「山っ気十分ですね」

嫌み交じりに坂本は鼻に皺を寄せた。「もし、特許を使うことになれば、あの人とずっと付き合っていかなきゃいけませんよ。使用契約が仮に三年だとして、その三年後に使用料を吊《つ》り上げてくるかもしれない。もともと二束三文、いや銀行すら見捨てた特許なのに」

たしかに、その可能性はある。

「できれば、使用契約じゃなく、買い取れればそれに越したことはないんですが」

もっともだ。信用できるかどうかわからない相手の特許が、事業の成否を握っている――そんな状態では、安心して事業を展開することはできない。

「いずれにせよ、もう少し粘り強く交渉していくしかないだろうな。そのうち、飯山さんも腹を割って話してくれるかもしれない」

しかし、

「私も銀行員として大勢の経営者を見てきましたが、あの人がそんなふうになりますかね」

坂本にしては、めずらしく否定的だ。「誠実さの欠片《かけら》もないように見えるんですが」

一度、倒産を経験した経営者にとって、決定的に足りないものがふたつある。

ひとつは資金。もうひとつは社会的信用だ。

このふたつは別物のようでいて、実は結びついている。

信用がなければ、カネも集まらないからだ。

集まらないどころか、銀行に預金口座ひとつ開設するにも苦労する。銀行ははっきりといわないが、倒産経験のある人物が役員に名を連ねているだけで、新設会社の普通預金口座の開設を断られたというケースはまま聞く話である。

飯山がどんなビジネスプランを思い描いているか知らないが、それを実現するにはかなりの困難が伴うに違いない。つまり、いまの飯山にとって、頼りになるのは現金だけなのだ。それがわかっているから五千万円だの一億円だのという大きな金額になるのだろう。

「五千万？」

交渉の経緯を聞いた安田は、怒りのやり場に困ったように首を左右に振り、唇を固く結んだ。

宮沢と安田の周りには、段ボール箱に入った検品待ちの足袋が山と積まれ、少し離れたところでは、検査機の前に陣取った大地が作業の真っ最中だ。

「そんな金額、おかしいですよ」

声を絞り出し、安田は顔をしかめた。「そもそも死蔵特許だったものに、そんな価値があるんですか。なに考えてるんです、その飯山ってひとは」

「向こうも、それが妥当な金額だと思ってるわけじゃないと思う」

「ふっかけですか」

安田は、不機嫌そのものの顔で窓に視線を投げる。秋の夕日を真横から受けた構内がオレンジ色に染まっていた。

「仮に五千万円払う力があったとしても、そんなもの払いたくありませんね、そういう奴には。論外ですよ」

この話には、障害が多すぎる。他を当たったほうがいいかもしれない。だが――。

この素材を超えるものが果たしてどこにある?

宮沢に、迷いが生じた。

5

病室は八人部屋で、冨久子さんのベッドは一番窓側にあった。ブラインドが上がっていて、窓からは病院の中庭が見える。

「社長、私のことなんてほっといて、仕事してくださいよ」

療養してだいぶ顔色もよくなった冨久子さんはそんなふうにいって困ったように笑った。

「いやいや、そんなわけにはいかないよ」

宮沢は、壁に立てかけられていた折りたたみ椅子を広げながら、首を横に振った。

「冨久子さんの顔を見ないと淋しくてね」

「うまいこというんだから」

冨久子さんはうれしそうに笑ったが、すぐにそれを引っ込めると、「ところで、なんか悩みでもあるんですか」、ときいた。

「あれ。顔に、出てるか」

宮沢は冨久子さんの顔をまじまじと見、苦笑いを浮かべた。

「だいたい、子供の頃から社長は隠し事のできない性格ですからね。怒ったり、悲しかったりするとすぐに顔に出る。いまもそうですよ。そういうところは、先代とそっくり」

冨久子さんは宮沢が子供の頃からこはぜ屋で働いている。あぶないから行くなと父にいわれていたのに、よく作業場に忍び込んでキャンディをもらったり、休み時間に遊んでもらったりした。懐かしい思い出だ。血はつながっていなくても、宮沢にとっては家族同然なのだ。

「もしかして、『陸王』のことですか」

病床でも冨久子さんの勘は鋭いままだ。

「ちょっと壁にぶつかっててさ」

宮沢は、シルクールの飯山との話を冨久子さんにして聞かせた。「欲の皮が突っ張ってるというか、とてもじゃないけど、商売の相手になるような御仁じゃないんだよな」

「それは困った人ですねえ」

冨久子さんは、眉根を寄せた。かれこれ半世紀、来る日も来る日も地道にミシンを踏み続けた彼女にすれば、人の足下を見てふっかけてくる性根などたたき直してやりたいぐらいだろう。ところが、

「でも、その人は最初っから腐ってた人じゃなかったかも知れませんね」

意外なことをいった。

「何で、そう思う」

「だって、その人、誰も考えつかなかったようなことをやり遂げたんでしょう。それはそれで大したものじゃないですか。少なくとも社長が、これと見込むぐらいのものを作ったんですからね」

「だけどさ、法外な代金をふっかけて大儲けしようっていうんだぜ。太いやつだと思わないかい」

「思いますよ、それは」

あっさりと冨久子さんは認めた。「私がいってるのは、その人も昔はそうじゃなかったはずだっていうことです。きっと新しいものを発明するために血の滲むような努力をしたに違いないんですから。そういう努力は、小狡《こずる》い人や、性根のすわっていない人にできるもんじゃありません」

「仮にそうだとしても、忘れちまったんじゃないかなあ」

宮沢は、飯山という男を信じられないでいる。

「じゃあ、諦めるんですか」

宮沢は返答に窮した。

「いま、どうしたもんか、考えてるところさ。もう一度ぐらいは会って話をしてみようとは思っているが」

とはいえ、相手の譲歩を引き出すほどの妙案はない。せいぜい、こはぜ屋との交渉が決裂してしまえば何も得るものはないと、飯山が悟ってくれることを期待するぐらいだ。

「だったら、ウチの会社を見てもらったらいいんですよ」

冨久子さんの提案には、宮沢がはっとするものがあった。自分でも不思議だったのだが、あの飯山に会社を見せるという発想そのものがまるでなかったからだ。

「たしかに、そうかもしれないな」

ビジネスの相手であれば、そうするのは当然だし、こはぜ屋のことを知ってもらうようには、会社を見てもらうのがもっとも手っ取り早いやり方であることは間違いない。もっとも、会社に来てくれといったところで、飯山がそれに応じるかどうかはわからない。ただ、応じないのならそれだけのことだ。

「いいヒントをもらったよ。さすが、冨久子さんだ」

冨久子さんは、うれしそうに笑みを浮かべた。


見舞いから帰った宮沢が飯山に連絡したのは、その夜のことだ。

「これはこれは、こはぜ屋さん。この前の条件で呑めそうですかね」

電話に出た飯山は、開口一番、揶揄《やゆ》するようにいった。

「いえ、あの金額では正直、難しいと思っています」

正直なところを口にした宮沢に、「なんだよ」、とぞんざいな返事がある。「負けてくれなんていわれても、それはできない相談だからな」

飯山は最初から、宮沢の逃げ口を塞いできた。

「お考えはわかりましたが、もう一度、お時間をいただけないでしょうか。もしよろしければ、弊社にお越しいただけたらと思ってお電話したんですが」

「なんで、オレがあんたんとこに行かなきゃならないんだよ」

飯山はむっとした口調になった。「用事があるのなら、そっちから来るのが礼儀ってもんだろう」

「できれば、私どもの会社を見ていただきたいと思いまして」

「会社を見ろだ？」

飯山は素っ頓狂な声を上げた。

「特許を使わせていただくのであれば、ビジネスパートナーということになります。話を進める上で、まず私どもの足袋作りを見ていただくべきだと思いまして」

「そんな必要はないね」

飯山は突っぱねた。「オレにしてみれば、特許を使わせるかどうかはお宅が金が払えるか払えないかの選択でしかない。ビジネスパートナーだなんだって話は、金が払えるという前提で成り立つものだろう」

とりつく島もなかった。

この交渉はまとまらない。

電話を切った後、宮沢はひとり社長室で唇を噛んだ。

第六章　敗者の事情

1

飯山晴之の妻、素子《もとこ》は高崎市内にあるビル清掃会社のアルバイト従業員として働いていた。

出勤は朝六時。制服で出掛けて、任されているビルの三階と四階のフロアのトイレと床を掃除する。終業は午前十時で、日当は四千五百円だ。

自転車で一旦自宅に戻った素子は、遅めの朝食と昼食を兼ねた食事をして仮眠を取り、再び、近くのスーパーへ出掛けていくのが毎日のルーティンになっていた。そこの倉庫での軽作業が彼女の仕事で、こちらは午後三時から午後七時までの四時間で日当三千六百円。清掃と合わせて一日、八千百円になる。月二十五日働いて約二十万円。これが夫である晴之との生活を支える主な収入となっていた。

二年前の倒産以来、飯山が働きに出ることは、ほとんどない。

自己破産し、幾ばくかの生活費を残して全ての財産を失った飯山が頼ったのは、橋田《はしだ》という男だった。飯山と中学高校で同級だったという橋田は、いま県や市の土木工事を受注する業者で、高崎市内にある社員寮の一室を飯山にあてがってくれた。

社員寮とはいっても、築二十年にもなる木造モルタル二階建てのアパートだ。一階と二階、それぞれ四世帯が入れる1DK。かつては独身の作業員が入居していたが、不況の波を受けたいまでは正社員として雇う労働者はほとんどいなくなってしまった。取り壊し寸前になっていたものを、月三千円という格安料金で二階のひと部屋を貸してくれたのである。

このアパートのいいところは、橋田が経営する土木会社と同一敷地内にあり、資材置き場も兼ねていることから、関係者以外の者が立ち入りにくいことであった。

法的整理をしたものの、飯山はいまだにシステム金融業者の仕返しを恐れていた。いわゆる、ヤミ金融の業者たちである。

さらに、迂闊に外を出歩いて、この倒産で迷惑をかけた取引先筋と出会うことを避けてもいた。

「オレが大手を振って外を歩けるのは、迷惑をかけた取引先に借金を返すときだ」

それが飯山の言い分であるが、さすがに三十年以上も連れ添ってきた素子がそれを真に受けるはずもない。

毎日、素子が清掃仕事を終えて戻る午前十時過ぎに起き出す飯山は、橋田の事務所へいって新聞を読み、昼頃もどって食事をするのが日課になっていた。

どうかすると橋田に頼まれて事務所の仕事を手伝うこともあったが、ほとんどは狭い六畳の部屋でゴロゴロして、素子が再び出かける午後二時過ぎには発泡酒を出してきて飲み始める。

そんな毎日を送っていながら、どうやって取引先に借金を返すのか不思議でならなかったが、あるとき帰ってくると、一日二本までの約束だった発泡酒の缶が五本も転がっていて、さすがの素子も腹に据えかねた。

「あなた、迷惑かけた相手にいつか借金返すっていったよね。どうやって返すつもりなの？　もし本当に返すつもりがあるんなら、どこかに仕事見つけたほうが早いんじゃない」

人に会うのが嫌なのはわかるが、倒産して迷惑をかけたのは事実である。

要するに、飯山はカッコをつけているだけなのだ、と妻は本当のところを見抜いていた。

「探したところで、ろくな仕事なんかねえよ」

片肘をついて横になっていた飯山は、くるりと背中を向ける。

「ろくな仕事ってどんな仕事のこといってんの、あなた」

食わしてもらっていながら、飯山は素子の仕事をバカにしている。素子の声が刺々《とげとげ》しくなったのは、敏感にそれを感じ取ったからだろう。

返事はない。

「あのね、ちょっといい」

背中を向けている夫の足下に座ると、素子は切り出した。「夢を追いかけるのはしばらくやめない？　あなたは、前みたいに会社をやりたいのかもしれないけど、それなら働いて元手を貯《た》めるべきなんじゃない？」

「まあ、それも考え方だろうよ」

飯山はそんなふうにいった。

「じゃあ、他にどんな考え方があるっていうの」

素子がきくと、飯山は返事をしなかった。

それ見たことか、何もありゃしない——そう心の中で思ったとき、飯山はふいに横になっていた体を起こし、素子と相対して座した。笑いをこらえたような、含みのある表情が自分に向けられているのを見て、何かある、と素子は直感した。

「あのな、実はでっかい商売になるかもしれない」

案の定、飯山はいった。声を潜めて、いかにもおいしい話をこっそり教えてやっているんだという顔つきで、妻を見ている。

どう反応していいものやらわからず、黙っていると、飯山は続けた。

「実はな、この前、こんな人から連絡があった」

四つん這いになって壁際においてある古びたカバンのところまで行くと、その内ポケットにある名刺入れから一枚を抜いて素子に見せた。

「東京第一商事?」

旧財閥系大企業の名刺である。「どうしたの、これ?」

「友部《ともべ》から、オレに連絡を取りたいって言ってきた相手があってさ。いい話だと思うから会ってくれといわれたんだ」

友部というのは、前橋にある電装部品を作っている会社の社長で、これも飯山の古い知り合いである。大企業相手の手広い商売で羽振りのいい男だった。

名刺の相手は、東京第一商事で自動車関係の仕事をしている男だ。

「実はさ、アメリカの発動機メーカーが新しく開発しているヨットの部材に、オレの特許を使わせてくれないかっていうんだ」

「ヨット?」

思いがけない話に、素子はぽかんと口をあけた。「ヨットに、あなたの特許をどう使うわけ?」

「まず、床の素材。それに、キャビンの内装にも使えるんじゃないかという話だ。その会社のヨットは全世界に輸出されてて、部品として採用されれば相当の商売になる。それでなくても、特許を使わせてやるだけで、少なくとも年間数千万円のカネがこっちに転がりこんでくる」

素子は目を見開いた。本当に、そんなうまい話があるのだろうか。

二年前、最後にはわずか数十万円の決済資金すら用立てることができなかった。たったそれだけのために、飯山も素子も、それまで何十年もかけて築き上げてきたものを喪失することになったのである。

もしその話が実現すればそんな幸運はないだろうが、倒産するまでに芽生えた世の中への不信、倒産後の修羅場を経験した素子には、どうしても素直に信じることができない。

「なんでその会社は、あなたの特許のことを知ったの」

素子はきいた。

「友部が、売り込んでくれたのさ」

飯山はこたえた。「なんとか、再起のきっかけを作って欲しいって。ありがたいことだぜ」

「それで、その話、いつ頃決まるの」

この二年間の苦労から脱したいというより、働きもせずぐだぐだと毎日自宅でくだを巻いているような飯山は見たくないという気持ちのほうが強い。

飯山とは、神奈川県下の商業高校を出て就職した横浜の会社で出会った。もう三十年以上前のことである。そこでの飯山の働きぶりは実直そのもので、どんな面倒な仕事でも、決して手を惜しむことがなかった。同じ製造ラインということがきっかけでふたりは付き合い始めたが、飯山には、「いずれは実家に戻って、家業を大きくしたい」、という素子にはない夢があった。やがて、その家業を継ぐために前橋に帰ることになった飯山から、落ち着いたら結婚して欲しいといわれたとき、了承したのは、その真面目な人柄に惹《ひ》かれたからに他ならない。

商売だから浮き沈みはある。行き詰まって倒産することだってあるだろう。

不幸にも、飯山が経営していた会社もそうなってしまったが、それはある意味、仕方の無いことだと思うのだ。それより、素子がずっと気にしていたのは、それによってあれだけ堅実だった飯山という人物が、急にただれ、型崩れしてしまったことだった。

事業は、ある意味ギャンブルに似ていると、素子は思う。どれだけ堅実にやろうとしても、儲かるか儲からないかは、やってみないとわからない。

倒産するまでの何年間か、シルクールはまさにジリ貧の坂道を転がり落ちていったようなものだった。

赤字が大きくなっていくにつれ、飯山の発想は真面目に本業に取り組むという原点から離れていき、特許に取り付かれた一発屋のようになっていった。その傾向は倒産してからさらに強くなったような気がする。

以前のように、夢は語る。

だが、その夢までの道のりが違う。

地道なものではなく、一足飛びの大儲け。いまの飯山は、そればかりを考えている。

「来月中には、結論が出るはずだ」

胸中複雑な思いの素子に、飯山はいった。「これでひと山当てるぞ。カネが入ったらな、あの特許を使った新製品を開発して売り込むんだ。二年前に迷惑をかけた連中もあっと驚くだろう。そうしたら、机の上にドンと現金を積んでさ、〝ご迷惑をおかけしました〟っていってひとりずつ返してやるのよ。びっくりする顔が目に浮かぶよな、おい」

そういうと飯山は背後にひっくり返りそうな勢いで高笑いした。

「じゃあ、行田の足袋屋さんからの話はどうするの？」

素子はきいた。高崎駅前のホテルのラウンジでその業者と会ったと聞いたのはつい先日のことだ。

「ああ、ダメダメ」

飯山は顔の前で手をひらひらさせた。「あれは値切ることばっかり考えてやがる。こういうのはな、安売りしちまったら終わりなんだ。そんなちっぽけな話、受けてどうする。相手は吹けば飛ぶような足袋屋だぜ」

二年ほど前までは自分もまた吹けば飛ぶような会社を経営していたことなどすっかり忘れて、飯山はせせら笑った。

東京第一商事の話はたしかに大きな話だと思う。うまく行けばいい。だが、うまく行かなかったそのときは、見ていた夢が大きかった分だけ、落胆も大きくなるのではないか。

「ねえ、本当に東京第一商事の話、大丈夫なの？」

「なんだ、疑ってるのかよ」

飯山の酔眼に睨まれ、余計な口論はしたくないと思う素子は、それきり言葉を呑み込んでしまった。

台所に立ち、タバコのせいで淀んだ空気を入れ換えようと流しの上の窓を開ける。秋も深まり、肌寒いほどの風が入ってきた。その冷たさに首をすくめた素子が、こちらの部屋を見上げている人影に気づいたのはそのときだ。

飯山夫婦の住むアパートの敷地はコンクリート塀でぐるりと囲まれていて、殺風景な門がある。セールスお断りの看板は出ているが、それを無視して入ってくるセールスマンが時折、いないこともなかった。

新聞か何かのセールスだろうか、と最初は思った。だが、窓が開いたことに気づいたからかゆっくりと歩き出した男の後ろ姿を見て、違う、と素子は思った。

片方の手をズボンのポケットに入れ、くわえタバコでゆっくりと歩いている様は、どう見てもカタギのものには見えなかったからだ。男は、敷地を出たところでもう一度こちらを振り返り、くわえていたタバコを地面に投げ捨てると、道路の向こうへ見えなくなった。

「おい、どうした」

素子の気配に気づいた飯山が声を掛けた。

「誰か、こっち見てた」

飯山が飛び起きた。素子の傍らに立ち、窓から見える無人の敷地に用心深く目を凝らす。その表情は引き締まり、手に取れるほどの緊張感が貼り付いている。

「どこいった」

「いまあそこの門から出てったけど」

「どんな奴だ」

窓の外を凝視したまま、飯山がいった。

「黒っぽいスーツを着た、痩せた男」

飯山が顔を強ばらせ、警戒した様子を見せる。

「バイトの行き帰り、気をつけろ」

「だけど、きちんと借金は整理したんでしょう。あの人たちだって、それには従うしかないいんじゃないの」

飯山も、そして素子も自己破産して、法的な手続きは完了している。

「借金は消えても、恨みは消えない。そういう奴らなんだよ」

「警察に届けたら」

「無駄だ、そんなの」

飯山は窓から離れると畳の上で胡坐《あぐら》をかき、俯《うつむ》いたままぎゅっと目を閉じてうなった。

「じゃあ、どうするの」

素子がきいた。「向こうが諦めるまでずっと待つつもり？」

「だから、いま、できることをやってるじゃないか」

それが特許の話だと理解するまで、素子の中でゆっくり三つ数えるぐらいの時間が必要だった。

「この話がうまく行けば、あいつらの手の届かないとこへ行ける。あとしばらくの辛抱だ」

いったい、いつになったら――。

素子は思わず、壁にかかっているカレンダーに目を向けた。

2

その二日後――。

清掃の仕事を終えてアパートのドアを開けようとした素子は、中から聞こえてきた話し声に、ドアノブに伸ばしかけた手を引っ込めた。

「話が違うじゃないですか」

台所の窓が開いていて、そこから聞こえてきた飯山の声は、甲高く上ずっている。相手の声は聞こえないから電話でのやりとりだ。

「ですから、ウチがどんな状況かなんて、最初っからわかってたことじゃないですか」

抗議している飯山の声ははっきりと耳に届いた。

相手が誰かは、わかる。その電話が、飯山が心待ちにしていた交渉の結果を告げる電話であることも。そして、その結果が最悪のものになろうとしていることも。

ドアの前に立ったまま、素子は電話が終わるまでじっと立ち尽くし、必死に相手に取りすがろうとする飯山の声を聞いている。それは自分には決して見せない、弱々しくもみじめな態度だった。

やがて、電話が終わり、静かになった。

それを見計らって中に入ると、奥の六畳間で背中を丸めている飯山の姿が目に飛び込んできた。

「ただいま」

返事はない。

三和土《たたき》でその姿を見た素子はどう話しかけていいものやら、言葉を探した。そして、自分自身もまた、激しく落胆していることに気づいて悲しくなってくる。

奥の部屋で飯山の傍らに正座した素子は、「ダメだったの?」、と涙声で尋ねた。言葉を発した途端に涙がこぼれて自分でも驚いたが、さらに驚いたことに、余程、悔しかったのだろう、飯山もまた涙を流していた。

返事はない。

「ねえ、いいじゃない。きっとまた、特許に興味、持ってくれる相手が現れるって。もう一度がんばろう」

「うるさいっ！」

素子がその肩に置こうとした手をそのとき飯山は振り払い、真っ赤になった目で叫ぶ。

「なんでうるさいのよ。なんで、うるさいの？　私だって悔しいんだから」

とめどなくあふれ出した涙に霞《かす》む視界の真ん中に飯山を置きながら、素子は、どうしようもなく泣いた。「あなただけじゃないんだよ！」

そのとき、畳の上に置いた飯山の携帯が鳴り出した。

その画面に表示された名前を見、ちっ、という鋭い舌打ちとともに飯山が通話ボタンを押す。

「だからさ、お宅の工場なんか見にいったって、何の意味があるんだよ」

相手の話に耳を傾けていた飯山がそう言い放った途端、さっと素子は飯山の二の腕あたりをきつく摑んだ。

「いいじゃない、あなた」

腕を揺すりながら、素子は訴える。「地道にやろうよ」

電話の相手は、飯山がいっていた足袋業者だろう。小さな会社には違いないだろうが、飯山の特許が何か仕事に結びつけば少しぐらいお金が入ってくるに違いない。それだけでも、底辺ともいえるいまの生活からすればありがたい。

電話から、必死に飯山を説得しようとする先方の声が洩れ聞こえている。

「しつこいな、あんたも」

呆れたように飯山はいうと、ついに折れた。「それで？　いつ行けばいいんだい」

3

待ち合わせ場所の高崎駅には約束の五分前に着いたが、飯山はすでに先に来て待っていた。

「お忙しいところ、ありがとうございます」

クルマを降りてお辞儀をした宮沢に、「嫌味でいってんのかよ」、と飯山は自嘲し、「こっちでいいか」、と後部座席でなく助手席に乗り込んでくる。

会社に着くまでの一時間ちょっとの間、飯山の口数は少なかった。自宅に迎えに行くといった宮沢の申し出を断ってきたのは、宮沢に自宅を知られたくないからだろう。どんな生活をしているのか、何を考えているのか、飯山の生活実態には、窺い知れぬところがある。

「まずは事務所でお茶でも」

こはぜ屋に到着したのは午前十時を少し過ぎた頃になった。社長室に案内してソファを勧めると、「何人いるんだい」、と飯山がきいた。

「正社員は二十名います。あとパートが七名」

宮沢がこたえると、「この感じだと、売上げは七、八億円ぐらいか」、とさすが元経営者だけあって勘のいいところをみせる。

「そんなもんです。いま、うちの常務を紹介しますから。――ゲンさん」

社長室から呼ぶと、自席にいた富島が立ってきて、挨拶とともに名刺を渡した。

「富島でございます。本日はよろしくお願いします」

その様子を、実のところ宮沢は、ハラハラしながら見ていた。表向きには丁重でそつのない態度ではあるが、富島は飯山の来訪をこころよく思っていない。案の定、一通りの挨拶が済むと、さっさと自席に戻っていく。

「オレも最盛期には、五店舗持ってたことがある」

ふと、飯山がいった。「まあ、潰しちまったから、自慢にもならないけどな。何年ぐらい続いてるんだっけ、この会社は」

「おおかた、百年。私で四代目になります」

「ずっと足袋ばっかり作ってきたのかい」

飯山はきいた。小馬鹿にしているというより、羨望の入り混じったものに聞こえたのは気のせいだろうか。

「バカの一つ覚えでして。ただ、お察しの通り、最盛期は大正から昭和の初期にかけてで、それからは正直、右肩下がりなんです。昔は、うちの会社でも従業員を二百人も抱えていたことがあったそうです。いまからでは想像も付きませんが」

「衰退業種ってわけだ」

ずけずけといった飯山は、「だったら、金繰りとか大変だろう」、と無遠慮にきいた。

「この社屋だってメンテナンスを考えたら、建て替えたほうが安いんじゃないか」

飯山から出てくるのは、憎まれ口ばかりだ。

「重要文化財になるのを狙ってますから」

冗談めかして返す。

会社が小さくても、建物が古くても、モノ作りの本質は現場に宿る。飯山の結論がどうあれ、それが現場を見た上でのことなら、宮沢もきっぱりと諦めがつく——。

一度ならず二度までも、会社を見てくれと口説いたのは、そんな思いがあったからだ。

作業場に出、腰の辺りまで積まれた生地の前で宮沢は立ち止まった。

「これが、足袋を作る材料の生地です」

フエルト、それに藍染めにした外生地と白地の内生地は、すべて長年付き合ってきた信頼できる業者から仕入れている一級品だ。

「なにが違うんだい」

生地に指先で触れながら、飯山がきいた。

「肌触りの柔らかさと滑らかさ、それに強靭さ。同じように見えても、長年使っていると差が出てくるもんなんです。とくにこの藍染めの生地は、羽生《はにゅう》市内でピカ一の技術力を持った業者による最高級品です」

へえ、と飯山はさして興味もなさそうに生地をつまみ上げたが、

「柿色とかもあるのかい」、ときいた。

何気ない問いだが、そういえば飯山がかつて学校を出てから繊維関係の会社に勤めていたことを彷彿《ほうふつ》とさせる。

材料置き場を抜け、ドアを押してその先へ通した。

飯山は、作業場の明るさにまぶしそうに瞬きし、その場に立ち尽くす。床に降り積もるようなミシンの小刻みな音。それに時折、裁断機の無骨な音が重なる。

重ねた生地が金型で裁断されてから仕上げまで、全部で十三工程。それをこなしているのは冨久子さんを欠いた縫製課の十二人だ。

「古いな、こいつは」

真っ先に飯山が目を付けたのは、そこで使われているミシンだった。「何年ものだよ、これ」

「創業以来、使い続けているものです」

「百年か」

飯山は驚き、「部品は?」、とすかさず質問を寄越した。「もしかして、他の古いミシンからの部品取りでまかなっているとか」

「そうなんです」

態度は横柄だが、飯山の指摘は的確である。

「大変だな、そりゃ」

ぼそりとそう呟き、飯山は目を閉じた。

音を聞いているのだろう。

甲の部分を縫い、底を縫い合わせる。さらに、足袋の外側に沿った絡み縫い。ミシンを踏んでいる工員たちは、いずれ劣らぬベテランばかりだ。

「いい音だな」

飯山の口から初めて称賛の声が出た。

「わかりますか」

「以前、オレも繊維がらみの会社にいてな。でっかい会社だったんで縫い子さんがずらりと並んで、一日中ミシンを踏む音を聞いてたことがある」

飯山は、おそらくは若い頃の自分を懐かしむような眼差しでフロアに並んだミシンを眺め、そしてあけみさんらベテラン工員たちの熟達した手元を飽くことなく見つめている。

「ミシンも古いけど、縫い子さんたちも年季が入ってるなあ」

聞こえよがしの飯山の言葉に、「見かけは歳食《とし》ってますけど、中味は若いですよ」、とあけみさんが反応し、笑いが起きた。

「そうか、それはすまなかった」

飯山もさすがに頭の後ろを掻いていい、「いや、いい仕事してるよ」、と返す。

「だって、いい足袋履いてもらいたいじゃないですか。ウチで作ってるのは最高の足袋ですよ。そうだよね」

あけみさんの言葉に、「そうそう」、「当たり前ですよ」、と反応があって、「じゃあ、帰りにひとつもらっていこうか」、と飯山からも軽口が出る。

飯山は、ひとつひとつの縫製工程から仕上げに至るまで、時折質問を交じえながら、時間をかけて見ていった。その姿は、会社見学を渋っていた男のものとは思えない。

「どうでしたか」

全てを見終えた後、作業場の出口に向かいながら宮沢は尋ねた。返ってきたのは、「まあ、あんなものかな」、という素っ気ない答えだ。

「興味を持っていただけましたか」

期待してきいた宮沢に、

「興味っていうか、ただ縫製のオバサン連中がおもしろいから見てただけだ」

元来ひねくれた人間なのかもしれないが、飯山はそんなふうにいって、同道していた安田を呆れさせた。

「それでもまあ、足袋作り一筋でいままでやってきた、その理由みたいなものはわかった」

飯山がそんなふうにいったとき、「あっ！」、というあけみさんの声に宮沢は立ち止まった。

「どうした、あけみさん」

安田がきくと、「糸、ひろわなくなっちゃったんですよ」、そういってミシン上部にある滑り板から中を覗き込んでいる。

村井が走ってきて覗き込み、「大が、まだな」、と舌打ちまじりに呟く。その場で壊れた部品を取り出し、老眼鏡をかけて見た。

「摩耗しちまって上糸をたぐらなくなっちまったんだな、こりゃ」

「部品、あるか」

宮沢がきくと、「ちょっと見てきます」、と村井が保管庫に走っていく。

「オレも見ていいか」

そのとき飯山がいい、「もちろん」、と宮沢が先に立って案内した。

「これだけのミシン、よく集めたな」

保管庫に入ると、ずらりと並んだ百年前のドイツ製ミシンを眺め、飯山が嘆息した。

「廃業した仲間から受け継いだものです。どれも一般的には二束三文ですが、ウチにはお宝でして」

だがそこに並んだミシンは外形だけで、主要部品は先に取り出して種類ごとに分けて保管してある。

「どうだ、ムラさん」

部品を覗き込んでいる村井に声をかけると、「うわあ、大がまだけ切らしちまってますわ」、という返事があった。

「大丈夫なのか」

飯山がきいた。

「まだ分解していないのもかなりありますから」

廃業した菱屋の菊池から安く買い取ったミシンを、いま村井がひっぱり出して潤滑剤を吹き付けている。だが、

「あ、これ改造してあるな」

仕様変更されていたらしいミシンを、村井は恨みのこもった目で見た。

そのときだ。

「ちょっと貸してくれ」

それまで見ていた飯山が、村井から電動ドライバーを受け取ると、「ちょっと歪んでないか、これ」、と近くにあった木製トンカチで小刻みな調整を加えながら器用に分解してみせる。

「手慣れたもんですね」

感心したようにいったのは安田だ。たしかに飯山の手際の良さは、シロウト臭さがまるでない。それ以上に、ミシンの構造に知悉《ちしつ》しているのは宮沢から見ても明らかだった。かつて繊維関係の会社にいたというから、そのときに扱いを学んだのかも知れない。

宮沢と安田、そして村井が見守る中、飯山はさっさとミシンを分解して部品を取り出して見せた。「ほら」、とそれを村井に手渡すと、ズボンについた埃をぽんぽんと払う。

「あ、ありがとうございます」

ぽかんとして受け取った村井が、それを持って作業場へ走っていく。

「どうもありがとうございます」

思いがけない成り行きに、宮沢も頭を下げた。「詳しいですね。それも、昔の会社勤めで習得したんですか」

「いや、こいつは趣味みたいなもんだ」

飯山は軽くいい、手を洗わせてくれ、と洗面所へ歩き出す。「昔から機械いじりが好きでさ。大枚つぎ込んで特許まで取った挙げ句が、これよ」

そういって、笑ってみせた。

その飯山を最後に案内したのは展示コーナーだ。

足袋の作り方を図式にしたパネルや古い道具、そして様々な製品が並べられた、見学者用にと作った一室で、少量だが、販売用の足袋も置いてある。

「近隣の学校の生徒さんたちが社会科見学でやってきたりするもんですから、わかりやすいように展示してるんです」

完成品の足袋には様々なものがある。白足袋、紺や黒といった色足袋、地下足袋、お祭り足袋、そして――。

ふと、飯山が足を止めて最後に展示されている製品を手に取った。

「陸王」だ。

「根本的な質問なんだが、なんでシューズなんだ」

飯山にきかれ、宮沢はいままでの経緯を、掻い摘《つま》んで話した。いまいかに多くのランナーがいて、同時にいかに多くの故障者がいるのか。なぜ故障するのか、人間本来の走り方とは果たしてどういうものなのか。それに合うシューズとは何なのか——。

「ランニングシューズ業界に殴り込みをかけたいんです」

返事はない。

倒産したとはいえ、飯山は経営者の先輩だ。飛躍のために、新しいことに挑戦しようとした志は同じ。その飯山から見て、いまの宮沢の話がどう映ったかはわからない。荒唐無稽に思えたか、多少なりともリアリティのある話と取ってもらえたか——。

飯山は生ゴムを貼ったソールを凝視してから、そっと棚に戻した。

「まあ、がんばってくれや」

出てきたのは、我関せずとでもいわんばかりのひと言だ。

「飯山さん、このソールにあの特許、使わせてもらえませんか」宮沢はあらためて頼み込んだ。

お願いします、と宮沢より早く頭を下げたのは安田だ。

飯山はこたえない。黙り、何かいうべき言葉がそこにぶらさがってでもいるかのように、顔を上げて壁の高いところを見つめている。

「今日は、なかなかいいものを見せてもらった」

やがて、飯山はいった。「特許については、考えとくよ。オレの提示した金額じゃ、お宅は無理ってことか」

「すみません、ご覧の通りです」

そういうと宮沢は深々と頭を下げた。「ですが、新製品にかける情熱だけは負けません。精一杯のお返しはするつもりです。どうか、力を貸してください」

宮沢は、深々と頭を下げた。

4

「どうだった、こはぜ屋さん」

夜七時半を過ぎて帰ってきた素子は、飯山の顔を見るや、まっさきに尋ねた。

「まあ、あんなもんだろ」

冬の到来を思わせる肌寒い夜で、はじめてこたつを出した。

「いい工場だった？」

買い物袋を床に下ろしながらきくと、「そうだな」、という曖昧な返事がある。

「それで？」

手を洗い、食材を冷蔵庫に入れながら素子は尋ねた。

「それでって？」

「使わせてあげるの？　あなたの特許」

返事の代わり、聞こえてきたのはため息だ。

「それとも、安売り禁止？」

「安売りは禁止だ」

飯山の口からぼんやりとした言葉が出てくる。「安売りはしない」

「じゃあ、断るの」

返事なし。

オファーをもらって、工場まで見にいった。やるだけやったのだから、もう素子がどうこういう話ではなく、飯山の好きにすればいいと思う。

素子は、それ以上きくこともなく、いそいそと夕食の支度を始めた。


「要するに、ひねくれてるんですよ」

予測はしていたが、安田による飯山評は決して良くはない。「倒産して、心の部品まででひん曲がっちまったんじゃないですかね」

「かもな」、と宮沢。

結局――。

この日、飯山は最後まで特許使用の許可を出さなかった。

「そう簡単じゃないさ」

「所詮、カネ欲しさの浅ましい根性ですよ」

安田は、飯山のことを腐す。「まあ、機械いじりはそこそこでしたがね」

それから宮沢を振り返り、「それでどうするんですか」、ときいた。

「さて、どうしたものか」

宮沢はため息をついた。

現場を見て、こはぜ屋のことを知ってもらうところまでは当初の思惑通り進んだと思う。

だが、それだけでは飯山の気持ちを変えることはできなかった。おそらく、飯山にも飯山の事情があるのだろう。倒産して二年。どこかに財産を隠し持ってでもいない限り、生活は決して楽ではないはずだ。想像もできない労苦も、経験しただろう。しかもそれは、現在も続いているはずだ。高値の取引で効率良く儲けたい気持ちはわからなくもない。

「結局、カネですか。だとすると、ちょっと難しそうですね」

安田がいった。「探せば、他にいいソールの材料があるんじゃないですか。今回のことは、ひとつ勉強になったと思えばいいんですよ、社長」

それは、宮沢にというより、安田自身に言い聞かせているようにも聞こえる。

「これがシューズを作るってことなのかな、ヤス」

宮沢はしみじみといった。「こうして新たな素材を探し歩くことがさ」

「面倒くさいことに首突っ込んじまいましたね」

ふっと笑って、安田はそんな物言いをしてみせた。

その夜、遅くまで仕事をした宮沢は、いつものように自宅までの道のりを歩いて帰った。

遠く水城公園の上空に靄《もや》がかかった月が出ている。

ポケットのスマホが鳴り出したのは、その月を見上げ、冷たい夜風にいっそうの肌寒さを感じたときだ。

電話の相手を確認した宮沢は、慌てて通話ボタンを押して立ち止まった。

「今日は世話になったな」

電話の向こうから、飯山が告げた。「特許の件、いろいろ考えたんだが、お宅に使ってもらおうかと思ってる」

信じられない思いで、宮沢はそれを聞いた。夢でも見ているのではないかと、頬をつねってみたくらいだ。

「ありがとうございます」

電話を持ったまま頭を下げた宮沢に、飯山は続けた。

「だけど、それには条件がある」

「条件？」

宮沢は顔を上げた。「すみません。使用料のことでしたら、とてもおっしゃった金額はお支払いできないと思うんです。改めてご相談させていただきたいと――」

「わかってるよ、そんなこと」

飯山は遮っていった。「カネのことは後で決めさせてもらう。そうじゃなくて、こっちの条件はただひとつだ――オレを、お宅のプロジェクトに参加させてくれ」

第七章　シルクレイ

1

謹啓　清秋の候　益々《ますます》ご清栄のこととお慶《よろこ》び申し上げます。

私儀、この度、東京キャピタル株式会社に入社し、東京本社営業部勤務を命ぜられました。埼玉中央銀行前橋支店勤務中は格別のご厚情を賜《たまわ》り、心より厚く御礼申し上げます。様々な投資業務を通じて皆様のお役に立てるよう、微力ながら誠心誠意取り組んで参る所存ですので、一層のご指導ご鞭撻《べんたつ》を賜りますようお願い申し上げます。
まずは略儀ながら書中をもってご挨拶申し上げます。

敬白

坂本　太郎

今度はうまく行くといいな。がんばれよ。

社長室で坂本からの挨拶状を読んだ宮沢は、胸の内でそうつぶやいた。

2

耳の奥のほうで膨らんだ血管がさっきから不気味な収縮を繰り返している。肺腑《はいふ》が送り込んでくる酸素は切れ切れで、まるで細い管のようになってしまった喉を焼き、心臓の収縮をはっきりと伝えてきていた。

ある市民団体が企画した駅伝大会に、「チームこはぜ屋」を作って参加しませんか、と立案したのは椋鳩通運の江幡であった。一チーム五人。隣接する熊谷《くまがや》市の〝彩の国くまがやドーム〟を出発し、一人平均四キロ、熊谷から行田市内を回って帰ってくるルートでタイムを競うイベントだ。様々なカテゴリーでおよそ七百チーム、単純計算でも三千五百人が参加しているというからランニング人気の高さには驚きである。

全員が「陸王」を履いて走れば、いい宣伝になるのではないかというのが江幡の主張で、それはいい、と賛成はしたものの問題は誰が出るか、であった。

言い出しっぺの江幡は、元陸上の選手だったこともあって当然として、次に安田、そしてその安田の誘いで渋々ではあるが大地。さらに、坂本に声をかけてみたところ、こころよく参加表明してくれたまではよかった。

問題は残るひとりだが、これは社内に声をかけてもなかなか見つからず、結局宮沢自身がエントリーすることになったのである。

有村のアドバイスを受けたことをきっかけに、宮沢もまたジョギングを日課にするようになっていたから、走ることに以前ほどの抵抗はない。四キロという距離は普段走っているものより多少長いが、それでも一キロ程度のことだ。宣伝目的ならタイムは二の次。ならば楽勝だろうとタカをくっていたが、これがとんだ間違いだった。

レースはやはりレースである。ひとりで気ままに走るジョギングと違い、レースには相手がある。前を走り、或《あ》るいは脇を抜き去っていくランナーたちについて行こうとして、本来のペースを完全に見失ってしまったのだ。

オーバーペースになった宮沢にとって、最後の二キロは、まさに地獄になった。折しも、十一月にしては高すぎる気温に、容赦なく体力は奪われていく。

さっきから宮沢は、走るのをやめて歩こうかと、迷いに迷っていた。

もう三キロ以上は走っているはずだが、ゴールが見えてこない。こんなことなら下見でもしておけばよかったと後悔したが遅い。

なんだってそうだ。終点がわかっていればがんばれるが、いつ終わるともしれない苦難を戦い続けるのは至難の業なのだ。

「社長、がんばって！　あと五百メートル！」

　そのとき、沿道から激励が飛び、疲労で引きつった顔を向けた宮沢に、縫製課のあけみさんらの姿が見えた。

　あと、五百メートル――。

　その五百メートルが永遠に行き着けない距離に思えてくる。

　だがもう、社員たちの手前、走るしかない。

　手と足の動きがばらばらになりながら宮沢は駆け、ようやくのこと、アンカーを務める江幡にタスキを渡すや沿道のアスファルトの上に倒れ込んだのであった。


「ここ何ヶ月かジョギングで鍛えていたはずなのに、レースがこんなに大変だとは思わなかったな。正直、オレのせいでタスキがつながらなかったらどうしようかと思ったよ」

　駅伝の後、近くのカフェに入っての反省会になった。へとへとに疲れ切った宮沢に対して、他のメンバーたちはそれほどでもなく、椋鳩通運の江幡にいたってはさすが元陸上部というべきか、けろりとしている。

「集団の中で自分のペースを守るってのは、初心者にはなかなか難しいですからね」

　江幡は余裕の発言である。「でも、モニター募集には、予定していた三十名の応募があったから、大成功じゃないですか」

　この駅伝参加の話が持ち上がった後、安田が主催者側にかけあってスタートおよびゴール地点となるドームの外にブースを出すことにした。「陸王」を宣伝しようというのである。そのためにパンフレットを作り、さらにモニターという形で三十名を募集するのを目玉に据えた。実際に履いてもらうことで、フィードバックを受け取るのと同時に、口コミでの拡販につなげようというのである。その意味では、今回のイベント参加は成功だったといっても過言ではないだろう。

「どんな反応だった？」

ブースの店番を頼んだあけみさんに、宮沢はきいた。ブースでは、長期貸出モニター三十名募集のほか、当日販売も行っており、今日だけでも七足ほど売れた。

「それがなかなかの高評価だったんですよ」

あけみさんは、一日好天の下にいたせいか、頰のあたりを日焼けで赤くしていった。

「みんな、足に優しいっていうとこに注目してたみたいですよ。狙いどおりじゃないですか」

キャッチコピーは、〝ホモ・サピエンスの走り〟――。

坂本が考えた文句だ。配布用に準備した五百部のパンフレットには、このコピーとともにランナーが見舞われる故障の割合や症例が詳しく述べられ、故障しにくいミッドフット着地を実現するための簡単な解決策として「陸王」を提案している。

宮沢が自分でいうのもなんであるが、説得力十分、良くできている。

「それでも七足か」

安田がため息をついたが、「いや、パンフレットを見て、後日問い合わせる人もいると思いますよ」、と坂本がいう。「こういう行事に参加するときに、あまり現金は持ってこないようにしている人が多そうじゃないですか」

「坂本さんのいうように、今日気に入ったけど持ち合わせがないから後で注文するってお客さんもいましたよ」

とあけみさん。だが、「他に何か感想はきけたかい」、という宮沢の質問に少し言いにくそうに、「地下足袋みたいって感想をいった人は何人かいました」。

そのひと言で、場の空気はちょっと冷え込んだ。日頃、一般消費者の率直な意見に晒《さら》されていないだけ、こういう感想はこたえるのだ。

「やっぱ生ゴムだからな」

安田はいい、「どうなんですか」、と宮沢に話を振る。

飯山から、特許の使用を了承する旨の連絡があったことは、すでにみんなに知らせてあった。

「明日、会うことになってる。条件を詰めてくるよ」

「ごっそり特許料を持ってくつもりなんじゃないですよね」

安田はまだ、飯山への猜疑心《さいぎしん》を拭い切れないらしい。

「無い袖は振れないよ。だけど、このプロジェクトに関わりたいっていってるぐらいだから、一旦条件を白紙に戻して話し合うことになるだろうね」

「正直、オレはあんまり気が進みませんね」

腕組みをした安田に、

「おもしろそうな人だったじゃない」

といったのはあけみさんだ。灰汁《あく》が強い男だけに好き嫌いが分かれるのかも知れない。

「まずは取引条件ですね」

いつものごとく坂本が正論を口にした。「こはぜ屋さんにとって無理のない内容かどうか。ここで無理をしてしまうと、後々苦しくなるだけですから」

まったくその通りだと、宮沢も思った。

3

その翌日、飯山との話し合いは、以前会った高崎駅前のホテルのラウンジでもつことになった。

約束の時間は午前十時。五分前に行くと、ラウンジの最奥、目立たない席にいた男が手を挙げた。飯山だ。

「特許の件、考え直していただき、ありがとうございました」

礼をいった宮沢に、「礼をいうのは話が煮詰まってからだ」、と飯山はぶっきらぼうにいい、「まず、お宅の希望を聞かせてもらおうか」、と低い声で本題を切り出した。

「一足あたりいくらという形で使用料をお支払いするという条件でお願いできません

か」

　一日中、あれこれと考えた条件を、宮沢が口にした。

「これがウチの精一杯です」

　じっと、宮沢に視線を結びつけたまま、飯山は黙る。

　この瞬間にも、席を立つのではないか。

　そう思ったが、出てきたのは、「いくらでどのくらい売ろうと思ってるんだ」、という問いだった。

「いま教育現場に卸しているシューズは価格を抑えて三千八百円で、実績は一校、学生数は千八百人だけです。ですが、この新ソールで新しいバージョンが完成すれば――」

「回りくどい説明はいい。ぶっちゃけいくらぐらいにしたいんだ、あんたは」

　飯山はきいた。

「できれば、六千円から八千円前後――」

「安い」

　飯山から即座に返事があった。「そんな価格では売ってもうま味はない。あんた、特許を使う意味がまるでわかってない。このシルクレイは、ここにしかないんだぞ」

「シルクレイ？」

　宮沢はきき返した。

「オレの特許で製造した素材の名前だよ。オレのネーミングだ。絹のシルクに、粘土のクレイを合わせた造語で。どうだ」

「いいと思います」

宮沢はこたえた。いいネーミングだと思うし、その名前を口にするとき、この素材に対する飯山の愛情を感じる。

「それで、もっと高く売れ、と」

「高く、じゃなく、適正価格で売れといってるんだ。安売りしていいことは何もない。安ければ売れると思うのは、商売を知らない奴の錯覚だ」

「わかりました。価格については検討させてください」

宮沢は続けた。「それと、いくつかお願いがあります。まず、この特許ですが、競合他社への提供は見合わせていただきたいんです」

肝心なところだった。シルクレイを採用しているシューズメーカーは、こはぜ屋一社でなければ競争力にならない。今後、競合他社にこの技術が流出すれば、たちまち類似品が店頭に並ぶことも考えられる。それでは意味がない。

「独占契約か」

飯山はいい、「他には」、ときく。

「契約期間なんですが、できれば五年。どうでしょうか」

「長すぎる」

即座に返事があった。「長くて三年だ。その上で延長するかどうかを決める。三年経

って も鳴かず飛ばずなら、オレは他のメーカーと共同開発を進めたい。あんたの会社と心中するつもりはないんでね。それまでに商売にならなかったら潔く諦めてもらいたい。そのぐらいの覚悟でやってもらう」

飯山の主張はもっともである。こはぜ屋にとっても、三年ぐらいのうちには飯山を満足させるほどのビジネスに成長させたいし、させなければならない。

「わかりました」

宮沢は呑んだ。「ただそのためには、私どもの努力だけでは到底覚束《おぼつか》ないと思います。できれば、技術顧問というかたちで、参加していただけませんか」

長年足袋しか作ってこなかったこはぜ屋には、それ以外のものを生産するだけの技術力はなく、特許を使わせてもらうといっても、具体的に何をどうすればいいのか正直わからない。生産設備の業者を探し、果たして特許通りの設備が完成するのか。原材料となる繭のなんという種類をどれだけ、どこから仕入れるのか、生産工程をどう管理するのか、成形を誰に依頼するのか。それを教えてくれる存在が必要だ。それは、飯山をおいて他に考えられない。

「いいだろう」

最初からそのつもりであったか、飯山の返事は早かった。「そもそも、あんたらだけでは無理だ。そう簡単なものじゃない」

「ありがとうございます。顧問料については、検討させてください」

宮沢はそういうにとどめる。「それと、もしおわかりになれば教えてもらいたいんですが、シルクレイを製造するための設備、新設するのにどれくらいかかるんでしょうか」

「普通なら一億。安く作っても八千万円はかかるだろうな」

「八千万円……」

宮沢は唖然《あぜん》として、その金額を口の中で繰り返した。シルクレイ商品化の実現可能性が霞《かす》んでいく。これだけの資金を新規事業に投ずることなど、いまのこはぜ屋にはできない。

忖度《そんたく》する眼差しが、宮沢に注がれた。「ギブアップか」

「正直、それだけの持ち合わせはありませんし、調達するにしても――」

そういった宮沢を、飯山は制した。

「心配すんな。オレを雇えば、もっと安くしてやるから」

「どういうことですか」

飯山は腕時計を一瞥し、「時間、あるか」、ときいた。

この交渉以外、午前中は何も予定を入れていない。

「クルマで来たんだろ。ちょっと乗せてってくれ」

「どこへ行くんです?」

「来ればわかる」

ホテルの駐車場からクルマを出し、道案内されるまま二十分も走らせると、両側に田畑が広がってきた。遠くに榛名山《はるなさん》を望むだだっ広い関東平野の真っ平らな道だ。その左右に、ときおり寄り添うようにして民家が集まっているのが見える。幹線道路から外れ、クルマはやがて田園地帯の一本道にさしかかった。

「そこの農道を入ってくれ」

いわれて曲がった先に見えてきたのは、大きな田舎家だ。

かつては豪農であったらしく、敷地の手前に屋根付きの門が建っており、その前でクルマを降りた飯山はさっさと中へ入っていく。陽光の降り注ぐ好天に、庭の土が白く反射していた。

開け放した母屋の玄関から、おおい、と飯山が声をかけると、眩《くら》んだ目には真っ暗に見える中から飯山と同年代の作業服を着た男が出てきた。

「この人は、行田で足袋作ってる宮沢さん。いまちょっと打ち合わせしてたとこでさ。あれを、見にきたんだけど」

飯山がいうと、

「久し振りに顔、出したかと思えば仕事かよ」

田舎のひとらしく豪快に笑い、敷地の端にある倉庫まで歩いていくと、ががらと音のする扉を開ける。

中にトラクターと耕耘機《こううんき》が並んでいるのが見えた。その脇に、ビニールシートに厳重に密閉された小山ほどの塊があるが中味は見えない。

飯山が、そのビニールシートのロープを解き始めた。

まさか――。

宮沢もようやく、この訪問の目的を察して飯山を手伝い、シートを撥《は》ね上げる。

「これは――！」

出てきたのは、全長五メートルほどの機械だった。

「シルクレイの製造機械だ」

計器類が並ぶ操作盤をぺたぺたと叩きながら、飯山がいった。定期的に手入れをしているのか、機械は新品同様の美しさである。

「時々動かしてるから、動作は問題ないだろう。ただ、材料を買う金がなかったんで、モノは作ってないが」

「材料だったらいつでもいってくれよ」

農家の男が笑った。飯山も笑い、「これ、義理の弟」、といっておかしそうに背中をぽんと叩く。「オレの妹の旦那でさ」

「茶でも飲んでったら」

義弟《おとうと》にいわれ、縁側に移動した。

「養蚕《ようさん》農家なんですか、ここは」

お茶が運ばれてくるまでの間にきくと、「繭だけでなく、いろいろさ」、と飯山はいった。「季節によって、お蚕《かいこ》さんのときもあれば畑のときもある。この辺りは昔は絹で相当潤ったところでね」

山辺博《やまべひろし》、というのが義弟の名前であった。

「材料は、あの博がなんとかしてくれる。繭の生産農家のリーダー格だ。熱して固めるだけだから高級な繭は必要ない。供給ルートは確保できる」

そういうことか。飯山の話に得心した宮沢は、

「あの機械はどうされたんですか」、そうきいた。

「作ったに決まってるだろ」

「それはそうでしょうけど、いつお作りになったんです」

飯山が倒産した経緯には、自分が知り得ない様々な事情があるらしい。ちょうど山辺が茶を運んできて、宮沢と飯山のふたりに出すと自分もその隣にかけた。

「店がダメになる半年ほど前さ。苦労して金を工面して作り上げたんだ」

その話は、坂本から聞いていた話と一致する。

「少し前のことですが、シルクレイの実物サンプルを見せてもらいました。そのサンプルはあの機械で製造したものですか」

「シルクレイが作れるのは、いまのところあの一台だけだ」

それでサンプルが現存した事情がわかった。同時に、「オレを雇えば、もっと安くしてやるから」、と飯山が言い切った理由もだ。

「飯山さんにコンサルティングを依頼した場合、あの機械を使わせてもらえると考えてよろしいんですね」

「ま、そういうことだ」

ぱんと飯山は両手で膝を叩いた。「ただし、機械の賃貸料はもらうからな。オレはあれのおかげで一文無しになっちまったんだ。少しぐらい回収させてもらったってバチは当たらないだろう。お宅だって、銀行から借金して一から作るよりは格段に安いはずだ」

一旦、闇の向こうに消えかかった実現可能性が、いまくっきりとその輪郭を露《あら》わにした。

4

「どうも気が進みませんな」

話を聞いた富島の反応は、やはりというべきか否定的だった。「そもそも、あの飯山という男は信用できるんですか」

「信用するしかない」

宮沢のこたえに、富島は、腕組みをしたまま長い鼻息を洩らす。

「倒産歴のある男ですよ」

「倒産していたら、そんなに信用できないか」

富島の決めつけに、宮沢は閉口した。一度失敗したからといって、それで信用しないというのはいかがなものか。「飯山さんは、法的整理もきちんとしてるし、そっちの話は解決済みだ。問題はないと思うが」

するると、

「倒産ってのは、ぎっくり腰みたいなもんなんですよ」

富島は妙なことをいった。「ある日突然出る。なぜそうなったかはいろいろな理由があるでしょう。でも、一度ぎっくり腰になった者はたいていクセになって、またいつかやる。不思議なもので、会社の経営ってのもおうおうにして同じものなんですよ」

偏見なのか、経験なのか、いずれとも判じかねる話である。富島は続ける。「一度会社を潰して他人に迷惑をかけた人がですよ、誰かの支援があって、また会社を興すとするじゃないですか。ところが、今度こそ、と再出発したはずなのに、何年かするとやっぱりその会社もダメにして取引先に迷惑をかける——よく聞く話です」

「それは、ゲンさんの思い込みじゃないのか」

「違います」

富島はきっぱりといった。「社長も覚えてるでしょう、行田通商の松木《まつき》とか、さきたま履物店の花畑《はなばたけ》。あの連中、どっちも一度会社潰してるんですよ」

そうだった、と宮沢も苦々しく思い出した。いずれも、かつてこはぜ屋の商品を扱っていた会社だが、ある日突然倒産して何百万円かの貸し倒れになった相手だ。ふたりに共通しているのは、倒産する直前まで、何食わぬ顔で商品を仕入れていたということだ。資金繰りに窮して倒産確実な状況だというのに、こはぜ屋に商品を入れさせ、それを販売した金は懐に入れたまま夜逃げした。ほとんど詐欺だ。

「あいつらふたりとも、倒産歴があるんですよ。人の紹介で仕方なく付き合っていましたが、とんでもない連中です。うちの取引先以外でも、似たような話は何度も聞いたことがあります。自己破産した後、何年かするとブラックリストから名前は消えますが、銀行が倒産歴のある人間に融資しないのは、そういう傾向があるからだと聞いたことがあります」

たんなる憶測ではない、と富島はいいたいのだ。

「しかしだな、全部が全部じゃないだろう。例外だってあるはずだ」

「私は本当にソールができ上がるかどうか、怪しいもんだと思いますね」

富島は猜疑心の塊のようである。「そういう輩《やから》のことですから、ああだこうだといいながら、何ヶ月もコンサルティングを引き延ばすのが目的かも知れません。第一、そんなに有益な特許なら、いままでなんで製品開発に使われなかったんですか。大手の商社がからんでいたんでしょう。カネになりそうなことならとことん突っ込んでくる連中ですよ。なのに手を引いたからには、何かわけがあるはずです」

「ご指摘はごもっともだがな、ゲンさん。いろいろ検討したが、うちにはシルクレイという新しい素材が必要なんだよ。ここで引き下がるわけにはいかん」

じっとりした視線を、富島は向けた。

「なんでわざわざ危ない橋をわたるんです」

改まった口調でいう。「新規事業といえば聞こえはいいが、実体は赤字だ。増注が見込まれて投資をするのならまだわかりますよ。でも、将来の見込みがなにひとつないこの状態で、さらに経費を抱え込むなんて、賛成いたしかねますな」

頑固な男である。だが、ここで引き下がるわけにはいかない。

「この十年、うちの売上げはずっと下がり続けている」

宮沢はいった。「もし、新しいことをやるなら、まだ体力のあるこのタイミングしかない。リスクのないところに成長はないんだ」

しばらく返事はなかった。

やがて出てきたのは、「じゃあ、必要なカネはどうするんです」、というひと言だ。

「飯山という男に払う人件費、不動産と生産設備の支払い、それに止《とど》まらず、やるからにはその事業に人を張り付けなければいけない。何人使うつもりですか、ひとりですか、ふたりですか。こういう話にはなんやかんやといって、すぐに一千万円やそこらのカネがかかるものなんですよ。でも、いまのウチに、そっちに回すカネはありません。銀行から借りないといけない。ですが、私にはこの話を銀行に納得させる自信はありませんね」

説明できないのではない、説明する気が無いだけだ。そうは思ったが、ここで富島とやり合ったところで仕方がない。

「わかった。じゃあ、オレから支店長に話してくる。それでいいな」

「社長の会社ですから」

皮肉とも聞こえる返事を、富島は寄越した。「社長がそれでいいとおっしゃるのなら、それでいいじゃありませんか」

「そうか、オレの会社か」

冷ややかに、宮沢はいった。「じゃあ、オレの好きなようにさせてもらう。その代わり、ゲンさんにも社員のひとりとして、できる範囲で協力してもらうから、そのつもりでいてくれ」

「失敗したら、後もどりできませんよ、社長。本当にそれでいいんですか」

なおもいった富島だったが、

「もう決めたんだ。オレは、飯山という男に賭ける」

断固たる口調の宮沢に、さすがの富島も、それ以上の反論は呑み込んだようだった。

5

「二千万円でいいんだが、どうだろう」

宮沢が、埼玉中央銀行行田支店を訪ねたのは、富島と話した翌朝のことだった。

それだけの資金が必要になった理由を掻い摘んで説明する宮沢に、担当の大橋は表情の乏しい顔を向けている。

「まあ、そうですねえ」

右手の指でボールペンを回しながら、光のない目を書類に落とした。宮沢が出した「陸王」の事業計画だ。

「この事業計画通りに進むという保証はありますか」

「最大限の努力はするけども、そんな保証はないよ」

ムッとして宮沢はこたえた。およそ、リスクのないビジネスなどありはしない。そんな当たり前のことを、銀行員である大橋がきくことにも腹が立つ。

「しかし、無闇な投資とは違うぞこれは」

宮沢は反論した。「『陸王』は、実際に作って売って、それなりの評価を得たシューズなんだ。いまや教育現場での契約実績もある。その上で、必要だから新たなソールを開発しようといってるんだからな」

「でも、いまのソールでも売れたんでしょ」

見本として持ってきた「陸王」を手にして、大橋はすげなくいった。「資金を投じる前に、実績を積み重ねるほうが正しいと思うんですが」

「あのな、大橋さん」

宮沢は改まった口調になった。「ソールの素材なんてものは、そんな簡単に見つかるものじゃないんだよ。いま獲得しなかったら、二度と巡り合えないかもしれないんだ」

「そんなこと、わからないじゃないですか」

大橋は、生真面目そうなメガネの奥から笑いを含んだ目を向けてくる。おかしいわけではなく、小馬鹿にしているのだ。

この男は端《はな》から宮沢の事業計画など相手にする気はないらしい。ああいえばこういうで、結局のところ、この融資話を断りたい一心だ。

「たしかにわからないよ、それは」

宮沢は硬い口調で応じた。「だけど、ウチにはこの素材が必要なんだ」

大橋の肩越しに、フロア奥のドアから家長支店長が入ってくるのが見えた。

「あんたじゃ話にならない。支店長と話したいんだが、いいか」

自分も背後を振り返って家長の姿を認めた大橋が立っていき、ひと言二言交わしてくると、「どうぞ」、と渋々、支店長室に宮沢を案内した。


「なるほどねえ、新しい事業のテコ入れをしたいと、そういうことですか」

宮沢の話を聞き終えると家長はいい、そのまま腕組みをしてしばし考え込む。「しかし宮沢さん、この事業にはちょっとリスクがあり過ぎませんか」

大橋ほど露骨ではないにせよ、家長もまた宮沢の事業計画に対して否定的であった。

「リスクは承知しています」

宮沢は、両膝の上で拳を握りしめる。「しかしですね支店長、いまのままでは大手メーカーのソールに追いつけない。なんとしても、ウチ独自の新しいソールを開発する必要があるんです」

「失礼、大手メーカーって、どちらの会社ですか」家長がきいた。

「たとえば、アトランティスとか」

大真面目にこたえた宮沢に、大げさにのけぞってみせた家長は、にやついた笑いを唇に浮かべた。「それはまた、大きく出ましたなあ」

アトランティスのような有名企業を相手に、こはぜ屋ごときに何ができる——そう頭から決めつけている口調だ。もちろん、企業規模にも、資金力にも、大きな差があることは宮沢だって承知の上だ。

「企業規模で勝とうといっているんじゃありません。商品コンセプトと品質で勝とうといってるんです」

宮沢はむっとしたが、家長に評価を改める様子はまるでない。

「企業は一日にして成らずです、宮沢さん。新規事業には反対しませんが、もう少しスピードを緩められたらどうです」

諭すように、それでいてどこか面倒くさそうに、家長はいった。

「いえ。いまやらなきゃならないんです」

宮沢は力説した。「製品の課題がわかっていて、解決策が目の前にある。飛躍できるチャンスなんです」

「そのあたりのことは、私にはわかりませんがね」

家長はそろりと逃げた。「銀行の立場からいわせてもらうと、この事業計画にいま二千万円をつぎ込むというのは、御社にとって相当のリスクになると思うんですよ。今後、本業での運転資金も必要でしょうし」

上目遣いに話す家長は、今後の資金繰りを牽制《けんせい》してみせる。いまこの金を貸したら運転資金は貸せませんよと、暗にそういっているのである。宮沢の胸に、富島の顔がちらりと浮かんだ。

「担保の余力もそうはないですし」

なおも畳みかけた家長の隣で、それ見たことか、という顔を大橋がこちらに向けている。

「私は、この事業を十年後に収益の柱にしたいと考えてるんです。なんとか本業とは分けて支援していただくわけにいきませんか」

食い下がった宮沢に、「そんなわけには参りません」、と家長の返事は冷たかった。

「この新規事業で損失を出せば本業にも影響するじゃないですか。二千万円ご希望とのことですが、この返済原資は、この事業からじゃなくて本業の足袋の儲けから出るわけでしょう。分けて支援なんてできませんよ」

家長のいうことが間違ってはいないだけに、宮沢は悔しさを噛みしめた。いまに本業をしのぐ事業にしてみせると、いくらこの場で息巻いたところで、家長は聞く耳を持たないだろう。坂本がいったように、要するに銀行が評価するのはあくまで実績であって、将来ではない。

「そうか。要するに、うちの事業の将来性は信用ならんと、そういうことですね」

ぽんと右手で膝を打った宮沢は、「いいえ、そうはいってません」、と体よく反論しかけた家長を制し、「なら見ててくれたらいい」、といった。

家長と大橋のふたりが、きょとんとした顔になる。

「融資できないのなら、預金を取り崩す。私名義の定期預金だ。いいですね」

たちまち、家長が難しい顔をした。

「預金ですか……」

「何か問題があるんですか」

さすがに宮沢も頭に来て声をとがらせる。「別に担保に入ってる預金でもない。私の個人定期なんだから、どう使おうとこっちの勝手でしょう」

「それはそうなんですがね」

家長は言いにくそうに作り笑いを浮かべる。「とはいえ、融資をするときには、社長の個人資産も参考にさせていただいていますので」

「だから、今後の融資はできないというんですか」

思わず声高になった宮沢は、ムキになって支店長を睨みつけた。「いまどき〝にらみ預金〟はないでしょう」

融資の担保でもない定期預金などを勝手に〝当て〟にするのは、正しいやり方とはされていないはずだ。そのくらいの知識は、宮沢にもあった。融資の担保に入れていない預金なら、解約して引き出すのは預金者の自由である。

「いや、そういうわけでは――」

家長は言い渋ったが、「しかし、今後のこともありますから」、となおもいう。

「お宅らは、一体なんなんだ」

宮沢はついに声を荒らげた。「銀行の仕事は、取引先の支援じゃないのか。取引先が収益の柱を作ろうと必死で頑張っているのに、お宅たちは融資の保全のことしか考えない。融資はしない、預金の解約はダメだなんて。そんなバカな話がありますか」

「ならば、あの定期預金、担保に入れていただけませんか」

傍らからとんでもないことをいってきたのは大橋だった。「それなら納得していただけるかと」

「なにいってんだ、あんた」

宮沢は大橋の顔を穴の空くほど見つめ、「取引先をバカにするのもいい加減にしろ」、と席を立った。

「とにかく、定期預金は解約させてもらうから。いいですね、支店長」

舌打ちが家長からこぼれた。

「今度だけですよ、社長」

いかにも、解約を許してやるというその態度にますます宮沢の怒りは燃え盛ったが、これ以上感情的になって、得るものがあるとも思えない。短い挨拶だけ残し、足早に支店長室を辞去してきたのであった。

6

「走っていて、違和感を覚えることある？」

斉藤医師の質問は、いつも簡潔だ。

「いえ」

茂木は診察台の上で膝を軽く曲げた状態で座っている。その膝からふくらはぎ、足首までを斉藤は触診し、たまにスジの一点を押して「これは痛む？」、などときいてくる。怪我をした直後は少し押されるだけで顔をしかめたくなるような部位も含まれていたが、いまはもう痛みも消えた。

触診を終えた斉藤から出てきたのは、

「いいんじゃないか」

というひと言だった。「自分でもそう思うだろう」

ここ何ヶ月間で聞いた斉藤の言葉の中で、最高のひと言だ。

「別メニューで調整してますから」

茂木がこたえると、「なんだまだ別メニューか」、斉藤はさも心外な顔をしてみせる。

慣れないと、本気なのか冗談なのかわからない、斉藤流の発言だ。

「先生がそうおっしゃったじゃないですか」

この半年ほどの付き合いでだいぶ慣れてきた茂木が返すと、「あ、そうだったか」、と斉藤はうすらとぼけ、

「そろそろいいだろう。新しい走り方も板についてきたようだしな」

とそういった。コーチからも情報が上がっているはずだ。

「ただし、やり過ぎるな」

一転して厳しい目になった斉藤は釘《くぎ》を刺した。「故障した奴に限って、取り戻そうとして無理をする。今度故障したら、再起は難しいぞ」

「気をつけます」

頭を下げた茂木に、斉藤はもう関心がなくなったといわんばかりに、カルテから顔を上げなかった。


「村野」

その日、外出先から戻った村野が自席につこうとすると、それを待ち受けていたかのように声がかかった。フロア中央にある席から、小原がこちらを見ている。何かあったか――慍色《うんしょく》も露わな小原の顔を見てそう直感した村野がデスク前に立つと、

「お前、どういうリサーチしてるんだ」

小原は手にしたボールペンをデスクに叩き付けた。

「なんのことでしょうか」

わけがわからないでいる村野に、

「茂木だよ茂木！　ダイワ食品の！」

小原は喧嘩腰《けんかごし》で、座ったままの低い位置から村野を睨み付けてくる。「今日、たまま顔を出したら他の部員と同じ練習してたぞ。なんで、別メニュー調整から復帰してんだ。そんな話、聞いてないぞ」

思わず驚きを露わにした村野を、小原は詰《なじ》った。

「カリスマだのなんだのっていわれていい気になってるから、こんなみっともないことになるんだ。もし、茂木がレースで活躍したりしたら、お前、どう責任を取るつもりだ」

「責任？」

聞き捨てならぬひと言である。「予想外に早く回復したことがどうして責任問題になるんです。レースで活躍すれば、結構なことじゃないですか。だいたい、茂木のサポートを打ち切ったのは、小原部長でしょう」

「それはお前の間違った情報があったからだ」

小原は絶対に、自分の責任を認めようとしない男だ。以前、小原自身、何かの席でいったことがある。米国では、黙っていれば認めたことになってしまう。自分に非があることでも非を認めず自己主張するのが当たり前だし、それを米国への留学で学んだのだと。そうすることが米国流の正義なのだといわんばかりの口調であった。

考えてみれば、村野の胸に、小原への拭い難い嫌悪感が生まれたのは、それを聞いたときではなかったか。

正しいことは正しく、悪いものは悪い。

自分がミスしたときには素直に謝罪する——それが、生まれてこのかた村野が教えられてきたことである。

米国流だろうがなんだろうが、自分が悪いのに理屈をこねて責任回避するような男を、村野は決して尊敬する気にはなれないのだ。

しかし、会社という組織は妙なもので、そんな男が上司として自分の上にいる。

そしていま、小原は自らの判断を部下である村野のせいにして、叱責を繰り返している。

デスクの背にだらしなくもたれ、怒りにまかせて屁理屈《へりくつ》をこねている小原を、このとき村野は憐《あわ》れなものでも眺める眼差しで見下ろしていた。

「全ては、私が悪いと。そうおっしゃるわけですか」

小原が、いかに自分が正しくて村野が間違っていたかをとうとうと述べた後、村野はきいた。

「当たり前だ」

小原は、村野との議論に勝ったと思っているのか、怒りに滲んだ目を潤ませ、頰を上気させている。

「そして、責任を取れ、と？」

背もたれから体を起こし、デスクに両肘をついた小原は、底意地の悪い笑いを浮かべた。「謝罪のひとつでもしたらどうなんだ」

村野は眉を寄せ、実に悲しげな表情を見せた。どうした加減か、その顔を歪めたとたん、ふっとした笑いがこぼれてくる。そして、

「アトランティスも落ちたなあ」

呟くようにいい、嘲りと怒り、そして憐れみすら入り混じった目で、ひたと自分の上司である男を見据えたのであった。

「そんなに責任を取れとおっしゃるのなら、わかりました。取らせていただきましょう」

むしろさっぱりした口調で、村野はいった。「辞めさせていただきます」

「ほう」

にやけた笑いを顔面に貼り付かせた小原は、辞めると聞いても少しも驚かず、むしろそのひと言を期待していたかのように体をのり出した。「それはそれは残念だよ。で？いつ辞めるつもりかね」

「ご迷惑をかけるでしょうから、来月末でと考えますが」

ふたりのやりとりに、フロア中がしんと静まりかえっている。

「別にそんな気をつかってくれなくても大丈夫だよ」

小原は嫌みたっぷりにいい、「辞めるのならいますぐにでもどうぞ」、そういった。

慰留もなにもない。

村野の背後で、成り行きを見守っていた同僚たちのざわめきが起きた。だが——。

村野にとってこのひと言は意外でもなんでもなかった。辞めることをこの半年ほどの間、ずっと考え続けていたからだ。小原という上司への不満はもちろん、その小原を全面的に信頼し、その評価に何の疑問も差し挟まないアトランティスという会社への不信感も、自分の中で如何《いかん》ともしがたいほど膨らんでいる。

大企業病とでもいったらいいのだろうか。

マネジメントに重きが置かれ、管理職の座に着く者の実力や人間性より、学歴や肩書きが重視される。現場感覚が稀薄《きはく》な幹部の声に阻まれ、それまできめ細かなサポートで信頼関係を維持してきたアスリートたちとの関係も、村野にとって満足のいくものではなくなりつつある。

小原という男が君臨するアトランティス日本支社で、村野は、その陸上競技界でのキャリア故に毛嫌いされ、過去の遺物のように扱われてきた。

ここにはもう、オレの居場所はない。

辞めたい、ということは妻にも話していた。そのときの妻の返事は、

「好きなことをすればいいんじゃない？」

という簡潔なものだ。ふたりの子供たちも、すでに社会人になって独立している。シューズへの情熱、アスリートたちへの貢献。いいシューズを作って、自分を頼りにしてくれるアスリートたちに少しでもいい結果をもたらすことが、村野の喜びだった。多くの一流アスリートたちのフットウェアを担当し、国際大会、ひいてはオリンピックにまで随行して、誰もが一目置く実績と経験を残してきた。業界でカリスマシューフィッターと呼ばれるほどの評価を獲得してきた村野を、アトランティスが意外なほど冷遇してきたことは否定しようのない事実だ。

それでも、職人肌の村野は、好きなことをやらせてもらっているから、という一事において自分を納得させてきた。しかし、それももはや限界だ。

自席に戻った村野に、同僚の誰もが遠慮して声ひとつかけてこない。

長年勤め上げた会社を辞そうというのに、なんの感慨も湧いて来ないのはどういうわけだろう。感じているのは、ひたすらささくれだち、殺伐として冬の荒野の最中にいるような寂寥《せきりよう》感のみであった。

7

村野がアトランティスを退職することになった日の午後、宮沢大地は、品川にある会社の一室のドアをノックしていた。

そこに三十代後半の神経質そうな男が待っていて、どうぞ、とテーブルを挟んでひとつだけ置かれた椅子を大地に勧める。

「志望動機から聞かせてもらえるかな」

東和《とうわ》エレキ工業の面接官は、少し小太りの体をグレーの上等そうなスーツに包み、銀縁のメガネをかけていた。いまそのメガネの奥から、にこりともしない厳しい眼差しが大地に向けられている。

「大学で電気工学を専攻しましたので、大規模な電設関係で活躍している御社でなら自分の好きな仕事ができると思いました」

「君は大学を卒業してから家業を手伝っていたんでしょう。どうして就職しなかったんですか」

いままでなら口ごもる場面だが、いまの大地は多少、面接慣れしていた。

「家業が足袋製造業でして、跡を継ぐことを期待されていたものですから」

「ウチが採用したら、その期待を裏切ることになるわけですよね。辞めることについて、お父様はなにもおっしゃらないんですか」

至極当然の質問だと思う。

「一年半もの間、現場で働いていろいろな勉強をさせてもらいましたが、やはり電気関係の仕事がしたいという思いが強くなりました。父もそれはわかってくれています」

大地は自分が狡《ずる》い人間になったような気がした。

嘘じゃん、オレがいってること。

面接をうまくくぐり抜けるためだけの、嘘。本当は就職に失敗して、仕方なくこはぜ屋で働き、父も一刻も早い就職を望んでいるのに。いかにも父から頼まれて働いていたような話に作り替えている。

面接という場で、宮沢大地という人間はふたりいる。本当の自分と、面接用に作られた仮想の自分だ。面接では、その仮想の自分になりきろうとする。そして、なろうとすればするほど、本当の自分との矛盾に鳴り響く不協和音が耐えがたく大きくなっていく。

「でも、いままで仕事を教えてもらったわけでしょう。一年半で辞めてしまったら、それが無駄になると思いませんか」

「無駄にはしません」

大地はいった。「家業では、社会人としてのいろはを教えてもらいました。それを、これからの自分の人生に生かしていきたいと思っています」

「ところで、君は長男ですよね」

面接官はエントリーシートを一瞥してきいた。「将来的にも家業は継ぐ気はないということですか」

「継ぎませんし、父もそれは理解してくれています」

きっぱりといった大地の態度が、面接官にどう映ったかはわからない。相変わらず鋼鉄の感情でできたような視線をむけてきている男は、大地のそんな態度を凝視してから、

「継ぐ気のない会社に入ったのは、君にとっても、そしてお父さんにとっても不幸だったんじゃないですか」

見かけとは裏腹に、大地の腹に染みいるようなひと言を発したのであった。

8

「社長、本当にいいんですか」

さっきから安田がそれを尋ねるのは二度目であった。

「いいっていいって」

宮沢は顔の前で手を振ってみせる。「どの道、イザというときには会社のために使おうと思っていた預金だ。いまがそのときかもしれないじゃないか」

かれこれ十年以上も会社を経営してきて、宮沢はひとつ、思うことがある。

会社にとっての本当の危機とは、実際にお金に困ることになるずっと前にあるのではないか。

往々にして、そういうときの会社にはまだ余裕がある。

その余裕に任せて、本来すべきことを怠り、必要な改革に着手しなかったがために、数ヶ月後、いや数年の時を経て、目に見える危機が訪れるのではないか。そうなる前に、新たな一手を打つのが経営者の仕事ではないかと思うのである。

「それで、契約の件、飯山さんには正式に伝えたんですか」

そうか、よろしく頼むわ――それが契約したいと告げたときの飯山の返事だった。偏屈な男の控えめな喜びの表現だ。

「飯山さんの都合が付き次第、こちらに来てもらいたいと伝えたら、再来週にはという話になった」

「あまり時間、ありませんね。たしか、住むところもこちらで手配することになってるんでしょう、社長」

「午後にでも、オレが不動産屋を回ってくるよ。それと作業スペースは縫製課の隣にある空き部屋を充てようと思ってる」

そこは、百人を超える縫い子さんたちがいた時代の名残りのような部屋であった。いまは、倉庫代わりにモノが置かれているが、片付ければ問題はない。

「飯山さんには、顧問という肩書きで入ってもらおうと思う。ただし、飯山さんひとりというわけにいかないから、下に誰かをつける必要がある」

「じゃないと、ノウハウも吸収できませんしね」

頷いた宮沢は、

「問題は、誰をつけるかということなんだが」

その人選に、宮沢は悩んでいた。理系の知識があって機械いじりが得意となると、縫製課の村井の顔が最初に浮かんでしまうのだが、なにしろ村井は年だし、縫製課での大切な仕事も任せている。安田は労務関係で手一杯でとてもそんな余裕はない。かといって新たに人を募集すればさらなるコストアップを招いてしまう。

「新しく雇っても、会社に定着してくれるかどうか、わからないですからね」

安田のいう通りで、中小企業の中途採用は離職率も高い。宮沢としても、面接だけで入れた人間に、重要な仕事を任せるのには迷いがあった。

「しばらくはオレが一緒にやろうかと思うんだがどうだ」

そう宮沢がいったとき、

「大ちゃんは、いけませんか」

安田が、意外なことをいって宮沢を驚かせた。

「大地なんかに務まるもんか。ずっと転職のための活動もしてるし、あの仕事ぶりだぞ」

先日の夜も、しょんぼりして面接から戻ってきたばかりであった。どうも、大地の面接運の悪さは筋金入りである。いや、運というより、どこか考え方のボタンを掛け違っているのかもしれない。勤務態度も相変わらずだ。

「でも、大ちゃん、工学部卒で電気や機械は詳しいじゃないですか。若いから物覚えも早いだろうし、適任だと思うんですけどね」

「しかし、やるかなあ、あいつが」

渋る宮沢に、「そのときはそのときですよ」、と安田はいった。「はっきりいって、新ソールの開発はそんなに簡単な仕事じゃないと思うんです。専門的な知識もない人間が、いわれるままに動いたところでできるとも思えません。でも、大ちゃんならできるでしょうし、仮に就職が決まったら、そのときには大ちゃんから誰かに引き継げばいいと思うんですよ」

宮沢は迷った。

本当に大地でいいのか。

そのとき、その背中を押すひと言を安田はいった。

「いついなくなるかわからないからこそ、いい仕事させてやりましょうよ。きっと大ちゃんのためになるし、こういう仕事だったら、大ちゃんもやる気になってくれるんじゃないですか」

ヤスがそこまでいうんなら――。

仕方なく、宮沢はいった。

「話してみるか」

9

宮沢のクルマで自宅に近い場所まで送ってもらったとき、日はとうに沈んで西の空にわずかな橙《だいだい》が残っていた。

雲の合間に星が見え、冷たい北風はもう真冬のそれといっていいぐらい乾いている。

国道沿いの右側に学校があり、それを通り過ぎると、アパートや民家、それに交じって会社の事務所や商店が点在するようになる。午後五時過ぎでクルマの行き来は多く、歩道は騒音に塗《まみ》れて埃っぽかったが、飯山の足取りはいつになく軽かった。

先ほどまで、高崎駅近くのホテルでこはぜ屋の宮沢と打ち合わせをしていた。

予《あらかじ》め電話で知らされていたことだが、その場で正式に、顧問としてこはぜ屋と契約してもらいたいという申し出があったのである。顧問料と住まいなどの条件は、まず飯山の見込んだ通りといってもいい。

いつものクセで素っ気ない態度を見せたものの、それがこはぜ屋にとって最大の誠意であることは飯山にもわかっていた。決して、一攫千金《いっかくせんきん》の大儲けとは言いがたい条件だが、将来〝化ける〟可能性はある。それは飯山にとって、心地よい挑戦だ。いまは、妻の素子のアルバイト収入に頼っている身だが、この顧問契約で暮らしも楽になるはずだった。気詰まりだったものが解け、安堵《あんど》がこみ上げてくる。

友人の土木業者、橋田から借りているアパートまで、五分ほどの道のりをゆく飯山は、国道を右に曲がろうとしてふと足を止めた。細々と街灯に照らされたその道は、三十メートルほど歩いたところに橋田の会社があって、敷地に入る門がある。門といってもコンクリートの柱が両側に二本立っているだけで、鉄のゲートはあるものの開け放したままだ。

いまその向こうの電柱に、人影が見えた。

咄嗟《とっさ》に背を向け、国道側の塀に身を隠した飯山は、その物陰からそっと前方を覗き込む。

　アパートの出入り口から少し離れた場所に男がふたりいて、別に何をするでもなく、立っていた。タバコを吸い、時折、何事か言葉を交わしながら人気のない通りに目を光らせている。

　あいつらだ。

　再び背を塀にへばりつかせた飯山の表情から、今し方まで浮かべていた穏やかな笑みが抜け落ち、代わりに恐怖が浮かび上がった。

　ちょうどそのとき、いま飯山が歩いてきた国道の歩道をやってくる妻の素子に気づき、飯山は血相を変えて走り出した。

「どうしたの？」

「こっちはマズイ。引き返そう」

　足早に歩き出した飯山の横に自転車で並んだ素子は、「いるの？」、と察しよくきいた。

「見張ってやがる。ふたりだ」

　素子の目が見開かれ、黙っていま来た道を引き返しはじめる。

「裏から入ろう」

　土木業者の資材置き場なども兼ねた広い敷地には社屋があり、そちら側にも小さな出入り口があった。錆《さ》び付いた門扉には鍵がかかっているが、こういうこともあろうかと鍵は預かっている。裏の荒れ地との間にある舗装もされていない細い道を歩いて、そっへたり込む。

と敷地内に入り込んだ。

　買い物袋は飯山が持ち、急ぎ足で階段を上がって部屋に入ると、玄関先でふたりしてへたり込む。

「電気、点けるなよ。あいつらに知られる」

　目が慣れてくると、アパートの廊下にある常夜灯の光が、磨りガラスを通して室内をほのかに包んでくる。

「いつまで逃げ回ってるつもりなの？　警察に届けたほうがいいんじゃない？」

　飯山はこたえなかった。

　かつて飯山が手を出したシステム金融と呼ばれる、高利の違法金融業者の実態はおそらくヤクザだ。倒産する一ヶ月前に、飯山が借りた金は二百万円。五十万円は返済したが、あとの百五十万円を返す前に、資金繰りは行き詰まった。その後の法的な手続きの中で、彼らが債権額を申し出なかったのは、それが違法な貸し出しだったからだろう。結局、そのまま飯山の自己破産は確定してしまった。

　こうして逃げてはみたものの、果たして奴らが何をしようとしているのかわからないから不気味であった。或いは、無言の脅しをかけること自体が、目的かもしれない。

「手出しはできないはずだ。そんなことをしたら警察沙汰になる」

　自分に言い聞かせるように飯山はいった。

　素子の返事はない。

「とにかく、これもあと一週間の辛抱だ。来週には、行田に引っ越す」

そういうと、薄暗がりの中でも、素子の表情がはっと覚めたようになるのがわかった。

「決まったの？」

「さっきこはぜ屋の社長と話してきた」

飯山は、宮沢と詰めた条件について素子に語って聞かせると、折りたたんでカバンに入れた不動産のチラシを昏《くら》い床に広げた。

「よかったね。よかった」

ふいに素子の声が揺れ、目から涙が溢《あふ》れ出した。

長く連れ添ってきたが、こんなにも簡単に涙を見せるような女ではなかった。それがわかっているだけに、じっと堪え忍んできた素子の気持ちが、飯山の胸に突き刺さるようだ。

「おい、缶ビールでも飲むか」

そういって飯山は冷蔵庫のドアを開ける。

「コップで少し」

そう素子がいうので、三百五十ミリリットルのビールを一本だけ出し、台所のコップを素子に渡すと半分ほど注ぎ、自分はそのまま缶から飲んだ。

「すまんな」

ぽつりと飯山はいった。飯山にしては珍しい謝罪である。

返事の代わり、素子がかすかに笑みを浮かべたのがわかった。

ビールを飲みながら、飯山はレースのカーテンを引いた窓から夜空を見上げる。そこにはもう、夕暮れの残照はない。

「もう一度、やり直すか」

誰にともなく、飯山はそう呟いた。

第八章　試行錯誤

1

「倉庫のスペースが足りなくなりそうですね」

宮沢の耳元で安田が呟いた。大型トラックがバックで入ってきたかと思うと荷台の幌《ほろ》の中から一抱えもある「荷物」が運び出され、安田が指示した倉庫の一隅に積み上げられていく。

中味は、繭《まゆ》だ。

これは飯山が群馬県内の養蚕業者や専門商社経由で手配したもので、絹糸の原材料にならないくず繭と安価な輸入品が大半を占める。

当初、繭が原料になると聞いて材料費を懸念した宮沢であったが、実際に仕入れてみると、山辺の仲介もあって素材の値段は、きわめて安かった。

とはいえ、既存のシューズに使われている発泡ゴム素材などと比べるとまだ割高で、コストダウンが今後の課題だ。

荷物は全部で一ダース。二つずつ縦に積み上げると宮沢の身長を超えるほどの高さになり、たちまち倉庫の一隅を占拠しようとしている。

飯山が、宮沢の準備したアパートへと夫婦で引っ越してきたのは三日前のことだ。引っ越しといっても、荷物は簡単な身の回りの品だけの質素なもので、飯山夫婦の生活がどんなものであったかが想像できる。

飯山とは顧問契約を結んだが、勤務形態は正社員と同じだ。

富島は始終素っ気ない態度を取っていたが、心配していた衝突が起きるようなこともなく、

「私は、『陸王』を日本一、いや世界一のシューズにするために来ました」

という飯山らしい大風呂敷を広げた挨拶に苦笑を洩らした程度だ。初出勤の日開いた朝礼での挨拶のときである。もっとも、このセリフは、縫製課のあけみさんらには感動的に響いたらしく、安田の話によると飯山の評判は上々であったらしい。

一方、生産設備である飯山の機械は、昨日、搬入されたものの、搬入直前に床の強度不足が判明し、知り合いの工事業者に頼み込んで突貫工事で仕上げてもらうドタバタぶりであった。なにはともあれ、これで、こはぜ屋は新たな素材作りの土台を得たことには違いない。

ガラッと派手な音を立てて社屋脇の出入り口が開いたかと思うと、大地が台車を押して倉庫に入ってきた。

飯山の下に付けといった宮沢に、大地は面倒臭そうな顔で、「あ、そう」、といっただけで特に拒否するわけでもなかった。

やる気があるのかないのかわからないような態度は相変わらずである。

大地は、一辺が一メートルほどある四角い荷物を抱え下ろし、台車に載せた。

「行ってみますか」

安田にいわれて宮沢も大地の後を追い、つい先日まで倉庫代わりに使われていた部屋に向かった。

真新しい「開発室」のプレートの塡《は》まった出入り口から、機械にかがみ込んでいる飯山の姿が見える。

シルクレイ製造設備の全長は約五メートル。飯山の話では、これでも試作品を製造するためのサイズで、大量生産を前提にするのであればさらに大きなものが必要になるというが、当面はこの設備でまず十分だろうという見立てである。

飯山の取得した特許は、簡単にいえば繭素材の成形技術なのだが、実際にソールを製造するとなると、解決すべき課題があった。

硬さの調整である。

走ることを前提としたシューズのソールには、目的に応じた最適な硬さがある。当初飯山の試作したシルクレイはただひたすら硬さを追求したものであったが、それを調整する機能が新たに必要になるわけだ。しかしそれは、飯山曰《いわ》く、技術的難問らしい。

声をかけると、額に滲んだ汗を腕で拭いながら飯山が立ち上がった。軍手はすでに油に塗《まみ》れ、冬も間近だというのに、白い半袖の作業服は汗だくになっている。

飯山の話では、ある程度のサンプルが上げられるようになるまで、数ヶ月。それでも相当の突貫作業になるという。


「熱心に仕事してくれてるようですね」

夜、打ち合わせのために社長室にやってきた安田は開発室のある方をちらりと見、そんな感想を洩らした。

週半ばの、午後八時を過ぎた社内。多くの社員たちは帰宅しているが、飯山と大地のふたりは開発室に閉じこもったままだ。

「このまま突っ走ってくれたらいいんだが」

「でも、ゲンさんは、まったく信用してないみたいですね」

安田の言葉に何事か感じとって、「何かあったか」、と宮沢はきいた。

「昼に、飯山さんが何かの手続きで、経理に来てたんですが、ろくに口もきかないような態度でしたよ。オレもちょっと経理に用事があったんでそばにいたんですが、飯山さんが怒り出すんじゃないかと思ってハラハラしたほどで」

「そんなことがあったのか」

宮沢は嘆息交じりにこたえた。「ゲンさんも頭が固いというか、倒産経験があるっていうだけで、信用できないって決めつけちまってるんだよ」

「まあ、オレも最初、話を聞いたときは鼻持ちならない奴だと思ってましたから」

安田は鼻の辺りを指で掻いた。

「根は真面目だ。遊びで会社を潰したわけじゃない」

「それはわかってますが、ゲンさんは、会社が変わっていくことが怖いんじゃないんですかね」

安田はそんなことをいう。「いまのままなら、常務取締役という立場も、経理担当という社内的な影響力もあるわけじゃないですか。それでゲンさんはずっとやってきた人なんですよ。ところが、新規事業だなんだって、カネはかかるわ顧問と称する人は入ってくるわで、自分の手の中に収まらなくなってきた。それが怖いんですよ。つまり、自分の経験や立場から見通せないようになってくるのを恐れているような気がするんです」

安田の思いがけない観察に宮沢は少々驚いて腕組みをした。

「年寄りの心の中は案外複雑にできてるんですよ」

「知ったようなことをいうじゃないか」

「ウチのオヤジがそうだったんで」

安田はそんなふうにいって、ひょいと肩をすくめてみせる。

「とはいえ、いまはもう動き出したからな。まずはソールの規格をどうするかが、最初の課題だ」

「何か考えはあるんですか、社長」

「時間を見つけて、有村さんのところへ相談に行ってくるよ」

有村なら、ソールに関する知識も豊富だし、なんらかのアドバイスが得られるのではないか。シルクレイのサンプルを持って訪ねれば、新たなアイデアが生まれるかもしれない。そんな微かな期待を秘めてのことであった。

2

「追加、持ってきてくれ」

機械を覗き込んだままの飯山にいわれ、倉庫へ向かいかけた大地は、ふと壁の時計を見上げた。すでに午後九時を過ぎている。

夕方、近くの食堂で飯は食ったから腹は減っていないが、今日も残業だ。覗き込んでいた計器類から立ち上がると、体に沁《し》み込んだような疲労を感じた。ここまで懸命に働くのは、大袈裟《おおげさ》ではなくいままでの人生で初めての経験である。

倉庫の明かりを点け、片隅に積まれた「くず繭」の詰まった袋を両手で抱えるようにして持ち上げ、台車に下ろした。十一月の夜気は、冷たい指先のように首筋を撫《な》でていく。がらんとした敷地内には常夜灯のぼんやりした明かりの他は、いましも大地たちが働いている部屋から洩れる窓明かりが差しているだけだ。

それにしても――。

大地は、ふっとため息を洩らしながら、心の中にぽつりと湧いた不安を持て余した。

「本当に、できるのかよ」

こはぜ屋が顧問として飯山を迎えて、そろそろ二週間になる。

この間、大地は、誰よりも近くで、飯山の仕事ぶりを見てきた。

たしかに、こだわりには凄《すさ》まじいものがあると思う。材料の品質から工程管理まで、一切の妥協がない。だが、作業内容は試行錯誤の連続で、まともなサンプルが製造できたことはただの一度もなかった。

思うように進まぬ開発に、ここのところの飯山は始終眉間に皺を寄せ、口数も少なくなっている。

特許技術があるからといって、それをこはぜ屋のニーズ通り、生産に結びつけるのはそうたやすいことではないらしい。

台車を押すと、がらんとした倉庫に車の音が響きわたった。明かりを消して本社屋に入った大地が、ふと敷地の外に人影を見た気がしたのはそのときである。

気のせいだろうか。

立ち止まって目を凝らしたが、そこにあるのは、晩秋の澄み切った空と夜の闇のみだ。

結局、その夜、大地が会社を出たのは、午前零時近かった。

「ご苦労さん」

帰り際にそういった飯山は、疲労の滲んだ顔をシャツの袖で拭き、再び動き出した機械をじっと見守っている。

「顧問は、まだ帰らないんですか」

「ああ、オレももう帰るから」

「そうすか。じゃあお先に失礼します」

一礼した大地が部屋を出るときも、飯山は真剣そのものの眼差しを機械へと向けている。本当に帰るつもりがあるのか怪しいものだ。いまその横顔に滲んでいるのは、執念そのものである。

それにしても、大丈夫かよ、まったく。

父は、飯山にえらく期待しているようだが、それに応えられるという確信はまるで持てない。拭い切れない疑念を抱えたまま大地は、自宅までの道のりを自転車で走り始めた。


「おい、どうだった」

大地が帰宅するのを、宮沢はいつものように起きて待っていた。

社運を左右する事業だ。

本当は自分も手伝いたいぐらいだが、シルクレイの製造は飯山と大地のふたりに任せた。自分が現場にいても邪魔になるだけだと言い聞かせ、こうして連日、じっと大地の帰りを待っているのである。

「大変じゃね？」

疲れ切った顔でキッチンに入ってきた大地は、「夕方に外で食べたけど、なんだかまた腹が減ったな」、といって残り物の煮物を温め始めている。

「どんなふうに大変なんだ」

宮沢はきいた。

「まあ、なんていうかさ。昨日もいったけど、そもそものプログラミングからやり直してるから」

最適な硬度と粘度を持つシルクレイを製造するために、設備の再調整をしているという話は、以前から聞いていた。

長時間本格的に動いていなかった機械を再稼働させる難しさもあるのだろうと宮沢は理解したつもりだが、二週間経ってまだ迷走しているとなると、実際にサンプルが出来上がるのがいつになるのかわかったものではない。

「それで、目処《めど》はたちそうなのか」

「さあね」

大地は冴えない顔でいった。「結構、焦ってる感じだし」

不安が、じわりと胸に染み出てくる。飯山が一心に作業していることはわかっているつもりだ。この日の昼間も、様子をきいた宮沢に、「まあ、もうちょっと待っててくれよ」、そう泰然とした受け答えをしていた。調整は遅れていても、それなりの算段があると思わせたのは、単なる見せかけなのか。

「どうすれば硬さをコントロールできるか、理屈ではわかってるっていうんだけどさ」

大地は口をすぼめていった。「何かが違うらしくて」

このとき、宮沢の胸に滲んだのは落胆だけではなかった。自分では決して認めたくないが、飯山に対する不信感のようなものが、言葉にも形にもならない微妙な色合いで心の奥底に宿り始めている。だが――。

「お前は、飯山さんを信じて投資したんだろうが」

心の中で、宮沢は自分を叱りつけた。倒産経験があるから信用できないといった富島と、そのことで対立までしたはずだ。なのに少し躓《つまず》いたぐらいで、飯山に対する考えを変えるのか？

「お前の人を見る目は、その程度のものか」

宮沢は低く自嘲するしかなかった。

3

その日、宮沢が横浜にある有村のショップを訪ねたのは午後三時過ぎのことである。

午前中に都内での商談を済ませた後、ＪＲで横浜に移動した。

「どうも、ご無沙汰してます」

ショップには数人の客がいてアルバイト店員が相手をしているところだ。レジのところで挨拶をした宮沢のところから、奥のテーブル席にかけて有村と話している客らしい後ろ姿が見えた。

「すみません、お邪魔でしたか。少し時間、潰してきます」

宮沢が遠慮すると、「いやいや、構いません。もしよろしかったら、一緒にどうですか」、と椅子を勧めてくれる。

宮沢の声に、背中を見せていた先客が振り返った。

年齢は五十そこそこの同年代だ。長身の白髪交じり、ジョギングシューズを履いてスラックスにポロシャツというラフな格好だ。

新ソールについて助言を求めようとして来たが、先客がいては切り出せない。

宮沢が躊躇《ためら》っていると、

「遠慮なさらず。ちょうどよかった。紹介しますよ」

有村はいって、その男を引き合わせてくれた。

「こちら、アトランティスの村野さん。有名なシューフィッターですよ。こちらは、行田にある足袋業者のこはぜ屋さんの社長さんで、宮沢さんです。新規事業としてランニングシューズ業界への参入を考えておられるんです」

アトランティスの村野……？

名刺を差し出しながら、宮沢はふいに緊張した。

名前は、椋鳩通運の江幡から聞いたことがある。たしか、業界でこの人ありといわれる人物ではなかったか。

「陸王」について相談しようと思って来たのに、よりによって、アトランティスの有名人と鉢合わせとは運が悪い。

宮沢が内心、舌打ちしたとき、

「ちょっと、有村さん。勝手に〝元〟を省略されては困るな」

苦笑いを、村野は浮かべた。

「ああそうでしたね。実は、村野さんはアトランティスを退職されたんですよ」

有村が意外な事実を明かし、宮沢を驚かせた。

「退職というと、定年ですか？」

それにしては若すぎる。

「いやいや、クビになったんですよ」

最初は冗談かと思った。だが、クビは大げさでも、まんざらそうかけ離れてもいない事情が、話すうちにわかってきたのであった。

「それにしても、アトランティスも早まったことをしましたよねえ」

有村も、信じられないとでもいいたげな口調だ。「現場と経営はなかなか結びつかないものなのかも知れませんが、村野さんの力を評価できないところで、組織として終わってますよ」

村野に対する有村の評価は高い。

「そういっていただけるのがせめてもの救いかなあ」

そんなことをいい、村野は少し寂しそうにプラスチックカップに入ったコーヒーを啜《すす》った。

「それではもう、アトランティスとは縁が切れてしまわれたんですか」

遠慮がちに宮沢がきくと、

「そうなんですよ。いまプーで暇なもんだから、こうしてお世話になった方々に挨拶回りをしていましてね」

村野は笑ってみせた。「家にいても気詰まりだし、こうして話をしていれば、何かおもしろい仕事のアイデアでももらえるかなと思いまして」

「そうだったんですか」

とはいえ、カリスマシューフィッターといわれた男だ。きっと、引く手あまたに違いない。そうした思いは、宮沢の口をより重たくするのに十分だった。ここで気安く「陸王」の話などして、村野がアトランティス以外の競合他社に再就職したら、こちらの手の内を明かすことになってしまう。

そのとき、

「あ、そうだ。村野さん、こはぜ屋さんにアドバイスしてあげたらどうですか」

余計な提案が飛び出したのは、他ならぬ有村の口からである。

「いや、私なんかはダメですよ。こはぜ屋さんはこはぜ屋さんで、やってらっしゃるでしょうから」

笑って謙遜した村野に、どう返事をしていいかわからない。

「もう、他社からの引きがあるんでしょうねえ」

そういった有村に、

「いや、もう大きな組織はごめんだな」

村野は笑いを消していった。「もっと好きなように選手たちと向き合える仕事ができないかなと思ってるんですよ」

カリスマシューフィッターだと聞いて、どんなに偉そうな人かと思ったが、村野の態度は実に真摯だった。

そう思ったときだ。

「でしたら、私と一緒にやりませんか」

気づくと、自分でもあきれたことに、宮沢はそう口走っていた。

「は？」

村野は、唐突に理解を超える発言を聞いたときのように、ぽかんとする。

「いや。すみません。申し訳ない、ヘンなことをいってしまって」

慌てて宮沢は詫び、内心の動揺を隠そうとして出されたコーヒーを口に運ぶ。

なにいってるんだ、オレは。

急速に湧き上がってきた自己嫌悪に、宮沢は膝に置いた拳を握りしめた。村野はアトランティスの看板シューフィッターだった男だ。それどころか、カリスマとまで呼ばれている業界の有名人である。そんな男を、シューズを作り始めて間もない、その意味では業界での信用はないに等しい宮沢が誘うなどおこがましいことこの上ない。

「すみません、バカなことをいいまして」

村野が黙っているので、すっかり気を悪くさせてしまったと思った宮沢は、慌てて言い添えた。

「まあまあ」

有村がとりなし、「ところで、今日は何かお話があったのでは」、と助け船を出してくれる。

「そうなんですが」

宮沢はいい、さてどうしたものかと迷う。

「私は席を外そうか」

気を遣った村野を、「いや、それは申し訳ない」、と宮沢は押し止《とど》め、

「実は、ソール用に、こういう素材を見つけましてて」

ままよ、と手に提げてきた袋からシルクレイのサンプルを取り出してテーブルに置い

た。

「へえ。ちょっといいですか？」

興味を持ったらしい有村が断り、手に取ってみる。

「軽いなあ」

最初に出てきたのは、驚きの言葉だった。「コルクか何か？」

たしかに、一見すると、コルクのように見えなくはない。

「ソールの新素材として採用しようと思ってるんです。軽くて、丈夫で、もともと天然素材ですから、環境にも優しい」

「なんなんだ、これ」

驚いた顔のまま、有村は、それを村野に手渡した。

黙ってそれを受け取った村野は、手のひらに伝わる感触に瞠目《どうもく》し、真剣そのものの表情になると、指先で表面を押したりした。

「成形は自由にできるんですか」

村野の問いに、

「できます。理論上は」

宮沢はこたえ、少し迷ってから続けた。「ただし、ソールに最適な硬さや成形は、いま試行錯誤しておりまして。実は、有村さんにその辺りの意見を聞かせていただこうと思ってきました」

「よく見つけましたね、こんなの」

有村が感心したようにいった。

「偶然、知り合いが紹介してくれました」

「天然素材っていうと――？」

有村がきいた。果たして話していいものか逡巡したのも束《つか》の間《ま》、「繭です」、と宮沢はこたえていた。考えてみれば、繭だと知れたところで、特許なのだから真似することはできない。

ふたりから、えっ、と驚きの声が上がる。

「繭といっても絹糸にできないようなくず繭から成形した素材ですから価格も安いんです」

「おもしろいな」

有村が軽く興奮したようにいい、「どう、村野さん」、ときいた。

村野は真顔で素材を見つめ、

「きっと薄いソールを作りたいんでしょう、宮沢さんは」

鋭い指摘を寄越す。

「そうなんです。それだけの強度が出せる素材です。どうでしょうか」

村野は、シルクレイのサンプルをテーブルに置き、しばらく黙ってそれを見ている。

何事か考えた村野は、

というひと言とともにニヤッとした笑いを浮かべた。

「興味、あるなあ」

予想外のひと言に、宮沢は狐《きつね》につままれたような顔になる。

「手伝っていいの？」

「も、もちろんです。いや、大歓迎です。でも、本気でおっしゃってるんでしょうか」

「本気も本気ですよ」

村野はいった。「この素材、一目惚《ひとめぼ》れだなあ。そうだ、有村さんも協力してよ。こはぜ屋さんでシューズ革命、起こすからさ」

村野はそんなことをいって、有村を苦笑させた。「そのシューズをここで売る。いいよね」

「まあ、それはかまいませんけど、それは新しいのが完成してからにしてくださいよ」

宮沢自身も驚いたことに、それから二時間ほども、村野と話し合うことになった。

村野は、シューフィッターとしての自分の実績や経験について、さらにアトランティスでの仕事内容など、ざっくばらんに話した。そんなことまで話して大丈夫なのかと宮沢が心配になるようなアトランティス社内のことまで。

だが、聞いているうち、次第に村野の意図が透けて見えてきた。

村野は、包み隠さず話すことで、自分が宮沢を信用していると伝えようとしているのではないか。

ならばそれに、宮沢もこたえなければならない。

村野の話を一通り聞いた後、宮沢もこはぜ屋の成り立ちから話し始め、ジリジリと縮小してきた業績、それから脱却するためシューズ開発に踏み切った経緯、「陸王」の開発コンセプトまで、何一つ隠すことなく村野に語り尽くしたのであった。

この打ち合わせで、村野の、職人気質《かたぎ》で実直な人柄を知ることができたのは、宮沢にとってなによりの収穫といってよかった。村野が宮沢にどんな印象を持ったかはわからないが、シューズ業界に打って出ようというこはぜ屋にとって、村野の協力が得られるのなら、百人力の加勢を得たに等しい。

この日有村を訪ねたのは苦し紛れの思いつきでしかなかったが、こうした出会いを得たことに、宮沢は心から感謝しないではいられなかった。

「私には夢があるんです」

つい調子に乗って、宮沢はいってしまった。「このソールでシューズを完成させ、トップアスリートに履いてもらいたいんです」

「そういう人たちなら、村野さん、大勢知ってるからね」

有村がいうと、村野もつい笑って、「たとえば、誰がいいかなあ」、と半ば冗談まじりにいう。

「ダイワ食品の茂木選手がいいと思っています」

宮沢がいうと、村野の顔から笑みが抜け落ち、ふいに厳しいほどの眼差しがこちらに向けられる。何か、気に障ることを言ってしまったか。内心、慌てた宮沢に、村野がいった。

「いいじゃないですか、その夢。私もそれに乗りますよ」

4

連日の残業が続いている。

「お帰り。遅かったね」

玄関先に迎えに出た素子に、

「いや、飯食って、また行ってくる」

飯山がこたえると、

「これからまた？」

驚いてきき返してきた。こはぜ屋の顧問になってからというもの、飯山は働きづめに働き続けていた。若い頃ならまだしも、六十近くになっての無理はボディブローのようににじわじわと効いてくる。

豆腐とネギの味噌汁《みそしる》、それに豚肉の生姜《しょうが》焼きにサラダを添えた食事を、素子は作ってくれた。何もいわずに黙々と平らげ、「行ってくるわ」、とひと言いって家を出る。その出がけに、

「帰りは何時頃になるの」

玄関先できいた素子に、「できるだけ早く帰る」、としか言えなかった。

疲労困憊《こんぱい》していようが、休む気になれない。アドレナリンが体内を駆け巡り、洗面所で見る自分の顔は、窪《くぼ》んだ眼窩《がんか》の底から、目だけが獲物を狙う動物のように炯々《けいけい》とした光を宿している。アパートの前に止めた自転車に乗って、ものの五分で行ける会社に引き返した。

作業場を出たところにある休憩室で、弁当を食べている大地がいた。

「どうだ」

稼働中の機械に視線をむけて問うと、

「いまのところ、順調に見えますけど」

という返事がある。

無愛想な奴だが根は悪くないと、飯山は大地のことを思っていた。頭の回転も速いし、飲み込みも早い。

シルクレイのサンプル製造を手がけて、すでに一ヶ月。十二月も半ばである。

何回かに一度、サンプルとして使えそうな試作品もできるのだが、飯山にしてみれば偶然の産物以外の何物でもなかった。確実に品質をコントロールできなければ、量産の設備としては失格だ。

時計を見上げた大地が、機械の様子を見に戻っていく。

最終工程の冷却段階で、強化ガラス越しに見えるシルクレイは、絹本来の生成《きな》り色の塊だ。

かつて飯山が子供の頃には、多くの友達の家が、夏になると養蚕に精を出していた。閉め切って暗所にした家や蔵の中で、何段にも重ねた棚に蚕を飼うのである。

そんな環境だったから、繭から取れる絹糸が、実は天然繊維の中でもっとも強靭だという知識も子供の頃から持っていた。同じ太さなら鋼鉄よりも絹のほうが強いのだ。しかも、虫が付きにくく、天然繊維だから捨てても自然に戻っていく。

絹をベースにした新しい素材ができないかと思いつくきっかけになったのも、まさにこうした環境があったからに他ならない。そして、いまは廃れてしまった養蚕業を再興したいという夢もまた、飯山の研究を後押ししたのだった。

冷却時間の終了を告げるブザーの音とともに、大地がロックを外してカバーを上げ、内部で生成されたシルクレイを取り上げると測定器にかけた。

「どうだ」

細く長い息を大地は吐き出した。首を左右に振る。

飯山は、そっとトレイの上に載せられた失敗作に触れてみた。狙った硬度との微妙なズレに、思わず嘆息し、両手をテーブルにつく。何かが足りない。

「硬さをコントロールするなんて、ほんとにできるんですか」

顔を上げると、大地の寝不足で血走った目が飯山に向けられていた。

「なんだよ。疑ってんのか」

「そういうわけじゃないですけど」

大地は軍手を外し、傍らの椅子にぞんざいに投げ捨てる。

「じゃあ、なんだよ」

苛立《いらだ》った飯山は、刺々《とげとげ》しくいって取り出したばかりのサンプルを、床においたプラスチックケースに放り投げた。

「考えられることはこの一ヶ月でほとんどやり尽くしてるじゃないですか。プログラミング、設定温度や攪拌《かくはん》のタイミング、時間、冷却までのインターバル。なのに、どこをどうすれば、硬度をコントロールできるのか、まるでわからない。それとも、すべての組み合わせを試すんですか。それじゃあ、一ヶ月どころか何年もかかる。材料だってタダじゃないし」

「わかってるよ、そんなこと」

飯山は吐き捨てた。「だったらお前も考えろや」

「考えるって、いったいどう考えろっていうんですか。シルクレイを発明したのはオレじゃない。顧問じゃないですか」

言い返してきた大地に、

「わかった。お前、もういいよ。帰れ」

そういうと、部屋の片隅にあった作業テーブルに丸められていた大地のジャージを取って、投げつけた。

「なに、苛ついてんですか」

大地の唇が震え、目に怒りが揺れ動く。「自分が悪いんじゃないですか。だいたい、こんなできそこないの設備持ってきたの、顧問でしょう」

何日も何日も、ふたりはひたすら、作業を続けてきた。サンプルの試作に、ほとんど全精力を傾けてきたといっていい。失敗の連鎖が、じわじわと重圧に変わっていき、あったはずの冷静さを奪っていく。開発室の雰囲気は、最悪のものになっていた。

「帰れっていうんなら帰りますよ。勝手にやればいいじゃないですか」

「もういい」

台車を押して作業場を出た飯山は、倉庫に積まれた新たな材料を台車に積んだ。この作業を始めたとき、堆《うずたか》く積み上げられていた原材料は、いま半分ほどに目減りしている。

台車を押して再び作業場に戻ってみると、もうそこに大地の姿はなかった。

黙って荷物を下ろした飯山は、試作データに見入り、考えはじめる。この試行錯誤がいつ終わるのか、飯山自身にもまるでわからなかった。

大地にも、苛立つだけの言い分はあった。

その日の大地は、迷いに迷っていたのだ。

迷いの発端は、前々日の夕方かかってきた一本の電話だった。

「東和エレキ工業人事部ですが」

最初、何かの聞き間違いではないかと思った。東和エレキ工業というと、一ヶ月以上前、大地が採用面接を受けた会社である。

そのときの感触はお世辞にもいいとはいえず、「落ちた」、と思った。「ご縁があるときには連絡します」、といわれたものの、案の定、一週間も連絡がなければ、「ああ、やっぱりな」、と思うのは当たり前である。

それが、一ヶ月以上も経ってから連絡があったのだから、これはもう驚きを通り越して不審に思うのも無理はない。

「先日の面接はお疲れ様でした。選考の結果、次の段階へ進んでいただくことになりましたのでご連絡申し上げたんですが」

電話の声は若い女性で、先日の面接官とは別人だ。

「ありがとうございます」

狐につままれたような気分で返事をした大地に、

「明後日の午後七時に、本社にお越しいただきたいのですが、ご都合はいかがでしょうか」

女性がいった。スマホを握りしめたまま、頭の中でカレンダーを確かめたが、特に予定は入っていなかった。ただシルクレイの作業がまた残業になるかもしれないという可能性を除いては。

「わかりました」

そう答えた大地であったが、その面接の日が今日だったのだ。

実は昨日の作業状況を見て、「ちょっと抜けるのは厳しいかな」、と思わないではなかった。だが、一旦了承した面接の日時の変更を申し入れることは、自分にとって不利になるのではないかという思いがあって、東和エレキ工業には連絡を入れなかった。

明日になったら、数時間、抜け出して行こう。

そう思っていた大地だが、なかなか飯山に言い出せないまま、時間だけが過ぎていく。

結局、夕方、ギリギリになって日時の変更を頼むために東和エレキ工業に連絡を入れると、

「今日の面接の変更ですね。わかりました。また、こちらから連絡させてもらいます」

素っ気ない男性の返事とともに電話は切れたのであった。

早く連絡を入れなかったことに対する苛立ちのようなものが、その声には滲んでいた気がする。その場で、代替の日時をすり合わせようとしなかったのも、相手の意思表示ではないか。

最初の面接での出来がよくなかったのはわかっている。

採用予定だった者に逃げられたかしたために、一旦は落ちた大地が繰り上げで二次選考に進んだのではないか。ただでさえ分が悪いところにもってきてドタキャンの日時変更を申し入れたわけだから、採用の可能性はこれでほとんどなくなった。おそらく、大

地以外にも何人かの候補者がいるはずで、そのレースから大地は自ら降りたも同然だった。

その挙げ句、飯山との口論だ。まったく、いいことの無い一日だった。

「勝手にしろ」

台車とともに倉庫へ消えていった飯山のほうを向いて吐き捨てると、大地は汗ばんだ服の上に飯山が放って寄越したジャージを羽織って、こはぜ屋を後にしたのである。

5

「サンプル、成功したか」

気分の晴れないまま帰宅すると、いつものように真っ先に父が尋ねてきた。

「ダメだね」

仏頂面のまま首をひとつ横にふり、冷蔵庫から缶ビールを出してきてプルタブを引く。酒でも飲まなきゃやってられない、そんな気分だ。居間の片隅にクリスマス・ツリーが出ていた。

「仕切り直しか」

「いや。帰れっていわれたから帰ってきた。飯山さんはまだやってるだろ」

「どういうことだ」

眉を顰《ひそ》めた父に、

「また失敗してさ。逆ギレされた」

そうこたえると、返事のかわりに盛大なため息が洩れ出てきた。

「あれ、ダメかもしれないぜ」

父がこの素材にかけた期待はわかっているが、率直な感想だ。「正直、どうやればうまく行くのか、顧問もわかってないしさ。あの機械でできるのかさえ、わかんねえよ」

「だけど、いくつかサンプル、できてたじゃないか」

「あんなの、たまたまだよ」

大地はいった。「コントロールできるレベルじゃないんだよな」

いい線までいくのと、実際になし遂げるのとでは雲泥の差がある。結局のところ、飯山の技術でできるのは、出たとこ勝負の固形物の製造ぐらいではないか。

「飯山さんもそういってるのか」

父の表情に不安そうな色が浮かんでいる。

「さあ。でも、できると思ったから、この仕事、引き受けたんだろ。で、オヤジは、それを鵜呑《うの》みにしてあの人を雇ったわけだけど」

このひと言にはもちろん、大地の皮肉も含まれている。「あの人は顧問でしょ。顧問なら教える立場なのに、わからないから一緒に考えろっていう。そんなの顧問じゃないだろ」

反論はしばらくなかった。やがて、

「自分ができないことを、できるというような人かな、あの人は」

真剣な眼差しで父がきいた。

「知るかよ、そんなこと」

うんざりし、突き放すようなこたえになる。「理論的に可能でも、実際にはできないことってあるんじゃねえの。嘘をつくつもりじゃなくても、結果として嘘になることもあるっていう意味だけど」

いいながら、心のどこかがくさくさするのは、大地自身、面接では「嘘」をまぶした受け答えをしているからだった。大地自身にも嘘がある。だから本当は、飯山を非難するだけの資格はないのだ。そのことは自分でもわかっている。

黙ったまま腕組みし、父はこたえなかった。難しい顔をして、何事かを考えている。

「そうか……」

どれくらいそうしていたか、「後で見てくるかな」、とぽつりといった。「まだやってたら、夜食でも差し入れてくるわ」

その晩、父が出かけたのは午後十一時過ぎのことであった。

「ちょっと。お父さんひとりに行かせるつもり？　あなたの仕事でしょう」

母に言われ、

「ちぇ、しょうがねえなあ」

ひとつ舌打ちをして大地も腰を上げたのであった。

もう帰宅してしまっていないだろう。

会社に着くまで、実のところ大地はそんなことを考えていた。

なにしろ、飯山と険悪になったあの段階で、状況はまさに袋小路に彷徨《さまよ》い込んでいた。思いつく工夫や調整はやり尽くし、かといって、いくつかある変動要因の組み合わせは無数に存在して、それを全て試してみるわけにもいかない。つまり、どうにも手に負えないところまでこの一ヶ月で追い込まれていたのだ。

だがいま、会社の敷地に入ったところで、大地は自分の予想が見事に外れたことに気づかされた。開発室の明かりが、敷地内のアスファルトをぼんやりと照らしている。

近づくと、機械に両手をついて動かない飯山の姿が見えた。一心不乱に考え込んでいるその横顔は真剣そのもので、気迫がみなぎっている。

「諦めてないぞ、飯山さん」

父がいい、玄関へと足を向けた。その後について、大地も作業場に戻る。

「なんだよ、帰ったんじゃなかったのか」

大地を見ると不機嫌そうに飯山はいった。

その言い草に反論を呑み込み、

「あ、これ、差し入れ」

家から持ってきたドーナツをテーブルに置く。

一瞥《いちべつ》した飯山は刹那言葉を呑んだようだが、

「すまんな」

素っ気ないひと言を口にした。大地の背後に立つ宮沢の姿にも視線を向けたが、特になにをいうでもない。機械の上のボードを取ると、再び立ったまま腕組みをして考え始めた。

「あの――さっきは、すみませんでした」

ぼそりと大地がいうと、飯山は横顔を向けたまま、「おお」、という短い返事を寄越しただけだ。

データが表示されていた。

大地もパソコンの置かれたデスクにつき、テストデータを読み始める。しばらく、黙ったままその様子を眺めていた父が、

「頼むぞ」

そう言い置いてゆっくりと部屋を出ていった。

父の要求に余裕でこたえられるだけのノウハウが飯山にはないことは、もはや明らかだ。だが、それをいったところで、何が始まるわけでもないと、そのとき大地は思った。

だがこのとき、こうも考えた。

何か新しいものを開発するということは、そもそもこういうことなのかもしれない、と。

困難であろうと、これを乗り越えないことには、次に進めない。だったら、そのために戦うしかない。時間と体力の許す限り。

いま飯山が仕掛けているのは、スマートな決着ではなく、泥臭いガチンコ勝負なのだ。大地にも、ようやくそれがわかってきた。

「仕方がない。付き合ってやるか」

飯山のひたむきさと熱意を前に、大地もようやくそんな気になる。

「ちょっとしたことだと思うんだけどな」

そのとき、飯山が嘆息まじりにつぶやくのが聞こえた。

たしかにそうかもしれない。

だけど、その「ちょっとしたこと」に気づいて乗り越えるまでが、実は「たいへんなこと」に違いない。大地は、そう悟った。

6

「茂木さん、ですか？　私《わたくし》、『月刊アスリート』の島《しま》と申します」

その電話がかかってくることは、取材窓口になっている広報部から事前に知らされていた。

『月刊アスリート』は、茂木も購読している、ランニングの専門雑誌だ。島は、声の感じからすると、まだ若い女性の編集者のようだった。

「実は、新年売りの第二特集で〝新星実業団ランナー対談〟という特集を組もうと思ってるんです。それで、アジア工業の毛塚さんと対談していただけないかと思いまして」

「毛塚君とですか……」

毛塚とは、大学時代に何度か話したことがある程度だ。正直、受けるべきか迷ったが、一度本音で話してみたいという気持ちもないではない。

「ぼくは、別にかまいません」

茂木の返事に島は喜び、「では、毛塚選手に連絡をとって対談の候補日を広報部さんにお知らせします」、そう告げて電話は切れた。

仕事に戻った茂木は、午後二時までデスクワークをこなし、陸上競技部の練習グラウンドへと向かう。

ふらりとグラウンドに現れた人影を見つけたのは、他の部員たちに交じって入念なストレッチを始めたときであった。

村野だ。

いつもと変わらぬ表情で歩いてきた村野は、茂木に近づいてくると、「どうだ、調子は」、と笑顔で声を掛けてきた。

「まあ、なんとかやってます」

アトランティスのサポートが打ち切られてからというもの、村野と会っても気まずいばかりで、ついつい避けるようになった。

村野は、近くのベンチに腰掛け、

「よかったな」

とひと言いった。上っ面の言葉ではなく、心の奥底から出た言葉だ。顔に皺を寄せて、うれしそうに笑うと、しばらく、茂木のストレッチを眺めている。アトランティスのサポートを復活させに来たのなら、返事はもう決まっている。だが——。

「実は、今日は挨拶に来た」

意外な言葉に、茂木は体の動きを止めて村野を見た。

「挨拶？」

「ああ。会社を辞めたんでな」

「はあ？」

素っ頓狂な声が出た。他の部員たちも唖然とした顔で、村野を見ている。

「どういうことなんです」

「会社にとって必要のない人間は去るしかない」

言葉とは裏腹に、村野の声はさっぱりしたものだ。「急なことでまだ後任は決まってないが、近いうちに新しい者が担当につくと思うから、まあよろしく頼む」

「じゃあ、村野さんはどうするんです」

「さあ、どうするかな」

村野はいい、寂しげな眼差しをグラウンドに向けた。夕暮れの日差しを斜めに受け、トラックの臙脂《えんじ》色と白線が目に染みるようだ。「ま、転職しようにも、この歳じゃ雇ってくれる会社なんてないわなあ」

村野は乾いた笑いを洩らした。「何せ頭の中はシューズのことばっかりときてるし」

「そんなことはないでしょう。村野さんほどのフィッター、他にいないじゃないですか」

茂木がいうと、村野は顔の前で手をひらひらさせた。

「そういってくれるとうれしいが、現実はそう甘くはないんだよ」

村野が冷遇されているという話は、以前他の部員からきいたことがあった。それにしても、村野ほどの人材をアトランティスが手放したという事実は、驚き以外の何物でもない。

「とはいえ、そうそう他のこともできないからさ、今日は挨拶に来たが、これからもちょくちょく寄らせてもらうよ」

村野退社の情報は、チームに衝撃をもって受け止められた。

アトランティス製のシューズを採用している多くの選手にとって、村野の的確なアドバイスと製品供給は、生命線といっていい重要なものだったからだ。シューズをフィッティングしてくれるだけでなく、親身になって話を聞き、ときに様々なアドバイスをしてくれる村野のサポートは、精神的にも選手たちの支えになっていたのである。

彼らの多くは、アトランティスを選んでいるのではない、村野を選んでいる。村野に匹敵する後任が、そう簡単に見つかるとも思えない。

その夜、スマホが鳴り出したのは、食事を終え、自室に戻ったときだった。

「先ほどは失礼しました。お話しした対談の件なんですが」

『月刊アスリート』の島だ。「申し訳ないんですが、今回の件、見送りということでお願いできませんか」

「見送り？」

がっかりするより前に驚き、茂木はきいた。「毛塚君の都合が悪いとか？」

「いえ、そういうわけではないんですが……」

島は恐縮したようにいったが、言葉が続かない。

「じゃあ――？」

「実は毛塚さんのほうで希望がありまして」

ようやく出てきた言葉に茂木は息を呑んだ。

「他の人にしてくれということですか」

「いえ、そういうわけでは……」

島は取り繕おうとしたが、毛塚から茂木にNGが出たことはそれと知れた。

カーテンを開け放したままだった窓に、電話を終えて虚ろに立っている自分の姿が映っている。

「あのとき、オレのこと、ホントに無視したんだな」

富士五湖マラソンでの一幕だ。毛塚に差し出したまま、空《くう》を摑んで行き先を失った自分の右手の残像は、脳裏にこびりついている。

あの瞬間、毛塚は、箱根を走った大学のエースランナーから、実業団で認められた一流ランナーの仲間入りをした。

茂木などもはやライバルではない、とはっきりいわれたも同然だ。

どんどん、毛塚の背中は遠くなっていく。

それに対して自分はといえば、ようやく怪我から復帰し、毛塚の遥か後方から再スタートを切ろうとしている。

「たしかに、対談にはならないか」

悔しさに視界が滲み、茂木は唇を嚙んだ。

7

「オレはもしかすると、間違ってたかもしれないな」

飯山がそんなことをぼそりとつぶやいたのは、年の瀬も近い、ある日の夕方のことであった。午後から北関東が雪に見舞われ、行田も五センチほどの積雪になった日のことである。

それまで読んでいたデータを脇にどけると、飯山は椅子の背に体重をかけて頭の後ろで両手を組んだ。無精ひげを生やし、顔の皮膚は疲労で青ざめていたが、らんらんと濡れ光るような眼差しだけが、ぼんやりと窓の外へと向けられている。

「間違ってたって、なにがですか」

大地がきくと、飯山は椅子から体を起こしてデータのファイルをぽんと放って寄越した。

パソコンでアウトプットされたデータに、飯山の書き込みが無数に散らばっている。

「硬さを出すために、必要なのは圧縮だよな」

飯山の嗄《しわが》れた声がいった。「だけど、ほんとにそうか？」

「ほんとにそうかって」

大地はあきれていった。「圧縮しなきゃ硬くならないじゃないですか」

圧縮の方法、強さや時間。必要とあらばマシンの一部を改造して、このふた月近く試作品作りに取り組んできた。

「だからさ、そもそもその前提がどうなんだってことといってんだよ」

「じゃあ、他に何があるっていうんです」

問うた大地に、飯山は椅子から体を起こすとデータの項目をとんとんと指で叩いた。

「煮繭《しゃけん》の温度……？」

煮繭とは、繭を蒸気でむらすなどして加工しやすいように柔らかくする初期工程である。

「なんでそう思うんです」

硬度との因果関係をデータから読み解くのは難しい。

疑問に思って尋ねると、

「勘、かな」

という答えが返ってきた。

椅子の背に体重をかけたまま、飯山はくるりと椅子を回して大地のほうへ向き直ると、タバコのヤニで黄色くなった歯を見せてニヤリと笑う。

「ちょっとやってみるか」

そして――。

その飯山の発想の転換こそ、求められていた「ちょっとしたこと」だと気づいたのはそれから間もなくのことだ。

もちろん、それでも何度かの試行錯誤はあった。

だが、その失敗はそれまでの、雲を摑むようなものとは明らかに違っていて、記録を取る大地にもはっきりとした手応えが伝わってきた。

何度目かのサンプルのデータを渡した大地は、飯山がその中味を睨み付けるようにし、やがて静かに顔を上げるまで待った。

「いいんじゃないっすか」

大地から、そんな言葉が自然に出た。

返事はない。

飯山はただ、小さく頷いただけだ。だがいま、思いがけずその目に涙が浮かんでいるのを見て、大地の胸にも熱いものが込み上げてきた。

飯山はぎゅっと奥歯を噛みしめた顔で右手を差し出してきた。

それを強く握りながら、大地も泣き笑いの表情を浮かべる。

なに泣いてんだ、オレ。

自分でもそう思うのだが、その涙は大地の意思とはまるで無関係に止まることなく流れ続けた。

8

「本当に、お疲れ様でした」

宮沢がビールのジョッキを掲げ、隣でどこか居心地悪そうにしている飯山、そして大地のジョッキと派手に打ち鳴らして乾杯をした。

金曜日の夜、飯山と大地を慰労するために開いた会だ。安田やあけみさんといった「陸王」の開発チームのメンバーのほか、飯山の妻も招いた賑《にぎ》やかなものになった。ソールの技術的な目途《めど》がついたというので坂本も駆けつけ、椋鳩通運の江幡も仕事が終わり次第、合流することになっている。

場所はいつもの「そらまめ」だ。

「いまだからいいますけどね。本当にできんのかと疑ってました。すんません」

安田が、そんなことをいって飯山を苦笑いさせた。

「まあ、最初は名刺代わりにいろいろあるのさ」

照れ隠しにそんなことをいう飯山を、妻の素子もうれしそうに眺め、

「あなた良かったわねえ、こんな楽しい会社で」

真顔でいうのだった。「ウチは潰れちゃったけど、こんなふうに会社の仲間がいる感じじゃなかったもんね」

「いや、こんなにたくさん社員がいたら大変だぞ。食わせていかなきゃいけないんだからな」

飯山の視点はいつもどこか斜《しゃ》に構えたものだが、それが心からのものではないことぐらい、すでに宮沢も、そして他のメンバーたちもお見通しである。

「だから、こうして新規事業を、がんばってるんじゃないですか。十年先の飯の種にしないといけないから」

宮沢がいうと、

「飯の種はわかるが、もっと大きなことを考えないのか。世界で一番のシューズを作るとかな」

飯山らしい大言壮語が戻ってきた。

「顧問は大風呂敷だからなあ」

茶化した安田は、飯山を見てにやにや笑いを浮かべている。

最初に飯山に対して抱いていた不信感がどうなったかは知らないが、少なくともこはぜ屋に来てから見せた飯山の奮闘に対しては、さすがの安田も素直に敬服するしかないはずだ。

「一応、そのためにここに来てるわけだからな」

そういって、飯山はこの日作ったサンプルのひとつを傍らの紙袋から出してテーブルに置いた。

「へえ、これが靴の底になるのか。すごいねえ」

それをなで回すようにして、あけみさんがいう。「だけど、下駄作るわけじゃあるまいし、こんな四角い塊をどうするんです、社長？」

「これからその塊を削って、試作品をいくつか作るんだ」

宮沢はいった。「硬さや形を変えて、どれが最適なソールになるか、検討して絞り込んでいく作業になる」

「だけど、ソールの形といってもいろいろで、そう簡単じゃないですよね」

と安田。「既製品の真似をするわけにも行きませんし、『陸王』のコンセプトである人間本来の走りを実現させるために、最適な形と硬さが要求されるんじゃないですか」

「そこが難しいところだ。そして、シューズに関する知識がもっとも必要なパーツでもある」

「本当にできるのかしらね」

あけみさんが心配そうにきいた。「靴底なんて、いつもお世話になってるけど、実際作れっていわれると、皆目知識ないです、あたし」

「足袋の知識なら負けないけどな」

安田がいうと、

「足袋には靴底ないよ。あるとしたら地下足袋だね」

すかさずあけみさんが言い返す。

「いままでは、その地下足袋に使う生ゴムの厚みを工夫して作ってた」

宮沢がいった。「裸足感覚といっても、正直なところうちの場合、それは足袋の延長線上から生まれた言葉だったんだ。でも、これからは違う」

「本当の意味で、シューズメーカーになるわけですね」と安田が神妙な顔になる。

「その通り」

宮沢は、真剣な眼差しを場の全員に向けた。「ただそのためには、まだノウハウが足りない。とくに、ソールや足型に関するノウハウは品質を大きく左右することになるんだが、ゼロからそれを蓄積するだけの時間はない。そこで、どうすべきか――」

果たして宮沢が何をいおうとしているのか。誰も真意を摑みきれないうちに、店の引き戸が開いて、またひとり客が入ってきた。宮沢の視線が動いてその客の姿をとらえると、

「お待ちしてました」

といって立ち上がる。

全員が振り向いた先に立っているのは、パーカー付きのジャケットを着た、白髪交じりの男だった。気楽な運動靴が年齢よりも若い印象を与えている。

「どうぞどうぞ」

他の連中が呆気《あっけ》にとられるのもかまわず、宮沢は男を招き入れると、空いていた自分の隣の席を勧めた。

「いまちょうど、ソールの話をしていたところなんですよ」

生ビールの追加をひとつ頼んでから宮沢は男にいい、あらためて座のメンバーに男を紹介した。

「ご縁があって、そのソールと足型の専門家とアドバイザリー契約を結ぶことにしたんでみんなに紹介するよ。こちらは、村野尊彦さん。元アトランティスのカリスマシューフィッターだ」

アトランティスと聞いて、安田が目を丸くした。

「元商売敵《がたき》ってことですか」

思わずそんな言葉が洩れ、

「元は元です。今は違いますから」

苦笑交じりに村野はいうと、あらためて全員に向かって、「これからお世話になります、村野です。どうぞよろしく」、と頭を下げる。

そのとき、

「あっ、村野さん――！」

という声に顔を向けると、いつの間にやってきたのか、椋鳩通運の江幡が小上がりの脇に立ったまま唖然とした顔を向けている。

「あ、君は以前、高崎商業の陸上競技部にいた――」

「江幡です」

そういうと江幡は直立不動になり、「その節はお世話になりましたっ」、と深々と頭を下げた。その顔を上げると、「しかし、どうして」、と宮沢に問う。

宮沢が語ったのは、アトランティスを退職した村野とランニングインストラクターの有村のショップで出会い、意気投合してアドバイザリー契約を締結するまでの経緯である。

「村野さんが、我々と――」

話を聞いた江幡は、涙を浮かべるほどに感激している。「それ、すごいですよ、社長。ほんとに、すごいです」

「そういってくれるのはありがたいけど――」

江幡の大げさな反応に、村野は微苦笑を浮かべていった。「私のほうこそ、こんなおもしろい話に誘ってくれて感謝してるんですよ。どれくらい役に立つかはわからないけども、できることはやらせてもらいます。どうぞ、よろしく。日本一の、いや世界一のシューズを作りましょう」

宮沢は思わず安田と顔を見合わせた。

それは、奇《く》しくも飯山が口にした言葉と一緒だったからだ。

「いいねえ、気に入ったよ」

あけみさんが威勢良くいって、ジョッキを掲げた。

「社長、もういっぺん乾杯しようよ。なんだか知らないけど、すごい元気が出てきちゃったんだ、あたし」

「あけみさんがこれ以上元気になったら、どうなっちまうんだ」

憎まれ口を叩いた安田をギロリと睨み付けておきながら、あけみさんがジョッキを突き出した。

「さあ、乾杯だよ！」

暗中模索で始めた新規事業だった。だが、このとき宮沢は、進むべき方向にかすかな明かりを見た気がした。

第九章　ニュー「陸王」

1

凍《い》てつく冬が過ぎ、行田にもようやく春がやってきた。

「とりあえず、持ち帰って検討してみますが、もしウチでダメだった場合はどうされます」

埼玉中央銀行行田支店の大橋は、真顔できいてきた。

「ダメって、なにいってるんですか。定期的にお借りしている資金じゃないですか」

むっとした宮沢に、「いままでならそれでよかったんですが」

と大橋は意味ありげに宮沢を一瞥する。「いろいろ条件が変わってきていますんで、審査してみないとなんともいえないんですよ」

しゃあしゃあといってのける。

　宮沢の隣では、手元の資料を前にした富島がやはり難しい顔をしたままだ。

「条件ってなんですか」

　宮沢がきくと、

「たとえば、定期預金とか。この前、解約されましたよね」

　というひと言が出てきて、

「それは、ルール違反じゃないんですか」

　宮沢は腹を立てた。「担保でもない定期預金を解約して何が悪いんです。お宅が新規事業に融資してくれなかったからやむなく解約して使ったんですよ。遊びに使ったわけじゃない」

「わかってます」

　大橋は平然としたものだ。「ただ、私の一存で融資を決定するわけではありませんから。いろいろな考え方をする者もおりまして」

「そのいろいろな考え方の中には、担保でもないものを解約したらけしからんという考え方も入ってるんですか」

　頭に血が上った宮沢が問うたとき、

「まあ、わかりました」

　と傍らから富島が割って入る。「とりあえず、検討してください。それと、少ないですが、毎月積み立てている預金、増額を検討してもいいと思ってます。そのへんのところを支店長にもうまく伝えてもらえませんか」

　増額のひと言に、大橋がにんまりした笑いを浮かべた。「わかりました。支店長にも伝えておきます。――ではこれで」

　と、宮沢が何かいう前にさっさと席を立ってしまった。

「おい、ゲンさん」

　大橋を玄関まで見送った後、腹の虫が治まらない宮沢は、社長室で再び富島と向かい合った。「定期預金の増額ってなんだよ。それはないんじゃないか」

「銀行というところは、融資を承認する理由を探してるんですよ。それを提供してやらないと」

　さっさと自席に戻ろうとする富島を、「ちょっと待ってくれ」、と引き止めた。

「連中がいってることは、そもそもおかしいだろう。だいたい、埼玉中央銀行のやり方は、三十年前の銀行と同じじゃないか」

「三十年前なら、はっきりと定期預金を解約してもらっては困るといわれましたよ。でも、いまははっきりとはいわない。そこが違うんですよ」

　富島がそれをさも当然のようにいうので、宮沢はますますカッとなってしまうのだった。

「だから、そういう考え方がおかしいっていってるんだ、オレは。だいいち、カネがないから融資を頼んでいるのに定期預金の増額なんて、矛盾してるじゃないか」

「といわれても、銀行さんというところは、そういうものですから」

長年、経理を務めてきた富島には、この何十年間かの銀行取引で得たノウハウが蓄積されているかもしれない。だが、銀行だって、置かれている環境は変わってきているのだし、実際、大手銀行と取り引きしている社長仲間にいわせると、いまや預金をしなければ融資をしないなどというのは、弱小金融機関だけだ、となる。いや、弱小金融機関だって、そんなことはいわないのではないか。

「埼玉中央は古い体質ですから。口でははっきりいわなくても、融資するときに、いくら預金残高があるかは気にするんです。だから、個人の定期預金も置いとかなきゃいけなかったんですよ」

「あの預金を解約しないで、どうカネを工面できたというんだ」

宮沢は腹の底に渦巻く怒りに首筋がかっと熱くなるのを感じながらいった。

富島はこたえない。黙って立ち上がり、下がろうとするのへ、

「ひとつ、ききたいんだがな」

宮沢は語りかけた。「ゲンさん、どう思ってるんだ、新規事業のことを。飯山顧問のこともだ。倒産した過去があるから信用できないと、まだ思ってるのか」

「私には私の経験があります」

振り返って、富島はいった。「それで仕事をしてきました。すぐに考え方を変えろといわれても、それは無理です。それに、人の本性なんてものも、そう簡単に透けるもの

とも思えません」

小さく一礼して再び背を向けた富島に、

「ウチに来てからのあのがんばりも認めないのか、ゲンさんは」

宮沢は問うた。問わずにはいられなかった。

「いえ」

富島は、ドアノブに手をかけ、背を向けたままだ。「よくやったと、そう思っています。失礼します」

ぱたんとドアが閉まって富島が出ていくと、宮沢はソファの背にもたれかかり、細く長い息を吐き出す。

ドアがノックされ、その富島と入れ替わりに、安田が顔を出した。

「社長、村野さんがいらっしゃいましたよ」

この日、久々に村野がこはぜ屋を訪問することになっていた。

「で、村野さんは」

安田の背後に村野がいないのを見てきくと、「いや、それがさっさと開発室のほうへ行かれまして」、と安田は苦笑いを浮かべる。

「お、そうか」、と宮沢も腰を上げ、安田とともにすぐに村野を追いかけた。

事務室を出て開発室へ向かうと、村野はすでにそこにいて、飯山と大地のふたりと打ち合わせを始めているところだ。

「いらっしゃい。こちらでしたか。社長室でゆっくりお茶でもと思ったのに」

宮沢が笑っていうと、

「こういうものづくりの現場に来ると、どうも気が急《せ》いてね」

そういうと村野は、持ってきた大きめのリュックからいくつかのソールのサンプルを出しはじめた。

「設計したものを説明する前に、飯山さんと宮沢君——ああ、紛らわしいから大ちゃんでいいな——にも、ソールがどんなものか理解してもらおうと思ってね」

村野は、サンプルをテーブルに並べていく。

「左がエントリーモデル。つまり、ジョギングを始めたばかりといった初心者向けのもの。そこから右へ行くにしたがって、レースモデルだ。このソールは私が自分の研究用に収集したもので、アトランティスのものもあれば他社の有名ブランドも混じっているが、商品の位置づけで並べるとこんな具合になってる。問題は『陸王』がどこを狙うかということだけど——ここだな」

そういって指さしたのは、右端に置かれたソールだ。「エントリーモデル」と比べるとソールの厚みや素材、形状がまるで違う。

「要するに、これが我々との競合ってわけだな」

飯山が手にしたソールを、大地も食い入るように見入った。

「そのソールは、アトランティスが製造しているレースモデルで『RⅡ』というんだけどね。国内外のトップ選手が数多く採用していて、国際大会で実績も上げてきたモデルだ」

「一流選手も、この市販モデルをそのまま履いてるんですか」

大地がきいた。

「いやいや。『RⅡ』をベースにして、選手毎《ごと》にアレンジして供給しているのが実情だね。足型をとって、完全にフィットした形状にしたり、走りの癖や好みに合わせて微妙にソールの形状を修正して供給している。ちなみに、アトランティスでは、オリンピックのマラソンでの優勝候補となれば、一億円近い資金をフィッティングに投入することもある」

「一億！」

大地が目を丸くした。「そんなのと競合してるんですか」

競合すること自体、無理じゃないか、という表情だ。

「金額の問題じゃないさ。その金額は、いわば試行錯誤の間に積み上がったコストであって、はじめから正解がわかっていればそこまでの金額にはならない。要は、選手たちが納得してこれで戦おうと思えるシューズであればそれでいいってことさ。そのために、もっとも大切なことは選手本人をどれだけ知っているかってことなんだよ」

「選手本人を知る……？」

村野のことばを繰り返した大地は、どうにも釈然としないものを顔に浮かべる。

「商品を供給する選手の癖、長所や短所、そして何よりシューズを履く足の大きさや形。それだけじゃなくて、性格や目標まで知るべきだと私は思うね」

「目標まで?」

大地がまたびっくりした顔になった。「そこまで必要なんですか」

「そりゃそうさ」

村野はさも当然だといわんばかりにいった。「だって、我々の仕事はその目標に向かう選手に伴走することなんだよ。相手がどこに行こうとしているのか、何をしたいのか、それすらわからずにサポートなんかできないだろ。そんな仕事に何の意味がある」

問われ、大地がじっと息を詰めるのがわかった。村野は続ける。「私たちが提供しているのはシューズだけどシューズじゃない。魂なんだよ。ものづくりをする者としての心意気というか、プライドというかね」

呆《ほう》けたようになった大地に、「だけど、それも製品に自信があってのことだから。まずはそこだ」、と大地の肩をぽんとひとつ叩き、村野は、あらためて宮沢を振り返った。

「私なりに設計してみたんで、見てもらえますか」

設計図をテーブルの上に広げる。全部で五枚だ。

「まず、左の四枚は、長距離走向けのソール。サイズは二十六センチで作成してあるけど、四枚あるのは、足幅が狭い、普通、広い、さらに広い――の四種類を想定しているからだ。実際に市販するとなると、国内向けのサイズで、メンズなら二十四センチから二十九センチぐらいまでかな。アトランティスには三十一センチまでのラインナップがあるけど、当然のことながらそのサイズの需要はそれほど大きくない。短距離と比べると、長距離の場合は足の指まわりに多少余裕を持たせて、足の指が使えるようにするためにつま先を反らせるような形にする必要があるんで、そうした考えを反映させた形になってる」

「それにしても、かなり薄いソールなんだな」

設計図を見て飯山がいった。

「薄くしたんだよ。それでもソールの硬さを調整することで薄さから来る衝撃を緩和することができると期待してるんだがね。ただし、軟らかくするとグリップ力とかが向上する一方、消耗しやすくなるはずだ。逆に硬すぎると消耗は遅いかわり、グリップ力が弱くなる。そのバランスが難しいんじゃないだろうか」

「どれくらい売れるもんなんですか」

大地がきくと、「それはこの商品がどれくらい世の中に受け入れられるかによって違う」、と村野は笑みを含んだ顔になった。シューズ関連の話をしているときの村野は、本当に楽しそうだ。

「大ちゃんはマラソンに出たことがあるかい」

いいえ、と大地は首を横に振った。「去年、会社でチームを作って駅伝に出たくらいです」

「じゃあ、走るのは好きか」

「ええ、まあ。サッカーサークルでしたけど、駅伝やマラソンには興味があるし、ジョギング程度ならいまでもしてます」

「なるほど、それはいいね。ぜひ続けたほうがいいと思う。ちなみに、ジョギングやランニングを始めた初心者が、ああ楽しいな、と思えるスピードというのは、だいたい一キロ六分台といわれているんだ。風を切って走る楽しさが素直に体感できる感じかなあ。そして、このスピードでフルマラソンを走ると四時間台半ばのタイムになる。日本中に、ランニングをする人は約二千万人いるといわれているんだが、その中でフルマラソンを四時間台で走る人の層は、実はマラソン人口の中で一番多い。一説にはだいたい百五十万人」

百五十万人という数字を聞いても、それがいかほどのものなのか、宮沢にはまだピンとこなかった。村野は続ける。

「この中から、もっと上を目指そうという人が当然ながらいる。四時間の壁を破ろうという上昇志向の強い人たちといったらいいのかな。その結果、実際に三時間台で走る人の数は百二十万人。では、この中で二時間台に到達した人が果たしてどれだけ存在するかというと、実は十万人しかいない。数は一気に減少するんだよ」

「つまり、長距離ランナーとして、二時間台で走る人ってのは、走る人全体からするとエリート中のエリートってわけなんですね」

安田が感心したようにいった。「その十万人をまず、商売の相手にしようってことですか」

「いや、ここに属する人たちは、ほとんど商売の相手にならないと思ったほうがいい」

村野は意外なことをいった。「もちろん、トップアスリート向けであることには違いないけれども、その靴を買うのは二時間台を目指すか、夢見るかしている三時間台、四時間台ランナーたちだろうね。全てのランナーの中で、三年から五年のキャリアがある人たちは、約千三百万人いると私は睨んでるんだが、逆にこの層が、実質的なターゲット層になる。タイムを縮めたいランナーが、少しでも上を目指してこのシューズを買う。あるいは初心者が憧れて買うかもしれない。いずれにせよ、本当のターゲットはトップアスリートではなく、それ以外の人たちだ。その彼らにシューズを買わせるためには、何らかの実績がいる。もっとも手っ取り早いのは、トップアスリートが履いて有名な大会で優勝することだ。だから、大手メーカーはトップアスリートにカネを使う」

「なるほどね。おもしろい」

飯山はそういって、ふと右端に置かれた設計図を見た。

村野は、ひとつのサイズで四つの足幅の設計図を描いたといった。ところが、設計図は五枚ある。

「ところで、このもう一枚の設計図は？」

飯山が尋ねると、「それは、特別なソールだ」、というこたえが返ってきた。

「他のは後回しにして、まずこのソールの試作を最優先してもらいたい。硬さの違うものを何種類か作ってもらいたいんだ。後の話はそれからになる」

「いったいこのソールはなんなんです」

きいた安田に、村野がいった。

「それは――茂木裕人モデルだ」

2

「聞いたか、茂木。今日の一万メートル」

夕方、走りに出ようとしていた茂木は、寮の廊下ですれ違った先輩部員の平瀬に声を掛けられた。

「どうだったんですか」

〝今日の一万メートル〟というのは、宮崎で行われた陸上競技会、「プラチナマイルズ」のことだ。実業団と学生のトップランナーたちが競うこの競技会には、ダイワ食品からも五千メートルと一万メートルのふたつの競技に五人が参加している。

中長距離のランナーたちにとって春から秋にかけてはいわゆるトラックシーズンで、ダイワ食品陸上競技部も、十一月の東日本実業団対抗駅伝でマラソンシーズンが幕を開けるまでに、二十を超える競技会や記録会に参加することになっていた。

陸上競技選手にとっての大きな目標である日本選手権や世界選手権への参加資格を得るためには、この中でも定められた競技会で、「参加標準記録」以上の成績を収める必要があるから、どれも真剣勝負だ。「プラチナマイルズ」もそんな競技会のひとつだった。

「毛塚、二十七分五十秒だと」

茂木は思わず立ち止まってしまった。焦りと悔しさが入り混じった複雑な思いに、自分の表情が曇るのがわかる。同時に、ライバルの好記録を素直に喜べない自分の余裕の無さに、嫌悪感を覚えた。

「そうですか。すごいですね」

硬い声でいった茂木に、

「世界陸上まで、あと五秒だとよ」

平瀬が向けてきたのは、やり場のない嫉妬を帯びた目だった。今年二十八歳になる平瀬が、股関節の故障でレースから離れたのは一昨年三月。大学時代に箱根駅伝のエース区間、二区をまかされたこともある平瀬にしても、毛塚の活躍ぶりは素直に喜べないのだろう。

あと五秒、毛塚のタイムが速かったら、「世界陸上」への出場が確定するところであった。一方の自分はといえば、世界選手権どころか、日本選手権すら出場する見込みが立たない。いや、それ以前に、真剣モードで一万メートルを走るところまでも行っていない。怪我からの回復はドクターからのお墨付きをもらい、走法も完成の域に達していると思う。いま茂木に必要なのは、自信なのかも知れなかった。或いは、これでいけるんだと思えるだけのきっかけだ。

全員を集めてのミーティングが開かれたのは、その翌日のことである。

「日本選手権に向けて、部内で真剣勝負のトライアルをしようと思う」

城戸の話に、部員たちの間に緊張が走った。

事の発端は、やはり前日行われた「プラチナマイルズ」だ。毛塚が一万メートルで好記録を出したこの大会で、ダイワ食品からの参加選手は著しく精彩を欠いた。

五千メートルと一万メートルでは、かろうじて一人ずつが決勝に残ったものの、粘りもなく惨敗。大学生ランナーにまで先着されるレース展開に、城戸の怒りに火がついたのだ。

城戸にも焦りがあるはずだ。背景には、ダイワ食品本社の、決して余裕があるとはいえない台所事情もある。

「こんなことはいいたくないけれども」

とひと言断って城戸は、全員を睨《ね》めつけた。「陸上競技部なんか廃部にしてしまえと、そういってる役員だっているんだぞ。こんな成績じゃあ、潰されても文句いえないだろうが」

城戸の叱咤《しった》に、部員たちの表情が青ざめた。「トライアルで参加標準記録Bを下回った者は、日本選手権には出ないほうがいい。その場合、チーム内で繰り上げもあり得る。五千か一万、あるいは両方に、全員参加してくれ。茂木――」

コの字形のテーブルの入り口に近い方にいた茂木を、城戸がじろりと見た。「お前も走れ。いいな」

部内とはいえ、それは故障して以来、茂木が初めて出るレースだった。

3

ソールのサンプルが仕上がったのは、四月はじめのことであった。

飯山と大地のふたりが試行錯誤を繰り返し、ようやく納得のいく出来に仕上げたシルクレイの試作ソールは全部で五十個。

村野は、ひとつひとつのソールを手のひらに載せ、重みを量るように上下に動かしたり、両端を持って曲げてみたりして、中から気に入らないものを振るい落としていく。残ったのは三十個ほどだ。

「悪くない」

それを宮沢に渡した村野は、「とりあえずこのソールでシューズを作ってみようよ」、とそういった。

「全部ですか」

驚いて宮沢は尋ねた。三十足全てが茂木裕人モデルである。

「もちろん、全部」

村野はこたえる。「頼めますか」

「もちろん」

縫製課に持ち込み、準備しておいたアッパー、つまり靴の甲側にソールを貼り付ける工程を経て、三十足の「陸王」を製造した。二日がかりの特別な作業である。

いま、作業台の上に並んだ完成品を、宮沢はそっと持ち上げてみる。

「軽い」

思わず、そんなひと言が洩れ出るほど、軽量だ。自分でいうのもなんだが、感動的な軽さといっていい。

同時にこれは、シルクレイのソールを貼ったはじめてのシューズでもあった。ニュー「陸王」誕生の瞬間である。

「なんだか、泣きそうになっちまうなあ」

いとおしむようにそれを見た飯山は冗談めかし、隣で魅入られたような顔で立っている大地の肩をぽんと叩く。

歓喜を爆発させるような喜び方ではない。技術者らしく控え目で、謙虚で、しかしそれだけに余計、その場にいる者の胸の奥底にまで染みこむ、そんな感動を秘めている。

「問題は、茂木選手がこれを履いてくれるかどうか、ですね」

安田がいった。まさに、そこが問題であった。

4

宮沢が、村野とともにダイワ食品陸上競技部が練習している市営グラウンドを訪ねたのは、翌日のことであった。

トラックでは、五、六人の集団になって真剣な練習をしている部員たちの姿がある。その中に、茂木の姿も交じっていた。

アトランティスから茂木へのサポートが打ち切られたことは、村野の情報ですでにわかっている。事実、いま茂木が履いているシューズは、アトランティスのものではなく、国内メーカーの古い市販品だ。

「監督。こはぜ屋の宮沢と申します。以前、ご挨拶をさせていただきました」

トラックの傍らに立ち、腕組みをしたまま練習を見ていた城戸に、声を掛けた。

「ああ」

覚えているのかいないのか、城戸は曖昧な声を出したが、宮沢の傍らに立つ村野に気づくと、おっ、と驚いたような声を出す。

「どうも、しばらく。ご無沙汰です」

右手をひょいと上げた村野の態度は、いかにも親しげだ。

「一緒?」

城戸は、宮沢と村野を交互に指さしてきいた。

「こちらの仕事、手伝うことにしたんですよ。アトランティス、クビになっちゃったから」

「またまた」

笑って見せた城戸は、すぐに笑いをひっこめ、「手伝うって?」、そろりときく。

「こういうの、作ったんで」

村野は宮沢が持っている箱を受け取ると、そこから昨日できたばかりの新しいシューズを出して見せる。

「ほう」

手にしてみた城戸はじっとシューズを見、それからソールを眺めた。そして、

「軽いでしょ」

「軽いな」

そんなやりとりになる。無駄話は一切、挟まない。本当に気心の知れた男同士が交わす、素朴な会話だ。

「茂木君にどうかと思ってるんですよ。これ、彼の足型に合わせてあるんですが」

驚いて眉を上げた城戸に、村野はグラウンドの茂木をひょいと指し、「いいですよね」、ときいた。

「ああ、どうぞ」

あっけないほどの承諾だった。城戸に対して宮沢が感じていた壁の高さはまるでない。いまさらながら、村野の存在感に畏怖と感謝の気持ちを抱かないではいられなかった。

それからしばらく、邪魔にならないよう離れた場所から練習を眺めた。

宮沢には、どのタイミングで選手に話しかければいいのかさえわからない。三十分ほ

ども見続けた頃、

「そろそろかな」

村野はいった。「金曜日のメニューはだいたい一万メートルのビルドアップで一度休憩になるから。城戸さんの練習は、いつも同じだからわかりやすい」

「ビルドアップというのは？」

「一定距離ごとにタイムを上げて行く練習方法だな。たとえば千メートルごとに速くしていくんだ。さっきのがラップ的に最後の一周だと思う」

その言葉通り、選手たちがスピードを落とし始めた。

最後には軽いジョギングのようになってグラウンドを一周し、やがてトラックから出てくる。

村野の姿を認めると、部員たちの誰もが驚いたり、笑みを浮かべたりして挨拶をし、言葉を交わす。首に巻いたタオルで汗を拭きながら、茂木もやってきた。

「お疲れ」

村野は声をかけ、給水用のボトルを手渡す。

「どうでした、ぼくの走り」

「もっと自信持ったほうがいいんじゃないか。まだ迷いがあるよな」

茂木は驚いた顔で村野を見、そして、「わかりますか」、ときいた。

「わかるさ、そりゃ。だけどいいフォームだった」

それから茂木の足下を見、「シューズ、合ってるか」、ときく。

「特に不満はないですよ」

村野がここに来た目的を知らない茂木は、ふと村野が脇に置いた大きな段ボール箱に目を向けた。

「よかったら、足を入れてみないか」

そういって箱の中味を取り出す。「足型に合わせてあるから。心配するな。アトランティスのじゃない」

茂木は驚いた顔をしたが、いわれるまま履いていたシューズを脱ぐと、村野が差し出した一足に足を入れてみる。

「すごいな、これ。ムチャクチャ軽いじゃないですか」

その場で飛び跳ねたり走ったりしながら、その表情に笑顔が広がっていく。「どこのシューズですか、これ」

そして、ようやくその存在に気づいたように、茂木は宮沢を改めて見た。

「こはぜ屋の宮沢といいます」

ようやく宮沢は自己紹介する。

「こはぜ屋、さん……」

茂木は何事か思い出したらしい。「あの、以前、シューズを届けてくれた――」

「覚えていていただけましたか」

宮沢はうれしくなっていった。「村野さんにご協力いただいて、新しいソールのシューズが完成したもので。もしよろしければ試していただけませんか」

「いいんですか」

待望のひと言である。

「全部で三十足あるんだけど、いま、足入れしてみてくれるか」

村野がいう。「ざっとでいいから特に感触の合うものを選んでくれ」

その場で代わる代わるシューズを履いた茂木は直感で何足かを選り分けていく。こだわりのあるアスリートらしい作業だ。選んだのは全部で十足。村野がその品番を控えた。

「あの、このシューズの代金は？」

茂木が遠慮がちにきいて、村野を笑わせた。

「要らないよ、そんなもの。それより、気に入ってくれたら使ってもらいたい。サポートするから」

「あの――」

問うような茂木の表情に、

「もちろんですよ」

宮沢は満面の笑みでこたえた。

シューズを提供するのが夢だった憧れの選手が、こうして「陸王」を履いてくれる。

これ以上の喜びがあるだろうか。

「何か気づいたことがあったら、遠慮なくオレにいってよ。どんどん改良してくから」

村野が付け加えた。「いまの君の走りからすると、そのソールは最適のはずだ。きっといい結果が出ると思う。——今度、真剣勝負のトライアルがあるんだってな」

グラウンドに入る前、顔見知りのコーチと話していたと思ったら、村野はしっかりと情報収集していた。

「出るんだろ、一万メートル。いいチャンスじゃないか。疑ってばっかじゃなく、たまには自分を信じてみたらどうだ」

茂木がはっとするのがわかった。

返事はないが、村野のアドバイスが茂木の胸に届いたことは明らかだ。

練習が再開される。

グラウンドに戻っていく茂木の足下を、あくことなく宮沢は見つめ続けた。

茂木裕人が履く「陸王」を。

濃紺に、勝虫《かちむし》のデザイン——。

宮沢の夢がひとつ、かなった。

5

「新しい『RⅡ』の感触を確かめるのには、絶好の機会ですよ、部長」

それがこの日、小原をダイワ食品の部内トライアルへ向かわせることになった部下のひと言であった。

部下の名は、佐山淳司《さやまじゅんじ》といい、退職した村野の後を任せている男である。

同社陸上競技部の主要部員のほとんどに製品を供給しているアトランティスとしては、是非とも見ておきたいレースだ。今後のサポート契約を見直す参考にもなる。

「やあ、どうも」

トライアルの始まる三十分ほど前にグラウンドに行き、城戸に声をかけると、いつになく厳しく引き締まった表情がこちらを向いた。

「休日出勤ですか」

城戸はにこりともしない。

「ええまあ。新しいモデルの感触が知りたいんで」

いつもと違う雰囲気に、小原も浮かべていた作り笑いを引っ込めた。先日行われたレース、「プラチナマイルズ」で生まれた城戸の危機感は、部員たちにも共有され、各人の表情は引き締まっている。

これはいいぞ。

小原は内心、ほくそ笑んだ。

真剣にやればやるほど、シューズの真価がわかる。普段はレースでしかわからないことが、実業団チーム内のトライアルでわかるのなら、こんな楽なことはない。カネを払ってもいいくらいである。

佐山から聞いた話では、すでに昨日行われた五千メートルで、新人選手の追い上げ有り、先輩選手の失速有りの波乱の展開になったらしい。

この日の一万メートルには、ダイワ食品のエース立原隼斗《たちはらはやと》が参加するのをはじめ、マラソンや実業団駅伝ではお馴染みとなった選手たちも多数出場するという。これらの中心選手たちに、力をつけてきた若手ランナーたちがどう絡むのか。通常のレースでは味わえないバトルが期待できそうだ。

それはそうと——。

いま小原は、トラックの脇で軽く跳躍して体を慣らしている茂木に目を向け、

「そういえば、茂木はこのトライアルには出るのだろうか」

そう疑問を抱いた。そして、陸上選手の盛衰とは残酷なものだな、と思う。

あれだけ脚光を浴びていたのが嘘のように、茂木の名前は表舞台から遠ざかっている。選手にとって怪我による長期離脱が、時として挽回《ばんかい》不可能なビハインドになることは珍しいことではない。

それに比べ、一方の毛塚は着実にスターへの階段を駆け上がり、かつてライバル同士だったふたりは明暗を分けた。これこそ、人生の縮図そのものではないか。

小原のビジネス哲学において、この世は常にふたつに分類されている。

勝ち組と負け組である。

そして、ビジネスで大切なことは、常に勝ち組に賭けることだ。

その意味で、茂木は惨めな負け組であり、投資する価値のない商品だ。見るとその茂木は、見慣れぬ濃紺のシューズを履いていた。どこのシューズかはわからないが、アトランティスのライバルメーカーのものでないことはたしかだ。名もないブランドの安物だろうか。

であればお似合いの組み合わせだ、と小原は小馬鹿にした感想を抱いた。

負け組業者と負け組選手。

それは、小原が押し戴《いただ》くもうひとつの哲学——ビジネスとは、常に対等な関係の上に成り立つ——にも見事に合致する。

そのとき、小原は唇に浮かべた笑みを、すっと引っ込めた。

グラウンドの入り口から、思いがけない顔が現れたからだ。

村野だった。村野は、ひとりの男を伴って入ってくると、小原に気づき、小さく会釈を寄越した。そのまま歩いてきて、少し離れた場所で、ウォームアップをしている選手たちを見ている。

「なんだ、退職した人が、遊びに来たのか」

その村野に向かっていうと、「仕事ですよ」、という返事があった。そして、「紹介しましょう」、と傍らの男を引き合わせる。

「こちら、こはぜ屋の宮沢社長です。——アトランティスの小原さん。日本市場を統括する営業部長さんです」

隣にいた佐山とともに、形式的に名刺を交換した小原は嘲笑混じりにいった。

「今度は足袋のフィッティングでもするのか」

「新しいシューズの開発に携わってるんです」

小原の目に、憎々しげな色が滲んだ。

カリスマシューフィッターだかなんだか知らないが、小原にしてみれば村野など所詮、「現場バカ」だ。ことごとく方針にたてついた挙げ句に会社を飛び出した男が、いまだに現場をうろつくなど目障りなことこの上ない。

「今度の『RII』、調子良さそうじゃないですか」

リニューアルモデルの「RII」がリリースされたのは、つい先日。村野が退職した直後のことであった。

褒められてもうれしくもなんともない。逆に、からかっているような村野の口調が癪《しゃく》に障るぐらいだ。

「村野さんがフィッティングしたかったんじゃないんですか」

隣にいた佐山が皮肉混じりにいうと、

「いやいや、その大役は君に任せるよ、佐山君。選手とのコミュニケーションを大事にしろよ」

真顔でアドバイスしてみせる。

村野の先輩面を不愉快に思ったか、「肝に銘じておきますよ」、とこたえる佐山は唇をひん曲げている。

グラウンドで集合がかかり、城戸を中心とした円陣ができた。

ちょうど三時を回ったところだ。

話を終えた城戸が、パンパンと二度、手を叩いてトラックから出ると、選手たちがスタートラインに並び始める。

名門だけあって、顔ぶれは多士済々《たしせいせい》だ。

やがて、一斉にスタートした選手たちの、トラックを蹴るシューズの乾いた音の重なりが、グラウンドの空間に拡散していく。

小原の目が、選手たちの履く自社製品に強く結びつけられた。

——どうだ、軽いだろう。

——いままでで最高でしょうが。

得意満面の小原の胸に湧いてくるのは、自画自賛の言葉ばかりだった。

6

トライアルに出ているのは、全部で十三人。いま集団をリードしているのは加瀬尚之《かせなおゆき》という選手だった。

茂木のサポートを夢見て以来、宮沢なりにダイワ食品の陸上競技部については勉強してきた。宮沢の記憶が正しければ、加瀬は、社会人五年目。かつて大学駅伝で鳴らした選手で、先日の「プラチナマイルズ」では一万メートルに出場して唯一決勝に残った。結果は振るわなかったが、注目選手のひとりだ。

「おもしろいなこれは」

興味深げに、村野が口元を緩ませている。

「どういうことですか」

「ほら、エースランナーの立原隼斗が、最後尾を走っているでしょう。彼の位置取りはレースの展開を読もうという、つまりは完全に実戦さながらなんだよ。一方の加瀬は先行逃げ切りを狙って、いつもより速いペースでリードしている。こっちは、先週のプラチナマイルズが余程悔しかったんだろうね」

「いま、一万メートルだと、この中では誰が速いんですか」

「やっぱり加瀬かな。ただマラソン重視であまりレースには出ないが、立原もいい。だけど、本来の実力からいけば、最右翼は文句なしに茂木のはずだ」

村野は、茂木を高く評価している。だからこそ、こはぜ屋のアドバイザーを引き受けたのではないかと、宮沢がひそかに思うほどだ。

いまその茂木は、集団の後方、ちょうど立原のふたり前を走っていた。

加瀬を先頭にして、ほぼ一列になった選手たちが、宮沢たちの前を通り過ぎていく。

ずっと最後尾を走っていた立原が徐々に順位を上げていったのは、三千メートルを超えた頃からだ。

「動いてきましたね」

宮沢がいった。立原のあとには、ぴたりと茂木がついている。

当初十三人が一列に並んで走っていたが、次第にその列が伸びていき、加瀬がリードするレースについていけない者が出始めた。その状況は五千メートルを超えたあたりから徐々に顕著になっていき、七千メートルを超える頃、勝敗の行方は先頭を走っている五人に絞られた。

「いいペースだ。二十七分台が出るかもしれない」

時計でペースを計っている村野がいった。スタートしてから、先頭を行く加瀬の千メートルのラップをずっと計っている村野に対して、見れば佐山は、ただ声援を送るのみでテクニカルなことは一切、気にする気配がない。同じシューフィッターでも、対応はまるで違う。

「そろそろ、仕掛けてくるかな」

前から三番目を走っていた立原がじわりとスピードを上げたのは、村野がそう口にして間もなくのことであった。

加瀬と並んだのも束の間、それを抜き去っていく。トップランナーの底力だ。

「本当はここで捕まえたいんだけどなあ」

村野がいったが、茂木は上がってこない。立原がスピードを上げ、二番手以降との距離が開き始めた。取り残された中に、茂木もいた。

「ちょっときついかな」と村野。だが――。

茂木がスパートをかけたのは、残り千メートルを切ったところだった。

前半のオーバーペースが祟《たた》ったのか、三番手に順位を下げた加瀬に並んだかと思うと、あっという間に抜き去り、さらに二番手をうかがう。

茂木がピッチを上げたのがわかった。

振り向くと、少し離れたところにいる小原が、仏頂面になっていた。彼らにしてみれば、サポートを打ち切った茂木がここまで走るとは予想だにしなかったに違いない。

「ここからが勝負だ！」

部内トライアルということもあって村野の声援は、控え目だが、力がこもっていた。

「行け！」

そのときである。

突如、茂木のスピードが落ちたかと思うと、足を引きずるようにしてコースアウトした。足を投げ出して地面に座り込む。

顔色を変え、村野が駆けだした。

宮沢もそれに続く。

まさか――。

「どこだ。ふくらはぎか」

先に駆け寄ったトレーナーがマッサージを始めた。

痛みをこらえながら茂木は悔しそうに天を仰ぎ、右手でひとつ、地面を強く叩いた。

7

グラウンドの外側、少し離れたところで、小原が不機嫌そうに腕組みをしながら一部始終を見ている。その脇にいて、佐山は神妙な顔つきで上司の反応を窺っているが、何がそんなに小原の機嫌を損ねているのか、わからないままだ。

アトランティスのサポート選手である立原がトップでゴールしたのだから、良いレースじゃないか。そう思ったぐらいである。そのとき、

「おい、佐山」

グラウンドを見据えたまま、小原が低く命じた。「茂木のサポート、取り返してこい」

「茂木の、ですか」

顔色を窺いながらきいた佐山に、小原から返事はない。

いま、グラウンドに仰向けになったままの茂木のもとにチーム関係者が駆け寄った中には、先ほど会った村野たちも交じっている。

村野を見るたび、佐山の心にさざ波が立つのは、いままで村野に仕事を認められたことがないという苦い思いがあるからだ。村野には、なにかにつけて仕事ぶりに注文をつけられてきた。いつか見返してやりたいという思いはずっと肚《はら》の中でくすぶっている。

「あれだけ走れるようになったんなら、他社のシューズなんか履かせることはない。サ

ポート復活だ。いいな」

上司の指示にうなずいた佐山だが、そのとき小原の視線が、茂木にではなく村野に結びついているのに気づいてそっと息をのんだ。

経営のプロをもって任じる小原は、現場一筋のカリスマとして一目置かれている村野をいつも毛嫌いしてきた。なにかというと目の敵《かたき》にして冷遇し、あげく、会社から追い出してしまった、というのが周囲の見方だ。

その視線を引きはがすようにした小原は、「行くぞ」、というひと言とともに、さっさとグラウンドを後にした。

城戸が駆け寄ってきた。

「攣《つ》ったのか」

監督の問いに、「すみません。大丈夫です」、と茂木が返す。

それを聞いて、宮沢はその場にへたり込みそうになるほど、安堵した。

「立原さんの記録は」

続いて出た言葉に茂木の執念を感じないではいられない。

「二十七分五十五秒だ」

城戸の返事を聞いて、また「くそっ！」、と悔しそうに吐き捨て、唇を噛む。マッサージを受けながら、茂木は両手で顔を覆い、仰向けになってしまった。

余程、悔しかったに違いない。

顔をしかめながら立ち上がった茂木に、宮沢はかける言葉を知らなかった。

「茂木は、完走できなかったことが悔しかったんじゃないと思うな」

村野がそんなことを口にしたのは、帰りの車中でのことであった。「あのまま走っていてもおそらく一位にはなれなかったし、二十七分台は出なかった。その事実が悔しかったんだと思う」

毛塚の記録も強く意識していたはずだ。

「なんて声をかけたらいいか、わかりませんでした」

宮沢が正直にこたえると、

「負けたランナーにかける言葉はないよ」

村野はいう。「負けは、負けだ。負けを勝ちに変える言葉はない。ここから先、本当に復活できるかどうかは、茂木自身の努力に頼るしかないんだ。我々がすべきことは、少しでもいいシューズを供給することだけさ」

だが、この日の真剣勝負に茂木はこはぜ屋のシューズを履いてくれた。「陸王」を。

茂木に選んでもらえれば、商品化と量産化への道は一気に拓けるかもしれない。そう、宮沢は期待した。

がしかし——。

「そんな簡単なものじゃない」

村野は慎重だ。「茂木君からフィードバックをもらったら、一度の修正でも数ヶ月かかることもある。それらを可能な限り、ひとつひとつ潰していって、ようやくひとつの製品ができあがる。まだまだこれからですよ」

「ランナーのフィードバックってのは、具体的にいうと、どんな形でシューズに生かされるんですか」

宮沢はきいた。

「たとえばアトランティスの『RⅡ』なら、アウトソールの部分とミッドソールの部分では、微妙に硬さが違う素材が使われている。アウトソールには硬めのスポンジラバー、ミッドソールには、軽いスポンジ材。なぜだと思いますか」

村野の問いに、「着地の衝撃吸収のためですか」、宮沢は推測を口にする。

「その通り。一流といわれるアスリートの大半は、足の真ん中よりも先の、しかも小指の側から着地する傾向がある。つまりそこに軟らかな素材を使ったのでは、耐久性が落ちてしまうんですよ。だから、最先端のランニングシューズは、同じスポンジ材でも異質な材質を組み合わせたりして——もちろんそれもメーカーの独自技術なんだけど——、ランニングのメカニズムに合致した構造をソールに持たせている。そうした改良こそフィードバックの賜《たまもの》なんだよ」

翌日、村野を囲んで開発チームのミーティングを開いた。

「スポンジ材って、どんなやつなんです」遠慮がちに問うたのは安田だ。

「合成ゴムを気泡を使って膨らませてるんだ。理論的には穴あきチーズみたいなイメージかな」

わかりやすいようにと、サンプルを前に村野は説明してくれる。「中身が全部詰まってるわけじゃないから、同じ体積ならこっちのほうが軽い。このミッドソールに使われているスポンジ材のほうは、ＥＶＡとか、ポリエーテル系のウレタンだと思う」

ＥＶＡという名前の由来は、エチレン、ビニール、アセテートの頭文字。弾力性があって軽いために、ランニングシューズのソールに使われているという。

村野がサンプルとして見せたのは、アトランティスのシューズだ。

「なんでもない素材のようだけど、ポリエーテル系ウレタンを駆使するには相当の技術が必要でね。このあたりの技術力は、さすがアトランティスと認めるしかない」

「つまり、ひとつのソールの中に異なる材質が同居しているってことか。おもしろいな」

飯山は興味深げにいって、ソールを凝視している。

「シルクレイだって、気泡で膨らませるというのはアイデアとしてはアリかも」

そんなアイデアを口にしたのは、大地だった。「あるいは、ひとつのソールの中で、硬い部分と軟らかい部分を作るとか――」

「それができればベストだね」

村野がいった。「こうしてわざわざ異質な材料を使わなければならないのも、ソールに求められている硬さや弾力性の要求水準を、ひとつの素材では実現できないからなんだ。同一の素材でそれが可能なら、製造コストを引き下げることになるかもしれない。それは将来的に大きな武器になるだろうね」

飯山は腕組みをして顎を引くと、目を閉じた。どれくらい考えていたか、

「ぶっちゃけ、ウチの素材について、どう思う」

率直に、村野に問うた。「シルクレイは、アトランティスが開発したこのソールに使われている素材に勝てると思うかい」

村野は、飯山を直視したまま、わずかの間を挟んだが、

「勝てないのなら、私はここにいませんよ」

きっぱりとそう言い切った。

「大きな勘違いをしていたようです」

ミーティングの後、社長室に戻った宮沢は、自嘲気味の笑いを浮かべた。「もっと簡単に量産にこぎつけられるものと思っていました」

「それは少々、考えが甘いね」

村野はいった。「足袋だって、昨日今日に始めた業者に作れるかっていえば、作れな

いでしょう。こはぜ屋さんの足袋には、百年分のノウハウが詰まっているはずなんだから、そう簡単には真似ができないはずです。シューズも同じことですよ」

「さっきの説明で、アトランティスのすごさを、今更ながらに思い知らされた気分です」

弱音に聞こえたろうか。村野はふいに厳しい表情になり、「アトランティスにどんな技術があるか、私は、知ってました」、といった。

それでも、アドバイザーとなって、こはぜ屋を応援している。村野はそういいたいのだ。

もし、村野がいなければ、脇の甘い製品で参入し、競合他社の壁の前に無残な敗北を喫していたに違いない。

宮沢が足を踏み入れたランニングシューズ業界は、ちょっとやそっとのことでは打ち破れない堅牢《けんろう》な城郭に囲まれている。きっと傍目《はため》には、こはぜ屋など、風車に立ち向かう愚かな騎士さながらだろう。

「このシューズのために会社を立ち上げ、ゼロから始めるというのなら、私は反対したと思う。でも、宮沢さんには本業がある。長丁場をなんとか食っていくだけの糧《かて》があるのは何物にも替え難い強みだ」

村野は言葉を切り、社長室にある応接セットのソファでしばし考えるような間を挟んだ。

「ノーリスクの事業なんてありませんよ」

ビジネスの原則だ。「進むべき道を決めたら、あとは最大限の努力をして可能性を信じるしかない。でもね、実はそれが一番苦しいんですよ。保証のないものを信じるってことが」

村野の言葉は、急速に胸に染みこんでくる。まさにいま、宮沢が直面しているのは、将来を信じることの難しさだ。ともすれば困難な現実に打ち負かされそうになってしまう、自分との闘いでもある。

「おっしゃる通りだと思います」

肯定した宮沢だったが、

「でも、それは茂木君だって同じことなんだよね」

続く村野の指摘にはっとさせられた。「いや、茂木君だけじゃなくて、すべてのランナーにいえることかもしれない。真剣に向き合えば向き合うほど、有るか無いかわからない自分の才能や可能性を信じるしかない。だけど、いまの宮沢さんなら、彼らの苦しさや心細さがわかるでしょう。それは大企業のぬくぬくとした環境にいる連中には決してわからない感覚でもある。意図したものではなかったかも知れないけど、これからそれが、宮沢さんの財産になるんじゃないだろうか。ところで、ひとつききたいんだけど――」

村野は改まった口調になった。「宮沢さんのいう裸足感覚とはどういう意味だろうか」

「意味、ですか」

唐突にも思える質問に、宮沢は面食らった。

「この上なく足にフィットした履き心地、という説明では足りませんか」

すると、

「足にフィットするとは、どんな状態のことだと思う」

村野はさらに問うた。

「どんな状態とは？」

「いや、禅問答をするつもりはないんだ」

そう断って、村野は続ける。「ただ足にフィットさせるというのなら、大勢の足型のサンプルデータを採取して、その最大公約数の足型《ラスト》を作ればいい。あえて茂木君に頼むまでもない」

たしかに、その通りだ。「なのに試作段階から茂木君に履いてもらうのは、実際に走った上でのフィードバックが欲しいからじゃないか。大勢の足型を測っただけではそれは得られない。我々が目指すべきなのは、裸足感覚とひと言でいっても、立ち止まっているときの裸足感覚ではないってことなんですよ」

その指摘は、宮沢の盲点を突いていた。「走る、蹴る、踏む——。ただ突っ立っているだけじゃなく、重要なのは、動きの中でのフィット感ですよ。止まってるときにフィットしたところで、そんな裸足感覚に何の意味もない。激しく、ときに過酷な条件下での運動の中でこそ、本当の裸足感覚が問われる」

そのとき――。

何かが、宮沢の胸を過《よぎ》った。

だが、細い刃のようなその輝きは、思考のどこかで一閃《いっせん》したかと思うと、たちまちのうちに遠のいていく。

果たしてそれがなんであったのか、正体を探ろうとした宮沢に、村野はいった。

「一度世の中に出したら、評価は確定してしまう。もう少し、茂木君と一緒に『陸王』と向き合う時間をくれませんか。むしろここからが、本物のシューズ開発です」

8

「どれだけカネを注《つ》ぎ込むつもりですか、社長」

富島との話し合いになったのは、それから暫《しばら》くたった日のことだった。

材料の仕入れ、そして金型などの設備投資など、今後の必要経費について打ち合わせを持ったときのことだ。新規事業にこれだけ必要になると告げたときの富島は、分不相応のおもちゃをねだる子供の親のような目を宮沢に向けた。

「あれも必要、これも必要。そんなふうに支払っていたら、どれだけカネがあっても足りませんんよ。新しいことをするのなら、もっと小さなことから始めたらどうです」

「たとえば？」

宮沢はきいた。「たとえば、どんな仕事だい」

「それを、みんなで考えて探していけばいいじゃないですか」

宮沢は憤りを感じた。

「だから考えてるじゃないか、みんなで。そういうゲンさんはどうなんだよ」

一旦言葉が口を突くと、不満は続けざまに出た。「いままで行動することなんてなかっただろ。毎日すり減っていく会社の業績を数字で眺めてきたにもかかわらずだ。少なくともオレは、このこはぜ屋の将来に責任を負っている。ゲンさんにその思い、あるか。ただ保守的で、危ないことはやめたほうがいいと、そんな単純な思いだけで反対しているんじゃないか。食えればいいなんて考えじゃ、会社は必ず行き詰まる。横ばいを狙って横ばいの業績なんてない。少しでも成長しようと努力してようやく横ばいか、ちょっと上向けばいいぐらいさ」

富島の表情が強ばり、つるりとした額が朱に染まった。

「ですから、私は本業に専心して——」

「いまのこはぜ屋は泥船だ」

遮った宮沢は、富島に目を据えた。「いつか、必ず沈む。体力勝負で最後まで生き残れるだけの力はない。そのことは誰よりもゲンさんが知ってるはずじゃないか。いまならまだ、新しい事業を興していくぐらいの体力だけはかろうじてある。だけど、いま以上に財務が細ったらそれもできないだろうよ。これがラストチャンスだ。オレはそれに賭けたい」

富島は石膏《せっこう》で固められたように動かなかった。

メガネのレンズの向こうから、やけに透明な瞳が宮沢を見ている。わかってくれたか。そう思ったとき、出てきたのは、

「血は争えませんなあ」

という意外なひと言だった。

「どういうことだい」

宮沢がきくと、富島は視線を逸らし、その肩越しに社長室の窓を見た。そこから見える構内ではいま、荷下ろしの真っ最中だ。大地に指示を飛ばす安田の声がしている。

「昔の話ですからいわないようにしていたんですが、会長も、一世一代の大勝負だとおっしゃいまして、新しい事業を立ち上げられたことがあったんです」

会長というのは、宮沢の亡き父、紘作《こうさく》のことである。

驚いた宮沢は、言葉もなく、富島を見つめた。父は、家ではほとんど仕事のことは話さない男だった。

「会長がまだ四十ぐらいのときですかねえ。足袋には将来がないといって、新規事業に手を出したんです。それはもう大変な意気込みで、会社のカネも相当注ぎ込みました。そのときの私は、会長に命じられるまま銀行に掛け合って借金をし、定期預金も取り崩し、とにかくありとあらゆる手段で、資金作りに協力しましたっけ。だけど、結局、そ

の事業はうまく立ち上がらなかった」

「そんなことが、あったのか」初耳である。

「借金まみれになって、本業も留守にしてたから取引先のいくつかも失った。問題なのは、新規事業が失敗したことじゃなく、本業が受けた打撃のほうですよ。そのとき、会長は私におっしゃいました。富島は会社の財務のことはわかってるはずだろう。なんで力ずくでも止めてくれなかったんだって。そのときの会長は、目に悔し涙さえ浮かべられて。いまでも忘れません。会長の経営は、同業他社と比べても堅実でしたけども、あれだけが唯一の失敗でした。あのとき確実にこはぜ屋は潰れかけました。もし、あれがなかったら、いま、こはぜ屋はずっと豊かだったでしょう」

回想していた富島の目が、宮沢へと戻ってきた。「私は経理屋です、社長。経理屋ってのは、失敗したときのことにばっかり、目がいってしまう因果な商売です。でも、よく考えてくださいよ。たしかに新規事業が成功したときの果実は大きいでしょうが、失敗しないとは限りません。経理を四十年もやってきて、もうあんな思いはたくさんだ。もしものときを考えて止めるのは私の役目です。社長がどうおっしゃろうと、それが私の覚悟です。どうかわかってやってください」

そういって、富島は深々と頭を下げた。

「そんなことをゲンさんがねえ……」

妻の美枝子はいうと、「なんかしんみりしちゃうよね」、と宮沢の前にお茶を置いた。

「でも、そんな新規事業があったなんて、あなたが知らなかったというのもちょっと意外よね。それで、どんな事業だったの」

宮沢が表情を歪めるのを、美枝子は不思議そうに眺めた。

「いや、それがさ」

宮沢は視線をテーブルに這わせ、遠くを見るような目になる。「『陸王』だったんだよ」

「『陸王』が?」

美枝子が目を丸くした。「すごい偶然じゃない?」

「まったくだ。オヤジもオレと同じことを考えてたなんてさ。これにはさすがに、返す言葉がなかったよ」

かつて、マラソン足袋に社業を賭した父は、運転資金の名目で借り入れた資金一千万円を投入。伝統的な足袋業者から、靴製造業への転身を図ろうとするが、事業は壮大な失敗に終わる。後には倉庫を埋め尽くす在庫の山と借金が残り、こはぜ屋は資金繰りに窮することになった。問題はそれだけではない。この事業のための資金を、通常の運転資金として調達したことに当時の取引銀行が反発。資金を流用されたと思った支店長の逆鱗《げきりん》に触れて、取引が打ち切られ、こはぜ屋は、倒産の一歩手前まで追い詰められたのであった。

借りた金をどう使おうとこちらの勝手だと強弁して憚《はばか》らなかったという父の態度にも問題はあったろうが、銀行と社長との間に挟まれて最も苦労したのが、経理担当の富島だったことは想像に難くない。

借金の返済、そして給与や仕入れ代金の支払いなど、運転資金の調達に奔走した富島は、来る日も来る日も付き合いのなかった他の銀行を回っては断られ、やっとのことで運転資金支援の約束を取り付ける。それが、いまの埼玉中央銀行の前身、埼玉商業銀行だったらしい。

「ゲンさんにしてみれば、埼玉中央に助けてもらったっていう思いが強いみたいなんだよ」

そう考えると、同行に対して富島が見せてきた過剰なまでの配慮の理由もわからなくはない。

「真面目というか、堅い人だからねえ」

美枝子はいい、「今度こそ、同じ過ちを犯さないように、事業に反対してるってわけか」と得心がいった口ぶりである。

「だけど、それじゃあ困るんだよ」

宮沢はいった。「かつて失敗したからまた失敗するとは限らないだろ」

「それはそうだけど、結構、大変なんでしょう」

その辺りの事情は、大地あたりから聞いているに違いない。

「まあな」

飯山や村野という頼もしいブレーンを得る一方、カネのことも含め、問題は続々と出てくる。製品化は、そうした課題を乗り越えた向こう側だ。

「それで、足りないおカネはどうするの？」

美枝子がきいた。

「銀行から借りるしかないよ、そりゃ。技術的にはまだまだだけど、教育現場で採用されているという実績もあるしさ」

頼りなげに聞こえたのだろうか、少し間を置いて美枝子は、

「それでダメなときは？」

と遠慮がちにきいた。

また定期預金を取り崩すか——。

出かかった言葉を、宮沢はのみ込んだ。

先行きの見えないビジネスを、ただ見ているしかない美枝子の胸の内は、不安と疑問で一杯だろう。宮沢家の金融資産といっても、さほど潤沢にあるわけではない。本当のところ美枝子がこの事業をどう思っているのか、宮沢は妻の気持ちを確かめるのがほんの少し怖かった。

「そのときは——考えるさ」

宮沢がいうと、心中を察したかのように、美枝子は笑ってみせた。

「考えてみると、いままで楽なことなんてなかったしね。たとえうまく行かなくても、いま頑張ってるからこそ得られることだってあるでしょう。やれるだけやってみたら」

妻の励ましに頷きかけた宮沢の表情から、そのとき笑みが消えた。

「いま、なんていった」

そう、問いかける。

「いままで楽なことなんてなかったって……もしかして、怒った？」

宮沢はこたえなかった。

先日、村野と話をしているとき、宮沢の胸を通り過ぎていったひらめきの破片——。いまそれが、くっきりとした輪郭となって、戻ってきた。

「たしかに、得られることがあったかもしれない」

真剣そのものの眼差しでキッチンの壁を睨み付けている宮沢の頭に、思いもしなかった発想がくっきりと浮かび、急速な勢いで拡大しはじめた。

いままで宮沢は、百年培ってきた足袋の発想と技術を、「陸王」に生かそうとやっきになっていた。

もちろん、それは間違ってはいない。

だが、シルクレイという新しい素材や、ランニングシューズに関する様々な知識を得たいま、その技術と知識を、逆に本業の足袋へ生かすことができるのではないか。

その考えは、宇宙の遥か彼方から飛来してきた彗星《すいせい》のように、たちまちのうちに宮沢を虜《とりこ》にし、魅了しはじめたのである。

それはまさに、コペルニクス的転回ともいえる真逆の発想に違いなかった。

第十章　コペルニクス的展開

1

月に一度開かれるこはぜ屋の「経営会議」の主役は富島であった。

縫製課からはあけみさん、人件費や労務関係の担当者として安田、そして顧問となった飯山も出席する中、何の仕入れが多すぎるだの、残業時間を減らせだのと、富島の指摘は、とにかく細かい。とはいえ、表向き抵抗する者がいないのは、その指摘が正しいからに他ならない。

「特別な出費があるときには、必ず、私に報告していただくよう、よろしくお願いします」

締めの言葉もいつも通り。

会議が始まって一時間が過ぎ、ここら辺りで宮沢が閉会を宣言する——はずであった。

だがいま、宮沢は「じゃあこのへんで」というセリフを期待した出席者の視線を受け、「もうひとついいかな」といつもとは違うひと言とともに椅子の背から体を起こしたのだった。

「新製品を開発したい」

書類を閉じかけた手を止め、富島が険しい顔を向けてくる。

「社長、この前新規事業を始めたばかりじゃないですか。また何か——」

そういいかけるのを手で制し、宮沢は続ける。

「新しい地下足袋だ」

その場にいる全員が、きょとんとした顔になった。

あけみさんが目を丸くしている。富島は、何か言おうとしたまま口を閉じるのを忘れてしまったかのようだ。その中で、飯山だけが動ずることなく瞑目しているのは、会議の前、内々にアイデアを話しておいたからだ。

「地下足袋……ですか」

安田が、腑《ふ》に落ちない声を出した。「なんでまた」

「生ゴムを使っていた地下足袋のソールをシルクレイに変更する。生ゴムよりも軽くて、遥かに丈夫。その代わり、値段を高めに設定して既存客の履き替えと競合他社メーカーの客の取り込みを図りたい。どう思う」

随分長く感じられる沈黙が訪れた。

「あたし、いいと思います」

そういったのはあけみさんだ。「ずっと変わらないものがあってもいいと思うけど、良いものができたんなら変えていくべきですよ。やりましょう」

「ヤスは？」

「オレも、賛成ですね。それなら、たいしてカネもかからないし、やってみる価値はあると思います」

背筋を伸ばし、やけにかしこまった態度で、安田はこたえた。

「ゲンさんは」

富島は、くぼんだ眼窩《がんか》の底にある青みがかった瞳を何度か瞬かせ、唇を結んだまま何事か考えている。全員に見つめられたまま、気骨を感じさせる表情を崩すことなく、いった。

「やるべきです」

宮沢の体中をアドレナリンが駆け巡った。そして、熱い目を飯山に向ける。

「お願いします、飯山顧問」

こはぜ屋の新たな挑戦が始まった瞬間であった。

2

気温二十二度、湿度六十五パーセント。調布《ちょうふ》にある味《あじ》の素《もと》スタジアムの楕円《だえん》の屋根に切り取られた空を、雲が埋めつくしている。

日本選手権――。

最高気温二十八度を記録した前日から六度ほど気温も下がり、いつもなら夕方のこの時間にきつくなる日差しもない。六月の長距離レースとしてはまずまずのコンディションの中、つい先ほど第四コーナーの招集所から入場してきた男子一万メートルの参加者、三十七名の選手がトラックに集まったところだ。選手紹介のアナウンスを受けては、右手を挙げたり、お辞儀をしたりしている彼らは皆、国内陸上競技で中長距離を担うトップアスリートばかりである。

スタートは、午後四時五十分。

選手紹介が終わり、スターターに注目が集まった。束の間の緊張にわしづかみにされた競技場が息を呑むなか、「オン・ユア・マークス」の声が、はっきりと茂木の耳にも聞こえた。

号砲というにはほど遠い、乾いたピストル音で、斜め二列に配置されていた選手たちが一斉にスタートし、すぐに長い棒状の塊になる。

反時計回りの周回だ。陸上競技のトラック競技では、反時計回りがすでに百年来の国際ルールになっており、それに準じている。

出だしは単調で、静かだった。胸にゼッケン、腰に写真判定用のナンバー標識をつけた選手たちの長い列の後方。後ろから数えたほうが早い位置を走っている選手に、いま茂木は視線を注いでいる。

アジア工業の毛塚だ。

その少し前に、茂木のチームメイトである立原がいる。

緊密であった選手間の距離が、スタートして十分を過ぎると次第に伸び始めた。さらに十五分を過ぎる頃には、じりじりと順位を上げた毛塚が、先頭集団のやや後ろに位置取りしていた。

「おっ、立原さん、仕掛けたぞ」

二十分過ぎ、隣にいる平瀬の声は、スタジアムに木霊《こだま》する声援にかき消されそうだ。多少ペースを速めたようにも見える先頭集団の中盤あたりにいた立原が、じわりと位置を押し上げたところだ。

その動きを敏感に察知したランナーの中で、駆け引きが始まろうとしている。その中には、日本記録を持つ山崎雅弘もいた。優勝候補筆頭との呼び声も高いランナーだ。

「ああっ」

やがて、落胆の声を平瀬が洩らしたのは、仕掛けたはずの立原の順位が逆にじりじりと後退し始めたからだ。そのまま、後方に控えていた毛塚にまで軽くかわされると、先頭集団のスピードについていけなくなってしまう。

その変動の中にいて、いま毛塚は、山崎の後方につけたところだった。前に出ようとはしない。山崎もまた、時間を残して先頭に出ることはせず、レース展開を読みながら飛び出すタイミングを見計らっている。

ランナーたちの、息詰まるデッドヒートが始まっていた。ペースがあがるたびに、細長い雲が千切れるように先頭集団からランナーがひとり、またひとりと、振り落とされるように落ちていく。

「すげえレースだぞ、これ」

平瀬が、興奮した声を出した。

激しく切り結ぶ戦いの中で、山崎の後をゆく毛塚の静かな追走が継続されている。スパートを掛ける気配もなく、疲労のほどをうかがわせる表情もない。

二十五分過ぎ、先頭集団は、八人。山崎は、前から四番目を走り、毛塚の追走を許していた。

いつ、誰が仕掛けるのか。緊迫のレース展開のまま、勝負は佳境を迎えようとしている。

茂木たちが息を呑んで見守るバックスタンド前を通過していったとき、先頭集団を形成するランナーは五人に減っていた。スタンドの声援が最高潮に達したのは、メインスタンド前を通過し、やがてラスト一周の鐘が打ち鳴らされた瞬間だ。

「来たっ！」

平瀬の興奮が歓声に混じり合った。

毛塚が飛び出し、前を走る山崎の前に出たかと思うと、そのまま先頭を走っていたランナーを抜き去りトップに立ったのだ。

その後を轟然《ごうぜん》たる勢いで追走し始めたのは山崎であった。

ふたりの、熾烈《しれつ》な戦いがバックスタンドを興奮の坩堝《るつぼ》へと巻き込んでいく。

周回遅れの選手をいまや次元の違うスピードで抜き去る二人のデッドヒートは、最終コーナーを回り込み、最後の直線に入ったとき、決着がついた。

日本を代表するランナーに相応《ふさわ》しい、山崎の見事なラストスパートだった。ベテランの意地といっていいかもしれない。

いったい、十キロ近い道のりを経て、どこにこんなエネルギーが残っていたのだろう。目を疑いたくなるほどの走力で毛塚を抜き去ると、最後に一度背後の追走を確認する余裕さえもって、ゴールとともに右の拳を天に突き上げる。その直後にゴールした毛塚は天を仰いで悔しがり、このレースで初めて感情を露わにした。

だがいま、その毛塚より、もっと悔しそうな表情を浮かべていたのは茂木のほうだった。

レース終了後のどよめきと、張り詰めていた緊張が一気に緩む気配の中で、いまこのトラックに自分がいないことが、ただひたすら悔しい。

茂木の隣では、平瀬もまた呆然とグラウンドを見下ろし、魂の抜け殻のように背を丸めている。

「平瀬さん」

その平瀬に向かって、茂木はいった。「オレ、もう一度ここに戻りますから。レースに」

返事はない。

ただ、虚ろな眼差しが茂木を向いただけだ。その瞳には、どれだけ覗き込んでも底がなく、感情の欠片《かけら》すら浮かんでいない。こんな平瀬を茂木は見たことがなかった。そう思ったとき、平瀬の表情に人格が戻ってきたかのように、どこか寂しげな笑みが浮かぶのがわかった。

「おう、頑張れよ」

ありきたりな励ましの言葉を口にして、茂木の肩をぽんとひとつ叩く。再びトラックを見据えた平瀬は、重く押し黙り、まるでその光景を目に焼きつけるかのような真剣さのまま、しばらく身動きひとつしなかった。

——京浜国際マラソンだ。

茂木の胸に、明確な目標が浮かんだのは、そのときだった。

足の故障で脱落し、一敗地に塗《まみ》れたあのレースこそ、いまの自分を克服する場に相応しい。

待ってろよ、毛塚。

茂木はグラウンドに向かって誓った。もう一度、お前のライバルとして復活してみせるから。

熱気の冷めやらぬグラウンドでは、女子百メートル決勝が始まろうとしている。

ダイワ食品の選手が出場するレースは、もうない。席を立った茂木は、ゆっくりとした足取りでスタンドの階段を踏みしめ、競技場の出口へと歩いていった。


レースが終わった瞬間、小原は満足そうな表情で、隣にいたアトランティスの社員たちと軽く握手を交わした。

優勝した山崎雅弘は競合他社のシューズだが、それと競り合った毛塚が、アトランティスのシューズを履いて出る初めての檜舞台《ひのきぶたい》だったからだ。

二位に沈んだとはいえ、見応えのあるレースだった。毛塚が履くショッキングピンクの「RⅡ」は、この曇り空の下でも十分に映えていた。学生トップランナーから、日本のトップランナーへと登り詰めようとする選手が、果たしてどこのシューズを履いているのか？

少しでも興味を抱いた者は大勢いたはずだ。その彼らの目に、「RⅡ」での好走は弥《いや》が上にも焼き付いたに違いない。

「毛塚と契約したのは正解でしたね。きっと次はやってくれますよ」

傍らにいる社員に話しかけられ、「これはシューズの勝利だ」、と小原は胸を張った。

アジア工業陸上競技部でも多くのチーム同様、シューズのサポート契約は個人で結ぶことになっている。かつて毛塚がサポートを受けていたライバルメーカーが、毛塚と条件で揉《も》めているという情報をいち早くキャッチした小原が、強力なアプローチで見事勝ち取った契約だった。今頃、このスタンドのどこかで契約を取られたライバル会社の連中が地団駄踏んで悔しがっている姿が目に浮かぶ。

いい気味だ。

込み上げてくる笑いを堪《こら》えきれずに肩を震わせた小原は、声もなく笑い始めた。

3

地下足袋の新製品「足軽大将」のサンプルができたのは、宮沢が提案した一週間後のことであった。

製造したのは三百足。高めにというより、かなり強気な価格設定で都内のショップに卸したのは、五月最初の土曜日である。販売の様子を見てから値下げも考えていこうと思っていた矢先、なんと土日の二日間に三百足が完売し、宮沢たちを驚かせた。かつてない売れ行きである。

「いまもって、半信半疑でして」

販売状況を見て開いたミーティングで、ファックスされてきた注文票を前に、安田は興奮を通り越して少し青ざめている。

「そりゃ、あれだけ軽くて履きやすけりゃあ、少し高くたって買うよ」

そういったのは、あけみさんだった。シルクレイを採用した「足軽大将」の重量は、従来品の半分にも満たない。始業時の朝方こそ従来品との差がわからなくても、疲れの溜《た》まる午後になれば、その軽さがいかに体への負担を軽減しているか、実感しないではいられないはずだ。生ゴムソールと比べて、蒸れず、しかも地面をしっかりと摑み、地形の変化を直接足裏に伝える柔軟さがある。とくに危険の伴う職場なら、疲労の軽減は安全性に直結する。

一方で、天然材料をベースにしたハイテク素材は、環境適応性も高く、甲側の木綿同様、古くなって燃やしても有害ガスは一切出ない。

こはぜ屋の従来商品が二千円台なのに対して、その倍近い値段を付けたのは、高い開発費をそれで少しでもカバーしようという意図もあった。それでも売れたのは、その軽さとコンセプトが、値段に見合っていると評価されたからに他ならない。

「購入した人と同じ現場で働いている仲間たちが、購入翌日にやってきて一度に二十足近く売れた例もあったそうです」

安田は、中野《なかの》にあるショップの一例を紹介した。「これは売れるっていうんで、追加注文が約二千。これでも一週間持たないかもしれない。今後、販売店を増やせば、もっと引き合いが増えてくると思うんですが、どうしましょう」

その問いは、宮沢に向けられたものだ。

実はこはぜ屋の地下足袋は従来、国内ではなくベトナムの協力工場で製造していた。

こはぜ屋に限らず、日本で流通している地下足袋の百パーセントがアジアを中心とした海外生産というのは、いまや業界の常識である。こはぜ屋の本社で作る「足軽大将」は、異例中の異例だ。

最初に作った三百足は、万が一の火災や事故のときのために本社に保管している予備の金型で製造したものだった。本来ならコストの安いベトナム工場でラインを増やして量産したいところだが、シルクレイの製造設備は本社にしかない。

「足袋の製造計画を変更して五千、作ろう」

宮沢のひと言に、安田の目が輝いた。

「攻めに出る、と」

「勝負所だ」

宮沢はいい、「どうですか」、と傍らの富島にも問うてみる。

「会社の興廃この一戦に有り、ですか」

古めかしい比喩で応じた富島だが、表情は引き締まり、目には若返ったような力が湧き出しているように見える。

「飯山さん、早速、増産、頼めますか」

「わかった。この後すぐにかかるから、サイズと数を頼む。おもしろいことになってきたな」

宮沢に応じる飯山の声も、興奮に打ち震えているように聞こえる。

早速、安田が、生産計画を引き直し始めた。

「仕入れの代金がわかったら、すぐに知らせてくれ。ここは私がなんとかする」

富島にしては興奮気味にいい、少しだぶついたシャツの胸を深呼吸で上下させた。

「これは、忙しくなりますよ、社長。フル稼働だ。人手が足りない」

安田も頬を紅潮させ、まさにうれしい悲鳴である。

足下から湧き上がってくるような熱気に身を浸しながら、宮沢は、いままで経験したことのない高揚感の中にいた。

これは紛れもないヒット商品になる。もし、会社の業績に転機が訪れるとすれば、まさにこうした場面からではないか。

ミーティングを散会した宮沢は、開発室へと戻っていく飯山に声をかけた。

「飯山さん、ありがとうございました」

返事はない。ただ、右手がひょいと上がっただけで、偏屈な元経営者は古くなった社屋の廊下を悠々と去っていく。

宮沢も社長室に戻りかけたとき、

「それにしても――」

という富島の嗄《しわが》れた声がして立ち止まった。振り向くと、ファイルを小脇に抱えた富島がいて飯山を見送っているところだ。その視線が宮沢に向けられると、

「あがいてみるもんですな」

そう呟く。

「それが——生きてくってことじゃないんですか。会社だって、人だって、結局同じかもしれない」

宮沢がいうと、富島は俯《うつむ》いたまましばし沈黙し、おもむろに自席のある事務所へと引き返していった。

4

村野とともに、茂木を市営グラウンドに訪ねたのは日本選手権の二日後のことであった。

午後五時を過ぎ、ようやくそよ風の出てきたグラウンドに立ち、黙々とトラックを走り込む茂木の姿を小一時間も眺めたろうか。

「アウトソールの減りが早いのは、いま対応を練ってるから」

そういった村野は、「雨の日、走ったかい」、という質問に続いて、様々なコンディションでのインプレッションを事細かくヒアリングし始めた。

着地したときの安定性、グリップ力、そして反発力——シューズのソールに求められる要素は多様だ。

競合メーカーが異素材を組み合わせて作っているソールだが、「陸王」の場合は、同じシルクレイという素材で硬さを変えて対応できるよう、いま飯山と大地が検討しているところだった。しかも、準備するソールは、トラック競技、それを超える長距離など、様々なシチュエーションに応じて多岐に亘《わた》る。さらに、レース当日のコンディションやロードレースであればそのアップダウンまで考慮して供給することを村野は提案していた。まさに、こはぜ屋にとって全力を尽くすサポート態勢である。逆にいえばそれだけの価値が茂木にはあると、村野が評価していることの証《あかし》でもある。

茂木のインプレッションも細かい。指摘は、何十ヶ所にも及び、一回ヒアリングするたび、村野のノートはたちまちびっしりと埋まっていく。

「他に何か気になったことは？　ソールに関することはきいたけど、アッパー部分について、何かあればいってくれないか。たとえば、生地の厚みはどうだ」

すると、

「もっとしっかりして欲しいというか。なんとなく違和感はありますね」

新たな要望が出てきた。「結局、足ってソールとアッパーに挟まれてるわけなんですけど、いくらソールがよくても、アッパー部分がしっかりしてないと走っているときにぐらつく感じが出てしまうんですよ。安定性も損なっている気がします」

「陸王」のアッパー素材は、軽さを優先してナイロン素材が使われている。

「薄手で軽いのはいいんですが、なんていうか存在感が無いんですよね。しっかりめで保温性がよくて、通気性もいい素材があるといいんですが」

これには思わず呻《うめ》いた。

理想を口にするのは簡単だが、実現するのは容易ではない。

軽い上に保温性と通気性、さらに耐久性を併せ持つ素材といわれても、いまの宮沢には見当もつかなかった。そもそも、そんな相反する特性を持つ素材が世の中に存在するかどうかも疑わしい。

「アッパー素材をどうするか、というのは、どこかでひっかかってくるテーマだとは思ってたんですよ」

茂木と別れた後、打ち合わせも兼ねて近くの喫茶店に入ると村野はいい、「いまの素材にしたのは、軽いからですか」ときいた。

「そうです」

頷いてから少し考え、「いや」、と宮沢は言い換えた。「正直なことをいうと、他に思いつかなかったからなんです。知り合いの繊維関係の人間に相談して卸してもらったんですが」

「なるほど」

村野はうなずき、何事か思案しながらコーヒーカップを口元へ運ぶ。「うまくいくかどうかはわからないが、アトランティスに出入りしている業者を紹介しますよ。相談してみたらどうですか」

ありがたい。意識はしていなかったが、実はそのひと言を待っていたのかもしれない。

「じゃあ、関東レーヨンの担当者の名刺、明日ファックスしますから」

「関東レーヨン、ですか」

有名企業だから名前だけは知っているが、取引をしたことはない。もし、これを機会に取引できれば、こはぜ屋にとってもメリットがあるはずだ。

「ただし、素材といっても、競合他社に納品しているハイテク素材を供給してくれるとは限りませんから」

村野は釘を刺した。「関東レーヨンが製造していても、そこには各社のノウハウやデザインも関わってくるんです。ソールほどではなくても、アッパー素材の機能性も重要なファクターに違いないわけで」

「わかります」

とにかく行ってみるしかなかった。話はそれからだ。

5

「ランニングシューズのアッパー素材ですか」

宮沢が、大宮《おおみや》駅前にある関東レーヨンの支社を訪ねたのは、それから三日後のことであった。

対応した担当者は、大野《おおの》という三十代半ばの男である。肩書きは主任。村野から紹介された人物は営業本部長であったが、こはぜ屋が埼玉県内にあることから、北関東でのビジネスを統括しているこの支社を紹介された。

「こはぜ屋さんは、シューズメーカーではないんでしょう」

大野の前のテーブルには、先ほど宮沢が出した名刺が一枚、載っているだけだ。ノート一冊持ってくるわけでもなく、ミーティングブースに入ってきた大野は、体を斜めにして腕組みをしたまま、顔だけを宮沢に向けていた。

「本業は、足袋の製造業者です」

宮沢は持参したパンフレットを出して簡単に事業内容を説明してから、サンプルの「陸王」を取り出して見せる。

「このシューズを売り出そうとしているんですが」

手にとってみた大野は、アッパー部分に目を近づけ、指先で触れてから返して寄越した。

特に感想もなく、興味を抱いたようにも見えない。

「ソールに特徴がありまして。シルクレイという新素材を使っているんです」

宮沢の説明を、仏頂面と生あくびで聞き流した大野は、「これ、どのくらい作るんですか」、ときいた。

「生産計画はこれからなんです。ただ、大手のアッパー素材を御社が供給していらっしゃると聞いたものですから、ウチにも分けていただけないかと思いまして」

「まあ、たしかにウチは、シューズメーカーさんとの取引はありますけれども、どの会社も量産前提での取引なんですよね」

ちょっと嫌みな口調で、大野はいった。「つまり、小口での発注は扱っていないので、取引を検討するのなら、ある程度のロットでお取引をいただかないと」

「ある程度、とおっしゃいますと」

恐る恐るきいた宮沢は、大野が口にしたロット数に唖然とし、意気沮喪《そそう》した。「その規模の発注はできません。まだ開発段階なので」

「であれば、ウチではなく、試作品に対応する業者さんがどこかにあるんじゃないですか」

そっけない対応だ。

小粒なビジネスなど面倒なだけ、といいたげである。

「どこかいい業者さん、ご存じないでしょうか」

尋ねた宮沢は、藁《わら》にも縋《すが》る思いだ。

「いやあ、ウチは大きなものばかりなんで、ちょっとそういうのはわからないんですよねえ」

取り付く島もなくいい、大野は、腕時計を見た。「お役に立てなくてすみません」

大宮から帰社した宮沢は、敷地内にある所定のスペースにクルマを入れ、重い足取りで事務所に戻ってきた。

落胆、というのとは違う。全身くまなく疲労感の膜に覆われているようだ。

どうしたものか。

社長室でしばし考えたが、いい考えは出て来ない。部屋を出、飯山と大地が奮闘している開発室に足を向けた。ここでは「足軽大将」向けソールの量産準備に大わらわで、飯山と大地だけでなく、安田もまた忙しく立ち働いている。

「あ、どうでした、社長」

入室した宮沢に首尾をきいた安田は、「門前払いだ」、という返事に舌を鳴らして顔をしかめた。

「まったく、会社が小さいと思って」

安田は手にした軍手でぴしゃりと傍らの机をはたき、「驕《おご》ってやがるなあ、まったく」、と吐き捨てたものの、代案が出るわけでもない。

「それで、そっちはどうだ」

傍らで稼働している機械には飯山が張り付いていて、大地と共に細かなチェックに余念がない。

「順調、順調。生産計画通りだ」

話に耳をそばだてていたらしい飯山が機械の向こうから顔を出した。大地は真剣そのものの表情で、ボードに何事か書き込んでいる。

新たに製造している「足軽大将」は、すでに昨日の段階から追加生産され、都内のショップに随時発送されているところだ。生産を計画している五千足が全量出荷されるまで、このシルクレイの製造ラインと縫製課は、フル稼働になる。だが、この生産計画は、トラブルの可能性と背中合わせだった。なにせ、もとは試作用の機械である。かつてこれほど大量のシルクレイを製造したことはなく、縫製課にしても生産計画変更によって人繰りはギリギリだ。誰かひとりが病欠しても、生産計画をクリアしていくのは難しい。

そうしたこと以外に、宮沢が懸念する問題は他にもあった。

「足軽大将」増産による、仕入れ代金の増加——つまり、資金繰りだ。

6

「社長、埼玉中央の大橋さんがいらっしゃいましたので、お願いします」

富島が声をかけてきたのは、その日の午後三時過ぎのことであった。

「運転資金が必要だとお伺いしたんですが」

そう切り出した大橋に頷いた宮沢は、「この新製品が売れていてね」、といって社長室の棚に置いてあった「足軽大将」を見せた。

顔を近づけてみた大橋は、「地下足袋ですよね。何が違うんです」、ときく。

「持ってみろよ」

宮沢にいわれて手にしたものの、大橋は無表情のまま、首を傾げている。「今度はそっち、持ってごらん」

隣にあった従来品を手にした大橋は、ひと言、「重いな」。

「その地下足袋だけが重いんじゃなくて、世の中の地下足袋全部がそのくらいの重さがあるよ。つまり、この新しい地下足袋は、まず軽いってことが売りなんだ。そして、ソールは生ゴム以上に軟らかく作ってあるから、地面の感覚が伝わりやすい。しかも、耐久性は生ゴムよりも格段に優れている」

「そんなに売れたんですか」

あっけらかんとして大橋がきくので、「売れた」、とこたえてやった。

「いま五千足を新たに製造するところだ。それでも、この売れ行きからすると半月持たないかもしれない。かつてない大ヒットだな」

返事はない。

大橋は地下足袋をひっくり返して、「ふーん」、と関心が有るのか無いのかわからない様子でソールを爪で弾《はじ》いたりしている。

「三千万円ほどなんだけども、お願いできませんかね」

大橋を挟んで反対側に立っている富島がいった。「くず繭《まゆ》を仕入れる代金と残業代なんかで、出費が重なるもので」

実はこの額には「陸王」がらみの資金も含まれていた。「足軽大将」のヒットを受け、富島も納得した上で決めた金額だ。

お茶を出して大橋にソファを勧め、富島が最近の試算表を提出して細かな説明をはじめた。

あらかたの話を聞き終えた大橋は、少し考え、

「あれは、シルクレイという素材を使ったソールですか」

ときいてきた。「運動靴はどうしたんですか。地下足袋を作るって話でしたっけ」

再び、宮沢はムッとして大橋を見つめた。「陸王」の開発資金を頼みにいったときの木で鼻をくくったような態度を思い出したからである。

「あの地下足袋はいってみれば副産物だよ。ランニングシューズは別に開発中だ。あんたたちは興味がないだろうけどな」

嫌み半分でいった宮沢に、「そうですか」、と大橋の本当に興味もなさそうな目が製品陳列の棚に向けられたので、最新版の「陸王」をとって、「これだよ」、とテーブルの上に置いて見せてやった。

手を伸ばした大橋からは、その軽さに対する感嘆の言葉ひとつ出て来るわけでもない。ソールを一瞥しただけで、大橋は元の場所にそっと靴を戻し、

「うまくいってんですか、これ」

と無遠慮な質問を寄越す。

「いろいろ苦戦してるよ。ところで、あんた、走る人か」

「いえ」

大橋は即答した。「書斎派なんで」

気取った奴だ。今度こそぶっ飛ばしてやりたくなるのを宮沢は抑え、「人類ってのは

な、走れたから生き残れたんだぞ」、といったが、案の定、反応は薄い。

「完成してるじゃないですか、これ」シューズを指して、大橋はいった。

「いや。まだまだだ」

宮沢はいい、「ソールの改善もまだこれからだし、アッパーの素材も再検討してるところでね」

「教育現場には売れたっておっしゃってませんでしたか、社長」

「まあな」

そういうことは覚えているらしい。「でもさ、競合に負けないようにもっといいものを作ろうとして努力してるんだよ、ウチも。お宅の取引先でさ、シューズの甲側の素材、扱ってる会社があったら教えてくれよ」

「まあ、そうですね」

返ってきたのは、気のない返事である。

坂本なら親身になって相談に乗り、何か手伝えることはないかとノートのひとつも広げたろうに。担当者だけでこんなにも銀行の印象とは異なるものか。そう思わずにはいられなかった。

第十一章　ピンチヒッター大地

1

その日計画していた製造をすべて終えた大地が、後片付けをして開発室を出たのは、午後十一時過ぎになった。

疲れ切り、作業場の端にあるベンチに腰を掛け、ペットボトルの水を口に含む。狂ったように舞う常夜灯の蛾《が》に目を凝らし、夜のしじまに耳を澄ますと、足下から疲労が這い上ってきた。首や肩を回すと骨が鳴り、両腕を伸ばせば固まった肩甲骨のあたりが引っ張られるのがわかる。

働きづめに働いた一日だった。朝の七時過ぎには出勤して生産準備にかかり、休む間もなくソールを生産し続ける。気が張っているせいか、時間が過ぎるのはあっという間だ。さっき夕方の五時を回ったと思ったのに、気づいたときにはもう午後十時を回っているような有様である。忙しさに時間を忘れ、集中して働いていると、一時間がほんの十五分ほどにしか感じられない。濃密で、充実した時間の流れだ。その忙しさは苦であるどころか、むしろ楽しかった。

「お疲れ」

一足遅く開発室から出てきた飯山が声をかけながら、大地の脇を通り過ぎていく。

「お疲れ様です」

ぼそりといった大地に右手を軽くあげた飯山もまた、濃い疲労を滲ませていた。行田の夏は暑い。今夜も熱帯夜だ。体力は日々、鑿《のみ》で削《そ》ぎ落とされるように落ちていく。

それにしても、予想外の量産だった。新しい地下足袋は飛ぶように売れ続けており、こはぜ屋の業績も急回復しているらしい。その躍進を陰で支えているのが、飯山と大地のふたりなのだ。そのことが、大地は少し誇らしかった。

飲み終えたペットボトルをゴミ箱に放り込んだ大地は、気が緩んだ分、一気に重くなった足で玄関の施錠をし、がらんとした駐輪場に足を向けた。そのとき、一足先に出た飯山の姿がちらりと目に入ったが、すぐに塀の向こうに見えなくなる。誰もいなくなった会社は静まりかえり、近くの国道を行き交うクルマの音が真夏の夜の底にくぐもっているだけだ。

自転車の鍵を外し、漕《こ》ぎ出した大地が、何かの物音を聞いたのはそのときだった。最初は、それが何なのかわからなかった。

だが、こはぜ屋の正門を出たとき、常夜灯の途切れた暗闇でひと塊になっている人の姿が目に飛び込んできた。

自転車を止めて体を硬くした大地の目が闇になれるまで時間がかかった。男がふたりいて、地面に倒れた男を蹴っているところだ。体をかがみ込ませ、ひとりが拳を倒れた男の顔面にめり込ませる。もうひとりが腹を蹴った途端、男の体が不自然なほど折れ曲がった。

息を呑んだ。

「飯山さん――！」

鋭い一声に、はっと男たちが動きを止めたかと思うと、大地のほうを一瞥するのがわかった。

身構えた大地だが、男たちはひらりと体を反転させると、軽い身のこなしでその場を離れて行く。常夜灯がそのふたりの姿を映し出した。

ひとりは、柄物のシャツに白っぽいズボンを穿《は》いた男だった。もうひとりは、この暑さにもかかわらず、黒っぽいスーツの上下を着込んでいる。

「飯山さん！」

自転車から降り、駆け寄った大地は、アスファルトの地面に倒れている飯山に声をかけた。

返事はない。

酸素を求めて口が動いているが、言葉は出てこない。

「ちょっと待っててくださいよ、飯山さん」

震える手でスマホを出し、一一九番に連絡し、さらに父のスマホにもかけた。

「いま救急車、来るから。もう少しだ、がんばって。飯山さん！」

切迫した大地の声は、夜の闇の底に吸い込まれていく。

地面に横たわる飯山を見下ろした。常夜灯のかすかな光の中で、飯山は苦しそうに呻いている。

飯山から、何事か言葉らしきものが洩れた。

大地はしゃがみこみ、ふたたび繰り返し発した飯山の言葉を必死で聞き取ろうとする。

今度ははっきりと聞こえた。

「――すまない……」

「何いってんですか、飯山さん」

大地がいったとき、遠くからサイレンの音が近づいてくるのがわかった。

2

ドクターから説明があります――。

運び込まれた病院の控え室にいた宮沢らに看護師が告げたのは、午前一時過ぎのことであった。連絡を受けてやってきた刑事たちの事情聴取もすでに終わっている。

「奥様、ですか」

尋ねられ、青ざめた表情で傍らにいた飯山の妻、素子は頷いた。そして宮沢と大地、知らせを聞いて駆けつけてきた富島と安田のふたりを振り向くと、「もし、よろしければ一緒に話を聞いていただけませんか」、と不安そうな表情を見せる。

全員で面談室に入ると、ドクターがパソコンの前に座って待っていた。

「CTを撮りましたが、脳や内臓に異常はありませんでした。命に別状はありませんが、しばらく入院していただくことになると思います」

入院の期間はともかく、命に別状はないというドクターの話に、全員がほっと安堵の吐息を洩らすのがわかった。「ただ、全身打撲で骨折箇所もありますから、いまはとにかく安静が必要です」

「あの、どのくらい入院が必要なんでしょうか」心配そうに素子がきいた。

「少なくとも三週間程度は見ていただいたほうがいいと思います」

「三週間、ですか」

素子の乾いた唇が繰り返した。

「心配しないでください。ウチで面倒みさせていただきますので」

素子の心中を察して宮沢はいい、同意を求めるように富島を振り向いた。富島の硬い視線とぶつかったが、言葉はない。

ドクターとの面談を終え、廊下で病室に向かう素子と別れた。

「すまなかった、ゲンさん」

「いえ」

短く首を横にふった富島は、先ほどと同じ硬い目をしたまま、はっ、と短い吐息を洩らした。

「仕方ないですよ。いいこともあれば、悪いこともある」

病院に運び込まれた飯山は、襲撃したふたり組を、かつて自分が借金したシステム金融の男だと話していた。富島にしてみれば、自業自得といいたいのかもしれない。

「しかし、三週間も入院している間、製造のほうはどうなるんですか。顧問がいないと、シルクレイはできないでしょう」

富島の問いに、安田が天井を見上げて唇を噛んだ。

そのとき、

「オレがやるよ」

大地の言葉に、宮沢は目を見開いた。

「お前が？　できるのか」

「できるよ」

面倒臭そうにいった大地に、宮沢は思わず安田と顔を見合わせる。

「大丈夫かい、大ちゃん」

心配した安田に、「なんとかなるんじゃね」、と大地。

「それに飯山さん、頭はしっかりしてるから、わからないことがあれば質問できるし」

宮沢は判断に迷った。大地がいうほど、簡単なものとは思えないからだ。

しかし、いまのこはぜ屋でもし飯山の代わりが務まるとしたら、たしかにこの何ヶ月か仕事を手伝ってきた大地以外にはあり得ない。

「そもそも、ノウハウを吸収してくれっていったの、社長だろ」

全員の不安そうな視線に気づくと、大地はそういって笑ってみせる。社員の前では、大地は宮沢のことを〝社長〟と呼ぶ。

「まあ、そうだが――」

「オレだって、何も考えずに、ただ見てたわけじゃないんだ」

「わかった」

宮沢は大地をまっすぐ見据えていった。「とにかく、やれるだけやってみろ」

3

大地とともに朝七時に出社した宮沢がしたことは、倉庫にある材料を開発室へ搬入することだった。忙しそうに立ち働きはじめた大地は、生産計画表をチェックし、その日の材料投入量を計算しはじめている。

「頼んだぞ」

改めて眺めてみると、細々とした製造ラインは、いかにも頼りなげだ。試作用の機械で量産するこのやり方がいつまで通用するのか。それは宮沢自身にも、おそらく飯山にも大地にも、わからないはずだ。

盤石《ばんじやく》の生産体制とは言い難い。

「足軽大将」向けのシルクレイをこのまま量産するのなら、それに向けた製造ラインを再構築すべきかもしれない。だが、いまのこはぜ屋にそれだけの資金を捻出するのは難しい。

「ゲンさんはどう思う」

宮沢が、それについて富島の意見をきいたのは、その日の夕方のことであった。社長室で、決裁済みの書類を手にしたまま富島はしばし考えると、

「コップの水ですよ」

と妙なことをいう。

「どういうことだい、それは」

宮沢は尋ねた。

「いまの設備でまかなえるうちは、とことんそれでやりくりする。設備投資は最初のコップから水が溢れ出したときに検討すればいいんじゃないですか」

「それじゃ、ビジネスチャンスを逃しちまうことにならないか」

「一時的には逃すことになると思います」

富島はいった。「ですが、最初のコップはそこに有り続ける。損はしません。そして、

溢れる水がどうしようもなくなったとき、もうひとつコップを増やせばいい」

宮沢は、富島の発言を胸の内で反芻《はんすう》してみる。

スピード経営の時代に、富島の考えは、その真逆にある。正しいのか正しくないのかは、わからない。だが、それが富島の経験にもとづいた見解であることは間違いない。

「難しい経営の理論はわかりません。でも、儲けを逸することは、損失ではない」

富島は言い切った。「将来を予測することができないのなら、現実を見て決めるしかないじゃないですか。いまうまく回っているのなら、それでよしとすべきです。それと――まもなく、埼玉中央銀行の大橋さんが来社されますので、お願いします。おそらく、融資の話ですから」

そういうと、富島は軽く頭を下げ、静かに社長室を出ていった。

その大橋がこはぜ屋を訪ねてきたのは、それから小一時間の後である。

「先日いただいた運転資金の件、稟議《りんぎ》が通りました。ありがとうございました」

社長室の応接セットに座った大橋は、まずそういって頭を下げた。

いつもの如く、ああだこうだと難癖を付けられるものと身構えていただけに拍子抜けで、「それはどうも、ありがとう」、と思わず隣の富島と顔を見合わせる。

「珍しいな、すんなり決まるなんて」

どこか嫌味混じりにいった宮沢に、「増運《ぞううん》ですから」、という返事があった。

増運とは、増加運転資金の略である。

簡単にいえば、好調な売上げに伴って増えてくる仕入れ代金を払うための借金ということだ。

仕入れ代金なら売上げから払えば良さそうなものだが、そうではない。会社の多くは、売上げを回収するより先に仕入れ代金を払うことが多いので、大概の場合に立て替えのカネが必要になる。こはぜ屋もその例外ではなかった。売上げが増えても減っても、借金してやりくりしなければならないのが、中小零細企業の実態である。

「支店長も、こういう資金ならぜひ、支援したいと」

「それはうれしいことをいってくれるじゃないか。なあ、ゲンさん」

隣にいる富島に同意を求めた宮沢は、「いつもそんなふうに融資してくれたら何の問題もないのに」、と日頃、銀行に不満を感じている分、毒を吐く。

「これ、契約書になりますんで、よろしくお願いします」

金利は決して安くないが、貸してくれないよりはマシだ。大橋の差し出した契約書にその場でハンコを捺して返した宮沢は、ひとまず資金繰りの不安が遠のいたことに胸をなで下ろした。

「ところで、今日はもうひとつお話がありまして」

契約書をカバンに入れた大橋は、そのまま腰を上げるかと思いきや、テーブルを挟んだ向こう側から無表情な眼差しを宮沢と富島のふたりに向けた。

「このまえ、靴の素材、探してらっしゃいましたよね。あれ、見つかったんですか」

茂木に指摘されたアッパー素材のことだ。村野に紹介された関東レーヨンに断られ、探しあぐねていたところである。

「いや、まだだ」

こたえた宮沢に、

「こんなのがあるんですが」

大橋は、傍らにおいた箱から、サンプル品らしい布を取り出し、テーブルに広げる。

メッシュ素材の生地だった。

太いナイロン繊維で編まれたものだが、手に触れると優しくしなやかな感覚がある。厚みもそこそこだが、重量は、見た目よりも遥かに軽い。

「タチバナラッセルさんという会社がありまして。そこの製品なんです」

「繊維メーカーか」

宮沢がきくと、「メーカーじゃなくて編み物の会社です」、というこたえがあった。

「私が以前いた支店で取引のあった会社で。この前社長から素材のことを伺ったとき、ふと思い出して問い合わせてみたら、これ、送ってきました」

「ふうん」

宮沢は生返事をしながら、数種類のサンプルを吟味してみる。

「タチバナラッセルさんからは、できれば検討してくれないかといわれてまして。支店長からも、ぜひ御社に紹介して差し上げろと」

「どんな会社なんだ、そのタチバナラッセルっていうのは」

「ベンチャーです」大橋はいった。

「ベンチャー？」

ききかえしたのは富島のほうだ。あまりいい顔をしないのは、お堅い経理屋気質故だろう。たしかに、設立して間もないベンチャー企業ほど倒産リスクの高いものはない。

「うまくいっている会社なんですかね」

富島が気にするのも無理はなかったし、大橋からも、「正直、現時点ではそれほど儲かっている会社とはいえないですね」と、これまた正直な反応がある。

「この会社は、大手繊維メーカーの研究所に勤務していた橘《たちばな》社長が退職して設立したものでして、設立三年目の新しい会社なんです」

「何か独自の技術でもあるのかい」

宮沢はきいた。ベンチャーというからには、拠《よ》って立つ何らかのノウハウや技術があるはずだ。

「編み方の新技術を持っているんです。特許も取得済みでして」

大橋はいった。「布には、織物と編み物があるの、ご存じですよね。その編み物のうち、経編《たてあみ》という編み方で独自の手法を持ってらっしゃるんです」

「独自の手法というと、どんな？」宮沢はきいた。

「詳しい技術的な話は私もわからないんですが、ダブルラッセルと呼ばれている編み方ができる新しいマシンを開発されてまして」

大橋が広げて見せたタチバナラッセルの会社案内には、巨大な糸のロールがいくつも並ぶ工場風景が出ていた。会社所在地は戸田市。社長は橘健介《けんすけ》、従業員二十名となっている。

「ウチと同じぐらいの規模だな」と富島。

「売上げとしては十億円ぐらいです」

大橋の返事は富島の推測を裏付けていた。「会社を立ち上げて間もないこともあって、新しい取引先を探していまして。サンプルを置いていきますので、検討してみていただけませんか」

それを村野に見せたのは、その日の夜のことである。

村野はしばらく真剣な目でサンプル品を見ていたが、つと顔を上げると、宮沢にいった。

「宮沢さん、この素材、いけるかもしれない」

4

村野と埼玉中央銀行の大橋も伴って、戸田市郊外にあるタチバナラッセルを訪問したのは週が明けた火曜日の午前のことだ。

本社兼工場は四角い殺風景な建物で、設立三年目の会社にしては古びているから中古物件を買った〝居抜《いぬ》き〟だろう。

事務所の受付で用向きを告げると、すぐに社長の橘が、営業担当者を連れて現れた。

「ようこそ、いらっしゃいました」

どこか関西風のイントネーションのある橘は型通りの挨拶を終えると、「まず、工場をご覧ください」、と宮沢たちを案内してくれる。

パンフレットで見た編み機の並ぶ工場だ。巨大なロールが並び、最新鋭のロボット編み機が動く様は、ＳＦ映画の一場面を見ているような気分にさせられる。

点検中で止めてある一台の前に立った橘は、自社の事業概要とノウハウについてひと通りの説明をしてくれたが、特に宮沢の印象に残ったのは、自社技術に対する橘の自信だ。事業規模は決して大きくなくても、技術への自信はその言葉に溢れている。

応接室に戻ると、橘はサンプルをテーブルに広げた。

大橋が持参したものは数種類だったが、こちらは色合いも変えて、全部で三十種類以上もある。いずれも、ニットの経編技術であるダブルラッセル、ないしはトリコットの生地で、様々な柄と風合いを有しているものばかりだ。

村野とともに熱心にそれに見入った宮沢は、「発注単位はどのくらいから受けていただけますか」、と最も気になる質問をした。

関東レーヨンのように、小ロットの受注は受けていないといわれてしまったら、それまでだ。多く仕入れれば、在庫を抱えるリスクがある。だが、橘の返事は、関東レーヨンとはまるで違った。

「どのくらいの量でもウチは構いませんよ。こはぜ屋さんが必要なだけ対応させていただきますので」

「本当ですか」

宮沢は破顔し、隣にいる村野と安堵の表情で顔を見合わせた。「ありがたい」

「私もランニングシューズには興味はありますし、技術力にも自信があるんですが、大手メーカーにはなかなか採用してもらえなくて。大橋さんから、こはぜ屋さんの話を伺ったときに一緒にやらせてもらえたらいいなと思ったんです」

経営者というより、どこか研究者のような雰囲気の橘は、そういって真摯な目を宮沢に向けてきた。

「そういっていただけると、助かります」

宮沢は、持参したこはぜ屋のパンフレットと「陸王」のサンプルを取り出し、開発経緯について詳しく語りはじめた。

黙って聞いた橘は少し考え、

「要するに、いまの重さを超えることなく、もっとサポート感のある素材が欲しいということですね」

そう簡単にまとめてみせる。

「少し欲をいわせてもらえると、機能性も追求したいんです」

村野がいった。「まず通気性。汗を掻きますから、できるだけ蒸れないようにしたい。それと、相反する性質かも知れませんが、柔軟性と耐久性を併せ持つ素材が欲しい」

「なるほど。であれば、これを見ていただけますか」

橋は新たなサンプルをいくつか広げてみせた。「これは、ランニングシューズのアッパー素材に使われているものと同種類の素材です。どれも軽量素材ですが、興味のある素材があれば、ウチのストックからお分けしますので、試作してみてはいかがですか。その上で発注していただければ結構です」

願ってもない申し出であった。

その場で村野と相談しながら選んだ素材は、三種類。いずれもダブルラッセルで編まれた、柔らかく強靭な布だ。

「試作品のテストに最低でも二ヶ月ほどかかります。それまでお待ちいただいてよろしいでしょうか」

村野の質問に、

「もちろんです。いい返事をお待ちしております」

タチバナラッセルへの訪問は、期待以上の成果を宮沢にもたらした。

「大橋さん、いい会社を紹介してもらった。ありがとう」

駐車場で礼をいうと、大橋はいつもの愛想のない表情のまま、「いえ別に」、とそっけない返事を寄越す。「それに、まだ取引が始まったわけではないですし」

その通りだが、技術力のある素材メーカーとつながった意義は大きい。

「それはそうだが、最近わかってきたんだよ」

宮沢はいった。「ビジネスというのは、ひとりでやるもんじゃないんだな。理解してくれる協力者がいて、技術があって情熱がある。ひとつの製品を作ること自体が、チームでマラソンを走るようなものなんだ」

大橋は、宮沢の言葉を咀嚼《そしやく》するようにしばし考えると、「そうかも知れませんね」、とさして響いたふうもなくこたえただけで、銀行の業務用車に乗って帰っていった。

「変わった男だな」

通りを左折して見えなくなるまで大橋を見送りながら村野がいい、ふっと笑いを唇に挟む。「しかし、彼も協力者のひとりってわけだ。いろんなのがいるなあ、宮沢さん」

「まったくですよ。だけど、ありがたかった。本当に」

こんなふうに、ひとつひとつ、壁を乗り越えていけば、いつか必ず納得できる製品が完成するはずだ。それを信じ、地道な努力を継続して行くしかない。

5

「茂木、飯食いに行こうや」

平瀬に誘われたのは、土曜日の夕方六時過ぎのことだった。

寮の食堂は土日が休みで、賄《まかな》いはウィークデイのみである。月曜から金曜までは仕事と練習を繰り返す、まさに判で捺したような生活をしている部員たちだが、週末は各人が自由に過ごすことになる。一週間分の洗濯物を持って実家に帰る部員もいるのだが、そもそもが地方出身者である茂木はいつも通り寮にいて、暇を持て余しているのが常であった。それは平瀬も同様で、当てもない暇人同士、どちらからともなく誘って、ふたりで食事に行くことが少なくなかった。この日もまた同じだ。

「何食べます？」

茂木は、ジャージにTシャツというラフな格好。平瀬も似たようなものだ。

「高いところは無理だな」

冗談めかして平瀬はいった。ふたりとも、高級なレストランで食事をする趣味もカネもないから、実は相談するまでもなく行き先は駅前商店街と相場は決まっている。そこに並んだ安居酒屋か大衆食堂の、どの店へ行くかという選択肢しかない。ちなみに、どこへ行っても、ふたりはそこそこの〝顔〟である。

結局、商店街の外れにある縄のれんの居酒屋に入った。

小さな店だが、日本酒好きの主人が、全国の酒蔵を歩いてお気に入りの酒を入れているのが売りの店だ。それを安く出していて、つまみがうまい。

酒好きの平瀬と違ってあまり酒を飲まない茂木は、とりとめもない話をしながらの、つまみだけが目当てになる。

生ビールで乾杯し、枝豆とエイヒレを頼んだ。店内に客はまばらで、土曜ということもあり、どこかゆったりとした雰囲気が流れている。

ほろ酔いでうまいものを食べ、平瀬との会話を愉《たの》しむ。ダイワ食品陸上競技部で、平瀬はもっとも親しい先輩であり、良き相談相手であった。故障で悩んでいたとき、どれだけこうした関係に癒やされたかしれない。

「そういえばさ、お前、昨日、野坂係長に呼ばれてなかった？」

会社の話をしていた平瀬は、そのときふと思い出したようにきいてきた。それまで、時に笑い声を上げながら聞いていた茂木は、ふいに唇に浮かんだ笑いをひっこめ、「よく知ってますね」。

「牧村《まきむら》にそんな話、聞いたんでさ」

牧村は、野坂と同じ労務課勤務で、平瀬とは同期入社で親しい。「別に、大丈夫なんだろ？　怪我も治ったしな」

平瀬はちらりと茂木を見て、遠慮がちにきいた。

平瀬のいう、大丈夫、というのは、ダイワ食品陸上競技部員としての立場のことだ。

「コンディションとか、今後のレース予定とか、そういうのをきかれただけですよ。心配してくれてたんですか」

笑ってきいた茂木に、平瀬は少し寂しげな眼差しを向ける。

「お前まで挫折しちまったらどうしようかな、なんて思ってな」

茂木の胸に疑問が浮かんだ。

「お前までって、いったい何いってんです。平瀬さんだって、これから――」

「あのな、茂木よ」

茂木の言葉を遮った平瀬は、手にしたままのグラスの酒をじっと見つめて押し黙る。

「オレ――陸上、辞めるわ」

茂木の聴覚から店内で鳴っている演歌が消え、視界から色彩が失《う》せた。

いま、平瀬が何をいわんとしているのか、茂木にはわからなかった。

いや、わかろうとしなかったのかもしれない。

「オレ、辞めるわ」

もう一度、平瀬はいうと、寂しそうな笑みを浮かべた顔を茂木に向ける。「いままで、ありがとな」

「――なんで」

考えがまとまらないまま、茂木はきいた。「なんで」

「いまのお前なら、きかなくてもわかるだろ」

かつて大学駅伝の一流ランナーであった平瀬が足を痛め、公式戦から遠のいたのは、ちょうど茂木が大学四年間の集大成ともいえる箱根を走った頃である。

それからの平瀬の競技人生は、レースへの復帰と怪我の再発の繰り返しだった。血の滲むような努力を継続して怪我を克服したのに、一旦痛めた股関節は肝心なところで再発し、手の届きそうな記録から、平瀬を遠ざけ続けた。

かつて一流ランナーであった平瀬の名前が公式戦の上位記録者から消え、平瀬の戦う相手は、ライバルではなく自らの抱える怪我に変わった。

「限界が見えちまったんだよな」

遠い目をして、平瀬は認めた。

何か気の利いたひと言をかけるべきなのに、茂木の喉はからからに渇いて言葉は出てこない。平瀬は続けた。

「この前の日本選手権で毛塚の走りを見て、ああ、こりゃあオレの出る幕じゃないって、そう思ったんだ。あのとき毛塚は最後に負けたけど、あれは山崎の試合運びが上手かっただけで、誰が見てもポテンシャルは毛塚のほうが上だった。オレがもし怪我を克服したとしても、あんな走りはできやしない。その瞬間、唐突にわかっちまったんだ。ああ、これがオレの限界なんだなって。いつのまにか、オレはもう自分の行けるギリギリのところまで来てたんだって。それを越えようとしたから故障したんだって」

そういって笑ってみせた平瀬の目に、溢れんばかりの涙がみるみる浮かびはじめる。

「いままでさ、ずっと引き際がわからなかったんだ。どこかで限界かもしれないとは思いつつも、頭の片隅ではまだやれるんじゃないかって、そんな気持ちがあった。いや、正直いうと、いまでも全くないわけじゃないんだ」

平瀬はいった。「いままで、オレはずっと勝つために走ってきた。中学、高校、大学、そして社会人——地球を一周半するほど走ってきたっていうのに、オレはあいつに勝てない。それに気づいちまった途端に、心に穴が空いちまったんだよ。その穴から、それまで張《みなぎ》っていたはずの気力が抜け落ちていくのがわかった。砂時計みたいにな。オレはもう、続けられない」

そういうと、平瀬は高ぶった気持ちを落ち着かせようとするかのように押し黙り、静かに酒を口に運ぶ。

「だけど、もっと強くなりたかったなあ。強くなりたかったよ……」

こんなにも寂しそうな男の顔を、茂木は見たことがなかった。「だけど、オレにはもう、無理だ。だからお前には、なんとしても頑張ってもらいたい。オレの分まで走れ、茂木。オレの夢は、お前に預けた」

平瀬が右手を差し出した。

「平瀬さん……」

気持ちが整理できないままの茂木に、「ほら」、と促す。おずおずと茂木が差し出した右手を痛いほど力強く、平瀬は握った。まるでその手のひらから、自分に宿るエネルギーを伝達しようとでもするかのように、握りしめたのであった。

6

サイドボードに置いてある携帯が振動したとき、飯山はまどろみの中にいた。浅く、現実とも夢ともつかぬ曖昧な感覚に弄ばれ、幼い頃に過ごした家を望見していたかと思うと、担当医師が現れ自分の入院を思い出させたりもする。耳のどこか遠くで病院の様々な物音を聞いているのには違いないが、かといって自分が入院しているという事実は希釈されてしまったかのように現実感がない。

だがいま――。

はっと目を開けた飯山は、目の前に出現した白い天井を見上げて現実に目覚めると同時に、傍らに手を伸ばしていた。反射的に体を起こそうとして、固められて動かない上半身の重さと伝わってきた鈍痛に顔をしかめながら老眼鏡をかけ、携帯に届いたメールに目を通す。

大地からだった。機械に不具合が出るというメールだ。原因がわからないという。

しばらく飯山は考え込んだ。厳しい顔をして、携帯画面を睨み付けている。

「どうしたの」

そのとき、カーテンの向こう側から現れた素子が、飯山の様子に驚いた顔になってきいた。

「大からだ。うまくいってないらしい」

「そうなの」

素子は、目を見開いてちょっと困った顔をしたが、何かをいうでもなく、ベッドサイドにあるパイプ椅子を広げた。買い物のビニール袋を載せ、紙パックのグレープフルーツジュースを出す。飯山が頼んだものだが、差し込み口にストローを差そうとする素子

に、

「あとでいいや。それよか、そこのメモ帳とエンピツを取ってくれるか」

「大ちゃんに任せておくわけにはいかないの」

心配する素子に、「当たり前だろ、オレの機械だぞ。メンテナンスだって顧問料に入ってんだからな」、と飯山はいい、体を動かそうとして「イテッ」、と顔をしかめた。

「くそったれめ」

飯山は、エンピツを握りしめた拳でシーツを力任せに叩く。「こんなとこで寝てる場合じゃないんだよ。ちきしょう！」

苛立ちを抑えきれない飯山に、素子は困ったような目を向けた。

「だったらさ、一日でも早く治そうよ、ね。退院したら、この分、思いっきり働いて返そう。そうしよう」

少し涙ぐんだ素子を見て、飯山もまた、胸の底から込み上げてくるものを堪えなければならなかった。

オレは、どうしようもない莫迦《ばか》だ。

あんな連中から金を借りた挙げ句、逃げてばかりいて落とし前をつけなかった。

そのいい加減さが、こんな形で、自分をどん底から救ってくれた宮沢たちに迷惑をかける結果になったのだ。

「いったい、いつまで寝てなきゃいけないんだ」

その質問を飯山が発したのは、この日何度目だったろう。回診にきた医師にきき、看護師にきき、そしていま、わかるわけもない妻にまできいている。

こたえはわかっている。治るまでだ。

「治ったらすぐに退院できるわよ」予想通りの妻の返事に、

「骨折なんぞ、ウチで寝てたって、病院で寝てたって同じじゃないか」苛々して飯山は反論を試みる。

「少し動いただけで痛いんでしょう。ウチにいられたって困るよ。私ひとりじゃ、トイレにも連れていけないもん」

「トイレぐらい、ひとりで行ける」

本気で、飯山はいった。上半身は骨折箇所があるが、足は大丈夫だ。歩ける。

「行けないくせに」

「行けるっていってるだろう」

飯山は不機嫌になってそっぽを向いた。

「ほんと、子供みたいなんだからね」

「子供じゃねえよ。オレは立派なオヤジだ。立派なオヤジにはな、責任ってものがある。義理もあれば人情もある。命より大事なものってのが、この世にはあるんだよ」

素子が何事かいおうとしたとき、看護師がカーテンから顔を出し、その試みは中断された。

「飯山さーん、はーい、ごはんですよ」

どうして病院の看護師というのは、大の男に幼児にでも話しかけるような口ぶりで話すのか。そんなことまで、飯山には気にくわない。

「あれえ、どうしたんですか、怖い顔して」

顔を覗き込んできた看護師に、

「ほっといてくれ」

飯山は吐き捨てるようにいった。「それとな、オレはガキでも、ボケ老人でもない。幼児言葉は禁止だっていったろ」

「はいはい、すみませんねえ」

ベッドの上半分が持ち上げられ、専用テーブルが置かれた。

「いったい、いつまでこんな臭い飯を食わせるつもりだよ」

憎まれ口を叩く。

「治るまでですよ」

看護師は笑みを浮かべ、子供に言い聞かせるようにいった。「早く治しましょうねえ、飯山さん」

7

開発室にあるテーブルに広げた設計図を読む作業に没頭していた大地は、ふと顔を上げ、午前零時を回ろうとする時計を見上げた。

「こんな時間か」、とひとりつぶやく。

設計図は、この日の午後、飯山の妻、素子が「主人に言われましたので、少しでも参考になれば」、と持ってきたものだ。

機械に不具合が出る、とメールした大地への、それが飯山のこたえだった。いままで一週間、孤軍奮闘してきたが、たまに出る動作不良が消えない。どこかに設計上のミスがあるのではないかと思うのだが、どこをどう修理すればいいのか見当がつかなかった。

設計図は、虎の子ともいえる飯山のノウハウの集積だ。

前橋でインテリアの製造販売業の会社を営む傍ら、飯山は長年にわたってシルクレイという新しい素材の開発に心血を注いできた。巨額の開発資金を投じ、本業を犠牲にしてまでこの技術をものにしたのだ。

シルクレイは、飯山の人生そのものであり、そのノウハウは飯山の命そのものといっていい。

最初の頃、大地にとってこの機械は、まるでブラックボックスだった。

それがシルクレイ製造に試行錯誤するうち、次第に技術の輪郭が浮かび上がり、だいたいこんなものかという大ざっぱな枠組みが、理解できるようにはなってきたと思う。

だが、飯山は、その全容について詳《つまび》らかにしようとはしなかったし、設計図など、頼んだところで見せてくれる気配すらなかった。

見た目はいい加減で、言葉遣いは粗野。呑みに行けば絵に描いたような酔いどれのオヤジであるが、大地にはわかる。飯山という男は、ことシルクレイに関する限り妥協を知らない仕事の虫であり、責任感の塊なのだと。

だからこそ飯山は、この設計図を大地に届けたのだ。いわばこれは、自らの行動が原因で戦線離脱しなければならないことに対する飯山なりの懺悔《ざんげ》に違いない。

それはさておき——。

設計図の解読は、大地にとって驚きと発見の連続であった。たちまちのうちに時間を忘れ、知識の森を彷徨《さまよ》う。

「すげえな、飯山さん」

いま、改めて大地は、飯山がシルクレイの開発に注いだ情熱と知識に敬意を払わないわけにはいかなかった。飯山の会社は決して楽ではなかったはずだ。かつて繊維関係の会社に勤務していたという話は聞いたが、それにしてもここまでの技術を独学で積み上げるのは並大抵のことではなかっただろう。

コピーを取り、大地なりに気づいたことを書き入れていった。

図面を睨み続け、漸《ようや》くとある一点に辿《たど》り着いたのは、大地を見下ろす壁時計の針が午前一時を回った頃だ。

大地が注目したのは、固形物の受け皿になる容器の構造であった。

実際に機械のパネルを開けて素材を確認し、隣接する工程との関連をひとつずつチェックしてみる。

容器そのものは問題がないように見えるが、支える構造が脆弱《ぜいじゃく》すぎるのではないか、というのがまず一点。さらにもう一点、容器の形状からくる重心位置、容器の厚みと加熱の関係に難点があるのではないか――。

工具を取り出し、容器を取り外した。

ここは昨日、一度検討したはずだが、そのときは見逃した。設計図もなかったし、着眼点が曖昧だったからだと思う。

容器の回転軸に注目し、ペン型ライトで照らしてみた。ここでの動作不良が、過剰な負荷を招き、電装系統の異常をもたらしているのではないか、というのが大地の仮説だ。

「やってみるか」

障害になるすべてのパネルを取り外し、近隣の部品まで外す大がかりな作業を始めた。大胆な解体ができるのも、設計図が有るおかげだ。それさえあれば原状回復できる。

当該部品に到達した大地は、慎重に基底部から外し始めた。

作業を開始してから一時間ほどはあっという間に経っていく。

疲労はまったく感じなかった。それどころか、初めて目覚まし時計を分解する子供のように興奮し、アドレナリンが体中を駆け巡っている。

外した部品の形状を、設計図のそれと慎重に突き合わせてみる。

「これか……」

一瞥しただけではわからない、微かだが確実な変形を見つけたのはそのときだ。部品を支える底部の構造を確認した大地が、連動する部品の不具合を見つけるまで、もはや時間はかからなかった。

額に浮かんでいた汗をぬぐう。

再び設計図に視線を戻しかけた大地だが、そのとき、ふと顔を上げた。

廊下で、物音がしたからだ。

社内にはもちろん大地以外の誰もいない。

立ち上がり、開発室のドアを開けて廊下に出てみる。

消灯した廊下の奥は暗く、外の常夜灯の明かりが微かに届くだけの半透明の暗闇だ。だが——いま、そこに人の気配を見いだして、大地はぎょっとした。

「誰?」

返事はない。

だが、引きずるような足音とともに、相手の輪郭は次第にはっきりと浮かび上がってきた。

「オレだよ」

にやついた笑いを浮かべ、そう声をかけてきた男は、大地の驚く様をむしろ面白がってでもいるかのようだ。

「飯山さん——!」

パジャマ姿の飯山は、廊下の窓枠に右手をつき、かろうじて体を支えている。

「どうしたんですか。病院は」

「退院してきた」

青ざめた顔で、飯山はそんなことをいった。「自主退院だけどな」

「いいんですか、そんなことして」

目を丸くした大地は、黒ずんだ痣《あざ》のある顔を穴の空くほど見つめる。

「いいんだよ。オレがいいっていいってんだ。誰にも止める権利はない。で――どんな状況だ」

「ちょっと待ってくださいよ、こんなことして――」

戸惑う大地を、

「黙れ」

飯山は一喝した。「いいから説明しろ」

「ったく、しょうがねえなあ」

愚痴をこぼしつつ、飯山を手助けして開発室に戻る。飯山は、足を踏み出すごとに顔をしかめ、たった十メートルほどを歩くにも難儀するほどであった。それなのに、聞けば勝手に病院を抜け出し、タクシーでここまで来たという。

「よく来られましたね。第一、会社にオレがいなかったら、どうするつもりだったんです。ひとりじゃできないでしょうに」

「そのときはそのときだ」飯山はいってのける。「それで、機械はどうなんだ」

8

設計図の問題箇所を凝視する飯山の表情には鬼気迫るものがあった。黙ったまま考え始め、どれだけそうしていたか、固唾《かたず》を呑んで意見を待っている大地を見上げると、

「よくやった」

と、そういった。

「それって、飯山さんとしては、最大の賛辞ですよね」

めったに人を褒めない男である。冗談めかした大地に、「調子に乗るな」、という飯山らしい返事がある。

「部品を交換したいんですが、代わりをどうしようかと思って」

問うた大地に、「保管庫へ連れてってくれ」、と飯山はいった。

「保管庫、ですか」

「こういうときのために、いろんな部品を捨てないで持ってるんだ。保管庫に置いてある」

考えた挙げ句、大地はいったん開発室を出て、隣にある準備室から台車を押して戻ってきた。

ストッパーを下げて台車を止め、近くのパイプ椅子を広げて上に乗せる。

「ちょっと乗り心地は悪いと思いますが」

「上等だ」

椅子から立ち上がった飯山は、大地の肩を借りながら、危なっかしい様子でパイプ椅子にかけた。

「いいぞ」

飯山を急ごしらえの〝車椅子〟に乗せて保管庫に向かう。同業者が倒産や廃業になるたびに集めたミシンがずらりと並んだ保管庫には、油の臭いが染みついていた。

「あの壁際にやってくれ」

飯山にいわれた場所には、木箱に無秩序に入れられた部品がずらりと並んでいる。普段ここには来ないから知らなかったが、シルクレイの設備を搬入したとき、同時に運び込んだものらしい。

「この中から、使えそうなものを探すんですか」

「その通り」

飯山は平然といった。「チョロいもんさ。降ろしてくれ」

飯山は痛みに顔をしかめつつ床に膝立ちになると、部品の山と向かい合う。

「似たようなのばっかりじゃないですか」

「試作品も相当数混じってるからな。頼んで作らせたものの、結局、使わないままほったらかしてるものもある」

「そんなの捨てりゃいいのに」

呆れた大地に、

「捨てられるわけねえだろうが」

飯山は即座にいった。「このガラクタ同然の部品に幾ら金を注ぎ込んだと思ってるんだ。お前にはどうでもいいネジ一本でも、オレにとっては財産なんだぞ」

「意外にセコイんですね」

大地の軽口を無視して空箱を持ってこさせた飯山は、手近な部品を取り出し、無関係と見るや無造作に放り込む。

「部品ってのは生命線なんだよ。特にこういう一台しかない特別な機械の場合は」

大地にも部品の選別をさせながら、飯山はいった。「いまは必要なくても、いつ使うかわからない。だから残しておく。このガラクタも、あの機械の一部みたいなもんだ」

「ウチのミシンと同じか」

そうこたえると、飯山は一瞬、口を噤《つぐ》んでからいった。

「まあな。だけどな、勘違いすんなよ。代わりが無いといったところで、部品は所詮、部品だ」

「大事なのは、ノウハウですか」

問うた大地に、

「いや。違う」

飯山はどこか痛むのか、顔をしかめながらこたえた。「人だよ。絶対に代わりが無いのは、モノじゃない。人なんだ」

「人……」

大地は、つぶやくように、その言葉を繰り返した。

「どんな会社だって、それは同じだ。だから、人を採るときは慎重になる。そういや、お前、就職活動してんだってな」

体が痛むのか、手を動かすごとに顔をしかめながら飯山はきいた。「どんな会社に行きたいんだ」

「そりゃまあ、大きくてしっかりした会社がいいと思ってたんですけど。なんか、いまはよくわかんなくなってるかな」

大地は、正直な胸の内をそのまま口にする。

「なんだ、迷ってんのか」

「そりゃあ、迷いますよ」

連戦連敗の面接のことを話すと、

「たしかに、面接では、売りがないとなかなか難しいかもな」

オブラートに包むわけでもなく、飯山はストレートにいった。大地は黙ったが、売りがない、という評価は認めるしかないと思う。

学校で特に優秀だったわけでもなく、飛び抜けた特技もなければ、目立つような才能もない。ついでにいうと口ベタで、自分のやってきたことを大げさに語るほどの器用さもなかった。

「オレにいわせれば、会社が大きいから入りたいっていう動機は間違ってるな」

飯山は手を止めて大地を見た。「大事なのは会社の大小じゃなく、プライドを持って仕事ができるかどうかだと思うね」

「プライド、ですか」

少なくとも、いまの大地にそんなものはない。父の経営する小さな会社に身を置き、いわれるまま働いているだけだ。

飯山の汗の滲んだ額が、蛍光灯の光にてかっている。箱から部品をより分け、別の箱に移しながら、「そもそもお前、プライドってわかってんのか」、と大地を一瞥する。

「いい学校を出て、いい会社に入る――。その発想の延長線上にくるのは、結局のところ会社の看板であり、組織での肩書きさ。多くの奴らは、そんなものにプライドを抱いているわけだ。もちろん、それを踏みにじられたときには、痛みもあるだろう。だけど、そんなプライドは、所詮、薄っぺらなものに過ぎない」

飯山は続ける。「本当のプライドってのは、看板でも肩書きでもない。自分の仕事に対して抱くもんなんだ。会社が大きくても小さくても、肩書きが立派だろうとそうじゃなかろうと、そんなことは関係ない。どれだけ自分と、自分の仕事に責任と価値を見出《みいだ》せるかさ」

「オレにも、そんな仕事、見つかるかな」

するといい、飯山は不思議そうな顔を向けてこういった。

「いま、やってるんじゃないのか」

虚を衝《つ》かれ、飯山の顔をまじまじと見る。

言葉が出なかった。

あまりにも見当違いのことをいわれたからではない。そうかもしれない、と思ったからである。

「じゃなきゃ、こんな時間に、こんなことしてるかよ」

飯山の額に玉の汗が浮かんでいる。暑さだけが原因とも思えなかった。部品を取ろうと前屈《まえかが》みになった途端、呻き声とともに体の動きを止めて痛みをやり過ごす。

「大丈夫ですか」

触れた肩が汗でびっしょりと濡れていた。

返事はない。

「飯山さん？」

「大丈夫だ」

絞り出すような返事が飯山から出て、拾い上げた部品を大地に投げて寄越す。「ほら、これなら少し改良して使えそうだ」

「でも、飯山さん今日はもう――」

「口動かす暇があったら、手、動かせ！」

飯山は遮っていった。「自分の体のことは自分が一番よくわかる。打撲や骨折で死ぬ奴なんかいないんだよ」

「そりゃ、そうかもしれませんけど」

耳を貸すふうもなく、箱から取り出した部品を蛍光灯に照らした飯山は、寸法を確認して大地に手渡した。

「これも使えそうだな。こっちはオレが見るから、お前はその箱、見てくれ」

無言の作業をしばらく続け、大地もようやく使えそうな部品を見つけて顔を上げた。

「これなんか、よさそうですよ」

飯山に声をかける。

返事はない。

「飯山、さん……？」

そのとき、前屈みになったままの飯山は、伸ばした左腕で脇にあるラックの柱を摑んでいた。その顔は極限にまで歪められ、歯を剝《む》き出したまま目は閉じられている。

「飯山さん！」

飯山の左手から力が抜けたかと思うと、床に崩れ落ちた。

激痛が走ったのか、声にならない音が喉元から迸《ほとばし》り出た後、酸素を求めるかのように浅い呼吸が始まる。

体に触れると、パジャマ越しにもかなり熱があるのがわかった。みるみる体が震えはじめた。

まずい。

社用車で病院まで運び込もうか。一瞬考えた大地だったが、ひとりで飯山をクルマまで運ぶことは不可能だ。

一一九番にかけた。

休憩室にブランケットがあったことを思い出し、取ってきて飯山の体にかける。途方もなく長く重苦しい時間に押しつぶされそうだ。

やがて救急車のサイレンを聞きつけた大地は、保管庫の扉を開けると、助けを求めてスリッパのまま飛び出していった。

9

「なんですぐに病院に知らせなかったんだ」

翌朝事の顚末《てんまつ》を聞いた宮沢はいったものの、「できるわけないだろ」、という大地の反論に苦虫を嚙みつぶしたような顔しかできなかった。

抜け出したのは飯山の意思だ。いったんこうと決めたら動かない、頑固な男である。

「まあそうかもしれないが、病院に一報を入れることぐらいできたんじゃないか」

病院では、患者がいなくなったというので大騒ぎしていたらしい。自宅に連絡が行き、話を聞いた妻の素子が、おそらく会社だろうと見当を付け、向かおうとした矢先に、救急車で運び込まれたというわけだった。大地からの連絡で宮沢が叩き起こされたのが午前四時過ぎのことである。

いま飯山は、痛み止めと入眠剤でベッドで眠っていた。

「本当にご迷惑をかけて申し訳ありませんでした」

憔悴《しょうすい》した様子で素子が何度も頭を下げるのを、

「いやいや。こちらこそ、ご主人にここまで気を遣わせて申し訳ない」

宮沢はそう返した。「それにしても、もの凄い執念ですよ。頭が下がります」

最初、飯山と会ったときには、挫折と資金難が原因で根性のねじ曲がった男にしか見えなかった。顧問契約を結ぶのに、正直、迷いがなかったわけではない。だが、いまはわかる。仕事に対する飯山の情熱は紛れもない本物だ。

「ほんとに、思い込みが激しいというか、こうと思ったら周りの迷惑なんて眼中にないんですから。私からも今度のこと、きつくいっておきますので」

素子は泣き笑いのような表情を浮かべて怒っている。

「いやいや。目覚められたら、ありがとうございましたと、そう伝えていただけませんか」

宮沢はいい、疲労困憊した素子の体調も気遣って大地共々、その場を辞去した。

「オヤジ、悪いけど、ちょっと手伝ってくれ」

クルマに乗り込むと、大地がいった。「いまのうちに、機械《あれ》がちゃんと動くか、確認しておきたいんだ」

真剣そのものの大地に、宮沢は、一路、会社へとクルマを走らせる。

まだ誰も出社していない社屋に入ったふたりは、真っ先に開発室に向かった。機械のカバーは開いたままだ。内部のユニットがひとつ外され、床の上で鈍色《にびいろ》の光を発している。

内部をペンライトで照らした大地は、おそらくは一睡もしていないはずだが、そんなそぶりは微塵《みじん》も見せなかった。昨夜飯山と共に探したという部品を使い、一旦分解したユニットを設計図に基づいて組み立てていく。その作業は三十分ほどで終わった。

「大したことのない不具合で助かったよ」

ほっとした大地は、宮沢の見ている前で材料を投入しメインスイッチを押した。パネルに配置されたボタンを操作すると、高速回転でモーターが回る甲高い音が室内に響き渡りはじめる。タンク内部の動きを確認し、機械と向き合うようにして傍らの椅子に腰を下ろした。

「ここから先はできるから、オヤジは家に帰って飯でも食ってきたら」

「冗談じゃない」

宮沢は椅子を引っ張ってきて、大地の隣に陣取った。「なにせ、こはぜ屋の将来がかかってるんだからな。お前こそ、社長室のソファで眠ってこい。寝てないんだろ」

大地はこたえず、そのまま機械を見据えている。

「体、こわしちまうぞ、大地」

「まだ若いから大丈夫」

大地からはそんな返事があった。「飯山さんだって、体張ってるんだからさ。オレがサボるわけにいくかよ」

宮沢はあらためて息子の横顔を眺めたが、何もいわずに自分も機械を見守り続ける。

沈黙が訪れた。

「なんで、飯山さんみたいな人がさ、倒産しちまうのかな」

大地が、ふとそんなことをいった。「あんな一所懸命な人がさ」

「いろいろあるんじゃないか」

宮沢はいった。「世の中ってのは、ただ一所懸命に頑張るだけじゃ報われないこともあるんだよ」

「運とか?」大地がきいた。

「まあ、そうかな」

宮沢は考えながらこたえる。「それもあるけど、インテリアの製造販売っていう業種そのものが、飯山さんには向いてなかったのかもしれない。家業を継いだっていってたけどな」

ちらりと大地を見て、宮沢は続けた。「もしかすると、飯山さんは自分でも向いてないってわかってたのかもな。だから、自分が一番やりたかった素材の開発という畑違いのことに手を出した。だけど、その研究が花開く前に、本業のほうが立ちゆかなくなっちまったんだろう」

「経営判断ミス、ってこと？」

「そうともいえるのかもな」

宮沢はこたえる。「だけど、経営ってのはさ、いつも先行きが霧に包まれてる。ウチだってそうさ。『陸王』のために、ここまで人や金を注ぎ込んでるけど、それでうまく行くとは限らない。ある意味、賭けだ」

「賭け、か。そういうことをしたくないから、みんな大企業へ行くのかな」

大地の言葉は、妙に宮沢の心に染みる。

「いや、違うと思う」

そういうと、大地の少し意外そうな顔が振り向き、問うような眼差しが向けられた。

「どんな仕事してたって、中小企業の経営だろうと、大企業のサラリーマンだろうと、何かに賭けなきゃならないときってのは必ずあるもんさ。そうじゃなきゃ、仕事なんかつまらない。そうじゃなきゃ、人生なんておもしろくない。オレはそう思うね」

「だけど、賭けに負けるかもしれないじゃん」

「そうだよ」

宮沢はあらためて大地を見た。「だから人生の賭けには、それなりの覚悟が必要なんだよ。そして、勝つために全力を尽くす。愚痴をいわず人のせいにせず、できることはすべてやる。そして、結果は真摯に受け止める」

「でもさ、倒産しちまったら元も子もないじゃん。飯山さん、会社つぶして夜逃げ同然だったんだって。自分でそういってたよ」

「勝手にゴールを作るなよ、大地」

静かに、宮沢はたしなめた。「飯山さんは、たしかに、過去に倒産したかもしれない。だけど、見てみろよ。いまは立派に頑張ってるじゃないか。シルクレイという自分の開発した素材のために、病院から抜け出してまで仕事を全うしようとする。すごい人だよ。オレは尊敬してるよ、あの人のこと。お前だって、そうじゃないのか」

はっとしたように大地は顔を上げた。

返事はない。

何かを噛みしめるような沈黙が続いた後、

「そうかもな」

というひと言がこぼれてきた。

両腕を天井に向けて伸ばし、短いため息を洩らした大地は、自嘲気味の笑いを浮かべた。

「なんかオレ、自分のことわかってねえなあ。なんで、そういうこと、人にいわれて初めて気づくんだ」

そんなもんさ、と軽く受けた宮沢に、

「会社や仕事を選ぶのもひとつの賭けなのかなあ」、と大地はひとりごとのようにいった。

宮沢は、もの思いにふけった息子を思いやる。

「だけどな。全力でがんばってる奴が、すべての賭けに負けることはない。いつかは必ず勝つ。お前もいまは苦しいかもしれないが、諦めないことだな」

そっと窺った息子の横顔は、疲れてはいるものの引き締まり、精悍《せいかん》だ。

立ち上がった大地は、真剣そのものの表情で、機械を覗き込みはじめた。

第十二章　公式戦デビュー

1

二十分過ぎからの走りに、この日の茂木は賭けていたのかもしれない。

九月半ば。夏の終わりの夕日が傾き、濃いオレンジ色に輝いている競技場では、一万メートル競技が始まったところだ。

東京体育大学陸上競技記録会であった。れっきとした公式戦である。

宮沢の隣に立つ村野は、ストップウォッチを片手に茂木の走りに目を凝らしている。

出走後、序盤での茂木の走りは、まるで久々の公式戦の感触を確かめるかのように悠然としていた。同組の選手たちの、むしろ後方に控え、じれったくなるほどペースを抑えている。

それがじわりと順位を上げていったのは、スタートして十分を過ぎた頃だったろうか。

スピードについて行けずに脱落していくランナーたちを躱《かわ》し、集団の中で次第にその存在感を解き放っていく。

そして二十分を過ぎた頃、茂木のスピードが一段と上がったような気がした。

「さすがだな」

にやりとした村野の目は、グラウンドを周回する茂木と、彼の履く濃紺のシューズが描く軌跡を熱心に追い続けている。

アッパー素材にタチバナラッセルから提供されたダブルラッセルと呼ばれる経編《たてあみ》の生地を使った改良モデルだ。さらにソールの厚さは、トラック競技用に村野によって調整されている。

決して華やかな大舞台ではない。

だが、これが「陸王」の公式デビューとなるレースだった。

そのことを宮沢が感じたのは、このグラウンドに来ている大手メーカー関係者たちが茂木のシューズに注ぐ視線だった。

さりげなく、あるいは時に無遠慮に向けられる視線は、復帰したランナーが果たしてどこのシューズを履いているのかという興味から、「なんだ、あのシューズは？」、という疑問に変わる。

「見たことないやつだな」

「どこかのプロトタイプか」

そんな思いが透けて見えるようだ。

誰も知らない。

そのシューズの名前も、メーカーも。

それでも彼らのレーダーにひっかかるのは、村野がフィッティングし、茂木裕人が履いているという単純な理由によるところが大きい。

しかしその茂木は、一年以上に亘《わた》る戦線離脱でいまや主要な注目選手とはいいかねた。彼らが抱くシューズへの興味は、値踏みするような一瞬を経て過ぎ去り、馴染みの選手と馴染みのメーカーの動向へと移っていく。どこの誰が、新しいメーカーのシューズを採用したらしいとか、その手の関心事へ。

だがいまこの瞬間だけは、このグラウンドを見据えている業界関係者の誰もが、茂木のシューズに注目しているに違いない。

変化を遂げた茂木の走りと共に、目に染みるような濃紺がグラウンドに映えている。茂木のスピードが一段と上がり、ついに先頭集団のトップに立った。かと思うと、じりじりとその差を広げていく。

「あんなに飛ばして大丈夫なんですかね」

その走りぶりを見て、思わず不安になった宮沢はつぶやいた。

「この組のランナーたちは、所詮、茂木の相手じゃないからね」

村野が教えてくれる。「長く戦線離脱してたから仕方が無いが、本当の実力者たちが走るのは最終組なんだ。茂木にしてみれば、このランナーたちのスピードに合わせてしまうと自分の狙ったタイムが出ないことになる。だから、茂木の走りは決して仕掛けたものじゃなく、自分が決めたペースを守ったに過ぎないんですよ。しかも、こうしてタイムを見ると、まさに事前に聞いていた計画通りで、寸分の狂いもない。走法は変わっても、走りの絶対音感は失われていない。それがわかっただけでも十分過ぎるほどの収穫だと思うね。あとは、スタミナの問題かな」

最後まで、予定したペースで走り切れるかどうか——。

二十三分過ぎ。

もはや茂木の独走態勢になっていた。

「少しペースが落ちたか」

村野がひとりごちる。この日の目標は、二十七分の大台だ。そのタイムを叩き出せば、一度は挫折しかかった陸上競技界への復活ののろしになるに違いない。

残り二周。記録に挑戦する正念場を迎えようとしていた。

「ここから先に、必要なのはただひとつ——」

村野がいった。

「なんですか、それは」

「気合いですよ」

そういうなり、目の前を通過する茂木に大声で声援を送る。

「茂木、頑張れ！」

その声が届いたか、ラスト一周で茂木のピッチが幾分鋭さを増した。まさに気力を振り絞ったすばらしい好走である。

「ナイスラン！」

ゴールラインを切った茂木を見て、村野がストップウォッチを確認する。「よしっ！」

二十七分と四十七秒。

「おめでとう」

村野が差し出す右手を握り返した宮沢は、まだ跳ね続ける心臓の鼓動を聞きながら、一気に緊張感が解放されるのを感じた。

グラウンドにいる茂木がこちらを振り向き、親指を立てる。だが、その表情は喜びというより、むしろ引き締まって気持ちの高ぶりを抑えているように見えた。茂木が落ちつくのを待ち、

「いい走りだった」

近づいた村野が声をかけた。

「ありがとうございます。それにしても――」

茂木はまだ履いているシューズを指さした。「最高ですよ、これ」

「ちょっと見せてもらっていいかい」

そういうと、レースを終えたばかりのシューズを村野は点検し、細かな専門的な質問

を茂木に向け、その答えをノートに記録する。

練習での走りを見る限り、茂木の実力なら二十七分台は当然だと、たしかに村野はいっていた。

だが、それを一発勝負のレースで再現するのは、実は途方もなく難しいはずだ。

いま宮沢が目の当たりにした走りはまさしく、才能を与えられた者だけが演じられる、二十七分間余のドラマに違いなかった。

「まずは大成功を収めることができました。ありがとうございます」

記録会の翌日の夜、宮沢は、村野を招いて、「そらまめ」で飲んだ。

この日の村野は、茂木からのフィードバック、それと二十人ほどのテスターから上がってきた情報を参考に、新たな改善点を整理した資料を持ってきていた。

ヒール部分の補強案から始まり、紐穴の位置を数ミリずらすとか、アウターソールにつけてあるパターンの一部を変更するといった、細かなものばかりだ。

大きなものはない。

村野の指示が細かくなればなるほど、それは「陸王」というシューズがより完成形に近づいている証拠といってもよかった。

「いろいろあったが、そろそろ、量産を視野に入れてもいい時期に来たかもしれない」

村野がそんなことを口にしたのは、その席でのことだ。酒を飲んでも、村野はまったく酔った様子もなく真顔だ。

そのひと言を、宮沢は深い感慨とともに聞いた。

ようやく、お墨付きがでた。

念願の量産である。地下足袋「足軽大将」に助けられて一息ついてはいるものの、本命の「陸王」が動き出さないかぎり、本来のスタートラインにすら立っていないも同然だからである。

「まずは、大徳あたりから攻めますか」

安田が待ってましたとばかりにいった。

主要取引先の大徳百貨店なら和装品売り場での実績も長いから、初めに話を持って行くには最適の相手だ。

「その前にまず、生産体制をきっちり作らないとな」

そういったのは、思いがけないアクシデントからようやく復帰してきた飯山だ。

「生産ラインは当分、増設するつもりはないんでしょう」

村野も、その辺りのところは理解してくれている。「であれば、ある程度在庫を持っておく必要があるでしょうね。注文に応えられないというのでは困るから」

それは同時にリスクでもあった。在庫が捌《さば》ければいいが、もし販売不振に陥った場合には、そのまま陳腐化する運命にあるからだ。

「しかし、売れますかね」

きいたところで詮無いことを、安田が口にする。

「それぱっかりは、私にもわかりません」

村野はいった。「水を差すわけではありませんが、必ずしも品質の高いものなら売れるというわけではないですからね。品質が高いものならいくらでもあります。だけど、品質が低くて売れるものはない。それが現実だと思ったほうがいい」

こはぜ屋の本業である足袋業界を振り返ってみても、同様のことはいえる。

「村野さんをもってしても、予測不可能か」

安田のため息に、村野は真剣な顔になって頷いた。

「商売ってのは元来、そういうもんですよ。だから面白いんじゃないか」

2

「なるほど、お話はわかりました」

大徳百貨店のバイヤー、中岡伸也《なかおかしんや》は、広げたノートに宮沢の話をメモしながら聞いた後、手にしたボールペンを置いた。ふたりが向きあっているテーブルには、サンプルの「陸王」が載せられている。

中岡のことは、和装売り場の担当である矢口から紹介を受けていた。まったくの新規業者であれば会うまで一苦労だろうが、その点、既存取引のある会社ということで約束を取り付けるまではそう難しくはなかった。二十分ほどかけて、シルクレイという素材がいかにすばらしいか、どれほどの機能性を有しているかを力説したつもりだ。

「いかがでしょうか」

遠慮がちに宮沢がきくと、中岡は、小難しい表情で眉間に皺を寄せた。

「正直なところ、これが売れるとはちょっと思えないんですよね」

非情なひと言に、宮沢の全身から、さっと血の気が引いた。

「たしかに、シューズの機能はわかりますが、こはぜ屋さんの場合、ブランド力がまるでないでしょう。それに、このシューズの位置づけも問題だ」

中岡の指摘は厳しかった。「この薄いソールからすると、主要ターゲットは、フルマラソンで四時間を切るサブフォー以上のアスリートでしょう。いや、もっと上かもしれない。でも、そういうランナーというのは、自分の好みがはっきりしていて、シューズも決まっている人が多いんです。同じメーカーならいざ知らず、新規メーカーに手を出して足に合わないなんてことになるのはご免ですからね。一方で、シューズ選びに無頓着な初心者ランナーならいいかというと、売り場の心理として、こういう踵《かかと》の薄い商品というのは売りづらいんです。故障の原因になりやすいから。そもそも、一般のランニング教室などでは、初心者用にはヒールの厚い、クッション性の高いものを選びましょうと教えてる。これは真逆のシューズになり、つまりは初心者からも敬遠されてしまうことになる」

「しかし、それではランニングシューズは変わりません」

宮沢はいった。「いま初心者にはヒールの厚いクッション性の高いものがいいとおっしゃいましたが、それが正しい走り方かというと、そうではないんです。人間本来の走りは、決して踵からは着地しません。どちらかというと、それは間違った走り方なんです。そういう走り方を誘発するシューズを初心者に勧めるというのは、本当は間違っていると思うんです」

「いや、あのヒールのクッションは、間違った走り方を誘発しているのではなく、間違った走りをする初心者を怪我から守っているんじゃないんですか」

中岡は主張を譲ることなくいった。「もし、初心者がこの靴を履いたら、いまよりさらに怪我が増えるだけですよ。間違いない」

「裸足で走って、ヒール着地する人はいないんです」

宮沢はいった。「弊社の『陸王』は、より裸足に近い感覚で走ることのできるナチュラルなシューズなんです。必ず、このシューズのニーズはあります。だから教育現場でも採用されているんですから」

「でもね、ウチの売り場面積は限られていましてね。このシューズを置く場所は、ちょっと見当たらないんですよねえ」

中岡は否定的な態度を崩そうとはしなかった。

「片隅で結構ですから、置いて頂けませんか。売れなかったら引き取りますから」

宮沢は頭を下げた。「それに、不都合でなければ、私がシューズ売り場に立ってご案内させていただいても構いません」

宮沢は必死だ。

「いやいや、そういう問題じゃないですから」

顔の前で手をひらひらと振った中岡は、「結論から申し上げて、このシューズを当店のシューズ売り場で展開するのは難しい。今日のところはお引き取り願えませんか」。

そういうや宮沢の反応も確かめずに腰を上げ、ふと思いついたようにいった。「あ、そうだ。いっそ、和装売り場に置いたらどうです。あそこにはこはぜ屋さんの足袋のファンがいるはずですから。もしかしたら、ついでに買っていくかもしれない」

「ウチは、ランニングシューズの売り場で勝負したいんです」

悔しそうに声を絞り出した宮沢に、

「であればもう少し実績を積んでから来てくださいよ。すみません、次のアポが入っているので」

そういうと中岡は、挨拶もそこそこにミーティングブースのドアを開けて、エレベーターホールへの通路を手で示した。


会社に戻り、大徳百貨店でのやりとりを話すと、

「そうですかあ」

安田はそういって肩を落とした。

「要するに、『陸王』に足りないのは、ブランド力ってことですか」

大企業でもなく、足袋業界では長くやってきたもののランニングシューズでは新参者。そんな会社が作るシューズにブランドを求められても、無いものは無い。

「それと、もうひとつ、改めて感じたことがあるんだ」

宮沢はいった。「ランニングシューズの違いは、突き詰めれば価格や機能ではなく、思想性の違いじゃないかってことだ」

「思想性、ですか」

安田はピンとこなかったらしい。

「たとえば、アトランティスにはアトランティス独自の運動力学の理論がベースにあるんだよ。そして、それを実現させるためのシューズ設計になってる。『陸王』も同じだよな。『陸王』が追求しているのは人間本来の走りだ。本来人間の体とは、どのように走るのが自然なのか、楽なのか、楽しいのか——。それを追求して、いまの形になった。シューズを選択するということは、それを履く人がどちらの考え方に共感するのかということなんじゃないかな」

「だけど、そこまでわかって買ってる人、そういないように思うんですけどね」

遠慮がちな安田の指摘は、まさにその通りであった。

「だから、それをもっと前面に出して行く必要があると思う」

宮沢はいった。「果たして『陸王』とはどんなシューズなのか。いろんなところでそれをもっとアピールして行くしかないんだよ。時間がかかってもそうするしかない」

そういいつつも宮沢自身、気の遠くなるような思いがした。そういうやり方ではぜ屋の存在価値を世の中に浸透させるのにいったいどれだけの時間と労力がかかるだろう。

だが、生き残るためにはそれしかないのだ。

3

「やあ、どうも。いつもお世話になっています」

アトランティスの佐山は、軽い口調で監督の徳原誠《とくはらまこと》に挨拶して、芝浦《しばうら》自動車の選手が練習しているグラウンドに目を向けた。午後三時過ぎ、仕事を終えた陸上競技部の部員たちはウォームアップの真っ最中だ。軽くグラウンドを流している選手たちの中には、日本を代表するマラソンランナー、彦田知治《ひこたともはる》の姿もある。

「なんだい、最近は暇なのかい。うちにばかり顔を出してさ」

徳原は、三十代半ばのまだ若い監督であった。選手としての華々しい実績は無い代わり、マネジメント能力を買われて営業部から陸上競技部監督に転じた変わり種だ。

「暇なはずないじゃないですか。先日から提案してる件、なんとかお願いしますよ」

「ああ、あのことか。まあ、考えとくよ」

ウェアのサポート契約。それが、ここのところ佐山が猛プッシュしている徳原への提案であった。

芝浦自動車陸上競技部は、実業団でも屈指の部員を抱え、しかも有名選手が数多く在籍している。

個人単位ではなく、部としてサポート契約を結べば、アトランティスにとって様々な機会において自社製品の宣伝になることはいうまでもなかった。

故に、なんとしても芝浦自動車との団体サポート契約を取ってこいと、ここのところ連日、小原からハッパをかけられている。

「でも、ウチのサポートは万全ですし、選手が個別にあれこれ管理するより、遥かに効率がいいと思うんです」

「まあ、それはわかるけどさ」

徳原は少々めんどくさそうにいった。「いくらサポートしてくれてもさ、選手は選手で他のメーカーさんと個別に付き合ってるだろうし。それにさ、シューズだったらもう、御社のサポート受けてる選手、ウチには結構いるじゃないさ。そんなに欲掻いてどうすんの」

「まあ、そうなんですけどね。上がうるさいもので」

親指を立てて苦笑いしてみせた佐山だが、視界を横切っていった彦田をやりすごそうとして、ふいに足下に視線が釘付けになった。

「第一、彦田が履いてるんだから、十分宣伝になって――」

徳原はそこまでいって、佐山の顔つきが変わったことに気づいたようだった。そしてその視線を追い、「あれっ」、と驚きの声を上げる。「どういうこと？」

佐山はこたえない。

愛想笑いの浮かんでいた顔がふいに険しくなり、「ちょっと、失礼」、とひと言徳原に断ると、「彦田さん」、と声をかけて歩き出した。いくらアトランティスのシューフィッターでも、練習中に呼び止めることは普段あることではなく、少しむっとした顔で彦田がトラックから出てくる。

「あのさ、そのシューズ、何？」

単刀直入にいい、佐山は、彦田の足下を指さした。濃紺のシューズは、アトランティスの「RⅡ」ではない。どこかで見たことがある気がしたが、すぐには思い出せなかった。

「ちょっと試してみようと思って先週から履いてるんですよ」

「試すって、冗談はよしてくれませんか」

佐山は無理矢理、歪んだ笑いを唇に浮かべた。「うちがしっかりサポートしてるじゃないですか。練習も『RⅡ』でお願いしますよ。最高でしょう、あれ？」

「まあ、『RⅡ』が悪いとはいいませんよ。だけど、ベストかどうかはわからない」

ちらりと自分のシューズを見て、彦田はこたえる。

「どこのです、それ」

「さあね」

彦田はとぼけた。「どこかの弱小メーカーですよ。だけど、品質は素晴らしい」

「よくいうよ。誰が持ち込んだか知らないけど、そもそも足に合わないでしょう。市販品じゃないの、それ」

「いやいや、オレの足型で作ってますから、完璧ですよ」

足型というひと言に、強い警戒の色を佐山は浮かべた。

「足型、持ってるの、そこ」

「持ってますよ。測ってもらいましたからね」

その返事に、佐山は不機嫌に頰のあたりを硬くした。

「意味がわからないな、君の足型を持ってるのは、ウチだけのはずだ。だいたい、それサポート契約違反でしょう」

契約違反のところはやんわりと伝えようとしたが、語気が荒くなるのをどうすることもできなかった。

だが、

「練習でどのシューズを履こうと、違反じゃないですよね。そう聞いてますが」

彦田の反論に、ただならぬものを感じ、佐山はますます硬い目になっていく。

「聞いてるって、どういうこと？」

「だから、御社との契約は、サポートと引き替えにレースで履くことを義務づけられているだけで、練習で何を履こうと自由だってことですよ。違うんですか」

「まあ、そ、それはそうかもしれないけど」

佐山は、思いがけない反論に口ごもりながらいった。たしかに彦田の指摘は正しい。だが、他の選手に対する彦田の影響力は絶大だ。練習だからといって、看過できるものではない。

「あのさ、彦田さん。『RⅡ』に何か不満があったりするのかな」

「あれはそれなりにいいシューズだと思いますよ」

少し前まで、彦田は「RⅡ」を絶賛していたはずである。

「でも、このシューズ履いちゃうと、『RⅡ』も霞《かす》むっていうか」

改めてそのシューズを睨み付けた佐山の脳裏に、記憶の断片がまざまざと蘇ってきたのは、このときだった。

そういえば、この前の記録会で、茂木が履いていたシューズ――。

ふいに緊張を覚えたのは、このシューズの陰に、ある男の影を敏感に感じ取ったからだ。

「あのね、彦田さん。このメーカーって、吹けば飛ぶような零細企業なんですよ。そんなところのシューズ、信用できるわけないじゃない。冷静に考えてみてよ」

頭ごなしの説得を試みた佐山に、

「でも、村野さんがアドバイザーだから」

さらりと彦田はいってのける。「村野さんから、これはいいから履いてみろといわれれば履きますよ、オレは。実際、すごくいいと思うし」

「村野、村野って、彦田さん」

佐山は憤慨した。「村野がなんなんです。あの人、ウチを辞めて、どこも相手してくれないから、そんな会社と付き合ってるんだよ。だいたい、ぼくがこうやって来て話を聞いてるんだから、もう昔の人のことは忘れようよ。ねっ」

作り笑いを浮かべた佐山に、彦田はむっとした顔になった。

「佐山さん、いったいいつ、オレに対してテクニカルな助言、してくれたんです?」

「してるじゃないですか」

苦し紛れに佐山はこたえた。「『RⅡ』にしたって――」

「それなんですけどね」

彦田が遮っていう。「佐山さんの中で、『RⅡ』以外のシューズをオレに勧めようという選択肢ってありました? なかったでしょう」

思いがけない突っ込みに、佐山は息を詰めた。

「佐山さんは『RⅡ』を売りたいという会社の要求をそのまま、オレたちに振り向けてるだけじゃないですか。佐山さんはフィッターでしょう? だったら、会社の方針はどうあれ、まず選手にそのシューズが本当にフィットするかという検討があってしかるべきだと思うんですよね。その上で、もし合わないと思ったら、会社の方針に逆らってでも『RⅡ』は勧めない。村野さんだったら、絶対にそうしたはずですよ。オレたちのことを最優先に考えてくれていたから。でも、佐山さんが最優先にしているのは会社の都合じゃないですか」

彦田の指摘は、深々と佐山の胸に突き刺さった。彦田は続ける。「オレの場合、『RⅡ』は偶然、フィットしたけど、部の中には合わないで苦しんでいる者もいる。誰がどんな不満を抱えているのか、佐山さん、知ってますか」

「いや、それは誤解ってもんだよ、彦田さん」

いまや防戦一方となった佐山はいった。「『RⅡ』はまだリニューアルしたばかりだし、いまはまだインプレッションを探ってる段階じゃないか。この段階でヒアリングしても、ミスリードしかねないし――」

「舐《な》めてんのかよ、あんた」

ふいに、ドスの利いた声を彦田は出した。目はまっすぐ佐山に向けられたままだ。

「あんたのやり方があんまり杜撰《ずさん》だからいってんだ。あんたセールスマン出身で、部長のおぼえもめでたいらしいじゃないか。結構なことだよ。でもね、オレたちまで、そのごますりの道具にするのはやめて欲しいんだ」

そういって背を向けようとする彦田を、慌てて佐山は呼び止めた。

「ちょっと待ってくれ、彦田さん。いろいろ誤解やすれ違いはあったかもしれないし、それについては悪かった。謝る。だから、これからもよろしく頼むよ。今度のレースも、もちろん、『RⅡ』で。サポートは万全だから」

「ひとつ言っておきますけどね」

彦田は、最後通牒《つうちょう》ともとれるひと言を発した。「どんなシューズを履くかは、最終的にオレたち選手が決める。オレたちは、あんたたちの宣伝のために走ってるんじゃないんだよ。オレたちは、自分の人生のために走ってるんだ。よく覚えとけ！」

言い捨てて走り去っていく彦田の背をなすすべもなく見送った佐山は俯《うつむ》き、

「くそっ」

と小さく吐き捨てた。「村野の野郎……」

口からこぼれ出たのは、見当違いのひと言だ。

やがて顔を上げた佐山の目の中で、村野に対する怒りが赤く燃えさかった。

「何がカリスマだ。ふざけやがって」

そういうことになると俄然《がぜん》、頭の回転が速くなる佐山は、くるりとグラウンドに背を向けると、あれこれと策を巡らせ始めた。

4

「先月は十五足だけか……」

忙しさも一段落した水曜日の午後五時過ぎ。こはぜ屋の会議室で開かれた打ち合わせで、安田は難しそうに腕組みをしている。「こんなもんなんですかね」

宮沢が「陸王」の販売をスタートさせて一ヶ月が経過していた。

少し前まで残暑の厳しい日が続いていたというのに、いつのまにか秋が過ぎ、十一月も下旬になると、強い北風とともに濃い冬の気配が行田の街を包みはじめる。室内に射し込むあえかな日の光は、マラソンシーズンの到来を予感させた。

「プロショップ四店舗で十五足なら、決して悪くないですよ」

そういったのは村野だ。「なんの前情報もない段階で、一万二千円もするシューズが売れたんだ。これはすごい」

「陸王」の取扱店は、有村のショップの他、有村から紹介を受けた都内の三店舗のみだ。

「あたしはよくわからないんですけど、インターネットとかでは売れないんですか」とあけみさんがきいた。

「ネット通販ってのは結構、難しいぜ」

自らの経験から発言したのは飯山だ。「オレも以前、自社製品をネットで売ろうとしたことがあったけどもさ。よっぽど話題になってりゃともかく、そうじゃなきゃ、見向きもされないよ」

「でも、少なくともネットに情報はアップすべきだと思うよ」

そういったのは、大地だ。「ネットで売れるかどうかは措《お》いといても、いまの買い物ってのはさ、まずその商品の情報や評判をネットとかで調べるんだよ。プロショップの店頭でスマホで検索して、〝ああ、これはいい〟となれば買うとかさ。だけど、ネットになんの情報もアップされていない商品は、手を出しづらいわけ。プロショップで売れたのは、ネットでの情報の代わりに、きっと信頼されている店員さんとかがいて勧めてくれたからだと思うんだよね」

「まったくその通りだと思いますよ」

村野もこたえた。「対面販売チャネルを拡大するには、ある程度の時間はかかるだろうけど、地道に正攻法でいくしかない。教育現場をひとつの柱に選んでいるのは着眼点としてもいいし、人類本来の走りという『陸王』のコンセプトを説明する上でも好ましいと思いますね」

体育の授業で「陸王」を導入してくれているのは町村学園のみだが、その取り組みを評価する声が上がりつつあるという。

「コツコツ積み上げるしかないってことですか」、と安田。

それにうなずいた村野が、「ところで、私からひとつ報告があるんだが」、と切り出したのはそのタイミングだった。

「芝浦自動車の彦田君から皆さんに伝言があるんです。すばらしいシューズだと。そう伝えて欲しいとのことでした」

思いがけないエールだった。

「気に入ってもらえたんですか」

思わず、宮沢は声を上げた。村野にいわれるまま、新しい足型で試作したのは半月ほど前のことだ。その彦田に認められたとなると、大きい。

「サポート云々の話は先でも、こうやって、ひとりひとり、ファンを増やしていくことで、トップアスリートたちの『陸王』への評価が定まってくると思うんですよ。彼らの貴重なフィードバックもある。ウチにとって、悪くない話だ」

「おもしろいことになってきたじゃないか」

飯山がいった。「そのうち、アトランティスに一泡吹かせてやれるかもな」

5

「茂木君、調子良さそうだねえ」

練習を終え、グラウンドから寮へ向かう階段を上がりかけたときだった。声をかけられて振り向いた茂木は、声の主にそっと眉を顰《ひそ》めた。アトランティスの佐山が営業用の作り笑いを浮かべて立っていたからである。

「どうも」

ひと言いって背を向けたとたん、「どうだろう。もう一度、アトランティスのシューズ、履いてみないか」、という佐山の言葉が追ってくる。

「いや、ぼくは――」

振り返った茂木に、

「申し訳なかった」

佐山は頭を下げた。「いままでお互いに誤解があったことは事実だし、ウチが失礼なことをしてしまったことはここで謝るよ。無理にとはいわない。よかったら試してみてくれ。それと、ひとついっておく」

佐山は、茂木が履いている「陸王」を指さした。「その会社では、君を支え続けるのは無理だぞ。ほら、これ――」

そういって佐山が差し出したのは茶封筒に入った書類だった。

「これは――?」

「君が履いているシューズを作ってる、こはぜ屋の信用情報だ」

意外なことを佐山はいった。「それを見てみるといい。こはぜ屋がいくらの売上げで、いくら利益を上げているのか。どれだけの規模の会社なのか、改めてウチと比べてみるといいだろう。その会社が君を支えるためにどれほど背伸びしているか、君はわかっていない。はっきり言うが、その会社はいつシューズ業界から撤退してもおかしくはない。いやそれどころか、いつ倒産してもおかしくない。もしそうなったら、君のサポートは誰がする?」

茂木は押し黙った。

「シューズの合う合わない、良し悪しといった基準はもちろん重要だし、欠かすことのできない要件だ。だけど、会社選びの基準は、それだけじゃない。いやむしろ、それ以前に、もっと大切なものがあるんじゃないか。倒産するリスクを抱えているような会社とサポート契約を結ぶのは、自らの首を絞めるようなもんだ。名も無いランナーならそれでもいいかもしれない。だけど、君は茂木裕人だ。トップアスリートには、それに相応《ふさわ》しい器というものがある。ミスマッチなんだよ、君とその会社では。そのことに気づいてくれ」

それだけいうと、アトランティスのロゴが入った箱を押し付けるようにして茂木に渡し、佐山は夕暮れどきのグラウンドを遠ざかっていく。開けてみると、新しいシューズが入っていた。目に沁みるようなショッキングピンク。たしか毛塚も履いていた、アトランティスの「RⅡ」である。

その夜、見るつもりのなかった佐山からの資料に手を伸ばしたのは、特に理由があってのことではなかった。単なる気まぐれといってもいい。

だがしかし——。

売上げ高と利益の推移。推定資産と負債——。

会社では総務部に所属し、取引先企業の信用情報に接する機会は少なくない。さほど詳しくはなくても、財務の内容を判断するくらいの基本的な知識はあった。

信用調査会社が調べたこはぜ屋の財務内容は、その茂木の想像を遥かに下回る内容であった。

佐山の話を真に受けるわけではない。だが、こはぜ屋の屋台骨が決して盤石でないことはその数字が如実に物語っている。

——ミスマッチなんだよ。

その佐山の言葉は、いつまでも茂木の胸底にこびりついて離れない、汚れのようであった。

グラウンドに夕暮れ前の光が斜めに射し込んでいる。それが、燃えるように輝く一瞬を迎えたかと思うと急速に夜の帳《とばり》が下り始め、照明が皓々《こうこう》と点灯しはじめた。

さっきからそのトラックを黙々と走り込んでいた茂木がコースアウトし、傍らで見ていた村野に気づくと、ひとつ頭を下げて、近づいてきた。

「村野さん、今夜、時間空いてませんか」

村野が少し驚いたのは、そんなふうに茂木のほうから誘ってくることは珍しかったからだ。

何かあるなとは思ったが、その場できくことはしなかった。一時間ほど練習を眺め、一足先にグラウンドを出て、約束した近くのファミレスで茂木を待つ。

ジャージ姿の茂木が現れたのは、三十分ほどしてからだ。見ると、手に茶封筒を持っている。

「あの……村野さん、ひとつきいていいですか」

本題が切り出されたのは、食後のコーヒーが運ばれてからのことである。

砂糖とミルクをたっぷりいれたコーヒーをかき回していた村野は、その手を止めて茂木の言葉を待った。やがて向けられたのは、

「なんで、こはぜ屋さんのアドバイザー、やってるんですか」

という問いだ。

「なんでって、そりゃあ、手伝いたいからさ」

村野は少し考えてこたえる。「いいコンセプトがあって、真剣にいいシューズを作ろうとしている。いいことだ」

「でも、これはビジネスですよね」

茂木は意外なことをいい、さっきの封筒から書類を引っ張り出した。

村野が眉を顰めたのは、それまで伏せられていた封筒の表にアトランティスのロゴを見つけたからだった。佐山あたりが何か吹き込んだに違いない。前に置かれた書類に手を伸ばした村野は、表紙を見ただけで小さく嘆息し、中味を開くことなく茂木へと押し返した。

「こはぜ屋さんの業績、安泰というにはほど遠い気がするんです。そんな会社にサポートしてもらったら、むしろ重荷なんじゃないかって。どうなんでしょうか」

「まずいっておくが、たしかに君がいうように、これはビジネスだ」

村野ははっきりといった。「こはぜ屋の業績はアトランティスと比べたら、とてもじゃないが安泰というレベルではない。そりゃあ、そうだ。全世界で社員を一万人も抱えている企業に対して、片やせいぜい数十人の中小企業だからね。もしかしたら、私のギャラすら払ってもらえなくなる可能性だってある。だけど、それを承知で、私はこはぜ屋のアドバイザーになることを承諾した。それには理由がある」

じっと村野を見たまま茂木は聞いている。「たしかに企業の規模は小さいし、業績もいまひとつだ。だけど、シューズを作るという姿勢や熱意では、アトランティスよりもこはぜ屋のほうが上だと思う」

村野は続ける。「君に見せてやりたいよ。靴底を貼り合わせて一足出来上がったときのあの人たちのうれしそうな顔をさ。アトランティスは、ある意味大企業になりすぎた。彼らの関心事は業績であり、目先の利益だ。物事を測る尺度もカネで、新しいシューズを開発する理由は、業績向上のためだ。そのために、ほとんど機能的に進化していないシューズに、新たな名前をつけていかにも革新的であるかのように売るということまでする。私は、そういうシューズをあえて勧めてはこなかったが、それは会社の方針に反する行為だった」

村野は続ける。「だけどな、シューズってのは、人が履くもんだ。ランニングシューズは、走る人が履く。自分たちが担当しているアスリートに、少しでも良いものを届けるために作るのが本来の姿だと思う。たしかに、アトランティスのシューズは品質も悪くないし、機能性も優れているだろう。だけど、彼らはランナーのために作ってない。そんなシューズには魂はない。ただの工業製品だ」

断言した村野は、真摯な眼差しを茂木に向けた。「私はそんなのを売るのに疲れちまったんだよなあ。会社は小さくてもいいから、真正面からランナーを見据えて、少しでもいいものを、なけなしの予算で作っていく。そういう仕事っていいなって、そう思った。だから手伝ってるんだ」

俯き加減になって、茂木はじっと村野の話を聞いている。

「もし、君がアトランティスの『RⅡ』を履いてみたいと思ったら、何の遠慮もいらない。ぜひ試してみてくれ。いろいろ話したが、どう作ったかはそれを履く人には関係がない。いいと思ったシューズを履けばいい。それだけのことだ」

村野は心の中を洗いざらい、そのまま話したつもりだが、それを茂木がどう捉えたかはわからない。

ファミレスの前でタクシーを拾い、寮の前で茂木を落としてひとり駅へと向かう。

もしかすると、アトランティスに戻っていくのかもしれないな、と村野は思った。

そうなったとしても、茂木のことは責められない。

ここはぜ屋がそうであるように、茂木だって必死なのだ。情に流されるのではなく、ベストと思う選択をするのは当然であって、誰だってそれに異を唱える資格はない。ニューイヤー駅伝まで、すでに二ヶ月を切っている。いまの茂木なら、おそらくメンバーに選ばれるだろう。

どうあれ、最善を尽くしたいま、村野にできるのは、茂木の出す答えを尊重することだけだ。

6

「なかなかうまくいかないねえ」

妻の美枝子はいい、ダイニングから見える小さな庭に遠い目を向けた。

日曜日の朝だ。

朝食をとった後、宮沢としては珍しく何をするでもなくぼんやりとしている。その横顔はいかにも淋しげで、落胆ぶりは痛々しいほどだ。

宮沢を打ち据えるような出来事があったのは、ようやく時間を作ってダイワ食品が練習している市営グラウンドに出かけた金曜のことであった。

そのとき宮沢は、グラウンドを囲むネット裏にいた。初冬の日が斜めに射すグラウンドは逆光で、選手たちはみな黒いシルエットとなっていて表情が見えない。トラックを駆け抜ける息づかいと、地面を蹴るときの軽い靴音だけが、幾重にも折り重なって聞こえるだけだ。

その眩《まぶ》しさに目を細め、ネットの隙間からグラウンドを見やった宮沢は、ようやく茂木のシルエットを見つけ出してその姿を目で追い始める。

オレンジ色に爆発した夕日を背に現れた茂木の輪郭が、近づいてくるにつれてはっきりと見え始めたそのとき――。

宮沢の心臓が跳ね上がった。

茂木のシューズだ。

次第に濃さを増していく夕闇の中で茂木が履いているのは、濃紺ではなく、ショッキングピンクのシューズではないか。

「RⅡ」だ。

宮沢の姿に気づいているのかいないのかわからない。いま茂木が宮沢の見ている前を通過して、トラックを遠ざかっていく。

ショックのあまり、その足下から視線を剝がした宮沢は、逃げるようにその場を離れたのであった。

村野から、「もしかしたら」、という話は聞いていた。

だが、本当にそうなってみるとショックは想像以上だった。

宮沢の気持ちの中で「陸王」という新規事業は、こつこつと積み上げた壮大な建築物に等しい。いまそれが一瞬のうちに崩れ去り、砂となり、その中に埋もれ窒息しそうになる。

芝浦自動車の彦田のように新たに評価してくれる選手だっているんだからいいじゃないか——。

そう自分に言い聞かせても、ダメだった。

同時に、このとき気づいたのだ。

宮沢にとって、「陸王」イコール茂木裕人だった、ということに。

挫折を味わった茂木が、「陸王」を履いて復活する——。

無意識のうちに、そんなシナリオが宮沢の中でできあがり、固定化し、いつしか不文律のようになっていた。

宮沢は、どこかで茂木とこはぜ屋の運命を重ね合わせて考えていたのかもしれない。

怪我で一線を離脱したランナーと不況業種に甘んじてきたこはぜ屋。誰からも見放されたふたつが結びつき、やがて復活を遂げる。

だがいま、バラ色に見えた夢のメッキははげ落ち、現実の地金が剝き出しになった。

心を覆い尽くしているのは、ひどい敗北感だ。

宮沢に手を差し伸べてくれる者は誰もいない。もし、この状況を脱することができるとすれば、それは他人ではなく宮沢本人の力以外あり得なかった。


「結局のところ、これが世の中なんだよなあ」

自嘲しつつ、宮沢はこぼした。

「茂木さんと話したほうがよかったんじゃない?」

美枝子がいった。「話さないで帰ってきちゃったのは、ちょっと残念だったと思う」

「自分でも驚いたことに、ちょっとしたパニックになってね」

自らの心情を、宮沢は吐露した。「とても話せなかった。茂木君だって話しにくいだろうと思うし、村野さんと話した後、アトランティスのシューズを履いていたことが彼なりの答えなんだよ」

だが、

「でも、迷ってるかもしれないじゃない」

美枝子の言葉に、ふと宮沢は顔を上げた。

「迷う?」

「そうだよ。茂木さんって、要するに真面目な人なんだと思うよ。堅い人っていうかさ。ウチのことを心配してくれるなんてそもそもアスリートっぽくないし。『陸王』を履くにしても『RⅡ』を履くにしても、きちんと話して気持ちの整理をつけさせてあげるべきじゃない?」

宮沢は、飲みかけの湯飲みをテーブルに置き、葉の落ちかかった庭木にただ意味もなく視線を投げた。

「たしかに、その通りだ」

やがてぽつりとつぶやき、もう一度自分の気持ちを整理しはじめた。

7

「結局、アトランティスに出戻りかよ」

茂木のシューズについて城戸が声をかけてきたのは、三千メートルを一本走って休憩に入ったときであった。

水分を補給し、軽く腿《もも》のあたりを叩いていた茂木は、「せっかくもらったんで」、とだけこたえる。

汗を掻いた体を北風が冷やしていく。グラウンドコートを羽織り、息を整えた茂木に、城戸はそれ以上のことはいわなかった。

茂木がアトランティスの「RⅡ」で練習に出るようになって一週間以上。走行距離は、すでに百キロは超えたはずである。

「どうだい、いいだろ、それ」

馴れ馴れしい口調で声がかけられ、いつのまに来ていたのか佐山が近づいてきた。

「まあ、いまのところ、悪くないかな」

茂木は曖昧に返事をした。

「おいおい、もっとはっきり〝いい〟っていってくれよ。これ最高でしょう？」

軽い口調でいった佐山は、底意地の悪い笑みを浮かべた。「そりゃあ当たり前だよ、作ってる会社が違うんだから」

暗にこはぜ屋のことを腐してみせる。

茂木は顔を伏せてその場をやり過ごし、佐山が何か言い出す前に再びトラックへ出ていった。

「RⅡ」は悪くない。だが、シューズの差を見極めるのが、そう簡単なことではないのも事実だった。練習では微細にしか感じられない違和感が、フルマラソンの三十五キロを過ぎたあたりでは、はっきりとした感覚となって伝わってくる。本当の意味でシューズの性能が発揮されるのは、まさにそのあたりからだ。そして、合わないシューズは、故障の原因にもなる。

体力と気力の限界との闘いの中で、シューズは最大にして最後の武器だ。そのとき重要なのは、どんな素材が使われているかだとか、どんな計測値が出ているかといった問題だけではない。自分の足、自分の走り、自分の感性に合っているのかいないのか。研ぎ澄まされた感覚の世界だ。

箱根駅伝でライバル毛塚とのデッドヒートで有名になったものの、茂木の視点は常にフルマラソンに据えられていた。すでに高校時代から長距離で戦ってきたからこそ、シューズの重要性はわかっている。

いま、茂木がこの「RⅡ」を履いている理由は、ただひとつ——どんな靴なのか、それを見極めたかったからだ。良ければ採用するし、そうでなければ採用しない。あるいは、練習用や軽いジョギング用にするという手もあるだろう。

「いやあ、茂木君がまたウチのシューズを履いてくれてさ、部長もすごく喜んでるんだ」

練習が終わるまでグラウンドで粘っていた佐山がまた話しかけてきた。「実際、君ほどのランナーがさ、あんなこはぜ屋なんていうちっぽけな会社のシューズなんか履いちゃだめだよ」

黙っていると、佐山は散々こはぜ屋の悪口を口にし始める。

「いまに見てなよ、あの会社、すぐにシューズから撤退するから」

ぽんと茂木の肩をひとつ叩き、佐山は勝ち誇った顔になった。「これからのことは心配しなくていい。ウチが面倒を見る。いいね」

「考えときますよ」

素っ気ない茂木の返事に、佐山の顔に苛立ちが滲むのがわかった。

「なんだよ、ウチのシューズ履いてくれてるんじゃないか。もっといいことといってくれよ」

佐山の態度に、茂木は反論した。「オレは、少しでもいいシューズを履きたい。そう思ってるだけですから」

「別にもったいぶってるわけじゃありませんよ」

「条件面なら、相談に乗る」

改まった顔になった佐山は見当違いの発言をした。「君の希望がなんなのか、いってくれ。年間、何足欲しい？　十足か、もっと？　とにかく、こっちはサポート復活と認識してるんだから、頼むよ。現に履いてるってことは、そういうことなんだから」

「じゃあ返しますよ」

茂木にいわれ、「おいおいそれは勘弁してくれよ」、と佐山は顔の前で両手のひらを見せた。その佐山の軽薄さに、つい茂木も苛立ってしまう。

「佐山さんだって、一足のシューズを評価するのがそう簡単じゃないことぐらいわかってるでしょう。それでも使えっていうのは、押し売りと同じじゃないですか」

「悪かった、悪かった」

佐山は下卑た笑いを浮かべて謝ってみせた。「とにかく、今度のニューイヤー駅伝ぐらい、このシューズ履いてみてよ。この通りだ。オレにも立場があってさ」

予選となる東日本大会で予想通りの好成績を上げたダイワ食品陸上競技部は、すでにニューイヤー駅伝の出場を決めている。

「立場は誰にでもあるんじゃないですか」

取り付く島もない返事を、茂木は口にした。「だいたいメンバーに選ばれるかどうかさえ、わからないのに。予選も走ってないし」

「またまた。大事をとって温存したって聞いてるよ。なあ、茂木君。ぶっちゃけ、どう思ってるんだ、あのこはぜ屋のこと」

背を向けた茂木を、佐山は追いかけてきいた。

「吹けば飛ぶような零細企業っていいたいんでしょう」

佐山は安堵の表情を浮かべた。

「そうなんだ。もし付き合うんなら、そういう零細企業と安全な大企業とどっちがいいか。そのへんのことは考えてくれたんだろう」

「もちろん」

茂木は面倒くさそうにこたえた。「もういいですか。体、冷えちゃうんで」

「ああ、申し訳ない」

佐山は、慌てて引き下がる。「それだけ聞けば十分だ。お互いの共通認識っていうの？　それ、確認できたわけだからさ」

少々フライング気味だったが、部長の小原には茂木との再契約は間違いないと、報告してある。茂木の出方によっては空手形になるところだったが、これなら問題あるまい。

佐山は胸を撫で下ろすと同時にひとりごちた。

「ざまあみろ、村野」

8

ダイワ食品陸上競技部で、ニューイヤー駅伝の登録選手候補の発表が行われたのは、レースを半月後に控えた十二月半ばの金曜日だった。

窓から見えるポプラはすっかり葉を落とし、関東平野を吹き抜ける強い北風に枝を大きく揺らしている夕暮れどきである。

全日本実業団対抗駅伝、通称ニューイヤー駅伝は、元日にテレビ中継される実業団の一大レースだ。ここでいい走りを見せれば、実業団ランナーとしての注目度は一足飛びに高くなることは間違いない。茂木にとっては完全復活を強く印象づけられるチャンスだが、そのためにはまず、ダイワ食品の区間走者として選ばれなければならない。

この駅伝は全七区。誰がどこを走るのかを決めるのは監督の城戸だ。最近の記録、実績、調子など、様々な要素が勘案される。

一区は、ベテランの内藤《ないとう》。規定により唯一外国人選手が出走できる二区には、ケニア人選手のオリユク。三区はもう一人のベテラン川井《かわい》。最長距離になる花の四区は、エース立原。そして五区が水木《みずき》。

「六区、茂木裕人！」

城戸の声が部屋に響き渡ったとき、茂木は軽い電流にでも打たれたかのように背筋を伸ばして立ち上がった。

「全力で、ぶつかってきます」

十二・五キロという比較的短い区間を任されたのは、故障明けに加え、さらに距離的に近い一万メートル走での好記録があったからだろう。

距離は短いとはいえ、六区は高低差のある難コースだ。同時に勝敗を決するアンカーへとつなぐ重要な区間でもある。

そして——。

「七区、平瀬！」

監督に呼ばれたとき、平瀬はぽかんとして返事をしなかった。茂木同様、予選では選ばれなかった。城戸のサプライズだ。

「え、オレ？」

おどけた調子できょろきょろと周りを見回したりしている。

平瀬が、今シーズン限りで陸上競技人生にピリオドを打つと表明したのは、つい先日のことだ。事前に知らされていた茂木は驚かなかったが、ムードメーカーの平瀬だけに、部内に走った衝撃は小さくなかった。

退部が決まっている平瀬だが、先日の記録会では近年にない好タイムを出していた。以前、三区を任された経験もあり、もしかすると選抜される可能性もある、と茂木も思ってはいた。

「ラストランだ、平瀬」

城戸はいった。「悔いの残らないよう、走れ。いままでのものを全て出し切って、燃え尽きろ！」

何か言おうとして立ち上がった平瀬だが、そのとき監督の言葉に感極まったように唇を噛んだ。

「皆さん、長い間、仲間でいてくれてありがとう。最高に楽しかった。充実していました。がんばってきます！」

ついに堪えきれなくなった涙が平瀬の頰を伝わったとき、誰からともなく拍手がはじまり、しばらく鳴り止む気配もなかった。

昂揚《こうよう》した気持ちのままミーティングが跳ね、そのまま誘い合わせて近くの居酒屋へ繰り出していく部員たちもいたが、茂木は一旦寮の自室に戻り、研ぎ澄まされた感性のまま今後のことに思いを巡らせてみる。

平瀬の言葉は、いまも脳裏に余韻を残していた。

十年先か、二十年先か。自分にもいつか、これがラストランと思い定めるときが来るのだろうか。いや、怪我や故障をしてしまえば、意志とは無関係にもっと早く終わるかもしれない。

結局、人生なんてなにが起きるかわからないのだ。

だから、いまこの瞬間を大切にして、ベストを尽くすしかない。

アトランティスの「RⅡ」を試していたのも、同じ理由からだ。こはぜ屋の「陸王」が素晴らしいのはわかっている。だが、もしそれを超えるシューズがあるのなら、それを選択すべきだ。

シューズの良し悪しは、それを支えるスタッフやシューフィッターの熱意だけでは評価できないと思う。いやむしろ――。

シューズの価値を決めるのは、シューズそのものだ。

いくら会社が大きくとも、サポート態勢がしっかりしていても、レースでものをいうのはシューズの性能と相性であり、それ以外の何物でもない。

感情論や経済合理性だけでは、レースで勝つのは難しい。

沈思していた茂木の携帯が鳴り始めたのは、そのときだ。

こはぜ屋の宮沢社長からだ。

「ここのところ間が空いてしまったんで。もしよかったら食事でもどうですか」

宮沢は少し遠慮がちにそう切り出した。

9

その翌日、迎えにきた宮沢が連れていってくれたのは、駅前商店街の中にある、茂木も行ったことのない和食の店だった。村野も一緒である。

「なんか申し訳ないです。こんないい店に連れてきてもらって」

恐縮した茂木がいうと、

「いや、お祝いだから」

意外なことを、宮沢はいった。

「お祝い？」

乾杯を終えた茂木がきくと、宮沢の代わりに村野がこたえた。

「決まったんだろ。ニューイヤー駅伝の出走。おめでとう」

「なんでそれを」

驚いた茂木に、「昨日、城戸さんからこっそり聞いた」、と村野が種明かしをした。

「といっても、ここのところの記録であれば、選ばれるのは当然だと思ってたけどね」

そういい、ちらりと隣の宮沢を一瞥する。宮沢が、脇に置いた手提げの紙袋から色紙を取り出したのはそのときだ。

「これ、ウチの社員からの応援メッセージなんだけど。受け取ってもらえるだろうか」

思いがけない贈り物であった。

おずおずと手を伸ばした茂木の目に、手書きのメッセージが次々と飛び込んでくる。

――区間賞期待してます。正岡あけみ
――激走でライバルを抜き去れ！　飯山晴之
――私たちがついてるよ。悔いのないレースにしてください。西井冨久子
――茂木さんから、絶対あきらめない勇気、もらいました。宮沢大地
――いいシューズを作るためにいろんなインプレッションをくれてありがとう。心から感謝してます。これからもよろしく。安田利充
――ニューイヤー駅伝出場おめでとう。ベストを尽くしてください。全員で応援しています。富島玄三

熱が、伝わってくる。

作り手たちの熱い思いだ。

「みんな、茂木君のことを応援してるから。それとこれ、ウチの社員から――」

宮沢は、紙袋から何かを取り出して茂木に渡した。ビニール袋に入れられているのは、色鮮やかな靴紐だ。

「縫製課の連中が特別に編んだ茂木裕人バージョンだそうだ。なんでも、わざわざ神社で必勝祈願をしてもらったらしい。お守り代わりにどうぞ」

社員たちがみんなで相談して作ってくれたのだという。

「ありがとう、ございます」茂木はいまそれを手の中で握りしめ、心から礼をいった。

「それと、ひとつ言っておくけど、必ずしも『陸王』を履いてくれるわけじゃないということは、私も社員たちも納得してるから」

宮沢は神妙な顔になっていった。「もし君が今回他社のシューズを選んだとしても、私やうちの社員たちが、君を応援し続けるということは変わらない。みんなそれを承知で、君にメッセージを届けたいと思ったんだ。それだけは忘れないでくれ」

「宮沢さん……」

茂木の胸を温かなものが満たしていく。

「たまにはいいじゃないか、こういうのも」

宮沢はいった。「私は『陸王』というシューズを企画して、試行錯誤しながらここまで来た。その過程でいろんなことを学ばせてもらったけど、中でも特に、教えられたのは人の結びつきだ」

意外なひと言だった。

「金儲けだけじゃなくてさ、その人が気に入ったから、その人のために何かをしてやる。喜んでもらうために何かをする。ギャラがこれだけだから、これだけしかしないという人もいるけど、そうじゃないんだな。カネのことなんかさておき、納得できるものを納得できるまで作る――」

宮沢は澄んだ目をしていた。「社長がそんなことといってちゃいけないかもしれないけど、損得勘定なんて、所詮、カネの話なんだ。それよりも、もっと楽しくて、苦しいかもしれないけど面白くて、素晴らしいことってあるんだな。それを『陸王』が教えてくれた。茂木裕人を応援するのなら、シューズを履いてくれるとかくれないとか、そんなこと抜きにして純粋に応援しようよ――というのが、いまの私の、いや社員全員の考え方だ。村野さんがウチみたいな小さな会社を手伝ってくれるのも、私にはうれしかった。他の大手メーカーからも引く手あまたのはずなのに、だ。ウチはカネもなく、ちっぽけな会社だけど、だからこそ、より強く大きな夢を見ることができる。負け惜しみに聞こえるかも知れないけど、ありがたいことだよ」

「もし世の中から、おカネっていう価値観を取っ払ったら、後には本当に必要なものや大切なものだけが残るんでしょうね」

思ったことを、素直に茂木は口にした。「気づかないほど当たり前のものの中に、本当に大切なものがあるのかも知れません。人の絆もそうなんじゃないでしょうか」

ふいに込み上げてくるものを堪え、茂木はいった。「皆さんの期待に背かないよう、絶対に悔いのないレースをしてきます。応援よろしくお願いします！」

第十三章　ニューイヤー決戦

1

佐山がそれを最初に知ったのは、翌年の元日、ニューイヤー駅伝の舞台となる群馬県へ向かう新幹線の中であった。

――今朝、メンバー変更有り。毛塚と茂木が同じ六区を走るそうです。

他の短い連絡事項の最後に書かれた一文を見て、佐山は、「おっ」、と驚きの声を出した。昨日の開会式から前乗りしていたスタッフからのメールである。

「最新情報です、部長。これ見てください」

隣にいる小原に、その文面を見せる。

「毛塚は出ないんじゃなかったのか」

昨日、つまり大晦日《おおみそか》の正午に締め切られた出場競技者の区間最終エントリーで、毛塚はどの区間にも登録されていない「サブ」に回っていた。

「アジア工業は選手層が厚いから使わないのかと思ったよ。毛塚の疲労を勘案したのかと思ったんだが」

「いやいや、清崎《きよさき》監督は、一癖も二癖もある方ですからね。ライバルのダイワ食品が、六区に茂木をエントリーしたのを確認した上で、わざとぶつけてきたのかも」

アジア工業の清崎徳治郎《とくじろう》は陸上競技界ではその名を知られた名監督だが、勝つためには手段を選ばぬ采配でも有名だ。昨日午後に開かれた監督会議以降の競技者変更は審判長の許可が必要になるが、登録選手の体調不良を理由にするぐらいのことはやってのけるだろう。もちろん、清崎の威光をもってすれば、あたかも突然のアクシデントであるかのように処理されるのは想像に難くない。

「あの古狸《ふるだぬき》が」

小原はふっと息を吐き出し、「だがこれで面白くなった」、とほくそ笑んだ。

箱根駅伝の伝説のライバル、毛塚と茂木。そのふたりが戦いの舞台を実業団に移して、いま再び激突する。これを、マスコミが放っておくわけがない。

ふたりのバトルは、テレビ放映でも長く取り上げられるだろう。

「茂木も、うちの『RⅡ』、なんだよな。大宣伝になるぞ、これは」

ズボンのポケットからハンカチを取り出した佐山は、額に滲んだ汗を拭った。真冬だというのに冷や汗が滲むのは、「茂木が本当に履くかな」、という一抹の不安を覚えたからだった。

いやいや、前回の感触からすれば間違いない。そう自分に言い聞かせて佐山は強く頷いた。

「も、もちろんです。宣伝部がカメラマンを呼んでるはずですから、毛塚と茂木の激闘を、後で宣材にしたらいいと思います」

我ながらまんざらでもないアイデアを口にする。「相当インパクトのあるものになるんじゃないですか」

「そいつはいい。最高だ」

そして、ぱちんと指を鳴らして小原はいった。「イッツ、ショータイム！」

2

六区の起点、桐生《きりゅう》市役所前で待つ宮沢のもとに、どこか慌てた様子の大地が駆け寄ってきたのは、午前九時半過ぎのことである。

「いまそこで関係者同士が話してるの聞いたんだけどさ、アジア工業の六区、選手が変更になったらしいぜ」

「こんな突然に、か」

目を丸くした宮沢に代わり、「誰になったんだい」、と真剣な顔できいたのは村野だ。

「それが、毛塚らしいんです。箱根対決の再現だって、盛り上がってました」

村野が眉根を寄せる。

「マジですか」

宮沢の隣で素っ頓狂な声をあげたのは安田だ。

「ライバルと対決するっていうのかい？　いきなり？」

あけみさんが不安そうな顔になり、「村野さん、どうなんですか」

村野は、腕組みしてしばし考え、

「もしかすると、わざとぶつけてきた可能性があるな」、といった。

「ってことは、茂木ちゃんより毛塚って選手のほうが上だと思ってんのかしら」

あけみさんがぷっと頰を膨らませ、不満を露わにする。

「少なくとも、アジア工業の清崎監督はそう思ってるだろうね。それと――」

村野は少しいいにくそうに付け加えた。「おそらく、多くの人も同じように思ってると思う」

「冗談じゃないですよ。うちの茂木ちゃんが、負けるわけないじゃないですか、失礼な」

「まあまあ、あけみさん」

真顔で怒り出したあけみさんを宥《なだ》めた宮沢は、「大丈夫ですかね、茂木君は」、と村野に向かって問うた。「久しぶりの舞台で、そんなことになっちまって」

「そりゃあ、大丈夫じゃないだろうな」

「そんな人ごとみたいにいわないでくださいよ」

安田に突っ込まれたものの、村野の目は真剣そのものだ。

「これもまた、茂木君が乗り越えなきゃいけない試練なんだ。一流選手になればなるほど、いろんなプレッシャーがかかってくる。たとえば、オリンピックの日本代表として国を背負って走る選手の気持ちになってごらん。普通の人だったら押しつぶされてしまいそうな重圧の中で彼らは戦ってるんだよ。もし、茂木君がこんなことぐらいで負けるようなら、一流のランナーになる資格はない」

きっぱりと、村野は断言した。「レースっていうのは、いつだって厳しいものなんだ。肉体的にも精神的にも追い詰められた中で自分の走りをしてこそ一流なんだよ」

「ああ、なんだかこっちのほうが緊張してきちまったよ」

あけみさんが手にしたカイロを両手で揉みしだきながらいった。「もともと、心臓弱いんだからね。勘弁してくださいよ、社長」

「誰の心臓が弱いって？　こっちのほうが勘弁してくれだよ、まったく」

隣で軽口を叩いたのは安田だが、あけみさんにすごい勢いで睨み付けられ口をすぼめる。

「よお、村野、久しぶりじゃないか」

端から、そんなひと言が割って入ったのはそのときだった。

男がふたり、立っていた。アトランティスの小原と佐山だ。村野が頬のあたりを硬くするのがわかる。

「いや、いいレース日よりですなあ。ええと、こはぜ屋さん、だったっけな」

宮沢に満面の笑みを向けながら、小原は余裕の態度だ。

「本当に、いいレース日よりですね」

宮沢はこたえた。「気温も高くないし、風が少し強いのが気になりますが、こっちではこんなもんですよ」

「この風が？　さすが田舎の人はいうことが違いますねえ」

小原は、失礼な物言いで返すと宮沢の背後にいる社員たちに無遠慮な視線を向けてくる。

「なんでも、ウチにいたこの村野がお世話になっているようで。こんなのがお役に立ててますかな？」

「もちろんですよ。新製品の開発に力を貸していただいてまして」

こたえた宮沢に、

「そうですかそうですか、それはよかった」

と小原は薄ら笑いを浮かべながらうなずいた。「なんせ優秀すぎて、アトランティスでは使い物にならなかったんですよ。なあ」

小原は底意地の悪い目で村野を一瞥し、「よかったなあ、お似合いの仕事先が見つかって」。背後では、にやついた笑いを浮かべた佐山が、宮沢らこはぜ屋の面々を舐めるように見ている。

この成り行きに、安田やあけみさんたちの顔色が変わった。

「何よ、偉そうに」

あけみさんは小声でいったつもりだろうが、その声ははっきりと宮沢の耳に届いた。おそらく、小原にも聞こえたのだろう、顔は笑ったまま目に怒りを浮かべ、

「ところで、応援ですか、皆さん」

そう問うた。「ご苦労さまですね。でも、誰を応援しに来てるのかな」

「茂木ちゃんですよ、茂木ちゃん！」

もはや我慢ならないとばかり、あけみさんが声を荒らげた。「アトランティスのシューズなんかに負けるもんですか」

「あれ、聞いてなかったのかなあ」

小原は、後ろにいる佐山にちらりと目配せをすると、いたぶるような目線をあけみさんに向ける。「茂木君は、今日アトランティスのシューズを履くんですがね。それでも応援していただけるとはありがたい。なあ、佐山」

「皆さん、もしよかったらウチが作った応援用の小旗がありますからお使いになりませんか」

「いらないよ、そんなもん！」

佐山の軽口をぴしゃりと撥《は》ね付けたあけみさんは、

「茂木ちゃんが『陸王』、履かないって、やっぱりホントなんですか、社長。もう決めちゃったんですか」

そう宮沢にきいてくる。

「履くかもしれないし、履かないかもしれない」

宮沢はこたえた。「ウチはいつも応援してるから、ベストと思えるシューズを履くべきだといってある」

「なら決まりですね」

佐山がいい、「茂木君は、『RⅡ』を高く評価してますから。皆さん、お疲れ様ですが、一所懸命応援してください」

そのとき、「あっ、来た」、という声がどこかでして、宮沢も振り返った。

道路の向こうから、選手の輸送バスがゆっくりと近づいてくるところだ。

六区の出場選手三十七名が、その付き添いも含めて満席のバスから降りてくると、選手目当てのファンからの声援が飛び交い、拍手が湧いた。それが一段と盛り上がったのは、毛塚が姿を見せたときだ。

ファンの注目に表情ひとつ変えるわけでもなく、悠然と降り立った毛塚には、すでにスターの貫禄《かんろく》のようなものが漂っている。

少し遅れて茂木の姿がようやくバスの乗降口に現れた。

「茂木ちゃーん！」

あけみさんが大声を上げ、宮沢を含め、全員が拍手を送ろうとしたのだが、その動きは茂木の履いているシューズを見た途端、尻切れトンボになって消えた。

いまや体の脇に両腕を垂らした安田がぼそりといった。

「やっぱり、『RⅡ』か……」

毛塚を激励した小原と佐山のふたりが、選手たちに歩み寄りながら宮沢らを振り向いた。

「なに、あの勝ち誇った顔！」

憎々しげにあけみさんが吐き捨てる。「気持ち悪い！」

宮沢に顔を向け、

「なんかもう、がっかりだよ、社長」

あけみさんが嘆いた。「なんやかんやいってもさ、あたしは茂木ちゃん、『陸王』、履いてくれると思ってた。信じてたんだよお」

いまにも泣き出しそうな声である。

「まあ、そういいなさんな。彼だってベストを尽くすために頑張ってるんだからさ。そのために最善の選択をした。次は『陸王』を履いてもらえるよう頑張ればいいじゃないか」

宮沢は宥めたが、

「そんなことといったってさ」

釈然としない顔であけみさんがいったとき、「ちょっと待った」、ふたりのやりとりを
ふいに村野が制した。

見れば、中継所近くの路肩に座り込んだ茂木が、それまで履いていた「RⅡ」を脱ぎ、
リュックから一足のシューズを取り出したところだ。

その様子を小原と佐山のふたりが啞然とした顔で見ている。

あけみさんが、目を凝らして茂木の動きを見据えていたが、そのとき、

「見て！」

指さしたまま声を躍らせ、飛び跳ねて拍手をしはじめた。「『陸王』よ！『陸王』！

みんな見て。茂木ちゃん、『陸王』履こうとしてるよ」

「よっしゃあ！」

安田と大地が同時に声を張り上げ、ハイタッチをした。

「まったく、気をもませやがって」

正月休み返上で応援に来ている飯山も憎まれ口を叩きながら、顔をほころばせている。

「ざまあみやがれ、アトランティスの奴ら」

安田が吐き捨てるようにいった。「なんだ、さっそく仲間割れか」

そういってあざ笑った先では、顔つきを一変させた小原が、佐山を叱りつけている。

「よかった」

隣にいる村野とがっちりと握手を交わし、安堵の笑みを宮沢は浮かべた。

3

「ちょっと、茂木君」

佐山が近づいてくると、「どういうつもりなんだよ」、と低い声を出した。青ざめた頰を震わせ、怒気も露わに茂木を睨み付ける。その背後にいてこちらを見ている小原もまた、不機嫌極まる表情だ。

「ウチの『RⅡ』、履くっていったよな、君――」

非難がましくいってのけた佐山に、

「約束はしていません」

さらりと茂木はいい、挑むように佐山を見返した。「オレは、自分に合うシューズを履く。そういったはずです。これが、その答えなんで」

「そんな話、聞いてないぞ！」

佐山は声を荒らげたが、目は泳いでいた。上司である小原の視線を気にしているのは明らかで、茂木の反論が正しくても立場上、怒らざるを得ないのかもしれない。

「それまでだ」

そのとき、怖いほどの表情で、村野が佐山の前に立ちはだかった。まっすぐに佐山を睨み付け、「レースだぞ」、と重いひと言を発する。「シューフィッターが選手を邪魔するのか」

カリスマシューフィッターの重い一撃だ。佐山は二の句も継げずに押し黙る。

だが、茂木が選手控え室へと姿を消すと、「なに邪魔してんですか、村野さん」、と佐山は食ってかかった。「古巣の仕事を邪魔するの、やめてもらえませんか」

「あんたたちの邪魔をしようとは思っていない」

村野は、かつての同僚と上司を交互に見据えた。「レースを前にした選手に心ない言葉をかけるのはやめてくれといってるんだ。私たちの商売がどうであろうと、彼には関係ない。彼はこれから、ある意味自分の陸上競技人生をかけて走る。ロードレースにおいて、我々のシューズは、選手を助けるためにあるんだ。金儲けのためにあるんじゃない。少しでも、茂木君の——いやどんな選手であれ、その気持ちを乱す者を私は決して許さない。それだけだ」

「随分、立派なことをいってくれるじゃないか」

佐山を押しのけ、ずいと前に出てきた小原の体が、怒りで脹《ふく》れあがった。「アトランティスの元社員が、アトランティスの邪魔をする。そんな信義則に悖《もと》る行為を平気でする男が、エラそうに説教か。勘違いしてるんじゃないか、お前」

小原は続ける。「足袋の業者だかなんだか知らないが、吹けば飛ぶような零細企業に肩入れする暇があったら、まっとうな職場でも探したらどうなんだ。もっとも、お前のような男を雇うところがあればの話だがね」

　小原の侮蔑を、

「どういわれようと結構です」

　村野は真正面から受け止めた。「しかし、どこの会社に所属していようとそんなことは関係ない。私はひとりのシューフィッターとして、自分が担当するランナーのために全力を尽くすだけだ。あなたはいま吹けば飛ぶようなとおっしゃったが、彼が選んだのは、アトランティスではなく我々、こはぜ屋のシューズです。会社の大小ではなく、品質で勝負していますので」

　そのとき、「村野さんのいう通りだよ」、というあけみさんの威勢のいい声が飛んできた。

「ちいとばかし会社が大きいからって、なんだい。図に乗ってるんじゃないよ。あんたに足袋、作れんのかい」

「話にならんね」

　小原は横顔を向け、憎々しげな笑いとともに吐き捨てた。「あんたたち、自分たちがいかに場違いなところにいるか、わかっていないようだな。ここは、一流ランナーと一流メーカーがしのぎを削る場だ。図に乗ってるのはあんたたちのほうだ」

「なんだい、その言い方は。どんな会社だってね、最初っから大きいわけじゃないいんだ。それともあんたの会社は、いきなり大企業になったとでもいうのかい。笑わせんな」

「ちょっと、あけみさん。もう止《よ》そう」

宮沢が止めに入った。小原の顔にはみるみる朱が差していく。

「だって、最初にエラソーな口を利いたの、この人じゃないですか」

「まあまあ。ここは競技の場であって、我々が口論する場じゃないし」

そういって宥めた宮沢の言葉尻を捉え、

「その通りだ。わかってるじゃないか」

小原は皮肉たっぷりにいった。「今日のレースでどんな結果が出るか、その目ではっきりと見届けるんだな。この世界は昨日今日、参入した弱小メーカーが戦えるほど甘くはない。レースが終わったとき、いかに自分たちが世間知らずだったか気づくだろう」

小原は腕時計を一瞥し、「では、そういうことだから」、というと、佐山を引き連れその場を離れていった。

「なんだい、あの態度！　ムカツク！」

あけみさんが腹を立てて地団駄を踏み、「もう、ゼッタイ、見返してやるから！　悔しいっ！」、と隣にいた安田の肩を〝バン〟と叩いた。

「イテテ」

安田が派手に痛がってみせる。「骨が折れたらどうすんだよ。あけみさん、怪力なんだから、自覚してくれよな」

「つまんないこといってんじゃないよ。ヤスさんも何かいってやればよかったんだ。ウチだけじゃなくて、村野さんまでバカにしたんだよ、あいつ」

「まあまあ」

ふたりのやりとりを聞いていた村野が両手で宥め、「ありがとう、あけみさん。その気持ちだけで十分だ。今日は、『陸王』のメジャーデビュー戦なんだから、あんな連中のことは忘れて、しっかり応援、頼みますよ」

「まかせときなっ」

あけみさんは、右手でどんと胸を叩くと、背負っていたリュックを下ろして中から折りたたんだ布を引っ張り出した。

「大ちゃん、ちょっとここ持ってて」

傍らにいる大地に手伝わせて広げたのは、横断幕だ。

――勇気をありがとう！　走れ、茂木裕人選手！

いつの間に作ったのだろう、それは幅五メートルもありそうな大横断幕だった。ちょっとクセのある手書きの文字は、あけみさんのものに違いない。横断幕の右隅には、「こはぜ屋一同」の文字。そしてご丁寧に「陸王」のイラストも入っている。

「これはすごいな」

感心した宮沢に、

「休憩時間にみんなで作ったんです」

あけみさんは、ちょっと照れていった。「茂木ちゃんって、怪我でいったんはどん底に落ちながら、頑張って復活しようとしてるじゃないですか。そのために必死で努力してる話を聞いて、ウチにも共感してるひとが多いんですよ。みんなお正月で応援に来られないけど、その代わりにテレビでも映してもらえるような大横断幕作ろうって、誰からともなく――」

「そうだったのか」

あけみさんの話に、宮沢は胸が熱くなった。

男勝りが多い縫製課の女性たちだが、必ずしも順風満帆の人生を歩んで来たわけではない。苦労して女手一つで子供たちを育ててきた者もいれば、病気を克服して働くことそのものに喜びを見出している者もいる。夫の病気、親の介護に疲れて希望を見失いそうになった者だっているのだ。人生がひとつあれば、そこに苦労の種は無数にある。

そんな彼女たちが、いつのまにか茂木の生き様そのものに勇気づけられていたというのは納得だし、現に宮沢自身だってそうなのだ。

「あたしたちは、心から茂木ちゃんを応援してるんだ。あんな商売ずくの連中に負けてたまるか」

鼻息荒いあけみさんに、「よし、精一杯応援しよう」、そう宮沢がいったとき、すぐ近くで、空気を震わす太鼓の音が聞こえはじめた。

新年を祝い、ニューイヤー駅伝の走者を激励する桐生八木節《やぎぶし》だ。

風はあるものの、上空を見上げれば、雲一つ無い新春の青空である。先ほど確認した

とき、気温は三度。乾燥し、ぴんと研ぎ澄まされたような空気を太鼓の音が震わせ、大舞台を盛り上げていく。そのとき、

「あ、スタートするよ」

タブレットでテレビを映していた大地がいった。

覗き込んだ画面の中で、出場三十七チームの第一区の選手たちがスタートラインについている。

群馬県庁前を出発し、全七区、計百キロのタスキをつなぐニューイヤー駅伝は、実質的な駅伝日本一を決める大一番だ。

金色のゼッケン一番をつけているのは昨年優勝、連覇のかかる芝浦自動車だ。毛塚のいるアジア工業、古豪ジャパニクス、そして茂木のダイワ食品といった実力派チームがしのぎを削る好レースになることは間違いない。

午前九時十五分。

ピストルの音とともに、選手たちが一斉にスタートした。

ダイワ食品のトップバッター、内藤久雄《ひさお》はとにかく安定した走りに定評があるベテランランナーだ。

まもなく、スタート直後から飛び出した三チームを追う二番手集団の中で、戦況を窺う神経戦が始まった。

いま宮沢たちがいる六区スタート地点までの距離は七十二キロ。ここに到達するまで、

約三時間半をかけ、五人のランナーがタスキをつなぐ。

群馬大橋を渡りきった先頭集団を形成しているのは、三人のランナーだ。スタート直後から飛び出し、すでに抜きつ抜かれつの接戦を繰り広げようとしているが、時間が経過するにしたがって第二集団を形成する選手らがジリジリと差を詰めている。

「あの——村野さん」

大地がきいた。「最初から飛び出すのか、途中でスパートをかけるのか、それもチーム毎の作戦ってことなんですか」

「速いに越したことはないけれども、いま飛び出して先頭集団を作っている三人については、共通点があるんだよ。第二走者が日本人ってことなんだ」

疑問の表情を浮かべたみんなに、村野は続ける。

「ニューイヤー駅伝では二区だけが外国人選手も走れる規定になってるんだよ。だから各チームとも在籍している外国人ランナーを二区にエントリーしているわけだけど、その多くが有力ランナーたちでさ。しかも八・三キロっていう全七区のうちの最短距離なもんだから、とんでもない高速レースになるわけだ。日本人だけで編成しているチームにしてみれば、二区で外国人選手に離されないよう、一区で、できるだけ稼いでおきたいという事情があるんだよな」

ダイワ食品も、第二走者には世界陸上での入賞歴のある実力者、オリユクをエントリーしている。アジア工業やジャパニクスなどの有力チームも同様で、ニューイヤー駅伝を制するためには、二区に有力外国人選手を投入するのが定石といっていいだろう。

そしていま――一区をまかされた内藤は、ベテランらしい堅実な走りで、ペースの上がってきた第二集団の中盤を堅持している。

「彼は賢いランナーだ」

タブレットで戦況を確認しながら村野がいった。「第一走者として自分が何を期待されているかわかってる。いい走りだと思う」

「五位か。トップとの差もそんなにないから、オリユクだったら、一気に先頭に立てるかもしれないね」、と大地。

「ぶっちぎりで優勝しようじゃないの」

あけみさんが威勢良くいったとき、

「あっ、前に出た――」

大地のひとことで、ふたりは画面に視線を戻した。八キロ地点を過ぎたところだ。第二集団の中盤で息を潜めていた内藤がするすると前に出、グループの先頭に立とうとしている。

「仕掛けてきたな。始まるぞ」

と村野。その内藤の背後を狙うようにして、抜け出してきた影があった。ジャパニクス、アジア工業といった優勝候補チームの選手たちだ。

熱を帯びてきた展開から目が離せず、あけみさんは手にハンカチを握りしめたままだ。

優勝候補チームの鍔迫《つばぜ》り合いに、お正月ののんびりムードは吹き飛び、選手たちの真剣勝負が上州路《じようしゆうじ》で繰り広げられようとしている。

「一区からこんなに緊張する展開でさ、あたし、六区までもつかしら」

そういってあけみさんは、心細げに胸を上下させた。

「もつもつ。あけみさんがもたなかったら、ここにいる誰ももたないって。イテッ！」

あけみさんに腕をつねられ、安田が顔をしかめた。

「だけど、いいレースになるんじゃないかな」

宮沢はいった。いや、いいレースになって欲しい。茂木の復帰戦にふさわしい、引き締まったレース展開になってくれれば、それに越したことはない。

やがて、タブレットの画面に、二区の中継地点が映し出された。

一区を走り終えた選手たちが、次々にタスキを繋いでいく。それを受け取るのはほとんどが外国人ランナーたちだ。ダイワ食品の第二走者、オリユクは四位でタスキを受けると、まるでブースターでも搭載しているような勢いで、たちまちトップスピードに乗り、前の選手を追い始めた。

「すごいダッシュだな。考えてみれば、トラック競技の一万メートルより短いわけですからね」

と安田。世界陸上の好記録保持者を揃えた二区の戦いは、この八・三キロだけが次元の違うレースに見える。世界的なエリートアスリートたちの競演だ。

ライバルたちの追撃をなんとか躱《かわ》したオリユクが三位の好位置で三区の川井にタスキを繋いだとき、すでにレース開始から一時間弱の時間が経過していた。

「ちょっと気温が上がってきたな」

村野が真っ青な空を見上げていった。

「九度です」

大地は、村野にいわれてもってきた寒暖計を読む。手帳に書き込んだ村野は、首を伸ばして周囲を見回した。

風がまた少し、強くなった。

「このくらいで収まってくれたらいいんだが」

風は、選手の走りに大きな影響を及ぼすからだ。

向かい風なのか、追い風なのか。

風の強さはどうなのか。

事前に検討し、緻密に計算したレース展開も、自然のコンディション次第では現場での変更を余儀なくされる。選手の応用力と知恵が試される場面だ。

レースはまだ序盤。本当の戦いは、これから始まる。

「これだけのチームが競い合ってるんだ。きっと、ひと波乱もふた波乱もありますよ」

村野は、遠く青い空を見つめた。

4

茂木は、我が目を疑った。

いま、待合室にあるテレビに映し出されているのは、エース立原の苦しそうな走りだ。四区。最長の二十二キロを走破するこの区間のランナーには、飛び抜けた走力と、コース後半の上り坂や風向きを克服するだけの知恵がいる。

いま立原は、時折、右脚の付け根あたりに手をやりながら十キロを過ぎた地点を通過したところだ。

具体的にはわからないが、何らかの異常が、立原の体で起きているのは間違いない。

「まずいな」

茂木の付き添いとして一緒にいたチームメイトの端井《はしい》が心配そうな声を出した。まだ距離は半分以上残っている。それまで三位を走っていた立原は、じわじわと後退し、テレビ画面でも後方の選手が近づいてきたのがわかる。

いままでは、ほぼ想定通りのレース展開だった。ここにきてまさかのアクシデントだ。

その光景から視線を引きはがすようにした茂木を、少し離れたところにいた毛塚が、にやりとした笑いを浮かべて見ていた。

ライバルチーム失速への期待、同じ区間を走る茂木への優越感が、はっきりとその表情に浮かぶのがわかる。

「余裕だな、毛塚のやつ」

それに気づいた端井が、尖《とが》った言葉で嫌悪感を露わにした。

——ふざけんな、毛塚。

茂木の心に波風がたち、ふたたび画面を見上げた。

立原の体が大きく揺らいでいる。その走りは痛々しく、わずか十分ほどの間に三人のランナーに抜かれ、三位から六位へと順位を下げていく。

「アップいきます」

端井に声を掛け、茂木は待合室から外に出た。

レース展開をモニタリングしていた端井が、「五区につながったぞ」、と沈鬱な表情でいいに来たのは、それから三十分ほどしてからだった。

軽く流して走っている茂木のベンチコートの裾を風がめくり上げ、こんもりした植木を揺らしはじめた。

風は、次第に強く吹き始めている。

天候は、魔物だ。平坦《へいたん》なコースを難コースへと豹変《ひょうへん》させたかと思うと、選手の体力を奪い、レース勘をも狂わせる。

待合室から出てきた毛塚も、無言でウォームアップをはじめた。そこに茂木がいることなど眼中にないかのように振り向きもしない。

しばらくすると、また端井が戦況を伝えに来た。

「いま八位。トップとの差は二分三十秒――。いくぞ、茂木！」

厳しい展開だ。差し出された右手を強く握りしめ、中継地点へ移動した茂木は、目を閉じ、沿道を埋め尽くした観客の声援と熱気に包まれていく高揚感に身を浸した。

緊張はしている。

だが、それ以上にいま茂木の体を包み込んでいるのは、感動だ。

この場所に戻ってこられたことへの喜び。

もう一度、走れることへの感謝。

箱根を走ったときの、武者震いするような感覚をいま、しみじみと茂木は思い出していた。大学駅伝の晴れ舞台から三年。一旦は挫折し、夢も希望も失いかけた自分に、怖いものは何もない。

茂木が見据えているのは、ここから十二・五キロ先にある六区のゴールだけだ。

そこで待つ平瀬に、少しでも順位を上げて最後のタスキを繋ぐ。そのために、全てをぶつける。ただ、それだけだ。

大歓声とともに道路の向こうにトップをいくジャパニクスの選手の姿が現れた。

「二分、二分」

端井が声をかける。トップとの差は、二分――。

「茂木ちゃーん！　がんばりなよーっ！　茂木ちゃーん！」

中継地点の人混みから、茂木を呼ぶ大きな声がして振り返った。

飛び込んできたのは、ひと際大きな横断幕だ。

宮沢が頷きながら茂木に拍手を送っている。村野が、強い意志をもった目で茂木に頷きかけた。その口が動き、聞こえないまでもはっきりと読み取ることができた。

——行くぞ。

沿道から歓声が上がり、茂木の前から毛塚がタスキを受けて飛び出していく。

「陸王、がんばれーっ！」

村野の隣にいる女性がまた大声を出し、茂木は拳を軽くにぎった右手を突き出した。

激走のチームメイト、水木がつなぐタスキは、あと五十メートルのところまで迫っている。そのとき、

「ゴー！　茂木！」

村野の発した声が、茂木の耳にはっきりと届いた。「ゴー！」

鮮やかな濃紺のシューズが、いまコースに舞い降りた。優雅な助走を開始した茂木の手に、死力を尽くして運ばれたタスキが渡る。

前を向いた茂木の頬に、たちまち氷塊のような風がぶつかってきた。耳をすり抜ける風音と沿道の声援が、アスファルトを蹴るシューズの音を完全に消し去った。

正確なピッチを刻みはじめた茂木の感覚の中で、その歓声も風の音も消え失せ、あるのは前方数十メートル先に見えている先行走者のゼッケンだけになる。

駅伝スタートから三時間二十九分——。

六区を任された茂木の、「陸王」の戦いが、始まった。

声を限りに応援していた宮沢たちの視界の中で、茂木の姿は急速に小さくなっていき、ついに見えなくなった。

5

「行け、茂木！　行け！」

「十・五度。気温、ちょっと上がってきましたね」大地が空を見上げる。

「それより、風だな」

村野が空を見上げた。午後になり、風はより強さを増しているように思える。「だけど、風は吹いたほうがいいかもしれない」

意外な村野の発言に、宮沢は無言の問いを発した。

「そのほうがレースが難しくなるから、茂木には有利だ」

「それってどういうことなんだ？」

中継地点を離れ、社用車のバンに戻りながらきいたのは飯山だ。

「コースの距離や高低差が一定なら、一流の長距離選手であれば、どの地点をどのくらいのラップで通過するのか秒刻みでわかるんですよ。その感覚を大きく狂わせ、予想以上に消耗させるものがあるとすれば、自然条件――今日に限っていえば、風だ。風だけは、吹くのか吹かないのか、その日になってみないとわからない。だから、選手個人の対応力が問題になる」

「つまり、茂木ちゃんは、対応力があるってこと？」

あけみさんの質問に、村野はうなずいた。

「走力は当然のことながら、茂木の持ち味は、実は現場力だと、私は思う。彼が箱根駅伝で好成績を収めていたのも、走りの実力以上に、状況を分析して対応する冷静さがあったからなんだよ。彼は、考えて判断し、走りをコントロールできるランナーなんだ。だから、風が吹いて難しいレースになればなるほど、その力が発揮される」

「見て。ひとり抜くよ」

大地が興奮を押し殺した声でタブレットの画面を指さした。余程風が強いのか、ゼッケンが胸に貼り付いている。

「こんな飛ばして大丈夫かな」

安田が不安を口にした。それは宮沢も懸念したことである。いかに対応力があるとはいえ、久々の大舞台だ。レース勘がすぐに戻るとは限らないのではないか。

「ニューイヤー駅伝の六区というのは、かつては走力でいえば七番目の、つまり一番力のない選手が任されるという区だったんだよ。いまでもそういうとらえ方をしているチームはあるかもしれないけど、最近は少し位置づけが変わってきているような気がする」

村野の解説に、「どういうことなんです？」、と安田は興味深そうに耳を傾けている。

「この六区はアンカーにつなぐ最後の砦《とりで》でもあるわけなんだが、実は高低差が激しかったり、曲がりくねった箇所があったりして、意外に難しい区間なんだよ。優勝のかかったチームからすると、ここでの走りが勝敗を決することになりかねない。優勝は六区で決まるという人もいるほどだ」

「それを、茂木ちゃんが任されたってことは、監督の信頼が厚いってことよね、村野さん」、とあけみさん。

「もちろん信頼はされてるだろうけど、理由は他にあるんじゃないかな」

村野はいった。「これは茂木にとって大事な復帰戦だ。城戸監督は外国人枠の二区以外で、得意の一万メートルにもっとも近い区間を茂木に預けたんだと思う。同時にそれは、毛塚の得意な距離でもあるんだけどね」

毛塚の名前が出た途端、あけみさんが不愉快そうに鼻の穴を広げた。

テレビ中継では、先を行くふたりのランナーの後ろに茂木が迫ったところだ。揺れないようにタスキの端をランニングパンツの中に入れ、サングラスをかけた茂木の表情は宮沢らの前を出ていったときとなんら変わっていない。

――抜いた！　また抜きました、茂木裕人！

実況の絶叫とともに、画面に順位が現れた。六位。

「いい走りだ」

村野がひと言。

「よっしゃ！」

運転している安田がハンドルを叩いた。

「カッコいい！　ねえ、カッコよくない、茂木ちゃん？　カッコいいよね！」

あけみさんが興奮を抑えきれない様子で、隣にいる大地に返事を強要している。

テレビがやや離れた位置からの映像を流した途端、

「映った」

大地がいった。

叫び声とともにあけみさんが拍手すると、大地が飯山が、そして宮沢も村野もそれに加わる。

「ウチの『陸王』が走ってるよ、社長！」

喜んで最後部の座席を振り向いたあけみさんの目に、涙が溢れていた。「あれ、あたしたちが作ったんだよ」

「ああ。そうだな。そうだよ」

宮沢は、何度もうなずいた。

陸王──。

このシューズを完成させるまで、果たしてどれだけの情熱と時間を費やしてきたことか。

このシューズは、こはぜ屋の魂そのものだ。

それがいま、全国の陸上ファンが見守る中、茂木の瞠目《どうもく》すべき激走を支えている。「陸王」に秘められているのは、シューズとしての性能だけではない。この開発に携わってきた者たちの夢だ。この一足に、みんなの夢が凝縮されている。だから——。

「走れ」

宮沢は、念じるようにいった。思う存分に走ってくれ。みんなの思いを乗せて。

「気のせいだろうかねえ。なんだか、あのシューズが生き生きとして見えるよ」

あけみさんが涙声でいった。それは愛《いと》しい子供の成長を見届け、感極まった母親のようだ。「茂木ちゃんに履いてもらってさ、すごく喜んでるように見えない？　あんなに軽やかに輝いて。あれが『陸王』だよ、あたしたちの『陸王』なんだよ。ほんとにカッコいいじゃないか。茂木ちゃんも、『陸王』も」

「いいや、みんなだ」

飯山がまっすぐ前を向いたまま言い切った。「オレたちみんなだ。あのシューズを作った全員がカッコいい。みんなで知恵を出し合ってやり遂げたんだ」

「なんだいなんだい、飯山ちゃん。泣いてんの？」

泣き笑いの表情のまま、やだねえ、とあけみさんはハンカチを目にこすりつけている。

「別に泣いてなんかねえよ」

飯山は目に涙を一杯にためたままいった。「泣いてる暇があったら応援しろってんだ」

——またひとり、抜きます！　ダイワ食品、茂木、三人抜き！　ついに、アジア工業の毛塚をとらえました。箱根のライバルが、舞台を移して再び激突です！

アナウンサーの実況とともに、順位を上げてなお激走を続ける茂木を映し出した。

「煽《あお》ってるなあ、実況」

ハンドルを握りしめながら、安田が苦笑いを浮かべた。

「いよいよ、『RⅡ』と激突だ」

村野は真剣そのものの表情で画面を覗き込んでいる。時々、アップになる茂木の表情を凝視し、戦況を読む姿は、カリスマと呼ばれるに相応《ふさわ》しい風格がある。

茂木の接近に気づいた毛塚が、ピッチを上げていた。

一旦は並びかけ、ショッキングピンクの「RⅡ」と濃紺の「陸王」が交錯した瞬間があったが、一瞬のうちに前に出てそれを躱したのは毛塚のほうだった。

絶対に抜かせない。

そんな気迫が毛塚の走りに漂っている。

事実、それからの茂木は、毛塚の背後についたまま前に出ようとしない。

「毛塚がまたピッチ、上げましたね」、と大地。

抜けそうで、抜けない。胃が痛くなるような神経戦が、始まろうとしていた。

ゴール地点の休憩所内に設置されたテレビの前に、人だかりができていた。

「すげえな、茂木。区間賞いけるんじゃないか」

誰かのつぶやきに、小原が一段と不機嫌になっていくのがわかった。勃然《ぼつぜん》としたまま、ショッキングピンクと濃紺のシューズが前後に走る展開を見据えている。

まずい。

危険を察知した佐山はその場を離れようとしたが、それよりも早く、

「佐山」

小原に呼ばれ、振り返った。向けられたのは、思わず逃げ出したくなるような、ギラリと光る目だ。

「これがお前の仕事か」

「あ、いや。その――」

小原が露わにした怒りの凄まじさに佐山はしどろもどろになった。「申し訳ありません。まさか、最後の最後に、茂木が裏切るとは」

茂木を悪者に仕立てたのは、佐山一流の方便だ。「『RⅡ』を履いてくれると、たしかにいったはずなんですが――」

「はずだと?」

小原から放たれた勘気に、佐山は顔を上げることもできない。

「見てみろ」

小原は背後のテレビを顎でしゃくった。「なんなんだあのうす汚い濃紺は」

濃紺。こはぜ屋のシューズの名を口にするのも憚られるとでもいうように、小原はい

った。「あんなものがテレビ画面に映るなんて、シューズ業界への冒瀆以外の何物でもない」

はっ、といったきり佐山は、直立不動のまま俯《うつむ》き、反省の態度をとり続ける。

そこにいると、緊張で呼吸困難になりそうだった。

外でタバコでも吸ってくるか。

そっと場を離れようとしたとき、

「佐山――」

小原の声が呼び止めた。「しっかり見てろ。そんなこともできないのか、お前は」

6

「ああ、もうっ。早く抜いちゃいな、茂木ちゃん！」

息詰まるレース展開に、あけみさんはいかにも焦れったそうにいった。

「少しペースも落ちてるみたいですね」

心配そうにいったのは、安田だ。「前半、飛ばしてたからなあ」

毛塚のすぐ後方につけたまま、すでに三キロ近い距離を走っている。

デッドヒートを繰り広げた三年前の箱根五区、その再現だ。テレビの実況中継でもしきりにふたりのライバル対決を煽り立てている。

それを聞いた安田は、

「まったくゲンキンだよなあ、マスコミは」

鼻に皺を寄せて嫌悪感を露わにした。「怪我をしてレースを離れている間は茂木君に洟《はな》も引っかけなかったクセに、視聴率を取れる展開になるとたちまち飛びついてくるんだから」

「そんなもんですよ」

そういったのは村野だ。「マスコミというより、世間そのものがそうなんですよ。簡単に忘れ、簡単に利用する。興味がなくなったら、見向きもしない。だけど、その世間こそが、我々のお客さんなんだ」

「だから商売は難しいんだよな」

と飯山。「固定客を大事にしなきゃいけないってことさ。会社を潰したオレがいっても説得力ないかもしれないけどな」

「いやいや、飯山ちゃんだからこそ、説得力あるんじゃない？」

真顔であけみさんがいった。「あたし、前から思ってたんだけどさ、失敗した人って、成功ばかりしてる人にはできない貴重な経験をしてるわけじゃないか。茂木ちゃんとこの毛塚っていう選手を比べるとさ、そら世間的にはずっとトップを走ってきた毛塚選手のほうが評価は高いかもしれない。だけど、そこには挫折や失敗を知らない弱さもあるんじゃないかなあ」

「いいこというじゃないか、あけみさん」

伊勢崎《いせさき》市内にある、西久保《にしくぼ》中継所近くの駐車場にクルマを停めながら、安田がいった。

「でもさ、失敗が人間を成長させるんなら、オレなんかもっと成長してもよさそうなもんだ」

「ヤスさんの場合は、単純なミスだろ。そんなもんで成長しようなんて、図々《ずうずう》しいんだよ」

徒歩五分ほどのところにある中継所に到着したとき、トップを走る選手が国道五〇号の鹿《しか》交差点を通過したところだった。四位毛塚、五位茂木の順は変わらない。

西風が強まり、中継所に立ち並ぶ幟《のぼり》が千切れんばかりにはためいている。毛塚の後ろにぴたりとついている茂木の追走は、かれこれ十五分近くにも及んでいた。

「あと十五分ぐらいかな」

大地がいい、村野も腕時計で午後一時を回った時間を確認する。六区の予想タイムは約三十七分だ。すでに茂木と毛塚の戦いは、後半戦に差し掛かっている。

「苦しい展開だな」

タブレットの画面を覗き込んだ安田は厳しい表情だ。

「ねえ、村野さん、もうダメなの？　茂木ちゃん、追い抜くことできないの？」

あけみさんは悔しそうに唇を噛んだ。

すぐにはこたえず、しばし状況を見つめた村野が再び時間を確認したとき——。

あっ、と大地が短い声を発した。

「動いた！」

安田を押しのけるようにして、あけみさんがタブレットを覗き込む。宮沢の目にも、毛塚の後方から飛び出し、すっと横に並んだ茂木の姿が飛び込んできた。

「よしっ、行け！」

宮沢は、思わず声を出した。

毛塚がピッチを上げ、一旦前に出かかった茂木を後方へ置いていこうとする。

「前に出ろ！」

村野が発した渾身《こんしん》の気迫が伝わったかのように、再び茂木がスピードを上げた。沿道から大歓声が沸き上がり、茂木と毛塚のシューズが激しく交錯しはじめた。

「行け！　行け！」

安田が拳を握りしめた。大地は、この激しいデッドヒートに息を呑んでいる。飯山が渋く顔を顰《しか》めて唇の端からタバコの煙を吐き出した。

「茂木ちゃん！　茂木ちゃん！　茂木ちゃん！」

あけみさんは飛び跳ねながら必死の声援だ。

じりっ、と茂木の体がひとつ前に出たのはそのときだった。

追いつこうとスピードを上げた毛塚を、スパートした茂木が一気に引き離していく。

毛塚とのその差がじりじりと開き始めた。

苦しげな表情の毛塚がなおも茂木を追おうとしているが、その努力を徒労に終わらせる見事な走りだ。

「抜いた！　抜いたよ、茂木ちゃんが！」

跳び上がって喜ぶあけみさんは、握りしめたハンカチを目に当てながら、顔をくしゃくしゃにしている。

「よっしゃ！」

安田がいい、宮沢、村野、大地、飯山とハイタッチをする。

満足そうに飯山は何度もうなずき、新たなタバコに点火してさも旨《うま》そうに吸った。

「これからだ」

村野はまだ表情を引き締めたままだ。残り二キロ。

「ほんとに――ほんとに、よく抜いた」

宮沢の体の中をいまだにアドレナリンが駆け巡っている。「素晴らしい」

「しかし、すごい体力だなあ」

感心しきりの安田に、

「風だよ。風を利用したんだ」

村野の答えは意外だった。「五キロ過ぎから風向きが西に変わって強い向かい風が吹いていた。茂木は、毛塚の前に出られなかったんじゃなく、あえて出なかったんだと思う。体力を温存したんだ」

「茂木裕人、恐るべしだな」

さすがの飯山も興奮に青ざめている。

「たいしたもんだよ」

村野は、表情を引き締めたままでいった。「そしてまだ上を目指そうとしてるんだから」

「また抜くよ」

大地のひと言に視線を戻すと、新たなランナーの後方にぴたりと茂木がついたところだった。

歓声が上がり、宮沢は道路の向こうへと目を凝らした。

二台の白バイに先導され、そこに小さな人影が現れたところだ。トップを走る、ジャパニクスのランナーだった。

中継所が俄然慌ただしくなり、アンカーたちの緊張がひしひしと伝わってくる。

「あけみさん、横断幕だ！」

安田がいい、手作りの横断幕が再び上州路に広げられる。

「茂木ちゃーん！」

あけみさんが絶叫した。

三位の選手との激しいバトルを繰り広げながら、みるみるその輪郭を現した茂木の姿が、いまはっきりと宮沢たちの視界にも飛び込んできた。

「抜け、抜け、抜け！」

全員の応援を受けた茂木が最後の力を振り絞ってラスト五十メートルを疾走している。

ついに三位の選手を抜き去り、千切れんばかりに腕を振っているアンカー平瀬に向かって走ってくる。

宮沢の視界で、濃紺のシューズが滲んで見えた。

タスキを手渡した茂木の体が道路に倒れ込んだのは、その直後のことである。

「ナイスラン！」

村野が声をかけた。

大会のスタッフに毛布をかけられ、うずくまる茂木の姿を、少し離れたところから宮沢は見ていた。

言葉が出ない。

胸の底から込み上げてくる熱い思いに、何かひと言でも発したら落涙してしまいそうなほど心震えている自分がいる。

その宮沢の脇で、大地も安田も、そして飯山までも、魂を奪い取られたかのように立ち尽くしていた。

「やった！　やったよ、社長！　うれしいよ、あたし。ほんとうにうれしい」

目を真っ赤にして、あけみさんは泣きじゃくっている。

村野が、拍手をしはじめた。

それにつられ、選手たちに送られる声援と拍手がさざ波のように広がっていく。

宮沢は、その拍手の手を止めることができなかった。

これは宮沢たちの勝利でもある。

ニューイヤー駅伝という大舞台で、「陸王」は、立派にその役割を果たした。宮沢たちの苦労や努力、そしてユニークで先進的な素材が、茂木の走りを見事に支えたのだ。

世間からすればささやかな成果かもしれない。だが、百年にもおよぶこはぜ屋の歴史にとって、これが新たな未来を切り拓く重要な一歩になることは疑いようがない。

こはぜ屋はついに、シューズメーカーとしてのキャリアをここに踏み出した。

7

小原の不機嫌そのものの眼差しが、じっとテレビに向けられていた。戦況を映す画面の中でいま、アジア工業のアンカーが飛び出していくのと同時に毛塚が倒れ込んだところだ。毛布が掛けられた体は、遠くから見るとまるでうち捨てられたボロ雑巾のように見える。そこからはみ出したシューズの色鮮やかさが、かえって無残だ。

佐山は、身の縮む思いで、小原の反応を窺っている。

案の定、振り返った小原の目の奥は、ぐらぐらと煮え立つ怒りがいまにも溢れんばかりだ。

そのとき、

「茂木のシューズさ、どこのだったんだ、あれ」

タイミング悪く近くの観戦者が発したひと言が耳に入り、佐山は思わず舌打ちしたくなった。今回の茂木の活躍により、無名の弱小メーカーが脚光を浴びることになりかねない。

「佐山。このままやらせておくつもりじゃないだろうな」

ねじ込むような小原の言葉に、佐山は体を硬くした。「相手はどこの馬の骨ともしれない零細業者じゃないか。お前、恥ずかしくないのか」

俯いた佐山に、「目障りだ。潰せ」、小原の言葉は、きっぱりと言い放たれた。

「言われなくても、わかってんだよ」

さっと踵《きびす》を返して人混みの中を離れて行く小原の背を見送りながら、佐山は吐き捨てる。

テレビ観戦していた人たちから歓声が上がった。テレビ画面の中で、ダイワ食品の平瀬が、前を行く芝浦自動車の滝井《たきい》を追い上げ、並んだところだ。

ふたりの走りを凝視する佐山の目には、選手ではなくメーカー同士のデッドヒートにしか見えない。

平瀬が滝井を抜き、次第に引き離しにかかったところまで見届けた佐山は、さっと画面に背を向けた。

「うおっ。抜いた！」

アンカーの平瀬が前に出た途端、大地が拳を握りしめた。「行けっ！」

第六中継所から移動してきた群馬県庁前のゴール地点は、熱戦の結末を見届けようという大勢の観客であふれかえっている。

茂木の走りを見届けてからこちらへ移動してきた宮沢たちの関心は、実業団日本一——実質的に国内最高の駅伝チームを決める戦いの行方へと絞られていた。

二位を走っていた芝浦自動車を抜き去った平瀬が、渾身の走りで前を行くジャパニクスを追いかけているところだ。レースも終盤。緩やかな下り坂が連続するコースは、後半に従って上りに転じ、選手たちの体力を奪っていく。

「よく走ってるよ、平瀬は」

シューフィッターとして長く平瀬を担当してきた村野がいった。

だが、逆転は難しいかもしれない、と宮沢は思った。近年にない接戦とはいえ、トップとの差は一分近くもある。加えてジャパニクスの最終走者、望月《もちづき》は国内屈指のランナーで実力は一枚上だ。

「城戸監督は、トップで平瀬にタスキが渡されることを期待してたんだろう」

と村野。「そうなれば、セットアッパーとして、彼ほどの適任者はいない。誤算は四区の立原かな。そこで順位を落としたのが痛かったが、そういうアクシデントは駅伝にはつきものだ。いつもなら入念に仕上げてくる立原をもってしても、そういうことがあるということさ。責めるわけにもいかない」

宮沢は時計を見た。

午後一時四十七分を過ぎたところだ。トップをいく望月は、国道五〇号をひた走り、野中町《のなかまち》交差点を通過しようとしている。

「あと十五分」

村野がいった。「十四時二分がゴールになると思う」

「がんばってよ、平瀬ちゃん」

あけみさんは、指が白くなるほどハンカチを握りしめている。

「でもさ、平瀬のシューズ、アトランティスだぜ」

「あたしたちの応援している茂木ちゃんが応援してるんだったら、あたしたちが応援するのは当たり前じゃないの」

茶々を入れた安田をギッと睨んであけみさんはいった。「いいんだよ、そんなこと」

「まあ、理屈のような、違うような……」

安田が首をかしげて見せるのに思わず苦笑したとき、ふと宮沢は雑踏の中に思いがけない顔を見つけて声をかけた。

「橘さん！」

なんとそこにいたのは、タチバナラッセル社長の橘だったのである。唐突に声をかけられ、橘も驚いた顔でこちらを向いたが、すぐに声の主が宮沢とわかり、「ああ、どうも」、と頭を下げながらやってきた。

「橘さんもいらっしゃるとは思いませんでした。応援ですか」

宮沢がきくと、「いや、まあ。どんなものかと思いましてね」、と橘は少々曖昧な返事を寄越す。「ほら、うちの素材、使ってもらってるから」

「見ていただけましたか、大活躍ですよ」

社員たちを紹介すると、安田がそういって胸を張った。「それもこれも、タチバナラッセルさんのすばらしい素材のおかげです」、と深々と頭を下げる。

「いやいや、何をおっしゃいますやら」

橘は困ったように胸の前で手のひらを見せた。「さっき見てましたけど、うちなんか問題じゃない。みなさんの努力の結晶だと思います。本当にいいものを見せていただいた」

「事前にいっていただければ、中継所で一緒に応援できたのに」

宮沢がいうと、

「いえいえ、そんな」

橘は遠慮して首を横に振った。「これでこはぜ屋さんのシューズが注目されるといいですね。ウチだけの供給じゃあ間に合わなくなるんじゃないですか」

「そんなことはありませんよ」

宮沢はあえて、橘にいった。「もうウチは橘さん一筋ですから。これからもっといいシューズ作りますから、よろしくお願いしますよ」

橘の表情が微妙に歪んだように見えたが、それははっきりと認識される前に宮沢の意識から抜け落ちていった。ぎこちない間が挟まると、それを埋めるように、

「トップを狙うには、少し開き過ぎましたか」

橘がレースに話題を戻す。

「いやいや、これからですよ」、と安田。

宮沢は、白熱したレース展開に気をとられていて、橘が滲ませていた微細な空気の変化に最後まで気づくことはなかった。

8

平瀬の顔が、右に傾きはじめた。苦しい時間帯に差しかかったときの、いつものクセだ。

三位からスタートした平瀬が二位の芝浦自動車に追いついたのは、すでに最終区間の三分の二ほどを過ぎたあたりだ。

堅実な平瀬にしては、オーバーペースの走り。それでも、走りきるだけの覚悟があっての追い上げだったはずだ。

ラストランに賭ける平瀬の思いは、チームメイトの誰もが知っている。トップの背中を追う平瀬の表情は、悲壮なほど引き締まり、その双眸《そうぼう》の奥から放たれる光には鬼気迫るものがあった。

いま平瀬が挑んでいるのは、自らの限界に他ならない。

前を走るジャパニクスの望月が自分の力を上回っていることなど、百も承知の戦いだ。

茂木にはわかっている。

いま平瀬は、平瀬自身のために走っているのだと。

中学、高校、そして大学から社会人へ――。平瀬が歩んで来た陸上競技人生の集大成のために、そしてそこにピリオドを打つために。ひとつのストライドに全身全霊をかけ、傾けてきた情熱、愛情、そして未練を断ち切ろうとしている。大切にしてきたものと、自ら決別するために。

そのとき――茂木は、傍らに立つ城戸監督の横顔を一瞥し、はっと息を呑んだ。

モニタの中継を見つめる城戸の目から、堪えようのない涙がこぼれ落ちたのを見たからだった。いつもの威厳と荒々しさをかなぐり捨て、万感の思いで平瀬の走りを凝視するその姿に、監督としての愛情が溢れ出ている。

騒いでいた部員たちが、監督の涙に気づいて言葉を失った。

遠く沿道を埋める応援の人たちから歓声が上がったのはそのときだ。

トップを走ってきた望月の姿が見えたのだろう。勝利を確信したジャパニクスチームが歓喜を爆発させるためにゴールテープの後ろに陣取り始めている。チームメイトたちと共に、茂木もまたゴール近くにまで移動していった。

平瀬の姿は、まだ見えない。

そのとき、

「応援せんかい！」

歓声を打ち消す、城戸の野太い檄《げき》が飛んだ。「平瀬はいま、必死で走ってるんだ。応援せんかい！　平瀬ーっ！」

両手をメガホンにして、城戸は自ら、ゴールの遥か向こうに向かって絶叫した。

望月の後方に、平瀬の姿が見えたのはそのときだった。

「走れーっ！　走れーっ！」

城戸の応援がそれまでの沈鬱を打ち消し、「平瀬さんっ！」、気づいたときには茂木も叫んでいた。

そして、叫んだと思ったら、涙がこぼれ出た。

もう二度と、こうして平瀬を応援することはない。その事実が厳然たる重みをもって胸にのしかかってきたからだ。

望月がゴールテープを切り、ジャパニクスの選手たちによる歓喜の抱擁が始まっている。

「行くぞっ」

城戸のひと言を合図に、全員がゴールの背後に立ち平瀬を待ち受ける。肩を組み、「平瀬っ、平瀬っ」、と連呼する間、茂木はどうしようもなく泣けて仕方が無かった。

ゴール前、最後の百メートル。それは、死力を振り絞った平瀬の、まさしく渾身のラストランだった。そのまま仲間が待ち受けるところに倒れ込むようにしてゴールすると、もはや込み上げてくるものを堪えることもできず、城戸と抱き合い、茂木や仲間と抱き合い、そして最後に右腕で涙を拭くと平瀬はいま走ってきたコースに向かって直立不動の姿勢を取った。そして、

「ありがとうございました！」

深々と腰を折り、しばらく顔を上げることはなかった。

「いやあ、いいレースじゃないですか」

次々とゴールしてくる選手たちに視線を送る橘は、そのとき声を掛けられて振り返った。

いつの間に来たのか、そこにひとりの男が立って、ニヤついた笑いを浮かべている。

「あけましておめでとうございます。レース観戦ですか、熱心ですね」

アトランティスの佐山だ。そうと認めた途端、橘は自らの内面で沸き立つようだった胸の高鳴りが急速に萎《しぼ》んでいくのがわかった。心のどこかを圧迫されたような不快感が込み上げ、元日の朝、わざわざここに来た理由を痛いほど思い知らされる。

佐山と会ったのは昨年末も押し迫った日のことであった。アトランティスの調達課にいるという男とともに橘を訪ねてきたのだ。そしていま――。

「あの件、検討していただけましたか、社長。いい話でしょう。これ以上ない提案だと

自負してるんですがね」

　佐山はいった。

「まあ、そうですね」

　橘は曖昧な笑みを浮かべる。「きちんと検討した上で連絡させていただきます」

「お待ちしてますからね、社長」

　佐山は猫なで声だ。「ウチの調達担当も、タチバナラッセルさんの製品には全幅の信頼を置いてるんですよ。どうですか、その辺りでお茶でも飲んでいかれませんか。クルマでなければ酒でもどうです」

「いえいえ。家族をほったらかしにして来てしまったもんですから。もう帰らないと」

　橘は時計を見ながらいうと、「また連絡いたします。それでは」、佐山にきちんと頭を下げ、ゴール地点でごった返す人混みの中へと逃げるように紛れたのであった。

第十四章　アトランティスの一撃

1

正月三ヶ日に土日が続いて、こはぜ屋の仕事始めは、一月六日になった。

「これで、『陸王』の注文が殺到するんじゃないですかね。対応できるか、心配になってきましたよ」

正月の挨拶もそこそこに、安田は気の早い心配を口にしてみせる。「冨久子さんも無事、復帰してくれたし、ちょうどいいタイミングですね、社長」

病気で長期離脱していた冨久子さんの復帰は、新年を迎えたこはぜ屋にとってなによりの朗報であった。朝、出勤してきた冨久子さんを、あけみさんを始め縫製課のメンバー全員が迎え入れ、涙を流して喜びあう光景に、見ていた宮沢もじんとなったほどだ。

「捕らぬ狸のなんとやらだ、ヤス」

たしなめてみたものの、実のところ宮沢自身、いままで以上の受注を密《ひそ》かに期待しないわけがない。

ニューイヤー駅伝で、茂木があれだけ注目を浴びたのだ。「陸王」も、おそらく世の中に認知され、高い評価を得るに違いない。だが――。

「社長、これ見てくださいよ」

午前中、社内の休憩室を利用して開いた簡単な新年会の席で、安田が見せたのは、コンビニで買ってきたというスポーツ新聞だ。『スポーツタイムズ』『日刊スポルト』の二紙である。

「ニューイヤー駅伝の追っかけ記事が出てるんですけどね」

『スポーツタイムズ』の当該ページを開いて見せる。

――毛塚、区間賞逃したのは体調不良だった

『日刊スポルト』のほうは、

――毛塚、風邪《かぜ》押して出場、まさかの区間二位

「これって酷《ひど》くないですか」

安田は憤慨していた。「まるで毛塚の調子が悪かったから負けたような書き方ですよ。負けは負けなのに、勝負が終わってから言い訳だなんてみっともないじゃないですか」

レース前日、登録選手の急病により監督から六区を任されたものの、体調が万全でないのを隠して臨んだため、思いがけない苦杯を喫することになった、というのが記事の内容だ。

「毛塚の調子が良かったら、茂木に勝って当然だといってるのと同じですよ、これ」

安田は悔しさに顔を歪めている。「どう思いますか、村野さん」

新年会に合わせて会社に来ていた村野は、受け取った新聞に目を通すと厳しい顔でふうっと息を洩らした。

「悔しいけれども仕方が無い。マスコミなんてこんなもんだよ、ヤスさん」

「でも、これじゃあ、茂木君だってやってらんないですよ」

「毛塚は、陸上競技界のスターなんだ」

村野はいった。「茂木が勝ったんじゃない、毛塚が負けた――それがいまのマスコミの論調だし、人気を考えたらそれも仕方が無い。この一年、毛塚は順調にスターダムの階段を上がってきた。それには彼の努力もあるわけだし、いままで怪我で戦列を離れ、世間から忘れられかけていた茂木と扱いが違うのは当たり前のことじゃないか」

「村野さんのいう通りだ」

きっぱりといったのは飯山だった。「世間なんてのはさ、冷たくそっけないものさ。

注目されたかったら、オレたち自身がスターになるしかないんだよ。鳴かぬなら鳴かせてみせようホトトギスってな」

その言葉は安田にではなく、まっすぐに宮沢に向けられていた。

2

「先日、お願いした件ですが、いかがでしょうか、社長」

アトランティスの中畑《なかはた》は、プライドを感じさせる気どった口調でいった。その脇では、佐山がニンマリした顔で視線をこちらに向けている。

「お話をいただいたのは有難いんですが、正直なところ、決めかねているんです」

重苦しい表情で橘はこたえ、改めて中畑が提出した提案書の文面に視線を走らせた。

アトランティスが開発している新製品に、タチバナラッセルの素材を使わせて欲しい、というのがふたりの来意である。

嬉《うれ》しい申し出には違いない。だが、それにはひとつ条件があった。

アトランティスとの専属契約だ。アトランティスに製品を供給している間は、同社の競合他社への供給をしてはならない、というものである。

「迷われることはないでしょう、橘さん」

佐山は首を斜めに傾げ、橘を覗き込むようにした。「新製品は『RⅡ』の量販モデルですよ。アトランティスの主力製品といってもいい。それに見合った発注量を保証させてもらいますから」

その発注量は、目の前にある書類に記載されている。

「ですが、いま弊社では他のシューズメーカーさんに製品を供給していまして」

「もしかして、こはぜ屋さんのことをおっしゃってるんですか、社長」

どこでこはぜ屋の情報を仕入れたか知らないが、佐山がいった。「あんな零細企業と付き合って、どんないいことがあるっていうんです。吹けば飛ぶような足袋業者ですよ。御社が取り引きするような相手ではないでしょう」

「いやいや、ウチだって駆け出しのベンチャーなんですよ」

橘は背伸びすることなく、そうこたえた。「相手が小さくても、大切な顧客ですし」

「律儀なのは結構ですけどね、橘さん。それがビジネス的に正解なのかなあ」

そういったのは中畑だ。銀縁メガネをかけた理知的な面差しが、真正面から橘を見据えている。

「弊社は三十年間、ランニングシューズを作り続け、ご存じのようにいまでは世界的メーカーの一社に数えられるようになりました。シューズメーカーとして、弊社はこれからも存在し続け、そして発展していきます。弊社のビジネスパートナーになれば、継続的な供給体制をとってもらう必要がある。失礼ながらそれは御社にとって、重要な収益の柱に育っていくものと推測いたしますが、違いますか」

「まあ、たしかに」

橘は、逡巡しつつこたえた。そんなことはいわれなくてもわかっている。どっちと取り引きしたほうが目先の商売としてうま味があるのか、考えるまでもないことであった。

「しかし、御社との取り引きが本当に継続できるという保証はあるんですか。条件的に厳しくて取り引きが打ち切られるケースもあるという話も耳にしたことがあります」

同業他社の情報は、仕入れ先や社長仲間の話からイヤでも耳に入ってくる。

アトランティスに素材を供給できれば商売として大きいが、アトランティスの評判がいいかというと、決してそうではない。

コストダウン要求が厳しく、同じ素材を供給していると儲けは毎年一定の値引きでどんどん削り取られていく。納期にうるさい一方、急な発注に対応できないと発注が減らされる、ともすれば取り引きそのものが短期間に打ち切られることもあるという。長くビジネスパートナーとして存在するためには、それなりの献身と薄利多売といっていい商取引に馴染む努力が必要になってくる。

佐山や中畑の口車に簡単に乗れるほど、甘い話ではなかった。しかし、

「少なくとも、新製品が発売されてからの一年間は、取り引きを保証します」

中畑のひと言に、橘はぐっと考え込んだ。

「その新製品製造はいつからなんです」

「間もなく始まる予定です。私どもとしては、それまでに素材の供給先を固める必要がありましてね」

アトランティスの事情はわかるが、橘にも、こはぜ屋との信頼関係があるから、はいそうですか、というわけにはいかない。先日のニューイヤー駅伝で、宮沢たちの熱意を知っただけに余計だ。アトランティスと契約すれば、あの人たちの信頼を裏切ることになってしまう。

「それはわかります。ただ、ウチにも事情がありまして。お客様に迷惑をかけるわけにはいかないんです」

「ひとつ伺いたいんですがね、橘さん」

佐山が改まった口調で背筋を伸ばした。「いったい、こはぜ屋さんとの取り引き額はいくらですか。おそらくウチはその十倍、いや百倍もの取り引きになるんですよ」

「いやしかし――」

「私がいうのも口幅《くちはば》ったいですが、会社を飛躍させる絶好のチャンスだと思いますよ」

橘の反論を遮って、佐山はいった。「ちっぽけな取り引きのために、それをみすみす逃すんですか」

橘は言葉を呑んだ。

「なんの問題もないはずですよ」

佐山は畳みかけてくる。「御社の素材をぜひウチの製品に使わせてください。ニューイヤー駅伝とかじゃない、目指すはオリンピックの金メダルです」

橘の心の奥底にまで突き刺さるだけの重みがある言葉だ。「御社の素材で金メダルを取ったとなれば、これはすばらしい大宣伝です。社業も一気に盛り上がることは間違いない。それどころか、上場だって見えてくるでしょう」

上場――。そのひと言に、ついに橘は反論を呑み込んだ。

「アッパー素材？」

佐山の報告を聞くと、小原は椅子の背にもたれたまま訝《いぶか》しげにきいた。「こはぜ屋の調達チャネルを封じようということか」

しばし考えるような間を置き、出てきたのは、「おもしろい」、というひと言だ。

「もし、そのタチバナラッセルという会社からの調達ができなくなったら、こはぜ屋はどうなる。他に調達先はあるのか」

「そう簡単に見つかるとは思えません」

佐山は歪んだ笑いを浮かべた。「私の聞き集めた話を総合すると、そもそも関東レーヨンに断られたところをタチバナラッセルに助けてもらったようなものですから」

こはぜ屋が関東レーヨンに取り引きを申し込んだというのは、偶然、小耳に挟んだことだ。村野に紹介された会社との取り引きを支社で断ったが問題はなかったかと、関東レーヨンから問い合わせがあったのだ。同社の担当者と連絡を取り、こはぜ屋がタチバナラッセルから素材を仕入れているという事実を摑むのは、佐山にとってそう難しいことではなかった。

「すぐにでも、タチバナラッセルと契約するように、私からも調達部長にプッシュしておく」

決断の早い小原はすぐさま答え、佐山を安心させた。

ニューイヤー駅伝では小原の不興を買ったものの、こちらが心配したほどマスコミの注目が茂木に集まらなかったことで、小原の怒りも収まりつつある。

毛塚を同世代のトップランナーとして位置づけるマスコミの扱いは不変だ。その毛塚にシューズを供給しているアトランティスとして、これほどの好都合はない。

ここにきて、佐山にフォローの風が吹いている。

こはぜ屋、茂木、そして村野——。

佐山にとって、どいつもこいつも目障りな奴らばかりだ。

「いまに見てろよ」

デスクに戻った佐山の口から、低い嗤《わら》いが洩れた。

3

「ちょっと、折り入ってお話ししたいことがありまして」

埼玉中央銀行の大橋が、例の如く無愛想な顔で訪ねてきたのは、松もとれて間もない一月上旬のことであった。

「なんだ、新年早々融資を渋ろうって話じゃないだろうな」

身構えた宮沢だが、「いや、そうじゃないんです」、と大橋は顔の前で手を振った。

「実は、タチバナラッセルさんのことでして」

「橘さん？」意外な名前が出てきた。

「昨日、相談があると支店を訪ねていらっしゃいまして。何か聞いてらっしゃいますか」

「なにも」

首を横に振る宮沢に、大橋は少々逡巡する様子を見せた。

「そうですか。最初に申し上げておきますが、こんなことは、本来、私から宮沢社長にお話しする筋合いのものではないかも知れません。ただ、早く知っておかれたほうがうまく対応できるのではないかと思いまして」

回りくどい大橋の様子に多少のじれったさを感じながら、宮沢は話の続きを待つ。

「実はその――例のアッパー素材の件でして……。もしかすると、タチバナラッセルさんからの供給が止まるかも知れません」

「なに」

社長室の肘掛け椅子に埋もれていた宮沢は、思わず腰を浮かした。

大橋は続ける。

「大手のシューズメーカーが、新しく開発する製品にタチバナラッセルさんの素材を使いたいという話が来ているそうなんです。あそこにしてみれば、それを受けたほうが社業に寄与するわけで」

大橋の話は、まさに寝耳に水である。

「冗談じゃない。そんなことになったら、ウチはどうなる。橘さんだって、それはわかってるはずなのに」

「それで私のところに相談に来られたんです。宮沢さんのところは今後、どうだろうって」

どうもこうもなかった。

「陸王」の市販開始、ニューイヤー駅伝でのデビュー。これから軌道に乗せられるかどうかの大事な時期だ。素材の供給が止まるなんてとんでもない。

「大手のシューズメーカーってどこなんだ」

憤然として尋ねた宮沢に、いやそれが、と大橋は答えを渋った。

「実はその――アトランティスでして」

宮沢はぱんと肘掛けを叩き、「なんなんだ、それは」、と怒りを露わにした。

「じゃあ、なにか。橘さんは、ウチを切って、ライバル会社に乗り換えると、そういうことか」

いいながら、また新たな考えが胸に浮かぶ。「アトランティスは、ウチがタチバナラッセルさんと付き合いがあるのを承知で、そんな話を持ち込んできたんじゃないのか」

「かも知れません」

大橋はあくまで慎重な口ぶりだ。「ただ、その辺りのことは橘さんにもわからないようで。わかっているのは、それがタチバナラッセルにとってかなり魅力的な提案に違いないということです」

「大口で儲かるからって、いままでの信頼関係を簡単に裏切るのか」

憤懣《ふんまん》やるかたない宮沢に、

「いや、橘さんもそうとは決めかねて相談に来られたわけでして」

冬だというのに、大橋はハンカチで額を叩いた。

「だいたい、タチバナラッセルさんを紹介したの、お宅だろ。責任もって、説得してくれ」

「私も説得したんですけど……」

大橋は困惑の表情を浮かべた。「社長、申し訳ありませんが、橘さんと直接、話をしていただけませんか」

「アトランティスも随分とやり方が汚いじゃないですか」

安田は静かな口調で怒りを表現してみせた。

「しかし、アトランティスはどうやってウチとタチバナラッセルが取り引きしてることを知ったんだ」

飯山のひと言で、思い出したことがある。

「関東レーヨンかも知れません」

宮沢はいった。「年末頃に関東レーヨンの営業から電話があって、その後どこから素材を仕入れたか問い合わせがあったんです」

「そのとき、タチバナラッセルの名前を出したと？」

飯山は意味有りげに上目遣いになる。

「ええ。いまさら何をという気持ちもあってつい――」

宮沢は悔しげにいった。

「それで、タチバナラッセルとは話をしたのかい」

タバコに火を点けながら飯山が尋ねる。作業場裏手にある喫煙スペースである。大地も一緒だ。

「いや。さっき、社長のスマホにかけたんですけど出なかったので」、と宮沢。

「ただ、そういう話なら、仮に取り引き継続となっても、いままでと同じ条件というわけにはいかないかも知れませんね、社長」

安田がいった。「コストが上がるかもしれない」

「結局、最後はスジ論で押し通すしかないんじゃないか」

冷静に結論を口にしたのは飯山だった。「取り引きの条件で勝てるわけはないんだから」

「そのスジ論で折り合わなかったらどうするんです」、と安田。

「そのときは他を当たるしかないだろうよ」

飯山の口調はさっぱりしていたが、一点を見据えた目は鋭い。他を当たるといっても、それが簡単ではないことを重々承知しているからだ。

業績に若干の不安があるのに目を瞑《つむ》り、小ロットでの注文にも応じてくれる。一方で技術力と品質も優れ、コスト的にも問題ない。――果たして、そんな会社が他にあるのか。

「新規取引先を探すより、タチバナラッセルを説得するほうが遥かに楽なんじゃないの」

宮沢が胸に浮かべたのと全く同じことを口にしたのは、大地だった。

「とりあえず、一度会った上で腹を割って話してみるよ」

橘と連絡がついたのは、それから数日後のことである。当日の午後三時のアポを入れた宮沢は、安田が運転する車で、その一時間前に会社を出た。

4

「先日のニューイヤー駅伝では、ゆっくりお話もできませんで失礼しました」

応接室に通された宮沢は、自分の表情がどこかぎこちなくなるのを感じながらそう挨拶した。

「いえ、私のほうこそ失礼しました。ちょうど、こちらからもお話ししたいと思っていたところです」

橘の声は、心なしか硬い印象をもって響いてくる。笑みを浮かべることもなく、その様子から、宮沢の来意をすでに悟っているのではないかと思えた。

「お陰様で『陸王』も無事メジャーデビューすることができました。これも、橘さんのご協力あってのことだと思います。どうもありがとうございました」

宮沢は頭を下げた。「これからもよりよいシューズを製造していこうと思いますので、引き続きよろしくお願いします」

返事は、ない。

橘は黙って湯飲みを茶托《ちゃたく》に置くと、「その件なんですが」、と改まった口調になって切り出した。

「こはぜ屋さんとの取り引き、三月までにしていただけませんか」

予測はしていたが、いざ切り出されてみると、その申し出はずしりと重い。ここからが勝負である。

「アトランティスから、ウチを切れといわれているからですか」

宮沢があえて尋ねると、橘の顔が上がり、視線が逸らされた。

「橘さん――」

宮沢は続ける。「ウチは御社からの素材供給がなければシューズの製造がストップしてしまう。代わりを見つけるといっても、御社ほどの品質を維持できる会社がそうあるとは思えませんし、あったとしてもウチのような会社と取り引きしてくれるかどうかもわからない。なんとか、思いとどまっていただくわけにいきませんか」

「おっしゃりたいことはわかります」

いまやはっきりと苦悩を滲ませ、橘は声を絞り出した。「ただウチにも事情がありまして……」

「事情ってなんです」

傍らから、安田がきいた。

「今年創業四年目になりますが、足下の業績が悪いままでして」

橘は眉間に皺を寄せ、厳しい表情になった。「上場を見据えていたこともあって、株主にはベンチャーキャピタルも名を連ねております。彼らを納得させるためにも、アトランティスさんからの大ロットの注文は、ウチにとって喉から手が出るほど欲しい」

「アトランティスは、ウチのライバル企業ですよ、橘さん。そのことはご存じですよね」

宮沢は単刀直入にきいた。「ウチを切って、そのライバル企業に乗り換えられると、そういうことでしょうか」

橘の顔がかすかにしかめられた。だが、それも束の間、気力を振り絞るように宮沢を見返し、

「でしたら、ウチを助けてください」

予想外のひと言を発する。「こはぜ屋さんが、『陸王』を開発されるためにどれだけの努力をされてきたか、わかっています。私だって、裏切るようなことはしたくない。でもね、会社は生きていかなければ意味がない。家族や社員のためにも、生き残っていかなければならない。この件について、私なりに悩みもしたし、いろんなことを考えもしました。でもやはり、いまのウチにとってアトランティスさんの話は、ありがたい。今

後、ウチの収益の柱になるかもしれません。それに賭けるべきなんじゃないかと……」

「ウチではいけませんか」

宮沢は膝を進めて問うた。「ウチと一緒に成長するという選択肢はないんでしょうか」

「陸王」というプロジェクトに関わる人、会社。それらは皆、目標をひとつにするチームだ。もちろん、タチバナラッセルも。宮沢はそう信じてきた。だが――。

実際には各人各社にそれぞれ、のっぴきならない事情がある。世間の風にさらされ、外からは窺いしれない努力を継続しているはずだ。そんな裏側の事情を、憔悴した橘の表情に見てとった宮沢は、静かに目を伏せた。

「本当に、申し訳ない……」

橘の消え入るような声を聞いたとき、宮沢の胸を衝《つ》いたのは、「ああ、これはダメだ」、という思いだ。

「私なりに悩みに悩んだ末の結論なんです」

橘はいう。「宮沢さんには迷惑をかけないよう、三月までにできるだけの素材を提供させていただきます」

「ちょっと待ってくださいよ、橘社長」

安田がたまりかねて口を挟んだ。「御社がアトランティスと取り引きするのはいいですよ。でも、ウチとの取り引きを継続してどんな問題があるっていうんです」

「競合他社へ素材供給しないのが、アトランティスさんの条件なんです」

「アトランティスは、いつもそういう条件を出しているんですか」

そんなはずはないと思った宮沢の思いを安田が代弁する。

「それはわかりません……。ただ、ウチへはそういう条件でしたので。こちらとしても、呑むしかありません」

「ウチと取り引きしていること、知ってるんですよね、アトランティスは」

「それはまあ」

橘は言葉を濁す。安田は、ちらりと宮沢を見てから続けた。

「アトランティスは、ウチの商売を邪魔するために、そんな商談を持ち込んでるんですよ。橘さんの技術や品質を見込んでのことじゃないかもしれない。そんな取り引きに将来性、あるんですか」

「わかっています」

絞り出すような橘の返事だった。一旦閉じた目を見開いた表情には決然としたものが宿り、自らの意志を貫こうとする気持ちが滲みでている。「ですが、ウチが生き残り、成長していくために、この決断は間違っていないと思います」

にらみ合うような沈黙が挟まった。

「そうですか。わかりました」

そういうと宮沢はひとつ、小さな溜息を洩らし、ぽんと膝を打つ。「ただ、橘さん、あなたの決断は、ウチにとって大迷惑だ。いくら背に腹は代えられないといっても、商売をやる者として許しがたい。三月までは、おっしゃるように取り引きしましょう。ですが、それ以後は、どんなことがあっても、もう取り引きはしません」

普段温厚な宮沢にしては珍しい厳しい訣別《けつべつ》の言葉を口にし、真正面から橋を見据えたのであった。

5

「あたしはよくわからないけど、他の会社に作ってもらうというわけにはいかないのかい」

あけみさんが誰にともなく尋ねた。

「そう簡単な話じゃないんだよ、あけみさん」

質問の明快さとは裏腹に、村野が浮かべたのは複雑そのものの表情だ。「まず、一旦決めたシューズの仕様は、そう簡単に変更すべきじゃない。まして、会社間の取り引き関係が原因で変更を余儀なくされるというのは、由々しき問題だと思うね」

タチバナラッセルとの取り引き打ち切りが決まり、緊急で開いた開発チームの打ち合わせだった。

「それにしても、アトランティスは汚ねえよなあ」

腹に据えかねる表情の安田に、

「それをいえば負け犬の遠吠《とおぼ》えになっちまうだろ」

毅然と言い切ったのは、飯山である。「競合相手の主要調達先に、より良い条件を出して寝返らせる。それだって立派な戦略じゃないか。結局、ビジネスは食うか食われるかだ。汚いといわれようと、橘さんはそれに応じたんだ。文句のいえる筋合いじゃない。ウチがそれ以上の条件が出せなかったのは事実なんだから」

会議室に重たい沈黙が落ちる。

「たしかに、飯山顧問がおっしゃる通りでしょうな」

乾いた声でそう継いだのは富島だ。そして、その場の全員を見回すと、おもむろにずしりと重いひと言を発する。「我々にとってこれは、ひとつの敗北です」

宮沢は、背を突かれたように顔を上げ、その言葉の重みと痛みを噛みしめた。富島は続ける。「アトランティスに恨み辛みを並べたところで、何物をも生まない。ただ時間だけが過ぎ去り、気持ちが塞ぐだけだ。行動有るのみ」

「ゲンさんのいう通りだな」

やがて宮沢はいい、ミーティングテーブルを囲んでいる全員を重々しく眺め回した。

「三月までに、タチバナラッセルの代わりを探すしかない。出直しだ」

「でも、当てはあるんですか」

あけみさんがきいた。

「一応、リストは作ってきた」

そういって宮沢が配ったのは、インターネットで検索をかけて抽出した編み物の会社だ。「これを順番に当たってみようと思う」

「三月の取り引き終了までに、タチバナラッセルから持てるだけの素材を仕入れるとして、それでどのくらい持つんだ」飯山がきいた。

「夏までぐらい、ですかねえ」、と安田。

「もし、それまでに新しい供給元が見つからなかったら——生産ストップかよ」

飯山は表情を厳しくし、リストアップした会社名を睨み付ける。

「陸王」に求められているのは、丈夫で柔軟性がある、高品質のラッセル織りだ。これにこだわらないのであれば、素材など世の中にいくらでも転がっているが、それに手を出す気は、宮沢にはない。無論、その場にいる誰からも、そんな妥協案は出てこなかった。

「しかし、このリストの会社を社長一人で一軒ずつ潰していくのは時間もかかるし、あまり得策じゃないんじゃないですか」

安田がいった。「オレと手分けして回りませんか」

「ちょっと待って。係長が一日会社、空けるのはやめたほうがいいんじゃない？　現場を取り仕切る人がいなくなっちゃうよ」

あけみさんの指摘はもっともで、安田は、材料の調達と段取り、検品に至るまで、事細かに目を配っている製造現場の要だ。ある意味、抜けたときの穴は宮沢よりも大きい。

「新しい会社探しはオレに任せてくれ。ヤスには現場を守ってもらいたい」

「それはそうですが……」

安田が腕組みをして渋ったとき、

「オレも、やろうか」

思いがけない声が上がった。

大地だ。

えっ、と驚く場の雰囲気に、言ってしまった当の本人のほうが目を丸くしている。

「な、なんだよ。シルクレイの製造も軌道に乗ったし、少し手も空けられるから、その――」

「お前に交渉事ができるのか」

宮沢が疑問を口にすると、「できるよ」、と反論がある。「いままで、『陸王』、一緒に作ってきたんだし、話をしてみてうまくいきそうだったら社長に繋げばいいんだろ。社長が忙しいところ出向いて門前払い同然で引き返してくることを考えれば、よっぽどいいじゃないかよ。それに、自慢じゃないけどさ、オレ、面接で断られるの慣れてるから」

「それとこれとは違うだろうが」

宮沢は呆れていった。「これはな、新規事業がのるかそるかの大事な交渉なんだよ。オレには責任がある。半人前のお前にまかせるなんてできるか。なあ、ゲンさん」

そういって富島に同意を求めた宮沢だったが、そのとき――。

「やらせてみてはどうですか」

「おい、ゲンさん。そんな――」

意外な返事に、宮沢が何かいいかけるのを、「いいじゃないですか」、と富島は遮った。

「大ちゃんは、ずっと開発を手伝ってきてシルクレイの製造にも詳しいわけだし、たしかに技術的なことは社長よりも理解しているはずです。それは交渉の武器になるはずです。大ちゃんがいうように、脈がありそうなら社長にバトンタッチすればいい」

宮沢は無理矢理に言葉を呑み込み、腕組みをして天井を見上げる。どれだけそうしていたか、こちらを見ている大地に顔を向けると、

「じゃあ、やってみろ」

返事の代わり、大地のいつになく引き締まった顔が頷いた。

6

「お前さ、どうすんの。結局、オヤジの会社、継ぐのかよ」

そうきいてきた広樹《ひろき》の言葉には、かすかな侮蔑が混じっているような気がして、大地は飲みかけたサワーのグラスをカウンターに置いた。

広樹はメーカーの開発部で働いている、中学時代からの友人だ。同じ大学に進み、サッカーサークルのチームメイトだったこともあって、いまでも月に一度や二度はこうして会う。

「別に継ぐつもりはないよ」

「だったらさ、もっと真剣に就活したほうがいいんじゃね？」

「真剣にやってるって」

大地は、グラスを握りしめている自分の手を見つめた。「だけどさ、どうもうまく行かないんだよな」

「それはさ、お前に必死さがないからじゃねえの？」

いつもそうだが、親しい反面、広樹の指摘は容赦ない。しかし、他の人からいわれれば腹の立つことでも、広樹にいわれるとすんなりと受け止められるのは、悪気がないとわかっているからだと思う。

「どうしても入りたいっていう気持ちが伝わんないとさ、面接官も推せないんだよ。会社にとって、人を採用するっていうのは、育てるのにカネと時間がかかるし、生涯賃金にして数億円もかかる、ものすごい投資なんだよ。お前が考えてるほど簡単なものじゃないんだぜ」

午後七時に待ち合わせて入った居酒屋だった。かれこれ一時間近くも過ぎて、広樹も大地も、それなりに酔っている。

「別に簡単に考えてるわけじゃない」

大地はいったが、「だいたいお前は、中途半端なんだよ」、と広樹は大地の反論など無視して続けた。「就活うまくいかないとかいいながらさ、喜んで自分ちの足袋屋、手伝ってるじゃないか。結局、就職できなくたって困るわけでもない。面接してるとさ、そういうぬるい奴っていうのはすぐにわかるんだよな。危機感がないいっつうか」

広樹は去年、リクルーターとして採用活動に関わった経験を口にした。あまりいい経験でなかったのか、話すとき鼻に皺を寄せている。

ここまでいわれるとさすがにムッとして、

「仕方が無いだろ。別に喜んで手伝ってるわけじゃないし、そもそも就職が決まるまでぶらぶらしてるわけにもいかないだろ」

そう大地は反論した。「オレだって頑張ってやってんだよ」

「はいはい。それでお前、なんかオレにききたいことあるんじゃないのか」

大地の反論を聞き流して、広樹はいった。実はこの日、飲みに行こうと誘ったのは大地のほうだ。

「メトロ電業の書類が通ったんだよ」

「えっ、マジで？」

おでんをつつきかけた箸を置き、広樹は顔を上げた。驚きとともに微かな羨望が、広樹の顔の中に入り混じっている。

メトロ電業は、大手の非鉄金属メーカーだが、展開している事業は情報通信や自動車関連部品、産業素材など幅広い。業績好調な優良企業だ。

「中途採用の募集があったんで、それに応募してみたんだ。来週面接なんだけど、どういう雰囲気の会社なのかなと思って」

広樹の勤める会社は、メトロ電業と同じ業界だ。

「メトロは、ウチなんかよりよっぽどしっかりした会社だよ」

広樹はいうと、ふいに真面目腐った顔になって灰皿を引き寄せた。「社風は、そうだな――おおらかっていうか、正統派っていうかさ。社員を大事にする会社で給料もいい」

話しながら、広樹が悔しげな表情を浮かべるのを、大地はそれとなく眺めている。

「できればオレが転職したいぐらいだ」

不意に覗かせたその言い方がいかにも本音のように聞こえ、「お前の会社は、どうなの」、と大地はきいてみた。

「まあ、そうだな」

椅子の背にもたれて目を天井に向けた広樹は、タバコに火を点けて、もわっと煙を吐き出した。「いろいろかなあ」

「いろいろって、なんだよそれ」

笑ってきいた大地に、「いろいろあるんだよ、会社ってのは」、といった広樹の目に、大地が見たこともない深い影が宿った。

ゆっくりとタバコの煙を吸い込みながら、タバコを灰皿に押し付けた広樹は、

「楽な仕事なんてねえよ」

と、まるで自分に言い聞かせるかのようにつぶやく。

「でもさ、お前の会社が潰れることって、ないじゃん」

大地は広樹を励まそうとしていった。「ウチみたいに会社が小さいとホント大変でさ。

いっつも、瀬戸際のところで踏ん張ってるって感じなんだよな」

「お前に会社の中身のことなんかわかるのかよ」

広樹は、すこし寂しげな笑いを浮かべる。

「わかるさ、そりゃ」

大地はいった。「お前が考えてるほど、オレだって気楽じゃねえよ。いま新しい製品を売り出してさ、ものすごく大変なんだ。それこそ、いろいろあってさ。あ、そういえば——」

大地は椅子にぶら下げていたショルダーバッグから、外回りに使う「陸王」のパンフレットを取り出した。

「なんだこれ。足袋には見えないぞ」

「ランニングシューズ。『陸王』っていうんだけど。これ、結構すごいんだ。ソールは新開発のシルクレイっていう素材で、軽くて耐久性があるスグレモノでさ、甲の部分はラッセル織りの高級素材でできてる。で、オレはシルクレイの開発手伝ってたんだけど、これが大変でさあ」

大地は、ソール開発の苦闘を語ってきかせた。「そんなわけで完成はしたんだけど、今度、アッパー素材を見直すことになって、来週からオレ、調達担当、やることになってさ」

黙ってきいていた広樹は、

「お前、なんだか変わったな」

そういった。新たなタバコを箱から出し、火を点けるでもなく指先で弄びつつ何事か考え、「今度の面接、イケるかもな」、とぽつりと続ける。

「やめてくれよ、そういうの」

大地は、冷めた。「ヘンな期待もたされると、疲れるんだ」

面接に落ち続けている者の気持ちは、その者にしかわからない、と大地は思う。しかし、いま大地の胸のどこかでくすぶっている感情が、それまでの就活に対して抱いていたものとどこか違っているのも事実だった。

安定した大手企業へ就職したほうが有利だと思う反面、こはぜ屋での仕事にもおもしろさがあるということに気づいたからだ。

「悪い」

黙りこくった大地に広樹は詫びた。「もういわないから、とにかく思うようにやってこいや。これ逃したら後がないなんて思うなよ、大地。世の中に会社なんていくらでもあるんだからな」

大地は、広樹の顔をそれとなく観察した。いまの言葉は、誰でもない広樹自身に向けたものではなかったか。そんな気がしたからである。

第十五章　こはぜ屋の危機

1

「先日のニューイヤー駅伝の第六区、素晴らしい走りでしたね。故障からの堂々の復帰戦だったと思いますけど、ご自身としてはどうですか」

『月刊アスリート』の女性記者は、ジーンズにポロシャツというラフな格好で、喫茶店のテーブルの向こうから茂木に問いかけてきた。茂木の前には、飲みかけのコーヒーカップと、「ライター　島遥香《はるか》」と印刷された名刺。それに、相当長く使っているのか、ところどころ塗装の剝げたICレコーダーが、マイクをこちらに向けた格好で置かれている。

「不安もあったんですが、良い結果が出せたと思います」茂木はこたえた。

「区間賞の有力候補といわれていた毛塚選手を振り切っての走りでした。毛塚選手の印象はどうでしたか」

結局、そこか。

『月刊アスリート』は以前、毛塚との対談企画を打診してきたことがある。取りやめになったのは、対談の主役である毛塚が茂木を相手に選ばなかったからだ。もはや自分のライバルではない——雑誌の企画という形を通じて、毛塚にそう宣告されたも同然だった。

「毛塚さんの走り、おかしいと思いましたか」

「いえ。そうは思いませんでした」

正直に、茂木はこたえる。「ただ——」

「ただ？」

「ゴールした後の倒れ方を見て、ちょっと気になってはいましたけど」

「つまり、体調が悪くても、走っているときにはそれを感じさせなかったと」

「ええ、まあ」

曖昧にうなずく茂木に、「いま、同年代のランナーで、茂木さんが一番、注目しているのはズバリ、誰でしょう」、と島。

ほとんど誘導尋問だ。

「やっぱり、毛塚君だと思います」

それにまともに応える自分の人の良さに呆れながら、茂木は冷めかけたコーヒーを一口する。

「今回、箱根以来のライバル対決は見応えたっぷりでしたけど、また舞台を移して、おふたりの対決が見られるといいですね。茂木さんの次の目標は?」

「京浜国際マラソンです」

島があからさまな好奇心を顔に出した。

「そういえば、一昨年の京浜国際マラソンで故障されたんでしたね。リベンジというわけですか」

インタヴュアーにしてみれば、当然の発言だとは思う。

リベンジ、か——。そんなもんじゃない、と茂木は思った。

「前回棄権して、思い通りに走れなかったのは事実ですが、そのときの悔しさを晴らすために走るのとは少し違う気がします」

「違う?」

不思議そうに、島の右眉が上がる。

「新しい自分のために走るというか」

茂木は自分の心の内側を静かに見据え、言葉を選んだ。「故障して、一時はもう走れないかもしれないと思ったこともありました。だけど、いろんな人たちの力を借りてここまで来たんです。故障の原因だった走法も変えたし、シューズも替えました。今度のレースでは、新しい自分を見てもらいたいと思います。リベンジというより——」

茂木は、いまの状況にふさわしい言葉を探した。出てきたのは、「リセットです」、というひと言だ。「ランナーとしての、原点に戻りたいと思います」

島は斟酌《しんしゃく》するようにつぶやくと、やけに真剣な顔で茂木を見据え、「勇気がいることだったでしょうね」、とそういった。「いままで馴染んできて、しかも実績のあった走法を変えるって大変なことでしょう。過去そのものとの訣別といってもいいのではないですか」

心の奥底にある思いを言い当てられ、茂木は改めて、この雑誌記者を見つめた。

「その通りです。でも、他に選択肢はありませんでした」

島はうなずくと、何かを考え、一旦手元のノートに視線を落とす。

「まだ結論を出すのは早いかもしれないけど、その選択は正しかったと思いますか」

「正しいかどうか、答えを探すために走るんです」

慎重に、茂木は返事をした。「たしかに駅伝の区間賞は嬉しいんですけど、高校時代からマラソンに憧れてきたこともあって、ぼくの目標はあくまでマラソンです。体力、技術、どれをとっても、誤魔化しがききません。長距離ランナーとしての真価が問われると思います。そういう極限のレースでしか、本当の答えは見つかりません」

「今度の京浜国際マラソンは、もしかして茂木さんにとって重大な岐路になるかもしれないと？」

「リセット、ですか」

その言葉の重みを嚙みしめながら、茂木は頷いた。

「陸上競技人生がかかっている——そう思っています」

2

その会社は、新横浜駅に近いビルに本社を構えていた。

アポを入れたのは午前十時。出てきた営業マンは、二十代半ばの若い男だ。

「こういうシューズのアッパー素材を探しているんです」

ぎこちない挨拶と自己紹介の後、「陸王」のサンプルを見せて本題を切り出すと、尾《お》村《むら》と名乗った男は、「ちょっと変わった靴ですね」、と珍しげに手に取ってみた。しかしすぐにテーブルに置いたままの大地の名刺をいま一度眺め、「御社は足袋の会社なんでしょ」、と不思議そうに尋ねる。

「昨年から、ランニングシューズに参入しておりまして」

と大地。「ダイワ食品の茂木裕人選手、ご存じですか。先日のニューイヤー駅伝の六区で区間賞をとった選手なんですが、その茂木選手が履いていたのがこのシューズです。ウチでサポートをさせていただいてます」

「ほう」

尾村はさして興味もなさそうにいい、「もう製品化されているとのことですが、現時点でこの素材はどうされてるんですか」、と至極当然の質問を寄越した。

「埼玉にあるタチバナラッセルさんから仕入れているんですが、先方の事情で、取り引きができるのが三月一杯なんです。それで新しく素材を入れていただける会社を探していまして」

お前は素材を買う方なんだから、胸を張って行け――とは、朝、会社を出るとき、飯山から掛けられた言葉だ。だが、目の前にいる尾村の態度は、とても「買ってもらう」立場のものとは思えず、大地のほうが「売ってもらう」雰囲気になっている。

「ああ、タチバナラッセルさんね。知ってますよ。だけど、どうなのかな」

尾村は首を傾げた。「取り引きの途中で打ち切られるって、普通はあり得ないと思うんですが、なんでですか」

「アトランティスさんと取り引きをされることになりまして」

大地はいった。「専属契約が条件になるという話で、ウチとは取り引きができないとおっしゃって」

椅子の背に凭《もた》れ、尾村は感情の乏しい目を大地に向けてきている。

「そんなことありますかね」

尾村は疑念を滲ませた。「タチバナラッセルさんだって、その素材がないと御社が困るとわかっているわけでしょう。それなのに打ち切るだなんて、ちょっと信じられる話じゃないんだなあ。もっと別の理由があるんじゃないですか」

「別の理由、ですか？」

きょとんとして、大地はきいた。

「支払いのトラブルとか、そういう」

要するにこはぜ屋に原因があったのではないかと、尾村は勘ぐっているらしい。

「そんなことはありません。ウチは――」

否定しようとする大地に、

「まあ、詳しいところは結構です。聞いても仕方が無いから」

と尾村は面倒くさそうにいい、

「残念ですけども、ウチではちょっと対応できないと思うんですよ」

さっさと結論を口にした。

社内で検討するわけでもない、その場での断りである。

「あの、どうしてですか」

バカにされたような気分になったが、それでも平静を装って大地は尋ねる。

「理由はいろいろありますね」

どうでも良さそうに、尾村は続ける。「御社の商品、製品化されているといっても、量産にはほど遠い。つまり、ロットが合わないと思うんです。実際に取り引きさせてもらうとなると、信用調査なども行わなければなりません。そういう条件をクリアしていただくことになると思うんですが、ウチは取引基準が厳しいんで」

信用調査のことはいわれるかもしれないからと、富島からはいわれていた。要するにこはぜ屋では信用力がないといいたいのだろう。

「でしたら、一度調査していただいてもウチは構いません」

「そりゃ御社は構わないかもしれないけど、それにはコストがかかるんですよね。御社のことを調べるというのは、上が承認しません。さしてうま味のある話とも思えないし」

返答に窮し、大地は押し黙った。それでもなんとか、

「仕入れ代金を現金で支払うという条件でもいけませんか」、ときいてみる。交渉が難航したら、ダメもとで投げてみろと父からいわれた提案だ。

「ウチはそういう小さいビジネスはやってないんですよ。お引き取りいただけますか。忙しいんで」

尾村のこたえは冷ややかで、取り付く島もなかった。

3

社長室の椅子にかけたまま、宮沢は暗澹《あんたん》たる様子で、窓から見える敷地内の光景に視線をやった。

二月下旬、まもなく三月だというのに相変わらずの北風が吹く寒い一日で、向こうに見える倉庫は扉を閉ざし、夏場なら窓を開け放して行う軽作業もいまは見えない。

なんだろう、社内に沈殿するこの重たい空気は。

あのニューイヤー駅伝を迎えるまでの、微熱に冒されたかのような興奮が過ぎ去ってから、退廃にも似た静けさと疲労が薄い皮膜のようにこはぜ屋を覆い始めている。

六区の区間賞をとったにもかかわらず、茂木への世間の評価は宮沢たちの期待を下回

り、「陸王」への注目となるとまるで何事もなかったかのようだ。

拍子抜けというか、理不尽というか。こんなはずじゃなかった、という思いは拭い難い。これが現実なんだと冷めてみたところで、心のどこかでは納得できないままの自分がいる。

そこへきて、タチバナラッセルの問題だ。

素材探しは難航し、思うに任せない日々が続いていた。

うまく行かないときは、往々にしてこんなものなのか。

資金繰りが不安定でハラハラすることは日常茶飯事だが、そういうときでも、こんな脱力感を覚えることはなかった。

「その意味で、いまが最大のピンチなのかもな」

小さなつむじ風が埃を舞い上げながら動いていくのを見ながら、宮沢は心の中で呟く。

現状を打破するために、起爆剤になる何かが必要なことはわかる。

別にそれは素材を供給してくれる新しい取引先でなくても構わない。「陸王」への新たな注目でもいいし、三月に開催される京浜国際マラソンでの茂木選手の活躍でもいい。

とにかく、今欲しいのはきっかけだ。

「人生山あり谷あり。悪いことばかりじゃない。きっと良いこともあるはずだ」

宮沢はそう、単純に自分に言い聞かせようとする。

そのとき、どたどたという足音とともに、「社長――!」、ノックもしないで血相を変えて飛び込んできたのは安田だった。

「社長、ちょっと来てください」

何かあったな、というのはその顔を見ればすぐにわかる。

早足で安田と向かったのは、開発室だ。

「どうした」

宮沢が問うたのと、シルクレイの製造装置の向こう側から飯山が油に汚れた顔を出したのは、ほぼ同時である。

飯山はすぐには応えず、視線を機械に注いだまま立ち上がった。真っ黒になった軍手には、スパナをもったままだ。

室内が縮み上がるほど寒いのは、窓が開け放たれていたからだった。関東平野を吹きすさぶ寒風が部屋に吹き込み、デスクの上のノートのページがばさばさと音をたてて開く。一陣の風が止んだ途端、焦げた臭いが宮沢の嗅覚を突いてきた。

「ついに——やっちまった……」

脱力してだらりと両腕を垂らした飯山から、そんな言葉がこぼれ落ちてきたのはそのときだ。機械を回り込み、宮沢もその内部を覗き込む。そして——。

息を呑んだ。

黒く煤《すす》けた内部は熱でひん曲がった部品が突きだしていた。その内部を無残に埋めているのは、白い消火剤だ。

「飯山さん――」

問うた宮沢に、飯山は血走った目を向けてくる。

「ついに、お迎えが来やがった。ちきしょう！」

ばんと両手を機械に叩き付けた飯山の頬が震え始めた。

風の音が、静けさを際立たせている。

宮沢が経験した中でももっとも沈鬱な静けさの中を、ただ強い北風だけがあざ笑うように吹き抜けていった。

深夜二時過ぎになっても、飯山の復旧作業は続いていた。

皓々《こうこう》と明かりのともる開発室で、宮沢はじっとその作業を見守っている。

飯山が開発したシルクレイの製造装置は、この何ヶ月もの間、フル稼働でこはぜ屋の屋台骨を支え続けてきた。業績への寄与は大きく、製造が止まればここ半年の躍進にも急ブレーキがかかる。そのとき――。

からん。

工具が床に転がる乾いた音とともに床からおもむろに立ち上がった飯山が、分解した機械のパーツを見下ろしている。その横では外回りから帰るや、復旧作業に加わったらしい大地が顔面蒼白《そうはく》で立ち尽くしていた。宮沢の問うような眼差しを受けても、飯山は沈黙したままだ。濃厚な疲労の色を滲ませたままゆっくりと左右の軍手を外してテープルにそっと置くと、傍らの椅子にどすんと腰を落とした。

「どうですか」

ようやく問うた宮沢に向けられた飯山の顔面からは生気が失せ、落ちくぼんだ眼窩《がんか》は光の加減もあって埴輪《はにわ》の目のように暗かった。

「使えるパーツもなくはないが、心臓部がやられてる。復旧させるのは、無理だ。部品を交換すれば復旧できるとか、そういうレベルの話でもない。正直なところ、こいつはいま、ただの鉄くずだ」

機械を振り向いた飯山は、言い放った。

まるで肉親の死亡宣告を聞いたような衝撃に宮沢は打ちのめされ、よろめくように傍らのデスクに寄りかかった。

「あの、じゃあ、この機械は――」

愕然《がくぜん》とした安田に、

「もう使い物にならん」

飯山は明言し、片手を額に押し当てたまま動かなくなった。

もはや語る気力も失せて誰もが黙り込むと、重苦しい静寂がその部屋を支配し始めた。

「社長……」

すがるような声を、安田が出した。打ちひしがれた表情が、宮沢の言葉を待っている。

「今日は、一旦引き揚げよう」

宮沢はかろうじていった。「一度、頭を冷やして、明日、ゲンさんも入れてうまい方法がないか検討してみる——。それでいいですか、顧問」

飯山の重苦しい面差しが微かに動き、了承の意思を伝えてきた。

4

「困ったことになりましたな」

報告を聞いた富島は、厳しい表情でつぶやいた。だが、

「申し訳ない」

謝罪して頭を下げた飯山に、「いや、顧問のせいだとは思ってません」、とそれだけははっきりといった。

「もともとが試作段階の機械だったんだ。量産には向いていないのを騙《だま》し騙し使っていたわけだから、こうなることも予測しておくべきでした。それはこちらの仕事です」

「それはそうだが、オレも読みが甘かった」

飯山はまさに痛恨の表情だ。

「いや、ゲンさんのいう通りです」

宮沢はいった。「後手に回ったのは、私の責任だと思ってます」

会議室のテーブルを囲んでいるのは、飯山と富島の他、開発チームのメンバーたちだ。

その全員に向かって頭を下げた宮沢は、議論を先に進めた。

「最初に確認しておきたいんですが、飯山顧問、もうあの機械が復活する可能性は残されていないんでしょうか」

「少しでも可能性があればと思って努力はしてみたが、どうしようもない。駆動部分だけじゃなく、メインのコントロールパネルまでやられちまった。そのふたつを修理するのなら、最初から組み直すのとさして変わらない。今後のことを考えるのなら、むしろそっちのほうが安くつくと思う」

「でも、あの機械、飯山ちゃんの所有物なんだよね」

それを指摘したのは、あけみさんだった。「ウチが壊しちまったようなもんだけど、弁償はどうしたら――？」

「それは発想が逆だ」

きっぱりと飯山がいった。「むしろ、機械のレンタル料を貰いながらこはぜ屋に迷惑かけた。そっちのほうが問題だと思ってる」

「量産に耐え得る機械を製造するとしたら、どのくらいの費用がかかるんでしょうか」

宮沢は肝心な質問を繰り出した。

「おそらく、一億近くはかかるだろうな」

飯山のこたえに、会議室の空気がすっと重みを増す。

「一億……」

安田が遠い目を上げた。

それがこはぜ屋にとってどのくらい大きな金額か、みんなわかっている。

「実際にやるとなったら、設計し直す必要もある。一億で収まれば御《おん》の字だと思ったほうがいい」

続けていった飯山に、

「仮に一億円を準備できるとして——完成にはどのくらいかかりますか」、そう宮沢はきいた。

「メーカーの受注状況にもよるが、最低でも三ヶ月」

どっと疲れた気分になり、宮沢は椅子の背に凭れかかった。いま二月。つまり、すぐに発注しても、順調にいって完成は五月ということだ。

「『足軽大将』のソールのストックはどのくらいある」

安田に問うと、

「一ヶ月分程度ですかね」

その返事に、宮沢は頭を抱えた。唇を固く結んだ富島が、腕組みをしたまま、がっくりとうなだれている。

「『陸王』のソールは」

そうきいたのは、村野だ。「何足分残ってるんですか。茂木モデルは——」

「二十足もあったかな。——申し訳ない」

安田のこたえに村野はまっすぐに宮沢を見据えた。「宮沢さん、そもそも新しい設備、導入できるんですか、それを伺いたい」

設備投資すると断言すれば、安請け合いになる。年商七億円、利益些少《さしょう》のこはぜ屋にとって、一億円もの設備投資は難題だ。

そんな手元資金はないから、やるとなれば借金である。だが、それだけの借金を背負えば毎月の返済が重くのしかかり、金利の支払いにさえ喘《あえ》ぐことになる。

いや、それ以前に、そんな借金ができるとも思えなかった。ただでさえ運転資金の調達にも苦労しているというのに。

「できるだけ早く検討して報告しますから、いましばらく時間をください」

宮沢は明言を避けるのが精一杯だ。

打ち合わせの後、一旦社長室に戻ったものの何も手に付かず、宮沢は応接セットの肘掛け椅子に体を埋《うず》める。

ノックがあって、ひょいと顔を出したのは富島である。

宮沢の返事を待つでもなく入ってくると、向かいのソファに座り、タバコに火を点けた。

設備投資の件を話しに来たのだろうと、見当はつく。

「どう思う、ゲンさん」

宮沢はきいた。「一億円、借りられると思うか」

すぐには答えず、富島はタバコの先から立ち上る煙の向こうに目を細めている。

「経理屋の立場から言わせてもらうと、借りられるかどうかじゃないですな」

宮沢は視線だけを上げ、富島の言葉の続きを待った。「借りるべきかどうか、という検討が最初にあるべきでしょう」

宮沢は黙って、その言葉を咀嚼《そしやく》している。富島の嗄《しわが》れた声が続けた。「ウチの年商はご存じの通り。利益は上がっているといっても、大したことはない。この状況に一億円の借金が加わったらやっていけませんよ。どだい無理な話です」

「つまり、シルクレイ関連の事業を諦めろと、そういうことか」

「その方が遥かに安全だということですよ」

「いままで、多額のカネと時間を費やしてきたのにか」

宮沢が問うと、富島は半ば驚いたような顔になって目を丸くした。

「それだけのカネで済んだ――。そう思うことはできませんか」

宮沢はさすがに押し黙ったが、やがて、

「まあ、ゲンさんの意見はわかった」

そういうと富島は無言のまま部屋を退出していった。

5

「機械から火？　いやあ、それはまた火災にならなくてよかったですなあ」

それが、家長支店長の第一声であった。設備投資の可能性を探ろうと訪れた、埼玉中央銀行行田支店の応接室だ。「火災になれば現場検証だのなんだので大変だし、悪くすると操業停止ですからねえ」

たしかに、人のいないときに発火して社屋が燃えるという事態も有り得た。そのことに宮沢は思い至るや、深く頭を垂れた。

「おっしゃる通りです。危機管理をもっと徹底すべきだったと思います」

宮沢の応えに、

「それで、設備のほうはどうなったんですか」

家長の隣から、担当の大橋が尋ねた。「復旧はいつ頃になるんでしょうか」

「実はその件で、御行《おんこう》の意見を伺おうと思って参った次第です」

宮沢は、改まって家長と向き合う。「発火した設備ですが、残念ながら今回のことでもう使えなくなりました。シルクレイの製造を再開するためには、新たに量産用の機械を導入しなければならないかと」

「それで」

家長は、話の先行きを予感したか、どこか醒《さ》めた目で先を促す。

「その設備投資なんですが、おそらく一億円近くになります。ウチとしては巨額になりますが、その投資をしないことには、『陸王』も『足軽大将』も製造できません。なんとか支援を検討していただくわけにはいかないでしょうか」

支店長室によそよそしい沈黙が訪れた。

「一億ですか。一億ねえ……」

家長はいいながら、傍らの大橋からこはぜ屋のクレジットファイルを受け取る。ページがめくられる乾いた音が続く間、宮沢は、胃の辺りを締め上げられるような息苦しさを耐えなければならなかった。どれくらいそうしていたか、

「宮沢さん」

書類から顔を上げた家長はまっすぐに宮沢を見据えると、あっけないほどの口調で続けた。「これは――無理だ」

思わず言葉を呑んだ宮沢に向けた口調は、ひどく淡々としている。「まず、いまそれだけの融資を受けたら、御社の財務は立ちゆかなくなってしまいます。身の丈に合わない借財は、会社を滅ぼしますよ。一億円もの投資は、リスクが高すぎる。成功するかどうかもわからないのに」

「いや。なんとか成功させてみせますから――」

反論しかけた宮沢に、

「そんなことはやってみなければわからないことだ」

家長は有無を言わせぬ口調でいった。「事業の魔力に目の眩《くら》んだ経営者は、皆そういうんです。そして失敗する」

「お言葉ですが支店長。現に弊社には、『足軽大将』というヒット商品があるんですよ。『陸王』だって、日本を代表するアスリートに認められようとしている。いま撤退すれば、彼らお客さんを裏切ることになるんです」

「天秤《てんびん》にかけるわけではありませんが、いまおっしゃったお客さんでは、こはぜ屋さんを支えることはできません。宮沢さん、はっきり申し上げますが、あなたが考えておられる事業計画――つまりこの設備投資の件ですが、無謀だと思う。おやめなさい」

黙りこんだ宮沢を言いくるめるように、家長は続けた。「銀行にはね、〝貸すも親切、貸さぬも親切〟という言葉があるんです。なんでもかんでも貸すばかりが銀行の仕事ではない。ときに経営者の勇み足をたしなめ、計画を見直してもらうのも銀行の仕事だということです。まさに、いまのこはぜ屋さんのためにあるような格言だと思います」

「どうお願いしても無理ですか」

改めて問うた宮沢に、家長は静かに首を横に振ってみせた。

「この設備資金を融資するわけには参りません。こはぜ屋さんを守るために、です」

6

「君はいま、家業を手伝っているのか。どんな仕事をしてるんですか」

メトロ電業の面接官は、内山《うちやま》と名乗った三十代半ばの男だった。面接が始まってすでに、十分ほど経っている。いままで志望動機など通り一遍の話をしてきたが、内山の目にそれがどう映ったかはわからない。

「製造開発の現場に一年ほどいたんですが、いまは調達をやらせてもらっています」

大地が答えると、内山は意外そうな顔をした。

退屈で予定調和の面接に、はじめて予想外のものを発見した——そんな小さな驚きが顔に出ている。

「調達というと、どんな仕事ですか」

「ウチで開発したランニングシューズのアッパー素材を供給してくれる会社を探しているんです」

「アッパーというと……」

「甲の部分です。あ——これなんですが」

持っていたカバンの中から大地が取り出したのは、いつも持ち歩いている「陸王」のサンプル品だ。

「へえ。おもしろいシューズだな」

内山は、「ちょっといいですか」、といってそのシューズを手に取り、しげしげと眺めた。そして、

「軽い」

とひと言。

「ソールに秘密があるからです」

大地は内山の手の中にあるシューズのソールを指さした。「この部分には、ウチで開発したシルクレイという素材が使われています。競合のどんなランニングシューズよりも軽く、丈夫で、さらにいうとエコです——繭《まゆ》でできていますから」

「繭。これが？」

内山の顔に、今度ははっきりとした驚きが宿った。

「そうなんです。もともと繭を固める技術はあったんですが、半ば死蔵特許のようになっていました。まずシルクレイと名付けられた固形物の生成から始めて、ソールとして最適な硬さになるよう作り上げたものがこれになります」

内山は手元の人事資料に目を落とし、「足袋の製造業者さんということでしたが、これだけのものを開発するのは大変だったでしょう」、と尋ねた。「何人ぐらいでやってらっしゃるんですか」

「ふたりです。シルクレイの特許技術を持っている顧問と、私と。もちろん、私は助手ですが。連日、深夜までかかってようやく開発しました」

内山が手元のボードに何事か書き込むのを待って、大地は続けた。「このシューズは『陸王』という商品名で製品化されていまして、ダイワ食品の茂木裕人選手に履いてもらっています。いま私は、アッパー素材の新たな供給元を探す仕事をしているんです」

「これは私の個人的な興味から質問するんですが、足袋の製造業者がランニングシューズを作っているというのは初めてききました。他でもそういう動きはあるんですか」

「ありません」

大地はこたえた。「社長が――父ですが――興した新規事業です。この一年ほど開発チーム――といっても大した規模ではありませんが、そこで開発に携わってきました。

最初は夢物語だと思いました。でも、このシルクレイの特許技術を持つ人物が加わり、カリスマシューフィッターとして業界では知らない者がいない村野尊彦さんが加わり、ランニングインストラクターや金融関係の方、さらに最初反対していた経理担当常務まで巻き込んで、どんどん事業が形になっていくのを体験することができました。この貴重な体験を、ぜひ御社で役立てたいと思います」

話しながら大地は、シルクレイの製造がいまや風前の灯火《ともしび》であることを語るかどうか、迷っていた。だが、結局それについては語らないまま、「いい体験をしたね」、という内山の感想に口を噤《つぐ》んだ。

「君はいままで就職には恵まれなかったかもしれないが、おかげでそういう希有《けう》な体験ができたんだろうね。そんな君とこうして巡り合えたのは、何かの縁でしょう」

それは、いままで聞いたことのない前向きな発言だった。「この後社内で検討させていただき、ご縁があれば二次選考以降の面接日程について近日中に連絡します。本日はお疲れ様でした」

立ち上がり、深々と頭を下げる。いままで雲を摑むようだった人事面接で、はじめて明確な手応えを感じた瞬間であった。

7

「自慢じゃないが、オレには、銀行がカネを貸してくれないときの経営者の気持ちはよくわかる」

飯山は、自分の過去がそこに映し出されてでもいるかのように、湯飲み茶碗を睨み付けた。この日の夕方も村野が会社を訪ねてきてくれたので、飯山にも声をかけて今後のことを話し合っている。

「いくら業績が悪くても、カネさえあれば倒産することも、何かを諦めることもない」

社長室のソファの片側にかけ、飯山は続ける。「だけどな、そんな会社はないよ。無限にカネが使える状況なんかない。ま、エラソーにいっても、オレがそれに気づいたのは実際に会社をダメにしちまってからだけどな」

「無限にカネが使える状況はない、か」

そのひと言は、やけに宮沢の胸に響いた。

たしかにそうかもしれない。

たとえ大企業であっても、新しいプロジェクトに無限に資金を投入することなどありはしないはずだ。零細企業のこはぜ屋ならなおさらで、だからこそ、限られた資金源の中でうまく繰り回す必要がある。

「とはいえ、シルクレイの製造マシンは、このビジネスのコア部分でしょう。カネがないからという理由で、それを断念するんですか」

村野の言葉はあくまで丁寧だったが、熱い男らしい悔しさが滲み出ている。「アトランティスとの戦いはどうするんです。不戦敗ですか」

いつにない、厳しい指摘だった。「いや、アトランティスなんかどうでもいい。問題は、我々を信じてシューズを履いてくれている選手ですよ。茂木への供給を打ち切るというんですか」

宮沢は唇を嚙んだ。

もちろん、そんなことはしたくない。だが、気持ちだけで打開できるほど事態は甘くない。

「社長の思い通りになるんなら、経営は簡単だよな」

返答に窮した宮沢を見て、飯山が助け船を出す。「だが実際はそうじゃない。理想と現実の板挟みだ。村野先生もそこんところ、わかってやってくれや」

「わかりますよ、そりゃ」

村野は真剣そのものだ。「しかし、だからといって選手に迷惑を掛けるわけにはいかない。彼らは必死なんですよ。生きるために走ってるといっていい。生きるか死ぬかの戦いをしている彼らと付き合っていくためには、我々だって同じように生きるか死ぬかの覚悟が必要なんじゃないですか。でなければ、安易にシューズなんか供給すべきじゃない。カネのことはともかく、いま私がききたいのは宮沢さんにその覚悟があるのか、ということです」

心に鋭い刃を突きつけられた気がした。

息が詰まったまま、答えられない。

一億円もの設備投資は、こはぜ屋にとって重い。ともすれば従業員とその家族を路頭に迷わせることになる。

宮沢は、己の肩にどっと責任が降りかかってきた気がした。

「もちろん、できればサポートしたいと思っています」

宮沢が精一杯のこたえを口にしたとき、

「できれば？」

手にしたボールペンを、村野はぱちんとテーブルに置いた。両手を膝に置き、実直で誤魔化しのない視線が、宮沢を射貫《いぬ》く。「できなければ選手を切り捨てると？」

「茂木君には申し訳なく思っています」

宮沢は心からいった。「しかし、私は社長として社員たちも守っていかなきゃならない。彼らを路頭に迷わせるわけにはいかないんです」

「そうか……」

村野はいい、「ならばもう、我々の使命は終わったようですね」、といった。飯山に向けた言葉である。「飯山顧問は、今後どうするつもりですか」

「まあ……そうだな。このまま終わるんなら次の仕事を探すしかないだろうな」

ソファにもたれ、腕組みをしたまま飯山はいった。「ただ、あんたの気持ちもわかるけれども、オレは宮沢さんの置かれた立場も理解できる。機械がこうなっちまった責任がオレにあるからいうわけじゃないが、宮沢さんを責めるわけにはいかない。宮沢さんが選手たちや社員たちを支えようとしている気持ちは本物だろう。だけど、それができないんだ。生き残るためには何かを諦めなきゃならない。その苦渋の選択を迫られた人間の苦しみや悲しみがどんなものか。そういうこともわかってやって欲しい」

思いがけない飯山の言葉だ。「だけどな、これだけはいっておくぞ、宮沢さん。諦めたら、そこで終わる。なんだってそうだ。自分で終わりを決めるな。そんなものは単なる逃げだ」

そういった飯山の顔をじっと見据えていた村野だが、ふいに「もう失礼します」、そういって立ち上がった。

「このまま黙っているわけにはいかない。茂木には、私から話します。それでいいですね」

有無を言わせぬ口調に、宮沢はただ、自分を納得させるかのように小さく何度も頷くしかなかった。

村野がいた席がいま、ぽっかりと空いている。

空虚で、深い。宮沢にはそれが、心の中に開いた穴のように見えた。

「仕方ねえよ。結局、経営者の悩みは経営者だけのもんだ」

しみじみ、飯山はいった。「わかってもらおうなんて虫が良いんだぜ」

「そうかも知れませんが、村野さんにはわかって欲しかった……」

飯山からはすぐに返事はなく、宮沢は壁の一点を見据えた。

「徹底的に選手の立場になって考える。それが村野って男だ。だからいい。やけに物わかりのいい奴なんて、信用できるか？」

その通りだと思う。だが、

「あれだけ一所懸命に『陸王』を応援してくれたのに。チームなんて壊れるのはあっという間ですね」

またすぐに返事はなく、やがて、

「――かもな」

ぼそりと短いひと言が返ってくる。「だけど、その全てに責任を取らなきゃならない。いいときも悪いときも、それをまともに受け止めるしかない。厳しいようだが、そういうことだぜ、会社を経営するってことは。あんたには釈迦《しゃか》になんとやらだとは思うがね。銀行がカネを貸してくれないからとか、人のせいにするのは簡単だが、そんなのは所詮言い訳なんだよ。虚しいだけだ」

だから戦え――。そう飯山はいいたいのだろう。

できれば宮沢もそうしたい。

だが――どう戦えというんだ。宮沢は、ひたすら苦悩した。

8

「おい。これ、届いてたぞ」

練習の後、城戸監督から声をかけられてぽんと渡されたのは、『月刊アスリート』だった。先日、取材を受けた雑誌である。

「ありがとうございます」

礼を口にした茂木に、城戸は歩き去りながら、「ああ」、と低く応じただけでさっさと監督室のほうへ行ってしまった。いつもの城戸なら記事をネタに冗談のひとつも飛ばしそうなものだがそれもない。

掲載部分に付箋が貼ってあった。

茂木の小さな写真が入った簡単なインタヴュー記事だ。一時間は話したはずなのに、実際に掲載された分量は少なく、さらに驚いたことに読んでみると本当に自分が話したのかと疑わしいほどの内容になっていた。

——毛塚君は同世代最速のランナーでありぼくの目標です。ニューイヤー駅伝ではぼくが勝ちましたが、後で体調が悪かったと聞き、それでかと納得しました。

——京浜国際マラソンはいままでのことはリセットして走りたいと思います。結果を出して、毛塚君に再びライバルと認めて欲しい。

雑誌を持ったまま、茂木は首筋のあたりがかっと熱くなるのを感じた。

あの島という女性記者は、自分の質問と、そのときの茂木の答えを都合のいいようにつなぎ合わせて、茂木がいいたかったこととはニュアンスの違う記事を作り上げている。

記事はこう結んでいた。

〝かつて箱根の「山登り」でデッドヒートを繰り広げた茂木は故障を抱えて戦線を離脱。どん底からの復活を遂げ、毛塚への挑戦者の地位を確立すべく闘志を燃やす。〟

同じページに茂木だけでなく、あと二人、同世代のアスリートが名前とともに同じような記事のトーンで紹介されていた。そのページの見出しは、〝毛塚直之世代ランナー〟。あくまで毛塚の引き立て役としての扱いだ。

「いったい、なんなんだ、これは」

慌てて前のページをめくると、そこにはでかでかと毛塚の顔写真が掲載されていた。三ページにわたるロングインタヴューの中で毛塚は称賛され、これからの日本陸上競技界を背負うホープとして持ち上げられている。

城戸はこの記事を読んだに違いない。だから、あんな素っ気ない態度を取ったのだ。もしかすると、本当に茂木があんな受け答えをしたと勘違いしているかもしれない。

「冗談じゃない」

雑誌を握りしめ、慌てて監督室に向かった茂木は、ドアをノックした。

「失礼します。監督――！」

茂木が声をかけると、デスクで書類を広げていた城戸の顔が上がった。「この記事なんですが、私はこんな発言はしてません。内容がすり替わっていて、その――抗議したいんですが」

城戸は、デスクに両肘をついたまま茂木の目を直視した。

「放っておけ」

出てきたのは、予想外のひと言だ。

「しかし、これじゃあ、京浜国際マラソンに出場する動機までも歪んで伝えられて――」

「そんなものはどうでもいい」

城戸は断じた。「いいか、これが世の中に出るということだ。世の中とはそういうもんだ。もし、気にくわないんなら、力でねじ伏せろ。そのためには、自分の走りを見せるしかない。その走りで、毛塚を抜き去れ――。故障か体調不良か知らないが、そんな言い訳ができないように徹底的に打ちのめせ！」

怒りの焔《ほのお》が、城戸の目の中で燃え上がっているのを茂木は見た。

「そんなクソ雑誌に抗議する暇があったら、走ってこい、茂木。お前が納得できる状況は、お前の力で引き寄せるしかない。オレも、誰も助けられない。お前しかいないんだ。だからがんばれ！　死ぬ気で走れ！」

自分の視界を覆っていた皮膜に、城戸が投げかけた礫《つぶて》が穴を開けた。そんな気がした。

茂木は呆気にとられたように城戸を見据え、すっと大きく息を吸い込むと、二、三歩後ずさる。そこで体を直角にして頭を下げると、さっと踵《きびす》を返して監督室の外へ出た。

そのまま走りに出た。住宅街の人気のない静かな道をひたすら走る。靴音が折り重なる規則的な音を聞きながら、茂木は無心で走り続けた——心の中の雑音が消えるまで。どれくらい走ったろう、やがて寮に戻った茂木は、そこにひとつの人影が溶け込んでいることに気づいてスピードを落とした。別世界に放たれていた魂が現実に引き戻され、なおも走りながら街灯の下に立つ人に目を凝らす。

男がタオルを手渡した。

「お疲れさん」

村野の言葉に、茂木は「どうも」、と短く応え、続いて差し出されたスポーツ飲料のペットボトルを口にする。

「いつからここに？」

「一時間くらい前かな」

そんなに、と驚いた茂木に、「飯食いに行こう」、と村野は誘った。「着替えてこいよ」

9

村野と向かったのは、ほど近い商店街の中にある大衆食堂だった。たまに村野に誘われて行く家族経営の店だが、バランスのいい食事が摂れるのが魅力だ。

「話がある」

村野は注文を済ませたところで、茂木に告げた。「『陸王』、供給できなくなるかもしれない」

えっ、といったまま、茂木は言葉を失った。言われたことを咀嚼する以前に、思考そのものが停止してしまったかのようだ。村野は続けた。

「ふたつ問題がある。ひとつは、アッパーの素材を供給していたタチバナラッセルという会社がアトランティスに寝返った。条件は、いままでこはぜ屋が仕入れていた素材をストップさせ、アトランティスに独占的に提供することだ」

「そんな条件が——通るんですか」

アトランティスの名前が出た途端、茂木の顔つきが変わった。

「常識的には通らない」

村野には長年、シューズメーカーに勤務してきた知識と経験がある。「ところが、タチバナラッセルは設立間もない弱小企業で、売上げ欲しさに条件を呑んだ。こはぜ屋ではいま、代わりの業者を探しているが難航している」

「見つかりそうですか」

「いずれ見つかるかもしれないが、時期はわからない。だが、これはまだいい。懸案はもうひとつのほうだ——」

村野は、改まった様子で背筋を伸ばした。店の片隅にあるテーブル席だ。週半ばということもあって客の入りは半分ほどで、店内のテレビではバラエティ番組が流れている。

「いま、ソールが製造できなくなっている」

表情を強ばらせたまま、茂木は黙っている。「機械の故障——出火を伴う酷いもので、修理は不可能だ。製造を再開するためには、新たな設備投資が必要になる。だが、いまのこはぜ屋に、それだけの設備投資は負担が大きい。難しいだろうと思う」

「幾ら——必要なんです」

おそるおそるきいた茂木だが、約一億、という村野の返事に絶句した。

「宮沢社長は、どういってるんですか」

「悩んでるよ」

村野は運ばれてきた生ビールのジョッキを口に運んで、こたえた。「ただ、いまは二者択一を迫られている状況だ」

「二者択一……？」

戸惑うようにきいた茂木に、

「——事業の継続か、断念か」

村野はいった。「サポートを続けるために設備投資は必須だ。だがそれは、会社にとって負担が大きすぎる。ともすれば倒産の危険性も出てくるだろう。もし設備投資しなければ、こはぜ屋は以前通り、伝統的な足袋の業者として細々と事業を継続していくことができる」

村野は口を噤み、自分の言葉の意味するところを納得させるかのように茂木を見た。

「要するに、それがこはぜ屋にとって無難な選択だ」

「『陸王』はもう、作らないと。そういうことですか」

「決定ではないが――このまま行くと、その可能性が高い」

村野はジョッキを握る指に力を込めた。「本決まりじゃないのにこんなことをいうのは本来、良くないかもしれない。だが、今後のことを考えると、いま情報提供しておく必要があると思った。アンフェアなことはしたくない」

茂木はこたえず、じっとテーブルに視線を落としたまましばらくたっても顔を上げなかった。

「……そうですか」

そして、淋しげな笑みを浮かべる。「アトランティスの佐山さんの情報、間違っていなかったんですね。こはぜ屋さんは小さな会社だから危ないっていう、あの信用情報です。こうなってみると、佐山さんが正しかったことになっちゃうな」

「私も、まさかこんなことになるとは思わなかった」

村野は正直にいい、茂木に頭を下げた。「申し訳ないことをした。結果的に、君を混乱させるようなことをしてしまったと思う。京浜国際マラソンで履くシューズは、一から考え直したほうがいい」

茂木は激しく動揺した。

10

「袋小路に迷い込んじまった気分だよ」

深い嘆息が、宮沢の口から洩れた。いつもの「そらまめ」で、呑んでいる。宮沢の酒のピッチはいつもより速い。まだ呑み始めて三十分もしないのに、すでに生ビールの中ジョッキをふたつ空にし、いま焼酎のロックを追加でオーダーしたところだ。

テーブルの反対側には、この日、久しぶりにこはぜ屋を訪ねてきた坂本がいて、真剣な表情を浮かべて宮沢と向き合っていた。

「家長って支店長は、いつもウチのことを目の敵《かたき》みたいにして融資を渋ってきただろ。その男が、今度は貸さないのは親切だっていうんだから、笑える。それを真剣な顔でいうんだからな」

自棄《やけ》気味にいった宮沢は、グラスの酒を少し呑み、「坂本さんはどう思う。やっぱり、借りないほうがいいと思うか」、とそう尋ねる。

坂本から返ってきたのは、沈黙だ。

どう答えたものか、考えているのだろうか。再び酒を口に運びかけた宮沢だが、そのとき自分を見つめるやけにきつい眼差しに気づいて、グラスをテーブルに戻した。

「借りないほうがいいかどうか、という以前に、もっと重要なことがあるんじゃないですか」

坂本は、普段より幾分硬い口調でいった。「社長の意志はどこへ行ったんです。借り入れ過多になるからとか、担保がどうだとか、そんなことはこの際措いておきましょう。社長は、どう思っておられるんですか。この事業を継続したいのか、したくないのか。そこですよ、一番の問題は」

らしからぬ語調の強さに、宮沢はひそかに息を呑んだ。言い方は違うが、それは村野が宮沢に突きつけた質問とほぼ同じだ。

「もちろん、事業は継続したいと思ってるよ」

宮沢はいった。その気持ちに変わりはない。「だけど、それにはリスクがある。会社を倒産させてしまうかもしれないリスクだ。この事業がなくても食っていける。だが、会社がなくなってしまったら従業員とその家族が路頭に迷う」

「そう思うのなら、諦めるしかないですよ」

突き放した口調になって、坂本はいった。「それしかない。悩むことなんかないんじゃないですか。茂木選手には謝罪し、村野さんと飯山さんとの契約は打ち切る。開発チームは解散すると宣言すれば済む。違いますか」

思わず押し黙った宮沢に、坂本は続けた。

「いま、新規事業は存廃の危機に瀕していますが、万事順調に成長する事業なんかないですよ。これを乗り切ったとしても、また同じようにギリギリの決断を迫られるような状況がいつか訪れるでしょう。結局、会社経営なんてその繰り返しなんです。どこまで行っても、いつまで経っても、終わりなんか無い。でも、それは従来の足袋製造をやっていたって同じなんじゃないんですか。同じリスクをおかすのでも可能性があるほうがいい。宮沢さんはそう思ったから新規事業をやろうと思ったんじゃないんですか」

宮沢は、瞬きすら忘れ、真正面から坂本を見据えた。

そうだった。

伝統的な足袋製造業にこだわる閉塞感。縮小する市場、鳴かず飛ばずの業績、微々たる利益――。

そこに限界を感じていたからこその挑戦だったはずなのに、いつのまにかその状況が逆に安定したものに思えていた。

「なにやってんだ、オレは！」

自己嫌悪の思いを吐き出した宮沢は、舌打ちとともに天井をあおぐ。「なんとか、ならないか……」

呻く宮沢に、坂本が硬い表情のまま、改まった調子でいった。

「折り入って提案があるんですが、聞いていただけませんか」

すっとひとつ息を呑んだ坂本の目に強靭な意志が宿ったかと思うと、思いがけないひと言が発せられた。

「会社を――売りませんか？」

第十六章　ハリケーンの名は

1

かすかな混乱を見せた宮沢に、坂本はなおも真剣に続けた。

「会社を売る、というと全て手放してしまうようなイメージをお持ちかも知れません。ですが、そんな買収ばかりではないんです。たとえば、資本を受け入れて買収企業の傘下には入るけれども社長としては続投するとか、従業員の雇用は守るとか、交渉次第で条件は様々で——」

「売る……？」

「私に雇われ社長になれというのか」

説明を遮って、宮沢はいった。

「気分を害されたのなら謝ります。申し訳ありません」

坂本は頭を下げた。「ですが、考えてみてください。大手資本の傘下に入れば、資金問題はまず片付くでしょう。シルクレイを継続して製造することができます。大手企業の資本系列会社としての信用も増す一方で、従業員に対しては雇用の安定、それに百年続く足袋製造業者というだけではない、新たなブランドが加わることになるんです。少なくとも、検討される価値はあるんじゃないですか」

挑むような眼差しが、宮沢に向けられた。「重要な問題です、社長。せめて話を聞いていただきたい。検討された上でお断りになればいいんです」

「いったい、ウチの会社を買収したいというのはどこだ」

問うた宮沢に、「弊社と取引のある一社ですが、この場ではいえません」、と坂本はいった。「明日、改めて会社に伺い、秘密保持契約を結ばせていただけませんか。その場できちんと説明をさせてください」

「わかった」

宮沢は手帳を出して翌日のスケジュールを確認する。「明日の午後四時以降であれば」

「伺います」

そうひと言いった坂本は、それ以上、この話について触れることはなかった。

その翌日——。

約束の時間通りに現れた坂本は、カバンから秘密保持契約書を取り出して宮沢の前に滑らせた。

署名捺印《なついん》したものを返すのと引き換えに見せられたのは、一通のパンフレットである。

「こはぜ屋さんに興味を持っているのは、この会社です」

「フェリックス……？」

パンフレットにある社名を、宮沢は口にした。たしかアメリカに本社を置くアパレルメーカーだ。アウトドア関係の同名ブランドを展開している新興企業ではなかったか。

そんな会社がなぜ、こはぜ屋に目を付けたのか。

「ご存じかどうかわかりませんが、フェリックスの社長は日本人なんです」

坂本がいった。「日本の大学を卒業して渡米し、現地企業で働いた後に創業された方でして」

パンフレットによると、社長の名前は御園丈治《みそのじようじ》。生年月日を見ると宮沢よりも五歳ほど若く、まだ四十代だ。その事実に、少なからず宮沢はショックを受けた。

創業してまだ歴史の浅い新興企業が、百年続いた老舗ののれんを買おうというのである。感じたのは、資本力の差というより、社長としての手腕の差だ。

写真の御園は、紺色のスーツに白いシャツの、ノーネクタイの男だ。強く結ばれた口元、そして目に宿る強い光に、辣腕創業者たる雰囲気を漂わせている。

その顔を見たとき、そういえば以前、何かの雑誌で見かけたな、と宮沢は記憶を探り始めた。

記事の具体的な内容は忘れたが、積極果敢なベンチャー企業経営者としてのイメージに、自分とはほど遠い存在だと思ったことだけはなんとなく覚えている。

「なんで、ウチなんだ」

宮沢は浮かんだ疑問を口にした。「アメリカに本社を置くグローバル企業なんだろう。埼玉の片田舎にある、こんなちっぽけな会社を、なんでわざわざ買収しようとする」

「それだけのニーズがあるからです」

「ニーズ？」宮沢は問うた。

「フェリックスブランドなら、『陸王』はもっと売れる。御園さんはそう考えていらっしゃいます」

「それはつまり、こはぜ屋ではなく、フェリックスの製品として売れと？」

会社が呑み込まれる。

そう思った。そうなれば、百年続くのれんの、実質的な終焉《しゅうえん》である。

低く唸り、瞑目した宮沢の耳に、「オーライ、オーライ」、という安田の声が聞こえる。構内に入ってくるトラックのエンジン音、あけみさんと大地がなにやら話す声がそれに被《かぶ》さりはじめた。

長閑《のどか》な、当たり前すぎるほど当たり前な平日の午後が、ふいにいとおしく感じられる。

従業員三十名ほどのちっぽけな足袋製造業者であるこはぜ屋。

それが宮沢が先代たちから引き継いできた家業であり、社員は皆、家族同然だ。その会社を見ず知らずの人間に売るといったら、皆、どんな思いでそれを聞くだろう。

「カネのためには売れないよ」

絞り出すように、宮沢はいった。

「お気持ちはわかります」

神妙な表情で坂本は頷いた。「それでも一度、御園社長と会って話を聞いていただけないでしょうか。ぜひ、お話がしたいと、御園社長もおっしゃってまして」

「話したところで、時間の無駄になるだけじゃないか」

否定的な返事を宮沢はしたが、坂本はひき下がらない。

「それでも構いません。御園社長にしてみれば、『陸王』を開発されたご本人と会って話してみたいという思いもあるようなんです。お互い経営者同士です。こうした話は脇においても、会って話すこと自体、有益なことなんじゃないでしょうか」

そうだろうか。

片やグローバルに展開しているアパレル企業の経営者。片や、しがない足袋製造業者。あまりにも違いすぎる。

「御園社長は日本法人の経営を見に、ちょくちょくいらっしゃっています。もし、来週の火曜日から金曜日の間で時間をいただけるようでしたら、ぜひ食事でもと御園社長はおっしゃっています」

宮沢は少し考え、

「食事をするのは構わないが、この話にはあまり積極的ではないとしっかり伝えておいてくれよ」

そう返事をした。

会社買収の話はさておき、御園が果たしてどんな男なのか、微かな好奇心に動かされたということもある。

「わかりました。先方の意向をきいてみます。お時間をいただき、感謝します」

そういうと坂本は、丁重に頭を下げて帰っていった。

2

クルマで駅まで坂本を送り届けて帰社すると、書類から顔を上げて富島がきいた。

「坂本さん、何の用事だったんですか」

「ああ、ちょっと『陸王』のことでね」

曖昧にこたえた宮沢に、

「忙しいのに、わざわざですか」

富島はほんのわずか疑問の表情を浮かべただけで、デスクワークへと戻っていく。

坂本の来社理由は、口が裂けても富島にはいえない。いや、富島だけではなく、社の誰にも話すことはできない。これはあくまで、坂本と宮沢、そしてフェリックスの御園との秘密事項である。が、その秘密を抱えていることで、宮沢は社員たちとの間に目に見えない壁ができたような気がした。それはいままで体験したこともないような息苦しさを伴って、宮沢の心に迫ってくるようであった。

「社長——」

自室に戻りかけた宮沢は、そのとき安田に話しかけられて足を止めた。「ちょっとご相談したいことがありまして」

話しにくそうに切り出した安田を、手振りで社長室へ促し、向かい合う。

「今度の京浜国際マラソンのことなんですが、どうされますか」

「どうするとは?」

坂本からの買収話から頭を切り替えて、宮沢はきいた。

「あけみさんたちが、茂木選手の応援に行きたいといってるんです。ただ、設備投資の件があるんで、どうなのかなと」

微妙な問題であるだけに、安田も慎重な口ぶりだ。「前回のニューイヤー駅伝では、『陸王』を履く履かないにかかわらず茂木選手を応援しようというスタンスだったじゃないですか。今回も同様でいいのかどうか、そこをお伺いしたくて」

苦いものが腹に広がるのを感じ、宮沢は押し黙った。

是非とも頼む——そういいたいところだが、そのひと言は喉のどこかにひっかかってなかなか出てこない。

選手のサポートができなくなるかもしれないのに、応援を継続することが果たして妥当なのかどうか。〝上っ面〟だけの応援が誤解を与えることはないか。それがかえって茂木に対して失礼にならないか。

「なあ、ヤス。事業の継続についてなんだが――」

いいかけた宮沢に、

「厳しいって、おっしゃりたいんでしょう」

安田は先回りしていった。「あけみさんたちも、それは承知の上なんですよ。それでも応援したいっていうんです。茂木選手への思い入れを断ち切れないというか。頑固ですからねえ、みんな。一旦、こうと思い込んじまうと、なかなか後へは引かないっていうか」

宮沢は目を伏せ、吐息をひとつひとつ洩らした。

こうした小さな齟齬《そご》のひとつひとつが、自分の手腕の無さの裏返しだ。

「みんなが応援に行きたいというのなら、それでいい」

顔を上げ、宮沢はいった。「ただし、こんどのレースではおそらく、茂木君は『陸王』は履かない。そのことだけは覚悟しておいてくれよ」

茂木には、村野からこはぜ屋の現状がすでに伝えられている。茂木はアトランティスに戻るでしょう、というのが村野から聞かされている話だ。

「わかりました。しかし社長――」

安田は、遠慮がちな目を宮沢に向けてきた。「何か方法はないんですか。確かに、いまのウチにとって一億円もの設備投資は負担が大きいかも知れません。でも、それをやんなきゃ、この先へ進めないと思うんですよ」

いつにない深刻な口調だ。

「そうだな」

背筋を伸ばした宮沢は、腕組みをして天井を見上げた。「できればオレも、やってみたい。ただ、どうしてもうまく行かなかったときのことを考えちまうんだよなあ。もし、『陸王』が計画通り売れなかったら、それだけでウチの資金繰りは一気に行き詰まっちまう。それが怖いんだ、オレは」

すると安田は、やけに真剣な顔で宮沢を見、

「オレたちのために、すんません」

といった。

「別にお前らのためだけってわけじゃないよ」

慌てて宮沢はいったが、そのとき安田が悔しそうに唇を噛んでいるのを見て、思わず継ごうとした言葉を呑み込む。

「まあ、会社が小さいってことは何かと苦労するな」

言葉を濁しながら、だから会社を大きくするための勝負だったんじゃないのか、という自己矛盾としかいいようのない思いが胸を衝《つ》いてくる。

できるかどうかは別の問題で、やるかやらないかをまず決めるべきだというのはわかる。だが、実際には不安とマイナス思考の泥沼に填《は》まり、前向きになれない。

坂本がいっていたフェリックスの御園という男は、自ら創業した会社を一代で国際的なアパレル企業に育て上げたという。一方、世の中の足袋離れを横目に、伝統だ、百年ののれんだといいながらジリ貧の経営を続けてきた自分は、結局のところその伝統というひと言に逃げ込み、言い訳にしていたに過ぎなかったのではないか。

会社の経営なんてのは、ある種才能だ、と宮沢は思う。

才能のある経営者は、どんな会社であろうと成長させ、大きくできる。ならば、成長させることも、見切りを付けることもできないまま、細々と身代を守ってきた自分はいったいなんだ。まさに、無能な経営者そのものじゃないだろうか。

そう思い至った瞬間、

「オレのほうこそ、すまんな、ヤス」

そんな言葉を口にしていた。「オレみたいなのが社長をやってるばっかりに、振り回しちまって。申し訳ない」

苦々しい思いに顔をしかめる。

本当に自分に才能がないと思うのなら、御園の経営手腕に任せるべきじゃないのか。

零細企業に甘んじてきたこはぜ屋だが、フェリックスの傘下に入れば、一足飛びの成長を遂げるかもしれない。ならば、せめてその道筋を付けてやることが、経営者たる自分の仕事なのではないか。本当に才能がないと思うのなら、潔く身を引くのも、ひとつの考え方じゃないのか。

肝心なことは、生き残ることだ。

家業だからとか、百年ののれんとか、そんなことになんの意味がある。

家業にしがみつき、のれんを大事にしてきたといえば聞こえはいいが、業績は鳴かず飛ばず。果たしてこれで従業員や家族は満足なのか。

「別に社長のせいじゃないですよ。今回のことは、仕方が無かったと思います」

心の優しい男である。「じゃあ、あけみさんには応援、オッケーだっていっときますから」、といって安田は部屋を出ていった。

ドアが閉まると、宮沢はデスクに突っ伏して頭を抱えた。

3

坂本から指定された店は、新宿駅に近い和食の店であった。

駅から徒歩七、八分。雑然としたエリアの半地下に入っている店で、通された個室にはすでにふたりの男がいて宮沢を待っていた。

ひとりは坂本。そしてもうひとり、宮沢が入室するなり立ち上がった男は、

「はじめまして。御園と申します」

折り目正しく腰を折った。

フェリックス社長の御園丈治その人である。若くして自らのアパレル企業を成長させた御園だが、見た目の印象は、きらびやかさとは無縁だ。スキのないスーツ姿ではある

が、気取ったところは少しもない。

「こはぜ屋の宮沢です。本日はお招きいただきありがとうございます」

自らも丁重に頭を下げた宮沢は、勧められるまま椅子にかけ、改めてテーブルを挟んで御園と対面した。

「坂本さんを介して、ぶしつけな提案をしてしまい、失礼しました」

もう一度頭を下げた御園に、

「こちらも、いろいろと事情がございまして。その辺りのことを坂本さんはよくご存じですから、それで取り次がれたんでしょう。御園さんのことは、以前雑誌のインタヴュー記事を拝読して、存じ上げておりました。こうしてお会いできて光栄です」

そういうと、

「いやあ、どんな記事かはわかりませんが、実はインタヴューというのはくせ者でして」

御園は苦笑した。「記者やライターといった連中は、先入観で話を聞くもんだから、どんな話をしても、結局、豪腕の経営者風に書かれてしまうんですよ」

生ビールで乾杯しながら、たしかにそんなふうに書かれていたなと、宮沢は黙って話の続きを待つ。

「私は、一旦挫折した人間なんですよ」

御園は意外なことをいった。「アメリカに憧れて高校時代に一年間、留学していたんです。その後帰国して日本の大学を卒業したんですが、就職先にはニューヨークに本社があるアパレル企業を選びました」

宮沢も知っている会社の名を御園は口にした。服一着が何十万円もする高級ブランドである。

その高級ブランドの会社に五年、若くしてマネージャーにまで登り詰めた御園だが、そこが他社に買収された後、新しい経営者の戦略になじめず退社を決意、新天地として選んだのは当時アメリカで成長していた、とあるスーパーマーケットだった。

金持ち相手の高級ブランドから、日用品を扱うスーパーへの、大胆な転職である。

「ところが、私はずっと退職した高級ブランドのことが忘れられませんでした」

御園は当時のことを思い出し、しみじみといった。「スーパーマーケットで任されたのは、新規出店のプロジェクトです。候補地を調べ、商圏内の住宅地を回り、競合相手を確認し、さらに地元の役所と交渉する。ただ一律にメガストアを出せばいいとは私は考えていませんでした。地域によって求められているものは違うはずで、たとえば八割は他のストアと同じ品揃えにしても、残りの二割にその地域ならではの特色を出して差別化を図るんです。そこが難しかった」

「具体的にはどんなことをされるんですか」

知らず知らず御園の話に引きつけられ、宮沢はきいた。

「たとえば、地元で人気のあるハンバーガー屋さんがあるとするじゃないですか。そういう店を見つけて出店してもらうわけです。だいたい、新規出店の費用がないとか、いろんな事情を抱えているわけですけど、それをクリアしてやれば、ストアの人気店になったりします。さらに、同じレストランでも、地域によってメニューを変えたりもします。そういう細かい戦略立案が私は得意だったんです。最初のうちは無我夢中でしたが、ふと気づくと、三年目になっていました。たしかにそれはおもしろい仕事でしたが、やっぱり最初に就職した会社のことがずっと頭を離れなかったんです。もう一度、ブランド品を扱う仕事をしてみたい。そのために転職も考えましたが、スーパーマーケットの仕事でそれまでになかった流通の経験と知識、それに人脈も得た私は、いっそ自分で創業してみようと考えたんです」

「それがフェリックスですか」

テーブルに置いたままの横書きの名刺を改めて見ながら宮沢がきくと、

「いいえ」

という意外な返事があった。

「別の会社です。ジャニスという社名でした」

「ジャニス？」

ふいに、御園の表情に翳《かげ》がさしたように見えた。御園は続ける。「当時私は三十歳で、前の会社で知り合ったデザイナーだった妻とふたりで、その会社を立ち上げたんです。自宅兼本社をフロリダに置き、妻がデザインしたバッグを製造販売する会社です。ジャニスという会社名はそのままブランド名でもありましたが、それは妻の名前でした」

御園の声は深く沈鬱になっていき、その声は図書室の会話のように潜められた。「当時の私は自信満々で、高級バッグを売るための誰にも負けないノウハウがあると自負していました。最初の仕事で身につけたブランド戦略と、二番目の仕事で磨いた流通のノウハウにマーケティング力さえあれば、必ず売れるはずだと。準備は周到に進めました。最初にしたことは、妻とふたりでドイツに行き、そこで最高品質の革を仕入れてのサンプル品作りです。最終的には直営店を出すのが夢でしたが、まずは高級百貨店のバイヤーに気に入ってもらわなければはじまりません。そうやって販売ルートを固め、ブランドイメージを打ち出す様々な工夫を凝らしたんです。その戦略は当たって、ジャニス自身の手作業で製造したバッグは瞬く間に売れ、少数ながらも顧客の信頼を得ることに成功しました。それでようやく次の段階として私は銀行からカネを借りて小さな工場を作り、量産体制の第一歩を踏み出したんです。そこまではよかった。ところが、そこで思いがけない壁にぶつかることになりました」

運ばれてきた吸物に手も付けず、御園は深い吐息を洩らした。「デザイナーとしての、ジャニスの葛藤です。会社設立から一年ほどして彼女は、デザインの雰囲気を変えると言い出しました。いままでの作品は、私のイメージに合わせて作っただけで、自分本来のものではないと言い張るんです。私は当然、反対しました。せっかく上々の立ち上がりを見せたブランドです。そのデザインやイメージで顧客がつきかけているのに、そこでイメージやコンセプトを変えてしまったら、それまでの顧客を裏切ることになってしまう。それまで築き上げてきたものをぶちこわすのと同じです。ところが、ジャニスはそれを聞き入れませんでした。かといって、毎月の借金返済を抱えている身としては、そこで立ち止まることも許されません。結局、私が折れる形になり——そもそも彼女の名前をブランド名に冠しているんですから——彼女の新デザインを採用することにしました。これは大きな賭けです。しかし、私が予想した通り、新たにデザインされたものはあまりに斬新すぎました」

重い沈黙が挟まった。御園が話しているのは、封印したいような過去の失敗だろう。だが、それを話さないことには本当の自分を知ってもらうことはできないとでもいった決意が、目の底に渦巻いているのが見えるようだ。

「それで、その会社はどうされたんです」

息を呑みつつ尋ねた宮沢に、

「最初についた顧客のリピート率は、惨憺たるものでした。顧客に支持されなければ、バイヤーの支持も得られません。結局、新たな販売ルートと協力者を求めて、アメリカ中を飛び回らなければならなくなったんです。だけども、それも長くは続きませんでした。まったく世の中には、予想もつかないことが待ち受けているものです」

そこで再び、御園は重々しく息を洩らした。「妻が——亡くなったんです。新しいデザインイメージを求めてメキシコに出かけているとき、ハリケーンに遭遇しました。カテゴリー5という巨大ハリケーンで、数百人の死傷者を出したんですが、妻もその犠牲者のひとりです。その段階で、私は全てのものを失いました。妻も会社も、財産も。私には何もなくなり、まさに失意のどん底でもがき苦しむことになりました」

いま御園は、そのときの心情に再度浸っているかのように苦しげに顔を歪めた。「私を救ってくれたのは、かつてパーティで知り合ったベンチャーキャピタリストのひとりです。彼は私の窮地を知って、もう一度、やってみる気があるのなら資金を提供するといってくれました。投資会社は事業計画に投資するんじゃない、人に投資するんだと。そのひと言がどれだけ有難かったことか。そこから、私の再チャレンジが始まりました。そして創業したのがフェリックスです」

その会社を、わずか十数年の間に、一大企業に成長させた御園の手腕は本物だ。

「順風満帆の人生なんて、ないですよ」

いま御園はしみじみといった。「とくに経営はそうだ。いつだって苦しい。いまもです。だけど、私には全てを失った経験がある。絶望を知っていることが、いまや私の強みになり、欠かせないアイデンティティになっているというのはなんとも皮肉なことです」

運ばれてきた冷酒のグラスを口元に運び、御園は、昂揚した気持ちを鎮めるかのように一口、飲んだ。

御園が一気に語る過去に宮沢は気圧《けお》されたようになり、ただひたすら頷きながら聞き入るしかない。

同時に宮沢が感じたのは、自らの人生との差である。御園は、アメリカに憧れそこでの成功を夢見て単身、渡ったといった。だが、一方の自分はといえば、いままで五十年余の人生の大半を行田で過ごし、そもそも何かに憧れて挑戦するということ自体、まったくといっていいほど無かった。

いつも、宮沢の前には次に進むべき道が準備されていた。学校を出て、百貨店で修業をし家業を継ぐ。準備されたレールの上を、はみ出すことなく安穏と歩んできた。それが宮沢の人生だった。

生まれたときから、そして社長になったときから、「こはぜ屋」ののれんに宮沢は守られていた。だが同時に、そののれんは、宮沢を新たな挑戦から遠ざける囲いの役をも果たしていたと思う。

宮沢にとって、その囲いを乗り越え、新たな地平へと踏みだそうとした初めての試みが、「陸王」だった。

だがいま、そのたったひとつの試みさえままならず、抱いた夢も、現実の厳しさの前にかすみ、見失いそうになっている。

果たして、自分に無く、この御園にあるものがあるとすれば、一体それはなんだろうか。

知識か、才能か。志か、根性か。

そのどれについても宮沢は御園には及ばないかもしれない。けれども、御園と宮沢を決定的に分けているものは、もっと他にある気がした。

ある種の覚悟だ。

しかもそれは、死を見据えるような研ぎ澄まされた覚悟だ。

「いままでのことはよくわかりました」

改まった口調で、宮沢はいった。「そうやってフェリックスを一大企業に育て上げられた功績はすばらしいと思います。私など到底足下にも及びません」

別にお世辞でもなんでもなく、宮沢は思ったままを口にした。「ひとつ、お伺いしたいんですが、フェリックスという社名はどこからとられたんですか」

そう問うと御園は顔を上げ、遠くを見つめるような目を宮沢の背後に向けた。なんでもない空間を眺めたその僅かな間に、この男の心の奥底を何かが過《よぎ》っていったように、宮沢は思う。

「フェリックスというのは、妻の命を奪ったハリケーンの名前です」

御園はいった。「決して忘れられない、忘れてはならない私の原点であり、人生の墓標のようなものです。だからこそ、あえて私は自分の会社にこの名前をつけました。会社を経営していると、打ち負かされそうになる壁に幾度となくぶつかります。だけど私は負けない。フェリックスというネーミングは常に、この運命に挑戦し、打ち負かしてやろうという怒りのようなものをかきたててくれる。つまりそれが、私の原動力なんです」

御園の眼底に、最初に感じた穏やかな人柄とは無縁の、どろりとした感情が緩く渦巻いている。

それは、この男の凄まじいまでの情念そのままに、不気味な迫力を持って宮沢に訴えてくるようであった。

「あなたは恐ろしい人ですね、御園さん」

自分でも驚いたことに、宮沢はそう呟くように口にしていた。

この男は、常に過去と戦い、成功することでそれを否定しようとしている。だが、それは決して、勝つことのない戦いなのではないか。そこに御園の抱える巨大なジレンマがあるに違いない。宮沢にはそう思えて仕方が無いのであった。

だがいま、

「なにが恐ろしいもんですか。私はただの一経営者に過ぎませんよ」

そういったときの御園は、いまし方見せた昏《くら》い感情の余韻すら見せぬ、からりとした表情に戻っていた。

「いまのお話で、御園さんの人となりがおぼろげにですが、わかってきた気がします」

宮沢はいった。「しかし、根本的な話になりますが、御社にとって、ウチを買収することにどんなメリットがあるとお考えですか」

御園から、束の間見せた穏やかな表情が消えた。

「単刀直入に申し上げると、一番興味があるのは御社の技術力です」

足袋の縫製技術を買うためにわざわざオファーするわけもない。「技術」が何を指すかはあえてきくまでもなかった。

「シルクレイが御社の事業に貢献できると」

「その通りです」

御園はいい、傍らの椅子に置かれた封筒を手にした坂本が、中から何かを取り出して手渡してくれるのを待った。それは同社の製品カタログで、御園が開いたページには、アウトドア用のウェアなどが写真入りで掲載されている。

「たゆみない品質向上は、弊社設立以来のテーマです。このカタログに掲載されているのは製品の一部ですが、弊社には様々な用途に応じたシューズがあります。たとえば耐久性を重視したトレッキング用シューズ、濡れた岩で滑らないよう、底にフエルトを貼り付けたフィッシング用のシューズ、同じランニングシューズでもトレイル用に特化したシューズ、その他にもサンダル、ブーツ——。求められていることは共通しています。履きやすくて軽くて丈夫。そしてエコであること。安さを売りにするつもりは最初からありません。フェリックスはそういうブランドではないんです。本当に自然を愛する人たちで、少し値段は高くても、真にいいものを求めている——。それがウチのお客様です。そのニーズに、御社のシルクレイはぴったりと填まる」

御園は、熱弁を冷ますかのように運ばせたグラスの水を口に含み、椅子の背にもたれると改まった目を宮沢に向けた。「自分でいうのもなんですが、私自身、相当研究熱心なほうでしてね。ずっと市場を眺めて、自社製品に合った素材がないか探してきたんです。そんなあるとき、友人のひとりが、おもしろいシューズがあるといって、御社のシューズを紹介してくれました。それで先日来日したとき、探し当てたプロショップで買い求め、R&D――日本語でいう研究開発部門の研究者たちに渡して評価させました。私がインプレッションを尋ねたときの、彼らの興奮をあなたに見せたかった」

御園はそのときのままに目を輝かせ、宮沢を見ている。「正直に申し上げると、最初に私が命じたのは、この素材と同じかそれ以上のものを社内で開発しろということでした。日本の片田舎にある小さな会社が――失礼――作れるんだ。できないはずはないと。するとR&D部門の責任者がいったんです。開発には莫大な時間と費用がかかるでしょう。仮に五年以上後でもよければ我々にもできるかもしれない。しかし、戦略上いますぐに必要であれば技術を買ったほうが早い、と」

御園は、こはぜ屋を買収することによって、時間を買おうとしているのだ。「私は即座に、買収を検討させました。技術者とマーケティング担当、それに財務担当からなる検討チームを立ち上げ、情報収集をした上で様々な観点から検討を加え、最終的な結論を導き出したんです」

御園は背筋を伸ばし、改まった口調になった。「宮沢さん、ウチと一緒になりませんか。もし、承諾していただけるのなら、すぐにでも出資する準備があります。誤解無きよう申し上げておきますが、社長は宮沢さんが続投されればいい。足袋製造といういままの業態を続けていただいて結構。いや、むしろそこにも、弊社の高級品に限定した縫製工程をお願いすることもできると考えています。もし、前向きに検討していただけるのなら、具体的な提案をさせていただきたいと考えております」

どう返事をしていいか、宮沢は迷い、

「ちょっと待ってください」

右手を差し出すようにして、御園を制止した。「さきほど情報収集されたとおっしゃいましたが、おそらく御園さんもご存じない状況に弊社は直面しておりまして――」

「機械の故障の件ですか」

驚いたことに、御園は、知っていた。

坂本か。

そう思って坂本を見ると、自分と同じ驚愕の色を浮かべている。

「いったい、どこからそんな情報を。こちらの坂本さんではなさそうですが」

「どこかは申し上げられませんが、ちょっと小耳に挟んだものですから」

こはぜ屋の社員と接触したとは考えられない。だとすれば村野あたりか、とも思うのだが、そこまでフェリックスが情報収集の手を伸ばしていたとは思えなかった。そうであれば、宮沢の耳に入るはずだ。

「故障のお話を伺い、まったく余計な口出しですが、御社独自で設備投資をされるには少々荷が重いのではないかと思いました」

御園の意見は単刀直入だ。「大量生産を前提に考えるのなら、設備は大型のしっかりしたラインが二本、ないし三本必要だ。数億円規模の投資をする必要がある。しかも、一気にです。シルクレイを大量に生産し、市場に流通させるためには、いまの生産規模ではインパクトに欠ける。ウチのフットウェアの専用素材として大量に製造していただき、シルクレイという技術そのものを世の中に知らしめる。ゴアテックスのように、それ自体がひとつのブランドになるようにするんです。こはぜ屋イコール、シルクレイ。そして世界中にあるフェリックスのショップでそれを売る。競合が出る前に」

そこが肝心なところだといわんばかりに、御園は右手の人差し指を立てた。「どんな素材も、永遠にトップの座にいられるわけじゃありません。イノベーターとして先行利益を得られる期間は、そう長くはないと思ったほうがいい。いま最高の素材が、数年後も最高の素材とは限りません。我々のライバルもまた、日々新素材の開発に勤《いそ》しんでいる。彼らは、シルクレイを見、とことん研究し尽くし、さらにいいものを世の中に送り込もうとするでしょう。それに対抗するためには、また新たな設備投資が必要になる。御社にとって、弊社と一緒になるメリットはそこです。アトランティスがライバルだと伺いました。正直、いまは象とアリでしかないでしょう。だけども、ウチと一緒になれば、関係は対等か、それ以上になる。彼らよりも優れたマーケティング力と開発力が弊社にはあります。宮沢さんたちからのフィードバックを生かし、次の一手を迅速に打てるだけの資金力もある。悪い話ではないと思いますが」
御園の弁舌に、宮沢は圧倒される思いだった。たしかにその通りだ。理にかなってい
る。
断るつもりでここに来た。
だが、その意思はいま、ぐらつき始めている。
この男の人間性には明らかに踏み込めない領域がある。理解できない部分も少なから
ずあるとは思う。だが、いまこの男が展開した論理には、傾聴に値するビジネス上の真
理が息づいているのではないか。
宮沢の気持ちの中で、百年ののれんが揺れ動いている。
しかし、御園の話を頭で反芻した宮沢に、ひとつ疑問が湧き上がったのはこのときで
あった。
「シルクレイをそれほどまでに評価していただいたのは、本当にうれしいし、有難いこ
とだと思っています」
宮沢はいった。「しかし御園さん、あなたはひとつ勘違いしておられると思う。あの
シルクレイという技術は、弊社のものではありません。技術を持っているのは社外の方
なんです。であればその方と交渉すれば御社もシルクレイを製造することができるはず
です。そのほうが遥かに効率的なんじゃないですか」
「シルクレイの特許がどなたのものであるかは、よくわかっているつもりです」

御園はやはり、その点も調べ上げていた。「ですが、弊社が欲しいのは、シルクレイの特許だけでなくその製造ノウハウで、それは御社にある。御社では実際、シルクレイを製造されているわけですし、私はその実績を高く評価しています」

「そうですか。まあ、御園さんがそうおっしゃるのなら検討してみましょう」

頭のどこかに釈然としない何かを感じつつ、宮沢がこたえると、御園は新たに冷酒を運ばせ、うやうやしく掲げた。

4

その夜遅く、宮沢が自宅に戻ると大地がリビングにいて缶ビールを前にソファに座っていた。この時間には自室にこもって音楽を聴きながらパソコンで何かをやっていることが多いのに、珍しいなと思ったら、

「おにいちゃん、面接、うまくいったらしいよ」

上着を脱いでいる宮沢に、娘の茜が耳打ちした。

午後十一時台から始まるニュース番組が流れている。くつろいでそれを見ている大地に、

「どうだったんだ」

そう宮沢は声をかけた。

「なんとなく、いい感じじゃね？」

表面上は素っ気なさを装ってはいるが、得意気なのが表情に滲み出ている。その顔を一瞥し、

「よかったな」

そういった宮沢に、「それとさ、今日一軒、ウチに素材を卸してもいいっていう会社、あったけど、どうする」

真意を測ろうとでもするかのような大地の視線に、宮沢は浮かべかけた笑みを消した。

「どこだ」

「タテヤマ織物さん」

「本当か」

宮沢は思わずきき返した。タテヤマ織物は、中堅の織物業者だが技術力には定評がある。ただし、取引先の選別が厳しい優良企業だという評判で、こはぜ屋など交渉の緒にもつけないだろうと決めつけていた会社だった。

「おい、ウチの設備が稼働してないことは説明してるよな」

心配になった宮沢が念を押すと、「当たり前じゃん」、というあきれ顔でこたえた大地は、そのときのことを話して聞かせた。

「シューズのアッパー素材、ですか」

その男は、大地が出したパンフレットをしげしげと眺めた。檜山和人《ひやまかずと》という名の資材

営業部長だ。三十代半ばだが、若くて部長になるだけあっていかにもやり手という印象の男である。零細企業であるこはぜ屋相手に偉ぶるところは微塵もなく、それは丁寧な言葉遣いにも表れていた。

「販売規模はどのくらいですか」

「事業としてはまだ始まったばかりというか、これからのところなんです」

大地はいままでの経緯を包み隠さずに説明し、設備投資に踏み切るかどうかの状況であることも付け加えた。

「要するに、設備が完成して再生産のあかつきにはウチから素材を仕入れたいと」

それなら生産準備が整ってから来い——。そういわれるだろうと予測した大地の前で檜山はしばし沈黙した。そして、

「これが実物ですか」

大地が差し出したサンプルの「陸王」を手にすると、

「おもしろいな」

とそういった。「これでアトランティスと渡り合おうというわけですね」

「実際に、ダイワ食品の茂木選手とはサポート契約しているんです。檜山さんは駅伝やマラソンなどはお好きですか」

「ええ、好きでよく見ていますよ」

檜山のこたえに、大地はうれしくなった。

「今年のニューイヤー駅伝はご覧になりましたか。第六区で、茂木選手がライバルの毛塚選手との接戦を制して区間賞をとったんです。そのとき履いていたのがこの『陸王』です」

聞きながら檜山は、シューズの中に手を入れ、使用されているアッパー素材に指先で触れている。どの程度の品質レベルなのかを確かめようとでもするように。

「なるほど、わかりました」

シューズを大地に返しながらいった檜山のひと言には、この話の全てを見切ったような響きがあった。

断られるか。

内心身構えた大地に、

「前向きに検討させていただきます」

予想外の返答があった。「このシューズは、ある意味ブレークスルーですね。一応、社内で検討しますが、私としては、ぜひお願いしたい」

「ありがとうございます」望外の評価に、思わず大地は頭を下げていた。

「そちらの設備の話が進んだところで、具体的な条件について詰めましょう。それでよろしいですか」

「もちろんです。そうしてくださると助かります」

楽しみにしてますよ、といって檜山が差し出した右手を、大地は喜んで握り返した。

「かなりできる感じの人でさ」

そういった大地に、「お前は間抜けだな」、と今度は宮沢のほうがあきれていった。

「檜山さんっていうのは、おそらく檜山一族だよ。タテヤマ織物の創業家だ。営業に出向くときには相手の会社情報ぐらい頭に入れておくもんだ」

「そうなの？」

思わず体を起こした大地の肩を、宮沢はぽんと叩き、

「ま、それはさておき、よくやってくれた」

本来なら、喜ぶ場面だろう。だがいま、ずんと腹の底に重いものが降り積もるのを宮沢は如何ともし難かった。数時間前まで一緒だった御園のことが脳裏を過り、「陸王」を、いやこはぜ屋をどうすればいいのか悩む。

「でもさ、どうするんだよ、オヤジ」

大地がきいてきた。「『陸王』の評価って高いと思うんだよな。なんとか、資金の問題ってクリアできないものなのかな」

安田にも同じことをきかれた。買収話が来ていることをいま話す気にもなれないのは、それをどう評価すべきか、自分でも定まらないからだ。

「いま、考えてる」

そういっただけで宮沢は、「それはともかく、面接、うまくいってよかったな」、と大

地のことに話を戻した。

「ああ。今度は最終面接だってさ。メトロ電業の取締役とかが出てくるらしい」

その日にちをキッチンのカレンダーで確認すると、すでにそこには大地の手で「最終面接」と書き込まれていた。そして、
その一週間後には京浜国際マラソンだ――。

こはぜ屋から応援団が繰り出すそのレースで、茂木はアトランティスの「RⅡ」を履くだろう。

それは紛れもない、敗北の瞬間だ。

だが一方で、その敗北から這い上がる一手もまた、宮沢は握っている。

フェリックスの傘下に入ることだ。

果たしてそれでいいのか――宮沢は苦悩し続けた。

第十七章　こはぜ屋会議

1

富島が社長室のドアをノックしたのは、朝の八時半、宮沢が会社に出たのを見計らってのタイミングであった。

「社長、いいですか」

「ああ、どうぞ」

渋い富島の顔を目にした途端、「何かあったな」、とは思った宮沢だが、差し出された書類を見て、すうっと長い息を吸い込んだ。

前月の試算表である。

「赤、か」

数百万円の赤字が出ていた。単月でこれほどの額となることは珍しいが、理由は聞くまでもない。シルクレイの製造が中断したからである。製造計画は頓挫したが、それ以前に仕入れた素材はいま倉庫に堆《うずたか》く積み上がっている。仕入れたものの製造販売は止まったままだから、赤字になるのは当たり前だ。

「このままいけば今月も赤字になりますよ。先月は前半に多少売上げが立っていましたが、今月はゼロですから、赤字幅は拡大します」

「運転資金は」

気になることを尋ねた宮沢は、「先日、借りたカネがありますから、とりあえずはしのげます」、という富島の返事に内心胸をなで下ろした。このタイミングで銀行から資金を調達しようとすれば厳しい交渉になったはずだ。

「それはいいんですが、社長。——考えていらっしゃいますか」

富島は、少し持って回った言い方をした。

「考えている、とは？」

真意を測りかねた宮沢に、

「今後の事業展開についてです」

皺の寄った眼窩《がんか》の奥から、富島の芯のある視線が向けられた。「新規事業をどうされるのか。もしこのままシルクレイの製造が中止ということになれば、当然、『陸王』も『足軽大将』も製造できなくなるでしょう。その場合、ムダな経費をどうするか」

「すまん、倉庫にある材料については——」

「いえ、あのことはいいんです。わかってますから」

富島はいい、宮沢の予想していなかったひと言を口にした。「私がいっているのは、人件費のことです」

顔を上げた宮沢は、富島を見据えたまま返す言葉を失った。

「顧問か」

老番頭が頷くのをたしかめ、宮沢は椅子の背にもたれると天井を睨み付ける。

「シルクレイの製造顧問として契約したはずです」

富島はいった。「シルクレイを製造しないのであれば、もう契約を継続する必要はないと思うんですが。顧問料に社宅の費用、それに製造設備の使用料。それだけでも毎月百万円浮きます。それと、村野氏とのアドバイザリー契約もそうです。ウチにとって、決して小さな金額とはいえません」

宮沢は低く唸った。

それはわかる。だが、ふたりとも、宮沢の夢に共感してくれた仲間だ。協力を頼んだのは宮沢のほうなのに、それでは一方的な都合で彼らの誠意を裏切ることになる。

「なあ、ゲンさん。本当に設備資金一億円、調達できないんだろうか」

あらためて、宮沢は問うてみた。

富島はあきれたような顔をしかけたが、宮沢の本気を察して、ふと口を噤《つぐ》む。考えているというより、宮沢にどう説明したものか探っているような沈黙がふたりの間に挟まった。

「気持ちはわかりますがね、やめておきませんか」

やがて、富島はいった。「埼玉中央の家長支店長の意見は先日聞いた通りで変わらないでしょう」

「他の銀行では」

宮沢は尋ねた。「たまに新規の飛び込み営業をしてくる銀行があるじゃないか。そういう銀行から資金調達できないか」

「銀行というところは、いまだスジ論で動いているんですよ、社長。とくに地方銀行はそうです」

富島は、噛んで含めるようにいった。「銀行業界のスジ論において、設備資金はメーンバンクが支援するものとされています。余程、業績のいい会社であればいざ知らず、ウチのような会社にいままで付き合いのなかった銀行が設備資金を貸し付けたりはしません」

「だったら、あの連中は何をしにきてるんだ」

宮沢は少しむっとしてきいた。こはぜ屋のような会社にも、銀行の名刺を持った営業マンが訪ねてくることは珍しいことではない。たいていは門前払いだが、時々は富島が直接会ったりすることもある。

「彼らの考えていることはみんな同じですよ。まずは小さな金額の融資から始め、問題がなければ二、三年様子を見て徐々に取引を広げていく。看板は違っても、中身は埼玉中央とさして変わりはしません。考えも同じなら、融資のスタンスも変わらない」

「話にならないな」

横を向いて吐き捨てた宮沢に、「そういうもんなんですよ」、と富島は言い含めた。

「これからこの会社が成長するのかしないのか――そんなことは銀行にはわからないし、だからこそ彼らも将来性では会社を評価しない。彼らが評価するのは既に積み上げてきた実績だけなんです」

「もう一度ききたいんだが、絶対に、銀行で調達できる可能性はないと言い切れるか、ゲンさん」

真剣に問うた宮沢に、

「ありません」

富島は断言した。「ウチの事業規模と財務内容で、一億円もの資金を融資する銀行はありません」

幾ばくかの間、宮沢は黙り込んだ。富島を凝視したまま、突き付けられた現実の感触を心の中で咀嚼《そしゃく》し、自分に理解させるための努力をする。期待した可能性を諦めるための努力だ。

「そうか」

やがて吐息のような返事を宮沢が洩らすと、「それより社長。さっきの話、くれぐれもお願いします」、そう言い残して富島は部屋を出ていった。

社長室でひとり、宮沢は苦悩した。いや、苦悩しつつも心のどこかで答えはわかっている。

資金調達難を乗り越えて「陸王」の製造を継続するために、たったひとつ可能性があるとすれば、それは御園からの買収提案を受け入れることだ。

御園がいうように、これは悪い話ではない。いや、むしろこの提案は、こはぜ屋にとって千載一遇のチャンスかもしれない。

「百年ののれんがなんだ」

そう自分に言い聞かせた。「生き残ることの方がずっと大切じゃないか」

ズボンのポケットからひっぱりだしたスマホでかけた相手は、坂本だ。

「いろいろ考えたんだが、提案の件、前向きに検討してみようと思う。そう御園さんに伝えてくれないか」

電話の向こうが一瞬静まり、

「わかりました」

という返事があった。「御園社長にはそう伝えます。よろしくお願いします。あ、それと――」

電話を切ろうとした宮沢に、坂本がいった。「実はひとつ、新たな事実が判明しまして」

考えるような間を置いて、坂本は続けた。

「先日の御園社長の話でちょっと気になることがあったので、あのあと本人にきいてみたんです」

「気になることとは」聞き返した宮沢に、

「シルクレイの件ですよ。御園社長はシルクレイの製造ノウハウを得るためにこはぜ屋さんを買収したいとおっしゃってましたよね。それがどうも気になりまして」

それは、まさに宮沢自身も気になったところでもある。シルクレイの製造ノウハウを得たいのなら、なにもこはぜ屋を買収する必要はない。飯山ひとりをヘッドハンティングすれば済むことではないか。そのほうが遥かに安く、そして手っ取り早いはずである。

御園の話は、そうしなかった明確な説明にはなり得ていなかった。

「御園社長は最初、飯山顧問に話を持ちかけたようなんです。シルクレイの特許を売ってくれと。ところが、顧問はそれを断られたそうで」

「断った――？　本当かい、それは」

「間違いありません」

坂本はこたえた。「顧問は、自分が特許を売ればこはぜ屋に迷惑がかかる。いまはこはぜ屋に世話になっている身として、それはできない。そういって断られたと」

「そうだったのか……」

それなら平仄《ひょうそく》が合う。あのとき、御園は、シルクレイ製造設備の故障をすでに知っていた。いったい誰から聞いたのか疑問だったのだが、飯山と直接交渉したとすれば、何かの拍子に設備の故障に話が及ぶこともあっただろう。

「御園さんは、いったいいつ、そんな話を顧問に持ち込んでいたんだろう」

「このひと月ほどのことだそうです」

宮沢は飯山の心遣いに気づき、胸を打たれる思いだった。

御園から持ち込まれた提案は、飯山にとってかなりの儲け話になったはずだ。

だがそれを飯山は蹴った。

こはぜ屋のために、蹴ってくれたのだ。飯山にとって、そうすることは、相当の気力を要したはずだ。なのに——。

何食わぬ顔でいつも通り、こはぜ屋での仕事を続けていた飯山の姿を思い浮かべ、

「わかった。知らせてくれて、ありがとう」

電話を終えた後、宮沢はあまりのことに、しばらく動けなかった。

2

「飯山さん、ちょっと行きませんか」

宮沢がそういって飯山を誘ったのは、その日の夕方であった。

「ちょうど、今日はうちのが出かけててさ、いいタイミングだ」

そんなふうにいった飯山と会社を出たのは午後六時過ぎ。行き先はいつもの「そらま

め」ではなく、行田駅に近い、たまに宮沢が接待に使う和食の店であった。

気楽な酒を予想していたらしい飯山は、会社近くでタクシーを拾った宮沢が店の名前を告げた途端、何かを察したように口数が少なくなる。大雑把に見えるが、内面は細やかな男だ。

「何か、いいたいことがあったんじゃないか」

飯山の方からそう切り出したのは、差し障りのない話が途切れた頃であった。

「実は、そうなんです」

運ばれてきた焼き物に伸ばしかけていた手を止めた宮沢に、

「オレとの契約の件か」

飯山は察しよくきいた。「そろそろそんな話が来る頃だろうと思ったよ。契約を打ち切るつもりなら、遠慮なくいってくれ。オレもいまのままでいいとは思っていない」

シルクレイの製造工程が止まっているため、いま飯山は安田を補佐する形で労務や工程管理といった仕事に回っていた。もちろん、会社として助かってはいるが、飯山に支払う契約料に見合う内容とはいいかねる。

「その逆です。顧問には引き続きお力添えをいただきたいと考えています。今後ともよろしくお願いします」

宮沢は深々と頭を下げると、「とはいえ、これから先のことはそう簡単な話ではないと、思っています」。

そう続けた。飯山は眉を上げながら手元の盃《さかずき》を呷《あお》る。ぬる燗《かん》の酒だ。

「どうするつもりだ。シルクレイの製造が継続できないのなら、オレと契約しておく意味がないだろうが」

「いろいろ考えたんですが、ぜひ顧問の意見を伺いたいと思いまして」

宮沢は改まって切り出した。「私はこの新規事業を継続したいと思っています。そのためには顧問がおっしゃったように一億円を超える設備資金が必要になりますが、それだけの資金はウチには調達できません」

飯山は黙ったまま先を促している。宮沢は続けた。「ここだけの話にしていただきたいのですが、実はいま、ウチに買収の話が来ています。こはぜ屋を買いたい、という会社があるんです」

そういって間を置き、宮沢は何かをそこに探し求めるかのような視線を飯山に向けた。飯山は、その会社がどこか想像がついているはずだ。だが、そんなことはおくびにもださず、こちらを正視している。

「それで?」

空になった盃に、飯山は手酌で酒を満たした。

「買収に応じれば、資金難は解決します。シルクレイの設備投資が可能になりますし、新規事業も継続することができます」

「ついでに、オレとの契約も継続できるというわけだ」

飯山はいい、トン、と盃をテーブルに置いた。「よかったな」

それは、幾分の苛立ちのこもった言い方だった。癪《しゃく》に障るとでもいいたげな目が、宮沢を見ている。

「顧問はどう思われますか」

その目に向かって、宮沢は問うた。「私はいま、この買収提案を受けようと考えています」

飯山の目に怒りの色が浮かぶのが見えた。

「そんなことをきくためにオレを誘ったのかよ。それは社長であるあんたが考えることだろうが」

「おっしゃる通りです。しかし、うちは顧問からシルクレイの製造許可をいただいています。その裏で、顧問は、その会社――フェリックスからの提案をお断りになったと聞きました」

飯山の表情は微動だにしない。

「そんなことはどうでもいいだろ」

やがていった飯山に、

「どうでもよくありません」

宮沢は首を横に振った。「顧問は、フェリックスに特許を巨額で売却することだってできたはずです。ですが、そうはされず、我々にチャンスを与えてくださった。そのお気遣い、本当に有難く頂戴したつもりです。私もいろいろ考えました。そして、せっかくのそのチャンスを無駄にせず、生かしていきたいと思います」

無論、飯山も同意見のはずだと、宮沢は思っていた。すると、

「それは本当に検討した上での結論か」

飯山はきいてきた。

「先日、御園社長とも話をしてきました」

そのときのことを、宮沢は語ってきかせる。「買収提案を蹴って、一介の足袋製造業者に戻ることも考えました。ですが、私はやはり新規事業をこのまま続けたい。そのためには、村野さん、そして開発チームと追いかけてきた夢の続きを見たいんです。そのためには、顧問や買収の提案を受け入れるのが唯一の選択肢です。もちろん、その際には、シルクレイの適用品目も増えますから顧問へのロイヤリティの支払いは当然——」

飯山の、針のような視線が直截《ちよくせつ》に宮沢を射たかと思うと、

「あんたはバカだ」

思いがけないひと言が、宮沢を遮った。

啞然とした宮沢に、飯山は続ける。

「そんな簡単に、この百年ののれんを売るのか。その程度の会社か。その程度の経営者か」

辛辣な言葉が、間髪を容《い》れず飛び出してくる。

「しかし、この提案を受けない限り、ウチの新規事業は……。それに顧問にとってもそうしたほうが――」

「違うんだよ」

吐き捨てるように、飯山はいった。「あんたはなんで、そんなに人がいいんだ。なんで、そんなに生真面目なんだ。なんで、もっと――もっと悪あがきしようとしないんだ」

「悪あがき……」

つぶやくように繰り返した宮沢に、

「いいかよく聞け。相手の狙いはシルクレイだろうが」

飯山は、ひとさし指を宮沢に突き付けた。「オレはシルクレイのシューズに関する製造許可をこはぜ屋にだけ与えた。つまり、いまはこはぜ屋以外に、シルクレイのソールを製造できる業者はいないってことなんだ。御園の狙いは、あんたがもっているその権利だ。だったら他にやりようがあるだろうが」

呼吸すら忘れ、宮沢は飯山を凝視していた。

言葉が、出てこない。

飯山が何をいわんとしているか、その輪郭がようやく宮沢の中で浮かびあがった。

「そういう、ことか……」

いままで、まったく気づかなかった新たな選択肢が、宮沢の眼前に開けてきた。

3

「君に対する評価は随分高いようだね」

中央にかけている初老の男は書類から顔を上げると、老眼鏡をずらして大地を見た。

「いまはどんな仕事をされているんですか」

「この一年ほど、家業の足袋製造業で、新規事業の立ち上げをしてきました」

「足袋屋さんの新規事業というのは、どのようなものですか」

男の左右にはひとりずつ。事前の情報によると、いま発言をしているのが取締役人事部長の川田《かわだ》。左にかけているのが製造部長の南原《なんばら》、右が企画部長の桐山《きりやま》。実質的にこの会社を動かしているといっていい重鎮たちだ。

最終面接の会場となっているのは、大手町《おおてまち》にあるメトロ電業の会議室だ。テレビドラマや映画のワンシーンでしか見たことのないようなオーバル形の会議用テーブルで、大地は役員たちと向き合ってかけていた。さらに、テーブルの右端には、先日の面接で大地をここまで引き上げてくれた人事部部長代理の内山がいる。

「ランニングシューズです」

大地はいい、百聞は一見にしかずとばかり、持ってきた紙袋から一足の「陸王」を取り出して見せた。

「父である社長がランニングシューズの業界に参入できないかといいはじめまして、試行錯誤をしてこのシューズを作り上げました。特徴はこのソールにあります。シルクレイといって、原料は繭《まゆ》。強い耐久性がありながら、薄くて軽い新素材です。シューズを持っていただくと、見た目以上の軽さに驚かれるはずです」

内山が立ってきて、大地の手から「陸王」を受け取ると、三人に渡した。洩れてきたのは、微かな驚きの声だ。

「このなんといいましたか——シルクレイ？　この技術は特許、なんですか。お宅の特許？」

興味を抱いてきいてきたのは製造部長の南原であった。

「いえ。弊社の顧問に飯山という者がおりまして、特許自体は彼のものです。いわゆる死蔵特許のようになっていたものを、ソールに最適ではないかと父に話が持ちこまれまして、飯山を顧問に招いてこれを開発しました」

「いままで、シューズメーカーのどこもこの素材のことを知らなかったということかい」、と企画部長の桐山。

「そうです。さらに、それをソールに転用できないかという発想そのものがイノベーションでした。とはいえ死蔵されていたような特許です。サンプルの塊はあったものの、ランニングシューズのソールに最適な硬さ、さらに柔軟性といった、相反するニーズにこたえなければなりませんでした」

そのときの開発経緯について熱く語る大地に、——半ば予想していたことだが——三人の取締役たちは聞き入った。淡々と、あるいは頷きながら、時として笑みを浮かべながら聞き入る表情は様々でも、大地の話を好意的にとらえてくれていることがわかる。

これが就職の面接だからというわけではなく、いままでの人生で、こうまで人に興味をもって聞いてもらえる仕事ができたことが、素直に大地はうれしかった。

大地の話は、カリスマシューフィッター村野とのアドバイザリー契約、アトランティスとの競合関係、スピンオフ製品である「足軽大将」の開発、そしてニューイヤー駅伝で活躍した茂木とのサポート契約に及んだ。

「新規事業としては、そこまでやれれば大成功の部類だね」

製造部長の南原の言葉には満足そうな響きがこもっていた。「売上げも相当伸びただろう。順風満帆だ」

「いえ。それは違います」

大地の返事に、南原は目を丸くして口を噤む。「その後予想外の問題が起きたんです。最初は、アッパー素材の供給元の離反でした。それについては、先日ようやく代替の会社が見つかって見込みがたちましたが、いまだに解決できない重要な問題がありまして——」

「それがなんなのか、きいてもかまわないだろうか」

川田人事部長の問いに、大地は頷いた。

「シルクレイを製造していた機械の故障です。新たな設備には一億円以上の資金が必要になるため、いまシルクレイの製造そのものが停止しています」

「それに関して君はどう思いますか」

興味津々の面持ちで川田が問う。「そこまで携わってきたのだから、君にだってこうしたいという思いはあるだろう。それを聞かせてくれないか」

「もちろん、できれば継続したいと思っています。ですが、そうするためにはクリアしなければならない様々な問題があります。たとえば、資金調達がそうです。いまのところ、弊社の体力からすると、銀行は資金を融資してくれそうにはありません。いま感じているのは、新規事業の難しさです。一時的に成功したと見えても、事業のリスクはあらゆるところに潜んでいます。予測可能なものもあれば、そうじゃないものもあるでしょう。もし私に反省点があるとすれば、機械が故障するかもしれないというリスクをもっと事前に検討しておくべきだったということです」

唇を嚙んだ大地に、

「良い経験をしたね」

川田がいった。「不謹慎を承知でいうが、君の経験は御社にとっては不幸でも、君を採用しようと思う我々にとっては幸運だったと思う。成長させてくれたのだから。ただひとつ、念のためにきくんだが――」

そこで川田は言葉を切った。「本当のところ君は、その仕事を続けたいんじゃないのかね」

それは、大地自身にとっても意表を衝《つ》かれたひと言であった。

「いえ。もう十分、いろいろな経験をさせてもらいました」

大地は、いった。「ぜひ御社で、その経験を生かしていきたいと思います」


「いい面接だったよ、宮沢君」

四十分にも及んだ面接を終えて出てきた大地に内山はいい、満足そうな笑みを浮かべた。「結果が出次第、すぐにお知らせします。今日のところは、お疲れ様でした」

「ありがとうございます」

腰を折って頭を下げた大地は、大手町の社屋を出ると、歩いて東京駅へ向かう。

夢見心地になるはずであった。ところが、いま大地には、さきほど川田からいわれたことがどうにもひっかかっている。

――その仕事を続けたいんじゃないのかね。

たしかに、面白い仕事だった。飯山とソールの開発に寝食を忘れて没頭した日々、「陸王」を履いた茂木がニューイヤー駅伝を走ったときの感激、そしてアッパー素材を探す苦しかった営業の日々――。

子供の頃から、大地は、家業としてこはぜ屋を当たり前のように見ていた。

しかし、社員となった大地に、こはぜ屋は幼い頃から知るのとはまるで違う顔を見せた。

百年ののれん、と安穏と構えているように見えた老舗足袋屋は、資金繰りと戦いながら、日々、生き残りをかけて奮闘していた。その姿はまるで荒海に翻弄されつつもなんとか姿勢を保って浮かんでいる船さながらだ。

大地はその船員のひとりだった。

戦いの日々を通じて大地が学んだのは、仕事の醍醐味《だいごみ》であり、本当の面白さである。純粋に何かを作り、人のために貢献しようとする姿勢。ひたすら寡黙でひたむきな作業の連続から学んだのは、挑戦する楽しさだった。

こはぜ屋には、それがあったと思う。

そしていま自分はその会社を離れ、新たな道へと歩みだそうとしている。

おそらく、新しい仕事に就けば毎日眺めることになるだろう光景を列車の窓から眺めつつ、果たしてこれで本当によかったんだろうか、という新たな疑問を大地は抱いた。

「人生一度きりだぞ」

いつだったか、飯山が大地にそんなことをいったことがある。「好きなことをやれ。見栄《みえ》張ってカッコつけて、本当に好きでもないことをする人生ほど後悔するものはない」

いまはまだその言葉を実感するほどの経験はないが、飯山のいわんとすることは大地にもわかる。

これでいい。オレは好きな道を選んだんだ。

そう自分に言い聞かせる大地に、三月の都会の光景はあまりにも殺伐として見えた。

4

「ゲンさん、ちょっと話があるんだが」

宮沢がいって、ひょいと背後の社長室を指さすと、富島は書類から顔を上げ、老眼鏡を手にしたまま立ってきた。

話が洩れないようにドアを閉め、富島がソファにかけるのを待った宮沢は、「なんとかして、シルクレイの製造を継続したいと思うんだが、どうだろう」、と切り出した。

富島が見せたのは、うんざりした表情だ。それはほんの僅かで、本人はそうは見せまいとしていたのに、如何ともしがたく滲みでてしまったようなふうでもある。

「どうやっても、現状での資金調達はムリですよ。先日お話ししたじゃないですか」

「調達先を見つけてくればいいんだろう」

宮沢はいったが、「そんな銀行はありませんよ」、と富島は決めつける。

「別に銀行から借りるばかりが全てじゃないんじゃないか」

すると、富島はにわかに表情を強ばらせ、

「商工ローンはいけませんよ」

と釘を刺した。商工ローンとは、銀行よりも遥かに高い金利を取る金融業者の融資だ。

薄利多売の零細企業なら一時しのぎの融資を頼むくらいがせいぜいで、長く借りれば本業の儲けまで金利で吹き飛ぶ。自分で自分の首を絞めるようなものだ。

「もし、商工ローンに手を出したなんて銀行が知ったら、それだけでも目を付けられて貸してくれなくなってしまいますんで」

「そんなもんに手を出そうとは思わないよ」

宮沢は安心させるようにいうと、体を乗り出して声を潜めた。「実は、ウチのシルクレイに興味を持っている大手企業がある。そこから資金を引っ張れるかもしれない」

すぐに返事はない。富島は警戒し、すっと細めた目の奥から冷めた視線を寄越した。

富島のスタンスは、徹底的に保守的だ。とくに、カネがらみとなると、筋金入りである。

「カネを借りるのなら銀行」と決めていて、それ以外からの借金など、たとえ自分の親からでも反対なのだ。

「その大手企業というのは、どこですか」

硬い表情で、富島はきいてきた。

「知っていると思うが、アウトドア関連アパレルを展開しているフェリックスだ。アメリカに本社のある――」

「どこからの話ですか」

「坂本さんが持ってきた。ウチを買収したいというのが、当初の話だった」

買収と聞いて富島は目を見開いた。唇が動いたが言葉はなく、内心の動揺だけが無言のうちに伝わってくる。

「彼らの目的は、フェリックスで作っている製品に、シルクレイを使うことだ。それによって他社製品と差別化できるだろう。だが、それなら買収するまでもなく、ウチとの業務提携で済む。独占的にシルクレイの製造を請け負う代わり、設備投資を支援してもらう。可能性のない話ではないと思う」

「支援の話は先方に——？」

「まだしていない」

宮沢は首を横に振ってこたえた。「その前に、ゲンさんに話をしておこうと思って」

脱力したようにソファの背にもたれた富島は、深い吐息を洩らしながら視線を彷徨《さまよ》わせている。

「一度社長と会ったが、信用できる相手だと思う」

聞こえているのかいないのか、富島の反応はない。腹を立てているのか、何か他に考えでもあるのか。だが、やがて向けられた感情が漂白されたような表情を見たとき、そのどちらでもないことに宮沢は気づいた。

あえていえば、富島が浮かべていたのは失望だ。

「正直、私の手に余る話です」

徐《おもむろ》にこたえた富島の表情は、どこか悲しげだった。「私がなんといおうと、社長はそれを進めるつもりでしょう。であれば、私には何もいうことはありません。こういうと無責任に聞こえるかも知れませんが、私は賛成でも反対でもない。判断できないからです。これは社長が自分で考えて判断すべき問題だ。私はそう思います」

「フェリックスの御園社長に、とりあえず話をぶつけてみるつもりだ」

宮沢はいった。

「それでもし、相手が乗ってこない場合はどうされるおつもりですか」

肝心要の一点を、富島は問うた。「買収に応じる考えもあると」

「その可能性はある」

はっきりと、宮沢はいった。「だけども、それには雇用を守ることが最低限の条件だ。迷惑はかけない」

何かいうかと思ったが、ただ黙って立ち上がった富島は、ひとつ小さく黙礼しただけで部屋を出ていった。

賛同の言葉を聞きたかったわけではない。

反応がどうあれ、富島にだけはやはり話しておきたかったのだ。いままでの人生の多くをこのこはぜ屋のために尽くしてくれた富島への、それがせめてもの礼儀だと考えたからである。しかし――。

誰がなんといおうと、自分が一番、このこはぜ屋のことを真剣に考えているという自負が宮沢にはある。

「決めるのは、オレだ」

そのことを、宮沢は自らの胸に刻みつけた。

5

三月だというのに真冬並みに冷え込んだ日だった。ニスを刷《は》いたように澄み渡る青空から、冬の弱々しい太陽の光が、北風の吹きすさぶ行田の街に降り注いでいる。

昼過ぎに自宅を出、大地に駅まで送ってもらった宮沢は、高崎線で一時間ほどかけて上野《うえの》に出た。そこから地下鉄で坂本の会社がある日本橋へと向かう。

御園と会ったらどう話を進めようかと、電車に乗っている間考えてきた宮沢だったが、駅に着いても考えはまとまらないままだ。

どう話そうかなどと考えたところで、結局、なるようにしかならないのではないか。ならば、御園と真正面から向き合い、誠実に話し合っていくしかない。

教えられた階までエレベーターで上がり、受付で名前を告げた。いかにも都心のオフィス然とした静謐《せいひつ》に満たされた中で待っていると、すぐに坂本が現れ、応接室へ案内してくれる。

約束の十分前に来たというのに、すでに御園は来ていた。

「坂本さんから、前向きに検討していただいていると伺っています。どうもありがとうございます」

握手に応じながら、宮沢は密かな緊張を覚えた。御園は満面の笑みだが、これから話そうとする宮沢のアイデアは、おそらく御園にとって前向きなものとはいいかねる。

だが、その不安を顔には出さず、

「今日はその件でこちらからご相談があって、お時間をいただきました」

宮沢は、早速本題を切り出した。「まず、私は御社のフットウェアにシルクレイを使用するという発想には、全面的に賛成です。ぜひそうしていただきたい。そのシューズは、他社との明確な差別化を図ることができるだけでなく、機能性や自然保護の観点から、世界中で多くのファンを獲得するに違いありません。シルクレイのソールをもったアウトドアシューズが世の中に浸透し、ひとつのブランドとして認知されるなど、私どもにしてみれば夢のようなお話で、御園さんの眼識に感謝しています」

御園は満足そうにうなずいた。宮沢が口にしたのは、嘘偽りのない素直な思いだ。問題はここからである。

「先日お話をいただいてから、真剣に検討をさせていただきました。今日は私からの逆提案も含めてざっくばらんにお話をさせていただけないかと考えております」

「買収の条件的なことですか」

いいえ、と宮沢は首を横にふった。「御園社長からの提案は、弊社の買収でしたが、私は前提部分から考えて参りました。率直に申し上げます。買収が私たち——つまり御社と弊社——にとって、本当にベストでしょうか」

返事はない。宮沢の顔に視線を向けたまま、御園は数秒間沈黙して先を促す。「御社のフットウェアにシルクレイを採用するのが目的であれば、何も買収までされる必要はないのではないかと思います。実際に買収するとなると、企業精査にカネと何ヶ月もの時間を要するでしょう。子会社となれば、アメリカの上場企業である御社の会計制度に合わせて、ウチの全てのシステムをやり替えなければならない。子会社をひとつ増やすことで株主への説明義務も増える。しかも、そうすることで常に合併効果を問われることになる。私どもにしても、そして御社にとっても、これは負担になるのではないでしょうか」

御園は肘掛け椅子にもたれたまま、指を眉間に押しつけて黙っている。「先日お話しいただいた御園さんの目的に適《かな》うという意味では、買収よりも業務提携のほうが遥かに簡単だと思うんです。アウトドア用フットウェアに使用するシルクレイを独占的に御社に供給させていただく。そういう契約を締結すれば、御社の所期の目的は十分達成することができます。いかがですか」

「それは私も考えました」

ほんの数秒の間を置いて、御園はこたえた。「たしかに、そのような契約が締結できれば、合理的だし手っ取り早いと思います。ですが、このビジネスを俯瞰《ふかん》すると、そうした契約だけでは事が進みません。肝心なことがクリアできないからです」

御園は指摘した。「まず立ちはだかるのが、御社の設備問題。それと、失礼ながらこのビジネスが大きくなればなるほど、御社の財務体質も気になる。百パーセント確実に供給していただけるのか――もちろん、宮沢さんの気持ちを疑っているのではありません。それとは別の話です。やりたくてもできないことが、世の中にはたくさんあるじゃないですか。様々な事情によって、或いは不測の事態によって継続が困難になることもある。ウチが買収を提案させていただいたのは、そうしたリスクを極力排除するためです」

穏やかな言い回しではあったが、理詰めの発言には、カリスマ経営者としての御園の横顔が透けて見えた。

「おっしゃることはわかります。ですが、あえてそのリスクをとっていただけないでしょうか」

発言の意図を忖度《そんたく》する眼差しが、宮沢に向けられた。

「すると、御社で設備投資をされると――？」

「いえ、私どもだけで、御社のニーズに応えられるだけの設備投資は無理です」

宮沢はまっすぐに御園を見ていった。「その投資、支援していただけませんか。どんな形でも結構です。御社が設備を購入し、それをウチに貸与していただく形でも構いません。検討していただけませんか」

すぐに返事はなかった。

いや、頭の回転の速い御園のことだ。もしかしたら答えは決まっていて、ただどう宮沢を説得すべきか考えているだけかもしれない。

テーブルの横の椅子では、坂本が息を詰めている。坂本にしても、そして御園にしても、宮沢には想像のできない金融実務の経験と、それに伴う価値観や判断基準があるはずだ。その評価基準に照らし合わせたとき、宮沢の提案が果たしていかほどのものなのか、まるでわからなかった。検討に値するものかもしれないし、一顧だにする価値すらないものかもしれない。

「正直、融資というのはあまり気が進みませんね」

やがて、御園はいった。「ウチで設備を準備して、そちらに生産を委託するのなら、こはぜ屋さんに融資しながら返済資金まで自分で出すのとそう変わりません。そんな面倒なことをするぐらいなら最初から買収したほうがわかりやすいし簡単だ」

御園のいうことはもっともだが、ここで反論できなければ負けだ。

「御園さんの提案が合理的であることは認めます」

宮沢は、はっきりといった。「ですが、私は、百年ののれんを背負ってここにいます。曽祖父の代から連綿と受け継いできた会社をそう簡単に売るわけにはいかないんです」

「ひとつ確認したいんですが、宮沢さんは新規事業を継続したいんですよね」

忘れていた重要なことを思い出させるかのように、御園はいった。

「その通りです。私はなんとしても、『陸王』を成功させたいと思っています。御社の傘下に入れば、簡単かもしれない。しかし、その簡単さ故に私には迷いがあるんです。たかが足袋ですが、それを百年作り続けてきた、こはぜ屋ののれんはそんなに軽いもんじゃない」

強い語調になった。普段胸の奥底に眠っているこはぜ屋に対する愛情やプライドが込み上げ、言葉になって出た。御園が作ったのは渋面だ。

「老舗ののれんにこだわってどうするんですか」

かすかに苛立った様子で御園はいい、

「いいですか、宮沢さん」

ぐいと上体を傾けると、目を覗き込むようにして続ける。「のれん。老舗。耳に心地よい響きかもしれませんが、それに価値があるとすれば、現時点でも成長し、発展しているという実態があってこそですよ。会社の価値ってなんですか」

御園は、こはぜ屋のジリ貧を暗に指摘してみせた。片やフェリックスは創業後十数年で飛躍した新興企業であり、むしろ歴史を否定するところに存在価値がある。歴史がある会社が偉いのか、のれんがそんなに尊いのか――。御園の問いかけは、無言のうちに宮沢に伝わり、会社の価値とは何なのかという根源的問いかけに帰趨《きすう》していく。

「小さな会社ではありますが、この世の中には、ウチの足袋を気に入って履き続けてくださっているお客様がいるんです」

宮沢はこたえた。「いまランニングシューズの業界へ進出しようとしていますが、だからといって足袋作りを忘れることはありません。そこにこそ、こはぜ屋のアイデンティティがあるわけですから。百年という時間に値段をつけることはできません。ですが、値段をつけられないものにも価値はあるんです。利益は小さくても、ウチはそうやってこの世間の片隅に、狭いながらも生きていけるだけの版図を得てきました。それに価値はないんでしょうか」

「そうおっしゃるからにはきっと何かあるんでしょう」

御園は否定はしない。だが、その言葉はどこか皮肉に貫かれてもいる。それをいわせたのは、気鋭の経営者としての反骨精神だったかもしれない。「ですが、伝統を守ることと買収事案を進めることはまるで矛盾していません」

「私が社長を続投し、さらに足袋製造も継続してよいと、そうおっしゃっていましたね。そのことですか」

宮沢が尋ね、御園がうなずくのを見て、

「では伺いたいんですが、それはどの程度、本当なんでしょうか」

と本質を問うた。「足袋作りの本業が苦しいとき、或いはシルクレイの先行価値がなくなったとき、それに代わる素材が開発されたとき、御社にとってこはぜ屋の価値とはなんでしょう。そのとき、御社の中でこはぜ屋の位置づけはどうなるんでしょう。目標とされる利益率を達成できないお荷物会社の烙印《らくいん》を押され、いっそ潰してしまうか売却するか、そんな議論が出ないと言い切れますか」

「先のことはわかりません」

無表情になって御園はぼそりといった。「そうならないように努力するのが企業経営なんですから。こはぜ屋さんも、いまのままでいいとは思っていないわけでしょう。利益率で切られるのがイヤなら、利益率を上げる工夫と努力をしていくべきだ」

「私がいっているのは、もし利益率を上げることを最優先にしてしまったら、足袋製造をやめなきゃいけないということなんです。足袋製造の利益率は、御社が標榜《ひょうぼう》される高収益体質からはほど遠い。これぱかりはどうすることもできません。収益競争から離れた場所にいるからこそ、守られてきたものもあるんです」

「であれば、ずっとそこにいればいいじゃありませんか」

ついに御園からそんな発言が飛び出した。「収益を追い求めるでも成長するでもない。それを歴史だののれんだのと美化されるんでしたら、そこに留《とど》まればいいことです。私たちはそれに対して何もいうつもりはありません。ですが、宮沢さんは、そこから脱出したいと考えておられるから、ランニングシューズの開発を思い立たれたわけでしょう」

御園は問題の根本を口にする。「だが残念ながら、その業界は、宮沢さんが考えておられるほど甘くはないですよ。スピードと経営資源、そして企画力と販売力がものをいう世界なんです。そこに勝負を挑んだからには、理由はどうあれ、低収益をよしとする体質など論外なんです」

それが、御園の本音だろう。

「もちろん、利益を追求することを否定するつもりはありません」

宮沢は静かに断じた。「ですが、我々の存在意義はそれだけじゃない。そこを理解していただけるかどうかだ」

重苦しい沈黙が落ちた。

坂本も、口を挟もうとはしない。ここで取りなしたところで、意味がないとわかっているからだ。

「あなたの提案は、もちろんウチにとってはありがたい話です」

宮沢は続けた。「ですが、経済合理性という切り口だけですぐさま同じグループになり得るのか。そんな簡単なもんじゃないと思う」

企業買収ということについて、御園は軽く考えているのではないか――。

それに気づいたのは、昨夜、遅くまでパソコンの前に座り、フェリックスと御園に関するありとあらゆる情報をインターネットで収集していたときのことだ。

たかだか十数年の社歴で、日米を中心に市場を開拓し、急成長を遂げたフェリックスという会社について知れば知るほど、御園の経営感覚のなんたるかがわかってきた。

ブランド戦略と流通を知悉し、起業するまでに構築した様々な人脈を駆使して立ち上げた黎明期《れいめい》。さして資本金があったわけでもなかった御園は、その軍資金不足を、あえてニッチな産業を主戦場にすることでうまく切り抜けた。そして、小さな会社を幾度となく買収し、足りないものを補強し、時間と成長の可能性をカネで解決してきたのだ。

何年にどんな会社を買収したのか、そのリストに記載された会社の数の多さに気づいたとき、こはぜ屋もまた、そこに名を連ねる会社のひとつになるのだという事実に、宮沢は慄然たる思いを抱いたのだった。

御園の発想を宮沢なりに解釈すれば、「何かが足りない？　じゃあ買ってこい」、だ。足りない部分をパテで肉付けしていくようにして、理想の会社像にしたてていく御園の経営手法は、ある意味、御園自身が優れたバイヤーであることを証明している。物品のバイヤーではなく、会社のバイヤーだ。そこに、会社買収に対する御園の〝日常性〟が潜んでいる気がするのである。

御園にとって、小さな会社を買うという行為は、珍しくもないだろう。

だが、買収を提案される宮沢にしてみれば、それは一世一代の転機であり、従業員たちにとっては、それこそ人生すら左右しかねない大問題である。

提案の内容が理に適っていても、そこに埋められない溝がある以上、買収される会社はただ吸収されるだけで終わる。最初の条件で、しばらくの間は宮沢が社長を務めていても、いつしかフェリックスの人間がトップに立ち、フェリックス流の合理主義でこはぜ屋を評価しようとするだろう。

足袋作りの現場は、そうした評価眼からすればさして価値のないものに映るに違いない。日本の服飾文化を担っている者の使命感も、顧客への責任感も、利益率という計算式の前に無駄なものとして排されてしまうのではないか。

宮沢が守らなければならない「のれん」は、たんなる時間の積み重ねではない。まして、経済合理性という尺度で単純に評価されるべきものでもない。

いま、腕を組んだ御園から、長い溜息が洩れてきた。

「どうやら、お互いに経営に対する考え方が随分違うようですね」

聞きようによっては、訣別の言葉にとらえられなくもないひと言が、御園から発せられた。

「違うのは当たり前ですよ」

宮沢は静かにこたえる。「急成長を遂げた御社と十年一日がごとく生き延びてきた弊社が同じであるわけがない。しかし、ウチはそういう会社なんです。そして考え方が違うからこそ、あなたのおっしゃる買収じゃないほうがいいと思う」

そういうと、宮沢はあらためて御園に向き合った。「ウチを支援していただけませんか。その代わり、シルクレイを御社のためにしっかり供給させてもらいます」

「融資なんて、つまらない」

御園の返事は、素っ気なかった。「そんなことなら、ウチが独自で設備投資したほうが遥かにいい」

そのとき、

「御社にできますか」

ついに宮沢は真正面から問いかけた。「おっしゃるように、そうされるのが御社にとってはベストだと思います。ですが、それができますか」

「できれば苦労はしませんよ」

怒りを浮かべた目でいった御園は、ぽんと右手で膝を叩いた。「じゃあ、この話はなかったことにしましょう。それでいいですね」

交渉決裂である。

「御園さん」

思い通りにならないとわかった途端、早々に交渉を切り上げようとする相手に、宮沢はいった。「ウチは先ほども申し上げた通り、シルクレイを御社に対して供給することについては何の問題もないと思っています。いま結論を出すのは簡単だが、それが果たして得策かどうかよくお考えになったほうがいい」

「ウチにはウチのやり方があります」

御園は一歩も退かなかった。「ご理解いただけないのなら、仕方が無い。御社は大変なチャンスを逃したことになりますよ。後悔されてもそのときは遅い」

「それは違うんじゃないですか」

宮沢は相手を見据えると、静かにいった。「ビジネスとは本来、釣り合っているものです。シルクレイの価値と、ウチへの買収提案も同様だ。釣り合っているからこそ成立するんでしょう。私が後悔するとあなたが思われるのは、弊社が資金繰りに窮していると軽くみておられるからじゃないんですか」

「実際に御社は設備が――」

「バカにしないでいただきたい」

宮沢ははっきりといい、御園を睨み付けた。「たしかに設備投資をする資金はいまはない。ですが、シルクレイを素材として供給して欲しいというニーズは他にもあるでしょう。ビジネスの相手は何も御社だけではない。それをきっと、我々は探し出します。そのとき後悔されるのは、あなたかもしれない」

じっとりと重い視線が、宮沢を射ている。

最初に握手を交わしたときの表面的な穏やかさも優雅さもなく、いま御園は非難するような眼差しを宮沢に向けていた。

「私がいいたいのはこれだけです」

宮沢はいうと、立ち上がりながら右手を差し出した。「今日はありがとうございました。お会いできて、私もいろいろと勉強になった」

おざなりに握手を返した御園は、

「それはよかった」

そう短くいっただけで宮沢から視線を逸らすと、おもしろくもなさそうに自分も立ち上がり、宮沢がその部屋を出るまで不機嫌を隠そうともしなかった。

部屋を出た途端、

「終わったな」

そう小さく宮沢は呟いた。だがそれは、御園が指摘した後悔とは少し違っていた。

自分のどこかには、御園に救済してもらおうという考えが潜んでいたと思う。だが、そんなものじゃない、といま宮沢ははっきりと感じた。

「陸王」はなんとしても継続したい――いや、継続する。だが、そのためにはフェリックスだけが唯一の回答ではないはずだ。

「すまんな」

エレベーターホールまで見送りにきた坂本に、宮沢は詫びた。「もう少し歩み寄る余地があるかと思ったが、交渉決裂だ」

「謝られることはないですよ」

下行きのボタンを押して坂本はいう。「社長のお話を聞いていて、私も納得しました。資金繰りのために買収に応じるのはそもそも間違っています」

「その代わり、これで『陸王』の製造再開が宙に浮いたな。うまく継続できるかも知れないチャンスだったのに」

「悲観することはないと思います」

坂本が慰めるようにいった。「宮沢さんがおっしゃったように、フェリックスが触手を伸ばしたということは、同じようにシルクレイの価値を認める会社が他にもあるっていう何よりの証拠ですから。おふたりの話し合いを聞いて、私も目が覚めた気がします」

「ただし、時間との闘いだ」

宮沢はいった。「早くそういう会社を見つけないと」

「どうだった」

会社に戻ると、ふらりと飯山が現れて尋ねた。宮沢は首を横に振り、

「残念ながら」

とだけこたえる。

飯山は社長室の入り口のところでじっと宮沢を見つめたまま数秒間、動きを止め、

「いつもうまく行くわけじゃないさ」

そんなひと言と共にドアの向こうへ消えた。飯山らしい慰めの言葉だが、かといって、ならばうまく行った記憶が宮沢にあるかというとそうでもなかった。

社長室の肘掛け椅子に納まったまま目を閉じると、敷地内に到着したらしいトラックのエンジン音が聞こえてきた。ディーゼルエンジンの音にバックブザーが重なり、しばらくしてそれが止まったとき、マナーモードにしたままのスマホが振動しているのに気づいた。

知らない相手からだ。そこに表示された番号を一瞬だけ見つめた宮沢は、通話ボタンを押して耳に当てた。

「御園ですが」

宮沢は息を詰める。「先程の件、私にアイデアがあります。検討していただきたい」

6

再び、坂本の会社で御園の提案を聞くために出かけたのは一週間後のことだ。それだけの時間を要したのは、あの日御園が思いついたというアイデアについて、フェリックス社内での検討と調整が必要だったからである。

「それで、御園社長の提案というのは、どんな内容だったんだ」

飯山は、厳しい目を宮沢に向けてきた。

とっぷりと日が暮れ、社長室の窓から敷地を照らす常夜灯が見えている。この日の作業を終えて縫製課の社員たちが帰宅していく様を一瞥した宮沢は、視線を飯山に戻した。

「まず、フェリックスの生産計画に見合う設備の投資資金として、三億円をウチに融資する——」

その金額に、飯山の目に微細な緊張が走るのを見つつ、宮沢は言葉を継ぐ。「融資の期間は五年。金利はフェリックスの調達金利と同等レベル。つまり、非常に低利ということです」

「それで？」飯山は先を促した。

「三年間はフェリックスからの発注保証がつきます」

宮沢はいった。最低でもこれだけは発注するという約束である。「その間は、フェリックス向けの商売だけでも返済していける注文があると思ってください」

「それ以後は」

その質問に、宮沢は飯山の目を直視してこたえる。

「保証はありません」

言葉はない。「それ以後の発注は、これからの三年間の実績に基づいて決定します。売れれば増えるでしょうし、売れなければ縮小、もしくは打ち切りになる」

「真価が、問われると？」

飯山はきいた。シルクレイの真価だ。果たしてそれが世の中に受け入れられるかどうか。エコで高機能の素材として世界に認知され、定着するかどうか。

「その通りです」

宮沢はこたえる。

「もし、三年後、発注が途切れた後、万が一返済できなくなったらどうする」

肝心なことをきいた飯山だが、

「そのときには、返済はしません」

その宮沢のひと言に、飯山は顔を上げた。その顔には、くっきりとした疑問が浮かんでいる。

「もし、ウチが返済できなくなったときには、融資の残金をそのままウチの資本金として受け入れます」

じっと宮沢を凝視している飯山の頭の中で、様々な思考が回転しているのがわかる。

「いくつかききたいんだが」

やがて、飯山はいった。「仮に三年後の返済残金が一億円あったとしよう。その時点で返済できなくなって、その借金を資本金として受け入れるということは、フェリックスの傘下になるということか」

「その通りです」

宮沢はいった。いま、こはぜ屋の資本金は一千万円。そこに一億円もの資金を資本金として受け入れれば、こはぜ屋はフェリックスの完全な子会社になる。

「もしかしたら、発注保証が切れる三年後、意図的に発注を減らされるかもしれない。それは考えたか」

「御園社長を信頼するしかありません」

宮沢はいった。「意図的な発注減など絶対にしないと、御園社長は明言しています。私はそれを信じたい」

「おかしいじゃないか」

椅子の背にもたれた飯山は疑問を呈する。「意図的ではなく、三年後に発注できないということは、そのときシルクレイに対するニーズもないということだろう。用なしになった会社をフェリックスは買うというのかよ」

それは宮沢も考え、御園に問うてみた。御園の考えは、極めてシンプルだ。

――最初から買収したとしても同じことですから。

そして、さも当然のように、そのとき御園は付け加えた。「ビジネスなんて、そんなもんですよ」、と。

「なるほどね」

いまようやく納得したように頷いた飯山は、「で、オレのライセンス料は」、ときいた。

宮沢は、手元のメモに金額を書き付けて渡す。

「とりあえず、三年契約でお願いします」

老眼鏡をかけた飯山は、数秒間、宮沢が書き付けた金額を見つめると、丁寧にそのメモを二つに折り胸のポケットにしまい込んだ。

「よろしいでしょうか」

宮沢は真剣な顔で問うた。フェリックスの御園が提案してきたこの内容も、飯山が首を縦に振らない限り成立しない。

「ちょっと安いが、これでいいだろう」

飯山一流の、斜に構えた返答を寄越す。そして、ようやく胸をなで下ろした宮沢に、

「ところで」、と改まった。

「社内の説得はどうするんだ。社長のあんたが決めたからそれでいいってもんじゃないだろうよ」

まさに、その通りなのであった。

「これから、ゲンさんに話すつもりです。その前にこうして顧問の意向をきかないこと

には、話ができなかったもんですから」

社長室のドアの嵌《は》めガラスから、事務室の明かりが見える。富島はまだ残って、おそらくは宮沢から声がかかるのを待っているはずだ。

「せいぜい、がんばって説得してくれや。オレのライセンス料がかかってるからな」

そういうと飯山は腰を上げ、ゆっくりと部屋を出ていく。

それを見送り、ふうとひとつ深い息を洩らした宮沢は、「ゲンさん」、とドアをあけて声をかけた。

富島は手元の書類から顔を上げると、老眼鏡を手にもったまま社長室に入ってくる。

先日の交渉が不調に終わったこと、そして新たな提案を聞くためにこの日再び、御園に会いにいくことも、富島には話してあった。

「今日、御園社長に会ってきた」

応接セットのテーブルを挟んで切り出した宮沢は、提案内容を詳《つまび》らかにし、

「オレは、この提案を受けようと思う」

黙って聞いている富島にいった。

富島から沈黙が返ってきた。やけに澄んだ目がじっと宮沢を向いたままになり、ふっと逸れていったかと思うと、

「私は反対ですな」

挑むようにいった。

お互いに考えを巡らせ合うような間合いが挟まり、

「なんでだ」

そう問うた宮沢に、「結局、吸収合併されてしまいますよ、それは」、という達観したかのような意見が投げられる。「のれんを下ろすことになる」

「なんで、そう決めつける」

宮沢は反論した。「そんなことはやってみなきゃわからないし、オレは行けると思ってるよ。価値のないものなら、御園さんが声をかけてくるはずもない。価値があるから、つまり世の中のニーズに合うからこそ、ウチを支援してくれるんだ。違うかい」

「うまく行かなかったときのことを考えてください」

富島は、経理屋らしく頑《かたく》なだ。「この会社がフェリックスの傘下に入ってアメリカ流の経営になったら、たちまちのうちに足袋作りなんかどこかへうっちゃられてしまいますよ。私たちだけじゃない、いままでこはぜ屋のために一所懸命に働いてきた、あけみさんたち縫製課の連中だって嘆き悲しむでしょう。彼女たちになんと説明するつもりですか」

あらかた予想していたことだが、宮沢は出口のないやりとりに疲労感を覚えた。

「みんなにはオレから話してみるつもりだ」

「ぜひ、そうしてください」

富島は怒りを抑えた硬い口調で突き放した。「そうして、彼女たちの気持ち、汲《く》んでやってください。この会社の土台を支えているのは、彼女たちですからね」

7

「今日、仕事の後にちょっと全体会議をするから。作業は四時半までにして、休憩室に集まってくれ。頼むぞ」

その朝、安田が、縫製課をはじめ、各部署の社員全員に言って回ったが、議題が何であるかは明かさないままだった。それもそのはず、当の安田も知らないのだから当たり前だ。

五時を過ぎて社員たちがぞろぞろと休憩室に入ってきた。休憩室は、かつて数百人もの社員がいたとき、食堂として使われていた部屋だ。

全員が思い思いの席に着くのを待っていた宮沢だが、そのとき新たに入室してきた人物を見て、慌てて頭を下げた。

おそらく、飯山が声を掛けたのだろう、村野だ。ひょいと宮沢に手を上げた村野は、空いていた飯山の隣の席の椅子をひいてかける。

全員が集合したのを確認し、宮沢はおもむろに立ち上がった。

「忙しいところ、すまん。実は、みんなに聞いてもらいたいことがあって集まってもらった」

社長の宮沢がこんな形で社員全員を招集したことなど、いままでなかったことだ。いったい何事だろうと興味半分で見つめる面々に向かって、宮沢は続ける。

「みんなも知っての通り、去年、ウチで始めた新規事業が、いま設備の故障で継続できない状況になってる。設備投資にはウチの力では如何ともし難い費用がかかって正直、私も二の足を踏んでいた。だけども、『足軽大将』は瞬く間に人気商品になったし、本命の『陸王』は茂木裕人選手に供給して、ニューイヤー駅伝でメジャーデビューを果たした。これからというところだ。私としてはなんとか設備投資をして事業を再開したいと思ってる。そのためにいろいろ努力をしてきたが、最近になってひとつ打開策が見つかった。今日はその話を聞いてもらいたい」

手元に準備した資料を、宮沢は全員に配付した。

「いま配ったのは、フェリックスという会社の概要と、製品パンフレットだ。アメリカに本社があって世界十二ヶ国で展開しているブランドだから、知っている人もいると思う。実はこのフェリックスとの間で、シルクレイの供給と引き替えに設備投資資金を支援してくれる話が持ち上がっている。金額は三億円。期間は五年——」

その金額に、どよめきが起きた。

「こんな世界的ブランドが、ウチに興味を持ってくれたんですか」

まん中あたりに座っていたあけみさんは、信じられないという顔だ。「すごいよねえ、それは」

その言葉に、周りにいた縫製課の社員たちが頷いている。

「ところが、これには条件がある。みんなに集まってもらったのは、それについて説明しようと思ったからなんだ」

宮沢はそういうと一旦言葉を切って、背後のホワイトボードに「三億、五年」、と書き付けてから続けた。

「このカネを借りるわけだが、もし期間内に返済できない場合、ウチはフェリックスの傘下に入る。つまり、子会社になるということだ」

えーっ、という驚きの声が上がった。室内がさらにざわめき、お互いに顔を見合わせる。不安そうな顔をする者、深刻に考え込む者、宮沢のほうを向いてただ呆然とする者、反応は様々だ。

「あの、社長。もし――もしですよ、子会社になったら、そのとき我々はどうなるんでしょうか。みんなクビですか」

真っ青になってきいたのは、安田だ。

「いや、そうはならないと思う。みんながいなくなったら、この会社はただの箱だ」

宮沢はいった。「だけども、いままで通りのやり方ではなくなるかもしれない。私もそのとき社長でいられるかどうかはわからない」

「社長、辞めちゃうんですか」

あけみさんが驚いた顔できいた。

「子会社になったときの話だよ。もしかしたら、辞めないで継続してくれといわれるかもしれないし、すぐに辞めてくれといわれるかもしれない。それは私にもわからない。そして、実はこれが一番大事なことだが、こはぜ屋という百年ののれんも途絶えることになるかもしれない」

衝撃が波動のようになって室内を薙《な》いでいく。

「じゃあ、そのときはこはぜ屋がこはぜ屋じゃなくなっちゃうかもしれないってことですか」

あけみさんが眉根を寄せた。

「かもしれない」

宮沢はいった。「どうなるのかは、そのときになってみないとわからない。そのときフェリックスがどう考えるか、それ次第だ。必要だと思えば残すだろうし、そうじゃないと思えばやめてしまう可能性もある。子会社になるということは、そういうことだ」

「設備投資するのをやめて、いままで通り、足袋を作り続けていくという選択肢はないんですか」

そうきいたのは、縫製課の若手、仲下だった。

「いまのまま足袋を作り続けても、この会社は発展しないと思う。売上げは年々減少してきているし、いつかどこかで底を打つかもしれないが、そのとき生き残っていられるかどうかはわからない。だからこその新規事業なんだよ。これを将来の柱に育て、これから十年、二十年と発展していく会社の基礎を作りたい。でもそのためには巨額の資金が要る。ところが、いまのウチの状況では銀行は貸してくれないそうだ。だから、フェリックスからの支援をこうして検討している」

「こはぜ屋ののれんを危険にさらしてもですか？」

縫製課の村井がきいた。「常務はどうお考えなんですか」

全員が、最後列に座っていた富島を振り返る。

唐突に視線を浴びてちょっと気圧《けお》されたような顔になった富島だが、顎のあたりに当てていた手を下ろすと、「なんとか、のれんを継いでもらいたい。私からいえるのはそれだけです」、というひと言を口にした。

表だって、宮沢に反論したりはしない。

小さな会社である。そんなことをすれば、人間関係がぎくしゃくする。富島らしい配慮だが、賛成しているわけではないことはそれとなくわかる。

「社長、その話はもう決定なんですか」

きいた安田に、宮沢は首を横に振った。

「まだ返事はしていない。返事をする前にみんなの意見を聞きたかったんで、こうして集まってもらったんだ。どうだろう、みんな。一緒に、新規事業、がんばってくれないだろうか」

室内に重々しい沈黙が訪れた。

失敗してしまったときに子会社になる――。その事実に全員が気後れしてしまったかのようだ。

そのとき、

「みんな、やっぱりこのこはぜ屋が好きなんですよ」

おもむろに、富島が発言した。「百年続いてきたのれんだ。みんなずっといままでと同じように働きたい。そう思ってるんじゃないですか」

「気持ちはわかる。だけどなんとか、五年のうちに形にしてみせるから、力を貸してもらえないか」

なおも宮沢が訴えると、

「この会社は社長の会社なんですから、オレたちにわざわざ聞くことはないんじゃないですか。オレは社長が思ったようにやればいいと思いますけど」

そういってくれたのは安田だ。しかし、宮沢は首を横に振った。

「私は、この会社を私の持ち物だとは思ってないよ。実際、そんな考えじゃ、経営してこられなかった」

正直な胸の内である。「いままでも、苦しいことはあったけども、みんながいたからこそ、乗り越えてこられたと思ってる。感謝してるんだ。みんなのことは家族同然だと思ってる。だからこそ、みんなの意見をききたいんだ。遠慮はいらない。絶対に反対だというのなら、私は考えを変える。だから本音を聞かせて欲しい」

「あたしは、こはぜ屋ののれんがなくなっちゃうなんて、絶対にイヤですよ、社長」

そのとき、あけみさんが立ち上がっていった。「みんなもそうだよね」

周りにいる縫製課の仲間たちがそれぞれに頷いている。

やっぱりダメか。

宮沢がそう思ったとき、あけみさんは続けた。

「だけど、あたしたちだって、縫製課の仕事が以前と比べると随分減ったなって思ってるんです。仲間が辞めて、補充するかというとそうでもない。でもそれで回ってしまう。それはつまり、どんどん仕事の量が減っているってことですよね。あたしが、社長から開発チームに力を貸してくれっていわれたとき、実はみんな賛成してくれました」

その話は、意外だった。「がんばって、会社大きくしてねって、みんないってくれて、ミーティングがあるときにはあたしの分の仕事、引き受けてくれたりしたんですよ。『陸王』のデザインだって、冨久子さん、何枚もデッサン描いて、あたしたちひとりひとりに意見、きいてた。誰も嫌な顔ひとつしませんでした。ゲンさん――」

あけみさんは、振り返って富島を見た。「ゲンさんの、のれんを守りたいっていう気持ち、あたしたちも同じです。でも、いまのまま続けて、のれん、守れんのかしら。あたしはそれがすごく心配。だから、新規事業に賛成だし、何か始めなきゃいけないんだと思う。いまの社長の話、もし失敗したらと思うとすごく怖いけど、だからといって逃げててもあたしたち、ずっとこのままだよ。仕事が細っていって、仲間がひとり、またひとりと減っていってさ、いつか誰もいなくなっちゃうんじゃないかって、そんな気がするんですよ。あたしは、そんなのはごめんだよ」

あけみさんは、はっきりとした口調でいった。気の強い縫製課のリーダーそのままに、言い放った。

「お金、貸してくれる人がいるんだから、やってやろうじゃないの。借りたお金は返せばいいじゃないですか。みんなで頑張って、働いて返そうよ。どう、みんな？」

拍手が聞こえた。

冨久子さんだ。

何度も頷きながら、冨久子さんが拍手をしている。

「そうだよね、あたしたちががんばるから」

「やってみましょうよ」

そんな声が次々に上がりはじめた。

「ゲンさん、どうだろう。一緒にやってくれないか」

声が震えた。富島の視線がテーブルの上の指先に落ち、それから跳ね上がって天井を仰ぐ。

それからふっと肩を揺すって笑ったかと思うと、

「いやいや、筋金入りのお姉さん方にこうまでいわれたら、もう何もいうことはありません」

何か憑《つ》きものが落ちたような笑みを浮かべる。

「社長、あたしたち、がんばるから」

立ち上がったままあけみさんはいうと、仲間たちのほうを向いて声を張り上げた。

「こはぜ屋百年ののれん、全員の力で守ろうじゃないの。負けるもんか！」

歓声が上がった。

その中にいて、宮沢は、社員たちに向かって何かいおうとした。

だが、いえなかった。

込み上げてきたもので声が詰まり、言葉が出なかったからだ。

これが、こはぜ屋だ。

そう宮沢は思った。社員ひとりひとりの気持ちが、まっすぐに前を向いている。不器用だけど、熱くて温かい、これがウチの会社なんだと。

守るぞ、こはぜ屋ののれんを。

宮沢は、そう固く――固く心に誓った。

最終章　ロードレースの熱狂

1

午前七時半現在、気温八・五度。湿度三十七パーセント。見上げる空は雲ひとつない快晴だが、風が——強い。

「風速五メートルだそうですよ」

スタート地点になっている品川駅前の特設会場で、熱いコーヒーの入ったカップを手にしたまま安田がいった。荒れ狂うほどではないが街路樹の枝は絶えず揺れ動き、設置されたテントの裾もはためいている。

「難しいレースになるのかもな」

宮沢は胸に湧いた予感をそのまま口にした。「あけみさんたちは？」

この日のために縫製課のメンバーを中心にやってきた応援団は、全部で十四人。こはぜ屋にしては、〝大〟応援団である。

「さっきまで近くの喫茶店でお茶、飲んでましたけど、応援の場所を探しに行きました」

スタート予定時間は九時十分。

一般からも大勢参加する大会のため、記録を争う一流アスリートだけでなく、会場には多数の市民ランナーが詰めかけていた。参加者数、二万人。電車が到着するたび、続々と品川駅から吐き出されてくる人たちが流入し、ごった返している会場の喧騒にハンドマイクの誘導員の声が入り混じっている。

その会場を泳ぐように進み、宮沢らは品川駅前にあるホテルのロビーへ向かった。ここには、招待選手たちの控え室がある他、実業団の陸上競技部にも部屋が割り当てられている。一般参加者とは別枠のウォーミングアップ用スペースも確保されており、一般参加者のお祭り気分とは一線を画す、ひりひりするムードが漂っていた。

「どうでした？」

関係者で溢れ返るロビーで村野の姿を見つけ、宮沢は声をかけた。情報収集のため一足早くここに来ていた村野は、難しい顔をしたまま右手をひょいと上げて近づいてくる。

「茂木君は見かけたが、話はできなかった」

「しかし、アトランティスの連中、喜んでるんだろうなあ」、と安田。

「このレースで、彼が何を履こうと関係ない。そんなことは小さなことだ」

半ば自分に言い聞かせるように、宮沢はいった。

「でも社長、せっかく『陸王』履いてもらってたのに。悔しくないんですか」

「悔しいよ、それは。だけど――今日は負けに来た」

宮沢は断言した。「きれい事に聞こえるかもしれないが、茂木君が気持ちよく走れるのなら、それでいい。だけど、今回負けたからといって、いつも負けるわけじゃない」

「そりゃそうかもしれませんけどね」

安田がいったとき、宮沢は人混みの向こうからこちらを見ている視線に気づいた。

アトランティスの佐山だ。

ニヤニヤした笑いを浮かべながら、ゆっくりとした足どりで近づいてくる。

「どうもどうも」

それは宮沢にではなく、村野に向けられた言葉だった。「今日は何の用でいらしてるんですか」

「選手たちの応援にね」

にこりともしないでこたえた村野に、「風の噂に聞いたんですが、シューズの製造できなくなるんですってねえ。なんでも素材の供給が止まったとか」、と勝ち誇った表情を浮かべる。

タチバナラッセルのことをいっているのだろう。

「あんたたちがウラで手を回したんだろ。やり方が汚いじゃないか」

安田の抗議に佐山はぎらりと視線を走らせ、

「人聞きの悪いこと、いうなよ」

低い声を出した。「ウチはタチバナラッセルときちんとした取引をする。もちろん、合法的にだ。その結果、お宅がどうなろうと、それはお宅の責任なんじゃないの？」

「あんた本気でいってんのか。大企業がそんなことしていいのかよ」

安田の抗議を振り払うように、佐山は顔の前で手をひらひらさせる。

「田舎の会社はこれだから始末に悪いな」

なにっ、と前に詰め寄ろうとした安田を制し、宮沢はいった。

「いいレースを期待しましょう。そのために来たんですから」

ふん、とひとつ小馬鹿にしたような笑いを浮かべただけで佐山は踵《きびす》を返し、また人混みの中へと消えていく。

「なんですか、あいつ」

腹に据えかねるといった様子の安田に、

「あんなのはいくらでもいる」

佐山が消えていったほうを一瞥して、村野はいった。「大企業の看板に胡坐《あぐら》をかいて、仕事の中身よりも社名や肩書きにプライドを感じる連中が。仕事の質や誠意より、利益を優先させるような奴らなんて、世の中にはゴマンといるんだ。むしろ、ああいう奴らのほうが多数派かもしれない」

「結構なことですね」

安田は吐き捨てた。「オレたちの苦労なんか、まるで知らないんでしょう」

「だから、連中はダメなんだ」

　村野はいった。「苦労を知らない人間ほど始末の悪いものはないからね。選手たちのためにもそんな奴に負けるわけにはいかないんだ。我々はシューズを作っているけども、本当の目的はそれを売ることじゃない。それを履く選手を支えることだ。そして、一緒に夢を追いかけることだろう。それを理解している人間とそうじゃない人間とでは、天と地ほどの差が生まれる。彼はまだそのことに気づいていない」

佐山が見えなくなったほうを顎でしゃくった村野は、穏やかな口調とは裏腹に、怖いほど引き締めた表情を見せた。

「どうした」

佐山の顔を見た途端、何かを感じ取ったらしい小原がきいた。

「いや、こはぜ屋の連中がいたもんですから」

小原が何か問いたげな眼差しを向けてきたので、佐山は続けた。「我々の睨んだ通り、『陸王』の生産が一時的に止まるらしいです。さすがに茂木も呆れて、ウチの『RⅡ』に乗り換えてくれるというわけで」

「いい気味だな」小原は底意地の悪い笑みを浮かべた。

「こはぜ屋に対する選手の信頼は地に落ちたも同然ですよ。シューズが製造できないなんて、性能以前の問題ですから」

「それなのに、よくもまあ、のこのこと出てこられたもんだな、連中は」

呆れてみせた小原に、「いったい何を考えているのか。神経を疑いますよ」、と佐山も同調する。

「毛塚の調子は見てきたか」

小原が話題を変えた。

京浜国際マラソンの目玉のひとつは、人気の毛塚の走りだ。その走りがテレビ画面に長く映し出されることはほぼ確実で、アトランティスにとってまさに絶好の宣伝になる。

「調子はいいみたいですよ」

と佐山。「ニューイヤー駅伝のリベンジをするって周囲には宣言しているようですから、自信もあるようで」

小原がそれだけ神経質になるのには理由がある。

「RⅡ」の販売実績がいまひとつ芳しくないからだ。営業部内には市場の読み誤りという意見もあるが、だから目標割れも仕方が無いのだという理屈は、通用しない。靴に穴が空いていようと、売れといわれたら売るのが営業だ。その成績はすべて小原の実績として評価され、今後のポジションや報酬の判断材料とされる。むろん、人事評価は小原ひとりに止《とど》まるわけでない。

「RⅡ」にかけるアトランティス本社の意気込みは相当なもので、裏返せばそれは、それだけの開発資金が投じられているということに他ならない。

絶対に失敗が許されない事情に、小原も、そして佐山も突き動かされていた。選手は会社のためにある。そしてどんな手を使ってでもライバルを叩きつぶし、実績を上げなければならない。

「いま頃吠え面かいても遅いぜ、村野さんよ」

人混みの中に立ち尽くす佐山の目は据わり、昏《くら》い暗渠《あんきょ》のようであった。

2

控え室に充てられたホテルの広間の片隅で、茂木はストレッチをしながらレース前独特の張りつめた喧騒に身を置いていた。

この日のマラソンを特集していた今朝の新聞の見出しは、「毛塚、京浜国際で日本人最高を目指す」。大々的にぶち上げられた記事のどこにも同世代のランナーの名前はなかった。もちろん、茂木の名前も。

優勝争いを別にすれば、このレースは、毛塚対その他大勢の対決といっても過言ではない。

別にそれでいいと思う。

そもそもの始まりは、二年前のこの大会だった。

自分がもっとも苦しく、助けを求めているとき、去って行った多くの人たち。その背中を為《な》す術もなく、茂木は、眺めてきた。

絶望がどういうことか、茂木は学んだ。孤独であることの本当の意味もわかった。そのどん底から這い上がって、いまの自分がある。誰に注目されるわけでなく、その他大勢のランナーのひとりとして、ここに出走のときを待っている。

いまの茂木にとって、自分がスターである必要はなかった。

この二年間で、茂木にはわかったことがある。

自分は、人気取りや世の中からの称賛を得るために走っているのではないということだ。自分が走るのは、自分にとってそれが人生そのものだからだ。そして何より、

――走るのが好きだから。

茂木はそのことをもう一度、胸に刻みつけた。自分は今日走れて幸せなんだ、と。

リュックを開けた茂木は、それまで履いていたシューズを脱ぎ捨て、このレースのために満を持して選んだシューズを取り出した。


そのとき佐山は実業団チームの関係者と話をしていて、視界の端にふと上司の小原を捉えたところだった。

選手控え室となっている広間の扉は大きく開いていて、直接のレース関係者ではないプレスや業者といった連中が外側のフロアで、中から出てくる選手や監督と話そうと待ち受けている。

さっきまで実業団チームの監督と立ち話をしていた小原だったが、いまはひとりで立っていて、控え室内の様子にじっと目を凝らしていた。

佐山が気になったのは、その横顔に険相が浮かんでいたからだった。それはみるみる険しくなっていき、咄嗟に視線の先を追った佐山は、瞬時にして不機嫌の理由を察して顔色を変えた。

「ちょっと、失礼——」

軽い立ち話をしていた相手にひと言いった佐山は、控え室の片隅でゆっくりとシューズを履いている茂木を睨み付けた。

「RⅡ」ではない。あろうことか、茂木が足を入れているシューズは、目にも鮮やかな濃紺だ。

視界の片隅で小原が動き、突進するように佐山に詰め寄ってきた。

「おい、茂木のシューズ——！　どういうことだ」

押し殺した声で鋭く問うてくる。

「す、すみません」

鋭い視線に射すくめられ、慌てて詫びた佐山だが、その腹の底で怒りが渦巻くのがわかった。

いったい、何を考えてるんだ！

許されるのなら、控え室に入って茂木を怒鳴りつけてやりたい気分だった。

あれだけ、零細企業のシューズでは将来がないと説明してやったのに。それだけではない。わざわざ先日、茂木のためにオリジナルカラーの一足を手渡してもいる。

茂木の選択は、まさにその厚意に背を向け、踏みにじるようなものではないか。

「『RⅡ』を履くんじゃなかったのか。お前がいってることはどこまで本当なんだ」

小原が投げつけてきた言葉には、部下に対する覆うべくもない不信感が滲み出ていた。

「本当ですよ、本当に決まってるじゃないですか」

懇願するようにいった佐山の顔面は、屈辱と焦燥でかっと熱を帯びてくる。「こはぜ屋のこともきちんと話しましたし、シューズだってもう製造できないと——」

「じゃあ、なんであいつは『RⅡ』を履いてないんだ」

それをききたいのは佐山のほうだ。

茂木がなぜ、こんな行動に出たのか、合理的な理由はひとつとして思いつかない。

シューズの紐を結び終えた茂木がゆっくりと立ち上がるのが見えた。

控え室を出、佐山と小原がいるフロアのほうに出てくる。佐山は人をかき分け、茂木に突進していくと、

「おい、茂木君。なんだよ、それ」

そう声を荒らげた。

立ち止まった茂木は、少し驚いたように佐山を見た。いま佐山は顔を真っ赤にして肩を怒らせており、茂木の行く手を遮るように立ちはだかっている。小原もやって来て、

佐山の隣に立った。

「ウチの『RⅡ』はどうした」

詰問した佐山を茂木は真正面から見据えた。

「あれはレースでは使いません」

「君さ、それがどういうことかわかってるのか」

佐山は、自分の大声で周囲の目がこちらに向くのも構わず続ける。「そんなシューズ、いまに無くなるっていったじゃないか。そんなもの履いたって、君のキャリアになるどころか、マイナスにしかならないんだよ」

すると茂木の、どこか冷めた目が佐山と小原のふたりを交互に見た。

「もう十分なんですよ」

茂木からこぼれ出たのは、そんな冷ややかな言葉だった。「この二年間、都合よく離れて行く連中を何人も見てきました。いいときは擦り寄ってくるのに、悪くなるとあっという間にいなくなる。御社だって、そうじゃないですか。サポート契約を打ち切ったのはオレじゃない。御社のほうでしょう。なのに、レースに復帰した途端、手のひらを返したように近づいてくる。もう、うんざりなんですよ」

「うんざりするのは君の勝手だ」

佐山はいった。「たしかに、ウチは君の評価を誤ったかもしれない。それは謝罪する。だけども、こはぜ屋なんて会社、もうシューズ作りそのものが、できなくなってるんだぞ。君は、それでもいいのか」

「そりゃあ、契約しているシューズが無くなってしまったら困りますよ」

茂木は落ち着き払って、こたえた。「だけど、いまのこはぜ屋さんは、いってみれば二年前のオレと同じなんです。ピンチで困り果て、必死で這い上がろうともがき苦しんでいる。もし、それを理由にオレがこのシューズを履かなかったら、それはオレが苦しいときに背を向けた連中と、自分が同じことをすることになる。オレはそうはしたくない。オレは、自分が信じようとしたものを、ずっと信じていたい。もしこのシューズを履かなかったら、それは自分自身を裏切ることになってしまうんです」

「おい、あんたたち」

何かいおうとした佐山を遮って胴間声が割って入ったかと思うと、城戸が目を怒らせて、佐山の前に立ちはだかった。

「こっちは商売抜きで戦ってるんだよ」

城戸はいまにも嚙みつかんばかりに、歯をむき出した。「これ以上、選手の邪魔するんなら、つまみ出すぞ。とっとと失せろ！」

あまりの剣幕に、佐山が言葉を失い呆然と立ち尽くす。周囲の話し声が途絶え、城戸と佐山のやりとりに固唾を呑んだ。

その成り行きに狼狽《ろうばい》した佐山に代わり、

「失礼しました」

謝罪したのは小原だ。「申し訳ない。レース前にお邪魔しました。おいっ、行くぞ」

佐山に一声かけると、小原は踵を返してさっとその場を離れて行く。

「あっ、部長――」

城戸に頭をひとつ下げた佐山は、遠ざかる上司の背中を追い、まるで逃げるようにその後を追って見えなくなった。


その一部始終を、ほんの少し離れた人混みの中でじっと見ている者たちがいた。

宮沢と、村野のふたりである。

いま宮沢は、唇を噛んだまま人混みの中にただ呆然と佇《たたず》んでいる。

その横にいて村野は、アップのために外へ出ていく茂木の行方を目で追っていたが、やがてその姿が人混みに見えなくなってしまうと徐《おもむろ》に宮沢を振り向いた。

「茂木の期待にこたえよう。こたえるしかない」

そう村野にいわれ、宮沢は、ただ頷くことしかできなかった。

人の信頼をこれほどまで深く、明確に感じたことがいままであっただろうか。

ビジネスが双方の信頼関係の上に成り立つといったところで、そんなものは口先だけのことだと思っていた。そんな経験しかしてこなかった。

表面上はよろしくやっていたところで、いざ業績が悪化すれば、あっという間に離れていなくなってしまう。

宮沢が知っている信頼とは、せいぜいその程度のことだった。他人の信頼など、ビジネスの上では当てにならないと思っていたのだ。

だが、いま宮沢が目の当たりにしたのは、正真正銘、本当の信頼だった。

「裏切れないですよ。裏切れるもんですか」

宮沢は、熱に浮かされたようにつぶやいていた。「茂木君の期待に、必ず——必ず、こたえて見せます」

そういった宮沢の肩を、ぽんぽんと二回叩いただけで、村野は歩き出した。

3

スタート地点を支配したのは、わずか数秒の沈黙だった。

白線の背後に犇《ひし》めくようにしている二万人のランナーたちが息を詰めている。その研ぎ澄まされた感覚が目に見えない塊となって急速に膨張していき、まさに極限に達しようとしたそのとき、乾いたピストルの音が響き渡った。

ロードサイドの歓声と、地鳴りのように重なる無数の靴音が空気を震わせる中、最前列中央に並んでいた招待選手たちが短距離走かと見紛うばかりの勢いで飛び出していく。

そのスピードに虚を衝《つ》かれ、思い描いていたレース展開が波乱の予感とともに打ち砕かれた瞬間だ。

飛ぶように走る一桁台のゼッケンから離されないように走り始めた茂木だったが、たちまち集団に呑み込まれた。

品川のビルの谷間を抜けてきた強い北風が、ランナーたちの真横から吹き付けている。茂木の目の前で、マラソン日本記録保持者であるジャパニクス陸上競技部の田中《たなか》のゼッケンが揺れていた。その斜め前を行くのがチームメイトの立原。芝浦自動車の彦田がグループを引っ張り、その彦田と立原に挟まれたスペースを走っているのはアジア工業の毛塚だ。

スタートダッシュでレースを引っ張るケニア人選手の先頭集団は三人。二十分ほど経過したところで彼らとの差は距離にして約十五メートル。時間でいえば三秒弱だな、と茂木の分析は冷静だった。

気がかりなのはこのペースだ。

一キロを二分三十秒弱。下りでもない平地のペースとしては速すぎる。いったい連中は、どこまでこのペースをキープし続けるつもりなのか。茂木は、前方を行く先頭集団の走りを見た。フルマラソンの距離をこのペースで走りきることは到底不可能で、どこかでペースダウンしなければならないときがくるはずだ。果たしてそれがどこなのか——。駆け引きはすでに始まっていた。

「ああ、茂木ちゃんが——」

あけみさんが絶望的な声を出し、ハンカチを握りしめた手を口元へ持っていった。

こはぜ屋応援団は、先ほどスタート地点から五十メートル付近に陣取って横断幕を掲げて見送った後、会場に設置された大画面のモニタで観戦しているところだ。

いまその画面の中では第二集団の中盤にいた茂木がジリジリと遅れ始めていた。

「まだ十キロだ、先は長いぜ」

ちょっと呑気な声でいったのは、飯山だ。

この応援のために、こはぜ屋ではマイクロバスを仕立てて東京まで来た。休日ということもあり、応援団には、あけみさんに強引に誘われたという富島までもいて、いまちょっと難しい顔をしてモニタを見上げている。

「せっかく、ウチの『陸王』履いてくれたんだよ。毛塚には負けて欲しくないんだよ。アトランティスのシューズ履いてる選手なんかに、負けないからねっ」

威勢のいいあけみさんに、

「あけみさんが走ってるわけじゃないんだからさ」

安田が苦笑した。「負けたくないのは茂木君だって同じなんだし。それにさ、まだ余裕の表情じゃん。これからこれから」

そういうと手のひらをパンパンと叩き、傍らで同じく戦況を見つめる村野の横顔を窺う。

村野にしても、レース序盤での劣勢は想定していなかったはずだ。その村野は黙ったまま、カメラが切り替わるたび交互に映し出される各集団の走りを観察している。

「さすがにペースが速すぎるな」

そのとき、村野がいった。「このままケニア人選手の挑発に乗れば、後でスタミナが問題になってくるかもしれない」

「そんなことといったって、みんな同じ条件で走ってるんだよ。ここで遅れちゃマズインじゃないの」

あけみさんの問いに、

「ランナーにはそれぞれのレースプランってものがあるんですよ」

村野が解説した。「どこを一キロ何分で走るのか。どこの下りでペースを上げるか。上りでどの程度ペースを保つか。そしてどこでスパートするのか――。彼らの多くはいま、レースプランを外れて走っていると思う。序盤にしてはオーバーペースだ」

「なんでそう思うんだい。このまま走り切っちゃったらどうすんの」

あけみさんがまた疑問を口にした。

「このペースで最後まで走れる人類はいないよ」村野の答えは単刀直入だ。

「たしかに人類だよな、毛塚も。あのケニアの選手も」、と安田。

「あたしたちもだよ」

あけみさんはいい、「じゃあ、人類はどんなペースで走ればいいわけ？」、ときいた。

「最速で一キロ平均、三分弱」

村野は具体的な数字を口にした。「そのペースで走り抜けたら、優勝争いができる」

「じゃあ、この人たちはさ、何でこんなペースで走ってるわけ」

あけみさんは素朴な疑問を口にした。「息切れしちゃうじゃないのさ」

「それがレースだ、あけみさん」

村野が諭すようにいった。「いまこうやって走りながら、彼らは様々な駆け引きをしてるんだよ。スピードを上げて先頭集団に入るべきか、このまま第二集団にいて彼らがペースダウンして落ちてくるのを待つか――」

「じゃあ、茂木ちゃんはどうなの。まさか、もう駆け引きに負けちゃったわけじゃないよね」

「もちろん、違う」

村野は遠く選手たちが見えなくなった方に視線を向けている。「茂木ははっきりとオーバーペースになっていることを自覚してる。だから、自分でコントロールできるところまでペースを落としているんだろう。いまは勝負所じゃないと考えてると思う。そういうことを冷静に判断できるのが茂木の持ち味なんだ。安定した走りだけじゃなく、彼が長距離向きだと思うのは、読解力にある。つまり、レースの展開を読み解く力だよ」

「走りながら考えるわけか」

飯山が顎のあたりをさすりながらいった。「それはおもしろいな。一方で、最初からかまして攪乱《かくらん》戦法に出る選手もいる、と」

「考えようによっては、そうですね」

村野はそれも否定しなかった。「いずれにせよこれはおもしろい展開だよ。先頭集団がどこまで引っ張るのか、彼らのスタミナがどこまで続くのか。そして第二集団内の駆け引きもおもしろい。ほら、誰が集団の中心にいるか見てごらん」

いまモニタに映し出された集団のまん中にいるのは、毛塚だった。「鳴り物入りだってこともあるけど、いまベテランランナーまで毛塚を意識してる」

「毛塚は一万メートルでも好記録を出してますからね」

そういったのは安田だった。「普通に走ればこの中ではトップクラスなわけだし、警戒するのもわかりますよ」

「トラック競技の一万メートルの記録は確かに重要だけど、マラソンは別世界だ」

村野が断言した。「平坦なトラックとは違って、ここには生の現実がある。アスファルトの道路に、上り坂や下り坂、そしてスタンドも屋根もなく直接吹き付けてくる風。それがもっとも効いてくるのは、三十五キロを過ぎた頃だ。そこから先をどう戦うかが勝負を分ける」

村野は、画面に映っている第二集団を睨み付けた。

そこでは毛塚のショッキングピンクのシューズがよく目立った。アトランティスの「RⅡ」である。他にも同じシューズを履いている選手がいる。

茂木の履く「陸王」の鮮やかな濃紺は、彼らの後方に、時々ちらちらする程度だ。

「茂木君、もうちょっと前に出てくれないかなあ」

安田がいった。「オレ、見たいんだよ、『陸王』がアトランティスを抜き去るところを」

それは、ここにいる誰にも共通した思いだ。

「茂木はわかってるから」

村野の言葉は、どこか自分に向けたもののように聞こえる。「あのシューズにどれだけの思いが込められているか。だから、オレたちもわかってやらなきゃいけない。いま彼がどんな思いで走っているのか」

二年前この大会で、茂木は足を故障し、初めての挫折を味わった。

「茂木は、ただ勝つために走ってるんじゃない」

村野は空を一瞥した。「大げさじゃなく、この走りに人生を重ねてると思う。逃げずに真正面から戦い、この二年間の悔しさに打ち勝とうとしている。我々がいま見てるのは、ひとりの人間の、人生を賭けた挑戦だ。その試練に、彼はひとりで立ち向かってるんだよ」

「ひとりじゃないよ」

そのときあけみさんがいい、モニタに向かって叫んだ。「茂木ちゃん――！　ガンバレ！　あたしたちがついてるから！」

4

十五キロ付近で次第に集団がばらけ始めた。

先頭を走る外国人選手たちはいまだ速さを保ったまま、第二集団の三十メートルほど前を走っている。

いまペースは一キロ三分三十秒近くかかっているはずだ。

強烈な向かい風と緩い上り坂にさしかかり、密集していた第二集団に隙間が生まれつつあった。

マラソンの日本記録を持つ田中が仕掛けたのは、まさにそのときである。

集団の後方で成り行きを窺っていた茂木がそれに気づいたとき、先頭を走っていたチームメイトの立原を抜き去り、その数メートル先まで田中が出ていた。

沿道から歓声が上がり、無数の波が押し寄せるかのように小旗が振られる中のスパートだ。

ロードレースの騒擾《そうじょう》がコースに渦巻いている。

そのとき同じ第二集団からまたひとり、選手が飛び出していくのがわかった。

毛塚だ。

これ以上離されたら追いつくのが難しい。

そう判断したのかもしれない。

刹那、その後を追おうとした茂木だったが、自ら意識してペースを抑え込んだ。仕掛けるには早すぎる。

ペースを上げる代わり、茂木がしたことは、前を走る選手の背後に付き、向かい風の抵抗を極力回避することだった。

坂道を上り切り、続くゆるやかな下りでペースを上げていく。

二十メートルほど先で、毛塚のゼッケンが揺れ動いていた。

体力の消耗は思ったほどではない。長距離レースを他人のペースで走るのは、それ自体が冒険である。とはいえ、自分のペースを守るだけで勝てるほど甘くもない。

勝つことは、他人を負かすことだからだ。

だが、他人に勝つためには、もうひとつの勝負に勝つ必要がある。

自分との闘いだ。

茂木は、前方の集団の様子をじっと窺った。その走りを観察し、自らのペースを確認しながら序盤で崩れかけたレースプランを再構築する。

茂木は毛塚との距離が次第に離れて行くのを見、追いつけなくなる寸前で少しペースを上げた。

直線道路で、その集団と自分との距離を見切った茂木の頭に、新たな情報が追加されたのはそのときだった。

前方集団のペースが、少し落ち始めている。スパートしたはずの田中も失速し、再び集団に呑み込まれていた。

風の影響もあるだろう。それよりも、序盤のオーバーペースがここにきてボディブローのように効き始めている。

強くはあるが、三月の風には、真冬のような鋭い芯がなかった。

弾力すら感じさせる向かい風を正面から受け、茂木は太陽光線にキラキラと輝いて見える道路をサングラス越しに見ている。

一進一退のレースになった。

二十五キロ付近。新たにスパートした立原が、前方で毛塚と抜きつ抜かれつのデッドヒートを繰りひろげている。

どちらかが前に行くたび、沿道の歓声に悲鳴が入り混じった。

彼らの二十メートル後方で茂木は、随分長く感じられる時間、背後からその様子を観察していた。

ペースを上げ、ふたりとの間隔を保つ。

そのまま三十キロ地点の看板を横目でやり過ごした。

苦しい時間帯に差し掛かろうとしている。

迷う時間帯でもあった。

気温が上昇し、体感温度がめまぐるしく変化している。給水ボトルを受け取り、一口含んで投げ捨てた茂木は、前方を直視しつつ自らと向き合いはじめた。

疲労が、茂木の体力を蝕《むしば》んでいる。慎重にレースを組み立ててきたが、予定調和が成立する世界でもない。

体力が失われ、自分の限界と向き合わなければならない時間帯が、マラソンには必ず存在する。苦しさの中で、ともすれば折れそうになる気力を奮い立たせながら、それでも腕を振り、足を前に出さなければならない時間が。

ここから先は、敢《あ》えていうなら——賭けだ。

このまま毛塚と立原の後塵《こうじん》を拝してゴールするという選択肢もあるだろう。怪我をした後の初マラソン、その復帰戦だと思えば悪くない結果かもしれない。

だけど、それでは何も変わらない。

変えるために走るんだ。

そう茂木は自分に言い聞かせた。自らの力でそれをもぎ取るために。

揺れ動く視界の中で、再び、立原が毛塚の前に出ようとしていた。

毛塚がピッチを上げ、抜き返そうとしている。

茂木は、体の奥底から聞こえる様々な悲鳴をやり過ごし、ひたすら足を前に出すことだけを考えた。

感覚が研ぎ澄まされていく。

自分に残された体力が果たしてどれだけあるのか、気力の限界がどこにあるのか。

自分が信じられるのは、いや、信じなければならないのは、自分だけだ。

そのとき、茂木は、シューズが地面を蹴る音を聞いた。

歓声にかき消されそうになりながら、どこまでも軽く、力強く、優しい音だ。

怪我で見放され、一番苦しいときに支援を申し入れてくれた宮沢。こはぜ屋の人たちの、ひたすら真っ直ぐで、邪心のない応援。熱心にサポートしてくれる村野——。

その彼らの「陸王」が地面を蹴っている。その乾いた音ひとつひとつが、自分を支えてくれる人たちの声援だ。

ひとりじゃない。

その強烈な思いが、茂木の背を押した。オレは、ひとりじゃない。

力尽きて倒れようと、自分のために、そして彼らのために走る。

ただゴールするために走るんじゃない。

勝つために走るんだ。

そして、失った何かを再び取り戻すために。

俄《にわか》に強くなった風が歓声を舞い上げ、三月の空へと拡散していった。

「眩しいんだよ」

真正面から射してくる太陽光線をサングラス越しに一瞥し、茂木は唇をひき結んだ。

向かい風が斜め後ろからの横風に変わる。北風から南風に。

「いい風だ」

茂木は、地面を蹴るピッチを上げ、自分を激励した。「ゴー!」

「仕掛けた」

村野がつぶやくようにいったとき、遠くの歓声が風に乗って聞こえたような気がした。

宮沢をはじめ、こはぜ屋の応援団は全員移動して、三十五キロ付近の沿道に陣取っている。横断幕を前面に掲げ、茂木を待っているところだ。

いま宮沢たちは、安田が手にしたタブレットでテレビの中継を見守っていた。

その小さな画面の中でも、茂木が着々と近づいてくるのがわかる。顔を上げ、まっすぐに前を見据えた視線は、毛塚の背中か、立原か、あるいはもっと遠方に結びつけられている。

濃紺のシューズが道路に映える。

歓声が沸き上がり、茂木のスパートを後押ししたように見えた。この三十キロ付近での力走は、かつて大学駅伝で名を馳せた茂木の雄姿を思い出させるに十分だ。

猛然とスピードを上げた茂木は、みるみる毛塚と立原のふたりに追いつき、並んだかと思うと、じわり、前に出ようとしている。

鳥肌が立った。

「がんばれっ！」

宮沢は、強く拳を握りしめる。

「茂木ちゃん！　行け！　茂木ちゃん！」

あけみさんが叫び、応援団から口々に声援が飛びはじめた。

「勝負だ！」

飯山が叫んだのと、先頭集団を形成する外国人選手たちが目の前を走り抜けていくのは、同時だった。

ケニア人選手のコンパスのようなストライドを見送った宮沢は、気温が上がり、一瞬だけ風が止まった路面に、三月の陽炎《かげろう》を見た。その揺れ動く大気のカーテンの向こうに人影が浮かんだのはそのときだ。

「来たぞ!」

ガードレールに身を乗り出すようにして、安田が叫んだ。

全員が目を凝らす中、鮮やかな濃紺のシューズが力強く地面を蹴ってくる。

茂木だった。

「陸王」だ。

「ねえ、ちょっと! 前、走ってるよ、茂木ちゃんが!」

興奮したあけみさんはすでに涙声だ。「あたしたちの『陸王』が、走ってくるよ」

宮沢の見ている前で、茂木は確実に、毛塚と立原の前に出ていた。顔には出ていないが、その疲労は極限にまで達しているはずだ。

三十五キロ付近で応援しようと村野がいった意味は、まさにそこにあった。一番苦しいところだからだ。

「茂木!」

安田が叫んだ。

「がんばって茂木ちゃん! 茂木ちゃん!」あけみさんが声の限りに叫ぶと、

「茂木君!」

縫製課の女性陣の声援が次々に飛んだ。

「茂木！」

「茂木、ガンバレ！」

待ち時間は長いが、通り過ぎるのはあっという間だ。

「すげえ速さだな」

飯山が驚嘆した。すでに三十五キロを走ってきたとは思えないスピードで宮沢たちの前を通過し、続いて毛塚と立原のふたりが走り過ぎていった。

「五秒差、か」

手元のストップウォッチを読んで村野がつぶやく。

その差が開き始めたのは、その直後だった。茂木がもう一段のスパートを掛けたのだ。近くに停めたマイクロバスに乗り込み、慌ただしくゴール地点に向かう間、車内のテレビ中継が茂木の走りを伝え続けた。それはすばらしい快走、いや、まさしく激走だった。

「まだ、こんな余力があったのか」

飯山が目を丸くするのも無理はない。村野さえも、驚きを隠そうとはしなかった。

いま茂木は、日本人ランナーのトップをひた走っている。

濃紺に勝虫《かちむし》のデザイン――。茂木の履く「陸王」が画面の中で躍動し、輝いている。

「大した奴だよ、茂木ってランナーは」さすがの村野も、興奮で声をうわずらせた。

「急ごう」

宮沢はみんなにいった。「茂木君を迎えるぞ。『陸王』のゴールをみんなで見届けるんだ」

「それにしても宮沢さん。これはまれに見る名レースだよ」

そのとき、村野がつぶやいたひと言には万感の思いが込もっていた。

そして——。

ゴール地点に立ち、社員たちに囲まれながら大歓声の中に浮かび上がった茂木の姿を見たとき、それまで宮沢の中で秘めていた感情が堰《せき》を切ったように溢れ出した。

痺《しび》れるような感動の渦に、宮沢自身、放り込まれていく。

茂木裕人の鮮烈な復帰戦だ。

お祭り騒ぎのこはぜ屋応援団は、お互いに肩を抱き合い、跳び上がったりして喜びを爆発させている。その中にいて、宮沢は悟った。

このゴールが、新たなスタート地点になることを。

歓声の舞う熱狂のロードレースへ、経営という名の終わりなき競争へ、宮沢の挑戦がいま再び始まったのだ。

5

大地が社長室を訪ねてきたのは、その朝、宮沢が出社して間もなくのことであった。

「どうかしたか」

神妙な顔で社長室をノックした大地にソファを勧め、自分は対面の肘掛け椅子に納まった宮沢は、就職のことだな、と話を聞く前に見当を付けた。

大地なりに自分の抜ける穴をどうするか考え、それを相談に来たのではないかと思ったのだ。しかし、

「オレ、メトロ電業の話、断ろうと思うんだ」

大地の発言に、宮沢は思わず瞠目《どうもく》した。

「いままで苦労してようやく決まったんじゃないか」

「いろいろ考えたんだけどさ、オレ、こはぜ屋での仕事、続けたいと思う」

宮沢はまじまじと大地を見たまま、「ウチなんかちっぽけな会社だし——」、そういいかける。

「会社の大小なんか、関係ないだろ」

その発言を遮って、大地はいった。「何社もの就職試験受けてきてさ、自分がいままで一体どんな仕事をしてきて、その会社で何をやりたいか、ずっと面接で話してきた。だけど本当はそれ、違うんじゃないかって思えてきたんだ。オレって、本当にそんな仕事したいのかなって。口では聞こえのいいことをいっていながら、結局のところ『陸王』を開発して、ランニング業界に殴り込みをかける、っていう仕事以上におもしろいことなんか、実はないんじゃないかって」

なんといっていいかわからず、宮沢は黙って大地をただ見つめた。

「オレ、こはぜ屋で続けて働きたいんだよな。それに、オレが抜けたら、飯山さんも大

変じゃね？　これから忙しくなるんだし」

嬉しかった。

自分がやってきた仕事に対する、これは最大級の賛辞だ。

フェリックスからの支援が決まり、いまこはぜ屋では、飯山を中心に新たな設備投資計画を策定している最中である。

これから多忙を極めるとき、いまや重要な戦力となっている大地がいてくれたら、どれだけ社業に寄与するだろう。だが——。

「いや。お前はメトロ電業へ行け」

宮沢はいった。おそらくは了承してくれると思い込んでいたのか、大地が見せたのは不意打ちを食らったような驚きの表情だ。

「働いてみてお前もわかったと思うけども、ウチはあまりに零細で、至らないことだらけだ。それに、正直なところ、何が足りないのかもわからないし、仮にそれがわかったとしても、どうすればいいのか、オレにはそれだけのノウハウがない」

宮沢が口にしたのは、常日頃感じてきた自らの力不足だ。「お前はこの三年間、こはぜ屋の社員として働いてきた。メトロ電業で働けば、ウチに足りないものが何なのか、きっとわかると思う。こはぜ屋に戻ることはいつでもできる。だけども、メトロ電業のような優良企業で働くチャンスは滅多にない。そこで思う存分に働いて、ウチでは得られない経験と知識を蓄積してきてくれ。世界を見て来い、大地。そして、その大きさをオレたちに教えてくれ。そのときまで待ってるから」

　大地はしばらくこたえなかった。

　失望したように俯《うつむ》き、唇を嚙んで考え込んでいる。やがて、

「わかった」

　そういうと大地は立ち上がった。「世の中を見てくるよ。オレなりに精一杯勉強してくる。だけど、一旦、出たからには、戻るつもりでは働かない。それじゃあ、メトロ電業に失礼だからさ」

「それでいい」

　宮沢は頷いた。「頑張れよ。たとえ失敗しても、一所懸命にやった仕事には何かが残る。そういうもんだ」

　大地は、おもむろに立ち上がると深々と頭を下げた。

「いままで、お世話になりました」

　いつの間にこんなに逞《たくま》しくなったんだろう。驚きとともに息子を見つめ、宮沢も立ち上がった。

「よく、がんばってくれた。ありがとうな」

　それは宮沢の、心からの言葉だ。「これからが本当の戦いだ。オレも、お前も。どんなときにも、勝利を、信じろ」

エピローグ

「どういうことなんだ！」

会議室に小原の怒声が響き渡った。叩き付けられた資料がテーブルから滑り落ち、憤激で顔面は蒼白だ。

声を発する者はなく、皆、凍り付いたように動かない。室内に立ちこめた息苦しいほどの緊張感の中、佐山は、引きつった表情のままごくりと唾を呑み込んだ。

芝浦自動車の彦田からサポート打ち切りの申し出があったと、たったいま発表したところであった。

ただでさえ、小原の逆鱗《げきりん》に触れそうな話なのに、実は彦田以外にも、今月だけで七人の主要サポート選手が、アトランティスとの契約を打ち切るという異常事態になっている。

かつて、これほどの離反が起きたことはなかった。

しかも乗り換えた相手は、あのこはぜ屋だ。

「理由はなんだ！」

小原に問われ、佐山はさらに追い込まれていく。

「実は、村野が背後で動いているようでして」

その名前を出した途端、小原の顔色が青から赤に変化していくのがわかった。「いろいろと『RⅡ』について吹き込んでいるのかもしれません」

サポートの打ち切りは、自分ではなく村野のせいだ。そう言い逃れしようとした佐山だが、

「いろいろってなんだ」

という小原の突っ込みに、「あ、いやその——そこまではちょっと……」、とたちまち苦しい弁明になる。

村野を切ったのは君の判断ミスなんじゃないか——。

先日の役員会議の席上、小原の上司にあたる日本支社長から、そんな疑問が突きつけられたという話は佐山も耳にしていた。

一介の足袋業者じゃないか。

こはぜ屋のことを、最初は小原も小馬鹿にしていた。しかし——。

いまや、そのこはぜ屋が、あのフェリックスの支援するところとなって、一気に業界での存在感を増そうとしている。

シルクレイという新素材に注目が集まり、村野がフィッティングする「陸王」は、いまやトップアスリート注目のシューズだ。

悔しいが、村野を尊敬し崇拝するアスリートは少なくない。今後、「陸王」に乗り換えていくアスリートはさらに増えるだろうというのが大方の予想である。

「いいか、絶対にサポート契約を取り返してこい。絶対にだ」

小原の激昂《げきこう》に気圧《けお》され、ただうなずくしかない佐山の胸中に、空虚な敗北感がひろがり始めた。

「まだ六月だっていうのに、何だ、この暑さは」

部下の大橋とともに取引先を出た家長は、取引先の玄関先に待たせていた支店長車に乗り込むと、誰にともなく愚痴を洩らした。

この日の行田は、三十度を超す真夏日で、何もしないでも汗が噴き出すほどである。

「冬寒く、夏暑い。なんせここは行田ですから」

エアコンの効いた車内の後部座席に納まった家長に、大橋は助手席から声を掛け、動きだしたクルマのフロントガラス越しに空を見上げた。

部下を連れての融資先回りは、家長の主要な仕事のひとつである。

クルマは、行田市内をゆっくりと走り、次の取引先に向かって住宅街の裏通りを抜けようとしていた。

「そういえば、あのこはぜ屋ってのはどうしたんだ」

思い出したように家長がきいたのは、しばしの沈黙の後であった。「最近、運転資金をいってこないが、そろそろ足りないだろ」

「別にいいんじゃないんですか」

助手席からこたえた大橋の声には、どこか突き放した響きがある。こはぜ屋の担当ではあるものの、積極的に取り組むような相手ではないと思っているのだ。

「ランニングシューズを開発するとかいってただろ。なんとかっていう」

「『陸王』、ですか」

「そう、それだ。あれはどうなった」

「資金が足りないんで、暗礁に乗り上げてると思いますが」

そういえば、この何ヶ月もこはぜ屋を訪問していなかったなと思い出しながら、大橋はこたえた。

業績順調といえる会社ではないですから、というのがその場で家長にした言い訳のようなものであったが、疎遠になったのには理由があった。

大橋が紹介したタチバナラッセルが、こはぜ屋との取引を突然打ち切ったからだ。それ以来、バツが悪くなってこはぜ屋に行く気にならなかった。下手に行って、追加融資を依頼されても困る、という思いもある。家長のこはぜ屋に対する融資姿勢は消極的の一辺倒で、運転資金ひとつ融資するのも容易ではない。

「たしか、あの会社はこの近くだったよな」

家長にいわれ、「その角を曲がったところですよ」、としぶしぶ大橋はこたえた。寄って行こうといわないだろうかと少し心配になり、家長の話が早く逸れることを期待したとき、前方にこはぜ屋の看板が見えてきた。そして、

「おい、ちょっと停まってくれ」

支店長のひと言にひそかに嘆息する。しかし、会社の入り口あたりで停めた車窓からの光景を目の当たりにしたとき、大橋自身、狐につままれたような思いに囚《とら》われた。

「おい。なんだあれは」

不可解な響きを持った家長の問いに、大橋もただ呆然として押し黙るしかない。

「ちょっと寄ってくれるか」

運転手に命じてクルマを敷地内に入れると、家長は後部座席から強い直射日光の照りつける車外へと出た。慌てて助手席のドアを開けた大橋は、いまだ自分の目が信じられず、何か悪い夢でも見ているのではないかと疑った。

一体、いつの間に建設されたのか、こはぜ屋の敷地内に二階建ての工場が建っているではないか。窓から、忙しそうに立ち働いている作業服の工員たちが見える。そしてなにより大橋を仰天させたのは、真新しい巨大な機械がフロアを埋めていることであった。

「おい、まさか——」

家長が口にしかけた。全部いわなくてもわかる。埼玉中央銀行が融資を断った設備投

資をどうにかして実施したのではないか。そのためには一億円の資金が必要だと宮沢はいっていたはずだが、いま目の当たりにしている新たな工場を見るにつけ、それを遥かに上回る投資をしただろうことは容易に想像がついた。

「どういうことだ……」

驚き、誰にともなく呟いた大橋が、工場内に宮沢の姿を発見したのは、ほぼ同時だった。向こうも気づいたらしい。家長が玄関に向かうと、宮沢が出てきた。

「いやあ、社長。驚きましたなあ」

家長は、調子よくいって、大げさに驚いてみせる。「どうされたんですか、この設備」

「さて。以前、説明しませんでしたか。シルクレイの設備のこと」

宮沢の口調は淡々として人を食っている。

「もちろん、伺っております。ですが、それには資金が必要だったはずでしょう」

果たしてその資金はどうしたのか——。家長の疑問はもっともだが、

「調達したんですよ」

という宮沢の当たり前過ぎる答えに、ふたりとも思わず沈黙した。

「調達された？」

家長の表情が曇り、問い詰めるような視線が大橋に向けられる。

「伺っていませんが、どちらでお借り入れされたんです」

慌てて尋ねた大橋に、宮沢は続ける。

「フェリックスという会社はご存じでしょう。アウトドア関係のアパレルを展開している会社ですが、そこの社長がシルクレイを高く評価してくれましてね。業務提携することになったんですよ」

予想だにしなかった話である。「フェリックス専用のフットウェアのパーツを供給する代わり、同社の資金援助を受けてこうして設備投資が可能になったというわけです」

「そんな話、以前からあったんですか」

驚きを隠しきれない口ぶりで家長がきいた。

「世の中というのは、糾《あざな》える縄のごとし、ですねえ」

その質問にはまともにこたえることなく宮沢はいい、さしあたっての受注高について簡単に説明を始めた。

それまでの売上げの五倍を軽く超える金額に大橋は腰が抜けそうになり、顔面から血の気が失せて行くのがわかる。

「しゃ、社長——。失礼ですが、そんな売上金、ウチの預金口座には入ってませんが」

大橋はきいた。大きな入金があればそのときに気づいたはずである。

「フェリックスさんの助言がありましてね。東京中央銀行本店に口座開設したんです」

宮沢はこたえた。「申し訳ないが、今後はそこがメーンの口座になると思います」

「水くさいなあ、社長」

即座に、見事な変心をしてみせた家長は作り笑いを浮かべた。「メーンバンクはウチじゃないですか。フェリックスさんとそんな提携をされるのなら、おっしゃってください。ウチは幾らでも融資させていただきますんで」

「それはどうもありがとうございます」

宮沢が浮かべたのは、皮肉な笑いだ。「ですがいまは、お気持ちだけで結構です。忙しいので、これで失礼しますよ、支店長」

軽く右手を上げると、宮沢は巨大な機械が鎮座する工場内へと戻っていく。

不機嫌を露わにし、悔しそうに工場を見つめた家長を、容赦ない夏の日差しが照りつけた。

「おい、行くぞ」

支店長車に戻る家長を慌てて追いかけた大橋は、再びエアコンの効いた助手席におさまった。

こはぜ屋の敷地脇にある水路に、蓮《はす》が咲いている。

ああ、間もなく蓮の季節だな。

なぜだろう。大橋はそんな関係のないことに思いを馳せ、フロントガラス越しに見上げた空の眩しさに目を細めた。

解説——ポジティブに走り続ける

村上貴史

■ゆっくりと走り始める

この物語は、ゆっくりと走り始める。

他の池井戸潤を代表する作品、例えば半沢直樹《はんざわなおき》シリーズ第一弾の『オレたちバブル入行組』のように、第一章の冒頭でいきなり五億円もの回収責任を押しつけられることもなければ、『下町ロケット』のように、プロローグでロケットが墜《お》ち、第一章で主要取引先から取引を打ち切られることもない。あるいは、『空飛ぶタイヤ』のように自社のトラックが死亡事故を起こしてしまったりもしない。

そうした明白な危機に主人公が陥るところから物語が始まるのではなく、この『陸王』は、主人公の日常の営みで幕を開ける。危機は今のところ訪れてきていない。あくまでも、今のところ……。

■老舗《しにせ》も新たな道へ走り出す

こはぜ屋。

埼玉県行田市《ぎょうだ》の足袋《たび》製造業者だ。一九一三年創業の老舗である。従業員の平均年齢は五七歳。百年以上前のドイツ製のミシン――メーカーはとっくに倒産している――をいまだに使い続けているような古い会社だった。

足袋業界は、和服の需要が落ち込んできていることもあり、縮小の一途を辿《たど》っている。業者は一軒また一軒と廃業に追い込まれている。そんななかで、こはぜ屋はなんとか黒字を保っていた。とはいえ、売り上げは減少傾向だ。四代目社長の宮沢紘一《みやざわこういち》は、パートを含めて二七人の小所帯であるこはぜ屋を守るべく、ミシンの修理部材の確保に走り、銀行には融資を依頼し、また、営業に飛び回るなど、多忙な日々を送っていた……。

こうして『陸王』は始まるのである。

前述のように、こはぜ屋はまだ存亡の危機にあるわけではない。銀行から融資を断られることもないし、あるいは貸しはがしにあうこともない。大手取引先の百貨店は和装の売り場の縮小を検討しているというが、それもまだ何ヶ月も先の話だ。だが、冷静に状況を分析するならば、このままではいずれ立ち行かなくなることは容易に想像できた。だからこそ、難しいのである。半沢直樹は『オレたちバブル入行組』において、逃亡した社長から五億円回収するといった明確な目標を定めて突進することが出来たが、宮沢紘一にはそれが不可能だった。経営者としてなにをすべきかが定められないのだ。せいぜいが百貨店に新規営業をかけるといった案を思いつく程度で、それが事態を根本的に解決する策ではないことは、宮沢にもよく判《わか》っていた。打つ手がない。

こんな具合に、日々の忙しさのなかにもやもやとした不安が宿るという状況からスタートする『陸王』、いずれ訪れるであろう本格的な危機の気配が新味の緊張感となって読み手をしっかりととらえ、冒頭から読者を作中に引きずり込んでくれる。スローテンポという特徴はあるが、導入部はいつもながらに達者で強力だ。

ジリ貧状態からの脱却を目論《もくろ》む宮沢は、取引銀行の担当者からのアドバイスを受け、新規事業に挑むことを決意した。足袋製造の経験を活《い》かしてスポーツシューズを作り、新たな収入源に育てようというのだ。後に「陸王」と名付けられることになるそのシューズは、人間本来の走り方を目指すという着眼点こそユニークだったが、事業化には様々な困難が待ち受けていた。資金繰り、適切な素材の確保、販路の開拓、大手との競合、などなど。社内にも社長主導の新規事業を疑問視する者もいた。それでも宮沢は前に進み続ける……。

宮沢が新事業に取り組む姿は、前向きな魅力に満ちている。読んでいて実にワクワクするのだ。危機を乗り切るハラハラドキドキもいいが、新たになにかを生み出すために、困難を一つずつ乗り越えていこうと必死になる姿もまた読み手の心をとらえる。そしてこのポジティブな魅力は、本書全体を支える骨格となっているのだ。全身で満喫したい。

新商品の開発だけではなく、ビジネスの開拓という観点でも前向きな魅力に満ちている。例えば、最初に「陸王」が売れていった先は、なんとも意外なところだ。だがそれは、ビジネス的には、実に腑《ふ》に落ちる顧客である。その顧客であれば、確かにこの「陸王」という商材は相応《ふさわ》しい。さらに読み進むと、今回の宮沢起点の挑戦で得たノウハウを、また別のかたちで活かす場面も出てくる。こちらもビジネス的には素晴らしい発想であり判断だ。そんな妙味を、読者は本書で堪能《たんのう》できるのである。

だが、そこは池井戸潤の小説である。ポジティブ要素だけでは終わらない。「陸王」の行く手には、従来型のスポーツシューズとの闘いが待っているのである。世界的な巨大企業が巨額の資金を投下して開発し、多くの有力ランナーが履いているスポーツシューズ、例えばアトランティス社のRⅡと、従業員わずか二七人、しかもスポーツシューズ経験のないこはぜ屋の「陸王」は争わねばならぬのである。そもそも競争の土俵に上がることすら困難だし、相手は、自社商品のためには大企業ならではの戦い方も厭《いと》わない輩《やから》である。圧倒的に状況は不利だ。だが、宮沢は逃げない。誠意と知恵で活路を見出《みいだ》そうと懸命に足掻《あが》くのだ。巨大企業と零細企業の闘いを描くときの池井戸潤の筆の伸びは皆さんご存じの通り。この『陸王』でもその魅力をたっぷりと味わうことができる。

そこに加味されるのが、陸上競技の魅力だ。具体的には、駅伝やマラソンである。茂木裕人《もぎひろと》という長距離ランナーが登場する。大学で頭角を現し、日本を代表するランナーになると将来を嘱望されて実業団に入ったものの、故障してしまったランナーだ。

再起を目指す彼の物語は、この『陸王』を貫く重要なサイドストーリーとなっている。

この茂木のフラットで冷静な視線も、物語のリアリティに貢献している。故障によって従来の人間関係にきしみが生じ、感情を揺さぶられるなかで、茂木はそれでも自分の走りを支えるシューズに関しては冷静であり続ける。彼のおかげで、読者もこはぜ屋の闘いのシビアさと希望をきっちりと理解できるのだ。

そのうえで、茂木の走りは、それ自体が読者の胸を打つ。自分の能力とコースの状況を冷静に読み、ベストな判断を下すことで、勝利を目指すのだ。ライバルは、大企業の支援を受け、マスコミの贔屓《ひいき》も得ている人気選手だ。読者はその闘いに御自身の姿を重ねるかもしれない。こはぜ屋の面々も、自社の来し方や在り方を重ねているのかもしれない。そうした茂木というランナーを、池井戸潤は生み出したのである。

その茂木とこはぜ屋に関わる人々もまた魅力的だ。シューフィッターとしてぶれずに選手のサポートに徹する村野尊彦《むらのたかひこ》、癖は強いが技術的には己に一切の妥協を許さない飯山晴之《いいやまはるゆき》、ランナーの故障防止を考え、よいシューズと売れるシューズをきちんと見極めるスポーツショップ経営者の有村融《ありむらとおる》。彼らが、それぞれの立場で、それぞれの合理性で果たす役割もまた読みどころだ。

また、こはぜ屋の取引銀行との関係も、本書では単純に敵味方に切り分けにくいかたちで描かれている。三人の銀行員が、三人三様の距離感でこはぜ屋と接しており、一人として完全なる敵役はいいない。これも本書の特色である。

もちろんこはぜ屋の面々も活躍している。なかでも名場面として紹介したいのが、こはぜ屋の縫製課のリーダーであるあけみさんが宮沢の判断を支持するシーンだ。とかく感情的になりがちなあけみさんだが、感情だけでなく、現場の現実をしっかりと見て、それをきちんと言葉にして、宮沢を支持するのである。単に「現場の賑《にぎ》やかな人」ではなく、あけみさんがこはぜ屋の欠かせない一員であることを象徴する場面なのだ。実際のところ本書には、こはぜ屋従業員のそれぞれにこれに匹敵するような見せ場が用意されている。たっぷりと味わって欲しい。

さらには、宮沢紘一の息子が、こはぜ屋で働きながら就職活動で苦戦を続けるというストーリーもある――『陸王』はこんな小説だ。ゆっくりと走り始めるが、四二・一九五キロ先のゴールまで、どの一メートルを切り取ってみても魅力に満ちているという小説なのである。

■走りはさらに続く

さて、本稿執筆時点で、池井戸潤が新作執筆中とのニュースが入ってきている。スポーツを題材とした小説で、初夏に刊行予定とのことだ。タイトルとして『ノーサイド・ゲーム』が告知されている。

かつては幹部候補だった主人公は、左遷され、地方の工場で総務部長を務めることになる。彼はさらに会社のラグビーチームのゼネラルマネージャーも兼務することになる。自分自身の再起と、低迷するラグビーチームの再建を重ねるような作品になるという。二〇〇六年開始の連載小説を纏《まと》めた二〇一七年の『アキラとあきら』を除くと、本書『陸王』の単行本（二〇一六年）以来のノンシリーズ作品の新作ということになる。全くの白紙に自由に絵を描いていくことができるわけで、そこで池井戸潤がなにをどう描いていくのか。ただひたすらにワクワクしている。

この作品、既に七月に連続TVドラマとしてTBSテレビにて放送されることが決定している。主演は大泉洋《おおいずみよう》。池井戸潤の小説の映像化作品には初めての出演になる。プロデューサーは伊與田英徳《いよだひでのり》、演出は福澤克雄《ふくざわかつお》という『半沢直樹』『下町ロケット』『陸王』『ルーズヴェルト・ゲーム』などのドラマや、映画『七つの会議』を手掛けてきたコンビだ。彼等が大泉洋という新たなピースを得て池井戸潤の原作をどんな映像作品に仕上げるかにも注目したい。

さて、池井戸潤がスポーツを扱った小説を書くのは、『ノーサイド・ゲーム』で三作目となる。二作目となる本書『陸王』に先立ち、二〇一二年二月に、社会人野球を題材とする『ルーズヴェルト・ゲーム』を発表しているのだ。その作品では、青島製作所とミツワ電器というライバル関係が、青島製作所野球部とミツワ電器野球部というライバル関係に重ねられている点が、まず構図として素晴らしかった。しかもその構図において、ミツワ電器の本業でも野球でも手段を選ばずに勝ちに来る姿——青島製作所野球部の監督を主力選手二人とともに引き抜いたり――を示すのに対し、青島製作所は、本業では技術力でまっとうに顧客獲得を目指し、野球では（前監督が見ようとしてこなかった）選手一人ひとりの特性を活かすことで勝利を目指す姿が対比されている。この対比によって心に火をつけられた読者は、結末まで一気に熱い読書を愉《たの》しめるように仕上がっていた。

この『ルーズヴェルト・ゲーム』は、中途入社であるにもかかわらず、生え抜きを差し置いて新社長に収まってしまった男の苦悩と、そうした人物であるが故の慧眼《けいがん》、あるいは古株の番頭の矜持《きょうじ》、周囲の身勝手に振り回された元高校球児の葛藤など、登場人物のそれぞれの人生もくっきり描かれた良作であり是非お読み戴《いただ》きたいのだが、本書との奇妙な関連も見出せたので、ここで紹介しておくとしよう。

本書においては、アトランティス社の日本法人においてアメリカ流の数値重視経営を推し進める上司と、現場重視の部下が衝突している。一方、『ルーズヴェルト・ゲーム』では、やはりアメリカ帰りで、外資系コンサルタント会社で経営戦略コンサルタントを務めていた現社長が、現場のトップである野球部監督と衝突する。相似形の出来事が起きているのだ。これらの出来事において、池井戸潤によれば単なる偶然とのことだが、現場側の人間の名字が同一なのである。偶然の一致なのでことさらに掘り下げるつもりはないが、形式的には同じ出来事を経験したとしても、人にはそれぞれの考え方や生き方があるという、池井戸潤のキャラクター造形の基本姿勢を、この偶然からついつい感じてしまった。

この一致は偶然だったが、タイトルを『陸王』とするに際して、二〇一〇年五月に刊行した『民王《たみおう》』を意識したのは確かである。かつて、『陸王』の連載中に行ったインタビューで伺ったのだが、『民王』と『陸王』でペアみたいに思われるかもしれないが、『民王』と似た作品を予想して『陸王』を読んだ方は、きっと驚くだろうと語っていたのだ。その驚きもまたエンターテインメントの一部だとも語っていた。そんな茶目っ気もまた愉しい。

ちなみに『民王』は、総理大臣とそのドラ息子の意識が入れ替わってしまうという荒唐無稽な設定を活かしてコミカルな味を濃くしつつ、政治や社会の在り方を語った小説である。『民王』も『陸王』もいずれもドラマ化され、また、今回こうして文庫本としても揃《そろ》った。両作品を味わった読者もしくは視聴者の方々はどう感じられたであろうか。

ついでに豆知識を一つ。こはぜ屋の商品であり本書のタイトルでもある『陸王』という言葉は、それを意識して名付けたわけではないと池井戸は明言しているが「陸の王者」というフレーズを想起させる。「陸の王者」というフレーズが、池井戸潤の出身校であり、半沢直樹の出身校でもある慶應義塾大学の応援歌『若き血』の歌詞の一節であることも、ここに書き添えておこう。

■池井戸潤は走り続ける

池井戸潤が江戸川乱歩賞を『果つる底なき』で受賞してデビューしたのが一九九八年のこと。その後、『下町ロケット』で直木賞を受賞した二〇一一年、『オレたちバブル入行組』と『オレたち花のバブル組』が『半沢直樹』のタイトルでＴＶドラマ化されて空前のヒットを記録した二〇一三年。そうした節目を経て、近年の池井戸潤は、稀代《きたい》の人気作家として、読者の期待を裏切らない作品を放ち続けている。

一見すると安定して活躍しているように見えるが、作品の内容には変化が生じている。シンプルにいえば、個人の物語から、チームの物語への変化だ。

思い返せば、半沢直樹にしても、『不祥事』（二〇〇四年）で登場する花咲舞《はなさきまい》にしても、スーパーヒーローでありスーパーヒロインであった。仲間にも恵まれているが、基調は、ヒーロー・ヒロインという個人と支援者の関係であった。また、池井戸潤が、登場人物の一人ひとりに目を配り始めた『シャイロックの子供たち』（二〇〇六年）にしても、個人の物語の集合体であった。『空飛ぶタイヤ』には家族の物語という側面もあったが、主人公の赤松は、独力で問題解決を進めようとしていた。

そこに変化が訪れた。『下町ロケット』で佃《つくだ》製作所を描き、さらにシリーズ第四作まで書き続けるなかで、チームとしての佃製作所がクローズアップされてきたのである。同様に本書も、こはぜ屋というチームが、宮沢紘一という個人よりもずっと輝いている。

茂木裕人にしても、ランナー個人として輝くというより、彼を支えたすべての人の輝きとして描かれている。まさにチーム小説なのだ。

その一方で半沢直樹も花咲舞も、『銀翼のイカロス』(二〇一四年)や『花咲舞が黙ってない』(二〇一七年)といった『陸王』より後に刊行された作品でも個人で主役として輝き続けているので、池井戸潤の作品世界にチームの物語が新たに加味された進化と捉えるのが適切であろう。

そう、こはぜ屋と同じく、池井戸潤もまた新たな取り組みを始めていたのである。小説家というゴールのないマラソンを走り続けている池井戸潤は、走りながら、新たな挑戦を続け、それを自分の新たな活力源としている。それが出来ているが故に、確かな足取りで走り続けられるのである。

そんな彼の足跡の一つ——進化への重要な足跡の一つ——が、この『陸王』だ。多様な登場人物の多彩で前向きな魅力を備えた、何度も繰り返し読みたくなる一冊である。

(むらかみ・たかし　ミステリ評論家)

本書は二〇一六年七月、集英社より刊行されました。
初出　「小説すばる」二〇一三年七月号〜二〇一五年四月号

本文デザイン　岩瀬聡
本文イラスト　龍神貴之

この物語は完全なフィクションであり、
実在の会社・組織・人物・および製品のモデルはありません。

集英社文庫

陸《りく》　王《おう》

2019年6月30日　第1刷
2022年6月6日　第2刷

定価はカバーに表示してあります。

著　者　池井戸《いけいど》　潤《じゅん》

発行者　徳永　真

発行所　株式会社　集英社
東京都千代田区一ツ橋2-5-10　〒101-8050
電話　【編集部】03-3230-6095
【読者係】03-3230-6080
【販売部】03-3230-6393（書店専用）

印　刷　凸版印刷株式会社

製　本　凸版印刷株式会社

フォーマットデザイン　アリヤマデザインストア　　マークデザイン　居山浩二

ISBN978-4-08-745883-1 C0193